CIDADE DE DEUS

1ª reimpressão

PAULO LINS

CIDADE DE DEUS

TUSQUETS
EDITORES

Revisão: Thaíse Costa Macêdo e Mariane Genaro
Projeto gráfico: Jussara Fino
Diagramação: Abreu's System
Capa: Adaptada do projeto gráfico original de Compañía
Imagem de capa (galinha): © Claudio Elisabetsky

Este romance é inteiramente um trabalho de ficção. Os nomes, os personagens e as situações retratados nele são fruto da imaginação do autor. Qualquer semelhança com pessoas reais, vivas ou mortas, situações ou localidades é mera coincidência.

Dados Internacionais de Catalogação na Publicação (CIP)
Angélica Ilacqua CRB-8/7057

Lins, Paulo, 1958-

Cidade de Deus / Paulo Lins. – 2. ed. – São Paulo : Planeta do Brasil, 2018.

400 p.

ISBN: 978-85-422-1374-4

1. Ficção brasileira 2. Favelas - Rio de Janeiro - Ficção I. Título

18-1231 CDD B869.3

2021
Todos os direitos desta edição reservados à
EDITORA PLANETA DO BRASIL LTDA.
Rua Padre João Manuel, 100 – 21º andar
Ed. Horsa II – Cerqueira César
01411-000 – São Paulo-SP
www.planetadelivros.com.br
atendimento@editoraplaneta.com.br

Para
Mariana, Frederico, Sônia, Célia, Toninho,
Celestina (in memoriam), *Amélia* (in memoriam),
Antônio (in memoriam) *e Paulina* (in memoriam).

Agradeço especialmente a Maria de Lourdes da Silva (Lurdinha), pois sem a sua valorosa ajuda este romance não teria sido escrito.
Dedico a ela a poesia deste livro.

Agradeço a Virgínia de Oliveira Silva pelo seu trabalho de revisão e sugestão constante.

Vim pelo caminho difícil,
a linha que nunca termina
a linha que bate na pedra,
a palavra quebra uma esquina,
mínima linha vazia,
a linha, uma vida inteira,
palavra, palavra minha.

PAULO LEMINSKI

Sumário

1. A história de inferninho

Segundos depois de terem saído daquele casarão mal-assombrado, Barbantinho e Busca-Pé fumavam um baseado à beira do rio, na altura do bosque de Eucaliptos. Completamente calados, entreolhavam-se apenas quando um passava o baseado para o outro. Barbantinho imaginava-se em braçadas por detrás da arrebentação. Poderia parar agora, ficar boiando, sentindo a água brincar em seu corpo. Espumas dissolveram-se no rosto, e o olhar nos trajetos dos pássaros, enquanto se recuperava para voltar. Evitaria as valas para não ser arrastado pela correnteza, nem ficaria por muito tempo naquela água gelada para não arrumar uma câibra. Sentia-se um salva-vidas. Salvaria quantas vidas fosse necessário naquele dia de praia lotada e, depois do expediente, voltaria para casa correndo; não seria como esses salva-vidas que não fazem exercícios físicos e acabam por deixar o mar levar as pessoas. O certo era malhar sempre, alimentar-se bem, nadar o máximo possível.

Nuvens jogavam pingos sobre as casas, no bosque e no campo que se esticava até o horizonte. Busca-Pé sentia o sibilar do vento nas folhas dos eucaliptos. À direita, os prédios da Barra da Tijuca, mesmo de longe, mostravam-se gigantescos. Os picos das montanhas eram aniquilados pelas nuvens baixas. Daquela distância, os blocos de apartamentos onde morava, à esquerda, eram mudos, porém parecia escutar os rádios sintonizados em programas destinados às donas de casa, a cachorrada latindo, a correria das crianças pelas escadas. Repousou o olhar no leito do rio, que se abria em circunferências por toda a sua extensão às gotas de chuva fina, e suas íris, num zoom de castanhos, lhe trouxeram flashbacks: o rio limpo; o goiabal, que, decepado, cedera lugar aos novos blocos de apartamentos; algumas praças, agora tomadas por casas; os pés de jamelão assassinados, assim como a figueira mal-assombrada e as mamoneiras; o casarão abandonado que tinha piscina e os campos do Paúra e do Baluarte – onde jogara bola defendendo o dente de leite do Oberom – deram lugar às fábricas. Lembrou-se, ainda, daquela vez que fora apanhar bambu para a festa junina do seu prédio e teve de sair voado porque o caseiro do sítio soltara os cachorros em cima da meninada. Recordou a pera-uva-maçã, o pique-esconde, o pega-varetas, o autorama que nunca tivera e as horas em que ficava nos galhos das amendoeiras vendo a boiada passar. Remontou aquele dia em que seu irmão ralou o corpo todo quando caiu da bicicleta no Barro Vermelho, e como eram belos os domingos em que ia à missa e ficava até mais tarde na igreja participando das atividades do grupo jovem, depois o cinema, o parque de diversões... Recordou os ensaios do orfeão Santa Cecília de seus tempos de escola com alegria, subitamente desfeita, porém, no momento em que as águas do rio revelaram-lhe imagens do tempo em que vendia pão, picolé, fazia carreto na feira, no mercado Leão e no Três Poderes; catava garrafas, descascava fios de cobre para vender no ferro-velho e dar um dinheirinho à sua mãe. Doeu pensar na mosquitada que sugava seu sangue deixando os caroços para despelarem-se em unhas, e no chão de valas abertas onde arrastara a bunda durante a primeira e a segunda infância. Era infeliz e não sabia. Resignava-se em seu silêncio com o fato de o rico ir para o exterior tirar onda, enquanto o pobre vai pra vala, pra cadeia, pra puta que o pariu. Certificava-se de que as laranjadas aguadas-açucaradas que bebera durante toda a sua infância não eram tão gostosas assim. Tentou se lembrar das alegrias pueris que morreram, uma a uma, a cada topada que dera na realidade, em cada dia de fome que ficara para trás. Recordou-se de dona Marília, de dona Sônia e das outras professoras do curso primário dizendo que, se estudasse direito, seria valorizado no futuro, porém estava ali desiludido com a possibilidade de conseguir emprego para poder levar seus estudos adiante, comprar sua própria roupa, ter uma grana para sair com a namorada e pagar um curso de fotografia. Bem que as coisas poderiam ser como as professoras afirmavam, pois se tudo corresse bem, se arranjasse um emprego, logo, logo, compraria uma máquina e uma porrada de lentes. Sairia fotografando tudo o que lhe parecesse interessante. Um dia ganharia um prêmio. A voz de sua mãe chicoteou sua mente:

— Esse negócio de fotografia é pra quem já tem dinheiro! Você tem é que entrar pra Aeronáutica... Marinha, até mesmo pro Exército, pra ter um futuro garantido. Militar é que tá com dinheiro! Não sei o que você tem na cabeça, não!

Busca-Pé despertou o olhar, focou a Igreja de Nossa Senhora da Pena no alto do morro, teve vontade de ir ao padre Júlio pedir de volta, numa bolsa de mercado, os pecados confessados para refazê-los com a alma largada em cada esquina do mundo que o cercava. Um dia aceitaria um daqueles tantos convites para assaltar ônibus, padaria, táxi, qualquer porra... Recebeu o baseado da mão do amigo. O ultimato da namorada lhe dando o aviso de que iria acabar o namoro caso ele não parasse de fumar maconha ressuscitou em seus ouvidos. "Que se dane! A pior coisa do mundo deve ser se casar com uma mulher careta. Fumar maconha não é coisa só de bandido, se fosse assim os cantores de rock não fumariam maconha. Jimmy Hendrix era a maior doideira! E os hippies? Os hippies eram todos lunáticos de tanto fumar maconha." Achava que Tim Maia, Caetano, Gil, Jorge Ben, Big-Boy etc. eram todos chincheiros. "Aquele maluco do Raul Seixas nem se fala: 'Quem não tem colírio usa óculos escuros.' " Fumar maconha não significava que iria sair por aí metendo bronca. Não gostava dos caretas, o pior é que eles estavam em todos os lugares sacando se seus olhos estavam vermelhos, se estava rindo à toa. Quando discutia com algum careta sobre maconha dizia, para finalizar a discussão, que a maconha era a luz da vida: dava sede, fome e sono!

— Vamo fumar mais um?

— Hã-ram! — concordou Barbantinho.

Busca-Pé fez questão de apertar o baseado, gostava de executar essa tarefa, os amigos sempre o elogiavam. O baseado ficava durinho como um cigarro sem precisar gastar muito papel. Ele mesmo o acendeu, deu dois catrancos e passou para o parceiro.

Em dias de chuva, as horas passam despercebidas para quem está ao deus-dará. Busca-Pé mecanicamente verificou a hora, constatou que estava atrasado para a aula de datilografia, mas que se foda, já tinha perdido um montão de aulas, mais uma não ia alterar nada. Não estava mesmo com saco para ficar batendo à máquina por uma hora e não ia também ao colégio. "A soma dos quadrados dos catetos é igual ao quadrado da hipotenusa é o caralho." Estava era muito puto com a vida. Prendeu um choro, levantou-se, esticou-se para aliviar a dor de ter estado muito tempo na mesma posição, já ia perguntar ao amigo se estava a fim de descolar mais um trouxa, quando notou que a água do rio encarnara. A vermelhidão precedera um corpo humano morto. O cinza daquele dia intensificou-se de maneira apreensiva. Vermelhidão esparramando-se na correnteza, mais um cadáver. As nuvens apagaram as montanhas por completo. Vermelhidão, outro presunto brotou na curva do rio. A chuva fina virou tempestade. Vermelhidão, novamente seguida de defunto. Sangue diluindo-se em água podre acompanhado de mais um corpo trajando calça Lee, tênis Adidas e sanguessugas sugando o líquido encarnado e ainda quente.

Busca-Pé e Barbantinho foram para casa em passos obtusos. Era a guerra que navegava em sua primeira premissa. A que se fez a soberana de todas as horas vinha para levar qualquer um que marcasse bobeira, lançar chumbo quente em crânios párvulos, obrigar bala perdida a se achar em corpos inocentes e fazer Zé Bonito correr, com o diabo do seu coração batendo forte, pela rua lá da Frente, levando uma tocha de fogo nas mãos para incendiar a casa do assassino de seu irmão.

Busca-Pé chegou em casa com medo do vento, da rua, da chuva, do seu skate, do mais simples objeto, tudo lhe parecia perigoso. Ajoelhou-se diante da cama, jogou a cabeça no colchão, as mãos sobre ela, e numa súplica infinita pediu a Exu que fosse lá avisar a Oxalá que um dos seus filhos tinha a sensação de estar desesperado para sempre.

Antigamente a vida era outra aqui neste lugar onde o rio, dando areia, cobra-d'água inocente, e indo ao mar, dividia o campo em que os filhos de portugueses e da escravatura pisaram.

Couro de pé roçando pele de flor, mangas engordando, bambuzais rebentando vento, uma lagoa, um lago, um laguinho, amendoeiras, pés de jamelão e o bosque de Eucaliptos. Tudo isso do lado de lá. Do lado de cá, os morrinhos, casarões mal-assombrados, as hortas de Portugal Pequeno e boiada pra lá e pra cá na paz de quem não sabe da morte.

Em diagonal, os braços do rio, desprendidos lá pela Taquara, cortavam o campo: o direito, ao meio; o esquerdo, que hoje separa Os Apês das casas e sobre o qual está a ponte por onde escoa o tráfego da principal rua do bairro, na parte de baixo. E, como o bom braço ao rio volta, o rio, totalmente abraçado, ia ziguezagueando água, esse forasteiro que viaja parado, levando íris soltas em seu leito, deixando o coração bater em pedras, doando mililitros para os corpos que o ousaram, para as bocas que morderam seu dorso. Ria o rio, mas Busca-Pé bem sabia que todo rio nasce para morrer um dia.

Um dia essas terras foram cobertas de verde com carro de boi desafiando estradas de terra, gargantas de negros cantando samba duro, escavação de poços de água salobra, legumes e verduras enchendo caminhões, cobra alisando o mato, redes armadas nas águas. Aos domingos, jogo de futebol no campo do Paúra e bebedeira de vinho sob a luz das noites cheias.

— Bom dia, Zé das Alfaces! — dissera seu Manoel das Couves num momento de aurora. Porém o das Alfaces nada respondera, apenas olhara os primeiros voos das garças ao som do canto dos galos e do mugir da boiada.

Os dois filhos de portugueses tratavam das hortas de Portugal Pequeno nas terras herdadas. Sabiam que aquela região seria destinada à construção de um conjunto habitacional, mas não que as obras estavam para começar em tão pouco tempo. Trabalharam como em todos os dias, das cinco da manhã até as três da tarde, falaram de nada, riram de tudo, assobiaram fados impossíveis, amaram as formas de vento, almoçaram juntos, juntos ouviram os homens daquele carro de chapa branca, em primeira marcha, dizer:

— Nas terras dos senhores, edificaremos um novo lugar.

"Vem, bom vento! Inventa outro riso em meu rosto!", pensaria, mais tarde, seu Zé das Alfaces. "Um outro vento, sem pátria ou compaixão, levou-me o riso que este chão me deu, este chão em que chegaram uns homens com botas e ferramentas medindo tudo, marcando a terra... Depois vieram as máquinas arrasando as hortas de Portugal Pequeno, espantando os espantalhos, guilhotinando as árvores, aterrando o charco, secando a fonte, e isso aqui virou um deserto. Sobraram o bosque, as árvores do Outro Lado do Rio, os casarões mal-assombrados, a boiada que nada sabe da morte e a tristeza nos rastros de uma era nova."

Cidade de Deus deu a sua voz para as assombrações dos casarões abandonados, escasseou a fauna e a flora, remapeou Portugal Pequeno e renomeou o charco: Lá em Cima, Lá na Frente, Lá Embaixo, Lá do Outro Lado do Rio e Os Apês.

Ainda hoje, o céu azula e estrelece o mundo, as matas enverdecem a terra, as nuvens clareiam as vistas e o homem inova avermelhando o rio. Aqui agora uma favela, a neofavela de cimento, armada de becos-bocas, sinistros-silêncios, com gritos-desesperos no correr das vielas e na indecisão das encruzilhadas.

Os novos moradores levaram lixo, latas, cães vira-latas, exus e pombagiras em guias intocáveis, dias para se ir à luta, soco antigo para ser descontado, restos de raiva de tiros, noites para velar cadáveres, resquícios de enchentes, biroscas, feiras de quartas-feiras e de domingos, vermes velhos em barrigas infantis, revólveres, orixás enroscados em pescoços, frango de despacho, samba de enredo e sincopado, jogo do bicho, fome, traição, mortes, jesus cristos em cordões arrebentados, forró quente para ser dançado, lamparina de azeite para iluminar o santo, fogareiros, pobreza para querer enriquecer, olhos para nunca ver, nunca dizer, nunca olhos e peito para encarar a vida, despistar a morte, rejuvenescer a raiva, ensanguentar destinos, fazer a guerra e para ser tatuado. Foram atiradeiras, revistas *Sétimo Céu*, panos de chão ultrapassados, ventres abertos, dentes cariados, catacumbas incrustadas nos cérebros, cemitérios clandestinos, peixeiros, padeiros, missa de sétimo dia, pau para matar a cobra e ser mostrado, a percepção do fato antes do ato, gonorreias mal curadas, as pernas para esperar ônibus, as mãos para o trabalho pesado, lápis para as escolas públicas, coragem para virar a esquina e a sorte para o jogo de azar. Levaram também as pipas, lombo para polícia bater, moedas para jogar porrinha e força para tentar viver. Transportaram também o amor para dignificar a morte e fazer calar as horas mudas.

Por dia, durante uma semana, chegavam de trinta a cinquenta mudanças do pessoal que trazia no rosto e nos móveis as marcas das enchentes. Estiveram alojados no estádio de futebol Mario Filho e vinham em caminhões estaduais cantando:

Cidade Maravilhosa
cheia de encantos mil...

Em seguida, moradores de várias favelas e da Baixada Fluminense habitavam o novo bairro, formado por casinhas enfileiradas brancas, rosa e azuis. Do outro lado do braço esquerdo do rio, construíram Os Apês, conjunto de prédios de apartamentos de um e dois quartos, alguns com vinte e outros com quarenta apartamentos, mas todos com cinco andares. Os tons vermelhos do barro batido viam novos pés no corre-corre da vida, na disparada de um destino a ser cumprido. O rio, a alegria da molecada, dava prazer, areia, rã e muçum, não estava de todo poluído.

— Olha o saco de jamelão que eu trouxe!

— Já panhei manga, jabuticaba, agora vou panhar cana Lá do Outro Lado do Rio!

As crianças descobriam e se descobriam na bola de gude:

— Marraio, feridor sou rei!

— Tudo!

— Em cima dos quatro!

— Alti!

— Limpa aí!

— Buliu, morreu!

— Caí de palmo no tri!

— Bate corra aí!

— O jogo é duro!

No voo da pipa:

— Não vai não, que tá com menas.

— Vou tentar embolar.

— Que nada! Pega rabiola e linha.

— Não dá, meu cerol tá grosso.

— Você tem que arrastar.

— Vou sair suspendendo.

— Ele vai te levantar.

— Foi!

No jogo de carniça:

— Simples que a carniça é nova!

— Simples!

— Eu dou e todo mundo dá!

— Eu dou e ninguém dá!

— Pular muro do cemitério!

— Cemitério pegou fogo!

— Cada macaco no seu galho!

— Mandar carta pra namorada.

— Acabou a tinta!

— Fique onde está!

— Simples que a carniça é nova.

— Simples!

Achavam-se no pique-esconde, no pique-bandeira, no garrafão e faziam guerra de mamona pelo Outro Lado do Rio, mergulhavam no laguinho, brincavam de barquinho, viagem ao fundo do mar. Entravam pelo campo, disputavam o chão com as cobras, os sapos e os preás.

— Topa ir lá no Barro Vermelho? — chamou Busca-Pé.

— Onde é? — indagou Barbantinho segurando um balde d'água.

— Lá donde tu veio, pertinho da biquinha. A gente sobe lá em cima do morro e desce correndo que nem filme de bangue-bangue.

— Eu topo!

Saíram por detrás dos Apês. Convidaram alguns dos seus amigos. O irmão do Busca-Pé, vendo as crianças se organizarem para uma nova aventura, pensou em guardar a bicicleta para acompanhá-los, mas por insistência dos colegas resolveu levá-la. Atravessaram um matagal, onde mais tarde seriam construídos novos blocos de apartamentos, e depararam com o braço esquerdo do rio.

— Vou mergulhar! — afirmou Barbantinho.

— Vamo logo lá no Barro Vermelho, depois a gente nada! — sugeriu Busca-Pé.

— É melhor tomar banho agora, porque a nossa roupa seca e nossa mãe não vai saber que nós tomou banho no rio — argumentou Barbantinho.

— Tá com medo da mamãezinha? — inquiriu Busca-Pé.

Barbantinho, sem dar ouvidos, jogou-se n'água; seus amigos fizeram o mesmo. Iam até certo ponto andando e voltavam nadando a favor da correnteza. Barbantinho não saía do rio, nadava contra e a favor. Brincaram de dar caldo, submarino americano e de Capitão Furacão. A manhã alcançava a sua última hora, invadia os galhos das goiabeiras e trazia em seu bojo um vento terral que levava uma a uma as nuvens de chuva. Os canários-da-terra cantavam.

Foi como se tivessem mudado para uma grande fazenda.

Além de comprarem leite fresco, arrancarem hortaliças na horta e colherem frutas no campo, ainda podiam andar a cavalo pelos morrinhos da Estrada do Gabinal. Detestavam a noite, porque ainda não havia rede elétrica e as mães proibiam as brincadeiras de rua depois que escurecia. Pela manhã, sim, era legal: pescavam barrigudinhos, caçavam preás, jogavam bola, matavam pardal para comer com farofa, invadiam os casarões mal-assombrados.

— Vamo logo lá no Barro Vermelho! — insistiu o irmão de Busca-Pé já em cima da bicicleta.

Não foram pela rua Moisés, poderiam encontrar a mãe de algum deles apanhando água na biquinha; passaram por detrás das casas e com dificuldade subiram o monte.

O Barro Vermelho fora mutilado por pás mecânicas e tratores, por ocasião da construção das casas e dos primeiros blocos de apartamentos. O barro tirado do monte serviu para aterrar parte do charco e para o emboço das primeiras moradias. Quando era perfeito, o monte terminava bem próximo à margem do rio. Hoje, termina num dos limites do conjunto, onde estão algumas das casas de triagem, na rua que liga os blocos de apartamentos à praça principal do conjunto. De lá de cima dava para ver a lagoa, o lago, o laguinho, o rio e seus dois braços, a igreja, o mercado Leão, o clube, o Lazer, as duas escolas e o jardim de infância. O posto médico também dava para se distinguir daquela distância.

— Vou descer de bicicleta! — anunciou o irmão de Busca-Pé.

— Tá maluco? Não tá vendo que tu vai se estabacar lá embaixo?! — previu Barbantinho.

— Que nada, rapá, sou piloto!

Montou na bicicleta, inclinou o tronco para o guidom e largou-se morrinho abaixo. A uma certa distância apertou o freio de trás, colocou um dos pés no chão e rodopiou a bicicleta. Os amigos aplaudiram e gritaram:

— Maneiro, maneiro!

Repetiu a façanha várias vezes para delírio dos espectadores.

Seus olhos lacrimejavam devido à velocidade, mas não desistiu de bancar o piloto. Tamanha foi sua empolgação que desceu novamente, aumentando a velocidade com dez pedaladas. Não prestou: passou num buraco, perdeu a direção e foi perna para o alto, nariz ensanguentado, corpo ralando no barro, poeira entrando nos olhos... Mas o assunto aqui é o crime, eu vim aqui por isso...

Poesia, minha tia, ilumine as certezas dos homens e os tons de minhas palavras. É que arrisco a prosa mesmo com balas atravessando os fonemas. É o verbo, aquele que é maior que o seu tamanho, que diz, faz e acontece. Aqui ele cambaleia baleado. Dito por bocas sem dentes nos conchavos de becos, nas decisões de morte. A areia move-se nos fundos dos mares. A ausência de sol escurece mesmo as matas. O líquido-morango do sorvete mela as mãos. A palavra nasce no pensamento, desprende-se dos lábios adquirindo alma nos ouvidos, e às vezes essa magia sonora não salta à boca porque é engolida a seco. Massacrada no estômago com arroz e feijão a quase-palavra é defecada em vez de falada.

Falha a fala. Fala a bala.

Tutuca, Inferninho e Martelo passaram correndo pelo Lazer, entraram na praça da Loura, saíram em frente ao bar do Batman, onde estava parado o caminhão de gás.

— Todo mundo quetinho, senão leva tiro! — ordenou Tutuca com dois revólveres na mão.

Inferninho se posicionou do lado esquerdo do caminhão. Tutuca, no lado oposto. Martelo foi à esquina observar uma eventual chegada da polícia. Os transeuntes saíam de fininho; quando ganhavam distância apressavam o passo. Somente as duas velhas que naquele exato momento iriam comprar gás não arredaram pé. Pareciam plantadas naquele chão, tremendo, rezando o Credo.

Os entregadores levantaram as mãos e avisaram que o dinheiro estava com o motorista, que justamente tentava em vão escondê-lo. Inferninho o observava. Mandou que se deitasse com os braços estirados, revistou-o, pegou o dinheiro, deu um chute no rosto do trabalhador para ele nunca mais dar uma de esperto.

Martelo anunciou a todos que o gás era por sua conta, não precisavam trazer botijão vazio para trocar pelo cheio. O caminhão ficou vazio em minutos.

— Aí, vamo subir por aqui — sugeriu Tutuca.

— Não, vamo pelo Lazer que é mais aberto, morou? Dá pra ver todo mundo e vamo dar os berro pra Creide levar — disse Martelo.

— Que nada, cumpádi! — rebateu Tutuca. — Bandido que é bandido tem que andar é trepado, morou? Não vou andar na mão baludo, não.

Sabe lá se aparece alguém aí pra sabarcar nosso dinheiro? A gente nem sabe quem é quem aqui, cumpádi! Tá pensando que só tem nós de bicho--solto aqui, xará? Aqui só tem favelado! Tem nego até da Baixada entocado por aí. E se os samango pia na parada? Como é que você vai trocar com eles? Na mão é que não vai dar! — concluía Tutuca sem perder o ritmo da caminhada.

Cleide, que estava no bar do Batman na hora do assalto, resolveu acompanhá-los a distância.

Inferninho nada falou. Alguma coisa o fez lembrar-se de sua família: o pai, aquele merda, vivia embriagado nas ladeiras do morro do São Carlos; a mãe era puta da zona, e o irmão, viado. A mãe piranha até que passava, era conhecida por sua personalidade forte, não levava desaforo para casa, tinha palavra e era respeitada no Estácio. O pai também não era o seu maior problema, porque, quando sóbrio, as crianças não riscavam seu rosto de giz, não lhe roubavam os sapatos, e, apesar disso tudo, ele era bom de briga e ritmista da escola de samba. Mas o irmão... era muita sacanagem... Ter um irmão viado foi uma grande desgraça em sua vida. Imaginava o Ari chupando o pau dos paraíbas lá na Zona do Baixo Meretrício, dando o cu para a garotada do São Carlos, fazendo troca-troca com marinheiros e gringos na praça Mauá, comendo bunda de bacana nos pulgueiros da Lapa. Não aceitava que seu irmão passasse batom, vestisse roupas de mulher, usasse perucas e sapatos de salto alto. Lembrou-se também daquela safadeza do incêndio, quando aqueles homens chegaram com saco de estopa ensopado de querosene botando fogo nos barracos, dando tiro para todos os lados sem quê nem para quê. Fora nesse dia que sua vovó rezadeira, a velha Benedita, morrera queimada. Já não podia sair da cama por causa daquela doença que a obrigara a viver deitada. "Se eu não fosse molequinho ainda", pensava Inferninho, "eu tirava ela lá de dentro a tempo e, quem sabe, ela tava aqui comigo hoje, quem sabe eu era otário de marmita e o caralho, mas ela não tá, morou? Tô aí pra matar e pra morrer". Um dia após o incêndio, Inferninho foi levado para a casa da patroa de sua tia. Tia Carmem trabalhava no mesmo emprego havia anos. Inferninho ficou morando com a irmã da mãe até o pai construir outro barraco no morro. Ficava entre o tanque e a pia o tempo todo e foi dali que viu, pela porta entreaberta, o homem do televisor dizer que o incêndio fora acidental. Sentiu vontade de matar toda aquela gente branca, que tinha telefone, carro, geladeira, comia boa comida, não morava em barraco sem água e sem privada. Além disso, nenhum dos homens daquela casa tinha cara de viado como o Ari. Pensou em levar tudo da brancalhada, até o televisor mentiroso e o liquidificador colorido.

Quando passaram em frente ao mercado Leão, Inferninho avistou uns rapazes jogando bola num terreno coberto de pó de pedra e disse aos parceiros:

— Aí, cumpádi, pode ter nego de bicho aí, morou? E pode até ser igual a mim, mas mais do que eu não, tá sabendo? Não acredito em sugestão de ninguém. Se nego vim tirar chinfra comigo, eu aperto o dedo em cima. Aí, diz duvido eu tirar uma chinfra com esses otários aí.

— Duvido! — apostaram Tutuca e Martelo.

Aproximaram-se do posto médico. À esquerda, a rapaziada jogava bola:

— Aí, para a bola e manda ela pra cá que agora ela é minha. Se não mandar a redonda o bicho pega! — ameaçou Inferninho com a arma engatilhada.

Um rapaz assustado trouxe-lhe a bola. Inferninho fez embaixadas, controlou a bola com os dois pés, jogou-a para o peito, do peito para a coxa esquerda, depois para a cabeça.

— O garoto é bom, tem habilidade! — elogiou Martelo.

Por fim, Inferninho, depois de fazer a bola rebolar por vários minutos, chutou-a para o alto. A bola voltaria ao seu peito numa matada perfeita, mas que nada, Inferninho apertou o gatilho e a bola caiu já sem vida. Martelo e Tutuca gargalharam; Inferninho, porém, ficou sério, deixando escapar um olhar irado que dava continuidade ao som do tiro. Impôs silêncio atirando suas retinas no rosto de cada um num lance rápido, como se fossem todos culpados da desgraça que era sua vida. Depois de alguns segundos, deu-lhes as costas. Os amigos o acompanharam.

Lá embaixo, Passistinha, Pará e Pelé fumavam um baseado na beira do rio.

— Os cara deixaram eles vender quase tudo e depois ganharam eles Lá na Frente. Arrumaram um pichulé maneiro, deu gás para todo mundo e ainda tiraram uma onda com aqueles cara que bate pelada lá no Sangue e Areia. Salta a franga aí, cumpádi! — disse Pelé, entusiasmado com a possibilidade de também assaltar o caminhão de gás.

— Que Sangue e Areia, cumpádi? — perguntou Passistinha.

— Aquele campinho de pó de pedra, ali perto do mercado.

— Quem são esses cara que tão de bicho-solto aí na área? — indagou Pará, passando o baseado para Pelé.

— É Tutuca, Inferninho e Martelo. Inferninho eu conheço do São Carlos, o Tutuca é cria lá da Cachoeirinha, e Martelo, se for quem tô pensando, é lá do Escondidinho — respondeu Passistinha.

— Só sei que o outro caminhão é meu, morou? Tem pra todo mundo, é só não crescer o olho! — avisou Pelé.

— Cuidado que Inferninho é danado. Se deparar com ele, tem que ter atitude, senão o bicho pega, tá sabendo? Mas, se falar meu nome, ele aceita uma ideia...

— Comigo não tem essa, não, cumpádi! — interrompeu Pelé. — Não tenho medo de marra de cão, não. Não quero arrumar arengação com ninguém, não, mas, se vim de vacilação, não vai ter essa de desenrolar ideia, não, cumpádi. Boto logo o bicho pra pegar também!

— Um tem que respeitar o outro. Cada um tem que sentir que o inimigo é a polícia, sabe qualé que é? Não quero meus amigo de rixa, não — alertou Passistinha.

— Sujou! — anunciou uma voz vinda de um beco entre as casas de triagem da Quadra Treze.

Passistinha saiu em disparada pela ponte da Cedae, deu a volta pelo lado esquerdo do lago, Pelé e Pará foram no vácuo dele; ganharam a parte do charco que sobreviveu aos aterros.

Uma cobra se assustou com a correria, mas passou despercebida pelos três. Tomaram a direção da figueira mal-assombrada para em seus galhos fumar outro baseado e observar os policiais fazendo revista nas casas de triagem da Quadra Treze.

Os leiteiros já haviam passado. A garotada assistia a *National Kid*. Os que não tinham televisor iam para a janela do vizinho apreciar as aventuras do super-herói japonês. O sol já havia se distanciado da serra do Grajaú, um vento raivoso sustentava as pipas que se cruzavam no céu. Alternadamente pequenos nevoeiros de poeira vermelha nasciam e morriam ao longo das ruas de barro batido, as crianças uniformizadas que saíam dos colégios enchiam os olhares. Já dera meio-dia.

Lá em Cima, na casa de Martelo, os bandidos dividiam o dinheiro, enquanto Cleide preparava uma sopa de legumes e dizia:

— O motorista, de branco ficou vermelho. Não sei como ele não se cagou... Me deu pena dele, sabe? Mas achei engraçado. Agora, aquelas velhas me deu foi dó, as coitadinha tremia que nem vara verde. Não sei como elas não teve um troço.

— Mas eu nem apontei os berro pra elas! — disse Tutuca.

— O que que tem? Só de ver os ferro, elas podia ficar durinha ali mesmo.

— Mas na hora de apanhar o gás elas bem que gostou — concluía Tutuca.

— Que nada, quando começou juntar gente, elas deu no pé — finalizou Cleide.

Tutuca saiu de perto dos amigos, pensou em entrar no banheiro, mas preferiu ir para fora da casa. Uma tristeza acompanhava seus passos; não escutava mais o que os amigos diziam, sentia calafrios, foi para o fundo do quintal, sentou-se com a cabeça encostada na parede da casa e deixou as lágrimas se desentocarem dos olhos. Não foram as velhas que o deixaram triste, elas apenas o fizeram lembrar-se de outra ocasião, quando foi assaltar o caminhão de gás sozinho e a polícia surgiu na hora; não dava para correr sem atirar e foi o que fez. Uma das balas do seu revólver estuporou a cabeça duma criança. Ele viu o nenê balançar no colo da mãe e os dois caírem no chão com o impacto do tiro. Repetia para si mesmo que aquele crime fora sem querer, numa tentativa de aliviar-se da culpa, porém o desespero de ter matado uma criança tomava conta dele sempre que se lembrava disso. Sabia que poderia arrepender-se de seus pecados e ganhar o reino dos Céus, mesmo assim aquele pecado era muito grande, sempre ouvira os pais falarem dos pecados mortais. Não tinha jeito, iria direto para o quinto dos infernos. Olhou para o céu, depois para o chão, concluiu que Deus ficava muito longe. Os aviões voavam alto e não chegavam nem perto do paraíso. A Apolo 11 só fora até a Lua. Para chegar ao céu tem que passar por todas as estrelas, e as estrelas ficam longe pra caralho. Se o inferno é embaixo da terra ele está muito mais próximo. Temia a ira de Deus, mas tinha vontade de conhecer o Diabo, faria um pacto com ele para ter tudo na Terra. Ao perceber a proximidade da morte, se arrependeria de todos os pecados, ganharia dos dois lados. Foda seria se morresse de repente. Resolveu parar de pensar em besteiras. Voltou para perto dos amigos.

Tutuca foi criado no morro da Cachoeirinha. Quis ser bandido para ser temido por todos, assim como foram os bandidos do lugar onde morou. Os bichos-soltos botavam tanta moral que o medroso do seu pai não tinha coragem nem de olhar nos olhos deles. Gostava do jeito dos malandros falarem, da forma como se vestiam. Quando saía para comprar alguma coisa, torcia para ter batucada na birosca para ficar escutando os sambas de partido-alto cantados pelos malandros. Até os quinze anos, foi obrigado a frequentar a igreja da Assembleia de Deus. Sempre dizia aos pais que não gostava daquela vida de orações e mais orações, de ter que acompanhá-los nos cultos. Odiava quando sua casa era palco de vigílias, reuniões do pessoal da igreja. Queria ter uma vida igual à da maioria dos garotos do morro. Tinha vontade de participar das festas juninas, comer doces de são Cosme e Damião, ganhar presentes no Natal. Desejava desfilar na ala da bateria de qualquer escola de samba, mas nada disso a religião permitia. Diziam que o Carnaval era a festa do Diabo. O Diabo era quem sabia das coisas. Um dia decidira abandonar a igreja. Rasgou a Bíblia, fez a mesma coisa com os panfletos, desafiou os pais, que insistiam em sua permanência na religião. Com o passar do tempo, Tutuca começou a fumar maconha nas quebradas do morro. Seus primeiros roubos foram em sua própria casa, depois no mercado, até que partiu para os assaltos. Os vizinhos comentavam que Tutuca não era feio, que era um menino bem tratado, pois tinha um pai que não bebia, um homem que vivia da casa para o trabalho, do trabalho para casa, e o filho ficava ali com aquela cara de cão raivoso. Por qualquer coisinha queria dar tiro nos outros, assaltava moradores, currava as meninas do pedaço. Era um bom filho da puta.

— Aí, amanhã vou sabargar o caminhão de gás de novo. Não quero ficar duro, não, porque dá azar de sujar e a gente não tem nem um qualquer pra dar um cala-boca pros homi, morou? Topa ir de novo? — convidou Inferninho.

— Topo — respondeu Tutuca.

Martelo disse não. Achava arriscado fazer assaltos em dias seguidos.

— A polícia vai ficar toda na moita — explicava Martelo —, só esperando pra encaçapar vagabundo, morou? Vou ficar entocado.

— Se hoje foi dia do Gasbrás, amanhã vai ser o Minasgás — lembrou Tutuca, sem dar ouvidos à previsão do parceiro.

A noite era dos grilos em cantorias e do vento que trazia um frio forte o bastante para deixar as ruas desertas. Alguns biriteiros bebiam nas biroscas. Entre uma tacada de sinuca e outra, escutavam, pelo rádio, o programa humorístico *A turma da maré mansa*. Os bichos-soltos dormiram pensando no assalto da manhã seguinte. A manhã não tardou. O assalto foi feito sem muito trabalho, dessa vez executado por Pelé e Pará. Quando Tutuca e Inferninho chegaram, também chegou a polícia dando tiro em cima deles. Tutuca correu por detrás do posto médico, passou pelo cinema, subiu pela rua do Meio. Os policiais o seguiram. Inferninho desceu pela beira do braço direito do rio. No caminho, ainda parou para tirar a camisa vermelha e ficar só com a preta, que vestia por baixo, para despistar a polícia. Ganhou a rua da escola Augusto Magne, dobrou à direita tentando mostrar que estava correndo por outro motivo e chegou Lá Embaixo, onde Pelé e Pará estavam contando dinheiro agachados na esquina.

— Aí, cumpádi, onde tu arrumou essa merreca toda?

— Que que tu...

— Vai me dando, que eu vi bem você de pinote na hora que os samango pintou, e é o seguinte, quem ia sabargar era a gen...

— Vai tomar no cu, rapá! Tá pensando que birimbau é gaita? — disse Pelé sem gaguejar.

— Não tem caô nem lero-lero. Vai me dando tudo, senão o bicho vai pegar pra cima de você!

— Qualé, Inferninho? Qualé, Pelé? Tão lombrando por causo de quê?

Inferninho abaixou a arma, Pelé fez o mesmo ao escutar a voz de Passistinha.

— Ainda bem que vocês não se cruzaram antes. Eu sabia que ia riscar fogo. Vamo ali tomar um birinaite — convidou Passistinha.

Lá em Cima, Tutuca trocava tiros com Cabeça de Nós Todo. O policial militar não desistia de agarrar ou matar Tutuca. Já havia municiado seus dois revólveres várias vezes e xingava quando Tutuca devolvia os tiros.

Ninguém foi atingido. Tutuca tomou o carro dum homem, desceu pela rua Principal e pegou o caminho da Freguesia, onde abandonou o carro. Voltou para o conjunto por dentro do mato para encontrar Inferninho e os outros.

— Passistinha! Puta que pariu! Tem uma caralhada de tempo que a gente não cruza.

— É, cumpádi... Tem uma etapa. Já tá aprontando, hein, cumpádi?

— Vai dizer que foi tu que ganhou o caminhão?

— Não. Foi os cara aí, morou?

— Porra! Quase que eu danço por causo de vocês, morou, cumpádi?

— Por causo da gente por causo de quê?

— Se vocês não ganham os otários, os homi não ia tá lá. Tinha que avisar...

— Vocês avisou ontem?

— Craro que não! A gente nem conhecia vo...

— Então, cumpádi... Tu tá é de conversa fiada, morou?

— Conversa fiada é o caralho! Se tu falar mais uma coisin...

— Calma aí — interrompeu Passistinha —, ninguém é culpado de nada e sem essa de arengação, sabe qualé? Se vocês ficar se arengando à toa, quem vai se dar bem é os homi. Tem pra todo mundo... Não quero meus amigo de rixa, não, e é o seguinte: tem que ser amigo. Se começar esse papo de rixa, daqui a pouco a área fica suja rapidinho. Já falei: não quero ninguém de rixa, não! — finalizou Passistinha, como quem dá uma ordem confiante de sua aceitação. Todos o respeitavam, jamais iriam contra o melhor passista da escola de samba Acadêmicos do Salgueiro. Nunca levantariam a voz para o malandro mais conhecido nos morros cariocas. Até o Grande, bandido mais perigoso da cidade do Rio de Janeiro, tinha-lhe consideração. Atenderiam a qualquer pedido de Passistinha. Ficaram ali tomando cerveja. Na metade da tarde se portavam como grandes amigos: jogaram sinuca, porrinha e cantaram samba de partido-alto:

No morro, sim
que é lugar de tirar onda.
Tomando cerveja,
fumando maconha
e jogando uma ronda.

Famílias de várias favelas do Rio chegavam ao novo conjunto habitacional. A chance de adquirir uma casa própria e, enfim, estabelecer-se funcionava como um chamariz, mas a distância e a precariedade das condições oferecidas levavam muitos a reconsiderar a decisão. Se, por um lado, os trabalhadores tinham de acordar de madrugada e andar três quilômetros para pegar o ônibus no largo da Freguesia, por outro cada criança que chegava era uma paixão garantida pelo lugar: quando não era o goiabal, eram os abacateiros; quando não era o bosque, eram os casarões mal-assombrados; quando não era o laguinho, era o lago; quando não era o rio, era a lagoa; quando não era o charco, era o mar da Barra da Tijuca.

Quem conhecesse bem o conjunto poderia andar de uma extremidade a outra sem passar pelas ruas principais. Tutuca e Inferninho gostavam de mostrar os revólveres para os policiais de ronda, entravam pelos becos dando tiro para o alto. Os policiais corriam atrás deles; porém, sem conhecer as dobras do labirinto, perdiam-se. Era comum, nessas horas, atirarem entre si. Os bichos-soltos davam a volta e atiravam de outro beco, deixando os policiais atordoados. Faziam isso somente quando Cabeça de Nós Todo não estava de serviço. Era preferível nem sair de casa nos dias de seu plantão, porque ele era astuto como o Diabo e conhecia bem o conjunto.

Numa parte do Outro Lado do Rio, foram construídas casas menores. Ali estavam os campos do Paúra e do Baluarte, onde os times de futebol faziam campeonatos e torneios. Nesse mesmo lado, indo pela direita, ficava o Novo Mundo, um loteamento antigo, onde havia uma padaria que consignava pão para a molecada vender, de porta em porta, no conjunto. Eram os padeiros que acordavam os moradores gritando: "Olha o pão, olha o pão!". Padê Lolo e Paulo Cachaça, únicos adultos vendedores de pão, atravessavam as manhãs levando aos ouvidos o pregão:

— Eu sou o padeiro de Copacabana, que veio vender pão na cidade de lama.

Os dois vendiam pão até as onze e ficavam embriagados pelo resto do dia.

Os leiteiros também madrugavam batendo ferro, anunciando que tinham leite fresco para ser vendido. Os vendedores de picolé só apareciam quando a manhã estava inteiramente pronta. As donas de casa molhavam as plantas, tinham água à vontade. Não era aquele negócio de lata d'água na cabeça. Faziam hortas, jardins, davam banhos de mangueira nas crianças e nos cachorros.

A maioria dos bandidos raramente circulava de dia, preferia a noite para jogar ronda, fumar baseado, jogar sinuca, cantar samba sincopado acompanhado do som de uma caixa de fósforos e, até mesmo, para bater um papo com os amigos. Somente Tutuca, Inferninho, Martelo, Pelé e Pará eram vistos de dia. Assaltando os caminhões de gás, fumando maconha nas esquinas, soltando pipa com a molecada, jogando bola com a rapaziada do conceito. Os outros assaltantes preferiam agir na Zona Sul, "local de bacana". Assaltavam turistas, lojas comerciais, pedestres com pinta de grã-finos.

Lá em Cima, a velha Tê montara uma boca de fumo para atender aos poucos maconheiros do conjunto. Madalena já vendia maconha Lá na Frente, mas com dificuldade, por não ter um bom matuto. Com isso não podia estocar a erva para dar conta da demanda, apesar de esta ser pequena. Na rua do Meio, Paulo da Bahia abriu um boteco: o Bonfim, que funcionava a noite toda de segunda a segunda. A malandragem jogava ronda, fumava maconha, bebia traçado e, às vezes, cheirava brizola. Comia peixe frito, moela de galinha, torresmo, linguiça, chouriço, ovo cozido, jiló ao vinagrete e caldinho de feijão preparados pela esposa do Paulo da Bahia. O som da vitrola embalava os casais, que volta e meia arriscavam passos de dança na calçada.

Lá na Frente, o bar do Batman era o ponto dos primeiros maconheiros do conjunto. Era ali que eles se reuniam para fazer a intera do bagulho para fumar num loteamento próximo ao conjunto, ou no mato, e até mesmo pelas ruas, se houvesse possibilidade. Laranjinha, Acerola, Jaquinha, Manguinha e Verdes Olhos gostavam mesmo era de fumar no Loteamento. Achavam legal andar pelos morrinhos com árvores espalhadas por todos os lados, ficar dentro do mato contando e ouvindo histórias engraçadas, tirando frutas das árvores. O Loteamento não era visado pela polícia, tinha poucas casas e dezenas de tocas para fumar um.

Por conta de brigas, jogos de futebol, bailes, viagens diárias de ônibus, da frequência aos cultos religiosos e às escolas, uma nova comunidade surgiu efusivamente. Os grupos vindos de cada favela integraram-se em uma nova rede social forçosamente estabelecida. A princípio, alguns grupos remanescentes tentaram o isolamento, porém em pouco tempo a força dos fatos deu novo rumo ao dia a dia: nasceram os times de futebol, a escola de samba do conjunto, os blocos carnavalescos... Tudo concorria para a integração dos habitantes de Cidade de Deus, o que possibilitou a formação de amizades, rixas e romances entre essas pessoas reunidas pelo destino. Os adolescentes utilizavam-se da fama negativa da favela onde haviam morado para intimidar os outros em caso de briga ou até mesmo nos jogos, na pipa voada, na disputa de uma namorada. Quanto maior a periculosidade da favela de origem, melhor era para impor respeito, mas logo, logo, sabia-se quem eram os otários, malandros, vagabundos, trabalhadores, bandidos, viciados e considerados. Os menos afeitos à nova sociedade foram os bandidos. Apenas os que estiveram alojados no estádio Mario Filho por ocasião das enchentes se aproximaram. Foi o caso de Tutuca, Inferninho e Martelo, e daqueles que puxaram cadeia juntos.

Nenhuma das favelas teve sua população totalmente transferida para as casas do conjunto. A distribuição aleatória da população entre Cidade de Deus, Vila Kennedy e Santa Aliança, os dois outros conjuntos criados na Zona Oeste para atender aos flagelados das enchentes, acabou mutilando famílias e antigos laços de amizade. Muitas delas recusaram a mudança para Cidade de Deus, por acharem o lugar muito distante. Mas os favelados da Ilha das Dragas e do Parque Proletário da Gávea vieram em massa povoar Os Apês, onde o entrosamento foi mais facilmente alcançado.

Aos sábados havia baile no clube, onde se encontravam os bandidos, os maconheiros, as vadias e a rapaziada do conceito. Os conjuntos musicais tocavam canções de Jorge Ben, Lincoln Olivetti, Wilson Simonal e outros. A diretoria do clube comandava o melhor time de futebol de Jacarepaguá, fazia angu à baiana, feijoada aos domingos para os sócios, organizava excursões, campeonatos e torneios de futebol de salão. Para o baile de sábado a diretoria preparava dezenas de garrafas de batida de limão, calcinha de náilon e leite de onça. Compravam cerveja e salgadinhos para vender durante o baile, acontecimento social mais importante da época, apesar de não ser frequentado por grande parte dos moradores, porque a maioria achava que ali não aconteciam boas coisas.

Num sábado, Inferninho chegou ao baile às pressas atrás de Martelo. Precisava lhe dar uma boa notícia. Tutuca tinha se dado bem num roubo, lá pelas bandas do Anil. Conseguira dois cordões de ouro, um par de alianças, um revólver calibre 38, três calças Lee e uma jaqueta de couro. Inferninho entrou no baile sem pagar, rodou todo o salão, foi ao bar, ao banheiro, e não encontrou o parceiro. Achou estranho. Cleide o vira ali. Já ia saindo quando encontrou Passistinha:

— Qual é, Passistinha? Viu Martelo aí?

— Saiu pra casa que tá sujo. Tem um tal de detetive Belzebu aí que tá perguntando a todo mundo se conhece vocês, morou, cumpádi? Já foram Lá na Frente, Lá em Cima, Lá Embaixo, já veio aqui... É esse negócio de ficar assaltando caminhão aí na área.

— Eles tão de patrulhinha ou de camburão?

— Tão de camburão.

— Tem quantos?

— Acho que tem três.

Inferninho coçou a cabeça, a preocupação com a polícia era visível. Pensou em sair dali, mas imaginou que os samangos não retornariam ao clube. Resolveu relaxar e disse ao amigo:

— Vamo tomar uma cerva?

— Um homem não toma, um homem bebe! — brincou Passistinha.

Iam para o bar do clube, quando o detetive Belzebu entrou com mais dois policiais, arrastando Cleide em prantos. Inferninho correu para o meio do salão, esbarrou em casais que dançavam ao som do Copa Sete, derrubou cadeiras, mesas. Belzebu largou Cleide e foi à captura do bicho-solto. Passistinha caminhou em sua direção, deu-lhe um encontrão para atrapalhar a investida, em seguida pediu desculpas dizendo que fora sem querer, mas Belzebu tentou esbofeteá-lo. O malandro esquivou-se sem muito esforço. Os outros policiais entraram na briga, mas Passistinha deu um rabo de arraia no detetive Carlão, uma rasteira no policial Careca e uma meia-lua em Belzebu, depois saiu, sem muita pressa, atravessou a ponte do braço direito do rio, entrou numa viela e sumiu lá pra baixo.

— Zum, zum, zum, zum, zum, capoeira mata um... Tá pensando que birimbau é gaita, meu irmão? — gritou rindo Lúcia Maracanã, para irritar ainda mais o detetive.

Inferninho entrou no banheiro feminino, subiu numa das privadas, trepou na meia parede que as separava, quebrou a telha de amianto a socos e saiu do clube. Do telhado, viu Cleide de rota batida lá para cima. Foi atrás da mulher de Martelo. Passaram em frente à igreja, alcançaram a casa do padre, viraram à esquerda, à direita, à direita novamente, jogaram-se nas águas do rio na altura da Laminha. A velha Tê viu os dois passarem, tratou de apagar as luzes e fechar a porta e as janelas, presumindo a polícia logo atrás. Cleide e Inferninho ganharam o Outro Lado do Rio, atravessaram duas vilas, saíram do conjunto, chegaram ao Novo Mundo e pararam para descansar num terreno baldio.

No clube, o detetive Belzebu espumava queixo abaixo. Atirou para o alto na tentativa de amedrontar Maracanã, que continuava a rir no salão.

— Quem é essa piranha que tá rindo aí?

— Sou eu mesmo, morou? Vai dizer que é proibido rir?

— Documento aí, sua crioula atrevida!

— Tá aqui! — respondeu Maracanã com a carteira de identidade na mão.

— Eu quero comprovante de trabalho, senão te meto em cana, levo você para o delegado te dar uma vadiagem.

— Vai dar vadiagem em mulher? Por que tu não vai atrás do homem que te enfiou a porrada? Hein, seu Zé Mané?

Belzebu partiu para cima de Lúcia, pegou em seu braço esquerdo, arrastou-a pelo salão. Lúcia xingou, deu mordidas no detetive, jogou-se no chão, esperneou, perguntou o porquê de estar indo presa. Belzebu nada respondeu, somente a esmurrou, antes de encaçapá-la no camburão. A música havia parado, e a maioria dos dançarinos se retirara. O presidente do clube se aproximou do detetive, que revistava uns rapazes no saguão de entrada.

— O senhor pode me dar um pouco de atenção?

Belzebu nada respondeu.

— Eu sou presidente do clube — continuou. — Quem sabe posso ajudar em alguma coisa.

— Muito bem, o caso é o seguinte: tá havendo uns assalto aqui nessa jurisdição e o delegado mandou dar um jeito nisso, tá sabendo? Já tão sabargando até no Anil. Aqui não pode piar um caminhão de entrega que eles logo manda ver. É um tal de Tutuca, um tal de Inferninho e um tal de Martelo. Já me deram o serviço todo. Eu vou prender ou matar todo mundo!

— Mas aqui no baile o senhor poderia dar um refresco. Afinal de contas, isso aqui é um clube como outro qualquer...

— Que nada, isso aqui só tem piranha, bandido e maconheiro. O pessoal de bem não vem pra cá, não.

— Vem, sim, eu sou de bem e tô aqui — interrompeu soldado Paraquedista, aproximando-se do detetive. — Sou militar, não sou maconheiro, não sou vagabundo, tô aqui me divertindo e me aparece o senhor aqui dando tiro, prendendo mulher, fazendo a maior arruaça...

— Tu é daonde? — perguntou Belzebu.

— Sou da brigada de paraquedistas do Exército brasileiro e sou um dos diretores do clube.

— Certo, mas não vem atrapalhar meu serviço, não, que dou parte pro teu comandante e te fodo!

— Fala direito comigo, fala sem dizer palavrão! Tô falando com o senhor numa boa, não tô a fim de atrapalhar serviço de ninguém, mas se eu quiser não deixo polícia nenhuma entrar aqui dentro, fico na portaria fardado e quero ver alguém colocar a mão ni mim!

— Ô rapaz, tu tá pensando que vai ficar no Exército pra sempre? Tá pensando que eu tenho medo de militar? — exaltava-se Belzebu.

— Eu sou militar e tu é bundão, rapá! Posso chegar a presidente e escolher teu governador! — acreditava soldado Paraquedista.

— Eu te enfio a porrada!

— Só te bato com o pé, samango viado!

— Vamo parar, vamo parar! — interferiu o presidente do clube. — A gente tamos aqui pra conversar e dar uma solução pro caso. Quero fazer deste lugar um lugar de respeito, um lugar de família. Acho melhor nós entrar lá dentro da secretaria pra conversar sem bate-boca — finalizou.

Conversaram durante uma hora. O presidente explicava ao detetive que a maioria das pessoas era gente boa, trabalhava, tinha só aquele baile como opção de lazer. Ele tinha muita vontade de tornar aquele local familiar, afirmava que tinha bons diretores, gente interessada no futebol de Jacarepaguá. Belzebu argumentava, ainda transmitindo tensão, que não sabia quem era quem ali e que por isso não iria chegar devagar:

— Se eu chegar igual moça, nego deita e rola, tá sabendo? Todo mundo aqui tem cara de bandido, quase não tem branco, nesta terra só tem crioulo mal-encarado. Não vou dar sopa mermo!

Nada se resolvia. Volta e meia, Belzebu olhava ao redor, procurando manter-se encostado na parede com o revólver na mão.

Até que outro diretor jogou o argumento final:

— O senhor pode vir aqui pegar um cala-boca na hora do baile mesmo. É só não pedir documento e não prender ninguém. Pode andar pelo clube, escutar uma música, tomar um refrigerante, que tá tudo certo, mas deixa o baile correr frouxo. Valeu?

— Tamos conversado! — respondeu Belzebu um pouco mais calmo.

Ao sair, liberou Lúcia Maracanã.

Lá no Novo Mundo, Inferninho escutava Cleide dizer que Belzebu arrombara a porta, dera tiro pra tudo que era lugar, revirara a casa toda. Ao mesmo tempo que ouvia o que Cleide dizia, Inferninho observava seu corpo colado no vestido molhado da água do rio. O bandido pensava em saborear aqueles lábios vermelhos e grossos, tinha vontade de agarrá-la e fazê-la gozar ali mesmo, entre a lua cheia e o mato. Iria meter devagarinho, chupando aqueles seios cheios, depois subiria para a boca, escorrendo a língua mansamente pelo pescoço, lamberia as costas, as coxas, a bundinha, o grelinho dela. Enfiaria a língua em seu ouvido e, ao mesmo tempo, aumentaria o movimento do quadril dando bombadinhas compassadas pra ela chamá-lo de tarado, gostoso, safado. E meteria por trás, pela frente, de ladinho, ela por cima, por baixo. Não iria querer nem que Deus o ajudasse. "Duvido que ela não goze um montão de vez", pensou Inferninho. Mas não, não podia estar pensando aquilo, Cleide era mulher de amigo e, afinal de contas, nem tinha dado bola pra ele. Era um gado responsa, que adiantava o lado de todo mundo, e Martelo era um cara maneiro, mas se ela abrisse a guarda um pouquinho ele não perdoaria e crau!

Era domingo de sol e de feira Lá em Cima, tempo de pipa colorindo o céu do conjunto, tempo de a criançada colocar vidro dentro de latas de leite e bater até virar pó, misturá-lo à cola de madeira, obter o cerol e passá-lo na linha para cortar a linha das outras pipas. Já era manhã alta quando Inferninho, Tutuca, Cleide e Martelo se encontraram no Bonfim. Entre um gole e outro de cerveja, Tutuca conta como fez o roubo:

— Eu já tinha falado pra vocês que tinha corujado a cachanga.

— Hã-ram — concordou Inferninho.

— Então... — tomou um gole longo, passou a língua nos lábios. — Primeiro eu passei de camelo, vi que a cachanga tava vazia. Não tinha ninguém na rua e era cedo pros otário chegar da batalha. Aí, eu parei assim...

— Tava trepado? — perguntou Inferninho.

— Não, não tava de revólver, não. Aí, eu comecei a gritar: "*Light*!". Ninguém veio, aí eu fui atrás e arrombei a janela da cozinha e entrei. Aí, cumpádi, era maior cachangão, tinha coisa pra caralho... Se tivesse mais um parceiro, nós ia se dar bem. Aí eu saí rapidinho, peguei o camelo, pedalei com vontade até sair da Estrada de Jacarepaguá... E aquele birimbolo lá no baile?

— Porra! Se não é Passistinha, nós tava no xadrez ganhando um sal dos homi... E era a civil, cumpádi, eles bate à pamparra! — disse Inferninho antes de contar o que sucedera no baile.

Quando disse que passara a noite no mato com Cleide, sua voz tremeu por ter pensado aquelas besteiras, mas Martelo não percebeu. Cleide reclamou do sufoco que passara, toda molhada, com aqueles mosquitos em cima dela. Acrescentou que só saíram de lá depois de sentir que a polícia não estava mais no encalço deles.

Resolveram ir ao bar do Batman tomar cerveja. Tutuca ia pagar tudo, estava com dinheiro para bancar a despesa sozinho. Martelo discordou, não quis beber Lá na Frente porque a polícia já conhecia Cleide e o roubo era muito recente:

— Vinte quatro hora ainda é fragante! — alertou Martelo.

Resolveram ficar no Bonfim, na feira, no meio de todo mundo. Para Tutuca o dia era de festa. Tudo não passara de um susto. A única coisa que o estava perturbando era que a polícia já sabia onde Cleide e Martelo moravam. "Como é que os homi descobriu? Quem foi que dedou? Martelo tinha que sair de pinote daquela cachanga, o negócio era invadir outra Lá Embaixo, rapidinho", pensou Tutuca. Olhou para o amigo, notou sua preocupação, resolveu não comentar o assunto. Os parceiros se divertiam ouvindo Martinho da Vila, bebiam cerveja e comiam moela de galinha.

Lá no começo da feira, Lúcia Maracanã e Vanderleia paravam nas barracas mais cheias. Vanderleia abria a bolsa para jogar os alimentos dentro sem que os feirantes vissem. Era assim aos domingos e às quartas-feiras. Lúcia não fazia como sua mãe, que ia ao final de cada feira recolher verduras e legumes do chão, ou então ficava implorando um pouquinho disso, um pouquinho daquilo aos barraqueiros. Encheram a bolsa e foram tomar cerveja no Bonfim.

— Eu sei quem dedurou vocês, morou? — disse Lúcia Maracanã assim que encontrou os amigos.

— Quem foi, quem foi? — perguntou Martelo.

— Foi aquele biriteiro que só fala com os outros quando tá doidão de goró. Mora pertinho de você, rapá!

— Quem, cumpádi? — perguntou novamente Martelo.

— Um que só anda de camisa vermelha, passa vaselina no cabelo, só toma batida de pêssego. Tá sempre aqui.

— Ah, já sei...! Que filho da puta! Vou deitar ele, morou, cumpádi?

— Deita mermo. Caguete merece morrer. Se eu ver ele, eu mermo deito! — afirmou Tutuca.

Passaram a manhã no Bonfim entre traçados e cervejas. Martelo só pensava em se mudar. Não podia pensar em outra coisa.

Belzebu e seus comparsas tinham revirado sua casa toda. Quebraram alguns móveis, derrubaram a geladeira, remexeram as gavetas, o guarda-roupa. Só a imagem de são Jorge ficara intata.

— Ô, meu pai Ogum! — disse Martelo quando viu o estado da casa uma hora depois que Belzebu voltou para o clube com Cleide, na tentativa de fazê-la apontar o marido.

Ainda criança, Martelo jurara para si mesmo que não passaria pelas necessidades que passava com os pais. Filho caçula de uma família de seis irmãos, apenas ele arriscara correr o risco de um dia arrebentar a boa. Conseguira esconder dos familiares seus atos criminosos. Vez por outra, arrumava emprego de servente de pedreiro nas obras da Barra da Tijuca. Tinha calos nas mãos para mostrar à polícia quando era abordado. Era titular do time de futebol do clube, respeitava todo mundo e, sempre que podia, evitava que seus parceiros molestassem os moradores. Conheceu Cleide no tempo em que era paraquedista do Exército.

— Foi amor à primeira vista! — dizia Cleide quando falava do marido para as amigas.

Martelo nunca tinha matado uma vítima e jamais pensara nessa hipótese. Poderia até mesmo ser preso, mas tirar a vida de alguém só se fosse para não morrer, apesar de saber atirar bem.

Era arisco nas fugas, bom de briga, discreto, bem-falante, e os seus conhecidos diziam que não parecia bandido.

A segunda-feira ardia por entre as vielas. Barbantinho e Busca-Pé saíram da escola mais cedo por falta de professor. Ficaram jogando bola com os amigos no Rala Coco. Faziam as balizas com duas pedras e chamavam de gol pequeno. Tiraram a camisa da escola, jogaram bola até as onze e meia, hora do *Speed Racer* na televisão.

Tutuca, Cleide e Martelo foram para a Cachoeirinha passar uns tempos na casa do compadre do Tutuca. Pretendiam ficar por lá até as coisas esfriarem.

Inferninho acordou tarde, pensando em assaltar o caminhão de gás. Foi Lá Embaixo propor a Pará e Pelé seu plano. O assalto ficou marcado para o dia seguinte no Lazer, porque nem Cabeça de Nós Todo nem Belzebu estariam de serviço. Ficaram juntos até o cair da tarde, compraram maconha na Madalena, jogaram sinuca, beberam cerveja.

O dia de terça-feira nasceu com sol forte. Inferninho, Pelé e Pará se encontraram por volta das oito horas no Lazer. Esperaram o caminhão de gás por quarenta minutos.

— Esses filho da puta parece que adivinhou! — lamentou Inferninho ao se despedir de Pará e Pelé para tomar o rumo do bar do Batman.

No Batman, Manguinha e Acerola faziam a intera do bagulho. Estava faltando dinheiro. Eles esperavam que aparecesse Laranjinha ou Jaquinha para completar o rateio. O leiteiro batia o ferro, os padeiros: "Olha o pão, olha o pão...". As donas de casa molhavam as plantas. Acerola havia saído cedo de casa; tomou café com seu irmão mais novo, arrumou-se como quem ia para a escola, mas estava ali, batendo gazeta, a fim de fumar um baseado para rir conforme a manhã.

— Qualé, Inferninho, tudo certo?

— Tá muito certo, não, morou, Acerola? O caminhão de gás não pintou... Tá russo, morou? Daqui a pouco eu dou um bote no primeiro otário que piar na minha frente, tá sabendo?

Manguinha tentou convencer Inferninho a entrar na vaquinha, mas foi em vão. O bicho-solto tinha bagulho e não estava a fim de fazer a cabeça naquela hora, pensou em dar um fino para os maconheiros, mas, como tinha pouca maconha, ficou na dele. Ia procurar alguém ou alguma loja para assaltar. Despediu-se, subiu pela rua da farmácia. Acerola e Manguinha ficaram ali à espera de um parceiro.

Ao atravessar o braço direito do rio, Inferninho avistou uma pequena multidão:

— Bicha, bicha, bicha...

Um rapaz branco, sem dentes e sem camisa, propunha:

— Enfia um cabo de vassoura no cu dele!

Inferninho de início achou engraçado, mas quando viu quem era o motivo da chacota teve vontade de enfiar o rosto num lugar onde não visse ninguém, contudo não conseguiu fingir e seguir em frente. Deu um tiro para o alto num instante de lucidez, senão teria atirado nas pessoas. Era o Ari de botas marrons, minissaia de napa preta, camisa de seda amarela, peruca cor de fogo, brincos grandes, anéis de prata, bolsa a tiracolo azul e uma gigantesca pinta desenhada no lado esquerdo do rosto. Sim, era o Ari, a Marilyn Monroe do morro do São Carlos, o filho de sua mãe que queria ser mulher. Parecia uma escola de samba atravessada na avenida. Os dois ficaram sozinhos. Houve ainda quem ousasse botar o rosto na esquina para bisbilhotar. Dessa vez Inferninho atirou para acertar, o que não aconteceu.

— Eu não falei que não queria ninguém aqui?

— É que papai não para de beber, não come nada, volta e meia tá doente. Mamãe tá nervosa, sem dinheiro. Aquele barraco é horrível, quando chove molha tudo dentro de casa. Hoje nós sabe que é muito mais melhor morar aqui do que lá. Mamãe tá cansada daquele sobe e desce carregando água. Nós tamo querendo que ela vem morar aqui. Eu vim te avisar e saber se tu tem um qualquer pra comprar remédio pro papai, porque eu já tô dura. — Ajeitou a peruca e continuou: — Vou lá na tua casa dar uma arrumadinha, porque mamãe tá pensando em vim ainda esta semana.

— Tu não vai vim, não, né?

— Não, Deus que me livre!

— Deixa que eu rumo uma mulher pra rumar a casa, morou, cumpádi? Não quero viado lá em casa, não. Se tu fosse homem, tudo certo, mas tu é maior bichona, descarado, sem-vergonha, puto, galinha, marica...

Ari não ousou fazer nenhuma objeção ao que o irmão dizia. Lembrou-se da vez em que tentara ir contra as suas palavras e levou chumbo no pé.

Inferninho mandou Ari só aparecer de madrugada para conversar. Que entrasse sem ninguém ver. Deu as costas ao irmão, queria se afastar o mais rápido possível, caminhava sem direção, ganhou a beira do rio, atravessou a ponte da Cedae. Andou pelo mato até chegar à beira da lagoa, onde ficou sentado o resto da tarde. Apertou um baseado com os olhos n'água e o pensamento em Ari.

Lembrava-se de quando Ari nasceu: todo mundo dizendo que era homem. E o desgraçado virou bicha. Recordou que o carregava na corcunda pelos caminhos do morro quando ia buscá-lo na escola ou comprar alguma coisa nas biroscas. Tentou fazer o caçula jogar bola, soltar pipa, subir em árvore e nada: Ari sempre molengão, não mexia com as garotas; machucava-se à toa; tinha medo de tudo. Aí que começou a desconfiança de seu irmão ser viado. Assim que Ari começou a sair à noite, tudo veio a se confirmar, várias pessoas o viram vestido de mulher na Zona do Baixo Meretrício. Uma vez até foi linchado por moradores da rua Maia Lacerda por estar de viadagem com um marujo num boteco. Agora o Ari estava ali de novo com aquela cara de vem cá meu puto. Seria muita sacanagem se aquele bichona resolvesse morar no conjunto.

A terça-feira ia pelas quinze horas, naquele dia sem nuvens. A Pedra da Panela, a Pedra da Gávea, a serra do Grajaú eram nítidas, mas não maiores que a dor de ter um irmão boiola. Deu a última puxada no baseado, jogou a ponta na lagoa, aquele gigante deitado que levava o seu olhar como se ele pertencesse ao seu corpo d'água.

Inferninho voltou ao conjunto no começo da noite. Tinha de mandar dinheiro para a mãe, não podia dizer que mandava depois porque não queria que o Ari voltasse em Cidade de Deus e, também, pelo pai doente. O bicho-solto entrou na primeira birosca que viu, não tinha tempo para escolher uma parada boa para achacar. Com o revólver de cão para trás ordenou:

— Todo mundo quetinho aí! Vai botando tudo pra fora senão o bicho pega!

Os três homens que bebiam cerveja não obedeceram de imediato. Tentaram conversar com o bandido. Por não ser atendido de pronto, Inferninho acertou em cheio um tapa no rosto do que lhe era mais próximo e ordenou que colocassem os pertences no balcão. Uma velha se agarrou a uma criança pedindo, pelo sangue de Cristo, que ele não fizesse nenhuma desgraça. O assaltante recolheu a féria do dia da birosca, o dinheiro dos homens, relógios, o cordão de ouro da criança e se retirou sem demonstrar pressa. Caminhava pela rua do Meio com o revólver na mão direita, jogando olhos nas pessoas, biroscas, casas. No caminho, assaltava os moradores que tomava como bem-arrumados, deu um tiro num rapaz que esboçou reação.

Era bicho-solto necessitado de dinheiro rápido; naquela situação assaltaria qualquer um, em qualquer lugar e hora, porque tinha disposição para encarar quem se metesse a besta, para trocar tiro com a polícia e para o caralho a quatro. Tudo que desejava na vida, um dia conseguiria com as próprias mãos e com muita atitude de sujeito homem, macho até dizer chega. Contava, também, com a força da pombagira, que lhe dava proteção, pois ela haveria de correr uma gira forte para a boa vir em suas mãos na hora certa. Com dinheiro à pamparra tudo é bom de fazer, qualquer hora é hora de se fazer o que bem entender, todas as mulheres são iguais para um homem que tem dinheiro, e o dia que está por vir nascerá sempre melhor. O negócio era chegar à quadra do Salgueiro ou do São Carlos com uma beca invocada, um pisante maneiro, mandar descer cerveja pra rapaziada, comprar logo um montão de brizolas e sair batendo para os amigos, mandar apanhar uma porrada de trouxas e apertar bagulho para a rapaziada do conceito, olhar assim para a preta mais bonita e chamar pra beber um uísque, mandar descer uma porção de batatas fritas, jogar um cigarro de filtro branco na mesa, ficar brincando com a chave do pé de borracha para a cabrocha sentir que não vai ficar no sereno esperando condução, comprar um apartamento em Copacabana, comer filha de doutor, ter telefone, televisão, dar um pulinho nos States de vez em quando, que nem o patrão de sua tia. Um dia acharia a boa.

Acendeu somente a luz do banheiro, contou o dinheiro, verificou os relógios, os cordões e as pulseiras, embrulhou parte num saco plástico e deixou ali mesmo para o desgraçado do Ari levar, o resto guardou debaixo da cama. Tinha fome, mas se resguardou de marcar zero hora para a polícia, imaginava os samangos prendendo-o na hora em que estivesse rangando. Acendeu um cigarro, lembrou que tinha uma trouxa entocada no fundo do quintal, apertou um braço de juda e se pôs a fumar na felicidade de quem está com o dever cumprido.

* * *

Lá no São Carlos, Inferninho desde criança vivia nas rodas de bandidos, gostava de ouvir as histórias de assalto, roubo e assassinato. Podia passar distante dos bichos-soltos, mas mesmo assim fazia questão de cumprimentá-los. Nunca lhes negava favores, fazia questão de matar aula para ajudar a rapaziada que botava pra frente: limpava as armas; endolava a maconha; às vezes, comprava o querosene da limpeza dos revólveres com seu próprio dinheiro para subir no conceito com os bandidos. Quando ganhasse mais corpo, arrumaria um berro para ficar rico no asfalto, mas enquanto fosse criança continuaria a roubar os trocados do pai, ele não percebia mesmo, estava sempre ligadão de goró. Sua mãe era que não marcava touca com dinheiro, aquela ali era esperta mesmo. Gostava de sua mãe, mesmo ela sendo uma piranha fofoqueira e palavruda. A felicidade, a segurança que sentiu quando Charrão lhe pediu para entocar um revólver em sua casa, cresceu muito mais depois que Charrão foi assassinado. Aquele ferro bonitão ficou para ele de mão beijada. Tratava do três oitão como quem cuida da solução de todos os problemas. Panaceia desvairada cuidada com querosene e a ânsia de rebentar a boa.

Depois que a avó morreu, Inferninho resolveu que não andaria mais duro. Trabalhar que nem escravo, jamais; sem essa de ficar comendo de marmita, receber ordens dos branquelos, ficar sempre com o serviço pesado sem chance de subir na vida, acordar cedão para pegar no batente e ganhar merreca. Na verdade, a morte da avó serviu somente de atenuante para seguir o caminho no qual seus pés já tinham dado os primeiros passos, porque, mesmo se a avó não morresse assassinada, seguiria o caminho que para ele significava não se submeter à escravidão. Não, não seria otário de obra – deixava essa atividade, de bom grado, para os paraíbas que chegavam aqui morrendo de sede. No terceiro assalto teve de trocar tiro com a polícia, mas deu a sorte de sair ileso; sentiu vontade de se arrebentar na obra com os sedentos, mas que nada, bandido que é bom dá sorte. Um dia, ganharia a boa.

Nenhuma das vítimas deu queixa de Inferninho; somente o rapaz baleado teve de registrar a ocorrência por causa do policial de plantão no hospital em que fora atendido. Um outro assaltado jogava no Unidos, conhecia Martelo, era da rapaziada do conceito. Aluísio tinha vindo do bairro de Irajá, tocava tamborim na escola do conjunto, estudava no mesmo colégio que alguns maconheiros da rapaziada do Laranjinha. Sentindo-se humilhado, procurou algumas pessoas do conceito, expôs o caso procurando adesão ou, pelo menos, o estabelecimento de uma rede de solidariedade. Porém, independentemente de qualquer coisa, iria tomar uma providência. Não podia deixar que qualquer bandidinho tirasse questão com ele, senão, como seria sua vida no conjunto? Podiam achar que ele não era de nada e as brabas se repetiriam para sempre. Definitivamente, aquilo não podia ficar assim.

Já passava das duas da manhã quando Inferninho viu, por uma greta da janela, Ari no quintal. Abriu a porta sem fazer barulho, fez gestos de silêncio ao mandar o irmão entrar.

— Aí, tem dinheiro, relógio e cordão pra tu trampar lá no Estácio, morou? Fala pra mãe que se ela quiser vim pra cá, pode vim amanhã mermo, que eu já tô rapando fora, tá me entendendo? É só dizer que não me saca de lugar nenhum, que tá tudo certo.

Ari se manteve calado, apenas vagou o olhar enquanto o irmão falava. Acreditava que tudo aquilo era por sua causa. Se não fosse bicha, o irmão moraria com eles. Foi só se travestir para o Inferninho resolver ficar de mundo em mundo. Gostava dele; o pressuposto de, no fundo, no fundo, o irmão lhe ter afeto ora era cheio, ora era vazio. Teve raiva do sexo naquele momento, atribuiu-lhe toda a sua desgraça. Um silêncio significador de abraço ou aperto de mão se fez soberano entre os dois, até Inferninho mandá-lo embora:

— Aí, não marca pros homi, não! Vai na fé!

Ari ganhou a noite de Cidade de Deus, onde vários outros silêncios se amontoavam em cada beco. A madrugada se derramava em seu olhar agitado. Não podia marcar bobeira para a polícia. Qualquer coisa que não fosse símbolo absoluto da madrugada era suspeita. Olhava para todos os lados. Resolveu tirar os saltos altos para dar uma corrida, quando notou um homem parado na esquina seguinte. Ajeitou o dinheiro e os objetos, subiu a calçada oposta à do possível inimigo, diminuiu o passo, mentalizou sua pombagira. O homem permaneceu imóvel, deixando Ari mais apreensivo. Iria chegar bem próximo da esquina para depois sair em disparada. Fingindo procurar algo na bolsa a tiracolo posta à sua frente, tirou o canivete de dentro da calcinha, abriu-o, esticou-o na mão direita, rebolou tudo o que sabia na expectativa de ser realmente uma mulher aos olhos do homem da esquina. Pensou em voltar e pedir ajuda ao irmão, mas teve medo de Inferninho dizer que ele estava era de viadagem.

Faltava menos de dez metros para passar por seu agressor em potencial, pensou em correr, seu coração era a coisa mais barulhenta naquele momento.

— Não importa se a buceta é inchada e se o cu é cabeludo, o negócio é enfiar o canudo! — disse o homem da esquina, revelando-se completamente bêbado.

Ari virou a última esquina, caminhou até o final da rua, entrou no Porta do Céu, onde Neide e Leite esperavam por ele tomando cerveja. O irmão de Inferninho pagou a conta, apressando os amigos da Zona do Baixo Meretrício. Entraram no fusquinha do Leite e partiram para o Estácio.

O tilintar do leiteiro acordou Inferninho. Demorou um pouco para se lembrar de tudo o que lhe ocorrera, jogou no rosto a água da bica da cozinha mesmo e foi ao quintal com o revólver na mão direita, sem verificar se a arma estava municiada. Não iria utilizá-la, queria apenas amedrontar o leiteiro.

— Aí, meu cumpádi! Chega aí pra gente desenrolar uma ideia.

— Pode falar — disse o leiteiro.

— Dá pra tu fazer um adianto pra mim, aí?

— Posso, posso! — disse o rapaz em tom nervoso, evitando olhar para o revólver, assim como para os olhos do bicho-solto.

— Seguinte: tem de levar um colchão, um fogão, um sofá, um armário e um rádio lá na Treze. Eu vou invadir uma cachanga lá e tu pam, valeu?

— Valeu.

— Quantas viagem tu vai dar?

— Pelo que tu falou aí, eu calculo que é duas.

— Então é o seguinte, aí: tu vai logo arrumando aí, que eu já me adianto pra lá, morou? E descolo logo a cachanga e te espero lá, valeu, meu cumpádi?

— Hã-ram.

Inferninho invadiu duas casas. Uma seria para ele e a outra, para Martelo. O leiteiro agiu rapidamente. O bicho-solto deixou o armário na casa reservada para Martelo e o resto em sua nova casa. Deu um relógio ao leiteiro, ficou andando com as mãos para trás na sala, pensava na doença do pai, nas pernas da mãe subindo as ladeiras do morro… Uma tristeza breve lhe bateu, abriu a janela, um raio de sol invadiu aquela casa de triagem, motivando-o a sair para comer alguma coisa.

Antes de entrar na birosca do Chupeta, viu Carlinho Pretinho atravessar a rua do Meio com duas garrafas de cerveja na mão. Chamou o amigo e foi logo mentindo. Disse que a polícia cercara sua casa de madrugada e que só estava vivo porque não dera bobeira. Jamais voltaria à sua casa para não marcar zero hora numa cachanga que já era sujeira.

— Ruma logo uma casa dessas que tão vazia aí, meu cumpádi!

— Tu acha que já não invadi, hã... já me mudei, cumpádi!

Foram para a casa do Carlinho Pretinho. No caminho Inferninho pediu a um menino que fizesse um avião:

— Compra lá duas marroca e meio quilo de mortandela... Leva naquela casa ali, ó. — Apontou para a casa do amigo.

O menino não tardou. Comeram, beberam, fumaram maconha, cigarros, conversaram amenidades, até Pretinho aconselhar o amigo a tirar um cochilo, após vê-lo bocejar várias vezes.

— Podes crer, morou? Vou dar um chego lá em casa...

— Pode ficar no baiano aí mermo, cumpádi. Eu vou dar um rolé aí, morou? Fica no baiano até a hora que tu quiser, numa boa, aí... Essa cachanga aqui é limpeza.

Antes de sair, Carlinho Pretinho avisou ao amigo que Lúcia Maracanã viria preparar um almoço esperto para eles. Inferninho pensou em tomar banho, ainda caminhou para o banheiro, mudou de ideia quando sentiu a cabeça rodar, estava ligadão de cerveja e bagulho bom. Deitou de camiseta, cueca e calça boquinha.

Acordou lá pelas duas da tarde com o papo de Maracanã e Berenice. Tomou banho. Assim que saiu do banheiro deu uma olhada nas pernas daquela mulher desconhecida. Berenice, no primeiro momento, ficou escabreada com o assédio de olhos do malandro. Com o passar dos minutos, cruzou e descruzou as pernas o máximo que pôde. Maracanã falava de sua fantasia enquanto cozinhava:

— Vou sair na ala de passista, morou? Não tô a fim da ala de passo marcado, não, tem que ficar nessa de ensaio toda quarta-feira, tá sabendo? Passista não, é cada um por si e Deus por todos. E também é o seguinte: é só um biquininho, uma sapatilha, a meia e o bustiê. Essa onda de muita roupa só atrapalha os movimentos, mora? Gosto de vim dizendo no pé, não fico nessa de ficar rodando na avenida que nem piru, não... Este ano vou vim no São Carlos, no Salgueiro e na escola daqui. Vou sair toda de branco e vermelho pra poder entrar nas três com a mesma fantasia — concluiu Maracanã.

Inferninho, calado, pensava na possibilidade de terem dado queixa dos assaltos que fizera. Sentia remorso por ter botado o bicho para pegar no próprio conjunto. Passistinha sempre falava que bronca era pra ser feita na área dos outros. Mas na moral, na moral, não tinha jeito, seria impossível escoltar uma parada boa para depois achacar, sabendo que a franguinha do seu irmão estava na área. O tempo era curto. "Devem fazer o retrato falado", pensava. Mesmo preocupado, admirava o corpo de Berenice: os lábios carnudos de batom, uma bermuda justa e curta dando forma àquela bunda acentuada, os seios pontiagudos que davam água na boca, as pernas roliças, os olhos grandes e aquele jeito manso de falar... Ficou de pau duro.

Lúcia anunciou o almoço, apanhou os pratos, talheres, serviu-se de arroz, feijão e ensopado de costela de boi com batatas. Berenice se ofereceu para servi-lo. Inferninho fechou os quatro dedos da mão direita e levantou o polegar, mas sem tirar o olhar da casa em frente. Pela janela vizinha escapulia também o tilintar de pratos e talheres. Inferninho observou uma velha cozinhando à lenha, em sua própria sala, para quatro netos. Agora comiam feijão com farinha e a fumaça avermelhava seus olhos. Uma tristeza tornava-o sério, porém o toque da mão de Berenice em seu ombro o fez sorrir. A cabrocha entregou-lhe o prato. O bandido comeu devagar, com a boca fechada para não fazer vergonha na frente da pretendida.

Berenice nascera na favela Praia do Pinto, onde fora criada, numa família de nove irmãos. Começara ainda menina roubando alimentos das prateleiras dos mercados do Leblon e de Ipanema. Agora só roubava as madames nas feiras da Zona Sul. Vivia chamando Maracanã para furtar com ela. Achava que essa onda de ficar roubando alimentos na feira era coisa de criança. O negócio era roubar dinheiro, pulseiras e cordões de ouro.

— É mole! — repetia, sempre que tocava no assunto com Lúcia.

Com a morte da mãe, os filhos tomaram rumos diferentes. Ela fora morar com Jerry Adriane na favela do Esqueleto, ficara casada até o marido ser encontrado com cinquenta tiros no corpo em São João de Meriti, com uma tabuleta pendurada no pescoço onde se lia: "Não assalto mais. Assinado: Mão Branca". Berenice se mudou com o pai para Cidade de Deus, onde ele morreu de cachaça. Agora estava sozinha, querendo reiniciar a vida. Não aguentava mais cozinhar só para si, dormir sozinha. Queria ter filhos o mais rápido possível porque já se sentia velha. Quando viu Inferninho achou-o charmoso, deixou-se seduzir pelas palavras do malandro naquele primeiro encontro.

— Me dá um crivo, aí! — disse Inferninho, que depois de receber o cigarro das mãos de Lúcia Maracanã continuou: — Pô, aí, Lúcia sempre teve umas amiga chinfreira!

— Por que tu não colou logo com uma? — perguntou Berenice.

— Ainda não teve nenhuma que bateu forte no coração!

Lúcia Maracanã sentiu a intenção do amigo, disse que ia até a Madalena descolar uma trouxa de maconha e deixou os dois sozinhos.

— Então você tem cara de ser muito escolhedor. Gente assim não se dá bem na vida, não, sentiu?

— Pra ser responsa contigo, tenho que acabar aceitando tua ideia, morou? E é o seguinte: vou te mandar uma letra invocada agora: acho que meu coração já te escolheu, morou? Quem escolhe é o otário do coração, e quando eu te vi meu relógio despertou pensando que era manhã de sol — parnasiou Inferninho.

— Tu tá é de conversa fiada, rapá... Coração de malandro bate é na sola do pé e não desperta, não, fica sempre na moita!

— Pô, mina... Já viu falar em amor à primeira vista?

— Malandro não ama, malandro só sente desejo — Berenice retrucou e riu.

— Assim não dá nem pra conversar...

— Malandro não conversa, malandro desenrola uma ideia!

— Pô, tudo que eu falo, você mete a foice!

— Malandro não fala, malandro manda uma letra!

— Vou parar de gastar meu português contigo.

— Malandro não para, malandro dá um tempo.

— Falar de amor com você é barra-pesada.

— Que amor nada, rapá. Tu tá é de sete-um!

— Malandro vira otário quando ama — insistia Inferninho.

— Tu vai acabar me convencendo...

Ficaram ali conversando até Berenice prometer que ia pensar no assunto. Lúcia Maracanã chegou com duas cervejas, uma trouxa de maconha e três papelotes de brizola, para alegria de Inferninho. Jogaram conversa fora por um bocado de tempo.

Sempre que tinha uma deixa, Inferninho mandava uma letra para Berenice. Sabia que, às vezes, tem que perseverar para se conquistar uma mulher.

O sol forte apenas resistia, as crianças arriavam as pipas, os trabalhadores chegavam em ônibus lotados, o pessoal que estudava à noite se movimentava para a escola, os poucos padeiros da tarde se recolhiam, os trabalhadores enchiam as biroscas para tomar o sagrado aperitivo. Aluísio desembarcava do ônibus na praça principal do conjunto. Ele tinha se prometido correr atrás do prejuízo. Não sabia qual era a do Inferninho, mas podia ser o maior bicho-solto do mundo que ia tomar uma trava, porque, na mão, ele botava o bicho pra pegar também, chamaria Inferninho para brigar na mão se fosse preciso, e bandido que é bandido tem de brigar na mão, senão perde a frente, fica desconsiderado. Calculava que, se ele não estivesse no Bonfim, estaria Lá Embaixo. No caminho encontrou Laranjinha e Acerola fumando um baseado:

— Qualé, meu cumpádi, tudo em cima?

— Mais ou menos.

— Tá a fim de encher a boca aí, meu irmão? — perguntou Acerola com um baseado na mão.

— Não, não fumo maconha, não, valeu?

— Podes crer, tinha até me esquecido.

Aluísio aproveitou para queixar-se com os amigos. Acerola se injuriou com o acontecido. Falava num tom apreensivo que bandido tinha de respeitar a rapaziada da jurisdição. Afirmava que, se fosse com ele, sairia cobrindo o bandido logo na porrada para impor respeito. Gostava de Aluísio, apesar de conhecê-lo fazia pouco tempo. Acreditava que, pelo olhar, podia-se saber se o caboclo era responsa ou não. Sentia sinceridade no olhar de Aluísio e sempre o via falando com todo mundo, pagando cerveja para a rapaziada do conceito. Era um cara que não ficava de chinfra com ninguém, estava sempre disputando os melhores gados da área, a rapaziada com a qual era colado era da melhor qualidade. Resolveu tomar as dores daquele que considerava um bom malandro. Laranjinha apoiou a decisão do parceiro.

Rumaram lá pra baixo, já que Laranjinha tinha visto Inferninho entrar na casa do Carlinho Pretinho pela manhã. Antes de atravessarem a praça do bloco carnavalesco Os Garimpeiros da Cidade de Deus, encontraram Passistinha divertindo-se numa mesa de bilhar com dois trabalhadores, que entre uma tacada e outra tomavam um traçado para abrir o apetite. Acerola se encarregou de contar ao malandro o que se passara. Passistinha, sentindo-o exaltado, resolveu intervir.

— Pode deixar que eu falo com ele, não vamo chegar todo mundo junto, não, que ele pode pensar que é arueira. Me espera aqui, eu que vou lá com ele.

— Valeu! — responderam.

Passistinha aconselhou Aluísio a chegar devagar. Não era para ter medo, porque Inferninho também não gostava, mas se chegasse com muita atitude o bicho pegava.

— Sei como é que é — disse Aluísio como quem sabe das coisas. Mentalizava pai Joaquim de Aruanda das Almas para tudo dar certo. Seu protetor nunca lhe faltara nas horas de precisão.

O assunto foi resolvido sem muito esforço. Aluísio se portou como Passistinha esperava. Ao falar que era amigo de Martelo, Laranjinha e Acerola, recebeu em dobro o que havia perdido, além das desculpas do bandido.

A noite se fez a dona do pedaço. As lâmpadas da rua faziam mariposas se aglomerarem em um poste sim e no outro não. Lá em Cima, um bando de crianças perguntava ao Paulo da Bahia pelos bichos-soltos. Queriam comemorar suas façanhas com os mestres. Velhos, grávidas e bêbados do centro da cidade sentiram, naquele dia, sua fragilidade diante das mãos infantis e ávidas. Tinham também pedido esmolas e engraxado sapatos no largo de São Francisco.

Inho, o que mais arrumava dinheiro, era o líder do bando. Mentia para os amigos, numa tentativa de ganhar respeito, dizendo já ter mandado mais de dez pro inferno nos assaltos feitos sozinho. Admirava Inferninho, mas tinha adoração por Grande, bandido que mandava na favela Macedo Sobrinho. Se conseguisse chegar a ser igual a Inferninho, rapidinho ficaria igual a Grande: temido de todos e querido pelas mulheres. Considerava Cabelinho Calmo e Pardalzinho os seus melhores amigos. Quando Cabelinho esteve preso no Padre Severino, foram raras as vezes em que sua mãe não levou dinheiro dado por ele. Quando Calmo saiu da prisão, Inho tecia elogios ao amigo, dizia-o mais sagaz, mais tinhoso, mais malandro.

Paulo da Bahia vira Inferninho somente pela manhã. Martelo e Tutuca, havia já um bom tempo que ele não os via.

— Até o cara que tinha caguetado eles tá pintando novamente na área — afirmou o dono do Bonfim, apontando o dedo para Francisco, que bebia batida de pêssego na outra extremidade do bar.

As crianças foram até a boca da dona Tê comprar quatro trouxas de maconha, com o otimismo de encontrar algum bicho-solto para fazer uma presença.

Depois desceram por dentro das vielas. Madrugadão ia na frente, fazia sinal positivo para o resto da turma quando não tinha sujeira depois das esquinas. Se por acaso pintasse a polícia, seguiria sem fazer sinal. Inho era o único que portava arma e a levava de cão para trás.

Inferninho jogava sinuca com Pelé e Pará na birosca do Chupeta. Ao ver Madrugadão, gritou seu nome como quem vê um grande amigo. Sua alegria se completou ao ver o resto do bando. O bicho-solto resolveu apertar a mão de cada um. Dizia aos meninos que era hora de criança estar na cama. Não se conteve só com o aperto de mão do Inho, resolveu abraçá-lo, bater em seus ombros não só por amizade, mas também por admiração. Depois da recepção, Inho disse que vinha para dar a boa ao amigo. Explicou seu plano ao bandido. Inferninho ficou entusiasmado, passou o entusiasmo para Pelé e Pará.

— Dá pra ser hoje mermo. É só arrumar um carro...

— Que nada, Inho! É melhor sábado, porque tem mais pessoal lá. Tem mais cacau pra gente, morou?

Ficou combinado que ganhariam a boa no sábado de madrugada. Na sexta-feira, Inho ia levar Inferninho e os outros para observarem o lugar a ser assaltado: verificariam as saídas para o caso de ocorrer sujeira, escolheriam o melhor lugar para estacionar o carro... O dinheiro seria dividido em quatro partes iguais. Inho teria participação apenas por ter informado a boa.

O serviço ficaria por conta de Inferninho, Pelé e Pará. Comemoraram o triunfo da ação antecipadamente. Inferninho dizia que o negócio era ter pensamento positivo para tudo dar certo.

Sandro Cenourinha, outra criança do bando, pediu um guaraná e três fichas de sinuca. Por costume chamou o birosqueiro de Paulo da Bahia. Inho lembrou-se do alcaguete.

— Nós acabou de ver agorinha mermo o cara que entregou vocês pros homi.

— Tá de sacanagem?! — duvidou Inferninho.

— Tô nada, cumpádi! Ele tava lá no Bonfim tomando goró.

Inferninho largou o taco de sinuca, foi até o bueiro onde havia entocado seu revólver, deu um confere na arma, ganhou as ruas na escuridão da noite sem lua. Entrou numa viela, passou em frente ao jardim de infância, atravessou o Rala Coco, entrou na rua da Escola Augusto Magne, esticou-se pela rua do braço direito do rio; a cada esquina diminuía os passos para não ser surpreendido. Nada de polícia. Ia providenciar a morte do alcaguete para servir de exemplo, porque senão todo mundo poderia passar a alcaguetar. Essa talvez fosse a lição mais importante que aprendera nas rodas de bandido quando menino no morro do São Carlos. Inferninho é do ódio e seus passos são da rua do clube. Foi só atravessar o Lazer, cortar pela viela da igreja, dobrar à direita, pegar a rua do Meio e chegar ao Bonfim.

Francisco não estava de todo embriagado. Bebia sua batida de pêssego, escutava a *Turma da maré mansa* no rádio do Paulo da Bahia. Não notou a presença de Inferninho.

O cearense migrara para a Cidade Maravilhosa com emprego garantido. Trabalhava na construção do elevado Paulo de Frontin. Ficou morando no alojamento da obra durante seu primeiro ano no Rio de Janeiro. Conseguiu a casa no conjunto com o pistolão de um dos engenheiros da obra. Tinha posto uma carta no correio, informando à esposa que o irmão dele iria buscá-la. Seu irmão embarcara no dia anterior num ônibus de carreira. A carta também falava sobre uma boa casa com água à vontade e quintal; o colégio para as crianças ficava perto, e vagas, segundo os vizinhos, eram fáceis de conseguir. Tinha dinheiro reservado para a compra dos móveis. A única coisa ruim do Rio de Janeiro era a presença de crioulos por toda parte, mas ela que viesse o mais rápido possível porque ele não se aguentava mais de saudades dos filhos. Em sua chegada ao Rio, Francisco foi assaltado ainda na rodoviária e, dois meses depois, na Zona do Baixo Meretrício. As duas vezes por negros. Quando escutou Tutuca dizer que ia arrombar uma casa nas bandas do Anil, esperou o bicho-solto afastar-se e disse, em bom-tom, que se visse algum policial entregaria aquele assaltante filho da puta na hora. Sabia onde os outros moravam, apontou para a casa de Martelo. Madalena, que bebia uma cerveja na outra extremidade, gravou bem o que ele disse. Na primeira oportunidade, contou a Maracanã o ocorrido. Francisco não teve nenhum medo de acenar para os policiais civis de ronda a fim de alcaguetar naquela mesma noite em que prometera vingança àquela raça maldita. Dizia sempre que já não gostava de crioulo e que, depois que veio para o Rio, passara a sentir raiva. Argumentava com os amigos que o loiro era filho de Deus, o branco Deus criou, o moreno era filho bastardo e o preto o Diabo cagou. Ter informado à polícia a casa de Martelo foi sua grande vingança contra os seres daquela raça de picolé de asfalto.

Inferninho pediu um traçado ao Paulo da Bahia e avisou que ia desgraçar o cearense. O bicho-solto deu uma olhadela na rua para ver se estava tudo limpeza, mandou servir uma dose de batida de pêssego para o alcaguete, como os mocinhos nos filmes de faroeste. Francisco notou a presença do bandido ao ser servido, desconfiou de sua atitude, evitou encará-lo, posicionou-se para correr. Em fração de segundos, teve dúvidas se fugia ou não. Talvez o malandro quisesse somente certificar-se do fato e tudo acabaria bem depois duma conversa. Tinha visto muito carioca dizer que dum bom papo ninguém escapa. Mas, pensando bem, aquela gente nunca brincava em serviço, tinha era de dar no pé. Delineou o trajeto que faria, respirou fundo, disparou. No entanto, Inferninho conseguiu ser mais rápido. Encurralou Francisco antes que ele quebrasse a segunda esquina.

— Qualé, meu irmão, tá fazendo disfeita do birinaite que eu te paguei?

— Não, é que eu tava de saída, já... é... é...

— Tá nervoso por quê? Fica frio que só quero te dar uma ideia...

— Eu... eu... eu...

— Eu é o caralho, rapá! Tu é caguete safado!

— Mas... mas... mas...

— Mas é o cacete! Vamo ali pra gente levar uma ideia na moral, num vou fazer nada contigo, não — disse Inferninho apontando com a arma para a praça da Quadra Quinze.

Francisco, sem alternativa, cumpriu a ordem. Inferninho pensava em Branco, nos parceiros obrigados a dar um tempo fora da favela, nos móveis perdidos por Martelo e Cleide. Francisco não escutava a cachorrada latindo nem o som da vitrola do Bonfim, que também foi sumindo, a cada passo, dos ouvidos de Inferninho. Na praça, uma criança sustentava um nenê no colo à espera da mãe, que chegaria do trabalho. Às vezes, os medrosos se apoderam de valentia em consequência de um nervosismo exacerbado. Francisco pensou na esposa, nos seis filhos, na carta que mandara, na morte que estava para lhe nascer. A voz de Inferninho ordenando que ele rezasse uma Ave-Maria o fez suficientemente macho para pular em cima de Inferninho visando ao seu revólver. O assassino se esquivou e mandou bala na testa do trabalhador.

Deu mais três tiros naquele corpo que se estrebuchava à dor da morte; os olhos se reviraram, os braços se debatiam. O sangue desceu pela testa. Inferninho tirou vinte cruzeiros do bolso do cadáver, o relógio do pulso, e desceu por um caminho diferente do que subira. A criança que sustentava o nenê aproveitou para recolher os sapatos de Francisco.

— Aí, quer ver um presunto? É só dar um chego Lá em Cima.

— Botou pra ver Jesus! — exclamou Inho.

— Inda arrumei uma merrequinha e um bobo, se dei bem! Aí, é melhor a gente se entocar que daqui a pouco suja, morou, cumpádi? — aconselhou Inferninho, indo para o balcão com a finalidade de beber um quente. Talvez a bebida lhe diminuísse o compasso do coração, tirasse-o do terreno do remorso e o deixasse somente com a glória de ter mandado um alcaguete para a casa do caralho.

Virou a dose de Cinzano com cachaça, acendeu um cigarro, fez questão de pagar a conta. As crianças procuravam uma seda para apertar um baseado. Pelé e Pará disputavam a última ficha de sinuca. Carlinho Pretinho chegou dizendo que tinha um presunto nos Apês, fresquinho. Fora numa divisão de roubo. Um ladrão quis ficar com a maior parte por ter escoltado a cachanga, acabou morrendo nas mãos do parceiro.

— Então tá na hora da gente se entocar mermo, morou? Acabei de fechar o caguete Lá em Cima! — disse Inferninho para Carlinho Pretinho.

Cada um tomou seu destino. Inferninho pensou em ir à casa de Berenice. Tinha certeza de que ela o acalmaria, mas seria muita forçação de barra bater na casa da mulher àquela hora. Resolveu dormir na casa nova.

Todas as biroscas do conjunto se fecharam. No posto policial, os soldados Jurandy e Marçal dormiam no segundo andar. Na parte de baixo, cabo Coelho lia um livro de bolso: *Texas Kid volta para matar*. Lá nos Apês, a mãe do ladrão acendeu sete velas ao redor do corpo de seu filho, retirou o cordão de ouro com a imagem de são Jorge pendurada, rezou o Pai-Nosso, a Ave-Maria, o Credo, e cantou um ponto de Ogum:

Papai, papai Ogum,
salve Ogum dumaitá.
Ele venceu as grandes guerras.
Saravamos nesta terra
o cavalheiro de Oxalá.
Salve Ogum Tonam,
salve Ogum Mechê,
Ogum Delocó Quitamoró,
Ogum ê...

Do lado de fora alcaguete merece cacete, mas na favela merece morrer. Ninguém acendeu vela para Francisco, apenas um cachorro lambeu-lhe o sangue endurecido no rosto.

Quando a manhã chuvosa nasceu, as pessoas que passavam para o trabalho se aproximavam dos corpos para ver se eram conhecidos e seguiam em frente. Lá pelas nove horas, Cabeça de Nós Todo, que entrara de serviço às sete e trinta, foi ver o corpo do ladrão. Ao retirar o lençol de cima do cadáver, concluiu: "É bandido". O defunto tinha duas tatuagens, a do braço esquerdo era uma mulher de pernas abertas e olhos fechados, a do direito, são Jorge guerreiro. E, ainda, calçava chinelo Charlote, vestia calça boquinha, camiseta de linha colorida confeccionada por presidiários. Porém, quando apontou na extremidade direita da praça da Quadra Quinze, em seu coração de policial, nos passos que lhe apresentavam a imagem do corpo de Francisco, um nervosismo brando foi num crescente ininterrupto até virar desespero absoluto. O presunto era de um trabalhador. Fogo de ódio saindo por todos os poros na forma de suor gelado. Desconfiou ser um conterrâneo. Sua desconfiança não o traiu, pois ao examinar a carteira de identidade constatou que o presunto era natural do Ceará. Revitalizou-se a raiva, acendeu-se a chama da vingança.

Fez várias perguntas ao pessoal das proximidades. Nada. Pegou a rua do Meio, quebrou por detrás da igreja, resolveu atravessar o Lazer; parava nas esquinas onde houvesse alguém, algumas vezes dando geral, outras, tapa na cara. Para os que saíam correndo era bala: se correram é porque estavam devendo. Surgia nas esquinas acreditando ser um fio de alta-tensão desencapado. Era os trovões daquela chuva, estremecia as praças, alargava os becos, era Cabeça de Nós Todo injuriado pronto para vingar a morte de um conterrâneo. Qualquer bandido que piasse na sua frente morreria sem piedade. Antes de chegar à Quadra Treze, encontrou-se com dois policiais, que passaram a acompanhá-lo.

Lá pela rua da frente, Inho voava em cima de uma bicicleta com o objetivo de chegar à Treze antes dos policiais. Ao dobrar a rua das Triagens, encontrou Passistinha caminhando para o ponto de ônibus.

— Aí, cumpádi! Aquele samango viado tá descendo de bicho-solto, eu vim tocar a rapaziada, morou? Cadê Inferninho?

— Deve tá na casa dele. Sabe aonde é?

— Hã-ram!

— Então dá um toque nele lá.

Minutos depois, Inho e Inferninho estavam entocados no Campão, um terreno baldio situado na saída do conjunto que leva à Barra da Tijuca, enquanto Cabeça de Nós Todo, na Quadra Treze, arrombava portas, dava tiros nas janelas. A velha que morava com os netos jogou-lhe um prato de alumínio na cabeça, o policial revidou com um tiro, acertando a perna do neto mais novo. Cabeça de Nós Todo gritava palavrões, derrubava latas de lixo. Matar um trabalhador era muita sacanagem... O citado devia ter vindo pra essa porra de cidade grande pelo mesmo motivo que ele, e esses crioulos o deitam assim dessa maneira. Arrombou a porta de Lúcia Maracanã e a viu deitada, completamente despida. Uma tranquilidade mentirosa desprendia-se dos olhos de Lúcia, que puxou o lençol para cima dos seios. Cabeça de Nós Todo, por um momento, aliviou-se do ódio admirando aquele corpo forte, porém se recompôs rapidamente:

— Cadê seus macho, sua crioula filha da puta?!

— Não tenho macho, não, e é o seguinte: você não pode invadir a casa dos outros assim, não. Por isso que eu não gosto dessas porra de PM, morou? Ainda mais samango paraíba!

Cabeça de Nós Todo a agride com socos e pontapés. Maracanã revida, dá mordidas no policial, que consegue agarrá-la.

— Me larga, paraíba safado!

Lá fora os outros policiais atiram seguidamente em Pelé e Pará, que pularam a janela da casa na qual dormiam, quebraram por uma viela, entraram à direita, atravessaram a praça do bloco carnavalesco Os Garimpeiros com os tiros comendo às suas costas. Cortaram a rua Principal na tentativa de ganhar o Barro Vermelho. Cabeça de Nós Todo integrou-se à perseguição, mas a cada passada ele e os outros policiais perdiam terreno. É que cada tiro que soava nos ouvidos dos fugitivos tornava os seus pés mais rápidos. Gostavam da situação, depois contariam aos amigos todos os detalhes da fuga. Lembravam-se de Bonanza, Buffalo Bill, Zorro. De quando em vez, ziguezagueavam como os heróis da televisão. Pena que aquela ação não fosse a cavalo como nos filmes, e se estivessem armados fariam uma emboscada bonita atrás de uma árvore para liquidar os inimigos. Foram bons na bola de gude e na atiradeira; no revólver não deixavam a desejar. Subiram o Barro Vermelho, entraram no mato. Os policiais se cansaram.

Na Treze, o alvoroço se espalhava de beco em beco. Alguns queriam dar queixa, outros preferiam apedrejar o policial quando ele aparecesse por lá. As crianças, assustadas, corriam até o Outro Lado do Rio para se acalmarem nos pés de árvores, no lago, no laguinho... As donas de casa bradavam sob a chuva fina da manhã sinistra que se esticava de boca em boca em crimes de morte na madrugada.

Os moradores foram ver os cadáveres. Um bêbado divertia-se descobrindo o rosto do alcaguete para cada curioso que chegava. As professoras do turno da tarde ouviram das crianças o acontecido. O rabecão chegou por volta das quinze horas. Primeiro recolheram o corpo do trabalhador, depois o do bandido. Cabeça de Nós Todo, volta e meia, passava pela Treze.

— Lá vem o filho da puta! — alertavam.

Os moradores iam para a rua. Nada falavam, apenas olhavam os passos do policial. Cabeça de Nós Todo vasculhava beco por beco. Ao se retirar, recebia vaias acompanhadas de xingamentos. O policial atirava para o alto, devolvia os palavrões.

No Campão, Inferninho comia pão com mortadela trazido por Inho. Sabia que tinha de ficar por lá até o outro dia. Cabeça de Nós Todo só sairia do serviço às sete e trinta do dia seguinte e, além do policial militar, o detetive Belzebu podia aparecer a qualquer momento.

— Vou dar um chego lá na Lúcia Maracanã pra descolar umas coberta pra tu tirar um baiano aqui mesmo, morou, meu cumpádi? — disse Inho.

— Podes crer! Aproveita e dá uma banda lá na Tê e panha um baseado pra mim... Aí, pega um maço de Continental sem filtro lá no Bonfim e, se tiver limpo, pega meu oitão em cima da caixa-d'água, valeu?

— Valeu.

— Tá com dinheiro aí?

— Tô.

— Vai na fé!

Inferninho balançou os galhos da árvore para que a água acumulada caísse de uma só vez. Com um pedaço de pau, fez uma pequena vala para desviar a água do lugar onde iria esticar a esteira. Pensou em Cleide, Martelo e Tutuca; na certa, saberiam pelo jornal sobre o alcaguete. Não iriam aparecer tão cedo.

Uma mistura de felicidade e dor rasgava-lhe o peito. Matar sempre lhe trazia de volta à mente os assassinatos que presenciara ao longo da vida. Eram sempre os delatores, os vacilões, aqueles que tinham olho grande nas coisas e nas mulheres dos outros que amanheciam com a boca cheia de formiga. Existiam os que morriam por azar nas mãos da polícia ou num assalto. Sempre ouviu, em rodas de bandido, conversas a respeito de algumas vítimas que reagiam, essas mereciam ganhar chumbo na cara, mas as capazes de entregar tudo sem dar uma de valente... o bicho-solto tinha mais que deixar uma merreca para o otário pegar o ônibus. "Só quem morre mermo são esses mané que fica de vacilação com outros... Não... já vi muito cara maneiro morrer na traição de divisão de roubo, tem uns até que morre por intriga de mulher recalcada, briga de birosca. Neguinho às vez matava um cara na traição só para pegar fama de brabo." O fato de ter vivido toda a vida presenciando assassinatos por esse ou aquele motivo aliviava aquela dor que não era dor, pois imaginava se espalhando a notícia de que fora ele o matador do paraíba. Ficaria mais temido pelos outros bandidos, pela rapaziada do conceito, pelos dedos-duros. Gostava de ver o pessoal com medo dele, ria interiormente quando alguém mudava de calçada para evitá-lo ou quando pedia um favor a uma pessoa e as outras se ofereciam para fazê-lo na tentativa de pegar consideração. Um dia seria o bandido mais famoso do lugar. Pensou em ir para a frente do Cabeça de Nós Todo trocar à vera com ele. Mas não... Ia arrumar confusão para o resto da vida. Matar um samango era como assinar a própria sentença de morte. O batalhão vem todo pra rua até matar o culpado. O negócio era ficar na surdina até o outro dia, ainda mais que Belzebu não tinha piado no pedaço, podia estar preparando um bote na encolha.

A chuva passou para sempre. O céu era duma minguante que brotou lá detrás da serra do Grajaú. O silêncio da noite o deixou mais tranquilo, era assim desde menino. Os grilos cantavam. Se não tivesse chovido, poderia ficar na beira do rio, mas o rio estava cheio e suas margens com lama até o pescoço. Ajeitou o local para passar a noite. Inho chegou com tudo o que lhe pedira e foi embora alegando dor de cabeça. Inferninho comeu farofa de linguiça que Lúcia Maracanã lhe preparara e fumou um baseado. A noite haveria de passar rápido. No dia seguinte ia ver Berenice e logicamente saber a sua decisão sobre o seu pedido de namoro. Amaria aquela preta gostosa de todas as formas. Ela parecia ser um gado responsa. Precisava de uma mulher para fazer sua comida, lavar-lhe a roupa e entregar-se aos seus braços na hora que ele bem entendesse. Acreditava que ela aceitaria, tinha dado bola pra ele na casa do Carlinho Pretinho, fez questão de fazer seu prato, até mostrou-lhe as pernas. Tinha de dar certo, pois só assim esqueceria Cleide.

Pensou no alcaguete novamente. A cena do seu último suspiro veio à mente como uma navalhada nos olhos. Quis ser como Passistinha, que só roubava longe da área, sem atrair os samangos, delatores e inimigos, mas o foda era esse negócio de pegar ônibus todo dia que nem otário, essa onda de ficar rodando até encontrar um lance bom para achacar estava por fora. A boa era roubar um comércio grande, ficar um tempão sem se preocupar com dinheiro... Roubar gringo era uma coisa muito incerta. Lembrou-se do plano do Inho. Se tudo corresse bem, poderia mobiliar a sua casa e ainda sobraria uma boa grana. Quem vai ao motel não vai duro, ainda mais no sábado, dia de gastar dinheiro.

A madrugada trouxe um frio ameno. O bandido cobriu-se na tentativa de dormir, mas os mosquitos o impediram de embalar-se no sono. Seu pensamento vagava pelos becos do conjunto, que ia se transformando a cada dia. Famílias continuavam a chegar das diversas favelas e bairros do Rio de Janeiro para as casas construídas em praças, nos terrenos baldios do conjunto. Quem era aquele pessoal? Será que viriam mais bichos-soltos? Lá nos Apês já tinha um monte de bandidos, do Outro Lado do Rio também. Ninguém seria mais respeitado do que ele. Quem entrasse numa de tirar chinfra deitaria na hora. Esse tal de Mão Branca só agia na Baixada, com esse não precisaria se preocupar. O perigo era o viado do Cabeça de Nós Todo e o Belzebu, mas era só não ficar rodando de bobeira no dia em que eles estivessem de serviço, ou então ter sempre um pichulé no bolso, porque neguinho já tinha dito que os dois aceitavam um cala-boca se não tivesse ninguém por perto.

Inho chegou às nove com pão, café numa garrafa de Coca-Cola e todas as informações do sucedido nas últimas horas. Enquanto se alimentava, Inferninho ficou ciente de que todos já sabiam ser ele o matador do alcaguete. Cabeça de Nós Todo rondou a noite toda, deu flagrante de maconha em Manguinha e Laranjinha, disse à irmã de Laranjinha para arrumar dois mil cruzeiros, senão botaria o flagrante pras cabeças. Pelé e Pará só apareceram depois que a guarda foi trocada. O detetive Belzebu não havia piado no pedaço e isso não era bom sinal, ele poderia ter mudado sua escala de serviço e aparecer a qualquer momento.

Inferninho apressou-se rumo ao conjunto. Queria combinar os passos do assalto ao motel: quem ficaria na frente; se iriam achacar só o escritório, ou se também sacudiriam os hóspedes; se era melhor arrumar mais um parceiro; quando iriam sondar a área; para onde fugiriam depois da operação...

Acerola e Verdes Olhos faziam coleta de dinheiro para uma das mães dos maconheiros levar ao posto policial. Cabeça de Nós Todo havia dito que poderia entregar a grana ao sargento. Ele soltaria os viciados. Já tinham conseguido a metade do dinheiro com os amigos, restava-lhes ir à casa de Madalena pedir uma solução para o caso, porque seus amigos tinham comprado a maconha em sua boca de fumo.

— Aí, sabe aqueles caras que compraram bagulho aqui ontem? Dançaram. Cabeça de Nós Todo tá pedindo dois mil pra liberar eles. A gente já tem mil, morou? Se tu puder fazer esse adianto aí...

— Que caras? Veio tanta gente aqui ontem.

— Um branco, tava de bermuda azul, tênis Bamba. O outro...

— Ah! Já sei, é o Manguinha, que mora ali na praça da Loura — lembrou-se Madalena.

— É isso aí!

— Será que eles não vai me caguetar, não?

— Se tivesse que caguetar, já tinha caguetado, sabe qualé?

Eles foram tomando porrada dali da praça dos Garimpeiros até o posto policial, ficaram apanhando até a mãe do Manguinha chegar — concluiu Acerola.

Madalena deu o restante aos maconheiros depois de avisar-lhes que, se estivessem mentindo, correriam o risco de amanhecer com a boca cheia de formiga, porque ela tinha a proteção dos bichos-soltos. Acerola e Verdes Olhos riram sinceramente. Jamais tomariam tal atitude. Segundo as suas normas, aplicar um sete um na área onde moravam era falta grave. Motivo de desconsideração e até de morte, conforme o caso. Sabiam que os bichos-soltos não os perdoariam, inclusive Ercílio, filho da própria traficante, também bicho-solto. Não era medo o que sentiam dos bandidos, pois se estivessem com a razão enfrentariam qualquer bicho-solto do conjunto. Essa rapaziada tinha apenas receio de arrumar arengação sem motivo, perder prestígio ou amanhecer realmente com a cara enterrada na vala. Entregaram o dinheiro à mãe do Manguinha.

Inferninho ficou em casa o dia todo na espreita. Qualquer barulho de carro ou movimentação diferente o levava a verificar a rua pela greta da janela com a arma engatilhada. Pelé e Pará foram para o Outro Lado do Rio soltar pipa com a molecada. Ficaram por lá até o cair da noite. Berenice saiu cedo para arrumar dinheiro. Foi furtar as madames nas feiras da Zona Sul. Saiu resolvida a aceitar a proposta de Inferninho. Queria ter filhos, montar uma família, arrumar sua casa e ter um homem ao seu lado. Achou que ele não estava de brincadeira, queria realmente encafuar-se com ela. Procuraria por ele assim que voltasse. Chegou ao Leblon por volta das oito horas, rezava para que tudo desse certo, caminhou pelas ruas movimentadas sem notar os que passavam por ela. Ia bem mais devagar que o vento quando sentiu uma mão pesando-lhe nas costas.

— Qualé, meu cumpádi? — disse Berenice ao virar-se.

— Tudo em riba? — perguntou o amigo.

Berenice não gastou muito tempo com o taxista, antigo vizinho na favela do Esqueleto. Explicou-lhe o que ia fazer. Ele ofereceu-lhe fuga até a Gávea.

Entrou na feira com uma lâmina de barbear escondida na mão. Escolhia as barracas mais cheias para cortar as bolsas das madames e retirar a carteira. Teve êxito nas três investidas. A primeira furtada só deu conta do acontecido quando Berenice já entrava no táxi do amigo para irem almoçar num boteco da Gávea.

— Todo mundo quetinho senão leva tiro! — ordenou Inferninho aos dois ocupantes de um Opala estacionado no largo da Taquara.

— Vai saindo com as mão pro alto bem devagarinho! — disse Carlinho Pretinho, apontando o três oitão para o casal, que obedeceu sem hesitar.

Na sexta-feira, Inho, Inferninho, Pelé e Pará tinham ido sondar o motel. Era um prédio de três andares, dois portões, garagem, luzes coloridas piscando por toda parte, anões de porcelana no chafariz do jardim e, na parte direita, a recepção, onde trabalhavam a telefonista, o gerente, o recepcionista e dois seguranças. Observaram somente isso no dia anterior. Sabiam que existiriam ainda cozinheiros, garçons, camareiras, funcionários da limpeza e do almoxarife. Acharam melhor levar mais um homem para o serviço.

Entrariam todos juntos na recepção, renderiam os otários na boa, depois os trancariam num banheiro ou numa sala qualquer. Dariam uma geral no prédio para dominar os outros funcionários e, depois, sim, dar um sacode nos quartos, nas suítes e nos apartamentos. Se os samangos piassem na área, sairiam por trás, onde havia um imenso matagal, sendo um dos seus limites o próprio conjunto. Tiro só para não morrer. Se tudo corresse bem, iriam para o Salgueiro, onde ficariam por vinte e quatro horas para escapar do flagrante.

Apertaram as mãos várias vezes, brindaram em rodadas de cerveja e rabo de galo, fumaram no mesmo baseado, cheiraram em um só canudo, comemorando a possibilidade de arrumar muito dinheiro.

Inho só conseguiu ir na última hora; insistiu tanto que os amigos concordaram em deixar um garoto participar de um serviço de homem. Mesmo sabendo que teria participação igual à dos parceiros na divisão dos lucros só por ter escoltado a parada, o que o deixaria feliz de verdade era poder acompanhar os amigos. Carlinho Pretinho agradeceu-lhes o convite para o assalto.

— É nessas hora que a gente manja os amigos. Tem neguinho aí que, quando sente que é a boa, entra numa de se dar bem sozinho... Ia até tirar um pissirico com meu gado, mas vou até marcar um tempo aqui pra vocês ver que é pam, morou, cumpádi?

Inferninho assumiu a direção do Opala. Ainda avisou aos assaltados que, se dessem queixa, eles iriam procurá-los até no inferno se fosse preciso. O bandido disse ainda que iriam largar o carro lá no Grajaú depois de três dias. Seu intento era o de induzi-los a dizer que eles iriam para o Grajaú, caso fossem à polícia. Entraram na Estrada dos Bandeirantes com Inferninho alertando o combinado de não matar ninguém. Se alguém tentasse reagir, era só dar uma coronhada no pau do nariz para o otário dormir na hora.

A noite de lua cheia atravessava o início da madrugada na Estrada dos Bandeirantes com os demais bichos-soltos abaixados no carro. Inferninho olhava para todos os retrovisores do mundo. A eloquência do silêncio que se espalhava para além do rosnar do motor do carro o fez pedir a Carlinho Pretinho para dar um confere nos ferros, não gostava de silêncio nessas horas. Fez questão de repetir para Inho sua função de ficar do lado de fora ligado nos movimentos. Caso sujasse, era só entrar no motel, dar um tiro em qualquer vidro que piasse na frente e sair saindo.

Entraram pelo portão de saída. Na recepção, somente a telefonista deixava a cabeça ir e vir como se quicasse no próprio ar em consequência de sua sonolência. Foi rendida sem muito trabalho:

— Quanta gente trabalha nessa porra, sua filha da puta? — perguntou Inferninho à telefonista com o braço esquerdo enroscado em seu pescoço e com a mão direita pressionando o cano do três oitão em sua cabeça.

— Doze — respondeu com voz sumida.

— Quantos tá de revólver?

— Os dois seguranças e o gerente.

— Lá em cima fica alguém?

— Fica três arrumadeiras.

— Na cozinha?

— Lá trabalham quatro pessoas... Moço, por favor, não tira a vida de ninguém, não! — suplicou a telefonista.

— Onde tá os segurança?

— Tá todo mundo na cozinha. É a hora do lanche.

— Se tu tiver de mentira vai ganhar pipoco na cara! Essas duas porta aí é o quê?

— Escritório e banheiro.

— Aí, tranca ela no banheiro — disse Inferninho.

Depois entraram ao mesmo tempo na cozinha:

— É o bicho que tá pegando!

Inferninho tranquilizou avisando que se todos ficassem bonitinhos ninguém se machucaria. Carlinho Pretinho retirou os revólveres dos seguranças e do gerente. Ele, Pelé e Pará amarraram todos os funcionários com fios de náilon. Debaixo de socos e pontapés fizeram com que desmaiassem e os trancafiaram no banheiro, onde não havia janelas. "Nunca foi tão mole!", pensou Inferninho, pois estava preocupado com o tempo que gastariam para dominá-los caso estivessem em locais diferentes. Capinaram a metade do terreno com apenas uma enxadada.

Inferninho e Pretinho foram ao segundo andar. Pelé e Pará trataram de recolher, no escritório, a féria do dia e os objetos valiosos, e tiraram o fone do gancho como recomendara Inferninho.

Lá fora, a noite era parada aos olhos de Inho. Não estava nervoso, aliás, nunca ficava. Queria mesmo que saísse um tiro lá dentro para ele surgir como ás de trunfo na trama daquele jogo. Gostava de ser bandido, tinha sede de vingança de alguma navalhada que a vida fizera em sua alma, queria matar logo um montão para ficar famoso, respeitado assim como Grande lá na Macedo Sobrinho. Alisava o revólver como os lábios alisam os termos da mais precisa premissa, aquela capaz de reduzir o silogismo a um calar de boca dos interlocutores. Era arisco, tinha sexto sentido; atirava com as duas mãos. Quando brigava na mão não tinha pra ninguém. Gostava de sustentar dores alheias pelo riso, já que nada pesava sobre sua cabeça. Era o desespero das tempestades condensadas nas íris de cada vítima, a dor da bala, o prelúdio da morte, o frio na espinha, o fazedor de último suspiro, ali, na humilde posição de olheiro, sentindo-se como cão de guarda.

Inferninho abriu a porta do 201 fantasiado de garçom. Havia exigido do gerente as duplicatas das chaves, como planejara na noite anterior antes de embalar no sono. Agia com raciocínio rápido e calma esse filho de Ogum, do Estácio e da vontade de arrumar muito dinheiro. Haveria de ganhar a boa. O casal não percebeu a entrada dos assaltantes. Inferninho deu uma coronhada no homem e Carlinho Pretinho tapou a boca da mulher:

— A gente não queremos machucar ninguém, não, mas se ficar de gracinha a gente mata, tá sabendo? — disse Pretinho com uma tremedeira decorrente não só do nervosismo que a prática do assalto traz, mas porque era muito difícil conter-se agarrado a uma mulher despida. Colocaram o casal amarrado com lençóis no banheiro e fizeram a limpa. Conseguiram duzentos cruzeiros, dois relógios e um cordão de ouro, ainda foram ao banheiro para retirar os brincos da mulher.

Entraram no 202. O casal estava dormindo. Uma morena deitada com as pernas abertas encheu os olhos de Carlinho Pretinho, que nunca tinha feito sexo com uma mulher tão gostosa. Inferninho era senhor de sua concentração. Queria ser o mais rápido possível. No canto direito da cama, notou uma garrafa de uísque pela metade.

— Não vão acordar tão cedo! — exclamou.

Mandou Pretinho trancar a porta e ficar na dele. Retirou duzentos dólares da carteira e alguns cruzeiros. Da bolsa, apenas um talão de cheques e quarenta cruzeiros. Com facilidade, puxou o anel de ouro do dedo da mulher sem nenhuma marquinha no corpo. Sustentava uma tatuagem acima do seio direito realçando a sua beleza. Carlinho Pretinho mordeu os lábios inferiores e deixou uma de suas mãos escorrer perna abaixo de mansinho. A mulher manteve-se imóvel. Inferninho reprovou através de sinais. No corredor, encontraram Pelé e Pará.

— Tudo joia?

— Tudo joia — responderam Pelé e Pará.

— Então é o seguinte: me dá o que vocês guentaram lá embaixo, toma as chave, vai lá no terceiro pra vê se não tem mais ninguém lá... Aquela safada pode tá de armação pra cima da gente, depois, pode sacudir os quartos. Só atira pra não morrer! — ordenou Inferninho, com os olhos pregados na porta do 203. Invadiram. O casal sentiu o virar da chave na porta.

— Vocês têm uma bebida por conta da casa.

— Tinha que tocar a campainha! Vão entrando assim sem avisar!

Inferninho não pronunciou palavra, posicionou-se à frente do homem, retirou a toalha que cobria o revólver em cima da bandeja e disse em voz baixa:

— É o bicho, meu cumpádi!

A mulher deu um grito. Carlinho Pretinho golpeou-lhe o nariz com o cabo do revólver. O homem tentou reagir, mas Inferninho deu-lhe uma banda e colocou, em seguida, o cano do revólver dentro de sua boca.

— Quer morrer, filho da puta?

Retirou o cano do revólver da boca do homem e deu-lhe duas coronhadas para apagá-lo. Fizeram a limpa. Além de dinheiro e joias, conseguiram um revólver calibre 32. Tudo ia nos conformes. Tinha de manter a calma, ser mais rápido e continuar a dar sorte para surpreender as vítimas, mesmo as que estivessem acordadas.

Pelé e Pará não encontraram nenhum funcionário no terceiro andar. Nervosos, olhavam para todos os lados com medo de serem surpreendidos. Paravam à frente de um quarto e achavam melhor invadir outro. A indecisão atropelava os segundos. Resolveram seguir a ordem numérica. Ler não sabiam, mas contar era mole para eles. Adentraram o 301. Pelé e Pará partiram para os narizes, deram várias coronhadas. Mancharam de sangue o lençol de esperma. Duas mortes espalhadas pelo quarto.

Amarraram os cadáveres e jogaram no banheiro. Recolheram da carteira do homem o dinheiro destinado ao pagamento do táxi; na bolsa da mulher não encontraram nada. Acharam que era uma boa grana. Esqueceram-se de tirar as alianças, o par de brincos usados por ela e o cordão de ouro do pescoço do homem. Quando iam entrar no segundo apartamento, lembraram-se da porta aberta, voltaram para trancá-la. Nada poderia dar errado. Adentraram o 302. Dessa vez, encontraram o casal dormindo. Para maior tranquilidade, resolveram estraçalhar os narizes. Ali não roubaram nenhuma vida. Amarraram o casal e, quando iam fazer a limpa, escutaram um tiro e um quebrar de vidro. Pularam pela janela no mesmo instante em que Inferninho e Carlinho Pretinho. Juntos, saíram em disparada.

Lá em Cidade de Deus, um bicho-solto olhava aquele ser se mexendo com dificuldade em cima da cama. Levantou-se da cadeira cambaleando. Havia três dias que não se alimentava. Examinou as facas que tinha em casa, separou a maior, amolou-a na quina do tanque, acendeu um cigarro na brasa do que fumava. Teve vontade de tomar mais uma dose, virou um copo de cachaça goela abaixo sem dar o gole do santo. O cigarro era fumado compulsivamente, a cinza espatifava-se no chão de cimento duro. Percorreu o olhar pelas cadeiras capengas, pelas teias no telhado; o barulho da água pingando da bica defeituosa na pia era tão familiar quanto aquele abajur danificado em cima da mesinha de cabeceira, sobrevivente de duas enchentes. A geladeira, calçada por uma pedra e dois tocos de madeira, estrebuchou, depois silenciou para sempre. Seu sentimento era uma caldeira pinguepongueando nas duas abas de seu coração. Pensou em voltar atrás por um segundo, mas a determinação de fazer a mulher sofrer tinha bases sólidas, pois, desde o dia em que vira aquele ser nojento, um desejo de vingança se apoderara de seu íntimo, crescera amargamente, multiplicara-se à revelia e irreversivelmente se instalara ali dentro de seu peito. Sabia que a ideia de deixar as coisas correrem frouxas voltaria, porém sabia que ela também iria embora, como fora a sua paz. As mulheres têm de sofrer todas as mazelas da eternidade quando fodem com outro homem. Aquela filha da puta tinha de pagar caro. Nunca lhe diria, mas a amava feito um cachorro, no entanto o ódio tomara a mesma proporção. Era agora um cão doente.

— Por quê? Por quê? — perguntava-se.

Ele a pegara caidinha no sereno. Montara-lhe uma casa, comprara-lhe roupas, mandara-a ao salão para dar um molho naquela carapinha maltratada e a bruta foi meter com outro homem. Pensou no carinho dado àquela vadia que não conseguia ninguém que lhe bancasse uma casa, nas noites em que teve de sair atrás de chouriço para matar o seu desejo de mulher grávida, nas vezes em que colocou a orelha em sua barriga na tentativa de escutar o feto. Imaginava sua mulher escorrendo a língua na cabeça do pau de um branquelo qualquer, arregaçando a buceta para receber um caralho branco, quem sabe até de um paraíba. Ela sempre gostou dos brancos, por isso não desgrudava os olhos da televisão na hora das novelas, onde os negros não apareciam. Quando aquele tal de Francisco Cuoco surgia no televisor, ela quase gozava.

O desespero de imaginar sua mulher gozando com outro o fez procurar dentro dele mesmo a mais cruel das vinganças. Percorreu de novo o espaço com os olhos, mas dessa vez não enxergava nada. Sua ira tinha as mesmas dimensões da febre, sentia calafrios e frio naquele calor tridimensional. Pensava tão rápido que não se lembrava do que pensara no minuto anterior.

Várias vezes, viu-se em sonho executando a vingança minuciosamente. As fatalidades lhe eram tão peculiares que não notava que sonhara. Ao acordar, tinha de olhar aquela porrinha para certificar-se do que realmente acontecera. Quando percebia a realidade, aquele tumor, arrebentado no sonho, se recompunha mais homogêneo.

Tomou outro copo de cachaça, vagarosamente, com um cruel sorriso desenhado no rosto. O santo novamente ficou a ver navios. Pegou a faca na rapidez do Diabo, alguma coisa sempre lhe disse que certos atos devem ser iniciados a toda a pressa, senão não vingam, não dão efeito. Colocou o recém-nascido em cima da mesa. Este, ainda no primeiro momento, agiu como se fosse ganhar colo. Segurou o bracinho direito com a mão esquerda e foi cortando o antebraço. O nenê revirava-se. Teve de colocar o joelho esquerdo sobre seu tronco. As lágrimas da criança saíam como se quisessem levar as retinas, num choro sobre-humano.

O espírito do assassino travava uma luta, mas não admitia a hipótese de parar aquela empreitada. Sentia o prazer da vingança, ria só de pensar na cara que a mulher iria fazer, não sabia se odiava mais o nenê ou a mulher. Agia de modo automático, como se a força duma engrenagem o tragasse, como se fosse a graxa tragada pela força duma engrenagem.

A vingança determinava aquele crime e o crime traria em sua forma, por sua própria natureza, a marca do orgulho ferido de um cabra-macho.

Teve dificuldade em atravessar o osso, apanhou o martelo embaixo da pia da cozinha e, com duas marteladas na faca, concluiu a primeira cena daquele ato. O braço decepado não saltou da mesa, ficou ali aos olhos do vingador. A criança esperneava o tanto que podia, seu choro era uma oração sem sujeito e sem um Deus para ouvir. Depois não conseguiu chorar alto, sua única atitude era aquela careta, a vermelhidão querendo saltar dos poros e aquele sacudir de perninhas. Cortava o outro braço devagar, aquela porrinha branca tinha que sentir muita dor. Teve a ideia de não se utilizar mais do martelo, a criança sofreria mais se cortasse a parte mais dura vagarosamente. O som da faca decepando o osso era uma melodia suave em seus ouvidos. O bebê estrebuchava com aquela morte lenta. As duas pernas foram cortadas com um pouco mais de trabalho e a ajuda do martelo. O assassino levou a faca um braço acima da cabeça para descê-la e dividir aquele coração indefeso. O bandido sabia que se entrasse em cana fatalmente seus companheiros de cela tentariam enrabá-lo, porque os bichos-soltos em geral repugnam os assassinos de crianças. Mas não deixaria ninguém botar em seu cu, poderia morrer, tornar-se viado jamais. Para a traidora isso seria a redenção e ela só merecia o suplício eterno. Não, não poderia deixar acontecer, não daria o azar de ser preso, sairia batido pros cafundós do judas.

Juntou as partes do corpo como quem monta um quebra-cabeça, colocou tudo numa caixa de sapato, dirigiu-se para a casa da sogra sem dominar perfeitamente os passos. Pressionou uma das mãos sobre o lado esquerdo do peito a fim de acalmar as pancadas daquela víscera raivosa. Ao contrário do que sempre fizera, bateu palmas no portão. Sua cunhada mais nova o atendeu e imediatamente chamou-lhe a esposa. Ela havia ido à casa da mãe, a duas quadras de sua casa, apanhar a erva-doce do chá para o bebê, que parecia começar a sentir cólicas. O assassino tinha a sensação de estar vingado, faltavam poucos minutos para ver a mulher sofrendo como uma vaca no matadouro, porque era isso que ela era. Não aceitava que seu filho fosse branco, já que era negro e a desgraçada da mulher também. A esposa apressou-se, pensando justamente no filho, era hora de dar de mamar. Antes de aproximar-se perguntou pela criança. O bicho-solto, em vez de responder, esperou que ela chegasse, destampou a caixa e disse:

— Entrega lá no pai do seu filho. Tava pensando que ia me enganar o tempo todo?!

A mulher, num gesto impulsivo, puxou um dos braços da criança de dentro da caixa. Apenas um fio de sangue o ligava ao resto do corpo do bebê. A mulher desmaiou, o homem fugiu. Dias depois foi preso.

Lá no Lazer, um homem armava uma emboscada atrás do clube. Por volta das vinte e duas horas, disse à esposa que ia emprestar uma marreta e um facão a um amigo, mas tomou umas e outras e estava ali sozinho na madrugada para lavar sua honra.

Dois dias antes, seguira a esposa desde a saída do trabalho. Fazia muito tempo que desconfiava de sua companheira. Ficou tranquilo ao notar que ela fora direto para o ponto, mesmo assim pegou um táxi para ir atrás do ônibus, como faziam os detetives dos filmes de televisão. A mulher, em vez de descer no ponto de costume, puxou a cigarra nos Apês. Ao descer do coletivo, olhou para os quatro cantos do mundo, sem perceber o marido dentro do táxi, e abraçou aquele indivíduo que passava sempre em frente à sua casa seguindo na direção do Outro Lado do Rio. Deu-lhe um beijo na boca e, de mãos dadas, entraram num bloco de apartamentos. "Na certa, vão meter na casa de algum amigo dele", pensou. O marido foi para casa esperar a mulher. Ela chegou reclamando do cansaço, argumentou que não queria nada naquela noite porque a patroa a tinha enchido de serviço, fazendo-a ficar até mais tarde no batente. O marido concordou. No outro dia foi para a esquina controlar a hora em que o outro passava. O desgraçado passou às duas da manhã e ainda o cumprimentou.

Agora, já dera a hora de o Ricardão atravessar a ponte do Lazer. O corno chorava quando viu um homem brotar na esquina do Mercado Leão. Deixou o indivíduo aproximar-se para ter certeza de ser realmente o dito-cujo que estava comendo a sua mulher. Ajeitou o facão na mão direita, a marreta na esquerda, agachou-se, esperou que ele passasse. Saiu nas pontas dos pés pelas suas costas e, com vários golpes, decepou-lhe a cabeça. Tirou um saco plástico de dentro do bolso da calça, colocou a cabeça ensanguentada com os olhos esbugalhados no saco, foi para casa e jogou-a no colo da adúltera.

Lá no motel, Inho andava pelo corredor do segundo andar à procura de vítimas. Queria roubar, aleijar, matar um zé-mané qualquer. Os hóspedes, assustados com os tiros, verificavam as portas. Inho forçou a primeira, a segunda, invadiu a terceira depois de atirar na fechadura, como faziam os mocinhos dos filmes americanos. Um casal acordou para receber tiros, ainda que de raspão. Fez a limpa. Invadiu outro quarto. O homem tentou reagir e foi ferido por uma bala no braço. Tentava invadir outros apartamentos quando escutou a sirene da polícia. Inho mergulhou de cabeça pela janela, deu uma cambalhota no ar e caiu no chão pronto para correr.

Entrou pelo mato feliz, pois havia participado ativamente do assalto. Para isso forjara a chegada da polícia. Não suportava ficar ali onde o tempo não passava com o mundo rodando lá dentro. Ficou na expectativa de algum casal entrar no motel, porque não precisaria simular nenhuma situação para poder atuar, mas nada acontecia de verdade, nem a polícia, nem hóspedes.

Inferninho, Carlinho Pretinho, Pelé e Pará pararam no matagal. Era hora de ajeitar o roubo, dividi-lo mesmo sem contar o dinheiro e averiguar o valor das joias, porque se sujasse, para quem estivesse com o flagrante, tudo estaria perdido.

— Inho deve ter dançado. Eu não queria ter trazido esse moleque, morou, cumpádi? — disse Inferninho enquanto enxugava o suor do rosto. E continuou: — Já que o bicho pegou, é melhor nós ir pra de Deus mermo.

— Que nada, rapá! Vamo sair saindo pro Salgueiro porque nós pode...

— Vai ganhar um carro agora com os homi na nossa captura? — interrompeu Inferninho com voz autoritária.

Voltaram a andar pelo mato por algum tempo calados. Depois de passarem pelo campo do Paúra, Inferninho afirmou que teriam de guardar a parte do Inho e, se por acaso ele tivesse dançado, mandariam o dinheiro para a cadeia. Pararam aos pés da figueira mal-assombrada para, agora sim, repartir o dinheiro em cinco partes iguais. Inferninho lamentou a chegada da polícia:

— Se não tivesse sujado, a gente ia arrumar um pichulé maneiro! Ia ser a boa mermo!

— E se Inho caguetar? — perguntou Pretinho.

— Aquele moleque é responsa, cumpádi. Cagueta não.

Os mosquitos os impediram de ficar ali por muito tempo. Rumaram para a Treze com a intenção de tomar umas cervejas, fumar um baseado e jogar sinuca. Deram a volta pelo lago, atravessaram a ponte da Cedae com certa pressa. Ao dobrarem o primeiro beco da Treze, escutaram a voz do detetive Belzebu:

— Se meter a mão no ferro ou correr, vão ficar estirado aí mermo!

Alheios à ameaça, saíram voados pelos becos. Um maconheiro anônimo vinha com um baseado aceso, e ao notar a correria tratou de dar no pé, mas seus passos não o levaram muito longe. Uma rajada da metralhadora de Belzebu esburacou sua cabeça. O anônimo estrebuchou sobre a água de um esgoto entupido que chocalhava. Belzebu desprezou os outros e foi determinado atrás de Inferninho. O bandido ganhou a beira do rio correndo em zigue-zague. Antes de percorrer a primeira quadra, entrou num quintal, pulou a cerca dos fundos, ganhou a rua do Meio. Cabeça de Nós Todo montava tocaia na esquina e entrou na perseguição. O policial militar, mesmo em disparada, avisou ao detetive que aquele podia deixar com ele. Belzebu, a contragosto, retomou a captura de Pretinho, Pelé e Pará. Inferninho, ouvindo somente os tiros de 38, calculou corretamente que Belzebu não estava mais no seu encalço; resolveu devolver os tiros. Quando dobrava uma esquina, esperava seu perseguidor surgir na outra extremidade e apertava o dedo. Não faria isso se o inimigo portasse uma metralhadora, mas, oitão por oitão, ganha quem for mais esperto. Cabeça de Nós Todo xingava, dizia que daquela vez não tinha escapatória. Passaram pelo bar do Batman numa troca de tiros espaçada.

Manguinha e Verdes Olhos desfizeram-se duma bagana e deram no pé ao escutarem os tiros. Cabeça de Nós Todo avistou outros dois policiais na praça Principal, atirou seguidamente para alertá-los. Entraram na perseguição. O desespero de Inferninho o fez invadir uma casa pensando fazer uma criança de refém, mas não obteve sucesso, não havia ninguém na casa invadida. O pensamento ofegante lembrou-lhe a tarefa imperativa de pular muros, cercas, subir nos telhados para ver a localização dos inimigos e saber a direção que estava tomando. Achou que a melhor opção seria a de seguir para o Loteamento. Dirigiu-se para lá com as pernas não obedecendo de pronto aos comandos do cérebro. Resolveu subir na primeira árvore de folhagem abundante que avistou, com o propósito de recuperar-se.

Lá Embaixo, Carlinho Pretinho, Pelé e Pará trocavam tiros com Belzebu e o detetive Careca. Enfurecido com o defeito que ocorrera em sua metralhadora, Belzebu não pensava prender os bichos-soltos, queria mandá-los para os quintos dos infernos. Pelé e Pará iam aonde Pretinho ia, deixando o bicho-solto irritado. Resolveu livrar-se dos parceiros:

— Aí, vou dar a volta por trás para apertar o dedo na bunda dele.

Deu a volta na quadra, posicionou-se para mirar o detetive, atirou e cascou fora. O tiro atingiu, de raspão, o policial Careca. A ira de Belzebu tomou nova proporção. Saiu para a frente das balas, os bandidos recuaram para Os Apês com Belzebu no encalço.

Já fazia mais de meia hora que Inferninho estava em cima duma amendoeira. Cabeça de Nós Todo tinha visto o bandido atravessar a rua e tomar o rumo do Loteamento. Os policiais concluíram que o fugitivo não poderia estar longe dali. Tomaram a decisão de se separar, e quem encontrasse o bicho-solto primeiro atiraria avisando. Ao notar que Cabeça de Nós Todo caminhava para o seu lado, Inferninho fez menção de pular e sair correndo de novo. Por um momento resolveu permanecer ali. Não, seria melhor pular e rapar fora. A dúvida o fez perder tempo. Não dava mais para fugir sem ser atingido. Sabia que Cabeça de Nós Todo era mirolha. Ajeitou-se no galho e deu tempo ao tempo. Mentalizou sua pombagira. Tudo agora dependia somente dela.

Cabeça de Nós Todo jogava seus olhos em cada toca do mato. Lembrou-se da lanterna que não trouxe ao dar o último trago no cigarro. Abaixou-se para pegar o cigarro que havia jogado fora. Com a guimba do seu Continental sem filtro acendeu um baseado. Imaginou o bandido longe dali naquela hora. O negócio era relaxar, já que tudo dera errado. Caminhava sem pressa, resolveu sentar-se embaixo da árvore em que Inferninho estava e se pôs a fumar o baseado.

Acendeu outro cigarro, tirou o boné, afrouxou os cadarços das botinas, colocou o revólver em cima de um pedaço de raiz exposto da amendoeira. Inferninho procurava mudar de posição para disparar no lombo do policial e desgraçava em pensamento o marimbondo que voava ao redor de sua cabeça.

Filho da puta, isso é hora desse desgraçado aparecer?!

Pelé e Pará chegaram aos Apês junto com as balas de Belzebu. Para surpresa dos bandidos, Silva, Cosme e Biriba, bichos-soltos dos Apês, também trocavam tiros com outros policiais civis. Os samangos recuaram à presença dos dois. Belzebu, porém, bradou:

— Vamo matar esses filho da puta!

Depois parou para recuperar o fôlego, em seguida mirou a nuca de Pelé e mandou chumbo. Um bandido dos Apês passou na frente. Caiu estrebuchando, formou-se uma poça de sangue sob sua cabeça. Uma réstia desse líquido ainda se movimentou esguiamente e encheu a búlica onde Barbantinho e Busca-Pé haviam jogado bola de gude pela manhã.

Cosme e Silva se juntaram a Pará e Pelé, atravessaram a Estrada do Gabinal e se esconderam num dos casarões mal-assombrados. O detetive Belzebu averiguou os documentos do defunto. Riu quando notou que a arma usada pelo bicho-solto era uma das tantas que entregara a seu amigo Armando (policial militar expulso da corporação por ter matado a mulher e seu amante quando encontrou os dois fodendo em sua própria cama), para ele vender. Pegou os documentos, talvez desse para fazer alguma falsificação se o bandido não fosse fichado.

Inferninho deixou o marimbondo ferroá-lo. Era difícil posicionar-se para atirar do galho em que estava. Cabeça de Nós Todo encostou a cabeça no tronco da árvore, o sono deixava seus olhos trôpegos. A vontade de dormir o fez se levantar para ir ao encontro dos outros policiais. Mais adiante o policial parou para ajeitar o but e escutou barulho de espancamento. Eram três adolescentes, pegos fumando um baseado e bebendo vinho acompanhados pelo som dum violão tocado por um deles.

— Pegaram o infeliz? — perguntou Cabeça de Nós Todo.

— Não, mas guentamos esses vapozeiro aqui, ó.

— Tem dinheiro aí?

— Temos, temos, podem levar tudo!

— Agora sai correndo e não olha pra trás, não! — disse Cabeça de Nós Todo.

Na árvore, Inferninho já tinha se livrado do marimbondo, mudou de posição, sentiu ódio por não ter conseguido matar Cabeça de Nós Todo. Olhou os policiais já distantes, que dividiam o dinheiro dos adolescentes. Desceu, ajeitou o dinheiro e as joias. Caminhou célere pela noite, atravessou o rio e se entocou na casa do Jorge Nefasto.

Na feira, os comentários sobre o tiroteio da noite anterior assustavam as donas de casa, que trataram de prender os filhos nos quintais.

Lá na Frente, Manguinha e Jaquinha escutavam Acerola dizer que tinha pra mais de vinte policiais civis e militares rondando o conjunto na madrugada. Ele afirmava que, além dos assassinatos, haviam assaltado um motel na estrada dos Bandeirantes, duas padarias na Freguesia, invadido a casa de um coronel do Exército na estrada do Pau Ferro e ainda feito a limpa em duas drogarias na Taquara. Concluiu alertando que não era bom fazer a cabeça em canto nenhum do conjunto porque os samangos não iam dar sossego enquanto não pegassem um.

— Como é que tu sabe dessas bronca? — perguntou Verdes Olhos.

— Ouvi no rádio de manhã...

* * *

Inferninho saiu da casa de Jorge Nefasto depois da uma da tarde. Encontrou Berenice na feira. Pelo seu olhar, percebeu que ela estava no papo. Tascou-lhe um beijo na boca, prendeu a mão na dela e desceram pela rua do Meio. Em casa, o bicho-solto pediu a Berenice que fosse procurar pelos parceiros.

— Inho deve ter dançado mermo, morou, meu cumpádi? Não piou na área até agora — disse Pretinho.

— Vai ver, foi ele que deve ter caguetado — opinou Berenice.

— Que nada, aquele moleque é responsa, ele pode morrer, mas não deda ninguém, não! — retrucou Inferninho.

Almoçaram, lamentaram não ter arrebentado a boa, concluíram que seria melhor dar um tempo fora do conjunto, porque a polícia ia perturbar enquanto não matasse ou prendesse um.

— Na moral, na moral, ninguém sabe se Inho caguetou ou não — disse Carlinho Pretinho.

Foram para o Salgueiro no final da noite.

Na segunda-feira, um jornal trazia na primeira página os crimes de sábado. No motel, um casal fora assassinado. Nos demais assaltos não houvera vítima fatal. Pretinho, depois de soletrar as notícias para os amigos, reclamou da morte do casal. Pelé e Pará retrucaram. Disseram que haviam feito tudo que Inferninho mandara. Porém, as notícias do assalto ao motel, da morte da criança e do homem decepado, em destaque na primeira página, davam a eles a fama de corajosos e destemidos.

— Todo bandido tem que ser famoso pra nego respeitar legal! — disse Inferninho a Pretinho.

Na verdade, todos se orgulhavam de ver o motel estampado na primeira página. Sentiam-se importantes, respeitados pelos outros bandidos do conjunto, das outras favelas, pois não era para qualquer bandidinho ter seus feitos estampados na primeira página dum jornal, e, também, se dessem o azar de ir presos, seriam considerados na cadeia por terem realizado um assalto de grande porte. Pena não saírem os nomes na matéria, mas, pelo menos, disseram que só podia ter sido obra dos bandidos de Cidade de Deus. Todos os conhecidos saberiam que haviam sido eles.

— É melhor assim, morou? Porque, se sai nosso nome, é mais um inquérito que pipoca pra gente.

As crianças tomavam conta das ruas. Tiravam a manhã para vender picolé, a tarde para brincar. Eram sempre assim as férias escolares que chegavam junto com o calor. Barbantinho e Busca-Pé resolveram vender picolé naquela terça-feira. Pegaram a mercadoria em consignação na sorveteria do China na rua Edgar Werneck, próxima ao conjunto. Seus amigos não se arriscaram a tal aventura, preferiram amarrar um barbante nas extremidades dum cabo de vassoura para jogar no rio e ficar aparando as coisas que a água trazia. Era muito mais emocionante do que ficar debaixo daquele sol gritando: "Olha aí o picolé!". Aparar pedaços de pau, lata de óleo, galhos de árvore, tantas outras coisas no rio, exigia talento e sorte.

Busca-Pé vendeu sua caixa de picolé em poucas horas e foi entregar o dinheiro arrecadado à sua mãe. Além de rodar pelas ruas do conjunto, andou pela Freguesia, Anil e Gardênia Azul. Barbantinho não vendeu a terça parte do seu produto. Achou por bem presentear os amigos aparadores, consumiu sua mercadoria dando umas aparadas de vez em quando. Busca-Pé não demorou em casa, tinha conquistado o direito de brincar até a hora que bem entendesse. Passara de ano no colégio e agora, nas férias, trabalhava para ajudar em casa.

Era tempo de compras, dar um jeitinho na casa, no corpo, prometer para si mesmo fumar só até o raiar do Ano-Novo. As festas de final de ano trazem sempre a esperança de tudo se ajeitar dali em diante. A molecada juntou dinheiro da venda de areia tirada do rio, dos picolés e pães. Alguns meninos se ofereciam para capinar quintais, pintar casas, apartamentos. Outros catavam garrafas, fios, ferros, para vender no ferro-velho. Os trabalhadores contavam com o décimo terceiro salário, os bandidos, com os assaltos e roubos, e Cabeça de Nós Todo, Belzebu e os outros policiais se preocupavam em assaltar os maconheiros caso dessem flagrante, roubar o roubo dos ladrões, exigir uma propina das mulheres que traficavam. As ladras vendiam de mão em mão os produtos roubados nos mercados da Zona Sul.

Lá na Frente, montavam-se barracas dos mais variados produtos. Seu Zé Suíno vendia carne de porco de sua própria criação atrás do Mercado Leão. Assim, os camelôs iam tomando conta das principais ruas do conjunto.

Vinte e quatro de dezembro. Os homens começavam a beber cedo, botavam o aparelho de som na janela, depois de fazerem as últimas compras. As mulheres dividiam o tempo entre os afazeres domésticos e idas aos salões de beleza do próprio conjunto. À meia-noite, as famílias se reuniam para chorar pelas perdas dos entes queridos, depois saíam de casa em casa para dar os votos de um feliz Natal aos vizinhos.

A semana correu em clima de festa. Inferninho, Carlinho Pretinho, Pelé e Pará voltaram ao conjunto. Concluíram que depois do Natal os homens não iriam perturbar.

Passistinha, Oriental e Carlinho Pretinho decidiram arrumar dinheiro em Copacabana na passagem do ano.

— O negócio é sabargar só os gringo, a gente fica ali perto do hotel e depois nós cai pro Leme, morou? Não dá é pra ficar o tempo todo perto do Copacabana Palace, não. Fica cheio de samango ali, tá sabendo? — esquematizava Passistinha.

Inferninho deu dinheiro para Berenice comprar as coisas que faltavam para se juntarem de vez. A mulher passou a semana pedindo ao marido para dar um tempo com essa vida de crimes. Ele ainda não era fichado, podia muito bem arrumar um emprego. Queria segurança e paz para poder criar os filhos que teria com ele numa boa. Inferninho dizia que ia continuar a meter bronca até estourar a boa para montar um comércio grande com um monte de empregados trabalhando e ele só contando dinheiro, dando as ordens. Depois pensaria em filhos.

Pelé e Pará não perdiam tempo em fazer planos, somente pensavam em cinco gramas de cocaína que iriam comprar para romper o ano. Avisavam todos os conhecidos que a brizola boa estava em Curral das Éguas, bairro acima de Campo Grande, na Zona Oeste do Rio, e quem quisesse era só dar o dinheiro que no dia 31 eles iriam lá comprar, contanto que dessem uma rapinha pra eles. Ano-Novo era festa doideira, assim como o Carnaval. Havia quem só consumisse cocaína nessas duas ocasiões.

Tutuca, Martelo e Cleide vieram no último dia daquele ano para festejar com os parceiros a chegada do novo ano. Cleide não quis ir Lá em Cima apanhar o que sobrara da mobília de sua antiga moradia:

— O negócio é arrumar dinheiro à pamparra e fazer que nem a Berê: comprar tudo novinho, morou, meu pão!

— Mas só depois de janeiro. Agora, neguinho já gastou tudo, só tem couro de rato na carteira — avisou Martelo, completando ainda que dariam um tempo na casa de Inferninho até as coisas se arrumarem.

O primeiro minuto do Ano-Novo chegou. Ano de Xangô, o vencedor de Demandas, orixá mais poderoso, deus dos raios e do fogo, o rei da justiça. Era ano de lutar por um amor seguro, saúde e muito dinheiro. Quem fosse justo teria sucesso naquele ano.

Ainda era dia quando as pessoas disputavam lugares nos ônibus para ir à praia criar uma primavera em pleno verão na noite e no mar. Flores dispostas a fazer novas correntezas na vida de todos os filhos do pai Xangô. Cantavam pontos para todos os orixás, saravando diante das águas de Iemanjá. Soltavam fogos para salvar Xangô justiceiro, milhões de cores para imitar seu brilho e muitas orações para agradecer sua proteção.

Em Cidade de Deus, as mãos em apertos, as bocas em palavras de felicidade banhadas de vinho. A polícia não apareceu, não houve brigas, tiros nem mortes. Quem era de fumar, fumava. Quem era de cheirar, cheirava. Quem era de beber, bebia. Tudo na santa paz do ano que se iniciava.

A preocupação com as reuniões das alas das escolas de samba, a escolha das fantasias e os ensaios fizeram janeiro passar rápido. Os bichos-soltos botavam pra frente. Arranjar dinheiro para o Carnaval era muito mais importante do que para as festas de final de ano. Assaltavam padarias, táxis, farmácias, pedestres, residências das redondezas e do próprio conjunto. Até mesmo Passistinha não escolhia lugar nem hora para descolar uma grana. Pelé e Pará faziam a maioria dos assaltos no conjunto.

Numa sexta-feira de calor intenso, os dois caminhavam pela rua do Meio injuriados com a pequena quantia arrecadada nos assaltos feitos ao caminhão de gás e às biroscas do Outro Lado do Rio. Pelé e Pará decidiram descolar mais um pichulé naquela madrugada. Qualquer um que estivesse de boréstia dançaria na grana. Entraram numa viela, atravessaram a praça do bloco carnavalesco Os Garimpeiros.

A rapaziada do bloco estava agachada numa esquina jogando ronda. A ideia de assaltar o jogo veio para os dois ao mesmo tempo. Entreolharam-se, balançaram a cabeça demonstrando que estavam pensando a mesma coisa. Os jogadores, entretidos no jogo, não perceberam os passos dos bandidos. O ensaio do bloco tinha terminado pouco antes. Depois de guardarem os instrumentos, fumaram maconha e estavam ali tentando a sorte naquele jogo de azar. Pelé e Pará mandaram parar o jogo. Disseram que não queriam jogo naquela área para não alarmar os samangos. Por já terem avisado, não iriam somente levar o dinheiro casado na mesa, mas também o que estava entocado no bolso da rapaziada. Sacanagem, que estava no jogo, levantou-se, olhou firmemente para os bichos-soltos e disse:

— Qualé, meu cumpádi? Tá pensando que só porque a gente não anda de ferro a gente é otário? Ninguém aqui vai dar dinheiro pra ninguém, não, cumpádi! A gente tá aqui na moral e vocês vêm com essa atitude de cão pra cima da gente. Vai tomar no cu pra lá! — finalizou Sacanagem.

Os bandidos surpreenderam-se com a fala de Sacanagem. Por um momento ficaram em silêncio. Automaticamente colocaram o cão dos revólveres para trás, mas, antes de apontarem as armas para Sacanagem, escutaram a voz de Tatalsão:

— O caso é o seguinte: se sentar o dedo no cara, vai ter que sentar em todo mundo, morou? Porque a gente vai cair pra dentro de vocês de porrada. Com a gente não tem essa de bandido, não! E se vocês matar todo mundo ainda tem um montão pra correr atrás do prejuízo! Todo mundo aqui tem um conceito aí na área. É só falar na rapaziada do Garimpeiro que todo mundo sabe qualé. Esse negócio de apontar ferrinho pra gente é caosada!

Os outros amigos argumentaram da mesma forma com Pelé e Pará, que tremeram na base. Não tinham disposição para matar todos, sentiram que estavam dispostos a investir contra eles. Pará ficou estático, enquanto Pelé argumentava:

— O causo é o seguinte: já vi você de lero com Passistinha. Tu é amigo dele?

— Então, cumpádi! — exclamou Sacanagem.

— Vou considerar por causa disso, morou? — disse Pelé.

— Aí, vamo parar com esses vacilo aí com a gente, sabe que vai ficar ruim pra vocês se tiver alguma arengação, hein? — advertiu Acerola, que até então só olhara sério para os bichos-soltos.

Percorreram em silêncio o caminho que os levaria para a Treze. Aquele episódio machucava violentamente o adjetivo com o qual se cobriam:

bandido que é bandido não pode ser sugestionado. Ainda mais porque os caras estavam na mão. Viram que nenhum dos que estavam ali sentiu medo. A terrível certeza da verdade, tanto na fala de Sacanagem como na do Tatalsão, machucava, e não só retalhava a qualidade de serem bandidos, mas também a sua condição de sujeito homem. Cabra-macho. Tiveram medo das estaturas atléticas de Tatalsão e Sacanagem. Sabiam que se um dos dois chamasse para brigar na mão não dariam nem para a saída. Aquele tal de Acerola poderia muito bem ter ficado calado, já que tudo estava certo. A advertência de Acerola era o sinônimo do galho dentro que botaram.

Pelé vez por outra olhava para Pará, que andava cabisbaixo, mirando exatamente o lugar em que seus pés iriam pisar. Pensou em confortar o parceiro, porém sem assumir o medo. Como faria isso sem afirmar que haviam tido de ficar pianinho de revólver na mão? A única alternativa foi mentir para si mesmo dizendo que só não se matara todo mundo por causa de Passistinha. Ele mesmo tentava acreditar em suas palavras ao dizer que, se soubesse que Passistinha não se injuriaria, todos amanheceriam com a boca cheia de formiga. Pará concordou com o amigo sem olhar em seus olhos. Acreditava naquela mentira do mesmo modo que o amigo. Despediram-se mornamente.

O sábado de Carnaval chegou com chuva fraca, porém constante, mas não desanimou a festa do Diabo nas ruas da Cidade Maravilhosa. Domingo, sim, era o dia em que a folia esquentava com o desfile das escolas de samba.

Lúcia Maracanã desfilou no Salgueiro, na Unidos do São Carlos e ainda defendeu a Acadêmicos da Cidade de Deus, estreando no quinto grupo. Passistinha veio pelo Salgueiro e pela Unidos do São Carlos. Jamais defenderia outras escolas porque seu próprio coração o proibia. Carnaval, para ele, era mais que folia: no decorrer do ano, treinava em casa, nas horas vagas, os passos de samba que deslumbrariam um dos turistas assaltados por ele no dia anterior ao do desfile.

Na segunda-feira, Passistinha desfilava no bloco carnavalesco Bafo da Onça sem grande aferro, mas sem deixar de encantar as multidões. Gostava quando o Bafo da Onça se encontrava com o bloco Cacique de Ramos, seu maior rival, porque o pau quebrava. A briga entre os componentes dos blocos arrebentava bares, destruía as barracas dos camelôs, alguns aproveitavam para roubar o pessoal da plateia e o samba não parava. O bloco Jará tinha o compromisso de ajudar o Bafo da Onça caso estivesse nas proximidades na hora da briga. Diziam-se irmãos de sangue. Já o bloco Os Boêmios de Irajá não se metia em confusões. Desfilava no centro da cidade, Madureira e Irajá.

Cidade de Deus não contava com o incentivo da prefeitura, por isso não tinha coreto na praça. Curvadinho, um dos comerciantes do conjunto, encarregava-se de fazer o coreto e contratar os músicos para fazer o Carnaval. No último dia da festa, a escola de samba desfilava na rua Principal, assim como os blocos Os Garimpeiros e Os Anjinhos da Cidade de Deus.

E deu Salgueiro na cabeça. Antes mesmo da apuração dos pontos, o povo já dizia que essa agremiação de samba iria se sagrar campeã.

Passistinha ganhou novamente o prêmio de melhor passista. Chorou rindo, bebeu, fumou bagulho bom à pamparra, cheirou brizola da melhor qualidade na comemoração da vitória de seus passos, da bateria nota 10, do mestre-sala e da porta-bandeira mais formosos do Carnaval.

Barbantinho, Busca-Pé e seus amigos se despediam das férias no bosque de Eucaliptos. Acordaram cedo naquela sexta-feira. Busca-Pé se encarregou de levar uma frigideira. Barbantinho levou o óleo, os outros amigos levaram farinha, açúcar, fósforo, água gelada e o refresco em pó. Um tratava de acender a fogueira, preparar o Ki-suco de framboesa, o mais gostoso, enquanto os outros saíam pelo bosque armados de atiradeiras para caçar passarinhos.

Acreditavam que Inho, volta e meia no conjunto novamente, Madrugadão, Sandro Cenourinha, Cabelinho Calmo e os outros meninos que andavam com eles não iriam àquele lugar. Eles gostavam de arrumar briga à toa, carregavam a bola da pelada da meninada, roubavam-lhes os brinquedos, fumavam maconha nas esquinas, faziam qualquer transação com a arma engatilhada. Viam a outra turma como adultos, tal e qual Inferninho, Tutuca e Martelo.

Depois da refeição, deitaram na grama. Os raios de sol faziam focos por entre a folhagem. Lá no campo, a boiada pra lá e pra cá. Na Via Onze, os carros passavam despercebidos. O rio corria manso. No laguinho, as cobras-d'água nadavam livremente. O lago se mantinha indene às rajadas que o vento dava nos rostos dos meninos. A Igreja da Pena e os casarões eram mais bonitos de se ver dali. Os pescadores tentavam a sorte na lagoa. O mar da Barra da Tijuca recebia o céu para juntos formarem a metáfora mais azul do infinito.

Batman era um super-herói terráqueo, tinha de torcer por ele. Super-Homem era o mais forte de todos os super-heróis, mas se National Kid quisesse o derrubava mole, mole, pois o raio de sua pistola tinha criptonita e o caralho. Aquele tal de doutor Smith dos *Perdidos no espaço* é a maior bichona. Se aparecesse uma mulher gostosona, peladinha, aqui no bosque, o que você faria? Tudo o que eu falar tu fala guei. Carro guei, casa guei, rua guei, jaca guei. Se fizer um buraco e cavar, cavar, cavar, cavar, vai sair lá na China. Quando eu crescer, vou ser médico. Eu já vou ser polícia, porque se neguinho vir tirar farinha comigo eu prendo logo. Meu amigo tem um cachorro ensinado igual ao Rin Tin Tin. Dona Vera era a professora mais bonita da escola, um dia eu sonhei que ela era a minha namorada. Vamo ver quem tem o piru maior? Esse papo de cegonha é mentira, a gente sai é da xereca da nossa mãe. Peguei um avião para Santa Catarina, no meio da viagem acabou a gasolina, saltei de paraquedas, o paraquedas não abriu, mandei o fabricante ir pra puta que o pariu. Mariazinha do bole-bole, peitinho duro, buceta mole. Pense um número, multiplica por dois, bota mais quatro, divide por dois, tira o número que você pensou. Deu dois.

Ficaram ali até o cair da noite. Na semana seguinte as aulas recomeçariam.

Logo após o Carnaval, Martelo fizera um bom assalto lá pelas bandas da Freguesia. Fora sozinho numa manhã de sol para render as empregadas de uma mansão, arrombar o cofre, pegar joias, uma arma calibre 38, dólares e alguns cruzeiros em cima da estante. Voltou para o conjunto de táxi. Ao chegar em casa, disse para Cleide:

— Toma, vai lá comprar nossos move, aproveita para trazer um vestido bonito pra você. Passa no salão pra dar um molho no cabelo, um trato nas unha, mas não demora muito, não, pra mim cuidar de você! — finalizou apertando os olhos, mordendo os lábios.

— Onde eu troco os dola?

— Vai lá no Paulo da Bahia, ele troca rapidinho.

Os entregadores de gás não se preocupavam mais com os assaltos, pois somente Pelé e Pará os precipitavam, até achavam graça quando os dois surgiam espetacularmente de um beco qualquer à luz do dia, como se estivessem no Velho Oeste assaltando uma carruagem ou emboscando um inimigo. Os entregadores já separavam o deles. Os dois saíam com os revólveres apontados para os assaltados. Antes de dobrarem a esquina atiravam para o alto para sugestionar.

Inferninho e Tutuca conseguiram um bom dinheiro nos cinco táxis que assaltaram numa noite de sexta-feira. Combinaram que o dinheiro seria destinado à compra de armas e munição. Haviam comunicado ao Armando que, sábado pela manhã, estariam no botequim Porta do Céu para fazer a transação. Belzebu tratou de entregar as encomendas a Armando. Avisou, como sempre, ao atravessador que, se soubesse do nome dele mencionado para os bandidos, o mataria. O ex-policial militar concordava com o detetive através de sinais. A transação foi feita no meio dos fregueses do Porta do Céu às dez horas da manhã.

Antes de se despedirem, Inferninho abaixou a cabeça, sua expressão era a de quem estava pensando em uma data para fechar um compromisso sério. O ex-policial e Tutuca aguardavam a sua fala. A demora de Inferninho em articular palavra causou certo constrangimento. O bandido, sem mais nem menos, enquadrou o atravessador.

— Cumpádi, é o seguinte: há muito tempo que tu arruma um pichulé maneiro em cima da rapaziada, morou? Tem um samango lá do Quinto Setor que mandou um catatau pra gente dizendo que mandava uma caixa de bala pra gente na metade do preço da tua, tá sabendo? Isso quer dizer que tu arruma o dobro do que tinha que arrumar. Então dessa vez eu vou segurar os ferros na mão grande. Me dá o teu também e devolve o dinheiro!

Armando, em silêncio, fez o que o bandido ordenou. Tutuca ficou surpreso com a atitude do parceiro. No entanto, concluiu que tinham acabado de fazer um inimigo perigoso, ex-policial era muito pior do que bandido, pois seus antigos amigos de farda sempre lhe dariam cobertura nas broncas em que se metesse. Não era bom ficar criando cobras para depois ser picado. Resolveu eliminar o atravessador. Inferninho deu uma geral em Armando, mandou que ele saísse correndo. Tutuca, sem consultar o parceiro, sentou o dedo em cima do atravessador, que ziguezagueou no terreno baldio ao lado do botequim e entrou ileso pelo mato.

— Deu pra matar? — indagou Inferninho.

— Lógico, tu toma uma atitude sem a gente combinar... Esse cara é intrujado aí com os homi, rapá. É inimigo perigoso. Não podia deixar ele vivo, não...

— Ainda bem que tu não deitou ele que eu quero saber quem é que fornece as arma pra ele. Tu não vai ver se Belzebu ou Cabeça de Nós Todo não vai piar aqui hoje. Vamo se entocar e amanhã nós fica sabendo.

Cabeça de Nós Todo saiu de casa injuriado porque estava sem dinheiro, não gostava de sair apanhando alimentos em lojas, biroscas, padarias, mercados, como faziam os outros policiais. Foi para o serviço sem a mínima vontade de trabalhar. Dispensou a companhia dos colegas na primeira ronda do dia. Queria arrumar um dinheiro sozinho. Andou pelo conjunto de arma engatilhada. Em suas primeiras investidas, deu o azar de pedir documentos somente a trabalhadores. Atravessou para o Outro Lado do Rio. Queria dar flagrante em maconheiro para extorquir uma grana. Sentiu que um rapaz aumentou o passo ao notar sua presença. Cabeça de Nós Todo retirou duas trouxas de maconha do bolso, enquadrou o rapaz ainda que de longe, verificou que era um desocupado. Poderia extorquir um pichulé na ameaça de uma vadiagem se o bruto já tivesse sido detido outras vezes, mas isso daria trabalho, teria de ligar para o Quinto Setor para averiguarem; na certa seu amigo daquela delegacia iria querer uma grana para fazer o serviço na moita. Resolveu dar um flagrante forjado ao revistar o interceptado. Cada vez que o rapaz falava que a maconha não era dele, recebia coronhadas. Somente apressou o passo porque não estava com a carteira profissional assinada. Cabeça de Nós Todo esbravejava, dizia que não gostava de ser chamado de mentiroso. Depois de saber que o detido tinha pai e mãe, em vez de encaminhá-lo ao posto policial, obrigou-o a levá-lo à sua casa, mirando extorquir dinheiro da família. E foi o que fez.

O pai recorreu aos vizinhos para conseguir a quantia exigida pelo policial. Antes de voltar ao posto policial, passou em casa para entregar à esposa a metade do dinheiro que havia pedido, que era muito mais do que o seu salário de policial militar. Chegou ao posto com uma cara melhor, disse aos amigos que a área estava tranquila. Tirou o but, deitou-se e ficou a ler um livro de bolso o resto do dia.

Naquele mesmo sábado, Manguinha havia esperado por Acerola, Laranjinha, Jaquinha ou Verdes Olhos na esquina do bar do Batman para fumar um baseado e nada, todos estavam namorando. Sentia fissura de dar dois para se entocar e assistir a um filme debaixo das cobertas numa lombra maneira. A hora ia passando e nenhum dos amigos aparecia. Tomou a atitude de ir à casa do Jaquinha. Sabia que ele tinha bagulho em casa, no dia anterior tinha comprado uma porrada de trouxas em Curral das Éguas. A chuva de vento encharcava a sua calça Lee do joelho para baixo, lugar onde o guarda-chuva não protegia. A energia elétrica ia e voltava a cada trovão, que assustava os cachorros, os gatos vadios, as galinhas nos fundos dos quintais.

— Jaquinha! — gritou ansioso.

— Tá aqui não — respondeu a voz de uma criança.

Manguinha voltou pelo mesmo caminho, deu um tempo no bar do Batman, caminhou para a praça Principal, ficou por mais de uma hora a observar os ônibus que chegavam e nenhum maconheiro amigo apareceu para lhe fazer uma presença. O viciado dobrou a bainha da calça, reabriu o guarda-chuva e precipitou-se para a casa da Tê.

— Ela tem que me vender uma trouxa fiado! — pensou alto.

Tê estava em casa sozinha, as filhas tinham ido ao baile do clube. A velha fazia as trouxas de maconha que comprara em Curral das Éguas. Agora não tinha mais um matuto para levar a erva até sua casa, como fazia Ercílio, que além de abastecer sua mãe também lhe fornecia a droga. Terê começou a traficar seis meses depois de sua chegada ao conjunto. Antes, somente o marido traficava, porém este, sempre embriagado, gastava o dinheiro todo em farras que se repetiam dia a dia. Sempre perdendo dinheiro, maconha, volta e meia não tinha o seu produto para oferecer aos fregueses, obrigando seus filhos e esposa a passar necessidades. Foi morto porque, para mostrar-se valente, assaltava qualquer um, criando assim, em pouco tempo, diversos inimigos. Um dia assaltou um bicho-solto, que, logo depois do assalto, acertou seis balas de 38 em sua cabeça.

O único bem deixado para a família foram cinco quilos de maconha que Terê pensou em dar para os amigos, porém as amigas a aconselharam a repassar a erva, boba seria ela se desse para os viciados. Aquela maconha toda valia um dinheirão.

Assim se iniciou na vida do crime. A sua boca de fumo, agora bem administrada, rendeu-lhe melhores frutos. Conseguiu aumentar a casa, as filhas substituíram os molambos que vestiam por roupas decentes, alimentavam-se melhor. Comprou sofá, guarda-roupa, geladeira, tinha planos de adquirir uma televisão, enfim, não tinha do que se queixar: a sua vida melhorara consideravelmente.

Preparava-se para deitar quando ouviu, entrando pela fresta da janela, a voz cuidadosa de Manguinha. Falou que já ia, depois de vê-lo no portão pela porta entreaberta.

— Quantas vai, meu filho?

— Eu só queria uma trouxa, só, mas aí: tô meio caído, morou? Se a senhora me vender, amanhã, antes do meio-dia, eu trago a grana.

— Fiado eu não vendo, não, mas se você quiser fumar um comigo é só entrar — disse a velha.

Seu pensamento num segundo tramou sedução. Havia muito tempo só fazia sexo sozinha. Manguinha sentou-se no sofá encardido, observou a sala: são Cosme, Do Um e são Damião iluminados pela lamparina de azeite; uma cristaleira antiga com alguns copos coloridos; um jogo de chá; a mesinha de centro cheia de objetos domésticos; teias balançando ao mínimo vento. Tê preparou com capricho o cigarro de maconha do tamanho de um bonde, mirando endoidá-lo o suficiente para facilitar a sedução. Acenderam o baseado. A velha afirmou que aquele fumo era especial. Ofereceu uma dose de uísque ao viciado, disse-lhe que tinha uma rapinha de brizola para depois de fumarem. Manguinha adorou a ideia. Fumava rápido para poder consumir a cocaína tão cara e rara de ser encontrada. A velha sugeriu que fossem para o seu quarto, alegou que poderia chegar uma de suas filhas, não queria que elas a vissem cheirando. Desenrolou as cortinas, derramou a droga num prato quente, apanhou uma lâmina de barbear em cima do guarda-roupa para trabalhar a cocaína. Enquanto transformava em pó as pedrinhas da brizola, dizia a Manguinha que não sabia o porquê de ter-lhe tanto afeto, que jamais tinha cheirado com esse ou aquele freguês, ele era o primeiro e único. Sempre que quisesse cheirar ou fumar era só dar um toque nela.

— Por que tu não tira essa calça molhada? Bota ela atrás da geladeira. Seca rapidinho.

— Podes crer! — concordou.

Aproveitou para tirar a camisa. Dava corda ao jogo da velha. A pele branca de Manguinha era iluminada pela luz da lamparina do santo que atravessava a cortina de tecido ralo. Tê apanhou mais maconha.

— Vamo fumar outro pra quando a gente cheirar ficar ligadão de uma vez?

A velha pediu que Manguinha apertasse o baseado, fez dez carreiras de coca no prato. Enquanto fumava deixava a mão escorregar na perna do viciado, fez isso várias vezes. A mudez de Manguinha fez com que ela repousasse a mão definitivamente em sua coxa direita.

— Sua perna é cabeluda! — disse com voz macia e alongando o som da penúltima sílaba do predicativo.

Manguinha manteve-se calado. A velha apertava os dedos, aproximou a mão para perto do pau duro do maconheiro, deixou que ela repousasse ali. O baseado ia pela metade. Num lance lento segurou o pênis por cima da cueca.

— Hum... o lulu tá durinho!

Apertava, friccionava para cima e para baixo. Manguinha agia como se tudo estivesse correndo normalmente. A velha sabia que ele tinha energia para arrepiá-la com vontade. "A vida é muito boa", pensou quando fez desabrochar de dentro das garras da cueca o caralho do viciado. Abocanhou-o no primeiro segundo. Manguinha sentiu nojo no começo, mas o apetite da velha o fez gozar em pouco tempo. Ao se recuperar, pediu-lhe que fizesse novamente. Esqueceram a cocaína no prato, o baseado no cinzeiro, a chuva no telhado. Carcou fundo na velha. O maconheiro, não sabia por quê, se lembrava de sua mãe, da namorada, dos amigos... Tentou parar com aquilo, mas não conseguiu, sentia prazer de verdade em encenar aquele ato. Aos poucos foi ficando ali como se estivesse perdidamente apaixonado.

Tê se esparramava nos quatro cantos da cama; nem suas filhas, que eram novas, não tinham varizes, peito caído, possuíam dentes, tinham conseguido um jovem tão bonito. Quem sabe um dia poderia sair com ele abraçada pela rua, apresentá-lo às amigas como seu marido, mas não, era sonhar alto. Se continuasse assim estaria bom demais. Atingiu o orgasmo várias vezes. Quando sentia que o viciado ia gozar, mesmo sabendo que ele se recuperava na rapidez dos seus dezoito anos para mandar ver de novo, diminuía os movimentos para que ele ficasse o maior tempo possível em cima dela. Quando Manguinha gozava, Teresona abocanhava-lhe o pau com apetite. Era feliz.

A manhã de todos os sábados era dos peladeiros e dos jogadores de sinuca. A tarde, como a manhã, não trazia mistérios: os homens dormiam ou continuavam nas biroscas; as mulheres, acordadas desde cedo, tendo feito as compras e a faxina na casa, enchiam os salões de beleza depois do almoço. Nas noites desse dia da semana, que são sempre diferentes, poucas coisas se repetem, e os imprevistos abundam, pois as pessoas se predispõem a isso. A novidade tem de ser buscada na hora e no local certos. As noites de sábado prometem encantos, romances novos, solidificação de amores. A juventude fazia festas americanas pelos quintais, as crianças brincavam até mais tarde, namorados encontravam-se, os maconheiros sabiam qual era a boca que tinha o melhor fumo, quais os policiais de serviço, e resguardavam-se caso fosse a turma do Cabeça de Nós Todo.

O clube era sempre a melhor opção no final da madrugada, inclusive para os rapazes que namoravam sério. Iam ao baile arrumar uma mulher para fazer sexo, porque, na moral, na moral, os homens têm de trocar o óleo toda semana, só os otários contentavam-se com os sarrinhos nas namoradas.

Lúcia Maracanã foi ao baile sozinha. Havia terminado com seu caso na semana que se passara.

— Não vou ficar em casa chorando por causo de homem, não — disse para si mesma ao tomar a decisão de ir ao clube.

O baile, animado pelo conjunto Os Devaneios, estava quente na hora que Maracanã adentrou o salão. Olhava para os lados à procura de amigos. O salão à meia-luz acoitava juras de amor ao som de músicas lentas. Na hora dos sambas-canções não era qualquer um que arriscava uma dama, somente aqueles que tinham maior jogo de pernas e requebrado trabalhado iam para o salão se exibir. Maracanã formou par com Passistinha, aproveitou para lhe contar o motivo da separação. O amigo a abraçava solidário, dando motivos para algumas mulheres ficarem enciumadas.

— Se essas vaca ficar me tirando com cara de puta sem freguês eu vou descer a mão na cara! — exclamou no ouvido do amigo.

A música parou e não deu outra coisa: uma apaixonada pelo malandro, fingindo não a ver, derramou-lhe um copo de cerveja. A briga começou no corredor, passou para o saguão com a apaixonada já sem blusa, o rosto ralado e o nariz sangrando. Lúcia brigava como homem, gostava de bater até ver o inimigo ou a inimiga no chão. Ninguém apartou, pois desejavam ver a apaixonada sem roupa. O próprio Passistinha deu fim às agressões e levou a enciumada para a secretaria do clube.

Era uma morena alta, olhos verdes, cabelos compridos. Trabalhava no Mercado Leão, morava nas Últimas Triagens, filha mais velha de uma família de cinco filhos. Foi no próprio trabalho que viu Passistinha pela primeira vez; desde então esperava uma oportunidade de se aproximar do malandro. Depois de refeita falou, sem encará-lo, que só fizera aquilo porque sentiu ciúme. O malandro sorriu, ao mesmo tempo que sentia pena ficou orgulhoso. Convidou-a para beber alguma coisa em outro lugar. Seu alvo era tê-la ainda naquela madrugada. Saíram pela noite procurando birosca aberta. Andaram vagarosamente trocando informações sobre suas vidas até uma birosca onde tomaram uma cerveja.

Já passava das duas horas quando Passistinha confessou ter sentido uma forte atração por ela desde o primeiro momento em que a vira, pensara até em convidá-la para dançar, mas teve receio de receber um não. O malandro mentia. A apaixonada fingia acreditar. Passistinha já se imaginava fazendo-a gozar e ela o chamando de gostoso, taradão.

— Vamo lá em casa fazer uma boquinha. Você sabe cozinhar?

— Sei.

A casa do malandro, como sempre, estava arrumada. Os móveis novos bem dispostos na sala eram percorridos pelos olhos da apaixonada. Observou os troféus ganhos no samba e no futebol. Enquanto Passistinha tomava banho, a morena escolhia um prato rápido de se fazer naquela sortida despensa.

A sopa de ervilha exalava um aroma bom na madrugada de chuva. Fazia frio.

Passistinha saiu do banheiro perfumado além da conta, envolto em roupão vermelho e branco.

— Toma logo um banho... A água tá quentinha... O chuveiro é bom... — sugeriu Passistinha.

Depois do banho, alimentaram-se, e o malandro começou tudo beijando os joelhos.

Quando a chuva misturou-se com a claridade da manhã, Passistinha tentou começar de novo. A apaixonada retrucou:

— Tô com dor de cabeça.

— Não é pra menos, aquela maluca judiou muito de você... Fica deitadinha aí que eu vou dar um pulinho na farmácia... volto já, já.

A morena se pôs a pensar na noite que tivera; se não fosse por aquela tal Lúcia Maracanã, teria sido perfeita. "Que homem!", suspirava. Além de bonito, carinhoso, educado e limpo, era bom de cama. Parecia que tinha mãe ou mulher para cuidar de sua roupa. Resolveu fazer café, mas antes foi ao guarda-roupa a pedido de sua curiosidade. Depois do café pronto, deitou-se. Passistinha demorava, mas não ousou esperá-lo na rua. Seria muita intimidade para o primeiro dia. Já dera oito horas quando um grito sustentou no ar a repetição duma só oração:

— Passistinha morreu, Passistinha morreu, Passistinha morreu!!!

Deu-se um corte na manhã, oriundo de uma oração de verbo intransitivo e sujeito morto. As ruas ficaram cheias de choro pelas esquinas. Capengavam todas as hipóteses de ser mentira o final da vida do malandro.

A morena acabou desmaiada no colo duma velha. Inferninho, que nunca fora visto chorando, deixava as lágrimas caírem sobre os joelhos, agachado num beco. Lúcia Maracanã não derramou lágrimas, não pronunciou nenhuma palavra. Sofria estática na porta de sua casa. Tutuca, Carlinho Pretinho, Pelé e Pará souberam da morte do amigo no Bonfim. A notícia corria como bala perdida pela Cidade de Deus.

Lá na Frente, o corpo foi coberto com lençol azul; cada um que chegava acendia uma vela para que a luz, muita luz, iluminasse os mistérios do caminho que a alma de Passistinha começava a seguir. Era a única forma de ajudar aquele malandro, que nunca deixara a desejar. Chegava nas biroscas pagando tudo, respeitava todo mundo, dava dinheiro às crianças, estava sempre de bom humor; na frente dele ninguém fazia covardia.

— Passistinha morreu, mas viva o vermelho e branco do Salgueiro, da Unidos do São Carlos, e o bloco carnavalesco Bafo da Onça — ergueu-se uma voz na multidão.

No posto policial, o motorista que o atropelou respondia às perguntas do cabo:

— Como é que você dá ré sem olhar pra trás?!

— Mas eu olhei!

— E como você não viu o rapaz? — perguntou de novo sem obter resposta, enquanto lá fora a multidão gritava:

— Lincha! Lincha! Lincha!

As pessoas enchiam as esquinas a comentar a vida e a morte do malandro. No ardor dos fatos e seguindo uma denúncia de fonte segura, Lúcia Maracanã arrombou a porta duma mulher na Quadra Catorze. Uma semana após ter sido abandonada por Passistinha, essa catimbozeira fora vista no cemitério enterrando um sapo com a boca costurada e rezando a reza da morte. "Se ele não é meu, não vai ser de mais ninguém", falava em rodas de amigas. Quando Maracanã adentrou sua casa, a mulher já havia fugido pelos fundos pra nunca mais voltar ao conjunto. À tarde, foi suspenso o jogo entre o Unidos e o Oberom pelo campeonato de Jacarepaguá. Dodival, um amigo do passista, foi dar a notícia ao pessoal das escolas de samba do coração do falecido. A chuva fina atravessou o velório.

— Mais de duas mil pessoa no enterro! Todas as mulher do homem tava lá, cada uma mais gostosa do que a outra — dizia Torquato, no Bonfim, aos biriteiros que lotavam o estabelecimento naquela segunda-feira.

— Até o Cacique de Ramos mandou flores! — finalizou.

— É mermo?! Por que você não me bateu isso logo, rapá? — disse Belzebu ao ouvir o relato de Armando.

— Tô ligando pra você pra caralho e não consigo te achar.

Belzebu deixou Armando na sala, foi à garagem, pegou uma corda, uma pedra no fundo do quintal, colocou-as na mala do seu carro. Voltou para o interior da casa, apanhou um revólver, entregou a Armando e disse:

— Vamo lá na de Deus recuperar esses ferro agora.

Armando enfiou o revólver na cintura sem questioná-lo. Rumaram para Cidade de Deus. Trocaram poucas palavras no percurso. Armando achou estranho quando o policial não entrou no conjunto. Indagou:

— Vai pra onde?

— Vamo lá na Barra panhar mais uns parceiro pra deitar esses bandidinho.

Antes mesmo da primeira ponte da Via Onze, o carro de Belzebu começou a falhar.

— Puta que pariu! Vou parar aqui pra ver o quê que é.

Parou o carro na beira do rio. Belzebu foi o primeiro a descer. Na outra margem do rio, Torquato caminhava com uma tarrafa destinando-se à lagoa. Reconheceu o policial. Protegido pela escuridão, parou para ver o que ele estava fazendo. Armando desceu enquanto Belzebu examinava o carro.

— Vou tirar uma água do joelho ali — disse Armando. Deu alguns passos e seu coração disparou ao escutar o barulho do engatilhar da arma do parceiro. Relutou em se virar, abriu a braguilha e uma bala entrou em sua nuca. O detetive amarrou o defunto, a pedra na outra extremidade da corda, e mandou o cadáver para o fundo do rio. Não sabia se Armando falara a verdade, mas desconfiaria dele para sempre caso aceitasse seu argumento. Todo homem em quem não confiasse tinha de ser morto. O negócio agora era matar Inferninho e Tutuca. Saiu do local do crime sem perceber Torquato.

Pelé e Pará pegaram o ônibus na Barra da Tijuca numa tarde de sol forte. Ficaram na parte de trás como se não se conhecessem. Observavam os relógios, os anéis, os cordões e as pulseiras dos passageiros. Nas imediações da Gardênia Azul, fizeram a limpa nos passageiros que viajavam na traseira, obrigando-os a descer do coletivo. Na altura dos Apês, fizeram a mesma coisa com os da dianteira. Em frente à quadra de samba trataram de recolher o dinheiro do trocador e foram para a praça dos Garimpeiros ajeitar o roubo.

Um sargento do Exército, que estava no ônibus, observou o caminho que os dois seguiram. Indignado por perder todo o pagamento, foi para casa, apanhou seu revólver, deu a sorte de encontrar o camburão da Polícia Civil no caminho. Belzebu, depois de ouvi-lo, desceu do camburão. Saíram em passos rápidos pelo caminho que o militar indicava.

Lá na praça dos Garimpeiros, Pelé discordava de fumarem um baseado naquele local, dizia que era melhor entocarem-se. Pará afirmava que a polícia iria direto para o Bonfim, depois para a Quadra Treze. Ali era mais seguro. Seu parceiro acabou concordando.

Ao dobrar a esquina, Belzebu avistou a dupla. Recuou. Tramou um plano de captura com o sargento e montou tocaia na esquina. O sargento do Exército deu a volta pelo quarteirão, ganhou a ruela que levava à praça sem ser notado pelos bichos-soltos. Caminhou vagarosamente com a arma apontada.

A tarde ensolarada já ia pelo fim. Pará apertava o baseado. Pelé recontava o dinheiro conseguido. Um menino, ao observar o sargento, voltou atrás, alarmando-os. O sargento atirou sem conseguir êxito. A dupla pulou o muro de uma casa e fez duas crianças de reféns, impossibilitando a perseguição. A voz e o choro da mãe das crianças obrigaram Belzebu a iniciar uma negociação. Garantiu que se eles se entregassem não apanhariam, muito menos levariam tiros.

— Porra! Eu te falei que não era legal ficar aqui. Agora é melhor a gente sair pulando os muro de trás — sugeriu Pelé.

— Que nada, meu irmão! Deve tá cheio de tira aí atrás — retrucou o parceiro.

— É melhor vocês sair por bem, senão o bicho vai pegar! — insistia o detetive Belzebu.

Pará, numa atitude impulsiva, libertou a criança, jogou o revólver por cima do muro, abriu o portão e saiu.

— Coloca as mão pro alto e encosta na parede. Minha palavra vale ouro! — disse o detetive.

Pelé, num primeiro momento, achou que o parceiro tinha agido errado, mas, como não ouviu sinal de espancamento, achou por bem se entregar, depois de ouvir do detetive que se devolvessem tudo eles os deixariam em liberdade. Pelé saiu com as mãos para o alto. Belzebu esticou a mão. Pelé entregou-lhe a arma. O sargento entrou no quintal para recolher os objetos roubados. O sorriso do detetive machucou os bichos-soltos.

— Agora vão andando um do lado do outro com as mão na cabeça — ordenou o policial.

— Mas...

— Mas é o caralho, rapá!

Os bandidos seguiram a ordem de Belzebu. Novamente o policial e o sargento entreolharam-se. Combinaram tudo ali sem fazer uso de palavra. O primeiro tiro da pistola calibre 45 do sargento atravessou a mão esquerda de Pelé e alojou-se em sua nuca. A rajada da metralhadora de Belzebu rasgou o corpo de Pará. Um pequeno grupo de pessoas tentou socorrê-los, porém Belzebu proibiu com outra rajada de metralhadora, dessa vez para o alto. Aproximou-se dos corpos e desfechou os tiros de misericórdia.

* * *

Pará nasceu com icterícia no agreste pernambucano. Antes dos cinco anos de vida contraiu caxumba, desidratação, catapora, tuberculose e tantas outras doenças que os familiares passaram a acender vela e colocar em sua mão todas as vezes que revirava os olhos, suava frio e tremia horas e horas debaixo do sol forte e daquelas cobertas, arranjadas às pressas pelos vizinhos, para que ele tivesse luz caso morresse, já que o bruto era pagão. A medicina o desenganou ainda no ventre, porém o bruto resistiu à saga de morrer feto. Chegou ao Rio de Janeiro com doze anos de idade apenas com sua mãe, pois o pai havia sido assassinado a mando do coronel para quem trabalhava por ocasião duma eleição para prefeito e vereadores. O povo dizia que ele tinha declarado publicamente seu voto no adversário do homem. Junto com a mãe, esmolou durante anos nas ruas do centro da cidade até ela ser arrastada numa enchente na praça da Bandeira, onde dormia com outros mendigos. O menino nunca esqueceu a cena, na qual sua mãe era tragada por um bueiro enquanto ele resistia à pressão das águas agarrado a um poste.

Levando a vida, Pará engraxou sapatos, fez carretos na feira, vendeu amendoim, revista de sacanagem no trem, lavou carro de bacana, comeu bunda de viado na zona para arrumar um pichulé. Com a última atividade conseguiu alugar um barraco no morro da Viúva. Juntou-se com a molecada do morro para começar a roubar as velhas que transitavam na praça Saens Peña. O primeiro revólver foi conseguido por intermédio de um homossexual da Zona do Baixo Meretrício com quem fez sexo durante dois anos seguidos. Quando escutou numa birosca do morro que quem fosse para o estádio Mario Filho ganharia um prato de sopa na hora das refeições e, ainda, teria direito a uma casa própria, não perdeu tempo: juntou-se aos flagelados das enchentes do ano de 1966 e tudo correu como imaginara. Foi no próprio estádio de futebol que travou amizade com Pelé, seu fiel parceiro.

Pelé nasceu no morro do Borel. O pai, que se dizia neto de escravos, era um homem forte, bonito, trabalhava de lixeiro, bebia somente nos fins de semana; nos dias de trabalho preferia fumar um bagulhinho nas quebradas do morro, onde sempre fora respeitado pela malandragem e pelos bandidos. Passista da Unidos da Tijuca, lateral direito do Evereste, time da segunda divisão, Cibalena sempre foi assediado pelas mulheres da escola de samba, da torcida do time em que jogava e do morro onde residia. Tinha orgulho de falar nas rodas de amigos que tinha filhos que ele nem conhecia, mas eram as mulheres as culpadas, pois na expectativa de segurá-lo para sempre deixavam-se engravidar por pura picardia.

Pelé fora vítima dessa maldade. Sofria quando a mãe mandava-o procurar o pai e esse nem sequer o recebia, alegando não conhecê-lo. O menino foi criado somente pela mãe — seu avô materno a expulsou de casa quando ela engravidou. A patroa fez a mesma coisa. Desesperada, antes mesmo de dar à luz, caiu na prostituição. Tinha amigas prostitutas, foi fácil iniciar-se naquela vida. Em seguida enveredou pelos caminhos do crime, a começar pelos roubos às madames das feiras da Tijuca. Com o passar do tempo, começou a transportar drogas e armas para os bandidos do morro, esconder cocaína e maconha na vagina para vender nos presídios cariocas. Fazia parlatório com os xerifes para poder traficar na cadeia. Pelé nunca frequentou a escola. Ainda menino já roubava alimentos na feira, batia carteiras dos transeuntes do centro da cidade. Quando compreendeu que sua mãe era prostituta, nunca mais falou com ela. Se reencontrasse os homens que traziam balas falsas, faziam cafunés sinistros, brincadeiras obsoletas para enganar o bobo, e volta e meia trancavam-se com sua mãe no quarto da casa na Zona do Baixo Meretrício, onde ele passava os dias, os mataria. Foi ao Maracanã para ganhar casa porque já estava jurado de morte no morro. Aos quinze anos era bandido feito. Só se regeneraria quando conseguisse a boa.

Sua mãe não foi ao seu enterro, tinha contraído uma doença que os médicos não conseguiram diagnosticar, morreu uma semana após o filho.

Seu avô materno teve a compaixão de fazer o funeral, mas no velório afirmou que o bruto tinha caído na vida do crime por pura sem-vergonhice, conhecia várias pessoas que haviam passado pedaços piores que os dele e eram decentes.

Deram a primeira paulada na orelha esquerda, depois baixaram a lenha pelo corpo todo. A cabeça ficou perfurada pelos golpes de um pedaço de pau com um prego na ponta. O olho esquerdo saltou. Os quatro membros foram quebrados em diversos lugares. Não pararam enquanto não entenderam como inapelável a morte daquele fugitivo arisco. Uma mulher ainda pediu clemência. Não deram bola. Colocaram o cadáver dentro de um saco plástico, atravessaram a ponte dos Apês, entraram na rua dos Milagres, quebraram a sua primeira viela.

— O bruto tá se mexendo — avisou o que carregava.

Jogaram o saco no chão, retomaram os golpes sem nenhuma compaixão. O definitivo estraçalhou a cabeça com o auxílio de um paralelepípedo. Continuaram a quebrar pelas vielas até chegarem ao portão duma casa na rua do Meio:

— Zé Miau! Zé Miau! — gritou Busca-Pé.

Zé Miau veio apressadamente com o dinheiro. Esperava aquela encomenda com ansiedade, pois precisava ainda arrancar o rabo e a cabeça para cortar a carne em cubos, temperá-la, enfiá-la no palito. Além de vender churrasco de gato na Zona do Baixo Meretrício, Zé Miau comercializava batida de limão, vaselina, revista de sacanagem e pomada japonesa. Os meninos, após receberem o dinheiro, foram ao parque de diversões instalado ao lado do mercado Leão.

Martelo dirigia com perícia o Opala roubado minutos antes de executarem um assalto a uma madeireira na rua Geremário Dantas. Tudo dera certo, somente tiveram o azar de encontrar o camburão da Polícia Civil no caminho de volta para Cidade de Deus. Belzebu reconheceu Inferninho no banco de trás. A polícia dava tiros, aproximava-se nas curvas, nas retas perdia terreno. Desceram a Estrada do Gabinal a cento e vinte por hora, ganharam a Via Onze. Tutuca ordenou que entrasse na estrada que dava acesso ao autódromo. Conseguiram boa distância. Aos berros optaram por tomar o rumo da estrada dos Bandeirantes, o contrário do que sugeriu Inferninho: abandonarem o carro e embrenharem-se pelo mato. Chegaram ao conjunto pelo Novo Mundo. Tiveram tempo de atravessar o rio.

Os detetives tinham pedido ajuda pelo rádio. Chegaram ao local onde o carro havia sido abandonado. Vasculharam as casas próximas, examinaram o carro. Cabeça de Nós Todo não estava de serviço, mesmo assim, quando viu os policiais passarem, entrou na perseguição. Trocou seu revólver pela metralhadora do seu colega de serviço. Viu os três atravessarem a rua do Meio. Tutuca ia à frente com um saco de dinheiro amarrado no braço direito. Cabeça de Nós Todo deu a volta pela quadra para surpreendê-los. Colocou meio rosto na quina da esquina. Tutuca viu, mandou bala, pulou um muro. Martelo e Inferninho fizeram a mesma coisa. Cabeça de Nós Todo deu atrás, gostava de se ver naquela situação. A gargalhada da metralhadora esburacava muros, espantava os pardais e todos os seres humanos que presenciavam ou escutavam o barulho daquela ação.

Inferninho e Martelo atravessaram a rua Principal e esconderam-se no Loteamento. Tutuca desceu por dentro e, quando atravessou a rua do Meio, quase foi atingido. Passou pelo Lazer, por detrás do Mercado Leão, esticou-se pela praça do Jaquinha, entrou na rua da Escola Municipal Augusto Magne, parou na esquina, agachou-se. Esperava que seu perseguidor viesse por ali — iria mandá-lo para o inferno. Estranhou a demora do policial. Imaginou que estivesse cansado.

Cabeça de Nós Todo, ao contrário do que pensou o bicho-solto, fez o mesmo caminho que ele. Tutuca não percebeu o policial caminhando na retaguarda com a metralhadora apontada. Poderia atirar, daquela distância não erraria um alvo parado, porém o queria vivo para que o bandido entregasse tudo. Tutuca achou que o policial tinha saído da perseguição, resolveu se entocar na casa de Lúcia Maracanã, mas, antes de levantar-se, sentiu o cano da metralhadora esfriar sua nuca:

— Larga o berro e deita aí no chão!

Tutuca largou seu revólver no chão e rebateu:

— Vou deitar porra nenhuma! Se quiser me matar, vai ter que ser em pé!

Cabeça de Nós Todo, num lance rápido, apanhou a arma do bicho-solto, deu uma coronhada no bandido, algemou-o e continuou a golpeá-lo.

— Me mata logo! Me mata logo! — bradava Tutuca.

— Vou te matar, não, rapá. Tu é meu amigo. Trouxe um berro e essa graninha todinha pra mim.

A ironia de Cabeça de Nós Todo doía em Tutuca da mesma forma que os olhares que se amontoavam sobre seu corpo para assistir à trajetória de golpes que Cabeça de Nós Todo fez até Lá em Cima. Na altura do Bonfim, o bandido resolveu desmaiar. Quando jogou o corpo no chão, sentiu que a algema não estava suficientemente apertada. Se Cabeça de Nós Todo marcasse bobeira, Tutuca poderia se livrar. Cabeça de Nós Todo desconfiou do desmaio. Mandou chutes. Os outros policiais vieram para ajudar a bater. Um velho gritou:

— Vão matar o rapaz. Ele pode ter feito o que for, mas é gente!

— Aí, coroa, cala tua boca que isso aqui não é gente, não, isso aqui é uma vala aberta, um cachorro raivoso! — reagiu Cabeça de Nós Todo.

Os policiais civis não ficaram no conjunto. Receberam, pelo rádio, o comunicado de que uma viatura do Quinto Setor havia entrado num tiroteio na Vila Sapê. Rumaram para lá.

Inferninho e Martelo ainda estavam entocados no Loteamento. Madrugadão, Inho, Pardalzinho, Sandro Cenourinha e Cabelinho Calmo caminhavam pela beira do braço direito do rio. Chegavam do morro do São Carlos, de onde traziam uma carga de cocaína para Madalena. Calmo de longe percebeu algo de anormal acontecendo na rua do Meio. Avisou os demais. Voltaram pelo mesmo caminho. Cabeça de Nós Todo ordenou aos outros policiais que fossem atrás dos outros bichos-soltos. Tutuca ainda se fingia de desmaiado. Cabeça de Nós Todo parou com os golpes. Ficou amedrontado com a aglomeração à sua volta, alguém podia sentar o dedo nele de repente no meio da confusão.

— Aí, não quero prateia, não! — esbravejou.

Ninguém arredou o pé. Alguns até vaiaram o policial. Cabeça de Nós Todo apontou a metralhadora para o céu e apertou o gatilho, mas nenhum tiro foi disparado. Nervoso, examinou a arma, constatou que a munição havia acabado. O povo percebeu e fez o pregão:

— Acabou a bala! Acabou a bala! Acabou a bala!

Tutuca abriu meio olho esquerdo, notou a aflição do policial, deixou que ele ficasse numa posição adequada para receber uma rasteira. Cabeça de Nós Todo demorou um pouco para cair no chão e ver Tutuca entrar na primeira viela.

A multidão vaiou o policial, que dava tapa na boca de qualquer um, forjava flagrante, passava a mão nas mulheres com a desculpa de estar dando geral. Todos sabiam que, poucos dias antes, ele revirara com o cano do revólver a marmita de um trabalhador com o objetivo de encontrar maconha. O cidadão, indignado com a atitude do policial, jogara a comida fora e recebera socos e pontapés por desacato à autoridade.

A dor sentida por Tutuca não o impediu de atravessar o rio. Ainda feriu as mãos para livrar-se das algemas, caminhou e sentou-se aos pés da figueira mal-assombrada. Seu coração estava disparado, o suor no rosto e a água do rio faziam arder todas as feridas do corpo, seu ódio era visível pela tremedeira e expressão facial. A visão falhava. Sentiu falta de ar, o mundo rodou mais rápido, desmaiou realmente.

Cabeça de Nós Todo tomou o rumo do posto policial. Só não ficou mais triste porque tinha pego o dinheiro do assalto. A agonia de só ter lembrado de estar com o revólver de Tutuca na cintura depois que ele já estava fora de seu alcance martelava junto com as batidas do coração. Andava pela rua do Meio sozinho, espantou com tiros as pessoas que o observavam. Ao dobrar a rua do braço direito do rio, uma velha precipitou-se para cima dele com o cadáver do neto no colo.

— Assassino, assassino!

A repetição desse nome eram facadas em seus ouvidos. Fora uma bala perdida do revólver do policial Jurandy logo no início da perseguição. Algumas pessoas voltaram à rua. Em vez de vaiarem, optaram pelo silêncio. Todo silêncio é uma sentença a ser cumprida, uma escuridão a atravessar. Cabeça de Nós Todo começou a afirmar, aos berros, que não tinha sido ele. Deu outro tiro para afastar a nova multidão. Ninguém se afastou. O silêncio novamente explodiu. Para Cabeça de Nós Todo os olhares eram ecos de um horror que supunha ser o maior de todos. A avó, com o cadáver daquele menino de cinco anos, seguia seus passos como quem dissesse: "Toma aqui, agora ele é teu". O policial tentava se livrar da velha andando para os lados. O sangue jorrava da nuca, formava arabescos no chão e respingava nos pés da velha. Não demorou muito para um camburão parar e tirar o policial daquele inferno. Ao bater a porta da viatura o povo vaiou, apedrejou.

A velha via tudo rodando, seus poros se abriam vagarosamente. O chão foi sumindo de seus pés, queria falar, chorar, correr para o passado e tirar Bigolinha da rua. Seu sangue ganhava velocidade nas retas de suas veias, acumulava-se nas curvas, às vezes saltava-lhe da boca, escapava pelo ânus. Não via mais nada, tudo transformara-se naquela luz que brilhara somente o tempo de um instante brilhar. Assim que a luz se calou, cobriram os corpos com lençol branco, acenderam velas.

A noite acabara de aprontar-se quando Inferninho e Martelo perguntaram aos frequentadores do Bonfim o destino de Tutuca. Gargalharam ao saber que o parceiro tinha se livrado espetacularmente de Cabeça de Nós Todo; restava-lhes saber se Tutuca havia conseguido entocar o dinheiro e onde ele se encontrava naquele momento. Tomaram a decisão de rodar por todo o conjunto, mas não obtiveram sucesso.

Lá do Outro Lado do Rio, Tutuca ainda dormia em cima das raízes expostas da figueira mal-assombrada. À meia-noite tudo no mundo parou, todo o silêncio das coisas se manifestava hiperbólico, uma fumaça vermelha saía dos ferimentos feitos pelo policial, tudo era muito escuro; agora, a figueira mal-assombrada balançava ao vento que só ela recebia, os suplícios do seu corpo sumiram, assim como todas as coisas do universo. Somente a figueira vergava iluminada por uma luz que lhe vinha subindo pelo tronco saído do próprio chão. Sobre suas folhas um homem louro e de olhos azuis, estressados, fixos nos olhos de Tutuca. Completamente calado, disse, através do pensamento, todas as coisas que queria a Tutuca, que ria, chorava, se encantava e se comprometia.

A boca de fumo montada por Silva nos Apês já era conhecida pelos viciados do conjunto e dos bairros adjacentes, justamente porque a venda da erva era feita na estrada do Gabinal, local muito movimentado e de fácil acesso. Dificilmente a polícia desconfiaria de que ali alguém tivesse a coragem de traficar. A boca só fora descoberta pela polícia porque Cabeça de Nós Todo dera flagrante em dois playboys da Freguesia. Delatores dos mínimos detalhes do funcionamento dela.

Cosme comandava o tráfico junto com Silva naquela área de Cidade de Deus. Alternavam-se nas vendas, mas iam buscar a mercadoria, endolavam e faziam a administração do movimento juntos. Os outros bichos-soltos dos Apês não tinham nenhum envolvimento com o tráfico. Raras eram as ocasiões em que ajudavam nas vendas ou na endolação. Silva convenceu Cosme a parar com os assaltos e iniciar-se no tráfico, argumentando com os riscos reduzidos do negócio e o crescimento fabuloso do número de viciados.

— Tá todo dia no jornal, só cego é que não vê! Quem tá ganhando dinheiro é dono de bordel, cantor de rock e traficante, meu cumpádi!

Com o correr dos dias, Cosme assegurava-se de que o amigo tinha razão. Comprou móveis, ladrilhou a cozinha e o banheiro, botou piso na sala de seu apartamento, estava sempre com dinheiro. O movimento da boca era espantoso, a freguesia crescera tanto quanto era possível crescer. Os dois sabiam que, mais dia, menos dia, a boca seria descoberta pela polícia. Por isso aos sábados, dia de maior movimento, pediam a Chinelo Virado, então com dez anos, para colocar uma pipa no alto e debicar para a esquerda caso a polícia aparecesse de repente.

Num sábado, Cabeça de Nós Todo dirigia-se para Os Apês. Como sempre, ia à frente dos outros policiais comandando a operação, investigando as coisas que passavam pelos seus passos rápidos. Dessa vez, o policial não estava pensando em dinheiro — se desse algum flagrante levaria para as cabeças. Se o safado do bandido falasse alguma coisinha, meteria chumbo na cara.

Clamou pela ajuda de sua pombagira quando atravessou a pequenina ponte do braço esquerdo do rio.

Chinelo Virado debicou a pipa e, como a ocasião urgia, deu um assobio para alertar os parceiros. Silva e Cosme tiveram tempo de apagar o baseado e entocar as trouxas debaixo das madeiras que estavam junto à parede do prédio onde os dois traficavam. Cabeça de Nós Todo viu a movimentação dos dois e deu atrás, juntamente com os seus companheiros de farda. Os bichos-soltos poderiam fugir para a Gardênia Azul ou seguir pela Gabinal, pular o muro do sítio e entocar-se no mato. Ficaram com a última opção.

Acerola havia comprado duas trouxas de maconha minutos antes de Cabeça de Nós Todo piar no pedaço. Viu os policiais em correria e pensou sair voado, mas não dava mais tempo. Sua alternativa foi jogar o flagrante no jardim do prédio. Os policiais passaram por ele sem notar seu rosto nervoso.

No sítio, os bandidos foram atacados por dois cães de guarda. Tiveram de matar os irracionais. Os dois minutos gastos nessa operação os deixaram na alça de mira. Silva e Cosme ziguezagueavam por entre as árvores, retomando o terreno que perderam. Lá no goiabal ainda eram perseguidos, tiveram de atravessá-lo e seguir a trilha para a Quintanilha. Cabeça de Nós Todo colocou um palmo de língua para fora. A resistência desse homem de meia-idade não era o bastante para fazer frente aos vinte e poucos anos que fugiam dele. Os outros policiais também desistiram.

Quando Silva e Cosme voltaram para Os Apês, encontraram alguns bichos-soltos esperando por eles:

— Qualé, meus cumpádi, tá limpeza?

— Limpou, mas os samango levaram a carga todinha.

— Como? Eles vinheram atrás da gente!

— Aquele tal de Iran não foi atrás de vocês, não, cumpádi! Vocês saíram de pinote, ele veio aqui e pegou tudinho — informou um dos bandidos.

Os dois não acreditaram naquela versão. Com a pulga atrás da orelha, foram para a casa de Silva refazer a sorte. Havia três quilos de maconha e cem gramas de cocaína para endolar. Chamaram dois dos bichos-soltos a fim de ajudar na endolação.

— Aí, vamo mandar o moleque apanhar um uísque lá pra gente e tal — disse Silva, já dentro do apartamento.

— É isso aí! — entusiasmou-se Cosme.

Silva pôs a cabeça para o lado de fora da janela, fez sinal para Chinelo Virado. O menino atendeu o chamado a toda a pressa, era sempre assim que atendia os bandidos. Existiam outros aviões, porém Chinelo Virado era o mais veloz, mais esperto, estava sempre pronto para qualquer tarefa.

— Compra lá um Royal Label lá pra gente, rapidinho.

Na sala, os dois bandidos cortavam a maconha com tesoura, embrulhavam num volante de loteria esportiva e colocavam as trouxinhas num saco plástico. Cosme e Silva, na cozinha, endolavam a cocaína. Reservaram uma parte para consumir durante a endolação.

Chinelo Virado, na entrada do prédio, foi interceptado por outros dois bichos-soltos:

— Qualé, Neguinho? Tá levando esse uísque aí pra onde?

— Tu sabe que é pra endolação, cumpádi! — respondeu grosseiramente Chinelo Virado.

— Aí, se tiver bagulho endolado, manda logo dez dola lá pra gente e tal.

Chinelo Virado subiu até o quinto andar pulando os degraus de quatro em quatro. Assim que Silva abriu a porta, disse:

— Aí, os caras mandou levar dez dola de preto lá pra eles, morou?

— Quem? — indagou Silva.

— Os de sempre — respondeu o menino.

— Tá vendo só! Esses cara só vive de piranhação, fica sempre com essa onda de mandar letra invocada na hora da endolação. Tu acha que eles vai comprar dez dola assim de uma vez?... São tudo final de comédia, morou? — concluiu Silva.

— Manda lá eles subir só pra gente ver qual é — disse Cosme.

Os dois chegaram escabreados, apertaram a mão de um por um como se não os vissem havia muito tempo. Um sentou no chão da sala, o outro no único local vago do sofá. Silva perguntou:

— Quem quer dez trouxa aí?

O bandido do sofá disse que era ele, mas ainda teria de apanhar o dinheiro em casa. Não saiu do lugar. Cosme e Silva entreolharam-se, nada falaram, continuaram a tratar a cocaína. Os intrusos comentaram que a investida dos policiais só poderia ser alcaguetação, fizeram questão de reafirmar que o policial havia levado a carga toda. Só os dois se pronunciavam naquele clima arisco. Os endoladores da maconha volta e meia apertavam um baseado. Todos fumavam, ao contrário da cocaína, que era somente para os quatro. O bandido que estava sentado no chão inesperadamente despediu-se de todos e foi embora.

— Bate uma carrerinha pra mim aí — disse o intruso tão logo o seu parceiro se fora e Cosme trancara a porta.

Cosme disse para dar um tempo que depois esticaria pra todo mundo de uma vez. O intruso arriscou pedir uma dose de uísque. Silva mandou que se servisse. O bruto encheu o copo até transbordar. Bebeu tudo em dois goles, sob o olhar reprovador dos presentes acerca de sua desmesura. Permaneceram como se nada estivesse acontecendo. Fumaram outro baseado, em seguida Silva esticou cinco carreiras, consumiu a sua e passou o prato para o intruso junto com o canudo feito numa nota de cinco cruzeiros. As suas mãos bêbadas deixaram o prato cair no chão. Vacilo de morte no meio da bandidagem. Cosme fez menção de agredi-lo, porém Silva o impediu de esbofetear o intruso.

— Qualé, meu cumpádi, vai se arengar com o cara só por causa de brizola? Caiu, caiu, cumpádi... Deixa pra lá. Vamo tomar uma cerva lá embaixo pra lavar o estômago.

Chinelo Virado foi o primeiro a descer para ver se estava tudo limpeza. Verificou a área, acenou para os amigos. Os cinco desceram ligeiros, tomaram o rumo da birosca que havia no Bloco Nove. Andariam cem metros. Caminhavam mudos diante do pique-esconde das crianças, dos carros na pista, das janelas dos primeiros andares na hora do jantar e novela. Silva adiantou-se para ver o que havia além da esquina que iria surgir diante de todos, seus olhos viram apenas a noite também se esticando ao longo duma viela mal iluminada. Silva virou-se para os que o seguiam. O intruso ainda viu a lua cheia de Ogum esconder-se atrás duma nuvem rala, um segundo antes de receber um tiro no peito disparado do revólver do Silva. Rodopiou e caiu lentamente em decúbito frontal. Cosme deu-lhe uma geral, conseguiu apenas alguns trocados. O corpo ficou estirado em cima da grama fria. Silva ficou nervoso com a maneira como o corpo do intruso se portou após o tiro. Quem cai de bruços quer vingança.

Voltaram para o apartamento do assassino comentando que quem deixa cocaína voar do prato está pedindo para morrer. Essa convenção aliviava em Silva a aflição de ter matado uma pessoa, mas, no fundo, o motivo de ter eliminado o intruso fora outro: acreditava ter sido ele que surrupiara a carga de maconha. Deu para desconfiar quando ele quis apanhar dez trouxas de maconha de uma vez para poder pintar nas esquinas com maconha toda hora sem despertar suspeita.

Silva foi até a cozinha, apanhou o branco, avisou ao parceiro que ia botar mais uma rapa para cheirarem, ele mesmo preparou as carreiras. Novamente argumentou sobre a atitude do intruso. Malandro que é malandro tem de saber chegar e saber sair, esperar a hora certa para tomar as atitudes. Esse negócio de ficar embarreirando a brizola dos outros é coisa de zé-mané. Talvez ele tenha deixado a brizola cair no chão só para tirar onda, sairia dizendo por aí que foi lá, bebeu, fumou, cheirou e ainda jogou fora a brizola dos otários. Havia muito tempo vinha reparando naquele otário, estava sempre de piranhação no branco e no preto. Silva falava em tom professoral, sem desgrudar os olhos de Chinelo Virado. O menino balançava a cabeça como quem entendia os ensinamentos. Na conclusão do assassino a morte fora aplicada com merecimento.

Depois de cheirarem a brizola, Silva levantou-se, colocou mais uma dose de uísque para cada um, dando a entender que era hora de deixá-lo sozinho. Cosme foi o primeiro a cumprimentá-lo, porém o parceiro pediu para ficar e ajudá-lo na arrumação do apartamento. Chinelo Virado argumentou com os endoladores que seria melhor saírem separados, porque a polícia já deveria estar no local do crime. Assim fizeram.

Silva tinha pressa, sua esposa avisara: chegaria cedo naquele sábado. Sabia que o marido era da pá-virada, porém não aceitava bandidos dentro de sua casa, por não gostar das conversas deles e por medo de a polícia dar uma incerta. Silva, por sua vez, só aceitou os argumentos da esposa depois de ela jurar, de pés juntos e sem fazer figa: jamais saberiam que era prostituta nem mencionaria para ele como fora sua noite. No entanto, quando a esposa chegava com muito dinheiro, seu coração apertava, ou, quando ela trazia presentinhos ou aparentava cansaço, o homem endoidava: às vezes queria fazer sexo demasiadamente; outras vezes nem a olhava; arrumava brigas por besteiras. Tentou fazê-la largar a noite, mas ela dizia que só largaria se ele deixasse a vida do crime e arrumasse um trabalho decente. Não se incomodaria de passar necessidades se vivesse tranquila. Silva não arredava o pé. Ela, muito menos.

Cosme abriu um papelote de cocaína para ganhar tempo. Queria ver a mulher do amigo chegar. Aquela preta do rabo desse tamanho, pernas grossas, olhos amendoados, os pés bem desenhados, mãos de dedos longos e finos, lábios carnudos... Um dia falaria a ela de seu desejo. Torcia para haver briga entre o casal e poder confortar o amigo, desencantando-o de vez a respeito das mulheres. Afinal, mulher nenhuma presta, bem fez ele de não ter colado com ninguém, ficaria solteiro para o resto da vida. Enquanto a mulher do amigo não era sua, contentava-se em olhá-la, vê-la de bermudinha justa, camiseta sem sutiã. Adorava seu jeito de falar, comer, rir, olhar, deitar no sofá... Fernanda não tardou a chegar, como havia combinado. Porém aparentava cansaço, deixando o marido irritado:

— Trabalhou muito? — perguntou, pronunciando o advérbio com certo sarcasmo.

Fernanda não respondeu, apenas cumprimentou Cosme, antes de entrar no banheiro, onde contou o dinheiro, separou uma parte, escondeu-a atrás do armário e enfiou-se debaixo d'água.

A limpeza e a arrumação do apartamento já haviam sido terminadas. O apaixonado, estrategicamente, abriu mais um papelote, obtendo assim tempo pra ver Fernanda sair do banheiro de bermudinha justa e curta, porém com os seios protegidos da visão do apaixonado pela camiseta e pelo sutiã.

Fernanda jogou-se no sofá. Cosme esticou seis carreiras e passou o prato para o amigo. Quando Silva abaixava a cabeça para cheirar, Cosme mirava o pé de Fernanda, ia levando o olhar pelo corpo até chegar aos seus olhos, onde repousava seu olhar como quem dissesse: "Eu te amo, te quero!".

Fernanda não demonstrava que entendia a fala do olhar do amigo de seu marido. Depois que consumiram a droga, tomaram uma dose de uísque, acenderam cigarros e despediram-se. Silva não deu conversa à esposa. Deitou-se sem tomar banho.

Cosme sentiu um arrepio ao ver a mãe abraçada ao cadáver do filho. Virou-se, aumentou as passadas em direção do braço esquerdo do rio, entocou as drogas e o revólver na beira do riacho. Sabia que iria ficar rolando na cama se tentasse dormir; resolveu andar até o sono chegar. A imagem da velha agarrada ao defunto insistia em ficar na sua mente, mas que se dane, otário tinha mais que amanhecer com a boca cheia de formiga mesmo. Atravessou a ponte, andava sem destino. Torcia pelo raiar do dia para colocar logo a boca para funcionar. Pensou em Fernanda. Ela bem que poderia apaixonar-se por ele e lhe propor um romance. Fugiria dali com ela para bem longe, onde pudesse largar essa vida de bicho-solto, ter filhos, virar otário para fazê-la feliz. Andou de cabeça baixa por várias horas. O dia raiou. De súbito, lembrou-se de que não podia estar rodando de bobeira àquela hora da manhã, pois já tinha levado um pega dos samangos, aquele presunto no sereno atrairia a polícia e ele estava com fedor de maconha. Tomou o caminho do bosque de Eucaliptos. Lá, sim, estaria em segurança. Alguns padeiros arriscavam gritos de venda. Os otários já ganhavam a rua para o batente.

Um mês antes, duas vizinhas conversavam na Quadra Catorze:

— Seu marido não te chupa, não? Ah, minha filha.... Você não conhece as coisa boa da vida. Antes do meu meter, tem que cair de língua uma meia hora. E no cu? Você não deixa ele colocar no teu, não? Você não sabe o que é bom. Nas primeiras vezes dói, mas depois vai que é uma beleza. Você pega uma banana, esquenta ela um pouquinho, enfia na xereca e manda ele colocar atrás. Parece que você vai voar. Você já fez carrossel? Saca-rolha? Trenzinho? Funil? Dedinho? Meia nove? Tapadinho? Enrola-enrola? Entupidinho? Suga-suga...?

A cearense decidiu: quando o marido chegasse iria lhe propor as maravilhas do amor. Mas não deu certo; o marido, além de não querer tal safadeza, ainda lhe deu uma surra para ela parar de pensar em putarias. Seguro da proveniência de tamanho descaramento, ele ainda a proibiu de conversar com as vizinhas. A cearense, enquanto apanhava, pensava em arrumar um homem que fizesse as tais maravilhas com ela, se vingaria do marido sentindo prazer de verdade, mas tinha de ser com um crioulo, porque a vizinha garantira que todo negão tinha pau grande. Quanto mais apanhava, mais vinha à mente a imagem de um negro com o pênis avantajado mandando ver atrás e ela com a banana esquentada na frente.

No outro dia, não saiu de casa. Fez compressas com ervas-de-santa-maria para curar os hematomas, passou abacate com gema de ovo no cabelo para que ele tomasse jeito, emplastou o rosto de mel com limão. Bom remédio para manchas, cravos e espinhas. O dia passava lento numa trama de traição. Sim, iria meter com o peixeiro e isso seria mole, porque homem é que nem rato: é só mostrar o queijinho que ele vem correndo. Poderia vestir uma camisola vermelha e puxá-lo para dentro de casa na hora em que ele fosse entregar o peixe, ou segui-lo até um local seguro para poder atacá-lo. Quem sabe se um menino da rua lhe entregasse um bilhete, seria fácil se soubesse seu endereço, chegaria em sua casa, antes de ele sair para o trabalho, e o pegaria descansado ou então, se nada disso desse certo, chegaria pertinho dele na próxima vez que o visse e diria: "Vem cá, pirocudo, bota aqui com vontade!".

Depois de dois dias, ainda que com medo, o peixeiro estava atrás da cearense mandando bala, e ela com a banana esquentada em seu devido lugar.

O marido, depois do trabalho, ia à birosca do Chupeta jogar sinuca e embriagar-se a cada bola morta num dos seis buracos desta vida. Deixava a hora passar porque homem que é homem não pode chegar na hora prometida, tem de chegar na hora que bem entender, com cheiro de cachaça misturado ao de suor do trabalho pesado. Queria que a esposa fosse decente igual fora sua mãe. Não admitia que ela ficasse de papo com as crioulas da rua, proibiu-a de usar blusas decotadas e saias curtas, e calças compridas só se fossem bem largas, de pano grosso para que ninguém visse as marcas da calcinha.

A esposa não relaxou com os afazeres domésticos, mas não ligava mais para o marido, agia friamente na hora daquele sexo sem nenhuma novidade. Por duas vezes fingiu doença na hora do vamos ver. Depois de alguns dias, resolveu tratar o marido normalmente, seguindo o conselho da vizinha. Mostrou-se arrependida das indecências propostas. O cearense sentiu-se vitorioso, finalmente a mulher compreendera que ele estava certo. Passou a chegar em casa cedo. No sábado seguinte, depois das compras, levou a esposa ao parque de diversões. Comeram maçã do amor, pipoca doce, deram tiro ao alvo, jogaram argolas e, ainda, andaram na roda--gigante. Tudo isso para agradar a esposa, que, agora sim, parecia com sua mãe. No domingo, em vez de comprar a maldita carne de porco, de que ele tanto gostava e que ela odiava, optou pela galinha, prato predileto da esposa, que continuou a receber o peixeiro todos os dias da semana.

Numa segunda-feira, o cearense, como de costume, chegou ao trabalho cedo, já havia se trocado para o batente quando recebeu a notícia de que não haveria expediente. Ainda bebeu uma dose com os amigos antes de tomar o caminho de casa.

O peixeiro já havia feito a esposa do outro atingir o orgasmo três vezes, estava se recuperando para começar tudo de novo.

O trabalhador desembarcou do ônibus Lá na Frente. Resolveu comprar uma dúzia de limões para passar o dia bebendo caipirinha, tirando o gosto com sardinha frita. A maluca da sua mulher dera agora para comer peixe como nunca. Se quisesse comer um torresmo ou uma linguiça frita tinha de ir à birosca. Mas estava tudo bem, pois depois dos tabefes ela tinha se tornado uma mulher de respeito. Era feliz.

Em sua casa, o peixeiro deixava a língua escorregar, entrar e sair, birimbolar na xereca da cearense. A primeira vez que ela pediu para fazer sexo oral, ele contestou. Imaginava que havia resto de porra do marido, gotas remanescentes da última mijada. Na segunda vez, caiu de língua com mais vontade, chegou até a machucar a mulher. Na terceira vez, esfregou o nariz, depois lambuzou o rosto todo. Daí em diante ficava ali esfomeadamente.

O cearense passou em frente à padaria Verde e Rosa, fazendo e desfazendo sombras de pernas no caminho. Acendeu um cigarro ao entrar na praça da Quadra Vinte e Dois. Antes de atravessar a rua para ganhar a praça dos Garimpeiros, parou para jogar conversa fora com uns amigos. Andou mais uma quadra, avistou o muro de sua casa. Pensou em chamar a mulher para dar um bordejo na ilha de Paquetá, mas não, seria melhor ficar em casa, esticar em sua própria cama a soneca que costumava tirar depois do almoço, em cima de uma tábua, na obra. Entrou em sua rua, achou estranho o rádio desligado, pois daquela distância poderia ouvir Cidinha Campos berrando no transmissor, ou então sua mulher cantarolando junto com o rádio. Quando faltavam dois passos para seu corpo ser envolvido pela sombra que o muro de sua casa dava àquela hora da manhã, viu a desgraçada da vizinha olhando, pela greta da janela, a rua desavisada. Remexeu o bolso à procura das chaves, seus dedos buliram a caixa de fósforo, as moedas, o canivete e as fichas de telefone. Teve dificuldade de rodar a chave no tambor, empurrou o portão de ferro vagarosamente. A janela da frente estava fechada, assim como a porta e o basculante do banheiro. A areia e as pedras que havia comprado estavam lá no canto esquerdo do quintal. No chiqueiro, Margarida dormia na manhã que se estendia da caçarola sem alça até a bacia furada. As galinhas estavam quietas nos poleiros, sinal de que já haviam sido alimentadas. No pequeno jardim, os girassóis vergavam ao vento brando. O cearense preocupou-se por causa do silêncio, sua mulher não era de dormir até tarde. Foi para o lado esquerdo do quintal olhando para o chão. Acendeu outro cigarro, caminhou para a porta de casa, enfiou a chave na fechadura, dessa vez não teve nenhuma dificuldade em rodar o tambor. A cozinha mantinha-se sem nenhuma louça suja. Na sala, um filete de luz solar desafiava a janela e fazia o cearense ver uma reta de poeira boiando no espaço. A imagem de padre Cícero, de frente para a porta, nada resmungava. O barulho da água caindo na caixa era o único dentro da casa arrumada, com o cheiro de peixe destoando da limpeza que seus olhos constatavam. O tapete cor de sangue pisado não estava no lugar de costume, ajeitou-o mecanicamente com os pés. Caminhou para o quarto, viu a esposa caída por cima da calça de tergal, que ele pedira para costurar, fingindo sono profundo.

— Que que houve? — perguntou a cearense depois de sacudida pelo marido.

— Nosso encarregado dispensou nós hoje. O engenheiro bateu as botas — respondeu o cearense, que, em vez de preparar a caipirinha, vestiu uma bermuda e foi para o quintal cavucar a terra.

— Você em vez de aproveitar para descansar já vai arrumar trabalho, homem de Deus?

— Vou fazer uma cisterna aqui do lado. Essa caixa-d'água é pequena demais pro meu gosto, se faltar água uma semana nós morre de sede.

Lá pelas treze horas, já havia escavado catorze palmos de terra. Resolveu parar o serviço, almoçar e tirar um cochilo. A mulher aproveitou o dia remendando as roupas velhas. Volta e meia pensava: "Depois que virou corno esse homem está que é um carneirinho". A noite veio rápida.

Depois de molhar as plantas, a esposa foi para o portão conversar com a vizinha, naquela nova manhã de sol largo no céu:

— Foi por pouco, hein?

— Ah... Mas Deus é pai, minha filha!

— Eu acho que ele está desconfiado. Quantas vez ele já veio assim sem avisar?

— Só uma vez, que deu uma dor aqui, lá nele — apontava para o braço —, e um amigo dele veio trazer ele em casa.

— Foi Deus que te ajudou, se eu não vejo ele no mercado, ele ia dar maior fraga em vocês... Se eu fosse você, eu ia saber pra ter certeza.

— De que jeito?

— Vamo lá no terreiro da minha cunhada que ela chama a pombagira pra você.

Saíram depois do almoço. Haveria de resolver tudo sem demora, porque, às vezes, o cearense chegava antes das cinco.

— Eta, moça formosa! Eu já sei tudo que essa filha da terra quer saber... É só colocar presente pra mim na encruza, que quanto mais você for com o outro ele mais acredita em você — a pombagira afirmou e gargalhou em seguida. — O negócio da banana deu certo, hein, moça? — continuava a pombagira. — O negócio tá bom lá, né? Aqui na terra de vocês o melhor de tudo é fuder até dizer chega. Já que o de casa não sabe fazer gostoso, teve que arrumar na rua, né, moça? — gargalhava. — Você compra tudo que eu lhe mandar e coloca na encruzilhada à meia-noite...

— Mas eu não posso sair de noi...

— É só dar o zimbrador pro cambone que ele compra tudo e faz o despacho pra você — finalizou a pombagira dando gargalhadas e jogando marafo em cima da cearense.

No outro dia, a esposa não esperou meia hora da saída do marido para ir atrás do peixeiro:

— Vamo lá pra casa. Agora eu me sinto segura. Ontem a gente deu azar.

De imediato o peixeiro se contrapôs à mulher, mas depois de ouvi-la montou-a na garupa da bicicleta e partiram para a casa dela. A rua estava cheia de crianças em diversas brincadeiras e comadres em fofocas matinais. A cearense não teve o mínimo pudor de adentrar o quintal levando o peixeiro pela mão.

Depois que a cearense abriu a porta da casa, o peixeiro tomou-a pelo braço e tascou-lhe um beijo quente. Alisava com fervor a intimidade de seu corpo, ela fazia o mesmo. O amante já ia desabotoando-lhe a blusa quando recebeu a paulada que o levou ao chão.

Antes que a cearense emitisse o grito que seu desespero ensaiara, foi amordaçada, em seguida amarrada e jogada no buraco cavado pelo corno no dia anterior. O marido enfiou sua peixeira afiada no peixeiro, arrastou o corpo para cima da cearense, que se revirava no fundo do buraco, foi cobrindo-os de terra. A mordaça desprendeu-se, ela ia gritar, mas a terra que recebeu no rosto a impediu. O cearense, depois de cobri-los, fez uma massa forte de cimento e terra preta, jogou-a por cima da catacumba improvisada. Depois do serviço pronto, passou a mão na mala, conferiu a passagem e cascou pro Ceará.

Cosme não chegou ao bosque de Eucaliptos; ao ver o carro de bombeiros parado na Quadra Catorze parou como os outros curiosos. Fez menção de correr quando uma joaninha chegou com a sirene aos berros, depois do susto pensou em se aproximar, porém limitou-se a perguntar sobre o ocorrido a um menino que vinha das proximidades da casa do cearense.

— Tem dois presuntos enterrados naquela casa lá — respondeu o garoto sem parar de andar.

Cosme achou por bem ir para casa dormir, esquecer a venda do branco e do preto naquela manhã sinistra. O traficante desentocou as drogas e a arma, apressou o passo para casa.

— Preciso te dar uma ideia.

— Tem que ser jogo rápido que eu já tô atrasada.

— Pô, mina, aí: tô paradão na tua. Sabe qualé? Dormi até agora e sonhei com você à pamparra. Eu tô pra te mandar essa letra há um tempão, mas não tive oportu...

— Qualé, meu cumpádi? Que papo torto é esse? Não tô nem entenden...

— Se amarro na tua há uma etapa, morou? Se tu largar o Silva, eu colo contigo na moral.

— Tá vendo só como são esses malandro! Parceiro do meu marido e me cantando na maior!

— Eu não queria piranhar ele, não. Gosto às pampa dele, tá sabendo? Mas meu coração tá birimboladão. Vou te mandar uma letra que nunca mandei pra mina nenhuma pra tu levar mais fé ni mim.

— Que letra?

— Te amo!

— Só vou pensar em outro homem depois que Silva morrer. Enquanto ele tiver vivo, na minha carne quem manda é ele. Até mais! — finalizou, fazendo sinal para o ônibus.

Cosme atravessou a estrada do Gabinal sem desgrudar os olhos da negona gostosa. Viu-a atravessar a roleta com seu decote, que encantou o trocador. Seguiu pela beira da estrada com passos lentos, desceu a escadinha, foi por dentro dos blocos de apartamentos; olhar cravado no chão, pensamento em desalinho. Tinha feito uma besteira. Se ela entrasse no papo estaria tudo certo, mas a desalmada fez jogo duro. E se ela falasse pro Silva? Na certa ele o levaria pra uma roubada. Esse negócio de cantar mulher de amigo e não comer é muito pior, porque, comendo ou não comendo, a amizade vai pra casa do caralho. Se achava um merda, pois não existe mulher difícil, e sim cantada mal dada. Estava tão dentro de si que se assustou com a voz do parceiro:

— Qualé, meu irmão? Não botou a boca pra funcionar por causo de quê?

— Tá sabendo não? Tava sinistro hoje de manhã. A área tava infestada de samango. Tinha mais dois presunto ali na Catorze. O moleque me bateu, aí eu me entoquei rapidinho, morou? Aí, vamo lá no Morrinho fumar um, depois nós coloca a boca na atividade.

No Morrinho, Silva cortava a seda enquanto Cosme desberlotava os camarões. Silva vasculhava com os olhos um dos casarões mal-assombrados. Ia argumentar com o parceiro a possibilidade de mudar o local da boca, mas não chegou a dizer nada, porque um tiro do revólver de Cosme perfurou o seu pulmão esquerdo. O outro estraçalhou seu coração. O terceiro adentrou o antebraço daquele corpo já sem vida. O assassino recolheu as chaves, retirou o revólver da cintura do cadáver do parceiro.

Sentiu pena de ter levado o amigo para uma roubada, mas se não fizesse isso quem morreria era ele. Deu uma olhadela para os lados, desceu pelo lado direito do Morrinho, jogou-se no rio, arranhou-se propositadamente, correu para o local onde poderia encontrar algum amigo.

— Que que tá pegando? — perguntou Chinelo Virado quando viu o assassino maltrapilho.

— Tava lá no Morrinho queimando um baseado com Silva, de repente sujou... Mais de cinco samango aí, tive que sair voado...

— E o Silva?

— Saiu pro outro lado. Nem sei se ele se deu bem, morou? Só escutei um montão de tiro. — Imitava o barulho dos tiros. — Aí, cumpádi: vou me entocar que tá sinistro. Tá sabendo?

Cosme, enquanto tomava banho, pensava num jeito de só Fernanda saber a verdade. Já tinha feito planos de fugir com ela dali, ter um monte de filhos, ser otário. Não lhe pesava o crime que cometera, uma hora ou outra teria de acontecer. Já não aguentava mais ver Fernanda pedindo a Silva para abandonar aquela vida e ele sem dar a mínima bola. Tantas vezes viu o parceiro largar a mulher em casa pra ficar jogando ronda nas esquinas, fumando maconha nas escadas dos prédios, e, de vez em quando, dar um comidão naquelas requenguelas da noite. Se fosse ele, não, não trocaria Fernanda por mulher nenhuma. Sairia dessa onda de bicho-solto na hora. Sabia assentar um tijolo, fazer um alicerce, armar um taipal, não seria difícil arrumar um serviço. Fez a barba com capricho embaixo do chuveiro, passou gumex no cabelo e partiu para o apartamento da mulher que amava. Quando ela soubesse que ele tinha matado Silva só para ficar com ela, cairia em seus braços.

Revirou todo o apartamento à procura de drogas e munição, iria dar tudo para Chinelo Virado. Ele que fizesse o que bem entendesse com o presente. Falaria para os amigos que teria de dar um tempo do conjunto porque ouviu os samangos gritarem seu nome na hora em que o bicho pegou. Colocou o que encontrou num saco plástico. Arrumou mal e porcamente a bagunça que fizera, acendeu um baseado e pôs-se a esperar no chão da sala.

Fernanda chegou às três da manhã. Deu um boa-noite sem sal, percorreu os cômodos do apartamento à procura do marido.

— Qualé? Silva não tá aí, não?

— Não, deu um pinote lá no Barro Vermelho pra ver se descola um malandro pra passar uma carga pra gente aí. Daqui a pouquinho ele tá aí... E aquela letra que eu te mandei? Tô de onda, não. Se tu formar comigo, eu arrumo um emprego na moral. A gente some no mundo pra longe daqui, nós vive numa boa, não tô de piranhação, não. Quero ter logo um montão de filho contigo. Vamo nessa! Ogum protege a gente! — disse Cosme com uma lágrima se desentocando dos olhos.

Fernanda, percebendo a sinceridade do bandido, sentou-se no sofá, jogou a bolsa para o lado, tirou as sandálias. Seu silêncio demonstrava profunda reflexão sobre a proposta. Depois de alguns segundos, disse:

— Sei que tu tá falando sério. Tem muito tempo que eu percebo teus olhos falando isso tudo aí pra mim, mas é o seguinte: o Silva é meu homem. Não adianta, que ele mora aqui dentro. — Batia forte no peito. — Já tive vontade de largar ele um montão de vezes, mas na hora H não tive coragem, isso só pode ser amor de verdade...

— Mas ele nem liga pra você... Come as requenguela todinha aí debaixo. Quando ele tá puto, te mete a porrada sem motivo nenhum. Eu te dou uma vida sem essa de ficar limpando revólver antes de dormir, de ficar esquentando munição no forno, de matar os outros, de ficar trocando tiro com os samangos... Eu tô a fim de ser otário, trabalhar. Não tô a fim de fazer a vida em cima de baralho, dolinha de maconha e papelzinho de cocaína, não... Eu juro por essa luz que nos alumia, pela força de Ogum, que nada vai faltar. O arroz e o feijão eu garanto com o suor do trabalho... Um monte de vez eu pedi a Oxalá que matasse essa coisa que eu tenho por você. — As lágrimas se desentocaram de uma só vez. — Me dá uma oportunidade nesta vida!

— Mas eu não sinto nada por você. Eu gosto mesmo é do Silva... Do jeito de ele andar, da voz dele... O modo que ele me pega, o jeito que ele me pede as coisas...

— Ó, vou te contar uma coisa, mas você não pode dizer pra ninguém, porque eu só fiz isso por causo de você.

— Que que é, rapá?

— Larguei o dedo no Silva só pra ficar contigo. Tu mermo disse que tu ia colar com outro se ele caísse! — revelou Cosme.

Fernanda emudeceu. Abaixou a cabeça, depois deitou no sofá, olhou bem nos olhos de Cosme.

— Tudo bem! Agora eu acredido em você! Vamos sair fora agora.

* * *

Em menos de uma hora os dois já estavam com a mala pronta e partiram dali pra nunca mais.

Somente os amigos mais íntimos e as pessoas da família foram ao enterro de Silva, pois todos já sabiam e reprovavam o crime que ele cometera no sábado.

O rapaz que morrera em suas mãos era querido de todos, amigo das crianças, fazia pipas para a molecada, respeitava todo mundo, desfilava no bloco carnavalesco Aprendizes da Gávea desde molequinho. Todos os remanescentes do Parque Proletário o tinham como amigo. Almoçava na casa de qualquer um, estava sempre fazendo esse ou aquele favor. Era verdade que era meio aluado, entrão, um tanto mal-educado, fazia seus assaltozinhos, mas seria incapaz de matar uma pessoa, dizia sempre que se a vítima tentasse reação sairia correndo, mas nada de matar otários. No velório, sua mãe foi consolada pelos amigos. Diziam-lhe que o assassino também morreria em breve, porque seu filho caíra de bruços.

Algumas pessoas da rapaziada do conceito disseram a Silva, poucas horas antes de Cosme matá-lo, que ele tinha vacilado, pois matar alguém por causa de brizola era coisa de bandido atrasado, antigo. Silva se justificara alegando que ele havia surrupiado a carga de maconha.

— Que nada, tu matou o cara à toa, eu mesmo vi bem a hora que o PM desentocou tua carga, rapá! — respondeu Japão, da rapaziada do conceito, duramente.

Silva se calou, sabia que Japão falava a verdade. Seus interlocutores olharam-no firmemente por um tempo. O silêncio indicava-lhe a perda da consideração. Ali, esteve convicto de ter feito merda. Sua alma consternada revelava-se no corpo em arrepios escabrosos. E o pior de tudo: o infeliz do intruso caíra de bruços. Estava decidido a se entocar. Levantou-se do meio-fio sem jeito, caminhava devagar para casa quando avistou o parceiro e foi levado para a roubada.

— Tutuca deitou três naquela bronca que ele meteu lá na Taquara e rumou só de tala de quina pra lá... A gente tinha rumado já um pichulé maneiro e saído de pinote, aí a gente ia passando numa quebradinha assim meio requenguela, ele mandou parar o carro, mandou nós ir à luta... Foi sozinho, meteu a bronca e se deu bem... Agora ele deu pra sair sozinho e voltar cheio de grana no bolso dizendo que deitou dois, três de uma vez. Ele tá estranhão. Toda segunda-feira ele some que ninguém desentoca ele. Nego fala aí que ele tá maluco... Só anda dizendo que é mais que todo mundo, já botou Cabeça de Nós Todo pra sair de pinote um montão de vez, troca com os civil sem correr. Tinha que ver, aí: vinha Cabeça de Nós Todo e Iran ali pela Principal e, nem tinha sacado ele, ele tava ali no bar do Tom Zé tomando uma cerva. Quando ele viu os samango aí, atravessou a rua, mandou eles tomar no cu, sem meter a mão no ferro. Aí os polícia sapecou em cima dele e não acertou nenhum caroço, tá sabendo? Depois ele sentou o dedo nos samango. Cabeça de Nós Todo e Iran correu pra caralho e ele ficou rindo — disse Martelo a Cleide um mês após a morte de Silva, quando se deitaram para dormir.

— Para de andar com ele... Tu vai arrumar arengação à toa e vai acabar se fodendo... Você bem que podia deixar essa onda de bicho-solto pra lá. Toda vez que tu sai pras broncas eu morro de medo... Vamo sumir daqui antes que tu dance... Pode até deitar aí de uma hora pra outra...

— Vira essa boca pra lá, bate três vez na madeira! Tu sabe que eu só vou na certa. Tu tá é jogando conversa fora! — desconversou Martelo, virando-se em seguida para demonstrar à esposa que havia ficado aborrecido com suas previsões.

Calaram-se, porém Martelo lembrava das balas que já haviam passado zunindo em seus ouvidos, das vezes em que quase dançara durante as fugas. Realmente, tinha medo de amanhecer com a boca cheia de formiga, mas virar otário na construção civil, jamais. Essa onda de comer de marmita, pegar ônibus lotado pra ser tratado que nem cachorro pelo patrão, não, isso não. Recordou-se de quando trabalhara nas construções da Barra da Tijuca. O engenheiro chegava sempre depois do meio-dia com o maior mulherão no carro e nem um bom-dia dava para a peãozada. Saía dando esporro em todo mundo só para crescer na frente da mulher, e o babaca do encarregado, só porque arrumara uma merrequinha a mais, vivia puxando o saco do maldito. Seria bicho-solto mesmo. Nunca marcaria zero hora pros samangos. Haveria de estourar a boa pra poder comprar uma chácara no interior, viver o resto da vida criando galinha numa boa. Tutuquinha estava crescendo na empolgação de ser bandido, para ele a vida se resumia nisso. Essa onda de se cobrir com a capa do Diabo era papo pra boi dormir. "Pior que ele tava parecendo que tava com o coisa-ruim no corpo... E aqueles zolhos dele? Dá até medo. Zolhos de maluco..." O pensamento de Martelo já era quase de um corpo dormindo quando Cleide abriu as pernas por cima das suas, roçou-se nele com vontade e sussurrou em seus ouvidos:

— Vamo ficar brigado, não! Eu só falo porque te amo. Absorveram-se até a noite entrar por dentro da manhã.

Tutuquinha acordou cedo naquela segunda-feira. Queria mandar logo uma alma para o homem e depois pegar praia tranquilo. Ficou entocado atrás dum latão de lixo nas proximidades do mercado Leão. Esperava que passasse alguém bem-arrumado com o fito de descolar um relógio ou uma merrecazinha qualquer. Olhava para os lados, queria chegar à praia antes da pelada das dez horas. Só passavam otários malvestidos. Estava impaciente, ia matar o primeiro que aparecesse. Não estava precisando de dinheiro, mas, já que tinha de matar um, não custava nada arrumar uma grana. Aproximou-se dum senhor que caminhava apressado. Não viu Inferninho correr em sua direção.

— Bota tudo que tu tem aí no bolso aqui na minha mão e se deita no chão — disse com a arma apontada para a vítima.

Inferninho correu para tentar evitar aquele crime. A política de não sujar a área deveria ser respeitada para os samangos pararem um pouco com a perturbação. Toda hora a polícia pisava no pedaço, até a Polícia Federal andava dando umas incertas. Inferninho pediu-lhe que deixasse o homem ir embora. Tutuca virou o rosto para o amigo por um segundo, balançou-o negativamente, em seguida mandou balas por todo o corpo do homem. O assassino deu sete passos de costas, rezando uma oração da qual Inferninho não entendeu uma só palavra. Enfiou a arma na cintura e partiu pela rua Principal sem dar maiores explicações ao amigo. Comprou um maço de cigarros no bar do Batman. Completou o rateio que Acerola e Verdes Olhos faziam. Não esperou que Verdes voltasse com a maconha. Pegou um táxi para a praia.

Não se atreveu a entrar na água gelada; depois do futebol ganhou as pedras do Quebra-Mar, largou o pensamento por vários caminhos. Viu um casal namorando dentro d'água, pensou em sexo. Jurou para si mesmo que à noite iria comer uma paraíba gostosa por quem já tinha crescido o olho havia muito tempo. Saiu dali depois de duas horas. Almoçou num bar do canal da Barra. Voltou para casa depois de bater outra pelada. Fumou um baseado, tomou banho e dormiu.

Por volta das vinte e duas horas, despertou, vestiu-se, armou-se e partiu para a casa da mulher que queria possuir naquela noite. Invadiu a casa sem nenhum problema, o marido não tentou reação ao notar a arma do bicho-solto de cão para trás. Tutuca mandou que ele saísse. O homem tentou argumentar e por isso levou chumbo no pé. A mulher não ofereceu resistência nem gritou na hora do sexo anal. Tutuca achava que ela sentia prazer de verdade, imaginava-a gozando de verdade. Saiu dali depois de uma hora.

O paraibano caminhou com dificuldade até a casa de um amigo, que o levou ao hospital. Porém não passou a noite em repouso conforme o médico recomendou. Queria abandonar sua casa imediatamente, mas não tinha para onde ir. Teria de juntar dinheiro para voltar à Paraíba. Chorava enquanto voltava.

Quando chegou em casa, encontrou a esposa jogada no sofá em choro profundo. Se o bandido não estivesse armado não passaria do portão do quintal. Ele era homem o suficiente para botar o cabra no chão depois que segurasse o gogó dele. Iria juntar dinheiro para comprar um revólver e matar aquele infame, aquela moléstia dos cachorros. A mulher insistia em voltar logo para a Paraíba. Era só vender tudo que tinham para sumir dali. O marido não tinha coragem de lhe perguntar o que o bandido fizera com ela. Várias vezes desviou bruscamente o olhar da cama em desalinho. Encheu o copo de cachaça, virou tudo num só gole. O prometimento de vingança era repetido a cada minuto. Sentiu-se um merda por não ter encarado o bandido de arma e tudo, mas bom cabrito não berra. A hora de Tutuca chegaria. A mulher se desmanchava em lágrimas, a dor que sentia era maior do que a do marido. Nunca pensara que um dia deitaria com um homem daquela maneira e muito menos que faria sexo anal. A opção de fingir que estava gostando foi para salvaguardar sua vida e a vida do marido. Esses marginais matam sem nenhuma piedade. Já era quase manhã quando tomaram a decisão de voltar para a Paraíba o mais rápido possível. O marido trabalharia até o final do mês, enquanto isso iriam vendendo as coisas.

Tutuca queria arrumar bastante dinheiro para oferecer uma feijoada aos amigos; uma feijoada da melhor qualidade no dia da final do campeonato carioca de futebol. O Flamengo haveria de enfiar uma porrada de gols no Botafogo. Compraria dez gramas de brizola, umas dez garrafas de uísque importado para comemorar a vitória do Rubro-Negro. Queria reaproximar-se dos amigos, pois se afastara deles desde que fizera pacto com o Diabo. Não precisava de parceiros para assaltar, porém sabia que eram seus amigos de verdade, se bem que da próxima vez que algum deles tentasse impedi-lo de mandar uma alma para o coisa-ruim seria duro, demonstraria que poderia haver arengação. Sua obrigação era enviar uma alma toda segunda-feira para os quintos dos infernos. Ficaria rico, já que de tiro não morreria, a polícia não o enxergaria, qualquer amigo falso boiaria em sua frente.

Tinha agora de fazer um assalto forte, estourar a boa logo de uma vez. Ficou por toda a manhã em casa. Engatilhou e desengatilhou suas armas várias vezes, treinou atirar deitado, correu pelo quintal como se estivesse trocando tiro com um perseguidor, fez tiro ao alvo apenas com a mão esquerda, enlouquecendo os vizinhos, e colocou o resto da munição para esquentar atrás da geladeira. Repetiu sete vezes que era filho do Diabo e precipitou-se para a rua com o pensamento vasculhando tudo para achar um lugar onde tivesse bastante dinheiro. Em frente ao bar do Batman, viu Laranjinha de rota batida para a praça Principal.

— Qualé, Laranjinha? Diz um lugar aí pra mim rebentar um dinheiro maneiro.

— Meu irmão, o caso é o seguinte: tô com pressa, não posso ficar jogando conversa fora agora, não! — respondeu o maconheiro sem diminuir o ritmo dos passos.

Tutuca não deu tréplica, apenas pensou em matá-lo numa segunda-feira qualquer. Laranjinha soubera minutos antes que sua mãe fora levada às pressas pelos irmãos ao pronto-socorro. Sem se preocupar com o bandido, deu uma corrida até o outro lado da praça, enfiou-se num táxi e seguiu seu destino.

Tutuca continuou a andar ao léu. Não se preocupava em olhar para os lados, muito menos para trás. Fez o mesmo trajeto de Laranjinha. Sentou-se num banco de praça, observou os mínimos detalhes da tarde. Lembrou-se da paraibana, a comeria na hora que bem entendesse. O vento batia no rosto, o sol aquecia seu corpo do frio ameno. Viu um ônibus passar somente com o motorista e o cobrador; num segundo descobriu um lugar onde havia dinheiro à pamparra. Assaltaria a Viação Redentor. Levantou-se, caminhou na direção do ponto de táxi. Se o motorista não lhe emprestasse o carro na boa, iria se dar mal. Seria até melhor matar um para desviar a polícia, enquanto isso faria o assalto.

Ia atravessando a rua quando ouviu barulho de batida de carro. Alguma coisa o fez dirigir-se ao local do acidente. Deu dois tiros para o alto. Depois de espantar os curiosos, examinou o carro, retirou o cordão de ouro do pescoço do acidentado, que já ia voltando a si e, por isso, ganhou uma coronhada para continuar dormindo. Encontrou um revólver no porta-luvas, talões de cheque e um relógio de bolso. Já havia dado os primeiros passos para o interior do conjunto quando resolveu voltar a fim de dar um confere debaixo dos bancos. É nesse local que os motoristas escondem os objetos mais valiosos. Não demorou muito tempo para desentocar dois pacotes com dinheiro norte-americano. Seu sorriso correu com o vento e se esparramou como o sol nos olhos dos que o observavam de longe. Pensou em voz alta:

— O Diabo escreve torto com linhas certa! Ainda bem que aquele tal de Laranjinha não parou pra trocar ideia, talvez teria me dado uma paradinha mixuruca.

Caminhou pela rua Principal, entrou na rua do bar do Batman, quebrou pela praça da Loura. Lá na praça, o motorista fora socorrido por policiais militares. Ninguém ousou comentar sobre o fato que se dera. O poste balançou, mas não caiu, apenas faltou energia elétrica.

— Qualé, Tutuquinha? Garoto levado! — gritou Lúcia Maracanã.

— Porra! Tavo pensando em você mermo, aí... Entoca essa bronca aqui pra mim.

— Caralho! — exclamou Maracanã diante dos dólares.

— Pega umas aí pra você e se tu vê Inferninho ou Marte...

— Martelo tá ali batendo pelada — informou a amiga com o dedo apontado para o Lazer.

Quando encontrou o parceiro, o futebol já havia acabado. Acenderam um baseado. Minutos depois estavam no bar do Batman disputando a melhor de três na sinuca. Tutuquinha viu Laranjinha entrar na farmácia. O desejo de matar o maconheiro reacendeu-se, mas que fosse numa segunda-feira. Nunca gostou mesmo do jeito daquele maconheirozinho de merda. Achava que era malandro só porque queimava um bagulhinho. Quem era ele pra dizer que não queria jogar conversa fora? Nem mesmo os bandidos mandavam letra invocada para ele. O que era dele estava guardado no tambor de seu revólver. Perdeu o jogo por falta de concentração.

* * *

A semana passou a toda para os bichos-soltos. Um amigo de Inferninho lhe deu uma bocada boa. Disse-lhe que o pagamento dos empregados da obra em que trabalhava chegava sempre na hora do almoço, num Opala amarelo só com dois seguranças. Ganhar aquela grana seria chuchu-beleza. No sábado, o bandido foi sozinho assaltar a obra, tudo correu conforme planejado, ainda conseguiu as armas dos seguranças. À tarde, mandou um avião apanhar dez gramas de brizola lá no Salgueiro. Passou a noite cheirando junto com os parceiros, entraram pelo dia. Tutuca mandou outro avião descolar mais dez gramas de cocaína, invadiram a noite de domingo. Por volta das quatro horas da manhã o samba acabou. Saíram pelos becos da madrugada atrás de birosca aberta.

— Só o Noel que tá aberto essa hora — alertou Inferninho.

Dito e feito. Somente a birosca do Noel madrugava junto com alguns biriteiros naquela noite sem lua.

— Coloca um samba aí pra gente — disse Martelo.

Noel misturou cachaça com Coca-Cola nos três copos recém-dispostos no balcão. Martelo pediu duas cocas litro e uma garrafa de cachaça, avisando, ao sair, que entregaria os cascos no outro dia.

Voltaram para a casa de Inferninho pela beira do rio. Malandro que é malandro não volta pelo mesmo caminho. Malandro só passa uma vez. Malandro está sempre indo. No caminho encontraram um puxa-saco de bandidos fumando um baseado na esquina. O bruto insistiu para que os bichos-soltos fumassem do seu baseado. Tinha vontade de ser bandido, faltava-lhe apenas a coragem. Falava como os bandidos, vestia-se como eles, sempre que podia aproximava-se dos bichos-soltos, fazia-lhes favores, servia de avião. Quem não o conhecesse pensava que ele era bandido. Os parceiros fumaram da maconha do puxa-saco. O trio escutou-o dizer que a polícia tinha apertado o dedo em cima de Verdes Olhos Lá na Frente, mas o maconheiro foi mais esperto e saiu por dentro das vielas. Tutuca, ao escutar o nome de Verdes Olhos, lembrou-se de Laranjinha. Tentou se conter, não aguentou e disse:

— Aí, quando tu ver aquele tal de Laranjinha fala que eu vou deitar ele!

Os amigos perguntaram-lhe o porquê. Tutuca respondeu somente que era uma parada dele. Mataram a bagana e foram para casa continuar a meter o nariz.

* * *

A segunda-feira nasceu com os olhos arregalados. Os amigos não conseguiram se separar. O negócio era mandar apanhar mais uma rapa, já que todo mundo estava com dinheiro para cheirar à pamparra Martelo não tinha metido nenhuma bronca, mas trabalhou a semana toda na construção de uma garagem no bairro Araújo. Não estava com muita grana, mas dava para tirar uma chinfra.

Berenice acordou, foi do quarto direto para o banheiro. Fez a sua higiene pessoal e saiu de casa dizendo que ia Lá na Frente esperar uma amiga que vinha lhe fazer uma visita.

No início da tarde, Tutuca estava em estado de total embriaguez; nas vezes em que tentou se levantar quase deu com a cara no chão. O bicho-solto consumiu cocaína durante a manhã toda, bebeu samba e mandou comprar uma garrafa de uísque, que já ia pela metade, ele se exibindo para a amiga da Berenice. Quem bebe uísque tem dinheiro. A sua dor de cabeça era maior que a embriaguez, porém arriscava sambas-enredos antigos, acompanhado pelo pandeiro mal tocado de Martelo. Vez por outra, jogava olhares venenosos para cima da amiga da Berenice, que correspondia com sorrisos maliciosos. Na verdade, Tutuquinha ainda não tinha ido embora por causa dela. Ela, por sua vez, esperava que o bicho-solto atacasse, pois também tinha se interessado por ele.

Lá pelas dezessete horas, o bandido mandou-lhe uma letra. A cabrocha correspondeu. Saíram dali direto para um motel da estrada do Catonho. Já eram vinte horas quando Tutuca conseguiu fazer sexo, depois comeu qualquer coisa para retornar ao corpo da mulata. Ficou ali sem se lembrar do trato que fizera com o Capeta.

Tutuca deixou o motel preocupado. Quando se lembrou do Demônio já passava da meia-noite. Era a primeira vez que deixara furo com o homem. Acreditava que não teria problemas com o chefe do inferno, pois já lhe dera diversas vezes almas de quebra. A madrugada era deserta. Desembarcou do táxi Lá na Frente. Vinha andando apressado pela rua Principal dando um confere nos ferros. Laranjinha e Acerola bebiam uma cerveja no bar do Batman. Tutuca só andaria cem metros para avistá-los. Ao passar em frente à casa de Laranjinha, pensou invadi-la e matar o maconheirozinho de merda em sua própria cama, mas que nada, seria melhor matar o paraíba e prender sua mulher para sempre. Mandaria bala em seu cuzinho na hora que bem entendesse. Moraria com ela na marra, pois mulher é igual a cachorro, acostuma com os novos donos com o passar do tempo. Botaria tudo do bom e do melhor dentro de casa, a mandaria para o salão de beleza todos os finais de semana. Mulher gosta mesmo é de dinheiro e piroca dura. A bruta rebolou no seu pau com vontade na primeira vez, ela bem que gostou, senão não teria gozado. O bandido passou sem notar os maconheiros. Seus passos arriscavam corridas pelo trajeto. O Diabo era um cara maneiro, veria que ele perdera a hora, mas chegara justinho no momento em que se lembrara do trato.

Entrou na rua do Meio com o coração mais rápido do que os passos. Era macho até o final do mundo, pois comera a mulata e só de pensar na paraíba o pau dava sinais de ereção. Ficaria com as duas. Atravessou o braço direito do rio, não viu nada nem ninguém que roubasse a sua atenção. Abriu o portão de madeira sem deixar nenhum barulho escapulir da ação. Caminhou lentamente até o relógio de energia elétrica, desligou-o. O frio daquela noite gerou certa dificuldade à manipulação do arame que serviu como instrumento para abrir a janela da sala. Primeiro enfiou a cabeça, depois o resto de seu corpo magro. Dentro da casa só o silêncio rebatia nas paredes. Tutuca se achava perfeito naquela operação. Quando abriu a cortina do quarto do casal, viu só a mulher dormindo. Voltou-se para a sala, percorreu os outros cômodos. Ninguém. Adentrou de novo o quarto. Primeiro alisou as coxas da mulher, seu pênis explodia dentro da cueca, depois curvou para dar mordidinhas em seu pescoço. A paraibana se contorcia na cama, resmungou fonemas sibilantes. O bandido colocou o revólver em cima da mesinha de cabeceira, começou a despir-se. A mulher nem sequer abriu os olhos, revirou-se na cama deixando-o ainda mais excitado, e o paraibano se desprendeu das madeiras que sustentavam as telhas com uma faca na mão. A primeira facada rasgou o pulmão esquerdo de Tutuca, a segunda, o direito. A terceira, a quarta e a quinta esmiuçaram seu coração. As outras não serviam mais para nada, representavam nada mais do que a ira da vingança cumprindo sua sina.

Somente Maracanã foi ao enterro do amigo, senão Tutuca seria enterrado sem lágrimas. Seus parceiros tiveram medo de a polícia dar uma incerta no cemitério. Seu velório não teve batucada, jogo de porrinha, bebida, maconha, brizola nem promessas de vingança. Os pais de Tutuca souberam da morte do filho passados oito dias de seu sepultamento. O paraibano se mandou para a Paraíba com sua esposa. Contava que havia chamado um carioca safado na faca.

Os dias iam, faziam rastros, amontoavam lembranças, deixavam esperanças inacabadas morrerem ao longo do caminho. Mineiro, amigo de Martelo e Inferninho, dera-lhes uma bocada boa: havia dito aos dois que seu amigo trabalhava na caixa de uma churrascaria no largo da Taquara.

Combinaram para o domingo seguinte. Para conseguir um carro, Inferninho teve de matar o proprietário. Fizeram o assalto na churrascaria sem nenhum problema. Saíram devagar para não provocar suspeitas, mas subiram a Gabinal desenvolvendo alta velocidade. Martelo ainda pensou em abandonar o carro e descer pela Quintanilha, mas o parceiro iria dizer que ele era um tremendo de um cagão, cheio de bolodochia, que dava até azar. Seguiram até o final da estrada sem nenhuma molestação. A sensação de sucesso provocava risos nos bichos-soltos. Para descolar mais um pichulé, Inferninho disse que levaria o carro para um amigo desmontar. Seguiram pela beira do rio para não passar em frente ao posto policial. Quebraram pela rua do braço direito do rio. A felicidade tem de ser vivida intensamente, por isso passariam na Tê, comprariam logo vinte trouxas de maconha para comemorar. Tudo ia nos conformes até serem avistados por um camburão da Roubos e Furtos. Inferninho não acelerou o carro no primeiro momento, nem olharam para os policiais para não dar na pinta. A artimanha empregada para despistar a polícia foi em vão.

Os policiais os seguiram. Inferninho engatou uma segunda, esticou o quanto pôde, entravam e saíam das ruas do conjunto com rajadas de metralhadora rasgando o lombo do Opala. Não dava para revidar. Ganharam terreno na rua do Meio. Nas Últimas Triagens, abandonaram o carro, passaram pelo Duplex, ganharam o matagal. Os policiais se dividiram: dois ficaram a examinar o carro abandonado, os outros três perderam-se na perseguição. Os assaltantes nada falaram dentro do mato. Em suas cabeças só o pensamento nos exus que lhes davam proteção. O tempo passava lento com seus corações batendo forte, mas a demora duma investida dos policiais deu fim ao nervosismo que os assolava. O pensamento de Inferninho seguiu por caminhos diversos, mas o de Martelo tinha uma linha:

— Vou rapar fora dessa vida de uma vez por todas, morou? Senão vou amanhecer com a boca cheia de formiga ou então se fuder numa cadeia. Essa onda de bicho-solto é pra maluco.

Inferninho desentocou-se uma hora depois da perseguição. Martelo ainda insistiu para que ele desse mais um tempo, porém o parceiro não lhe deu ouvido. O assaltante ficou ali sozinho até o dia clarear, não estava a fim de correr o risco de encontrar a polícia. Por volta das nove horas, desceu da árvore em que estava, sem nenhuma pressa, espreguiçou-se, urinou e pôs-se a caminhar. Queria ver Cleide para dizer que seu desejo era ir embora dali pra nunca mais. Era um bom pedreiro, conseguiria emprego a qualquer hora que pintasse. Queria a paz, ter um filho e ser feliz com sua mulher. Não, não era medo o que sentia, nunca fora covarde; fora somente precavido. Era só essa vida de fugas, assassinatos, que já tinha enchido seu saco. Atravessava a manhã por dentro dos becos para pegar a rua do Meio, por onde Cabeça de Nós Todo vinha com sua metralhadora engatilhada a fim de deitar vagabundo. O policial ficara sabendo do sucedido assim que entrara de serviço. Sua determinação de matar um bicho-solto qualquer provinha não do assalto, mas sim do motorista assassinado, que era amigo seu. Novamente o desejo de desforra se amontoava em seu peito e ardia. Calculou acertadamente que os bandidos já haviam saído do mato, por isso vinha sozinho pelo canto da calçada para não chamar muita atenção. Martelo não pensava em encontrar a polícia àquela hora, imaginava ser o momento da troca de serviço tanto dos policiais militares como dos civis. A manhã tinha crianças brincando nas vielas, outras indo para as escolas, pessoas rumando para o trabalho. Observou um menino andando à sua frente. Seu filho seria bonito igual a ele, mas não o deixaria de pé no chão, sem camisa e de short rasgado. Traria balas para o filho na volta do serviço todos os dias. A brisa fresca da manhã alisava-lhe o rosto, dava corda a seus pensamentos. O olhar acompanhava as pontas dos sapatos a cada passo que seus pés faziam. Não conferia os becos, não se preocupava com o perigo, porque já não se achava mais um bandido. Um cachorro ladrou. O regenerado estalou os dedos, o cão balançou o rabo. Notou dormideiras no chão, aproximou-se para passar o pé, as folhas das plantas se fecharam. Tudo que lhe ocorria era bom, parecia convergir para um destino feliz.

As garças voavam no vento leve e seco que rangia, que gemia nos galhos desnudos das árvores e passava pelo seu rosto dando-lhe a impressão de que todas as coisas de ruim até então presentes em sua vida iriam em boa hora com ele. Cabeça de Nós Todo vinha caminhando na outra calçada com vivacidade e olhar de matador, essa atitude e expressão lhe eram peculiares. Já havia atravessado o braço direito do rio. Queria pegar Inferninho e Martelo juntos. Aqueles infames eram os bandidos que lhe davam mais trabalho. Havia um tal de Luís Ferroada que também tinha de ser deitado para ele ter mais sossego. Mas se matasse qualquer bicho-solto estaria tudo bem naquele dia. Apostou com os outros policiais que mataria um bandido antes do meio-dia. Ao vê-lo, os transeuntes desviavam. Parou para amarrar o but, voltou a caminhar com mais rapidez, colocava o rosto antes de atravessar as esquinas. Na altura do Bonfim, diminuiu os passos, vasculhou com os olhos e só viu alguns biriteiros. A voz de Luís Gonzaga no rádio trouxe-lhe certa calma. O sol queimava-lhe o rosto. Martelo assobiava uma canção de Paulo Sérgio, pensou novamente em Cleide, iria dizer a ela que seria otário para o que desse e viesse. Paz, muita paz para o resto da vida. Não dava chance de pensamentos nefastos ferirem sua determinação quando pensava em marmita, no trem e em ônibus lotados. Sentia pena de Inferninho, que um dia iria se acabar como Tutuca ou apodrecer numa cadeia. Cabeça de Nós Todo achava que estava numa maré de sorte, pois no seu último serviço prendera dois maconheiros, matou um safado que disparou contra ele ao ouvir voz de prisão. Estava com o moral alto, por isso distribuía tapa na cara por qualquer motivo. Já estava a menos de cinquenta metros de Martelo.

Cleide já havia percorrido todos os lugares onde poderia encontrar o marido. Agora olhava a rua por cima da cerca, de carroça passando, linhas esticadas para receber o cerol, mulheres em fofocas, malandros nas esquinas e caminhão de gás buzinando.

Inferninho já tinha acordado e contado o dinheiro. Fumava um baseado enquanto esperava o parceiro para dividir a grana.

Martelo, de cabeça baixa, imaginava Cleide aprontando seu café, preparando sua marmita, quando cruzou com o policial e não o percebeu, embrulhado em seus pensamentos. Cabeça de Nós Todo também não notou o bandido passar na outra calçada. Firmava o olhar num homem que avistara na extremidade da rua. Pensou ser Inferninho, esticou-se numa corrida para certificar-se. O rapaz, quando viu Cabeça de Nós Todo indo ao seu encontro, sacou o revólver, apertou o dedo e fugiu. O tiro feriu o braço do policial, que mesmo assim continuou a correr, porém desistiu ao notar que estava perdendo muito sangue. Jurou pelo fogo do inferno que mataria Inferninho na primeira oportunidade.

Martelo caminhou tranquilo até a sua casa.

— Entrega tua alma ao Senhor e terás a vida eterna. Só Cristo salva de todo sofrimento e liberta do fogo do inferno. Arrepende-te de teus pecados que o paraíso te espera! Aleluia!

Martelo escutava calado o que aquele homem de terno de tergal azul-marinho dizia segurando uma Bíblia, poucos minutos depois de ter chegado em casa e revelado seus planos a Cleide. Quando o homem acabou de falar, todos os seus acompanhantes ergueram a voz com palavras do mesmo campo semântico e com a eloquência de quem fala o mesmo texto todos os dias.

— Como é que eu faço para conseguir tudo isso aí?

— É só aceitar Jesus no coração!

— Como...?

— O senhor deixa nós entrar um pouquinho?

— Hã-ram.

O homem de terno de tergal sentou no sofá junto com os outros três religiosos. Martelo ficou em pé no canto esquerdo da sala, Cleide ao seu lado. Escutavam os membros da igreja batista pregar o Evangelho.

— Agora vamos ouvir a palavra do Senhor:

A segurança daquele que se refugia em Deus.

Aquele que habita no esconderijo do Altíssimo, à sombra do Onipotente descansará.

Direi do Senhor: Ele é o meu Deus, o meu refúgio, a minha fortaleza, e nele confiarei.

Porque ele te livrará do laço do passarinheiro, e da peste perniciosa.

Ele te cobrirá com as suas penas, e debaixo das suas asas estarás seguro: a sua verdade é escudo e broquel. Não temerás espanto no-

turno, nem seta que voe de dia. Nem peste que ande na escuridão, nem mortandade que assole ao meio-dia...

Tudo em Martelo se transformara em emoção saltitante e jubilosa ao ouvir essas palavras. Encarava e via sinceridade tão visível quanto as retinas do orador. Todo seu cerne se abrira às palavras de Cristo. De seus olhos, duas festas brilhantes, nasciam lágrimas mudas que sorriam ao vento que percorria os mil cantos da sala. Cada versículo fora uma estrada que lhe puxava a alma. Um sorriso foi tomando corpo em seu rosto. Era a bondade divina que o chamava. Os galhos da goiabeira, o rio correndo, a brisa do mar, Cleide, o filho que teria com ela, as estrelas no infinito, a pipa no céu, a lua, o canto triste dos grilos, tudo, tudo foi Deus quem criou. Lá fora, o sol explodia nas esquinas e todas as coisas já eram tão diferentes. Aceitar Jesus era poder renascer numa mesma vida. Sua meta era a de ser feliz para poder mudar o mundo com os ensinamentos do Senhor. O milagre da conversão modificou as metáforas de seu semblante. A paz estava agora presente em todas as coisas. O sentimento de felicidade em Cleide também era de absoluta pureza. O futuro chegou para se entocar ali dentro de seu peito.

— O amor, Deus é amor... — balbuciou.

O cristão mudou-se, sem se despedir dos amigos, um mês depois da visita dos religiosos. Largou baralho, canivete, o revólver, os vícios. De uma vez por todas deixou de lutar contra o azar. Volta e meia dizia para Cleide que ele, sim, tinha arrebentado a boa. Conseguiu um emprego na empresa Sérgio Dourado, onde foi explorado por muito tempo, mas não ligava. A fé afastava o sentimento de revolta diante da segregação que sofria por ser negro, desdentado, semianalfabeto. Os preconceitos sofridos partiam dessa gente que não tem Jesus no coração. Teve dois filhos com Cleide e sempre que podia voltava em Cidade de Deus para pregar o Evangelho.

— Como é que o cara vaza assim sem dar um alô pros parceiros? Sempre achei ele meio final de comédia, tá sabendo? Não topava tudo, tava sempre cortando as ondas, tinha medo de tudo... Maior bundão! — disse Inferninho à Lúcia Maracanã quando soube que Martelo tinha se mudado.

— Dizem que ele virou crente.

— É... Eu tô sabendo. Madrugadão bateu pra mim. Eu é que não entro nessa onda não, morou...? Ficar aceitando tudo que o pastor diz, ser pobre pro resto da vida e nem ligar... É coisa de otário, morou? Mas aí: cada um com seu cada um, se o cara vira crente é porque tá a fim de virar santo mermo, tá sabendo? Por isso que ele saiu da moita.

Inferninho deixou Maracanã nos afazeres domésticos e seguiu Lá pra Cima com o propósito de encontrar Luís Ferroada, seu novo parceiro. Jovem de vinte anos de idade e trinta crimes nas costas, calado, mal--encarado, forte, sarará e esguio. Sua fama de perverso já corria todas as favelas do Rio de Janeiro. Sem motivo nenhum, dava tiros nos moradores, assaltava-os e, quando não, ameaçava-os somente para impor respeito. Só não conhecia o Trio Ternura por ter ficado cinco anos preso. Dizia para os amigos que fugiu do presídio na noite de Carnaval depois de render dois guardas penitenciários embriagados. Estava limpando sua arma quando Inferninho chegou:

— Qualé, cumpádi? Chega mais aí — disse Ferroada ao abrir a porta de sua casa para Inferninho.

— Tavo de lero com Maracanã.

— Tava aqui pensando se tu vai fechar aquele samango mermo. Aí, neguinho anda dizendo por aí que ele fica gritando nas esquinas que vai fazer você virar presunto. Sempre que ele dá bote em alguém, ele pergunta se te saca, se sabe onde tu mora... Tu tem que deitar logo esse samango, senão...

— Vou deixar ele com a boca cheia de formiga. Se ele tivesse de serviço hoje, ele ia deitar hoje mermo, tá sabendo? Mas deixa ele comigo... Aí, paga uma cerva aí! — finalizou Inferninho.

Caminharam para o Bonfim sem se preocuparem em olhar para os lados. No caminho, Inferninho disse que Inho tinha pintado na área cheio do dinheiro, mas tinha saído de pinote rapidinho. Estava mais arisco, com mais sugestão. Que ele seria o parceiro ideal para colar com eles.

— Tenho que conhecer esse moleque.

— Ele falou que vai piar aí de novo. De repente você conhece ele.

— Hã-ram... Tem uns cara aí, morou? Que arrumaram dinheiro à pamparra num dia só...

— Sabe aquele parceiro que eu tinha falado? — interrompeu Inferninho.

— Sei.

— Virou Bíblia, cumpádi... Maior bundão! Agora vai ficar andando por aí dizendo que só Jesus salva. Dá vontade de apertar o dedo...

— Que que eu tava falando mermo, hein...?

— Dos cara que rumaram um dinhei...

— Ah, sim... Mas aí, os caras arrumaram maior grana rapidinho. Eles vai de carro e sabarca três, quatro posto de gasolina numa leva só. O melhor dia é sexta-feira. É só rumar um parceiro pra pilotar que é muito mais melhor que loja, padaria e cachanga.

Na sexta-feira seguinte, saíram antes da meia-noite para assaltar dois postos de gasolina na Estrada dos Bandeirantes e um no largo da Taquara. Sandro Cenourinha teve que disputar na porrinha com Madrugadão para poder ser o motorista da operação. Ferroada não aliviava nenhuma das vítimas. Mesmo se elas não oferecessem reação, o bandido dava tiro na bunda, coronhadas e tapas na cara. A única que esboçou reação levou chumbo na cabeça. O assaltante não gostava de branco bem-arrumado. Achava que eles tomavam o lugar dos negros em tudo. Até mesmo na Baixada Fluminense, e agora no conjunto, quando via um branco bem-arrumado, assaltava, cometia violências para vingar o negro que teve seu lugar roubado na sociedade. Não era bandido de correr da polícia, achava que isso era atitude de neguinho bunda-mole. "Já deitei um monte de samango que se meteu no meu caminho", dizia sempre que a ocasião era propícia.

Repetiram os assaltos em diversos postos de gasolina de Jacarepaguá e Barra da Tijuca durante um bom tempo. Inferninho só se desentocava nos dias em que Cabeça de Nós Todo não estava de serviço. Tinha a esperança de que, com o passar do tempo, o policial militar se esqueceria dele. Uma noite, saiu da tendinha do Chupeta meio chumbado. Pensou em arrumar uma vadia para fazer sexo. Deu uma volta na Treze, subiu pela rua do Meio, bebeu um traçado, acendeu um cigarro. Sentiu os passos confusos, resolveu ir para casa. Voltou pelo mesmo caminho. Quando deitou, viu tudo rodando, sentiu vontade de vomitar. Com auxílio do dedo na garganta, colocou os traçados, a cerveja e as moelas de galinha para fora. Botou a boca no bico da torneira, abriu-a devagar, bochechou, jogou água no rosto e deitou-se de novo. Em poucos minutos, pegou no sono. Dormia bem, mesmo com os mosquitos chocalhando nos ouvidos e o calor intenso que fazia, mas, de repente, Tutuca caminhava vestido de vermelho e preto sobre o fogo com um tridente na mão. Revirou-se na cama. O lugar em que se encontrava parecia a Quadra Treze, a Quadra Quinze, o morro do São Carlos. Era um local que lhe parecia conhecido e ao mesmo tempo estranho. O fogo pisado por Tutuca diminuía e crescia em sua direção, depois se transformou em sangue, donde surgiram Passistinha, Pelé e Pará, com a mesma roupa que Tutuca usava.

— Que que vocês quer? — inquiriu.

— Vinhemo te dar um aviso para tu não ser expulso da vida como nós — respondeu Tutuca.

— Vocês tão onde?

— Isso não interessa agora, porém se não quiser vim para nossa companhia é melhor deitar Cabeça de Nós Todo — finalizou Tutuca, que foi se transformando em fumaça junto com seus parceiros. A fumaça permaneceu um tempo imóvel, em seguida se transformou numa nova poça de sangue, onde Inferninho viu seu corpo estrebuchando.

O bruto acordou gritando. Os vizinhos se assustaram, mas ninguém se atreveu a averiguar a casa de Inferninho. Poderia ser a polícia ou um inimigo. Aquietaram-se embaixo das cobertas. Inferninho percebeu que fora um sonho e procurou por Berenice. Lembrou que a companheira estava na casa de uma amiga ajudando num aborto. A claridade frágil da madrugada atravessou a cortina da janela da sala. Todo seu pensamento se voltava para o pesadelo. Procurou a cocaína na parte inferior do guarda-roupa e cheirou-a sem trabalhá-la. A fissura não o deixou esquentar o prato para transformar as pedrinhas da droga em pó. Cheirou tudo de uma só vez. Em seguida, apertou um baseado para acalmar o espírito.

— Que sonho mais filho da puta. Será que é aviso? — pensou alto. Nunca sonhara daquele jeito. Só poderia ser verdade que aquilo iria acontecer. O negócio era matar antes de morrer. Pegou seus dois revólveres, que estavam tomando calor no motor da geladeira para dar um banho de querosene. Notou que tinha pouca munição e que os revólveres não estavam em boas condições. "Bandido sem revólver é como puta sem cama." Lembrou-se dessa lição cavernosa e simples que sua alma, ainda menina, aprendera com a sua mãe quando ela estava sem quarto na zona e o pai sem um revólver para assaltar. Tentava controlar o corpo, que insistia em tremer. Mas o safado do policial teria de acender muita vela ao Diabo para conseguir deitá-lo, porque era madeira de dar em doido varrido, iria matar a cobra e mostrar o pau.

Lá fora, agora, a manhã animava as vielas, os padeiros, as carroças de leite, as crianças do primeiro turno. O barulho do dia deixou-o mais calmo. A ameaça de morte torna qualquer silêncio suspeito e todo barulho sinistro. Sentiu a maçaneta da porta da cozinha virar, jogou-se atrás da parede que separava a sala da cozinha, engatilhou os revólveres. Era Berenice.

Contou o sonho antes mesmo de ela poder sentir-se em casa. Berenice, notando sua tensão, procurou acalmá-lo:

— Vamo lá no terreiro falar com a pombagira, já que tu tá arisco e tem um tempão que tu não vai lá.

— Podes crer!

Segunda-feira à noite, Inferninho foi tomar um passe no terreiro do Osvaldo.

— Tá com medo de morrer, esse menino?! Tá com medo de virar Exu?!? — gargalhava. — Quanto tempo faz que você não vem falar comigo? — gargalhava. — Eu não cobro a mais do que trato. Dou proteção aos moços e os moços não liga pra mim. Quando a coisa melhora os moços esquecem do que eu peço. Mas fui eu quem foi lá no teu sonho — gargalhava. — O butina preta tá com vontade de fazer tua passagem, mas não ligue não, que ele tá amarrado no meu pé! — disse a pombagira.

Em seguida, pediu ao cambone que escrevesse o nome de Cabeça de Nós Todo num pedaço de papel, atravessou o papel com um punhal e colocou-o dentro de um copo com cachaça. Deu baforadas de charuto no copo, gargalhou e continuou:

— Tu vai ter que enterrar isso aqui em Calunga Grande na segunda-feira e deixa o resto comigo. Depois de vinte tempo o butina preta vai se fuder na sete encruzilhada que passar. Depois você volta aqui pra falar comigo. Agora você bebe um pouco disso aqui e pede em pensamento o que você quer.

Inferninho pediu proteção das balas, sorte com dinheiro, muita mulher em sua vida e saúde para ele e a esposa, que, no caminho para o terreiro, anunciara gravidez.

O bicho-solto voltou a sonhar várias vezes o mesmo sonho. Mesmo com a proteção da pombagira andava na espreita, não iria dar mole pra Kojak. Numa semana, sonhou sete vezes seguidas, e, para completar seu desespero, no sábado ficou sabendo por intermédio de Ferroada que Wilson Diabo tinha sido morto no campinho do Porta do Céu. Estava jogando bola e foi surpreendido por Cabeça de Nós Todo à paisana.

— Podia ter levado ele em cana, morou, cumpádi? O cara tava na mão. Mas aí: mandou o cara deitar no chão e apertou o dedo.

— Ele tava sozinho?

— Tava. Ele falou com o pé em cima do presunto que o próximo vai ser você. E na atitude que ele falou o couro vai comer mermo. Tu tá igual papagaio no arame: vai, não vai! — brincou Ferroada.

— Me empresta aquele fuzil lá! — suplicou Inferninho em tom apreensivo.

— Aquele eu não empresto a ninguém. Posso te adiantar a quatro-cinco. Sabe atirar com ela? É molinho e aonde pega, mata. É bala dundum. Aí, vamo lá na lagoa dar um treino. A gente vamo lá em casa e fuma um primeiro.

Apenas Ferroada falava enquanto fumavam dois baseados. Inferninho lembrava-se do sonho. Andava pela sala da casa do amigo. Não sabia por que Cabeça de Nós Todo estava com tanta sede de matá-lo. Em todos os seus gestos depositava rapidez, até mesmo no copo d'água bebido fora lépido como quem rouba. Deslocaram-se para a lagoa. Antes de começar a aula, Inferninho mandou embora as crianças que brincavam ali.

— Esse berro não é de tambor, não. Funciona na base do pente. É só apertar esse pino aqui, ó, que ele desce; pra colocar é só enfiar aqui. Pra engatilhar, tu segura aqui embaixo e puxa em cima assim pra trás. Se puxar só o cão, o berro não engatilha, não, hein, rapá! Vou deixar esse pente aqui contigo porque tu é do meu conceito, senão, não deixava, não. Mas fica na atividade pra não perder o ferro pros homens, morou, cumpádi? Vamo ver se tu se ligou na minha ideia.

Inferninho manuseou a arma sem pressa ou palavras. Mentalizou a pombagira, olhou o céu de poucas nuvens, duas borboletas indo e vindo por entre as amendoeiras, os meninos se afastando para o bosque de Eucaliptos. Sempre existirão coisas para serem aprendidas, de forma definitiva, no mais curto espaço de tempo. Pensou em chamar o parceiro para tocaiar Cabeça de Nós Todo, porém não se sentiu à vontade para executar o convite. Ferroada era um bom parceiro, mas não tinha tanta amizade para cair numa parada de morte com ele sem intencionar arrumar um dinheiro. Se fosse Tutuca, não precisaria nem convidar, mas Deus que botasse a alma dele fora de seu sonho. Poderia sair de pinote do conjunto, mas a dor de ter se acovardado seria perpétua. Berenice iria gostar, mas no fundo, no fundo, o tiraria como medroso. Só o vento se pronunciava naquele instante, dava nos galhos das amendoeiras, dos eucaliptos; balançava o mato da beira do rio, dificultava o voo das garças e fazia a volta ali na tez do bicho-solto. A pombagira voltou ao seu pensamento. Ela haveria de correr uma gira forte para ele. Já havia enterrado no cemitério o nome de Cabeça de Nós Todo escrito em um papel. A fé remove montanhas, iria remover a Pedra da Gávea para cima da cabeça de Cabeça de Nós Todo. Tudo agora só dependia de sua força, da sua presença de espírito. Tinha só que treinar a atirar com aquela porra que estava em suas mãos. Tirou o pente, recolocou-o, engatilhou a arma conforme os ensinamentos de Ferroada, mirou no tronco da amendoeira mais distante e apertou o dedo. Tiro no alvo e satisfação instalada no rosto de Ferroada. Errou somente dois tiros dos dez que disparou. Avisou que já tinha aprendido e não iria gastar mais bala na árvore, não. Guardaria o resto para enfiar no lombo de Cabeça de Nós Todo.

— Pode treinar mais que tem munição à pamparra lá na minha cachanga — tranquilizou Ferroada.

Inferninho passou o resto do sábado em casa, porém à noite sentiu vontade de dar um rolé. Imaginou que Cabeça de Nós Todo não iria ficar rondando naquele dia, pois sempre que matava não dava as caras. Saiu de casa com a 45 engatilhada. Tudo era suspeito no trajeto. Encontrou a rapaziada do conceito fumando um baseado na esquina do jardim de infância. Ouviu Verdes Olhos lamentar a morte de Piru Sujo:

— Piru Sujo era um cara maneiro, não era de pam, tava sempre na dele...

— Eu não sei quem é esse Piru Sujo, não... Por causo de que ele saiu de pinote? — indagou Jaquinha.

— Tava com o bagulho aceso e não deu pra desfazer.

— Era só levantar a mão e depois tentar desenrolar uma ideia — afirmou Acerola.

— Que nada! Cabeça de Nós Todo não tá aceitando ideia, não, tá apertando o dedo a torto e a direito! — afirmou Manguinha.

Ficaram ali jogando conversa fora. Inferninho preveniu seus interlocutores para não fumarem na rua quando Cabeça de Nós Todo estivesse de serviço. Se quisessem fumar numa boa era pintar na casa dele que estaria tudo certo. Mas, em pensamento, os maconheiros reprovaram o convite. Se a polícia piasse de repente todo mundo seria farinha do mesmo saco, até explicar quem era quem os urubus já iriam sentir o cheiro de defunto. O bandido prometeu a si mesmo que, no dia seguinte, mataria o policial. Jurou tão incisivamente que, em seguida, só o silêncio se manifestou. O baseado já estava morrendo. Acerola olhava para os lados, procurava evitar surpresas desfavoráveis. Inferninho repentinamente firmou os olhos em Verdes Olhos e interrompeu o silêncio:

— Como é que tu é preto e tem olho verde?

Riram. Inferninho matou a ponta, jogou-a no chão e passou o pé por cima. Despediu-se dizendo que ia na Tê descolar uns papéis de cocaína para poder passar a noite em claro e surpreender Cabeça de Nós Todo na hora em que ele estivesse saindo do serviço. Os maconheiros ficaram ali por mais algum tempo.

— Aí, esse bagulho dá maior lombra, morou? — comentou Acerola.

— Tu acha mesmo que Cabeça de Nós Todo morre amanhã? — indagou Jaquinha.

— Não vou ficar pra ver, não — disse Acerola, rindo além da conta.

— Tu tá é muito doido, tá sabendo? Tu vai chegar em casa arrasando as panelas! — brincou Laranjinha.

Inferninho chegou às proximidades do posto policial com a escuridão do final da noite escondendo seus passos.

Passara toda a noite se drogando enquanto Berenice dormia. Mordia os lábios, averiguava se a arma estava nos conformes, mentalizava a pombagira. Lá fora, o sábado se agitava em batuque de partido-alto nas biroscas, namoros nas esquinas, festas americanas nos quintais. O bicho-solto, alheio à noite, cheirara demasiadamente. Berenice, ali imóvel, sem saber de tudo que estava por vir. Seu marido iria deitar Cabeça de Nós Todo. Um gato no telhado o assustara, resolvera apagar a luz da sala para não dar na pinta. Tomara só um gole de conhaque para ficar esperto antes de sair e surrupiar a vida daquele PM safado.

Posicionou-se estrategicamente a fim de apertar o dedo assim que o policial passasse. Dali de onde estava não erraria, era só atirar e depois subir o Barro Vermelho, descer pelo bairro Araújo, dar a volta pelo Loteamento, passar pelo Porta do Céu, ganhar a rua Principal e se entocar na casa de Ferroada. Se houvesse perseguição entraria no mato, porque nenhum policial seria tão intrépido a ponto de entrar no mato para trocar tiro. Ficou ali por mais de três horas esperando o inimigo.

Cabeça de Nós Todo tomou café no próprio posto policial, saudou os amigos com o sorriso de quem fez um bom serviço. O dia era frio. Deu seus primeiros passos passando a mão nos bolsos da calça para verificar se não tinha se esquecido de nada. Depois abriu a bolsa, deu um último confere, cuspiu para o lado, tirou uma meleca, mascou com os dedos e comeu.

Inferninho já havia apontado a arma; esperava que ele andasse mais uns dez metros e pimba: mandaria o infeliz para a casa do caralho. Seu dedo já iniciava o aperto do gatilho quando um carro passou interrompendo a sua mira. Recomeçou a ação. Suas mãos eram trêmulas. Prendeu a respiração e disparou. Cabeça de Nós Todo jogou-se ao chão, rastejou até um poste. Ao levantar-se, escutou outro tiro e viu o atirador correr:

— Inferninho, filho da puta! Tá pensando que me deitar é fácil? Vamo ver quem é quem nessa questão! Vem trocar, vem trocar tiro, seu viado!

Os outros policiais vieram socorrer o colega, queriam entrar na perseguição ao bicho-solto imediatamente. O policial retrucou, disse que aquela questão era somente sua e iria resolvê-la naquele mesmo dia. Voltou para o posto, apanhou a metralhadora, deixou a bolsa num canto qualquer e saiu cortando pelas vielas sem dar bola para o azar. Imaginou corretamente o percurso feito por Inferninho, ficando de tocaia numa viela nas redondezas do Porta do Céu.

O bandido atravessava a rua um pouco mais calmo, por notar que não estava sendo seguido, mas, mesmo assim, a infelicidade de não ter atingido o inimigo fazia seu corpo tremer nas raias de um fracasso que poderia fazê-lo perder a vida. Catucara a fera com vara curta. O negócio seria sair dali o mais depressa possível. Colocou a pistola na cintura. Martelo, que fora malandro, saiu antes de o bicho crescer na frente dele. Ia passar em casa e levar Berenice consigo para qualquer lugar longe dali, iria até mesmo para o morro do São Carlos. Olhou para o céu cinzento, uma garça voava em desalinho. O real medo da morte só vem quando se está para morrer.

Cabeça de Nós Todo já o tinha avistado, coçou o pênis, ia esperar o perseguido aproximar-se o máximo que pudesse. Inferninho andava de cabeça baixa, se tivesse matado o maldito o mundo agora seria diferente.

Compraria dez papelotes, uma caixa de cerveja e uma porrada de trouxas de maconha para comemorar. Levantou a cabeça e viu uma mulher passar pela esquina e depois ensaiar uma corrida puxando uma criança pelo braço. Pôs-se novamente alerta. Engatilhou a pistola, deu a volta pela quadra e mandou chumbo. O policial novamente saiu ileso, dessa vez respondeu prontamente aos tiros. Inferninho correu e parou na esquina. Sabia que o inimigo estava sozinho, agora trocaria tiros, mesmo ele estando de metralhadora. Na rapidez de um tiro, mentalizou a pombagira. O rosto de Cabeça de Nós Todo brotou na esquina. Inferninho sentou o dedo. O policial saiu para a frente das balas, a rajada que deu esburacou o muro que protegia o bicho-solto.

Inferninho ficou estático, por uma fração de segundo, diante da atitude de Cabeça de Nós Todo, porém em tempo hábil cascou fora para outra esquina. O policial deu atrás com a metralhadora cuspindo bala. O bicho-solto invadiu um quintal, pulou dois muros e se resguardou atrás de um poste. Um homem sacudia a cabeça duma criança forçando-a a voltar à vida sem sucesso: uma rajada cortou-lhe o peito, esburacou seu pulmão. O homem gritava para as pessoas que corriam, pedia pelo amor de Deus que o ajudassem a socorrer seu filho.

Cabeça de Nós Todo olhou a criança agonizante, mas que se foda, antes ela do que ele. Queria retalhar o corpo do bandido. Em vez de fazer o mesmo trajeto que o bandido, optou por dar a volta na quadra, numa agilidade havia muito tempo não atingida por seu velho corpo. Viu o inimigo acabando de trocar o pente da arma. Apontou, prendeu a respiração, atirou e errou. Inferninho mandou chumbo e arrumou espaço para sair daquela batalha. Concluiu que não dava para encarar Cabeça de Nós Todo de metralhadora. Esguelhou-se pelas vielas, esticou-se pela rua do Meio e entrou em casa. Cabeça de Nós Todo ainda tentou persegui-lo, desistiu antes mesmo de passar pelo Bonfim. Com o cessar-fogo, os moradores ganharam a rua. Um amigo da família levou o cadáver da criança para o posto médico. O policial entrou no Bonfim. Perguntou se alguém ali sabia onde Inferninho morava. Sua pergunta vagou entre traçados, cachaças e cervejas. O silêncio dos biriteiros foi engolido a seco. Tomou uma dose de conhaque, caminhou para o posto policial, apanhou munição e foi para casa.

O bandido acordou pelas duas da tarde, correu para as panelas. Berenice achou que o marido passara a noite encafuado com alguma vadia.

O ciúme a fez ficar de cara feia, mesmo assim preparou-lhe um prato e foi para a rua ficar de prosa com as amigas.

Cabeça de Nós Todo não demorou muito tempo em casa. Foi levar a mulher à rodoviária. Iria passar um mês no Ceará. Antes mesmo de a mulher embarcar, despinguelou-se para o conjunto, rodou nas mais oblíquas quebradas levando, além da metralhadora, um 38 cano longo. Pedia ao seu Exu que colocasse Inferninho boiando à sua frente. Cidade de Deus estava sinistra, ruas vazias, não tinha pipa nem sol no céu. A feira acabou antes da hora. O dia corria lento. As esquinas espreitavam. Cabeça de Nós Todo desistiu da busca e, no caminho de casa, avistou um rapaz saindo do posto médico com a perna engessada. Quebrou-a num bueiro sem tampa quando fugia dos tiros pela manhã. Inferninho passou o resto do domingo em casa.

A segunda-feira nasceu lesada. Os dias de chuva parecem prematuros, quando não abortados. O frio trazia consigo os encantos da preguiça. Era prazeroso ficar entocado.

Assim que Berenice acordou, Inferninho pediu-lhe para comprar mantimentos, maconha e cocaína, intencionando passar uma semana sem sair de casa. Não daria mole pra Kojak de jeito algum. Iria ficar comendo, bebendo, cheirando e metendo na sua mulher durante toda a semana. Pressupunha que Cabeça de Nós Todo esfriaria a cabeça. Poderia até pensar que ele tivesse capinado fora. Tinha receio de algum paraíba o alcaguetar. Todo nordestino, além de puxa-saco de patrão, é alcaguete. Essa raça não vale nada. São capazes de cagar o que não comeram.

Durante a semana, persistiu a ideia de ir embora para assegurar seu direito de viver, sabia que não poderia fazer mudança para não chamar a atenção da polícia. Tomara consciência de que o único espaço físico que lhe pertencia era o seu corpo. Tinha de resguardá-lo, mas se cambasse dali perderia o moral, seria covarde se corresse da raia, se não fosse macho o suficiente para deitar Cabeça de Nós Todo ou morrer trocando com ele.

"Meu marido morreu trocando!", diria Berê com orgulho se a morte lhe ocorresse assim! Era o que imaginava erradamente Inferninho.

Cabeça de Nós Todo rondava por todo o conjunto de dia e de noite. Trocou tiros com Ferroada na quarta-feira, conseguiu prender dois bandidos nos Apês. Matou um bicho-solto lá na Quinze. Na sexta-feira, já acreditava que Inferninho tinha saído do conjunto, como calculavam seus amigos de farda. Relaxou.

— Tu é daonde?

— Sou daqui mesmo, minha filha. Ninguém me conhece porque quase nunca saio de casa, mas também tô morando aqui há pouco tempo.

— Tu veio daonde?

— Eu morei lá no São Carlos e agora tavo dando um tempo na zona.

— Quem que tu saca lá?

— Ah... Eu conheço o Leite, a Cleide, a Neide...

— Conhece o Leite! Podes crer! Ele tá passando fumo lá ainda?

— Não, os homi tá com a preventiva dele na mão... Teve que dar um tempo, tá sabendo?

— Como é que tá a Neide?

— Tá legal, arrumou uma barriga com um cumpádi lá do Turano e tá se escondendo com ele lá.

— Por isso que ela não desfilou ano passado...

— Não, não foi por causo disso, não. Ela se injuriou com a presidente da ala e saiu rasgando a fantasia, caiu pra dentro dela de porrada... Foi o maior pega pra capar.

— Quem é a presiden...

— Dona Carmem.

— Podes crer, aquela mulher é maior otária mermo, morou? Também já me injuriei com ela... Como é teu nome?

— Ari, mas pode me chamar de Ana Rubro Negra. E o seu?

— Lúcia, mas todo mundo aí me conhece como Lúcia Maracanã. Se alguém vim de papo torto pra cima de tu aí, é só falar que é da minha consideração que tá tudo certo, tá sabendo? Vou dar um rolé aí. Antes de acabar o baile, eu te dou mais ideia.

Mesmo temeroso, Inferninho saiu para dar uma volta com a esposa. Não aguentava mais ficar vendo o tempo envelhecer dentro de casa. Tomou uma cerveja na birosca da dona Idê apressadamente. Não ficava num mesmo lugar por muito tempo. Resolveu dar uma banda no baile, mesmo contrariando Berenice. Entrou no salão só depois de certificar-se de que o policial não estava no baile. Rodou por todas as dimensões do clube. Calado, sempre calado aos cumprimentos que recebia. Não costumava falar quando estava sobressaltado. Parou nas proximidades do bar. Um dos diretores ofereceu-lhe uma cerveja. Bebeu rápido, com os olhos percorrendo as tocas mais escuras. O olhar parou no travesti. Nunca tinha visto aquela mulher. Poderia ser algum alcaguete. Ia se aproximar para dar um confere, porém Berenice, que seguira seu olhar, avisou-lhe meio enciumada.

— Não vai, não, que é viado!

O bandido firmou os olhos novamente em Ari. Sua pele soltou um suor gelado. Sim, era o Ari, o filho de sua mãe que queria ser mulher ali no meio de todo mundo. Na certa, fariam chacota com ele, passariam a mão em sua bunda e depois acabariam batendo nele. Não ficaria ali para ver isso. Puxou Berenice dizendo que alguma coisa lhe dizia que Cabeça de Nós Todo estava nas proximidades.

Saíram do baile às pressas, quebraram pelo braço direito do rio. Inferninho não se preocupava ao atravessar as encruzilhadas nem ao dobrar as esquinas. Olhava para o chão; se ele se abrisse entraria para nunca mais ver Ari. Berenice ia do seu lado tomando as devidas precauções. Ao dobrarem a última rua daquela caminhada, ela desviou o olhar para o marido, que deixava algumas lágrimas escapulirem dos olhos vermelhos.

Lá na ponta da rua, Cabeça de Nós Todo desenhou nos lábios seu riso assassino e apontou a metralhadora para aquele alvo fácil. Mataria a mulher também. Quem se mistura com bandido morre por tabela. Berenice voltou o rosto para o longo da rua. Teve tempo de pular em cima do marido e cair com ele no chão. A rajada rosnou em seus ouvidos. Desajeitadamente, o bandido devolveu os tiros, conseguindo dar proteção para Berenice escapulir da linha de fogo. Seu primeiro tiro passou longe do policial. O segundo quase lhe arrancou a orelha. Cabeça de Nós Todo deu mais uma rajada e recuou. O bandido, mesmo deitado, despejou cinco tiros quase que certeiros. Em seguida levantou-se, saiu de pinote, pulou dois muros, cruzou duas ruas, deu a volta pela quadra, recarregou a arma, saiu nas costas do inimigo. Agachou-se na esquina e viu Cabeça de Nós Todo se afastando para o lado do clube. Caminhou lentamente, entrou em casa extremamente nervoso.

Berenice olhou para o marido. Teve dificuldade em se pronunciar. Seu gesto mais espontâneo foi o de chorar, deixar o corpo todo tremer. Inferninho vagava naquele mísero espaço que era a sua casa. Se o safado do PM descobrisse a sua toca, poderia surpreendê-lo dormindo. E aquela franga estava de novo junto dele se fingindo de mulher. Ari era um câncer que lhe comia o estômago. O que aquele filho da puta estava fazendo no baile? Seu lugar era na zona! Por que a rajada de Cabeça de Nós Todo não lhe arrancou a cabeça? Só assim não toparia mais com o irmão.

Berenice caminhou para o banheiro, lavou o sangue que escorria pelo braço, jogou água no rosto, voltou para o sofá. O marido estava sentado no batente entre a sala e a cozinha. Pensou em chamá-lo para caírem fora dali naquele momento, mas não adiantaria, Inferninho era cabeça-dura. Se quisesse ir embora teria de ir sozinha. Mesmo sabendo que o marido detestava mulher chorando, não conseguiu evitar as novas lágrimas.

Inferninho fixava o olhar numa formiga morta. Não podia falar sobre o choro da companheira. Fora ela que lhe salvara a vida e quase perdera a dela. Talvez se chorasse também, alguma coisa se modificaria em seu âmago, mas homem não chora, ainda mais na frente duma mulher. Homem que chora é viado, assim como o Ari. A lamparina do santo bulia com o vento. Ouviu barulho de carro, engatilhou a pistola. Se fosse Cabeça de Nós Todo iria trocar com ele até um dos dois se desgraçar. O carro passou. O pensamento voltou-se para o irmão. Um vago sentimento de ternura percorreu sua alma, mas o ódio que sentia daquele viado reacendeu-se. Com que razão aquele puto piou no pedaço? Não confessaria nem à pombagira que aquele desgraçado tinha o mesmo sangue que ele. Berenice parou com o choro. O silêncio só era interrompido quando passavam pessoas conversando na rua. Aproximou-se mais da companheira, relutou em abraçá-la, porém ela abriu os braços. Ficou ali sofrendo, em silêncio, junto à mulher.

O domingo veio chuvoso, mas quem olhasse para o lado da Barra da Tijuca veria nuances de sol se manifestando um pouco acima da linha do horizonte. Ferroada foi à casa de Inferninho levar-lhe uma caixa de bala e o fuzil. Achou sacanagem deixar Inferninho só de 45, já que o inimigo estava de metralhadora. Fez várias recomendações e ameaças implícitas no diálogo que manteve com o amigo sobre o fuzil. Ficaram por meia hora examinando a arma. Era fácil atirar com ela. Além dos tiros de repetição, distribuía rajadas. Inferninho resolveu pagar uma cerveja para o amigo e apertar-lhe um baseado mostrando reconhecimento pela sua atitude. Saíram fumando por entre vielas e chuviscos de uma chuva quase morta. Os dois estavam de calça e jaqueta Lee. Inferninho portava a 45 e um 38 cano longo, já Ferroada carregava somente um 32. Subiram a rua do Meio. O baseado morria, resolveram colocá-lo num balão: Inferninho retirou um pouco de fumo da ponta do cigarro, colocou a ponta do baseado no espaço vago, acendeu-o, deu dois catrancos e passou-o para Ferroada.

O dia caminhava com o Bonfim ainda aberto para alguns remanescentes da noite. As pessoas que os viam se afastavam, com medo de um tiroteio a qualquer momento. Beth Carvalho cantava na vitrola do Paulo da Bahia. Torquato abriu uma cerveja. Brindaram. Ferroada pediu a Inferninho que utilizasse o fuzil apenas uma vez. Nada de deixar Cabeça de Nós Todo ver a arma e deixá-lo ir; se ele estivesse com mais policiais todos teriam de morrer. A malandragem era a de deixar todo mundo por fora do fuzil. A polícia não poderia saber que aquela arma estava em Cidade de Deus. Recomendou, olhando firmemente no rosto do amigo, que, se conseguisse matar Cabeça de Nós Todo, teria de esfaquear o corpo e retirar a bala do defunto para dar um dechavo.

Lúcia Maracanã aproximou-se. Encarou Inferninho, moveu-se para o balcão, pediu um copo, derramou cerveja bem devagar. Inferninho perguntou o que estava pegando. Maracanã disse-lhe que estava muito preocupada, pois Cabeça de Nós Todo chegou ao clube dizendo que o Diabo logo, logo, teria carne fresca, que só iria dormir depois que o matasse. Inferninho esvaziou o copo de cerveja num só trago. Olhou para Ferroada e riu para ele como a um cúmplice. Lúcia Maracanã continuou. Falou do travesti que saiu do clube enlouquecido ao ouvir os tiros. Inferninho sentiu um calafrio. Ari tinha aparecido para todos. Aquela bichona safada teve a coragem de manifestar-se em sua área. A primeira vez que o visse iria mandar tiro no pé. Virou o rumo da conversa, em seguida despediu-se. Ficou em casa o resto do dia.

A segunda-feira nasceu com sol forte. Cabeça de Nós Todo chegou ao posto policial antes da hora de costume. Deu um bom-dia sem sal, trocou-se, apanhou a xereca – era assim que apelidara a sua metralhadora –, examinou-a, carregou-a, apanhou mais munição no armário e precipitou-se para a rua. A noite fora de pesadelos, viu em sonho Inferninho mandando-o deitar no chão com a pistola apontada para seu peito. Acordou antes das duas da manhã e não conseguiu mais dormir. A determinação de liquidar o bandido naquele dia era bem mais forte, no entanto não olhava para os lados, deixava o olhar se esticar ao longo das vielas, das ruas e dos becos. Estava triste, aquele pesadelo era para ele um aviso. Sempre que sonhava coisas ruins, alguma merda acontecia. A depressão não era proveniente só da noite que tivera. A mulher escrevera-lhe dizendo que não voltaria mais para o Rio de Janeiro. Estava cansada daquela vida de mortes. Definitivamente não dormiria mais com um homem que tinha a arma como parte do corpo. Homem sem paz de espírito, assassino. Queria passar as noites sem ter de levantar-se assustada com os barulhos do mundo. Não poder nunca estar convicta da volta do marido para casa ao fim de cada dia a deixou com aquela úlcera incurável. Não poder andar na rua despreocupada tornou-a isolada, sem a mínima paz. Ser mulher de PM era um fato afugentador de amizades. Vivia trancada em casa. E se reclamasse muito entrava na porrada.

Cabeça de Nós Todo estava acometido de ódio pela traição. O pensamento perdurava mais na mulher do que em Inferninho. Andava de cabeça baixa. Acerola, Manguinha e Verdes Olhos apagaram um baseado e passaram por ele sem serem notados. Entrou na rua do Meio, passou por detrás do mercado. O Ceará sempre fora duro para ele. Passara fome em todas as fases da infância. Ainda criança, acordava de madrugada para o batente, tendo só a tarde livre para estudar na única escolinha da região, a mais de oito léguas de sua casa. A morte de seu pai acabou de desgraçar-lhe a vida, passou a ver sua mãe fazendo qualquer tipo de serviço para dar de comer aos filhos. Quebrou por uma praça, entrou na rua do braço direito do rio. Poderia ser carpinteiro como era seu irmão mais novo. Pegou a beira do rio. Quem nasce na seca é, pelo próprio nascimento, candidato a tudo. Dobrou à esquerda e esticou-se por ali em passos afinados e lentos. No fundo, não gostava de ser policial; todos o temiam, quando não, sentiam ódio. Acendeu um cigarro. Mas policial era bem melhor do que ficar aturando biriteiro atrás de um balcão de bar – sabia disso por experiência própria, adquirida no bar do centro da cidade onde trabalhara antes de entrar na polícia. Andava pelo meio da rua, coisa que nunca fazia. Lembrou as vezes em que foi obrigado a catar restos de comida no lixo, logo que chegou ao Rio. Quebrou por uma viela onde alguns rapazes queimavam maconha na esquina. Deu uma voz de prisão inútil. Apenas provocou correria. Não estava com disposição para correr atrás de ninguém. Só entraria em ação se Inferninho aparecesse à sua frente. O filho morreu de tuberculose. Parou numa tendinha e pediu um traçado. Saiu sem pagar. Aquele tenente que o colocou na Polícia Militar sempre lhe pedia favores, matar esse ou aquele, um dia o mandaria para os quintos dos infernos. Atravessou outra praça. A mulher o traiu. Outra tendinha. Entornou mais um traçado. A maior cicatriz de seu corpo fora feita pelo padrasto, que lhe roubou a mãe e o fez sair da escola para poder ficar no batente o dia todo. Mais uma tendinha, onde bebeu outro traçado. A seca no sertão cearense descoloriu os mais profundos desejos de sua vida jovem em pleno voo. Passou pelo Bonfim. Casou no civil e no religioso. Pensou em voltar para casa. A mãe morreu de picada de cobra. Espirrou. Tinha mais de trinta crimes nas costas, mas a maioria era de crioulos. O catarro desceu. Queria que a mulher voltasse. Limpou a língua. Comeu chouriço. O pai batia na mãe. Seguiu pela rua do Meio. O padrasto também. Um dia pegaria um bicho-solto com mais de dez milhões roubados, tomaria a boa e pediria baixa. Chegou aos Duplex. Se estivesse mudado, a mulher não o teria abandonado. Entrou pelas Últimas Triagens. Nunca pagaria aluguel. Alguns bandidos correram. Atirou para matar. Teve puta na zona. Orgulhava-se de ter sustentado a família tendo o pênis como instrumento de trabalho. Caiu para a rua da beira do rio. Acendeu um cigarro. Seu tio fora policial no Ceará. Sua família foi toda de cabra-macho. Mataria Inferninho com mais de cinquenta tiros. O sol esquentava. Dobrou a primeira à esquerda. Nunca teve medo de homem nenhum. Seu padrinho era homem de comando no interior do Ceará, fazendeiro de muita cabeça de gado, se voltasse para a terra natal teria emprego certo, mas pensando bem poderia arrumar outra mulher, ainda tinha peito para ter filhos, dobrou à direita. O sol se escondeu atrás de uma nuvem. A mulher o abandonara. Pensou em ir para casa chorar escondido a perda da esposa, lacrimejar era a sua única defesa. Queria sossego e morreu.

O assassino se aproximou lentamente para o tiro de misericórdia. Em seguida, ordenou a um carroceiro que lhe entregasse a carroça. O corpo de Cabeça de Nós Todo foi jogado no transporte sem delicadeza. O matador deu um tiro para espantar o cavalo, que saiu em disparada pelas ruas do conjunto, depois trotava deixando rastro de sangue pelas retas da tarde que se deflagrara. Os moradores seguiam a carroça, amontoavam-se para ver o cadáver. O corpo de Cabeça de Nós Todo era uma bica aberta para sempre. O cavalo volta e meia parava, porém sempre havia um para açoitá-lo, dando continuidade ao espetáculo. O cortejo pegou a rua do Meio. Alguns bandidos atiraram no defunto, o sangue jorrou forte, fazendo cair mais rápido e tornando mais rubro o crepúsculo de outubro. A mãe de um maconheiro assassinado por Cabeça de Nós Todo aproveitou para cuspir em seu corpo. Foi ovacionada. A carroça entrou na rua do braço direito do rio. A multidão cresceu. Alguns achavam que tinham perdido um bom policial. Ferroada interceptou o cortejo, deu uma geral procurando armas. Conseguiu apenas dez cruzeiros. A carroça seguiu. Dobrou a esquina. Chegou à Quadra Treze. A festa tomou nova proporção. Atiraram pedras, despejaram latas de lixo, deram pauladas. A tarde sem vento.

O cortejo seguiu até a birosca do Chupeta, onde uma patrulhinha chegou com dois policiais, dando fim ao espetáculo.

O assassino de Cabeça de Nós Todo o matou quando ia assaltar uma loja de material de construção e o viu vagando de cabeça baixa. A oportunidade de matar o assassino de seu irmão o fez esquecer o assalto, agachar-se atrás de um carro, apontar o revólver e estraçalhar a cabeça do policial militar. Voltou para a Vila Sapê, onde morava, em festa de vingança realizada, e, de quebra, levou a xereca.

Inferninho ficou sabendo do episódio por intermédio da esposa, mas não saiu para ver o corpo, somente fumou um baseado e tomou umas cervejas para comemorar em sua própria casa.

Uma semana após a morte de Cabeça de Nós Todo, Busca-Pé observava com olhar ligeiramente triste o desempenho dos tratores e pás mecânicas numa área desabitada, atrás dos blocos de apartamentos. Ali fora o local onde mais brincara. Era ao lado do casarão mal-assombrado com piscina, lugar do goiabal, dos pés de jabuticaba e dos abacateiros. A chuva voltara e chorava por Busca-Pé, que, mesmo vendo a destruição das marcas de sua infância, encantava-se com as manobras das máquinas que matavam pés de boldo, dormideiras, onze-horas, ervas-doces e girassóis. Era muito jovem para perceber quanto de sua infância ia embora levado por pás mecânicas. Oferecia água gelada para os trabalhadores, pedia para dar uma voltinha de trator; passava o dia por conta dessas aventuras.

Na segunda-feira, Barbantinho e Busca-Pé conversavam encostados à parede de um prédio, de modo que o vento frio oriundo da Barra da Tijuca não cortava seus lábios:

— Aí, Japão falou que o barão da Taquara aparece toda meia-noite numa carruagem junto com a mulher lá dentro do casarão da Gabinal — disse Barbantinho com olhos arregalados.

— Mentira, esse papo de alma de outro mundo é papo pra boi dormir. Japão falou isso pra sacanear a gente.

— Aí, ele não é o primeiro que fala, não. Todo mundo diz isso aí. Ele aparece numa carruagem todo emperiquitado com maior barbão azul, fica de rolé no sítio e quando vai amanhecendo ele rapa fora. Eu levo a maior fé! — afirmou Barbantinho.

— Eu não tô nem aí pra essas conversa fiada, morou?

— Então vamo lá hoje meia-noite?! — desafiou Barbantinho.

— Tu acha que minha mãe vai deixar eu sair essa hora?

— Minha mãe também não deixa, não, mas eu saio escondido. Tu tá é com medo. Tu é maior mulherzinha!

— Tá legal, eu topo. Quando for quinze pra meia-noite, eu tô aqui embaixo, valeu?

— Quero ver, hein?

Quando deu onze e quarenta e cinco já haviam atravessado a estrada do Gabinal e entrado no sítio. Subiam a pequenina ladeira de paralelepípedos do casarão mal-assombrado espreitando os interstícios da noite. Ficaram sentados debaixo duma lua cheia que se impunha no estrelado céu de meia-noite. O silêncio era cortado somente pelos grilos, mosquitos e pelos carros que muito raramente passavam na Gabinal deserta. Andaram por todo o sítio. Busca-Pé, com voz trêmula e sumida, dizia que esse papo de assombração era coisa de otário.

Já iam embora quando a lua se transformou em sol de meio-dia, as casas e os apartamentos deram lugar a um imenso campo, os outros casarões tomaram a aparência de novos, o rio tornou-se mais largo, com água pura e jacarés nas margens. Os dois ficaram com um grito estrangulado na garganta que não se permitia explodir. Viam os negros trabalhando nos engenhos de açúcar, nas fazendas de café. O chicote repenicava no lombo. O bosque de Eucaliptos avolumou-se, tinha agora um ar imperial. Lá na altura da praça Principal surgiu uma fonte onde dezenas de negras lavavam roupa. No casarão da Fazenda do Engenho D'água, observaram o entra e sai na cozinha de sinhá Dolores nos preparativos da festa de aniversário da esposa do barão da Taquara.

Lá vinha o barão em seu alazão, comandando pessoalmente os negros no transporte de um piano de cauda que ele mesmo mandara buscar em Paris para presentear a aniversariante. Quarenta negros no transporte daquela formosura. Enquanto vinte suportavam o peso do instrumento, os outros quebravam os galhos das árvores mais baixas para não arranhá-lo. Correu gente de toda a várzea para ver o piano de cauda.

A presença dos meninos não era percebida por ninguém. Podiam atravessar paredes, voar e ver através das coisas, descobriram eles entre atônitos e maravilhados. Era uma viagem ao passado em plena lua cheia do casarão mal-assombrado.

Levantaram voo, sobrevoaram toda a baixada de Jacarepaguá. Passaram sobre a serra dos Pretos Forros, a lagoa, o lago, o laguinho e o mar. Busca-Pé, que sempre sonhou voar, era agora o rompedor de nuvens, National Kid, Super-Homem, Super-Pateta. Vez por outra lançava-se num adejar, ia até bem pertinho do chão e partia na direção do infinito.

Pousaram novamente no casarão. Sem querer, chegaram à sala de torturas, onde se preparava a amputação da perna de um negro fujão. Os olhos arregalados com a operação iniciada, ambos, Barbantinho e Busca-Pé, detonaram enfim o grito havia muito contido na goela, chamando a atenção de um dos feitores com poderes videntes e capaz de tocá-los. O homem largou mão do escravo e se precipitou de chicote em punho contra os dois. Correram pelos labirintos do casarão, passaram por diversas salas numa corrida normal, esquecendo-se de que poderiam atravessar paredes e voar. Iam perdendo terreno quando ganharam a saída principal da fazenda e saíram na Estrada do Gabinal já crescidos, secundaristas iniciantes, ali fumando maconha enquanto cadáveres boiavam no rio.

Depois que a oração lhe abrandou a alma, Busca-Pé saiu da cama e abriu a janela de seu quarto. O mundo ainda era cinza, mas a chuva tinha passado. Olhou à esquerda, viu uma multidão na beira do rio. A depressão insistia, tinha de fazer alguma coisa para levar o pensamento por outros caminhos. Voltou-se ao interior do quarto, tudo ainda lhe causava temor. Que diabo de vida era aquela? O tique-taque do relógio de parede soava-lhe como um tiroteio. Dirigiu-se à sala, talvez escutando uma música o desespero passasse. Revirou sua pequena discoteca, Pepeu Gomes no brilho da "Malacaxeta". No meio de sua rapaziada cocota, era o único que gostava de MPB. Colocou o disco na vitrola, acendeu uma ponta que guardara dentro do sapato e relaxou.

Pensou nos amigos do Colégio Central do Brasil, onde estudava; queria que chegasse logo o dia de acampar com a turma da escola. Pegariam o trem até Santa Cruz, depois o Macaquinho, trem de madeira, que os levaria até Ibicuí, praia da Costa Verde do Rio de Janeiro. O trem ia beirando o mar, atravessando aquela região paradisíaca. Entre os passageiros sempre havia violeiros tocando MPB. A moçada ligada em música popular brasileira, teatro, cinema era diferente daquela cocotada que curtia rock nos bailes. Para o acampamento, como sempre, levaria uma barraca só para ele e Silvana, sua namorada, para dormir agarradinho com ela naqueles dias de curtição. Também não deixaria de levar, para registrar tudo, um filme preto e branco, enlatados e três trouxas de maconha. Como era bom armar uma fogueira na beira da praia e ficar ali doidão, levando uma ideia maneira, cantando músicas e namorando sob o céu de Ibicuí, que é repleto de estrelas, pois a falta de iluminação traz o firmamento para bem pertinho dos olhos. Sempre que acampava, Busca-Pé deitava na areia da praia de barriga para cima e fazia três mil pedidos às mil estrelas cadentes que vinham brincar ao alcance do seu olhar...

Está certo que a companhia dos amigos do colégio era muito satisfatória, mas quando estava na companhia dos cocotas da favela também se sentia à vontade, ria-se gostoso das besteiras faladas, gostava de se encafuar no mato para fumar maconha com eles. E o baile? O baile era divertido: todo mundo de calça abaixo da cintura, camisa Hang Ten, dançando e mascando chiclete. O pessoal da escola não entendia por que Busca-Pé tatuou o corpo e parafinou o cabelo.

Silvana sempre pedia que ele mudasse o seu modo de vestir, acabasse com aquelas gírias de favelado, já que era bem-apresentado, tinha estudo e convivia com pessoas ali do Méier, bairro onde se situava a escola. Busca-Pé argumentava qualquer coisa e mudava o rumo da conversa, mas no fundo concordava com a namorada, pois os cocotas eram rudes, detestavam música popular brasileira. A maioria nunca tinha assistido a um show, teatro nem pensar. Diziam que Caetano e Gil eram viados, Chico Buarque era comunista, Gal e Bethânia, sapatonas. Papo bobo, não tinham sensibilidade para entender as metáforas das canções, não sabiam nem o que era metáfora. Uma vez, lhe disseram que Caetano beijava boca de homem. Imediatamente Busca-Pé respondeu que aquilo era quebra de tabu. Um dos cocotas revidou, na mais pura picardia, afirmando que tabu era pau no cu.

* * *

Barbantinho não chegou a entrar em seu apartamento, foi logo informando ao pessoal o que se passava nas redondezas, retornou à beira do rio junto com o povo. Ficaram ali olhando os cadáveres. Alguns afirmavam que todos eram donos de boca de fumo, a maioria ficou em silêncio, que é a melhor coisa nesses momentos. Os parentes das vítimas chegavam em desespero, tentavam retirar os corpos do rio, cujo volume aumentara devido ao tempo chuvoso que perdurava por mais de uma semana. Barbantinho permaneceu ainda um tempo parado, acompanhando aquela infelicidade. Repentinamente, olhou para o céu, achou que a chuva não voltaria. Tirou a carteira do bolso, conferiu o dinheiro, tinha o suficiente para pegar um ônibus até a praia. Foi o que fez. Nada melhor que dar umas braçadas para espantar o baixo-astral.

Em dez minutos seus pés deixavam marcas na areia molhada do mar da Barra da Tijuca. Chegou junto à água, fez um buraco na areia, embrulhou a carteira na camisa, colocou no buraco e tampou-o de novo. Fez trinta flexões de braço, sessenta abdominais, alongamento. E lançou-se na maré cheia, atravessou a arrebentação, descansou, olhou para o lado que estava puxando, pensou em nadar cem metros contra a correnteza. Respirou fundo para dar a primeira braçada no mais puro azul de seus desejos.

A melhor estratégia para não cansar é largar o pensamento em alguma coisa que não seja mar, fôlego ou distância. Bem que tentou, mas não conseguiu, pois pensou no concurso para salva-vidas que se aproximava. Exercitar... exercitar, era só isso a fazer todos os dias. O pai fora salva-vidas, o irmão também, agora estava chegando a sua vez. Nadava com competência nas águas de Iemanjá. Ultrapassou o que calculara sem se sentir cansado. Voltou pela areia. Foi direto ao local onde havia enterrado a carteira, sentou-se. O pensamento retornou às águas do rio. Nunca morreria assim, morrer assassinado deveria ser a pior morte, morreria no mar... Não, no mar não! Morreria dormindo, bem velhinho. Conhecia todos os mortos, vendiam maconha e cocaína, havia até alguns que não vendiam, mas eram colados com os traficantes. Imaginava ter sido a polícia limpando a área. Sorte que não estava comprando nada na hora. Firmou os olhos onde havia um pedaço de azul lá pertinho da água do mar, o resto eram só nuvens, porém um vento terral as soprava, indicando que a chuva iria parar de uma vez por todas, e, com certeza, os cocotas iriam fazer torneio de jacaré. Treinaria se divertindo, apesar de saber que sempre ganharia, pois entre todos era o que mais nadava. Haveria de ser aprovado no concurso de salva-vidas. Se fosse vitorioso, teria motivos para parar de estudar, não aguentava mais esse negócio de letrinha e numerozinho na cabeça, contudo sua mãe insistia em sua permanência na escola. Sentia vontade de ficar ali na praia o dia todo, mesmo sozinho, mesmo sentindo aquele frio. O mar revelara-se como sufixo de sua existência. Desde menino tinha essa paixão, não só pelo mar, mas também por rios, lagoas e cachoeirinhas. Não recebera à toa o apelido de Índio, porque, além de seu amor pelas águas, era mulato de cabelo liso. Ocupava a maior parte de seu tempo em pescarias, caçadas, e, para arrumar dinheiro, ficava na beira da praia, quando o mar estava de ressaca, apanhando cordões, relógios, pulseiras que os banhistas perdiam na água e o mar devolvia em suas revoluções.

Pensou novamente nos cocotas, sentia-se um cocota, mas somente na hora do jacaré. Ademais, não se vestia como eles, não tinha nenhuma admiração pelos bailes, jamais gostou de música. Gostava, apenas, da adoração que os cocotas tinham pelo mar.

Ficou ali na solidão tentando naufragar o episódio que se sucedera, precisava ir sozinho, gostava da situação. Era de sua natureza isolar-se. As ondas espumavam-se na areia. O vento dava nas nuvens. O outro dia seria de sol.

Era manhã baixa. Rodriguinho, Thiago, Daniel, Leonardo, Paype, Marisol, Gabriel, Busca-Pé, Álvaro Katanazaka, Dom Paulo Carneiro, Lourival, Robespierre e demais cocotas se encontraram no início da Via Onze para pegar carona até a praia. Comentavam sobre os corpos boiando no rio. Marisol afirmava ter sido obra de Miúdo, Madrugadão, Camundongo Russo, Biscoitinho, Tuba e Marcelinho Baião.

A favela agora tinha dono: Miúdo. Só ele poderia traficar na favela. Deu uma das bocas de fumo para Sandro Cenoura na consideração, porém o resto era dele e do Pardalzinho. A Teresona continuaria a vender, mas teria apenas dez por cento sobre as vendas, assim como qualquer vapor.

Marisol mostrou felicidade ao abrir a trouxa que comprara na mão do próprio Miúdo, argumentou que nunca comprou uma trouxa tão servida. Tirou a seda do maço de cigarro, apertou um baseado gigantesco ali mesmo na beira da estrada. Quando passava algum carro guiado por jovens, mostrava o baseado com uma mão, com a outra pedia carona.

Sua estratégia funcionou: a cocotada subiu na carroceria duma camioneta pronunciando agradecimentos envoltos por uma alegria retardada. O motorista dirigia em alta velocidade, matavam o baseado, cantavam *rock'n'roll*. Brancos, cabeludos e sorridentes, alguns estudavam, nenhum trabalhava, a maioria aguardava para servir o Exército. Lá iam os cocotas passar o dia na praia, descendo nas ondas, fumando maconha na areia. Por isso, antes de saírem de casa, comiam exageradamente. O dinheiro do lanche era reservado para as trouxas de maconha.

Antes de caírem n'água, fumaram outro baseado, imitaram os blacks debochadamente, falaram das lojas e das marcas de roupas transadas e do quanto gostariam de usá-las. O legal era comprar as marcas esportivas, mas eram muito caras, e, talvez por isso, as mais bonitas. Sonhavam com riqueza, e a riqueza era morar na beira da praia, ter samambaia na sala, vestir-se de grifes e ter um carro com vidro Ray-Ban, pneus tala larga — sem faltar o cadrom para a máquina ficar com barulho responsão —, ter um cachorro de raça para passear na praia pela manhã e à tarde, comprar logo de uma vez uns três quilos de maconha para não precisar ficar indo à boca de fumo toda hora. Se fossem ricos, só comprariam skates importados, bicicletas Caloi 10 e relógios à prova d'água, dançariam nas melhores pistas e só comeriam mulheres gostosas.

Assim que Barbantinho chegou, iniciou-se o torneio de jacaré, não valia o uso de pé de pato. Vez por outra Barbantinho, propositadamente, perdia uma onda. Não teria graça se ganhasse todas.

A tarde caiu ligeira, a praia já estava deserta. Os cocotas sentaram-se na areia, era hora de fumar o saideiro. Marisol manteve-se em pé, dizia que no próximo domingo teriam de chegar mais cedo ao baile para surpreender os inimigos. A malandragem era ficarem destacados nas redondezas do clube esperando os cocotas da Gardênia Azul chegar. Dariam um tempo e, quando eles pensassem que tudo estava tranquilo, eles chegariam fechando o tempo. Tinham que dar um sal violento naqueles brutos da Gardênia Azul para eles aprenderem que em bunda de cocota de Cidade de Deus não se mete a mão, muito menos nas bundas das cocotas que andavam com eles.

Marisol falava e todos pensavam na Adriana: morena, corpo perfeito, cabelo comprido, rosto desenhado e aquelas coxas de deixar qualquer caboclo de barraca armada. Naquela época, namorava Thiago, que ouvia os planos de Marisol com uma pulga atrás da orelha. Achava que Marisol estava tomando as dores somente para aparecer para a Adriana. Não se pode confiar no próximo quando a namorada é bonita e gostosa. "Na verdade, tem é que colocar o próximo o mais distante possível", pensava. Assim que Marisol fez uma pausa mais longa, Thiago adentrou áspero no discurso do amigo, afirmou que aquela parada era somente sua, porque a mina estava com ele, ele mesmo daria um sal no safado.

Levantou-se depois de um certo silêncio e mergulhou. Marisol ficou sem graça. Em seguida deu razão a Thiago, porém deixou claro que seria melhor se todos estivessem juntos na hora em que ele fosse escovar o otário. Caso os cocotas inimigos quisessem agredi-lo, eles estariam a postos para impedir. Na verdade, Marisol estava mesmo era de olho grande na namorada do amigo. Se Thiago terminasse o namoro, não esperaria nem uma hora para dar um bote certeiro naquela coisa linda.

Ficaram ali comentando brigas passadas. Lá no Cascadura Tênis Club, eles estavam com o moral alto, porque estraçalharam os cocotas do Pombal, ganhando a briga no território do inimigo. A briga começara no momento em que um deles pisara no pé de Robespierre. Mesmo depois das desculpas, o cocota do Pombal recebeu um cruzado de esquerda, alertando os amigos do agredido, que vieram em seu socorro. Bom motivo para os cocotas de Cidade de Deus saírem distribuindo socos e pontapés indiscriminadamente nos frequentadores do baile. Até os seguranças foram surrados.

Inho nasceu na favela Macedo Sobrinho. Era o segundo de uma família de três filhos. Ficou órfão de pai aos quatro anos de idade, seu genitor morrera afogado numa pescaria na praia de Botafogo, deixando a família em apuros por nunca ter tido emprego oficializado. A mãe, obrigada a trabalhar fora, deixou os filhos sob os cuidados de parentes. O bandido foi criado pela madrinha na casa de sua patroa, no Jardim Botânico. A comadre, porém, não teve pulso para insistir em sua permanência na escola. Ele mal frequentou a primeira série primária, pois ia uniformizado para a Macedo Sobrinho, onde passava o dia em brincadeiras de rua. Os vizinhos informavam à sua mãe, que, por sua vez, falava com a comadre sobre a vida do menino, mas nada disso surtia efeito. Ela alegava que já tinha pedido à patroa para buscá-lo e levá-lo à escola, mas esta negava, jogando-lhe na cara que já havia sido muito generosa em deixá-lo viver em sua casa, mais do que isso não poderia fazer. A comadre não tinha tempo para seguir os passos dele durante o dia, quando se entregava às brincadeiras pueris e a ser avião de malandros. A mãe lamentava: "Os ricos nunca dão a ajuda completa!".

Inho gostava de levar as armas até perto do local a ser assaltado e entregá-las aos bandidos. Entretanto, a sua mentalidade de menino de seis anos de idade não discernia o que estava fazendo. Sabia que era errado, mas ter sempre um trocado no bolso para as guloseimas, as figurinhas dos álbuns dos times de futebol, as pipas, a linha, as bolas de gude e o pião valia a pena.

"Sim, é errado uma criança na delinquência, mas muito mais errado é não ter ninguém para dar um dinheirinho para saciar os seus desejos infantis", disse o delegado na Gávea quando proibiu os detetives de espancá-lo na primeira vez em que fora surpreendido com uma garrucha numa sacola de papel.

O menino ainda morava na casa da patroa da comadre de sua mãe e perambulava pelas ruas da Zona Sul quando começou a assaltar. Já que se aventurava levando armas para malandro meter bronca, então, o melhor seria arriscar o flagrante inteiro. Começou a roubar as velhas de cabelo azul no Leblon, na Gávea e no Jardim Botânico fingindo-se armado. Com o dinheiro dos primeiros assaltos comprou um revólver calibre 22 na mão de um amigo da favela. Assim as mulheres jovens passaram também a ser as vítimas, do mesmo modo que os homens, as lojas comerciais e qualquer porra que pintasse na hora.

No terceiro assalto com revólver, fez questão de matar a vítima, não porque ela tivesse esboçado reação, mas para sentir como é que era aquela emoção tão forte: e riu a sua risada fina, estridente e rápida por muito mais tempo do que em outras situações.

Conforme ia crescendo, intensificava a sua vida criminosa. Assaltava de manhã, de tarde e de noite, porém a vagabundagem mais velha do morro volta e meia tomava-lhe o roubo. Mesmo armado, Inho não ousava se defender daqueles bandidos, que tinham um punhado de crimes nas costas, já eram famosos o suficiente para meter medo em qualquer iniciante. No entanto, ele prometia vingança, uma promessa de vingança que guardava para si, no canto mais profundo possível de seu espírito. Enquanto trabalhava pesado para firmar-se no meio da vadiagem, sua mãe conseguia uma casa em Cidade de Deus logo nos primeiros dias de sua fundação, depois de ir ao Mario Filho, na época das grandes enchentes, passando-se por flagelada.

Iria de qualquer jeito para Cidade de Deus. Ter água encanada para poder fazer comida e tomar banho e ter luz em casa facilitaria sua vida, mesmo tendo de acordar de madrugada para trabalhar: deixaria comida pronta para as crianças e que Nossa Senhora do Sagrado Coração de Jesus tomasse conta delas. Sim, iria abandonar a Macedo Sobrinho, lugar que desgraçara sua vida, lugar de bandidos desalmados que dão armas para as crianças saírem por aí fazendo besteiras. Confiava em Deus, que Inho iria aquietar o facho longe dali, daquele inferno.

Mudou-se para uma casa Lá em Cima, levou consigo a esperança de bonança que nunca sairia do seu sonho, a disposição de levar a vida sozinha com os três filhos, a determinação de fazê-los pessoas de bem, nem que parasse de dormir e comer e somente trabalhasse. A vida era dura, mas Deus tem compaixão dos pobres por ser misericordioso e justo, por isso lhe dera saúde, a prenda de lavar, passar e cozinhar muito bem. Com essa fé, tirava a culpa dos homens, e tudo estava por conta de Deus, Nossa Senhora e de sua força de vontade. Conseguiu tomar a arma de Inho depois de falar, falar, falar, com olhos de lágrimas e voz de soluços nos ouvidos dele, que, de tanto ouvir, ouvir, ouvir, fez sair de sua boca a voz da redenção: "Tá bão, tá bão... vou trabalhar de engraxate porque dá grana, agora esse negócio aí de voltar prender ler, num vô não!".

A mãe separou uma parte de seu salário, correu por todo canto atrás de uma cadeira de engraxate, todas com o preço muito acima da quantia que reservara. Tudo bem, guardaria até conseguir o suficiente para inteirar, pois, se tudo fosse como a gente quisesse, o mundo seria dividido em vários, cada um teria seu mundinho da cor que bem entendesse. Se não pôde comprar naquele mês que fosse no outro, porque essa era a vontade de Deus e nada de se lamentar, pois Deus era por demais bondoso. Por isso mesmo, antes de receber o salário seguinte, teve a feliz informação de que lá na Quadra Vinte e Dois havia um carpinteiro barateiro. Partiu atrás da sorte assim que soube que ela estava ali, bem próxima à sua casa.

— Barato! — o carpinteiro Luís Cândido respondeu, depois que ela lhe perguntou o preço.

Prometeu a cadeira para a mesma semana pela metade da quantia que ela reservara. O carpinteiro gostava de prosear, afirmou já ter feito cadeiras de engraxates para meninos que naquela época eram homens bem colocados e discorreu outras histórias referentes a cadeiras de engraxates. A mãe de Inho sorria, ficou à vontade para desabafar. Contou o bom pedaço que passava com o filho, seus olhos arriscaram lágrimas. Conteve-se. O carpinteiro Luís Cândido manteve-se sério, porque era sério e sempre o fora, porque séria era a vida do pobre, séria era a desigualdade social, sérios eram a corrupção, o racismo, a invasão americana, a propaganda fria do capitalismo... Homem sério, mulher séria, filho sério, tiro sério, miséria séria, a morte certa. Tudo muito sério para o carpinteiro Luís Cândido, que falou sério:

— Minha senhora, pode vir panhar a cadeira amanhã mesmo, e não precisa pagar nada, não.

— Mas, meu senhor... já tá muito barato, eu... eu... eu...

— Pode vir pegar, e se não tiver medo de andar tarde na rua pode aparecer aqui hoje mesmo lá pela meia-noite que o ganha-pão de seu filho vai estar pronto.

— O senhor é muito bondoso! Deus que ilumine a sua bonda...

— Minha senhora, fique sabendo que eu não sou bondoso, muito menos acredito em Deus. Eu sou é marxista-leninista. Acredito na força do povo, no movimento de base, na organização do proletariado, e vou mais longe, eu acredito na luta armada! Acredito numa ideologia e não no Deus da Igreja católica, que é usado para acalmar o povo, fazer o trabalhador de cordeiro. Aposto que essa patroa da comadre da senhora aí é católica, mas por que ela não deixava a sua comadre levar o menino na escola? Por que não ajudar direitinho conforme a senhora mesmo disse aí? A senhora tem que ser marxista-leninista, ajudar a conscientizar esse povo pra gente tomar o poder... A senhora não vê o que fizeram com a gente? Colocaram nós aqui nesse fim de mundo, nessas casinhas de cachorro... Essa rede de esgoto malfeita que já tá dando entupimento, não tem ônibus, não tem um hospital, não tem nada... nada. Tem é cobra subindo pelo ralo, lacraias e ratos passeando pelo telhado. Temos que nos organizar!

O carpinteiro Luís Cândido gesticulava, botava e tirava o chapéu preto, os olhos vivos, pregados no rosto da mãe de Inho, que não sabia o que era machista-leninista nem proletariado. Sabia só que o carpinteiro manjava das coisas, tinha bom coração e ia fazer a cadeira de engraxate de Inho. Ficou ali por mais um tempo vendo aquele homem magro, idoso, de terno preto, que de quando em quando ensinava aos seus alunos de carpintaria, por meio de sinais, um novo segredo da profissão, sem perder o fio da conversa.

É bem verdade que nas primeiras horas de engraxate, no largo de São Francisco, Inho tentou enveredar na profissão. Numa segunda-feira ensolarada, foi junto com Pardalzinho e Cabelo Calmo, amigos que fizera no dia em que chegara ao conjunto, ganhar a vida dando brilho nos sapatos dos branquelos engravatados do centro da cidade. Os três se revezavam no serviço. O primeiro freguês foi olhado duramente pelo menino durante o tempo em que ficou na cadeira. O ódio da pobreza, as marcas da pobreza, o silêncio da pobreza e suas hipérboles eram jogados através das retinas na face do engraxando. É certo que tentou: deu um brilho caprichado nos três pares de sapatos que escovou. O quarto foi subitamente puxado da cadeira, levou um soco na nuca e teve os sapatos, dinheiro, cordão, pulseira e relógio roubados. Inho, antes de se retirar, disse ao embriagado que vomitava deitado no chão:

— Pode ficar com a cadeira! — gargalhou fino, estridente e rápido, e se retirou correndo pelas ruas do centro.

Bem mais tarde, Pardalzinho voltou aonde estava a cadeira, recolheu-a junto com as flanelas e a graxa, levou tudo para outro ponto da cidade para repetirem a operação. Ficaram quase dois meses por conta de assaltar engraxandos.

O melhor lugar do mundo era o Estácio, ali ficava a Zona do Baixo Meretrício e o morro do São Carlos. Os três, quando saíam do centro da cidade, encafuavam-se nas profundezas da Zona do Baixo Meretrício, onde vendiam os objetos roubados, fumavam maconha e tomavam cerveja. Foi ali que os três se iniciaram na vida sexual. Depois iam para o morro do São Carlos, local onde Calmo passou a primeira infância e, por esse motivo, era conhecido, tinha lugar para dormir na hora em que chegasse. Cidade de Deus era muito parada, muito mato, muito escura, tudo acabava cedo. O São Carlos que era maneiro, sempre havia um baticum na quadra da escola de samba Unidos do São Carlos, samba de partido-alto nas quebradas do morro. Quando não havia nenhum agito no morro, iam para a Zona do Baixo Meretrício. Nada de ficar tocando punheta no banheiro; faziam sexo com três mulheres diferentes numa só noite, ali que era bom de se viver e bom de se gastar dinheiro.

Inho conseguiu enganar a mãe por bastante tempo, dizendo que da casa do amigo era mais rápido se chegar ao centro da cidade, e que, se fosse para casa todo dia com aquela cadeira, iria ficar muito cansado. A princípio a mãe acreditou, depois percebeu o rosto nervoso de Inho nas vezes em que ia para casa. Seus modos, o jeito de falar, aquela risada fina, estridente e rápida, aquele monte de dinheiro no bolso. E os amigos que o procuravam — ela jurava — tinham cara de bandido. Sua intuição de mãe — junto às evidências — foi precisa. Quando por fim encontrou um revólver calibre 32 escondido no quintal, resolveu entregar tudo nas mãos de Deus. Porém, antes, acordou Inho a tapas e, chorando, perguntava com o revólver nas mãos:

— Pra que é isso? Pra que é isso?

— É pra assaltar, matar e ser respeitado!

Daquele dia em diante nunca mais voltou à casa da mãe, ficava no São Carlos ou na casa da madrinha, que também conseguira moradia no conjunto. Numa de suas idas à Cidade de Deus, travou amizade com Madrugadão, Sandro Cenoura, Inferninho, Tutuca, Martelo e com os demais bichos-soltos do conjunto, que gostavam de ouvir suas aventuras no centro da cidade, no morro do São Carlos, na Zona do Baixo Meretrício.

No dia do assalto ao motel, Inho correu até a Taquara, botou o revólver no rosto de um taxista e o obrigou a levá-lo até o morro do São Carlos, onde tentou se estabelecer por definitivo.

Depois de dois meses servindo como armadilha para a prática de assaltos, a cadeira de engraxate ficou conhecida da polícia. Passaram então a assaltar pedestres. Dali do Estácio era fácil ir assaltar na Tijuca, centro, Lapa, Flamengo, Botafogo. Inho saía para ganhar a vida todos os dias, não gostava de ficar duro, quem fica duro é trabalhador, engraxate. Esbanjava dinheiro entre os amigos que fizera no São Carlos: quase todos os dias apanhava vários envelopes de cocaína, pagava cerveja para as prostitutas, fazia as refeições nos restaurantes que considerava mais caros.

Pardalzinho, Cabelinho Calmo e Madrugadão, que se juntara aos dois, tinham a mesma vida. Ari do Rafa, traficante do morro, invejoso, passou a importunar os novos malandros. Sempre que um dos meninos ia à boca, o traficante tomava um pertence, pedia dinheiro e não pagava. Passou a espancá-los sem o menor motivo, decretou pagamento de pedágio para subirem o morro. Até que um dia Inho se negou a vender um cordão de ouro pelo preço irrisório que Ari do Rafa impunha e, por essa atitude, levou uma surra e teve todos os pertences tomados, antes de ser expulso do morro junto com Calmo, Pardalzinho e Madrugadão. Os quatro voltaram para Cidade de Deus sem nenhum dinheiro ou arma. Ainda pensaram em fazer um assalto durante o trajeto do ônibus que os levava de volta, mas Inho, deprimido, achou melhor não arriscar, porque aquele dia era de azar.

— Tá duro? Por que não falou logo, mané?! Eu tavo pra te dar um dinheiro, mas tu também só piava aqui rapidinho, não parava mais pra dar ideia. Só queria saber de São Carlos, São Carlos... Lembra daquele motel que tu deu pra gente? — disse Inferninho depois de escutar Inho.

— Lembro.

— Então, cumpádi! Eu fiquei com uma merrequinha pra te dar, mas não tem tudo agora, não.

— Já tinha até se esquecido disso, morou?

— Fica com essa cara não, rapá, qualquer dia tu mata esse tal de Ari do Rafa. Conhece Ferroada? Aí, responsão, morou? Só mete parada boa, tá sempre com disposição pra sair pras bronca. Se tu chegar pra ele agora e falar assim: aí, vamo tentar a boa aí?, ele vai na hora.

Inho olhou sério para Inferninho, andou em círculo naquele pequeno beco da Quadra Treze, olhou para os lados para certificar-se de que não vinha ninguém, foi à parede, abriu a braguilha, pôs-se a urinar. Inferninho o imitou e explicou sorridentemente:

— Quando um brasileiro mija, todos mija!

Inho, sem dar trela para a brincadeira do amigo, disse:

— Sabe esse dinheiro que tu quer me dar aí? Faz o seguinte: me dá um ferro... me dá um ferro, um oitão cano longo, e morre esse dinheiro, me leva lá nesse Ferroada agora. Eu quero levar uma ideia com ele agora.

Saíram pela rua do Meio apressadamente, pois Inho só andava, comia, falava, assaltava e matava apressadamente, só diminuía o compasso de tudo o que fazia quando estava com dinheiro. O silêncio, naquela caminhada que os levou até Lá em Cima, foi ininterrupto. Inferninho, que achara Inho mais forte, mais sério, mais violento de trato, deu um assobio na frente da casa do parceiro naquele meio-dia em ponto duma quarta-feira ensolarada. Ferroada não demorou a mandá-los entrar. Antes mesmo que os visitantes se manifestassem, afirmou precisar meter uma parada.

— Dá pra ir dois?

— Dá, mas é o seguinte: se tiver que matar, tem que matar, não tem essa de ir preso, não! A parada tem segurança, morou? Se fosse mais um parceiro... Tu é daonde?

— Esse que é o Inho que eu te falei, moleque responsa que tava de pinote daqui, mas os cara lá do São Carlos tiraram uma braba com ele, ele tá aí na parada com a gente de novo.

— Tu que é o Inho? Neguinho fala aí de você à pamparra. Sastifação, morou? Legal mermo te sacar! Vou só tirar uma água do joelho e te botar por dentro da parada.

Inho agora estampava feição menos depressiva.

— A parada é lá na Barra — continuava Ferroada de dentro do banheiro —, um posto de gasolina que enche carro à vera, morou? Já escoltei a parada: tem um cofre que os otário joga o dinheiro toda hora lá dentro. Assim beirando seis horas, chega dois carro, um vem com dois otário e um vem com quatro. Os dois vêm na mão e os outro vêm cada um com um ferro. Aí eles pega o dinheiro e rapa fora. Tem que enquadrar os quatro, tomar os ferro, panhar o dinheiro, tomar o carro e vim pilotando...

— Tu ia sozinho? — perguntou Inferninho.

— Se eu não rumasse parceiro, ia mermo! Gosto de ficar duro não.

— Tu é maluco! Arriscar uma parada dessa sozinho! — exclamou Inferninho.

— Nem eu gosto de ficar duro também não, morou? Mas tá direito. A gente vai se dar bem... — disse Inho.

— Quer ir não, Inferninho? — convidou Ferroada.

— Vô não, morou? Vou ficar de molho, não tô com disposição hoje, não. Vai na fé, morou?

Inho e Ferroada chegaram bem antes das dezoito horas e ficaram nas proximidades do posto de gasolina disfarçados de mendigos. Os carros despontaram exatamente às dezoito horas e quinze minutos. Os bandidos renderam os quatro sem muito trabalho. O dono do posto, para surpresa dos assaltantes, sacou do revólver e tomou um tiro do revólver de Ferroada no peito.

— Abre essa porra logo, meu irmão! — urrou Ferroada para o gerente, depois de recolher as armas dos seguranças.

Inho percebeu um dos homens afastando-se de fininho, por isso sentou-lhe o dedo na cabeça. Tinha de matar um. Estava muito puto com Ari do Rafa, sem dinheiro, sem poder ir à zona transar com as putas, e aquele babaca do segurança arriscando a vida por um dinheiro que nem era dele. O gerente abriu o cofre, Ferroada encheu um saco, colocou-o no banco de trás do carro e quebrou o vidro traseiro, antes de sair em disparada.

— Se pintar os homi, larga o dedo! — avisou Ferroada, dirigindo em alta velocidade.

Entocaram o carro numa viela, atravessaram a Edgar Werneck somente com o dinheiro ensacado. Arrumaram um saco plástico na praça dos Garimpeiros para transportar as armas com mais facilidade. Inho ia na frente observando as esquinas. Passaram no beco para avisar aos ladrões que havia um carro entocado para ser depenado. Chegaram à casa de Ferroada sem dificuldade.

Riram, ao lembrarem dos dois assassinados. Ferroada disse que parceiro bom era assim: sem medo e com disposição para matar. O negócio era sair todo dia para juntar dinheiro e comprar uma casa no interior. Se arrumassem duma só vez o dinheiro de dois prêmios da loteria esportiva estariam ricos para o resto da vida.

O sol explodia no céu sem nuvens daquela quinta-feira. Inho acordou muito depois do meio-dia na casa do parceiro, onde havia se ajeitado no sofá depois de tomar uma garrafa de uísque, cheirar vinte papelotes de cocaína e fumar cinco baseados junto com Ferroada e Inferninho na noite anterior.

Olhou para dentro do quarto, viu Ferroada dormindo com um revólver na mão direita e outro na esquerda. Sorriu. Aquele era bom parceiro, não dava espaço para o azar, com ele não tinha lero-lero. Levantou-se, notou que estava suado, entrou debaixo d'água. A cabeça explodia de dor, talvez fosse melhor dormir um pouco mais. Bem que tentou. Resolveu acordar Ferroada. Este despertou com os dois revólveres no rosto de Inho, que exclamou:

— Porra, tu só anda na atividade!

— É, meu irmão, não tem essa de ficar de bobeira, não.

Dali a pouco Inferninho entrou com pão, leite e café, e o jornal com a foto dos assassinados no assalto.

— Já tá no jornal?! — espantou-se Ferroada.

— Às vezes demora dois dia pra sair... Esse saiu rapidinho... — comentou Inferninho.

— Sabe ler, sabe ler? — perguntou Inho a Ferroada, ciente de que Inferninho lia mal.

— Não — respondeu enfatizando a resposta com a cabeça.

— Aí, vô lá no Pardalzinho pra ele ler essa parada aí pra gente.

Inho comeu pão sem passar a margarina, não esperou que Ferroada aprontasse o café. Correu até a esquina, olhou para todos os lados, achou estranho não ter nenhum malandro de bobeira àquela hora. Pensou em voltar, porque achou o clima sinistro, mas queria saber o que dizia a reportagem. Precipitou-se para a casa do parceiro, deu a sorte de encontrá-lo abrindo o portão do quintal para sair.

Pardalzinho, já na casa de Ferroada, lia a matéria derrapando na entonação das orações mais longas. Mesmo assim Inho ouvia como uma criança que escuta histórias de fadas, sentado no chão e a cabeça recostada no sofá. O que mais preocupou foi a informação de que a polícia desconfiava serem de Cidade de Deus os bandidos que praticaram aquele assalto com duas vítimas fatais. Na verdade, a preocupação não durou muito tempo, pois, assim que Pardalzinho acabou de ler a matéria, Ferroada disse, sem fazer nenhum comentário sobre o conteúdo da reportagem, que na Estrada do Gabinal existia uma gráfica que pagava a seus funcionários toda sexta ao meio-dia, o negócio era meter logo para não perder o pique.

— É com a gente mermo, morou?

— Mas tem que arrumar um pé de borracha, cumpádi. O parceiro que me deu a parada falou que eles têm um treco lá que, se ligar, a polícia chega rapidinho. Tem que chegar, render esse parceiro, pode até dar uma caroçada de 22 na perna dele, pra ninguém sacar nada, dizer que a gente sabe do treco, morou, cumpádi? Mandar ele desligar e sacudir rapidinho.

— Só não pode é deixar o pé de borracha aqui, morou? A molecada nem teve tempo de depenar o carro, porque os samangos chegou rapidinho. Deixar o carro aqui dá muito na pinta — afirmou Pardalzinho.

— A gente vai a pé mermo, sai ali pelo Beco do Saci, entra no mato ali da Gardênia Azul e vira o dia e a noite lá... Lembra daquela vez que tu fechou o caguete? — finalizou Inho, olhando para Inferninho.

* * *

Lá na Décima Sexta Delegacia Policial, Belzebu juntava todas as informações sobre Ferroada. Além do retrato falado, tinha dados de telefonemas anônimos sobre uma das moradias do bandido. Ferroada não era querido de alguns moradores; quando estava muito injuriado com qualquer coisa que fosse, saía dando tiros em direções impensadas, molestava as pessoas sem motivo, matou um rapaz acusando-o injustamente de trapacear no jogo de ronda, assaltava, espoliava birosqueiros, estuprava... Estava marcada para a sexta-feira seguinte ao meio-dia uma investida na casa onde os quatro combinavam o próximo assalto.

Os assaltantes levaram o dia dentro de casa, Pardalzinho encarregou-se de mandar um avião comprar cinco refeições, depois fumaram o digestivo, examinaram as armas conseguidas no assalto e, como já haviam observado, entre as cinco conseguidas, destacava-se uma das Forças Armadas.

— Essa aqui é só mostrar que os otário entrega tudo rapidinho! — comentou Ferroada.

A noite sempre cai inusitada para quem acorda tarde, ficaram ali planejando e replanejando a ação do dia seguinte. Ninguém estava a fim de consumir cocaína, a malandragem era fumar maconha para dar fome, depois comer à pamparra e cair no baiano, acordar cedo, dar um rolé para sentir o movimento do dia, saber se os policiais Portuguesinho, Lincoln e Monstrinho estavam de serviço. Seria só perguntar aos maconheiros, porque eles sempre sabiam de tudo, sabiam até se a Polícia Civil havia rondado a área. Dormiram depois de assistir ao *Telecatch Rum Montilla* e a dois filmes no televisor novo de Ferroada. O viadinho do Ted Boy Marino venceu de novo o Rasputim Barba Vermelha, assim como Cavaleiro Negro vencia sempre os adversários. Aquele tal de Rin Tin Tin estava sempre sentindo o cheiro dos bandidos, mas não tem nada, não, com a 45 no focinho, urubu vira canarinho, cobra vira minhoca e galo bota ovo. Chegariam à gráfica com o Diabo no corpo.

Acordaram cedo, tomaram somente um gole de café para fumarem um cigarro. Nada de ficar doidão antes de meterem a parada. Rondaram por todo o conjunto em passos agitados. Laranjinha disse não ter visto policiais na rua na noite anterior nem naquela manhã. Encontraram Madrugadão, Sandro Cenoura e Cabelo Calmo jogando sinuca na birosca do Chupeta numa despreocupação que irritou Inho, pois bandido que é bandido não pode ficar despreocupado.

— Tá de bobó, né? Tá de bobó... Se quer ficar de bobeira tem que botar um avião em cada esquina e ficar de ferro engatilhado na cinta, meu cumpádi! — falou Inho em tom de brincadeira. No entanto, esperava a aprovação de Ferroada ou de Inferninho. Em seguida, comeu três fatias de mortadela que estavam num prato no balcão da birosca e pediu a Ferroada que mostrasse a 45 aos amigos. Os três maravilharam-se, sentiram prazer em conhecer Ferroada, de quem Inferninho tanto falava. Inho ainda arriscou vencer Cabelinho Calmo numa partida, mas, quando viu que iria perder, colocou as bolas dentro da caçapa, provocando risos nos parceiros.

As onze horas já passavam quando, como haviam decidido, foram separados para as proximidades da gráfica. Tudo saiu melhor do que combinaram, nem precisaram dar o tiro no pé do parceiro que tinha dado as coordenadas para Ferroada — a bem da verdade nem o viram. Desceram correndo pela Gabinal, entraram no Beco do Saci, enfiaram-se pelo mato até chegar ao Campão, sem nenhuma perseguição. Dali, sim, escutaram as sirenes da polícia em desespero pelas ruas do conjunto.

Belzebu percebeu o azar que dera ao invadir a casa de Ferroada na mesma hora do assalto à gráfica. Agora era certo que ele não voltaria para casa e algum avião iria avisá-lo de sua ida até lá. Teve vontade de quebrar o rádio da viatura.

— Agora fudeu, vir aqui e não pegar ele é dar condição dele se entocar em outra parada, morou, cumpádi? — lamentou o detetive Belzebu. Em seguida pediu informações mais detalhadas sobre o assalto.

Soube apenas que fora muito o dinheiro levado pelos assaltantes. O olho cresceu, a vontade de encontrar os vagabundos saía do campo profissional: se encontrasse os bandidos, tomaria o dinheiro todo e depois os mandaria para a vala. Ficou ali por mais um tempo na esperança de Ferroada voltar para casa, sua intuição lhe dizia que ele era um dos participantes dos dois assaltos. Depois de uma hora, vasculhou cada beco, cada esquina do conjunto, porém nenhuma anormalidade lhe chamou a atenção. Os outros detetives tanto falaram de quanto era inútil procurar o bandido naquele dia que ele acabou mandando o motorista tocar para a delegacia, onde o retrato falado de Ferroada já estava pronto.

— É ele, não falei...? É ele, é o mermo cara que vem metendo essas bronca toda em Jacarepaguá, e pelo que neguinho fala no telefone aí, é esse tal de Ferroada mermo! Ele tá colado com o Inferninho...

— Vamo dar um tempo, deixar ele pensar que tudo se acomodou para a gente dar uma batida. Fica calmo, não mete o pé pela cabeça, não — aconselhou o delegado da Décima Sexta Delegacia de Polícia.

Belzebu nada respondeu, jogou na mesa o punhado de papel que estava em suas mãos e retirou-se do gabinete do delegado. Foi à cozinha, encheu meio copo de café, exagerou no açúcar, bebeu o café quente aos pouquinhos, fazendo um barulhinho desagradável. Tirou a arma do coldre, sentou-se numa cadeira velha. Pensava com brutalidade em tudo o que lhe ocorria, porque era bruto, seu nome era bruto, sua fala, suas ideias. A vontade de querer mandar em tudo sempre lhe fora pertinente. Acendeu um cigarro, olhou de relance para um detetive que também tinha ido até a garrafa térmica. Continuou pensando num jeito de crescer na polícia sem precisar cursar a Faculdade de Direito. Talvez se comprasse um diploma... O negócio era mostrar serviço, mostrar que para ser polícia precisa prender vagabundo, e não fazer faculdade. Prender Ferroada, era isso o que teria de fazer, porque ele era o bandido mais procurado do Grande Rio, os jornais mencionavam seu nome quase todos os dias: "A patrulha da cidade", "A cidade contra o crime"... Pediam à polícia providências em todos os programas de rádio que iam ao ar.

O vento da Barra da Tijuca sempre é mais frio que o vento de todos os lugares da cidade do Rio de Janeiro. Levantou o zíper da jaqueta de couro, movimentou-se para o gabinete do delegado. Avisou-lhe que iria para casa, onde ficaria o resto da tarde cuidando de sua dor de cabeça. Apanhou todos os retratos falados de Ferroada sem consultar o delegado e foi para casa dirigindo sem pressa alguma.

Em casa, olhou as panelas, queria comer alguma coisa apetitosa, nada de gostoso havia ali. Apetitoso era o cargo de chefe de polícia. Pensou novamente em comprar um diploma para passar a delegado e depois ser chefe de polícia. Sabia que existia um advogado, doutor Violeta, e um professor, Lauro, que vendiam diplomas; assim que tivesse um tempinho os procuraria. Resolveu descansar para, à noite, sair sozinho em seu carro particular para prender Ferroada e chegar à delegacia com marra de chefe de polícia.

Lá no Campão, os bandidos comiam o pão com mortadela que Pardalzinho fora comprar. Haviam dividido o dinheiro em partes iguais e planejado outros assaltos. Inferninho achava que não precisavam dormir ali no mato, acreditava que a polícia já teria prendido alguém para assinar os dois crimes. Mais tarde, iria para casa tirar um pissirico com a nega velha. Inho recriminava, queria ficar ali por mais dois dias, não iria dar mole pra Kojak, pois dois assaltos grandes e seguidos eram o suficiente para deixar a polícia de butuca dia e noite. A vontade de fumar maconha estabeleceu-se nos quatro. Pardalzinho lamentou-se por não ter passado na boca dos Apês para comprar o fumo quando foi à padaria.

— Quem vai Lá em Cima comprar?

— Ninguém — respondeu Inho a Ferroada.

Inho argumentou que o negócio era dormir para o tempo passar mais rápido, a vontade de se endoidar passaria. Pardalzinho recolhia galhos secos ao redor para fazer uma fogueira, espantaria os mosquitos, aqueceria os corpos. Inho ainda falou que o fogo chamaria atenção.

— Fogueirinha! — disse Pardalzinho num riso ameno.

Fez a fogueira, alimentava o fogo com os galhos secos que colocara entre as pernas, cantou vários sambas-enredos. Depois de algum tempo, Ferroada adormeceu, assim como Pardalzinho. Inho não dormia, tentava puxar assunto com Inferninho, que não achava canto, que não lhe respondia, que queria ir embora. Olhou o relógio de Pardalzinho. Quatro e meia. Calculou, pela hora avançada, que se insistisse dormiria. Ajeitou um lugar para se deitar, embalou-se num sono leve até as sete horas.

Belzebu, de arma engatilhada, rondou a pé por toda a Cidade de Deus, várias vezes passou em frente à casa de Luís Ferroada. A casa sempre fechada.

Por volta das seis da manhã, voltou para casa, bebeu a gemada preparada pela mulher com quem morava. Ia voltar para a delegacia, mas desistiu quando ela lhe falou que o delegado ligara deixando ordens para retornar à delegacia o mais rápido possível. Não cumpriria ordens. Pensou em dormir, mas a possibilidade de falar o que bem entendesse para o delegado caso prendesse ou matasse Ferroada o fez sagaz. Armou-se, voltou para Cidade de Deus. Deixou o carro estacionado fora do conjunto, entrou pelas vielas de crianças rodando pião, mulheres fazendo fofoca, ou, quando não, varrendo a frente das casas.

— Pobre é que nem rato. Como tem criança nessa porra de lugar! — pensou alto.

Ia caminhando novamente para as imediações da casa de Ferroada como se ele fosse a sua sorte. Os olhos cansados destoavam do resto do corpo, da mente que tremia quando se lembrava do delegado e da conversa ríspida que tiveram, dias antes, por causa da sua prática de espancar presos. A luz forte do dia o fez colocar os óculos escuros que lhe tomavam mais da metade do rosto. Aparecia nas esquinas sorrateiramente.

Cabelo Calmo o avistou de longe, saiu de fininho para o lado oposto, parou numa esquina para observar sua movimentação. Pensou nos amigos que não conseguira encontrar, já tinha ido à casa de Inferninho duas vezes no dia anterior. Achou por bem se entocar.

Desde as primeiras vielas até a rua do Meio, a presença de Belzebu não causara o menor susto ou assombro perceptível nos transeuntes. Aquela tranquilidade o irritava, acostumara-se aos olhares de medo, ao nervosismo decorrente das suas aparições. Resolveu andar mais rápido, balançar a paz daquela manhã, reinaugurar o medo. Seria chefe de polícia se comprasse um diploma de advogado.

— Vou cambar fora, morou? Vou passar na Tê, pegar uns três bagulho e tirar um baiano responsa...

— Qualé, Inferninho? Marca mais um tempo aí, rapá, a coisa inda não esfriou, não, meu cumpádi! Os homi deve tar na juridição! — insistiu Inho.

— O cara quer ir, deixa o cara ir! — interveio Ferroada.

— Porra! Tu é cabeça-dura mermo, hein? Não tá vendo que tem duas bronca grande aí, cumpádi? Não tá vendo que deve ter saído hoje no jornal a parada da Gabinal? Nem parece que sabe das coisa. Os homi fica nervoso por causo do jornal, cumpádi! E quer prender um de qualquer jeito. É melhor não arriscar, não!

— Tu tá com medo de eu caguetar, se eu dançar. Pode deixar, rapá, não vou caguetar, não! — persistiu Inferninho num riso sem graça.

Levantou-se, passou a mão na bermuda, tirou a terra da parte de trás, colocou o dinheiro dentro da cueca, acenou para os amigos e saiu com a arma na cintura.

— Fica aí, rapá! — disse Inho esticando o advérbio em seu último pedido.

Inferninho atravessou a rua, ainda pensou em seguir direto pela Via Onze, mas preferiu descer pela Gabinal, entrar nos Apês, passar no Barro Vermelho. Um vento brando e frio arrepiava-lhe o corpo, a paz das ruas lhe causou temor, gostava de agitação, porque tudo que está muito calmo de repente se agita. O homem é assim, como o mar, o céu, a própria terra e tudo o que nela habita. Teve medo de alguma coisa agitar-se contra ele. As palavras de Inho repenicaram nos seus ouvidos. Muito calma, a manhã produzia pouco barulho, Inferninho não escutava nada, era personagem de um filme mudo. Os girassóis dispostos nos jardins, o pião nas mãos das crianças, os carros que passavam na Edgar Werneck, as carroças de leite, o sol de final de maio e o braço direito do rio eram tão familiares, então por que aquela aflição? Por que aquela vontade de voltar para perto dos amigos? Aquela sensação de vazio lhe trazia sobressaltos, frios na espinha. Verificou a arma, ajeitou o dinheiro com mãos trêmulas. Já tinha sentido aquele negócio várias vezes, mas só em tiroteios, fugas e assaltos. A qualidade da paz era superlativa também na rua do Meio e fazia crescer aquele temor, temor do nada. E o que é o nada? O nada eram os pardais em voos curtos dos fios para os telhados, dos telhados para os galhos e dos galhos para os muros, dos muros para o chão e do chão para longe dos passos dos homens que passavam sem notá-lo na viela em que dobrou em direção à casa da Tê. Poderia ter desistido de fumar maconha, mas uma força o puxava para isso. De vez em quando, parecia que recebia vários socos, pontapés por todo o corpo, pensou em sacar a arma e matar aquela inocência que o sol derramava na praça do Quinze, toda a calma que ela lhe oferecia. Não sabia o porquê, mas pequenos pedaços de sua vida vinham-lhe repentinamente de modo sucessivo. As mais vivas cores do dia tornaram-se significantes de significados muito mais intensos, confundindo a sua visão.

O vento mais nervoso, o sol mais quente, o passo mais forte, os pardais tão longe dos homens, o silêncio inoperante, os piões rodando, os girassóis vergando-se, os carros mais rápidos e a voz de Belzebu agitando tudo:

— Deita no chão, vagabundo!

Inferninho não esboçou reação. Ao contrário do que esperava Belzebu, uma tranquilidade sem sentido estabeleceu-se em sua consciência, um sorriso quase abstrato retratava a paz que nunca sentira, uma paz que sempre buscou naquilo que o dinheiro pode oferecer, pois, na verdade, não percebera as coisas mais normais da vida. E o que é o normal nessa vida? A paz que para uns é isso e para outros aquilo? A paz que todos buscam mesmo sem saber decifrá-la em toda sua plenitude? O que é a paz? O que é mesmo bom nessa vida? Sempre teve dúvidas sobre essas coisas. Mas ninguém pode dizer que não existiu paz numa cerveja bebida no bar do Bonfim, no pandeiro tocado nos ensaios da escola, no riso de Berenice, no baseado com os amigos e nas peladas de sábado à tarde. Talvez fora muito longe para buscar algo que sempre estivera ao seu lado. Mas pode realmente haver paz plena para quem o viver fora sempre remexer-se no poço da miséria? Buscara algo que estava tão perto, tão perto e tão bom, mas o medo de o orvalho repentinamente virar tempestade o fizera assim: cego para a bonança, que agora vinha definitiva. Talvez a paz estivesse no voo dos passarinhos, na observação da sutileza dos girassóis vergando-se nos jardins, nos piões rodando no chão, no braço do rio sempre saindo e sempre voltando, no frio ameno do outono e no vento em forma de brisa. No entanto, tudo sempre poderia se agitar de um modo indefinido, concorrer contra sua pessoa e cair na mira de seu revólver. Mas pode alguém enxergar o belo com olhos obtusos pela falta de quase tudo de que o humano carece? Talvez nunca tenha buscado nada, nem nunca pensara em buscar, tinha só de viver aquela vida que viveu sem nenhum motivo que o levasse a uma atitude parnasiana naquele universo escrito por linhas tão malditas. Deitou-se bem devagar, sem sentir os movimentos que fazia, tinha uma prolixa certeza de que não sentiria a dor das balas, era uma fotografia já amarelada pelo tempo com aquele sorriso inabalável, aquela esperança de a morte ser realmente um descanso para quem se viu obrigado a fazer da paz das coisas um sistemático anúncio de guerra. Aquela mudez diante das perguntas de Belzebu e a expressão de alegria melancólica que se manteve dentro do caixão.

2. A história de Pardalzinho

Depois que silva morreu e Cosme fugiu dos Blocos Velhos, Miguelão traficou por mais de seis anos sem muita preocupação. Porque o tráfico não era uma atividade concorrida entre os bandidos, e também os Apês eram uma região tranquila em relação às casas, o número de bandidos era resumido e poucos assaltavam por ali. Miguelão viu o início da construção dos novos blocos de apartamentos, a chegada da população da favela Macedo Sobrinho, a rude instituição do convívio social. Como a procedência desses moradores era a mesma, já havia uma rede de amizade constituída anteriormente e isso lhes proporcionava atitudes que segregavam e molestavam os moradores antigos.

Iniciaram-se as brigas de grupos de jovens dos apartamentos contra os jovens das casas. Brigavam por causa de pipa, bola de gude, futebol, namoradas... Já a relação dos moradores dos Blocos Novos com os dos Blocos Velhos, talvez pela proximidade, não era hostil; era comum se dizer que Blocos Novos e Blocos Velhos eram uma coisa só. Os bandidos recém-chegados não roubavam ali. Porém, no mesmo dia em que chegaram, colocaram uma boca de fumo no Bloco Sete dos apartamentos novos.

A boca era de Sérgio Dezenove, também conhecido como Grande, bandido famoso em todo o Rio de Janeiro pela sua periculosidade e coragem, pelo seu prazer em matar policiais. Grande também fora morador da extinta favela Macedo Sobrinho, mas não foi para Cidade de Deus, porque achava que ali seria muito fácil a polícia o encontrar. Gostava de morro, de onde se pode observar tudo de sua culminância. Havia se escondido em quase todo o Rio de Janeiro, dos morros da Zona Sul até a Zona Norte, mas a polícia já o encontrara em todos eles. Por esse motivo, chegara ao morro do Juramento, no subúrbio da Linha Auxiliar, dando tiro em tudo quanto era bandido, derrubando barraco aos pontapés, gritando que quem mandava ali agora era o Grande: o Grande que tomou a maioria das bocas de fumo dos morros da Zona Sul; o Grande de quase dois metros de altura, com disposição para encarar cinco ou seis homens na mão de uma só vez; o Grande que tinha uma metralhadora conseguida na marra de um fuzileiro naval em serviço na praça Mauá; o Grande que teve sangue-frio para cortar o seu próprio dedo mindinho e colocá-lo num cordão; o Grande que matava policiais por achar a raça a mais filha da puta de todas, essa raça que serve aos brancos, essa raça de pobre que defende os direitos dos ricos. Tinha prazer em matar branco, porque o branco tinha roubado seus antepassados da África para trabalhar de graça, o branco criou a favela e botou o negro para habitá-la, o branco criou a polícia para bater, prender e matar o negro. Tudo, tudo que era bom era dos brancos. O presidente da República era branco, o médico era branco, os patrões eram brancos, o-vovô-viu-a-uva do livro de leitura da escola era branco, os ricos eram brancos, as bonecas eram brancas e a porra desses crioulos que viravam polícia ou que iam para o Exército tinha mais era que morrer igual a todos os brancos do mundo.

Grande deixou a boca de fumo do Bloco Sete na responsabilidade de seu compadre Napoleão, que manteve boas relações de amizade com Miguelão. Cada um passava seu fumo sem essa coisa de olho grande no movimento do outro. A prova da consideração veio quando Miguelão foi preso. Napoleão poderia tomar sua boca, mas deixou Chinelo Virado ficar de frente, justamente por ter sido ele avião de Silva, Cosme e Miguelão. Era cria da boca, lutou pelo direito de ser seu dono e não seria ele quem iria proibir. Chinelo Virado estava suficientemente escolado para comandar uma boca de fumo e, apesar de ter vivido sempre ao lado de bandidos, era discreto, bem-educado. Não tinha a necessidade da maioria dos bandidos de fazer ruindade; dificilmente o traficante mostrava-se armado, tratava bem os fregueses de qualquer área do conjunto. Os doces de Cosme e Damião que distribuía eram da melhor qualidade. Além dos doces, dava roupas, livros infantis, brinquedos e material escolar; estava sempre comprando chuteiras, meiões, camisas para o Oberom Futebol Clube, time dali mesmo dos Blocos Velhos. Com isso, ganhou a simpatia dos moradores. Sua boca era discreta, nada de muito bandido na endolação para não dar na pinta, nada de parceiros para não haver traição. Vivia sem inimigos. Estava sempre mandando umas trouxinhas de maconha para os assaltantes da área e para a rapaziada do conceito. Era considerado.

Inho, desde o primeiro dia da remoção da favela Macedo Sobrinho para Cidade de Deus, saiu da casa da madrinha e ficou nos Apês. Invadiu um apartamento logo depois que os representantes do governo encerraram a inauguração dos Blocos Novos. Ficava na praça recebendo amigos de infância. Fazia questão de apertar as mãos dos trabalhadores, dar tapas nas costas dos bandidos da antiga, passar a mão na bunda das vadias. Quanto tempo não estava com aquele pessoal que o vira ainda tentando rodar pião, jogar bola de gude, colocar pipa no céu. Perguntava por um e por outro, acochava baseado para a rapaziada do conceito, apresentava Pardalzinho, Madrugadão e Sandro Cenoura para os novos moradores. Sentia-se bem por isso.

Dias após a inauguração dos Blocos Novos, Inho fez questão de comemorar os seus dezoito anos de vida no Bloco Sete dos Blocos Novos oferecendo churrasco e cerveja aos amigos.

Seu irmão mais velho, Israel, que também invadiu um apartamento, tratou de trazer os componentes do grupo de samba do qual fazia parte para animar a festa da maioridade de Inho, que, depois de embriagado, mandou liberar a boca de fumo para os amigos e para qualquer um que fosse comprar tóxico naquele dia que ele pagaria tudo. A maioridade chegava com dez assassinatos, experiência de cinquenta assaltos, trinta revólveres dos mais diversos calibres e respeito de todos os bandidos do local. Seu poder de liderança não vinha somente de sua periculosidade, vinha de suas entranhas, da sua vontade de ser o maior, assim como Ari do Rafa o era no São Carlos e Grande o fora na Macedo Sobrinho. No dia de seu aniversário, deu revólveres para Biscoitinho, Camundongo Russo e Tuba, amigos de infância, dizendo que sabia onde estava a boa e eles iriam buscá-la com ele.

A noite ultrapassou todos os seus limites, a festa rompeu o dia, mais carne, mais maconha, mais cocaína e cerveja na manhã que nascera em ritmo de samba sincopado e de partido-alto. Como vagabundo que é vagabundo tem de ter dinheiro para gastar até o último centavo e, quando acabar o dinheiro, comprar o que quiser pagando em ouro, trocou carne por cordões e cocaína por relógios e pulseiras de ouro.

Antes mesmo de acabar a festa, Inho saiu na companhia de Pardalzinho, à francesa. Entraram num apartamento onde tudo concorria para a sua chegada. Velas acesas para Oxalá e Xangô, porque Oxalá é pai maior e Xangô é pai de pai Joaquim do Cruzeiro de Aruanda das Almas, que desceu para abrir a gira. Mas não seria com ele que Inho iria falar. Pai Joaquim subiu logo, só descera para abrir aquela gira e dar abraços nos filhos da terra, mandar recado para o cavalo e dar ordens para o cambone. Não era do seu feitio trabalhar com quem não presta. Com quem não presta trabalha seu Tranca-Rua do Cruzeiro das Almas, que desceu depois de brigar com outros Exus para poder descer. Chegou gargalhando alto, já desceu quebrando demanda, antes de cumprimentar os filhos da terra firmou o ponto, jogou marafo no chão e comeu fogo de vela, mandou o cambone dobrar a beirada da calça e cruzou peito com ele, porque é o cambone que Exu tem de cumprimentar primeiro, pois é o cambone quem cuida dele, quem bota presente na encruzilhada, quem compra marafo e vela para poder correr gira, quem bota despacho em Calunga Grande, quem faz matança. Depois cruzou peito com todos os filhos da terra presentes.

Com Exu não se brinca
Exu não é de brincadeira,

cantava seu Tranca-Rua do Cruzeiro das Almas, pulando com um só pé.

Inho, em silêncio, escutou a cantoria a que o próprio Exu dava início e que os fiéis acompanhavam. Exu primeiro deu consulta para o cambone, pediu matança e presente na encruzilhada, avisou que seu caminhador tava formoso, também mandou recados para o cavalo. Logo em seguida chamou Inho, para dar consulta.

— Eu sou o Diabo, moleco! Eu sou o Diabo! Se quiser eu te tiro desse buraco, esse, boto suncê num lugar formosado, esse, mas, se tu querer se fuder comigo, vamo lá. Eu te dou proteção de balador de atirador, esse, te tiro das garras de butina preta, esse, boto zimbrador no teu bolso e mostro os inimigado, esse. Não é isso que suncê vem aqui me pedir? Então... mas não tenta ser mais esperto do que eu, não, que te fodo, infio um tronco de figueira no teu cu, esse... Te boto num terno de madeira, esse! Só quero uma garrafa de marafo e um toco, esse...

Inho arriscou fala, mas seu Tranca-Rua do Cruzeiro das Almas continuou:

— Não precisa falador, esse, não, pensa no que tu quer.

Inho fechou os olhos, abaixou a cabeça. Sentia a força do Exu, que não brinca porque não é de brincadeira, apoderar-se de toda a razão que lhe era permitida. Pardalzinho olhava espantado o amigo numa calma descomunal. Inho, ali parado, caminhava pela luz e pelas trevas, pelo centro e pelos cantos, por cima e por baixo, por dentro e por fora, reto e sinuoso, pela mentira e verdade das coisas. Poderia optar pelo mundo em que desejaria estar, era só escolher em que raia queria correr, qual o jogo que queria jogar, sairia daquele buraco ou cavaria sempre mais; em qualquer jogo seria vencedor na proteção do Exu, que não brinca porque não é de brincadeira. Era ali que se formava verdadeiramente um destino escolhido, um destino onde não haveria dúvidas; na verdade, um destino que a vida lhe traçara e ele agora vislumbrava por entre arreios, de olhos fechados e fé acesa como a chama da vela que bulia ao vento que entrava na sala do apartamento; acesa como a brasa do charuto do Exu emanando a luz rodeante em Inho.

No momento em que o Exu reiniciara sua fala, relatando fatos de sua vida que só ele sabia, abriu os olhos, depois bebeu marafo oferecido pelo Exu, aprendeu a oração que Exu lhe ensinou. Os demais não conseguiram apreender uma só palavra. Cruzou peito com ele e retirou-se em silêncio. Pardalzinho o acompanhou.

Os assaltos, na Barra e em Jacarepaguá, rendiam a Inho dinheiro suficiente para levar uma vida desregrada, com a qual ele se acostumara. Mas Napoleão e Chinelo Virado esbanjavam muito mais dinheiro do que ele: as festas, os doces oferecidos por ocasião da festa de são Cosme e são Damião e o dinheiro dado para o bloco Coroado desfilar pela primeira vez no quinto grupo o machucavam. Via que Lá em Cima os traficantes vendiam drogas como se vendessem balas para criança, davam festas de dois a três dias para quem quisesse participar e não faziam quase nada, nem saíam do conjunto, nem ficavam na boca, já que tinham matutos para trazer e vapores para vender a droga. No entanto, mesmo sendo ele o homem planejador de grandes assaltos, o homem que escoltava o lugar para saber a hora certa de fazer o serviço e que por isso levava dinheiro a mais nas divisões, homem que saía sozinho para voltar com objetos de valor das casas que surrupiava, não tinha o suficiente para ser, além de temido, o mais rico. Notava que o número de maconheiros multiplicava-se a cada dia. O que é que estava esperando então para tomar a boca do Napoleão e a do Chinelo Virado? O que esperava para tomar conta dos Apês, já que ali era a sua área? Pois, se desse uma ideia maneira aos parceiros que assaltavam com ele, teria apoio imediato.

Pensou em tomar a boca de Napoleão quando soube que Grande havia morrido em troca de tiro com policiais no morro do Juramento, mas teve a feliz prudência de poupá-lo, enquanto esperava o momento certo para convencer seus amigos. Napoleão era querido pelo pessoal desde o tempo da Macedo Sobrinho, e, logo após a morte de Grande, os policiais do Quinto Setor o sequestraram, mataram e deram sumiço no corpo.

Na verdade, fizeram o serviço por ele. Bé assumiu a boca por ser irmão de Grande, mas desde que assumira o comando a boca do Bloco Sete não funcionava bem. Bé gastava todo o dinheiro sem pensar em repor a mercadoria. Tinha de fazer assaltos para comprar a droga. Inho falava que a boca do Sete estava esculachada. Dizia que se a boca estivesse sob seu comando os viciados do pedaço não teriam do que reclamar. Falava para o pessoal do conceito sobre sua pretensão de sentar o dedo em Bé.

Passou a comprar as drogas fiado e em grande quantidade na boca de Bé e não pagava, pedia-lhe dinheiro emprestado e também não pagava, com o intento de provocar brigas e poder matá-lo sem ficar mal com a rapaziada do conceito. Contudo, Bé não reclamava, ao contrário, tratava-o com respeito, fazendo Inho acreditar que o outro lhe tinha medo.

— Bé pediu meu ferro emprestado e depois falou que tava preso, aí — disse Camundongo Russo a Inho.

Inho esperou que seus amigos ficassem juntos para falar que Camundongo Russo era um cara responsa e só porque era moleque Bé estava tirando onda braba com ele. Gostava muito de Camundongo Russo para deixar por menos, iria se arengar com Bé se ele não devolvesse a arma.

Numa quarta-feira de manhã, esperou o traficante acordar e o chamou para ir ao Morrinho, disse que havia entocado um quilo de cocaína naquele local e que iria lhe passar para que pudesse dar uma levantada em sua boca de fumo. Israel, que era compadre de Bé, viu a morte no olhar do irmão, conhecia-o bem, desconfiou que Inho iria fulminar Bé no Morrinho. Israel sacou sua pistola, rendeu o irmão como quem rende um inimigo. Inho riu sua risada fina, estridente e rápida, antes de se afastar para trás de um poste. Israel mandou Bé ir embora e apontou a arma na direção do irmão; Inho fez a mesma coisa. Duelariam pela morte. Mas o sangue falou mais alto, Israel desviou a mão na hora de apertar o gatilho. Inho ria e xingava o irmão, que correu depois de ver Bé dobrar a esquina.

Israel não poderia deixar o irmão matar seu amigo, sabia que, se pedisse para poupá-lo, ele não atenderia. Correu até as lojinhas, desengatilhou a arma quando ouviu a voz de Inho mandando parar com a palhaçada. Conversaram rispidamente sobre o fato. Israel o acusava de querer resolver tudo através da morte, tudo para ele era tiro. Como é que ele iria matar Bé assim, sem mais nem menos, já que Bé era amigo dele e, além do mais, todo mundo tinha-lhe consideração? Inho não deu ouvidos às palavras do irmão e o alertou para nunca mais meter a mão para ele, porque da próxima vez não teria esse negócio de irmão, não, o mandaria para os quintos dos infernos.

Antes de Inho dar as costas para Israel, viu Vida Boa, seu irmão mais novo, que também se mudara para ali, correndo em sua direção; já haviam lhe avisado que os dois estavam trocando tiros. Vida Boa indagou-os apreensivamente. Depois de tudo esclarecido, alertou Israel para o perigo que correra. Inho seria capaz de matá-lo.

Inho sabia que Bé não voltaria, curtia aquela onda de valente somente porque Grande era vivo. Garantia-se nas costas do irmão, não era tão cruel como queria demonstrar, só tirava braba com quem sabia que não era de questão. Chegou ao Bloco Sete ainda com o revólver na mão. Pediu a Otávio, garoto de sete anos de idade, para chamar Pardalzinho e, antes de o garoto largar o pião nas mãos dos amigos, esticou-lhe a mão com uma nota de dez cruzeiros. O menino pegou a nota, sorriu e saiu em disparada.

— A boca já é nossa! — disse ao amigo em tom de alegria.

Pardalzinho sacudiu a cabeça e falou:

— Tu não presta mermo, hein?

Naquela mesma hora pediu ao parceiro para tomar a carga do vapor do Bé. Ficou o dia todo de vapor, na alegria dos vencedores. Sempre com um baseado aceso na boca, revólver na cintura, Inho atendia os fregueses. Quando chegava um conhecido, fazia questão de dar uma trouxa a mais de cortesia, falava que ali era a Macedo Sobrinho, que fora de um cara grande, agora era de um pequeno, mas que, mesmo sendo pequeno, tinha disposição igual ou maior que a do Grande.

— A boca daqui, da nova Macedo Sobrinho, é dum cara miúdo! — dizia Inho.

Sim, iria agora chamar-se Miúdo, Zé Miúdo, já que a polícia sabia da existência de um tal de Inho que não poupava as vítimas nos assaltos, que era tido como perigoso desde o tempo de Inferninho. "Mudar de nome: ideia responsa." Passou a falar que Inho havia morrido, que a boca de fumo dos Blocos Novos agora era de um tal de Miúdo. Outros bandidos o observavam com medo e admiração. Alguns sentados no meio-fio, outros encostados na parede do Bloco Sete. Nenhum deles tinha disposição para tomar tal atitude, por isso mesmo passaram a respeitá-lo como todos os bandidos da Macedo Sobrinho respeitaram Grande. Dinheiro, iria ganhar muito dinheiro: gente viciada pipocava em toda parte, assim como o número de matutos para vender-lhe a droga.

— O causo é o seguinte, morou? Nós tamo de bobó com esse tal de Chinelo Virado, aí, sabe qualé? Neguinho já me fez um monte de queixa dele aí, que ele fica doidão de goró e fica esculachando freguês, as trouxa de bagulho dele vêm malhadinha, fica prendendo mulher na marra aí, tá ligado? — Olhava para todos, mas esticava o olho para Pardalzinho sempre no final das frases com o intuito de ele reforçar a sua argumentação. — A rapaziada tá sempre a fim de cafungar uma brizola e ele não bota uma brizola na boca. Quando não tem brizola na minha boca, neguinho vai na dele e nunca encontra, e o pior é que ele anda currando e assaltando aqui nos brocos novos, sabe qualé? Aí, a gente tem que passar ele, senão trabalhador, aí, dá queixa aí ó, quem se fode é a gente... Vamo passar ele, vamo passar ele...

Pardalzinho pegou a deixa e concordou com o amigo, apesar de saber ser mentira todo o seu relato. Bem sabia que fazia muito tempo que Miúdo queria tomar a boca de fumo do Bloco Velho para ter controle total daquela região da favela. Miúdo não mencionou ter por alvo dinheiro ao querer tomar a boca de Chinelo Virado somente para não dar participação no lucro a ninguém, a não ser a Pardalzinho, que era seu amigo do peito, amigo de combinar ser compadre antes mesmo de terem filhos, era certo que quem fosse pai primeiro daria o filho para o outro batizar, amigo de nunca abandonar em fuga, amigo de matar qualquer um que se metesse a besta com o outro. Não haviam combinado nada, porque parceiro que é parceiro tem de saber tudo sobre o outro. Entre todos, só os dois eram assim desde os tempos de criança, desde o tempo de engraxates no centro da cidade, desde o primeiro roubo, desde o tempo em que andavam juntos no morro do São Carlos. Uma piscada de olhos ou uma risada ou um coçar de cabeça valia mais que uma oração com todos os seus termos essenciais. Por isso percebera, nos olhares de relance, Miúdo pedindo para confirmar a vacilação de Chinelo Virado. De qualquer maneira, mesmo sozinho, Miúdo induziria seus parceiros a fazer aquilo que queria, por estar sempre à frente de tudo: comandava os assaltos, os roubos, a divisão dos ganhos, e até mesmo nas horas de lazer era ele quem tomava as diretrizes. As palavras de Pardalzinho não foram tão enfáticas quanto as de Miúdo, mas bastaram para resolverem matar Chinelo Virado naquela mesma noite. Pardalzinho ainda o chamou num canto, depois da decisão tomada, com vistas a convencê-lo a deixar Chinelo Virado viver, poderiam muito bem apenas expulsá-lo. Miúdo respondeu curta e incisivamente:

— Tem que matar, quem cria cobra morre picado!

— Porra! Você só pensa em matar, matar, matar, nunca opita por outra solução!

— Tem uma solução melhor?

Não passava das vinte horas quando Miúdo e seus amigos foram em passos apressados para os Blocos Velhos à procura de Chinelo Virado, que botara a boca cedo em funcionamento e entregara ao seu vapor cinquenta trouxas de maconha endoladas por ele mesmo bem antes de ir à praia, onde, como sempre, ficou até por volta das três da tarde. Antes de chegar em casa bateu uma pelada no Campão e, depois do almoço, foi tirar um baiano.

Acordou na hora da boca da noite e, mesmo sem fazer asseio, desceu, pulando de dois em dois os pequenos degraus da escada do prédio onde morava. Passou na boca, apanhou setenta por cento do dinheiro arrecadado, perguntou ao vapor se valeria a pena colocar mais trouxas à venda. O vapor fez sinal negativo com a cabeça e disse que a polícia já tinha dado duas incertas, foi no sufoco que vendera aquela carga de cinquenta trouxas. Chinelo Virado relanceou em volta, certificou-se da ausência da polícia. Colocou o dinheiro num saco plástico, voltou para casa acelerado, contou o dinheiro, tirou uma pequena parte para tomar cerveja e jogar ronda.

O birosqueiro abria a décima cerveja enquanto Chinelo Virado embaralhava as cartas. O birosqueiro avisou-lhe que a cerveja esquentava, o traficante serviu as três pessoas presentes no recinto.

Na esquina, os amigos de Miúdo engatilharam os revólveres. Biscoitinho deu um assobio. Chinelo Virado olhou. Ainda pensou ser a polícia, mas viu que era Miúdo, quando este o chamou com um aceno. Alguma coisa feriu seu íntimo, pensou no revólver que deixara em casa. Largou as cartas, virou toda a cerveja do copo de um só gole, caminhou de pernas bambas pelo meio da rua. Nunca poderia imaginar que fosse morrer nas mãos de Miúdo, pois sempre o tratara na consideração, volta e meia mandava uma trouxa de maconha para sua rapaziada. Tratava-o com respeito, nunca houve desavença com o pessoal dos Blocos Novos, estava sempre comprando as peças que eles traziam dos roubos e por isso tudo nunca se preocupou com nenhuma traição ou ataque dos bandidos dos Blocos Novos.

Pardalzinho era o único que não estava com revólver em punho. O silêncio e a seriedade de todos fizeram Chinelo Virado perceber o alvo dos bandidos. Subitamente, esticou o braço para a esquerda, deu um grito e saiu em disparada para a direita. A intenção de Chinelo Virado era a de assustar seus inimigos; sua estratégia só não serviu para Miúdo, que mesmo de longe acertou-lhe um tiro de pistola calibre seis-trinta na altura do pulmão direito. Chinelo Virado continuou a correr por entre os prédios, até que subiu no Bloco Quatro e sentou-se no segundo lance de escada. Os amigos de Miúdo já se distanciavam quando ele gritou que era sete-um de Chinelo Virado. Voltaram para obedecer à ordem de ir atrás do fugitivo, que Miúdo repetia numa mistura de riso e desespero. Lá na estrada do Gabinal, uma patamo ia na direção da Freguesia. O cabo percebeu o corre-corre, mandou o motorista dar meia-volta. Os bandidos agora corriam em direção ao Morrinho, onde se esconderam.

— Porra, o cara enganou vocês, aquela onda de gritar e sair correndo era onda dele, ele sacou que o bicho ia pegar e armou aquela! Só eu que não fiquei de bobó...

— Mas os homi pintou na área mermo...

— Os homi pintou só depois, rapá! Se todo mundo sentasse o dedo na hora, ele já tinha morrido, mas eu peguei, mas eu peguei ele, eu peguei ele...

Ficaram ali por pouco tempo, de onde estavam dava para ver a patamo retornar à Estrada do Gabinal. Miúdo intuía que Chinelo Virado estava vivo, pensou em vasculhar os Blocos Velhos para dar o tiro de misericórdia. Fez menção de tomar a direção dos Blocos Velhos, parou de repente, olhou para Marcelinho Baião e disse:

— Aí, Baião, tu, que nunca matou ninguém, vai lá e mata o cara! Toma essa seis-trinta aqui, procura ele e, mermo se tu sentir que ele tá morto, senta o dedo assim mermo. Tu nunca matou ninguém, vai lá pra tu sentir como é que é, morou?

Marcelinho Baião titubeou, ia arguir alguma coisa quando Miúdo insistiu num berro absoluto:

— Vai lá e mata o cara, rapá! Tu não tá aí formado com a gente? Vai lá e mata o cara!

Marcelinho Baião segurou a pistola, suas mãos tremiam, o coração disparava. Tinha de seguir a ordem de Miúdo, pois era ele quem sempre lhe dava dinheiro para comprar um quilo disso ou daquilo, fora ele quem lhe dera força em seu primeiro assalto, sua vida melhorou depois que passou a andar com Miúdo. Engatilhou a pistola e saiu quebrando pelas pontas de cada prédio levando seu medo, seu nervosismo, a sagacidade dos seus dez anos de idade junto com a arma que mal lhe cabia nas mãos, a voz de Miúdo acompanhando seus passos.

"Vai lá e mata o cara, rapá!"

As ruas eram desertas, alguns acompanhavam os acontecimentos por detrás das cortinas. Baião atravessou a praça do conjunto, a visão corria toda a extensão das retas que cruzava. Chinelo Virado havia se entocado, disso não tinha dúvidas. Sorte, muita sorte, o traficante não iria morrer em suas mãos. Ia virando o corpo para retornar quando notou certa movimentação na entrada de um prédio. Deu uma corrida. No saguão do prédio, viu pessoas com o desespero maquiado no rosto. O negócio era conferir. Se não matasse Chinelo Virado, ficaria mal com Miúdo, e se matasse pegaria consideração, seria respeitado. Teria de matar, porque Miúdo já havia matado, Camundongo Russo já havia matado, Buzininha já havia matado, todos já haviam matado, só ele estava em falta. Teria moral de sujeito ruim. Matar, matar, matar... Verbo transitivo exigindo objeto direto ensanguentado. Vítima que reagia tinha de morrer, alcaguete tinha de morrer, final de comédia tinha de morrer. Matar. Miúdo falou:

"Vai lá e mata o cara, rapá!"

Galopou pelos degraus e, já no quarto lance de escada, viu Chinelo Virado recebendo água de uma mulher. A mulher percebeu que alguém se aproximava, talvez fosse algum parente para ajudar a socorrer o traficante. Sem se virar falou que o rapaz estava perdendo muito sangue. Baião não ouviu o que ela disse, não ouvia nada, não pensava em nada. Somente a voz fina e estridente de Miúdo:

"Vai lá e mata o cara, rapá!"

Respirou fundo e, com total rapidez, passou seu corpo franzino por debaixo da perna da mulher e sentou o dedo seis vezes no peito de Chinelo Virado.

Depois de dois dias da morte de Chinelo Virado, Miúdo comprou, na mão de um matuto que apareceu dizendo que lhe traria sempre a quantidade que ele quisesse, vinte quilos de maconha em consignação para vender a trouxa mais servida de todo o Rio de Janeiro. Disse a Pardalzinho que, quanto mais cedo vendesse a droga, mais cedo faria dinheiro. Sem segredo: a malandragem era consagrar uma boa freguesia, depois ir diminuindo a quantidade de maconha na trouxa.

Em pouco tempo seu vapor recebia uma carga de cinquenta trouxas a cada meia hora. Deu ordem para ele trocar maconha por roubo, revólveres e tudo que fosse objeto de valor. Num curto espaço de tempo, já tinha brizola boa e servida para oferecer aos fregueses, que a trocavam por cordões de ouro roubados, armas dos mais variados calibres.

O movimento aumentou, Os Apês eram de fácil acesso para os fregueses de fora, que chegavam a fazer fila para comprar bagulho bom. Tudo corria em total crescimento, os ladrões sempre traziam revólveres para trocar por cocaína e maconha, seu vapor trabalhava armado, esse negócio de vapor trabalhar na mão é coisa de boca sem-vergonha. Pardalzinho era o único sócio, era o único em quem confiava. O resto assaltava para arrumar dinheiro. O dinheiro entrava fácil para o bolso de Miúdo e de Pardalzinho; precisava arrumar uma pessoa que soubesse ler e escrever para administrar o entra e sai de dinheiro. Essa pessoa não poderia ser bandido, porque bandido não presta, na primeira oportunidade iria lhe dar volta. Tinha de ser um trabalhador amigo, um que o considerasse desde criança, que nunca houvesse roubado, mas que também fosse de atitude, sujeito homem, que metesse a mão no ferro caso fosse necessário. Matutou, andou ao léu pelos Apês, olhava na cara de todos que cruzava.

Em seu rosto estampou-se um sorriso quando de longe avistou Carlos Roberto, ele volta e meia parava para lhe dar ideias fortalecedoras, dizia-lhe para sempre ficar na atividade com os vagabundos que o rodeavam, pois vagabundo é igual cobra. Desde que conhecera Carlos Roberto, nunca o vira de quás-quás-quás em roda de amigos, era um sujeito sério, considerado pelo pessoal da antiga, pela rapaziada do conceito. Correu ao encontro de Carlos Roberto, fez-lhe uma proposta de trabalho, Carlos Roberto recusou. Mas o bandido insistiu, disse que não precisava pegar em arma, era só manobrar o dinheiro para ter sempre a quantia da compra do preto e do branco. Também queria que ele tomasse conta dos vapores, não era nada que desse muito trabalho nem muito perigoso. Só iria trabalhar com dinheiro e negociar com os matutos, não precisaria endolar nem comprar nada. Carlos Roberto custou a aceitar, mas como um dinheirinho a mais no orçamento não faz mal a ninguém...

— O causo é o seguinte, Carlos Roberto tá de frente aí comigo na parada, sabe qualé? Tudo que ele falar aí, tá direito. Todo mundo tem que prestar conta com ele aí, tá ligado? Não precisa de falar nada de grana comigo — disse Miúdo aos vapores numa reunião convocada um dia depois de acertar a gerência das bocas de fumo com Carlos Roberto.

Os dias nos Apês corriam como Miúdo queria: as bocas vendendo, o ouro se amontoando dentro de uma fronha que guardava em local secreto, as armas que os ladrões traziam das casas assaltadas na Barra da Tijuca e em Jacarepaguá iam sempre para as suas mãos. Proibiu os assaltos nos Apês, quem assaltasse algum morador na área de suas bocas de fumo morreria. Para dar exemplo, matou um ladrão sem o menor motivo, disse a todos que o matara porque o safado assaltara um morador que não queria se identificar. Na verdade, o assassinado era irmão de um bandido, já morto, que batera nele depois de lhe tomar os objetos de um assalto feito em Botafogo, no tempo em que passava os dias na favela Macedo Sobrinho. Lembrou, antes de matar o irmão de seu agressor, ter jurado vingança na hora em que apanhara. Agora se vingara e ainda amedrontara os ladrões da localidade: dois coelhos com uma só cajadada...

— Essa porra de assaltar morador é preju, porque eles dá queixa na polícia no sapatinho, a polícia acaba dando incerta.

Miúdo também desejava ser querido pelos moradores para, no caso de precisar de uma fuga ou socorro, ser atendido de pronto.

O dono dos Apês volta e meia andava Lá em Cima, sempre acompanhado de seus quadrilheiros, procurava saber quem estava traficando, se essa ou aquela boca estava vendendo muito, se era o mesmo matuto que estava abastecendo as bocas de fumo dali. Ia à boca da Tê para ter mais informações, já que era querido por ela, por quem também nutria grande afeição. Gostava Lá de Cima, fora ali a sua primeira residência em Cidade de Deus, onde conheceu Pardalzinho, Cabelo Calmo, Luís Ferroada, Tutuquinha, Inferninho e Martelo. Sempre que andava por aquelas quebradas, lembrava-se de Carlinho Pretinho e Cabelo Calmo, que estavam cumprindo pena no Lemos de Brito. Qualquer dia mandaria dinheiro para eles. Chegava às biroscas pagando tudo para a rapaziada do conceito, batendo nas costas dos amigos que ali fizera, convidando-os para irem aos Apês tomar uma cerveja com ele. Corria toda a área evitando passar em frente à casa da mãe, fazia muito tempo que não trocava uma só palavra com ela.

Numa sexta-feira pela manhã, Miúdo e seus parceiros andavam de bicicleta pelo conjunto atrás de Cenoura. Procuraram Sandro Cenoura Lá em Cima, depois de procurá-lo pela Quadra Treze. Miúdo procurava o amigo que se afastara dele desde que começara com a mania de dar ordens, dar esporro em todo mundo. Ele não sabia qual o verdadeiro motivo do afastamento, imaginava ser inveja por ele sempre se dar melhor nos assaltos e roubos. Miúdo, na verdade, sempre achou Cenoura meio esquisito, arredio. Várias vezes o surpreendera conversando numa boa com os amigos, mas, quando notava sua presença, calava-se.

Cenoura, bem antes de Miúdo ser o dono das bocas de fumo dos Apês, montou uma boca de fumo na Treze junto com Ferroada e, desde que seu sócio foi preso, ficou à frente da boca sozinho. Ali na Treze, havia uma garotada que cometia delitos, dentro e fora da Cidade de Deus. Alguns desses garotos trabalhavam como vapor para Cenoura, que não possuía uma boca que vendesse muito, porque os fregueses de fora tinham medo de andar pelo conjunto.

"Qualé, viu Cenoura aí não?", gritava nos becos lá de cima, como se a pergunta fosse para todos os presentes nas biroscas, nas esquinas, nos portões das casas.

— Ele tá no baiano lá na casa do Isquindim — respondeu um garoto pubescente.

— Vai lá, corda ele lá, rapidinho.

— Posso não, tenho que ficar...

— Não pode é o caralho, rapá! — gritou Miúdo, aproximando-se do menino para dar-lhe um tapa no rosto. Depois lhe perguntou:

— Não vai, não?

— Vô, vô, vô!

O garoto saiu em disparada pelos becos enquanto Miúdo bebia cerveja com os seus quadrilheiros na birosca do Noé, sempre de arma em punho, olhando para todos os lados. Na ponta da esquina, Sandro surgiu de bermuda, sem camisa, em passos lentos. Miúdo acenou cordialmente, bebia a cerveja em goles curtos. Pardalzinho comentou que cada dia que passava Cenoura ficava mais gordo. Cenoura apertou a mão de cada quadrilheiro, fez questão de abraçar Pardalzinho.

— Tu tá sabendo que nós tá de frente lá nos Apê?

Sandro balançou a cabeça positivamente.

— Então! Tu não deixa aqueles moleques lá da Treze ficar metendo ali não, morou? Manda eles meter em outro lugar, tá ligado? Suja pra minha boca e pra tua, se eles ficar metendo na área da boca, tá ligado? Eu acho que...

— Meu irmão, eu cuido da minha vida, não quero saber da vida dos outros, não. Não tô nessa de ficar dando ordem e nem ficar dando uma de polícia, não, tá ligado? Vai você mermo dar ideia a eles, morou?

— Vim te dar ideia, porque tô sabendo que os cara tão formado contigo lá na boca, lá — falava, ríspido, Miúdo. — Já que não tá, quando começar a cair um montão lá, não vem fazer pedido, não.

Antes de Cenoura dar sequência ao diálogo, Pardalzinho interveio:

— É, eu já sabia que tu não ia querer se meter mermo, não. Tu sempre foi mermo de ficar sempre na tua, mas é o seguinte: avisa os moleques que tu gosta lá, pra dar um tempo, pra eles não entrar em confrito com a gente, tá ligado? A gente veio mesmo numa de paz, tá me entendendo? A fim de fazer um conchavo na moral... Sem essa de arengação, sem precisar matar ninguém, dá uma ideia aos moleque lá, falou, nego velho?

Em seguida, em movimentação rápida, Pardalzinho montou na bicicleta e falou para os parceiros:

— Vamo sair, vamo sair, vamo sair.

No caminho, Miúdo falava da possibilidade de passar o rodo em Cenoura. Além do mais, achava que ele havia engrossado com quem fora dar ideia responsa, justamente para evitar conflito com ele, que era amigo da antiga.

— O cara fala assim mesmo, rapá! Ele não tá a fim de se meter e pronto. Tu já avisou, não avisou? Então pronto! Deixa que eu dou ideia àquela molecada lá da Treze... Eles são responsa comigo... — tranquilizava Pardalzinho.

Passavam pelo bar do Batman, quando Pardalzinho avisou:

— Aí, vou dar um pinote em casa, morou? Vou panhar umas roupa lá, daqui a pouco eu pinto lá nos Apê. Leva meu revólver aí!

Voltou pelo mesmo caminho que fizera na ida; em seguida pegou a rua do braço direito do rio, entrou numa viela, dobrou à esquerda para sair na Edgar Werneck, onde morava, mas puxou o freio da bicicleta ao passar por uma tendinha onde algumas pessoas faziam batucada.

Pediu uma cerveja, sentou-se perto do homem que tocava cavaquinho, ajeitou-se de modo que visse o desdobrar dos dedos do homem no instrumento. Ganhou intimidade. Depois de um tempo, ele mesmo puxava os sambas, cantava em voz alta, bebia cerveja compulsivamente, fazia questão de pagar as bebidas que os rapazes do batuque pediam. Sua expressão de alegria por estar naquele ambiente se multiplicava a cada instante. Tudo ia bem até chegarem dois homens com jeito de quem já sabia que Pardalzinho estava ali. Chamaram-no. A conversa áspera durou pouco mais de dez minutos, até que um deles deu-lhe um empurrão. Pardalzinho cambaleou, mas logo se equilibrou e partiu com violência para cima do agressor. A batucada parou quando a briga começou. Pardalzinho, mesmo levemente embriagado, pulava para todos os lados, esquivava-se dos socos e pontapés que agora os dois homens arriscavam. Era pequeno, gordinho, mas não tinha medo de encarar homem grande na mão. Poderia disparar até sua casa para chamar um dos seus dez irmãos para socorrê-lo, porém optou por levar a briga até o fim. Houve quem gritasse:

— Dois contra um é corvadia!

Juntou gente para ver Pardalzinho batendo em dois homens maiores que ele. A briga terminou quando um deles pulou para dentro do balcão da birosca, apanhou uma faca de matar porco e precipitou-se sobre Pardalzinho para esfaqueá-lo duas vezes no abdômen.

Pardalzinho tentou correr para casa, enquanto os inimigos se afastavam sob vaias e xingamentos. Pardalzinho caiu antes de cem metros, pedia para alguém chamar um táxi, com dificuldade para se expressar. Acerola e Laranjinha pararam um carro na Edgar Werneck e obrigaram o motorista a levá-lo para o hospital.

Lá nos Apês, tudo ficou agitado quando a notícia chegou pelo próprio irmão de Pardalzinho. Ele deu a notícia e pediu um revólver a Miúdo.

— Tu não precisa de revólver, não, que tu não é bandido. Tu precisa de dinheiro.

Em seguida se virou e gritou:

— Camundongo Russo, pede lá ao Carlos Roberto dinheiro pra pagar a crínica e remédio pro Pardal.

Depois que o irmão de Pardalzinho foi embora, Miúdo, meio confuso, falou de vários outros assuntos, enveredou, fala por dentro de fala, sem dar chance para diálogo e sem mencionar o nome de Pardalzinho no monólogo dos nervosos. Às vezes, ficava um longo tempo com o olhar esquecido num ponto qualquer e voltava expressando seu sentimento entronchado pelos acontecimentos; deu tiros para o alto mordendo os lábios, engatilhava e desengatilhava a pistola, ria sua risada fina, estridente e rápida sem o menor motivo, andou e desandou por todos os blocos de apartamentos, mandava um malandro qualquer apertar um baseado, dava tapas no rosto daqueles que achava ter cara de otário, demandou, várias vezes, uma oração da qual ninguém entendeu uma só palavra. No final da tarde, ordenou a Biscoitinho que comprasse dez quilos de carne de primeira e fez um churrasco nas imediações do Bloco Sete. Ninguém ousava fazer-lhe qualquer pergunta, somente ele falava naquele clima tenso, muitas vezes falava sozinho e ria depois de uma mudez prolongada, mandava os malandros comerem — pois nesse churrasco só bandido podia degustar a carne malpassada que eles comiam, cujo sangue escorria pelo canto da boca. Até mesmo o pessoal do conceito ficou excluído daquele churrasco que varou a noite.

Meia-noite em ponto, sem dar satisfações, montou na bicicleta, pedalou forte, na direção Lá de Cima. Andava ao léu por dentro da escuridão daquela noite sem lua, informou-se, em fonte segura, de todo o acontecido. Foi à casa da Tê e mandou que ela parasse o movimento das drogas sem dar maiores explicações, passou na Treze, onde grosseiramente e de arma engatilhada deu a mesma ordem a Sandro Cenoura, e voltou para Os Apês.

— Vamo cheirar brizola, vamo cheirar brizola...! Bandido tem que cheirar brizola pra ficar ligado nas ideias... Pra não ficar de bobó nos trabalho! Bandido tem que cheirar, bandido tem que cheirar... — falava, e ria sua risada fina, estridente e rápida.

A manhã seguinte nasceu cinza, tudo parecia lerdo no ar sinistro que envolvia as pessoas que andavam sérias na omissão dos becos e das vielas que compunham, por estarem desertas, a tristeza do dia.

Nos Apês, Zé Miúdo ainda cheirava brizola junto com seus quadrilheiros, mais agitado do que quando soube do incidente com o parceiro.

Era meio-dia em ponto quando ordenou que todos o seguissem. Uns iam de bicicleta, outros a pé, correndo com olhos arregalados, dentes trincados, mirando os lugares possíveis e imaginados, numa ação de plantar o terror nos olhos de quem Miúdo quisesse. Pois era ele quem mandava, era ele quem ia na frente, com três pistolas, e designava o caminho a ser percorrido. Ia para mostrar aos inimigos os quatro cantos da morte.

Entraram no beco onde César Veneno tinha uma boca de fumo. Miúdo perguntou pelo seu paradeiro a um grupo de pessoas na esquina. Uma mulher apontou para a birosca. Miúdo seguiu a direção de seu dedo com o olhar, viu Veneno comendo linguiça frita, bebendo cerveja e contando piada.

— Qualé, Cesa Veneno? Chega aí pra dar ideia!

César, quando viu quinze homens armados, tratou de dar no pé, mas um tiro de Miúdo foi buscá-lo longe. Mesmo baleado, Veneno sumiu por uma viela, pulou dois muros e se entocou debaixo de um carro. A quadrilha de Miúdo vasculhou as imediações, sem nenhum resultado. Quando se retiravam, passaram perto do carro onde Veneno se escondia. O traficante, pensando ter sido descoberto, pediu aos gritos que não o matassem e entregou em seguida seu revólver a um dos quadrilheiros. Miúdo riu sua risada fina, estridente e rápida; desfechou três tiros na cabeça do infeliz.

A família de Valtinho, assaltante Lá de Cima, comemorou a morte de Veneno: fora ele quem matara Valtinho, dois dias antes, e depois acendera velas ao redor do corpo na mais pura maldade.

Rumaram dali, novamente em correria, para as Últimas Triagens, aonde chegaram dando tiros em fechaduras, vasculhando todas as moradias, e prenderam, igual polícia, dois traficantes. Dirigiram-se para a Quadra Quinze com os presos sob a mira de revólveres. Junto com Biscoitinho, Miúdo invadiu a casa do homem que esfaqueou Pardalzinho. Tiraram-no da cama debaixo de coronhadas e levaram-no com os outros dois para a beira do rio.

— Deita aí, deita aí...

— Qualé, Miúdo?... Não faz isso, não... Que que a gente fizemo? Pelo amor de Deus! — disse um dos traficantes já defecando, sentindo o corpo todo se apertar no desespero de quem caminha para a morte.

Os outros dois se desfaziam em choro calado entre os quadrilheiros, que também não entendiam bem a situação. Sabiam que Pardalzinho fora esfaqueado, mas pensaram que só iriam buscar forra no esfaqueador. Alguns queriam sair dali. Mas quem teria coragem de ir contra Miúdo? Biscoitinho e Camundongo Russo mostravam-se felizes, davam coronhadas quando um dos três levantava a voz pedindo clemência. A chuva era rala, o rio corria um pouco mais veloz, Miúdo ria mais fino, mais estridente e mais rápido, sem piscar e com o pescoço balançando a sua cabeça na direção de todos os extremos daquela hora.

O primeiro dos três deitou-se debaixo de porrada e tiros. Diversos tiros explodiram sua cabeça. Miúdo empurrou com os pés o corpo, que ainda estrebuchou dentro do rio. O primeiro assassinato emudeceu os outros dois prisioneiros da quadrilha de Miúdo. O homem que esfaqueou Pardalzinho desfaleceu antes de levar tiro por todo o corpo. Foi empurrado para dentro do rio também estrebuchando. Subitamente, o último pulou dentro do rio, ficou embaixo d'água procurando se agarrar em alguma coisa. Quando voltou à tona para buscar ar recebeu um tiro da pistola de Miúdo na parte esquerda do crânio. Antes mesmo de desengatilhar a arma, surgiram, de um beco, dois amigos dos traficantes executados, vinham pedir que os poupassem. Ao verem os corpos boiando, perguntaram a Miúdo o que estava acontecendo.

— Veio fazer pedido, veio fazer pedido? Não tem pedido, não! Não tem pedido, não! Tá de ferro aí? Tá de ferro aí? — perguntou Miúdo.

— Tamo, mas vinhemos numa de paz.

— Paz é o caralho, rapá! Me dá os ferro aí! Me dá os ferro aí!

Os dois entreolharam-se, colocaram a mão direita na parte de trás da cintura, olhavam firme nos olhos de Miúdo, que ao escutar o engatilhar de uma das armas passou fogo nos dois e berrou para Camundongo Russo:

— Joga lá no rio, joga lá no rio!

Caminharam Lá em Cima por toda parte dando tiros para o alto, mandando fechar biroscas. Miúdo, como sempre, dava tapas no rosto de quem não ia com a cara, avisava que era o dono do pedaço, qualquer um que botasse boca ali iria cair fedendo. Avisou a Tê que ela poderia vender toda maconha e brizola que tivesse, mas depois só iria vender para ele. Ainda ficou ali um tempo e depois se dirigiu para a Treze atrás de Sandro Cenoura.

— Chega aí, Sandro, chega aí, Sandro... O caso é o seguinte: matei todo mundo Lá em Cima, tá ligado? E é o seguinte, tu só vai ficar de frente aí, morou? Mas só se tu mandar um dinheiro pra cadeia lá, tá ligado? Tem que mandar dinheiro pra Calmo e Ferroada, tá ligado? Senão tu vai cair! Vai cair! Vai cair!

A chuva tomou novo impulso, seus pingos ricocheteavam nos telhados como rajada de metralhadora. A água lavou as manchas de sangue na beira do rio, apagou as velas em torno do corpo de César Veneno.

— Mas não tem portância se tudo que vem do céu é sagrado! — disse sua mãe depois de rezar um terço e desistir de manter as velas acesas.

E, mais que tudo, as águas desceram para chorar por Busca-Pé e Barbantinho nesse dia em que saíam do casarão mal-assombrado e fumavam um baseado na beira do rio, à altura do bosque de Eucaliptos.

* * *

Poucas horas depois de voltarem da praia, onde replanejaram a surra que dariam nos cocotas da Gardênia Azul, os cocotas da Cidade de Deus tomaram banho e puseram suas roupas de grife. Juntos e assim vestidos, pareciam defender o mesmo enredo. Antes de chegarem à praça Principal, compraram chiclete e bala Halls. Mascavam uns, chupavam as outras, separavam uma parte para oferecer às gatinhas no baile. Coisa de cocota.

Domingo à noite, a praça Principal era dos cocotas em suas brincadeiras pueris. Marisol foi um dos primeiros a chegar. À medida que os amigos chegavam, ele repetia o plano de deixar Thiago ir sozinho falar com os cocotas da Gardênia Azul. Caso houvesse briga, sairiam tampando os inimigos.

Entraram no ônibus cantando *rock'n'roll*. A juventude branca de Cidade de Deus ia sacudir o baile do Olímpico da Freguesia. Thiago, sério, ia abraçado a Adriana no banco da frente. Marisol ia atrás. Mesmo preocupado em memorizar os mínimos detalhes do plano de combate, cantava alto, fazia de tudo para chamar a atenção de Adriana e, todas as vezes em que presenciava cenas de carinho entre o casal, virava o rosto para abafar o seu ciúme.

Na Freguesia, espalharam-se em grupos pequenos. Adriana fez o que lhe fora determinado, porém entrou no clube sem ser molestada. A cocotada de Cidade de Deus entrou no baile discretamente, ficou separada até mesmo no salão, confundia a cocotada da Gardênia Azul, que, ao contrário, ficou agrupada no canto esquerdo do salão, ensimesmada naquele ambiente de Led Zeppelin no mais alto volume, baseados acesos, luzes estroboscópicas por toda parte.

Marisol, em passos de dança, percorreu todo o salão à procura do cocota que tivera a ousadia de passar a mão em Adriana, aquela gostosa que um dia seria sua garota, para ser tratada com todo o carinho que uma cocota linda como ela merece. Percebeu o procurado entre seus amigos, todos agora no meio do salão. Aproximou-se de modo sorrateiro para não ser percebido. "Vou dar um tapão na cara, depois saio correndo pra essa porra pegar fogo", pensou durante o curto trajeto.

O tapa levou o rapaz ao chão, e seus amigos não sabiam se o socorriam ou se iam atrás de Marisol, que, aos berros, chamou os amigos para ajudá-

-lo. Em poucos segundos, quem não era de Cidade de Deus era surrado. Às vezes eram quatro em cima de um, naquela praça de guerra com sons de risos confundidos com os de desespero.

Daniel e Rodriguinho seguravam os inimigos para Marisol entrar com pontapés. A melhor tática era a de jogá-los na piscina para depois bater, lá fora, em quem estivesse molhado. Houve quem saqueasse o bar, roubasse os pertences dos desmaiados, agarrasse as gostosinhas para dar um amasso enquanto o pau comia, porém outros, como Busca-Pé, trataram de dar no pé antes de serem molestados.

Os seguranças preocupavam-se em salvaguardar o dinheiro da bilheteria e a aparelhagem de som, sabiam que não tinham condições de apartar uma briga que envolvia mais de cem pessoas. A briga, que parecia ter sido levada a termo no salão, recomeçou na rua. Nessa etapa da luta, as pessoas dos bares próximos, do ponto de ônibus, os motoristas de táxi foram agredidos e assaltados, mesmo sem a utilização de armas por parte dos cocotas. Os ônibus que passavam na hora eram saqueados. Quebravam narizes, braços, pernas, cabeças e deixavam olhos inchados num espaço de tempo curto para tantas ações violentas.

Depois da briga entraram no primeiro coletivo que apareceu e obrigaram o motorista a levá-los até Cidade de Deus mesmo tendo que sair do itinerário.

Dentro do ônibus, Marisol falou que foi agredido na maior covardia, tomou um tapão no pescoço que não sabia de onde tinha vindo, da próxima vez tinham de chegar enfiando logo a porrada, para que eles nunca mais ousassem agredir um cocota de Cidade de Deus. Thiago olhou à socapa para aquele cocota de olhos rasgados, cabelo preto avoaçado. Percebia maldade quando o olhar de Marisol caía sobre ele e desejo quando caía sobre Adriana. Pensava em nunca mais sair de perto da namorada, pois sabia que ela era desejada, não só por Marisol, mas por todos que vissem aqueles cabelos ondulados, aquela boca carnuda, os seios pequeninos, as coxas torneadas. Marisol falava em demasia, repetia as mesmas coisas, gesticulava, ria, planejava uma nova briga.

Desembarcaram do ônibus assim que ele ultrapassou a ponte, tomando a precaução de não passar em frente ao posto policial. Daniel ainda pensou em comprar uma trouxinha no Bloco Sete, mas logo, logo, desistiu, quando Marisol lembrou que seria arriscado. A polícia deveria estar atrás de Miúdo nos Apês, pois fazia pouco tempo que sua quadrilha havia assassinado seis pessoas. Marisol olhou em volta, notou que tudo estava deserto. Eles eram os únicos transeuntes daquela madrugada. Uma sensação de medo se instaurou em todos imediatamente.

— Miúdo matou os cara ontem-ontem e hoje mesmo, de manhã, tava de vapor lá na boca do Sete na tremenda alegria... Toda vez que ele mata, ele dá uma de vapor, distribui maconha de graça pra todo mundo que ele conhece... Eu cheguei lá assim na minha, tá ligado? Ele me viu assim, ficou me olhando um tempão, depois falou assim: "Qualé! Se comprar uma, leva duas, se comprar duas, leva quatro, se comprar quatro, leva oito". É mole? Falou que as bocas lá de cima também é dele.

— Porra! O cara de repente ficou absoluto na área. Comé que pode: o cara baixinho, gordinho, feio pra caralho mandar geral assim? Pior que Pardalzinho...

— Que Pardalzinho?

— O cara que neguinho deu umas facada. Tá de frente com ele e é baixinho, gordinho, assim que nem ele. Só que é mais pintoso.

Daniel e Marisol conversavam, depois que se despediram dos demais cocotas.

Na segunda-feira, Thiago acordou cedo, preparou-se para fazer seu *cooper*: como de costume, iria até a praia, onde daria umas braçadas, faria alongamento e abdominais. Iniciou o percurso na hora que prometera a si mesmo antes de pegar no sono, sono que também fora precedido de sentimentos de ciúme, raiva, insegurança e planos para não perder Adriana. Antes de atingir a primeira ponte da Via Onze, resolveu voltar e seguir a namorada até o ponto de ônibus.

Ela ia pelas ruas em passos tão rebolativos, causados pela pressa de pegar o ônibus, que os homens pelos quais passava faziam gracejos e olhavam para trás, conferindo-lhe a bunda e irritando Thiago, que teve necessidade de sentir-se dono daquele corpo admirado por todos. Bem perto da praça Principal, abraçou-a por trás, assustando-a. Sem demonstrar ciúme, disse que a tinha visto havia pouco. Acompanhou-a até o ponto de ônibus e, depois de conversar amenidades, disse que iria apanhá-la na escola, coisa que nunca havia feito. A namorada não percebia o ciúme de Thiago, concordou de imediato, sentia-se feliz pela dedicação do namorado. Deu-lhe um beijo gostoso antes de subir no ônibus.

O cocota pensou em dar mais umas voltas pelo Loteamento para completar a corrida, já que seu ciúme o impedira de ir até a praia. Mas agora estava tudo bem, porque ela concordou sem pestanejar, se tivesse namorado na escola iria ficar nervosa, e talvez nem concordasse com a sua proposta. Corria forte pelas ruas do Loteamento, agora pavimentado e ocupado por casas de classe média baixa, mas conservando ainda um grande número de árvores e lugares ermos para fumar um baseado tranquilo. Sentou no galho mais alto de uma amendoeira, acochou um baseado sem muita pressa, o pensamento voltado para os homens que olhavam para trás quando sua namorada passava, para os olhares de desejo que Marisol lançara sobre ela dentro do ônibus, para os possíveis olhares que os professores poderiam atirar em suas pernas. Com certeza, ela era a garota mais bonita da escola; ele pensou até em voltar a estudar, se matricularia na mesma escola para ficar de guarda o tempo todo. Fumou o baseado inteiro, seu pensamento agora era mais lento, seu olhar, contemplativo. Notou um ninho no galho ao lado, teve curiosidade de ver o que tinha dentro, na hora em que se ergueu percebeu a altura, voltou para a posição em que estava. Segurou-se com mais firmeza no tronco da árvore, ficou com medo de descer. Essa coisa de subir em árvore para fumar maconha é sempre assim: quando fica doidão, o maconheiro tem medo de descer. Já havia ouvido casos de amigos que tiveram de ficar na árvore até a doideira passar. Depois de algum tempo, sentiu que não estava tão doido assim, relaxou e observou os raios de sol entrando pelas folhas, passarinhos brincando nos galhos. Tudo ficou mais calmo e bonito, sempre as coisas ficam mais à mostra quando se fuma um, há quanto tempo que não percebia a felicidade dos pardais, a beleza da vida. A imagem do sol dando nos galhos ficaria para sempre em sua mente. Cantarolou uma música de Raul Seixas, novamente olhou para baixo e agarrou-se no tronco com a mesma firmeza de antes, seria melhor descer para acabar de vez com aquela paranoia. Quando começou a descer sentiu medo novamente, depois viu que era fácil, tudo não passava de coisa de doidão. Caminhou até a sua casa torcendo para dar logo a hora de buscar Adriana na escola.

Vestiu-se com a sua melhor roupa, depois de tirar os poucos pelos do rosto, banhar-se de perfume e passar em excesso o creme de pele de sua mãe para sair de casa com marra de bonito. Chegou bem antes da hora às proximidades do colégio da namorada. Entrou num bar, comprou dois bombons, enrolou o tempo bebendo um refrigerante, sem tirar os olhos da entrada do colégio. Saiu do bar, deu a volta no quarteirão e marcou o tempo do percurso. Ao término de mais três voltas seria a hora da saída. Chutou pedrinhas, assobiou várias músicas, pensou novamente em voltar a estudar, percebeu que o tênis estava meio surrado, andou de mão no bolso, da próxima vez chegaria na hora certa.

Adriana, ao vê-lo, caminhou lépida em sua direção, deu-lhe um beijo de estalo e perguntou a que horas ele havia chegado. Thiago gaguejou e mentiu:

— Cheguei quase agora.

— Mentira, eu vi o senhor andando pra lá e pra cá, lá de dentro da sala. Você tá preocupado com alguma coisa, hein?

— Eu cheguei há um tempinho... Não tô preocupado, não. Tavo com saudades de você!

— "Tavo" não, Thiago, "estava"!

Thiago fez questão de abraçar a namorada antes de atravessarem a rua, parou num botequim para comprar cigarro, pensou em não abraçar mais a namorada para ver se algum engraçadinho viria com aquela onda de dar beijinhos, abraçar, ficar de lero-lero. Saiu do bar com o cigarro já aceso, agora andava afastado da namorada, que os homens voltavam a olhar de modo provocativo. Adriana fez questão de abraçá-lo, sentia-se mal sendo assediada ao lado do namorado, que havia fechado a cara. Ele, sem se conter, disse com certa picardia:

— Tu gosta que os homem fica te olhando, né?

— Deixa de ser bobo, garoto...

— Sempre que um homem te olha, você rebola mais ainda!

— Para de falar besteiras. Tu veio me buscar pra isso, é? Sabe que todo homem é assim... Vai dizer que tu não olha pras garotas na rua?

— Eu não, só tenho olhos pra você. Não olho, não penso, só quero você, só quero você... — falou em tom carinhoso.

Pararam ainda numa sorveteria, antes de embarcarem no ônibus que os levaria de volta para Cidade de Deus. Adriana dizia-se apressada porque ainda teria de ir à casa de uma amiga fazer um trabalho de grupo para o colégio. Thiago ouviu sem se manifestar, porém pelo seu pensamento iam somente desconfianças; coçava o nariz, balançava a perna num nervosismo não evidente para a namorada. Não seria aquilo invenção dela para poder encontrar-se com algum namoradinho, ou até mesmo com o Marisol? As mulheres mentem como o cão!

— Tua amiga mora onde? — perguntou sem olhá-la no rosto.

— Ali na Freguesia — ela respondeu da mesma forma.

Despediram-se após Thiago ter dito que iria no dia seguinte apanhá-la na escola, já que não poderia passar a tarde com ela, como havia planejado. Bem que pensou em dizer que a levaria à casa da amiga, ou, então, combinar um cinema para depois do trabalho, com o intuito de se certificar se era realmente trabalho de grupo o que a namorada iria fazer. Ficou na esquina da rua de sua casa matutando uma forma de encontrar-se com ela no momento em que ela saísse de casa. Com os olhos acompanhando o movimento da bola que alguns meninos chutavam na quadra de esportes do Lazer, sentia-se traído, enganado, mesmo sem ter motivo. Além de amor, agora sentia ódio de Adriana, ódio que não era só dela, era também dos gracejos dos homens na rua, dos olhares de desejo de Marisol, de um namoradinho riquinho da Freguesia, do professor, do motorista de ônibus, dum safado qualquer que viajasse com ela todas as manhãs. Sentia vontade de deixar de sentir ciúme, ser normal a ponto de não ligar mesmo se ela tivesse outro. Já dizia Busca-Pé, em conversa de praia, que é melhor dividir filé-mignon do que comer bofe sozinho. Palhaçada! Homem nenhum aceita isso. Se enfiasse logo um filho em sua barriga, as chances de perdê-la diminuiriam, se arrumasse um jeito de ficar com ela o tempo todo ficaria mais tranquilo.

O sol esquentava mais o clima ainda arisco pela morte dos seis bandidos. Thiago avistou Gabriel e Tonho na outra extremidade do Lazer, pensou em sair, pois queria ficar sozinho para poder bolar alguma estratégia para acompanhar Adriana à tarde; percebeu que os amigos já o tinham visto, talvez fosse até melhor jogar uma conversa fora para tirar aquela bolação da cabeça, sentou-se, recostou-se num poste, fez força para mudar a fisionomia e esticou a mão para os amigos com os olhos entreabertos à luz do sol.

— A gente veio numa de te dar ideia mermo, aí. Tá sabendo que vai ter um festival de rock, num sítio, lá em Magé? — perguntou Gabriel.

— Não — respondeu Thiago.

— Porra! Como é que tu não sabe, rapá? Mais de trinta banda de *rock'n'roll* puro... Tá toda hora anunciando na rádio Mundial... Tu nem parece que é garotão! Tá todo mundo ligado nas ideias de ir pra lá na sexta-feira e só voltar no domingo. A gente veio numa de descolar aquela barraca contigo se tu não ir, tá ligado? Porra, aí vai mulher à vera prum sítio, mané! Não vai, não? Não vai, não? Vou levar logo dez trouxão de maconha, ficar doidão três dias direto... — entusiasmava-se Gabriel.

— Sabe o que rola geral nesses festival? Chá de cogumelo. Aí, tu toma uma caneca, fuma um baseadão, toma umas cinco bolinha, tu fica doidão, mané! Eu vou, morou? Mas minha barraca só dá pra dois, tem que arru...

— Que nada, rapá, tua barraca cabe dez molinho! É só arrumar mais duas, rumar uns dois lampião a gás, comprar enlatado, pão de forma... Aí, tem que ver quem vai, pra ir logo agitando as coisas. Aí, vamo lá ver essa barraca logo. Ela tá interinha? Vamo lá, vamo lá ver qual é da barraca, morou? — Gabriel falava esfregando as palmas das mãos, um sorriso sempre vivo instaurado em seu rosto, o cabelo preto e encaracolado cobria-lhe os ombros, seu corpo magro e saltitante arrepiava-se cada vez que falava das coisas que poderia fazer. Deu a mão para ajudar Thiago a levantar-se.

Caminharam para a casa de Thiago com Gabriel armando planos de viagem, fazendo cálculos de quanto gastariam nos três dias. Tinham de avisar a Katanazaka, Busca-Pé, Marisol, Daniel, Bruno, Leonardo, Breno, Dom Paulo Carneiro, Rodriguinho, Chevete e todas as gatinhas.

Armaram a barraca no quintal da casa de Thiago, que se esqueceu completamente da namorada. Era só dar uma costurada no lado esquerdo e mais nada, acocharam um baseado e depois foram até a casa de Álvaro Katanazaka avisá-lo da viagem, com a alegria aumentada em consequência do baseado que fumaram. Fizeram planos degustando o nhoque que dona Tereza Katanazaka preparara. À noitinha, os amigos foram informados sobre a viagem e sobre o que faltava providenciar para realizá-la. Nada de carregar muito peso. As meninas levariam o flagrante, Busca-Pé tinha uma barraca e arrumaria mais duas com os amigos do colégio, Daniel tinha um fogareiro a gás e todos levariam bastante coberta, porque a região era fria. Tudo certo, se todas as coisas do mundo fossem resolvidas assim não teríamos problemas. Saíram da casa de Katanazaka para fumar maconha numa rua relativamente longe da casa do amigo, colocaram colírio para não dar bandeira e voltaram para comer mais nhoque.

Marisol havia chegado à casa de Katanazaka logo após Thiago, Gabriel e Tonho regressarem. Thiago pensou em Adriana, porém a presença de Marisol lhe dera certo alívio, tinha agora a certeza de que Adriana não estava com ele. No entanto, pouco se dirigiu a Marisol, volta e meia olhava-o dos pés à cabeça com dureza, mas sem perdurar por muito tempo os olhos no rival, que não percebeu sua indiferença. Invadiram a madrugada brincando de fliperama.

Thiago acordou cedo, mesmo tendo dormido tarde. Como de costume, arrumou-se para dar sua corrida. Fez o mesmo trajeto do dia anterior, porém não seguiu a namorada, esperou que ela chegasse à praça Principal. Caminharam juntos até o ponto de ônibus, onde combinaram encontro novamente na porta do colégio. O cocota dessa vez chegou minutos antes da hora da saída, vestido com sua segunda melhor roupa, devidamente perfumado, armado de bombom e goma de mascar. Não abraçou a namorada enquanto falava do festival de *rock'n'roll* a fim de convencê-la a ir. Embora muito falante, observava os homens que passavam e gaguejava quando algum a olhava mais firmemente, disfarçava e continuava. Parou no mesmo botequim para comprar cigarro, também pediu dois refrigerantes, colocou quatro canudos em cada garrafa e foi para a porta do bar, onde a namorada o esperava. Bebia o refrigerante a certa distância dela; a fim de afastar-se ainda mais caminhou até a pessoa que estava mais longe para pedir fósforos, puxou assunto pedindo uma informação qualquer, olhava de rabo de olho para a namorada, que sorriu quando um amigo da escola passou, falou alguma coisa, escorreu-lhe a mão pelo pescoço e alisou-lhe o cabelo. O cocota galopou do botequim com a garrafa de refrigerante em posição apropriada para descê-la com toda a força na cabeça do engraçadinho, que rodopiou e caiu completamente atordoado no chão. Antes mesmo de o rapaz se levantar, Thiago deu-lhe um pontapé no rosto e andou em volta do corpo desmaiado e ensanguentado. Tudo fora tão rápido que Adriana ficou estática, olhos arregalados e o cérebro custando a entender o que acontecera. Rapidamente se formou um círculo de pessoas em torno do estudante; dois homens tentaram agarrar Thiago, que puxava a namorada tentando sair dali com ela, mas um número maior de pessoas já o cercava, impossibilitando-o de trazer Adriana para a fuga. Desceu então um tapa de esquerda na orelha do mais próximo, requebrou o corpo para dar uma lesa nos demais e ameaçou com a garrafa aqueles que tentavam segui-lo. Entrou no primeiro ônibus que passou, enquanto Adriana ajudava a socorrer o amigo.

Depois de percorrer a distância de três pontos de ônibus, Thiago desceu pela porta de trás, livrou-se da garrafa e ficou sem saber qual direção tomar. Pensou em voltar para apanhar Adriana, não, não, talvez fosse melhor esperá-la em casa, ficar na praça era o que era certo, poderia também pegar um ônibus que passasse no local da agressão para ver no que tinha dado. Será que o cara tinha morrido? Tomava consciência de que tinha feito uma merda, o suor quente aos poucos esfriava, um vazio na espinha ia e vinha compassadamente. Besteira, fora besteira o que fizera, quantas vezes passou a mão no cabelo das amigas, quantas vezes deu beijinhos nas cocotas, que, por sinal, também eram amigas de Adriana. Arrependeu-se. Ficou por ali até pegar um ônibus que o levasse para Cidade de Deus.

— Tu tá maluco? Você viu o que você fez? Tu quase matou o garoto! Nunca mais, nunca mais tu olha pra mim!

— Eu pensei que fosse aquele cara lá do baile tirando onda contigo, não deu pra ver que ele tava de uniforme, não! Se eu soubesse que era amigo seu, eu não fazia nada, não...

— Depois que ele caiu tu não viu que ele era da escola?

— Eu fiquei nervoso, não vi nada, eu... eu...

— Deixa de ser mentiroso, Thiago! Você tá com essa mania de ciuminho desde ontem, só agora que eu fui ver...

— Que ciúme o quê! Eu entrei numa pra te ajudar e você ainda fica contra mim. Tudo bem! Não tem nada, não. Vou sair aí, vou sair aí...

Thiago entrou na viela, sentia-se ainda mais derrotado porque a mentira não surtiu efeito. Passos curtos, cabeça baixa, mãos nos bolsos, olhos de lágrimas. Foi dar uma de cão de guarda e acabou perdendo Adriana. Que otarice, que ciúme babaca, mas se falasse com Patricinha Katanazaka, melhor amiga de Adriana, insistindo na mentira, mostrando-se arrependido, quem sabe ela não interviria junto a Adriana a seu favor? Tinha de fazer as pazes antes da viagem, era muito arriscado deixar aquela beldade sozinha no meio de uma porrada de homem, ainda mais agora que ela tinha dado para fumar maconha. Algum engraçadinho ia logo acochar baseado para ela e depois passar-lhe a pica. Daria um tempo entocado, depois chamaria Patricinha Katanazaka para levar ideia, chegaria até o ridículo de chorar na frente de uma mulher, se fosse preciso. Foi até a boca da Tê, comprou uma trouxa de maconha e andou em passos largos para casa.

Trancou a casa toda por dentro, acochou um baseado gigantesco, lembrou-se amargamente de todos os detalhes da agressão. Se pudesse voltar no tempo, nem iria apanhá-la no colégio.

— Deus do céu, todo-poderoso, Adriana tem de ser minha novamente... Mas qual é o homem que não é babaca por uma mulher, só esses paraibão ou criouleba, que só pegam mulher feia, qualquer um que ficasse com ela teria ciúme, ah, isso tinha! E quero ver ela arrumar um namorado que goste mais dela do que eu... Não vai arrumar mermo e sabe, meu Deus? Não é só porque ela é bonita e gostosa não, ela é sensual, aquele jeitinho de gozar, as mãos macias, o jeito de falar, de dançar, de me pedir as coisas. Por favor, Deus! Traz ela de volta pra mim!

Oito meses, apenas oito meses de namoro o fizeram ficar apaixonado como um cachorro, enciumado feito uma besta. Chorava de soluçar com a cabeça amparada na parede.

— Ah, ele chorou tanto, tinha hora que ele nem aguentava falar. Nunca vi Thiago assim, menina! Fiquei até com medo dele dar um troço. Falou tanto! Disse que você não acreditou nele e ele só tava tentando te proteger. Falou que queria ver a mãe mortinha da silva se não fosse verdade o que ele estava falando...

— Mas dava pra ele ver que o menino era da escola, tava tão pertinho, poxa! Deu uma garrafada no garoto, depois deu um chute no rosto. Não tenho nem coragem de voltar na escola, falei pra todo mundo que eu nem conhecia ele. Ainda bem que ninguém viu eu abraçada com ele... Mas me conta! Ele chorou na tua frente, é?

— Chorou à vera! Tinha que ver, se eu fosse você ia lá conversar com ele.

A reconciliação foi fácil: Thiago chorou nos ombros da namorada, porém agora não poderia mais apanhá-la na escola, coisa que ele aceitou de imediato. Ela lhe disse que não gostava desse negócio de resolver tudo na base da briga, que não era preciso nem aquela briga toda no baile, tinha medo de acontecer algum crime, pensou até que o amigo da escola tivesse morrido. Thiago balançava a cabeça concordando a cada final de frase, num cinismo que enganava a si mesmo.

Quarta-feira, na casa de Katanazaka tudo já estava praticamente pronto para a viagem. Partiriam sexta-feira à noite. Só faltava recolher o dinheiro para comprar os mantimentos, trocar o botijão de gás, descolar trinta trouxas de maconha, três caixas de bolinha e discutir a compra da cocaína que Marisol insistia em levar. Dizia que nos Estados Unidos tudo que era jovem fumava e cheirava, e os Estados Unidos mandavam geral:

— Tu pode ver que a maior nação do mundo é lá e é o país que tem mais doidão. Porra, qualquer coisa americana é melhor que a nossa, calça, patins, skate, relógio e o caralho. Neguinho fica aí achando que é o tal, hum... Lá é que rola as ondas, tá ligado? Viu Woodstock? Só gata, tomando pico, cheirando à vera, fumando só velona. Foi uma porrada de dia de *rock'n'roll* puro, mané! Nos Estados Unidos não tem essa de fragrante pra maconheiro, não. Neguinho fuma até na fila do banco. E aí, se curtir rock doidão de bagulho já é maior onda, imagina só trincadão de brilho. Sou mais de falar pra rapaziada dispensar essa porra de enlatado e comprar tudo de coca, tá ligado? — terminou a fala sorrindo, como todos que o escutavam.

— Eu fico a fim de cheirar um branco também, mas tem que ser um peso maneiro, tá ligado? Tem que dar um realce responsa. Gilberto Gil já falou: quanto mais purpurina melhor.

— Gil é maior doideira, né, cara? Foi preso lá no Sul com uma porrada de maconha...

— Foi só ele não, rapá! Caetano, Bethânia e Gal também... Essas minas também são maior doideira...

— Viu o filme?

— *Doces bárbaros*?

— É.

— Não.

— Busca-Pé viu, ele falou que o Gil tirou maior onda com a cara do delegado.

— Passa no filme ele entrando em cana?

— Passa.

— Ah... Então isso é só para eles se promover.

— Só pra se promover o quê, rapá! Vai dizer que o Gil, a Gal, essa raça toda de baiano aí, não fuma? Gil é maior doidão. Mas sei lá... Não gosto muito das música dele, não, acho meio assim...

— Busca-Pé que se amarra.

— Ele descolou a barraca?

— Então! Busca-Pé falou que lá no colégio dele tem uma porrada de nego riquinho que fuma maconha no teatro, nos show de música, qualquer show de música desses cara aí, neguinho fuma à vera.

— Janis Joplin morreu de overdose, né?

— Jimi Hendrix também... Lembra quando as professoras distribuíram aquele papelzinho com retrato dos dois assim na frente e atrás dizendo que eles tinha morrido de tóchico?

— Tóchico não! "Tó-csi-co", mané!

— Foi aí que a rapaziada quis ver qual era e caiu dentro.

— Saiu até no *Fantástico*, xará!

— É fantástico, buceta de plástico, piroca de elástico, o show da viiiida, é fantástico.

Sempre ouviram falar que *rock'n'roll*, muito mais do que um gênero musical, era uma maneira de viver, e por isso mesmo se drogaram de fumo, cocaína, pico e chá durante as setenta e duas horas de *rock'n'roll* comendo solto dia e noite em Magé. Viram bichos enormes e coloridos, perderam a noção do tempo, não se alimentaram, andaram apenas de bermuda nas três madrugadas de frio intenso, plantaram bananeira, deram saltos-mortais na cachoeira, dançaram em etapas de cinco a seis horas seguidas, alguns fizeram sexo até sangrar os órgãos genitais, batiam palmas no início das músicas e esqueciam-se de aplaudir ao final das apresentações, passaram horas e horas sem pronunciar nenhuma palavra, dançaram despidos, defecaram no rio onde bebiam água, tiveram a constante impressão de que eram as pessoas mais felizes do mundo, perderam barracas, roupas, lampiões a gás, panelas, enfim, perderam tudo o que levaram.

Rodriguinho acordou três dias depois na praça de uma cidade que ele nunca vira, ao lado de duas cocotas que ele não conhecia, e muito menos elas o conheciam. Marisol só apareceu dois dias depois do término do festival, todo arranhado, com dente quebrado. Gabriel e Tonho ficaram presos na delegacia do Leblon sem terem a mínima ideia de como foram parar ali. Nos dias que se seguiram, as lembranças do festival vinham em flashes na mente da cocotada. O próximo festival de *rock'n'roll* seria em Miguel Pereira e todos já torciam para que sua realização chegasse rápido. Seria a maior doideira.

Depois de eliminar as seis pessoas que planejara e dar as ordens a Sandro Cenoura, Miúdo ainda comemorou, com uma saraivada de tiros, o bom resultado da investida em frente ao Bloco Sete, onde ficou de vapor até meio-dia. Em seguida, dispersou a quadrilha e entocou-se no apartamento do irmão mais novo, que fora viajar com a mulher. Ficou trancado a tarde toda tentando dormir, mas seu pensamento era ágil e impossibilitava qualquer descanso, pois de qualquer assunto que pensasse pulava sempre para Pardalzinho. Como estaria? Será que voltaria com aquele sorriso permanente, cantando, sempre cantando aquelas musiquinhas engraçadas, aqueles sambas-enredos antigos, andando apressadamente ao seu lado e dando-lhe aquela confiança que só ele sabia dar? Sim, Pardalzinho era o único que ele tinha como amigo, o único que merecia sua confiança, mesmo não sabendo explicar para si mesmo o porquê de tanta amizade, tanto carinho por ele. Mas, se Pardalzinho não vivesse, sua morte já estaria vingada, e, se vivesse, ganharia mais duas bocas de fumo Lá em Cima, quem sabe três? Na verdade, não matara os seis só por vingança; aproveitara o episódio com Pardalzinho para tomar a atitude que planejara havia muito tempo. Aproveitara-se da situação para não ter de convencer os parceiros da necessidade daquela empreitada. Achou melhor assim, pois não se veria obrigado a dar participação a ninguém em nenhuma das bocas que agora eram suas e de Pardalzinho. Por isso tinha decidido não avisar a ninguém que iria matar, de uma só vez, os traficantes Lá de Cima, nem deixara que ninguém os matasse. Estava certo de que os parceiros imaginariam ser somente vingança o motivo da chacina, pois parceiro que é parceiro tem que vingar o outro.

Seu sonho de ser o dono de Cidade de Deus estava ali, vivo, completamente vivo, realizado, com extrema saúde ao seu lado no sofá. Sabia que os próprios parceiros lhe tinham medo e era bom que sempre tivessem, para que nunca se metessem a engraçadinhos e sempre lhe obedecessem. O negócio agora era botar tóxico bom e barato em suas bocas de fumo, ter sempre brizola para quem quisesse, porque, apesar de não vender muito, a cocaína era cara, rendia um dinheirinho bom. Pensou em Ari do Rafa, que com apenas duas bocas de fumo no São Carlos conseguira levantar uma grana responsa em pouco tempo.

Traficar, era isso que estava na onda, isso que estava dando dinheiro. Agora lembrava de Geleia, gerente do jogo do bicho do São Carlos, falando que o tráfico era o que estava segurando a onda dos bicheiros, pois a coisa havia ficado ruim para o lado deles desde que a Polícia Militar fora para o policiamento ostensivo — atividade delegada anteriormente à Polícia Civil —, porque a maioria dos PMs queria propina dos bicheiros, que, mesmo mandando dinheiro forte para os coronéis de polícia, não tinham mais sossego. Além da Polícia Militar, os detetives e delegados da Polícia Civil também continuaram a exigir um cala-boca. Geleia lembrava-se saudosamente do tempo em que a coisa era organizada, os bicheiros tinham só de mandar um bom dinheiro apenas para uma delegacia e tudo corria frouxo, nada de mandar cafezinho para os componentes de patrulha, nada de dar a cervejinha para os cosmes e damiões de cada bairro. Estes, por sua vez, diziam que só os coronéis ganhavam dinheiro. Os detetives falavam a mesma coisa em relação aos delegados. A coisa já estava ruim para os bicheiros e ficou muito pior quando surgiu a loteria esportiva, levando mais de oitenta por cento das apostas e fazendo com que os bicheiros entrassem no ramo das drogas, que se mostrava promissor, para não terem sua arrecadação diminuída. Miúdo pensou em mandar um catatau para o bicheiro da região, no entanto achou que não precisaria, sabia que ali não havia nenhuma boca de bicheiro, na verdade nem sabia se os bicheiros ainda estavam metidos com drogas, tinha era que travar ideia de responsa com os matutos para eles trazerem bagulho bom e brizola boa na hora em que ele bem quisesse, proibir assaltos nas redondezas para não chamar a atenção da polícia e pronto.

O pensamento voltou a correr pelas ruas do conjunto, entrava pelos becos imperativamente, parava nas esquinas fazendo pose. Porque elas eram suas, isso mesmo, era o dono da rua, o rei da rua, ali, vivo no baralho daquele jogo, o jogo de armas, de riscos, de raiva. Às raias da violência, para ele era tão natural, tão fácil, tentava pegar no sono, como se matar seis pessoas de uma só vez fosse algo normal. Está certo: ficou nervoso, porém esse estado de espírito provinha da possível morte de Pardalzinho, do seu parceiro, que seria, junto com ele, o dono das ruas do conjunto... "Conjunto o quê? Favela! Isso mermo, isso aqui é favela, favelão brabo mermo. Só o que mudou foi os barraco, que não tinha luz nem água na bica, e aqui é tudo casa e apê, mas os pessoal, os pessoal é que nem na Macedo Sobrinho, que nem no São Carlos. Se é na favela que tem boca de fumo, bandido pra caralho, crioulo à vera, neguinho pobre à pamparra, então aqui também é favela, favela de Zé Miúdo."

Levantou-se do sofá, caminhou lentamente até o espelho da parede esquerda da sala, reparou que não estava com a pistola na cintura. Volveu depressa para a estante que sustentava canecos de festivais de chope, imagem de são Jorge, alguns copos de cristal e algumas revistas em quadrinhos. Colocou a pistola no seu lugar de direito, ficou de novo diante do espelho, falou coisas em voz baixa. Às vezes ficava sério como se estivesse atirando em algum otário, outras vezes sorria um riso lerdo e obscuro.

Retornou ao sofá, colocou a pistola no chão, procurou posição confortável, mas a cada minuto virava-se naquele espaço minúsculo, até que puxou um banquinho, ajeitou uma almofada e acomodou-se, recostado no sofá com os pés no banquinho. Levantou-se de novo, desta vez para acender um cigarro; o gosto da cocaína veio-lhe à boca, rangeu os dentes. Pensou novamente em Pardalzinho, só não passou Sandro Cenoura para o outro mundo por causa dele, sabia que o amigo não iria gostar, mas se a boca de Cenoura levantasse dinheiro responsa ele arrumaria uma vacilação para o bruto e o passaria. Lembrou da boca do Outro Lado do Rio e envergonhou-se de temer seu dono, pois sabia que Bica Aberta era bandido considerado em todos os cantos da cidade e arisco como o cão, tinha conhecimento para formar uma quadrilha na hora em que bem entendesse e entrar nos Apês. Além disso, se matasse Bica Aberta e desse o azar de dançar, na certa o matariam em qualquer cadeia a que chegasse.

Na verdade, a boca do Bica Aberta não era lá essas coisas, só vendia mesmo para os maconheiros da favela. A boca dos Apês é que era a melhor de todas, tanto que vinha playboy até da Zona Sul comprar drogas nela, por ser quase à beira da estrada e no início da Via Onze, estrada que ligava a favela à Barra da Tijuca. Talvez sua boca fosse a mais bem localizada de toda a cidade por atender não só a Zona Sul, mas também a Zona Oeste, a Zona Norte e os subúrbios da Central. Tinha a certeza de que ficaria rico em pouco tempo e essa certeza era sem dúvida a melhor que já tivera. Compraria logo um carro, uma porrada de casas, tênis da onda, roupa invocada, uma lancha, televisão colorida, telefone, ar-condicionado e ouro, muito ouro para garantir seu bem-estar pelo resto da vida.

Sentiu necessidade de mudar de posição ao mesmo tempo que teve vontade de ir ao banheiro. Levantou-se com a perna dormente, dirigiu-se capengando ao banheiro, urinou, tomou banho demorado. Depois entrou no quarto de cama desarrumada, guarda-roupa sem portas e roupas sujas espalhadas por todos os lugares. Antes de deitar-se deu uma bisbilhotada pelo canto da janela, notou a presença de cinco policiais militares se dirigindo para o bloco em que estava. Voltou à sala, engatilhou a arma, fez, rapidamente, uma teresa com os lençóis do irmão, amarrou-a ao pé da cama, voltou à janela: três dos policiais revistavam um rapaz na praça dos Apês, enquanto os outros continuavam a caminhar em direção ao local em que estava. Caguetação. Algum filho da puta tinha caguetado. Não iria preso, sentaria o dedo no peito daquele tal de Portuguesinho, no Paraibinha também, aqueles policiais filhos da puta dos quais todo mundo tinha medo. Ficou olhando a movimentação dos policiais, mentalizando seu Tranca Rua do Cruzeiro das Almas para a sua pulsação voltar ao normal. Quando viu os policiais atravessarem a pequena ponte do braço esquerdo do rio e sumirem no Barro Vermelho, acendeu outro cigarro, colocou a arma embaixo do travesseiro, antes de deitar-se e dormir até o outro dia.

— Vai lá, vai lá na casa do Pardal, vai lá saber logo qualé dessas facada que ele tomou. Leva esse dinheiro aqui pro irmão dele, lá. Jogo rápido, valeu? — disse Miúdo a Otávio, por volta das oito horas da manhã seguinte.

O menino foi e voltou na rapidez dos seus oito anos.

— Ele tá dormindo. A mãe dele não deixou acordar ele, não, e falou que não queria dinheiro, não.

— Ele tá maneiro? Caralho! Aí, aí... Pardal tá maneiro! Eu sabia, eu sabia. Aí, ruma um carro aí — falava para todos os vagabundos que estavam ao seu lado atrás do Bloco Sete. — Tem de arrumar um carro pra trazer Pardalzinho lá pra casa, não pode deixar ele lá, não, os homi vai lá, vai lá se eles souber que ele tá no baiano em casa, não pode ficar de bobó, não! Pode não!

Deu a volta pelo prédio, avistou um carro vindo em sua direção, se jogou na frente. O motorista freou bruscamente. Engatilhando e desengatilhando a arma, disse:

— Me empresta o carro aí rapidinho que te dou um dinheiro, me empresta logo aí, vam'bora, vam'bora, sai, sai do carro, sai do carro, anda, anda...

Depois olhou para Buzininha e disse:

— Qualé, Buzininha? Vai lá, vai lá... Primeiro chama o irmão dele e toca pra ele que Pardalzinho não pode ficar lá, não. Manda cordá ele lá e fala pra ele vim logo. Vai lá, vai lá...

Buzininha pisou forte no acelerador. Ziguezagueando pela rua principal dos Apês, arranhou o disco nas três primeiras marchas que engatou, arranhou também na quarta, que passara desnecessariamente, já que teria de frear para entrar na ponte, onde havia um cruzamento. O motorista levou as mãos ao rosto e abaixou a cabeça, só olhando quando escutou a freada. Viu o carro descer a ponte, ficando mais aliviado. Miúdo acompanhou todos os seus gestos com um riso bondoso, deu-lhe o equivalente a dois tanques de gasolina e afirmou que se Buzininha batesse lhe daria outro carro em menos de uma semana.

Pardalzinho veio deitado no banco de trás de arma engatilhada e sorriso no rosto; no banco da frente Mosca, sua namorada. Miúdo deu graças a Deus por chegarem vivos aos Apês, o dono do carro também se benzeu, Buzininha comentou ingenuamente:

— Porra! Teu carro tá com a máquina boa pra caralho, hein?

Pardalzinho saiu do carro, com dificuldade caminhou até a portaria do bloco onde Miúdo passara a noite. Foi preciso que o carregassem até o quarto andar, onde então ouviu tudo o que Miúdo contou compulsivamente. Ficou à beira da cama por algum tempo fazendo planos, em seguida avisou que tinha de receber um matuto. Antes de sair, deu dinheiro a Mosca para que ela comprasse mantimentos e, se precisasse, remédios.

— Uma galinha comprando outra! — disse Ana Rubro Negra, finalizando uma conversa sem delongas com o feirante que lhe vendia um frango na feira de domingo. Depois seguiu comprando os ingredientes para o almoço com um sorriso aberto e permanente, jogando beijos para os homens, olhando as mulheres com desdém, falando alto nas barracas onde parava, seguida por um grupo de meninos que faziam chacota, passavam-lhe a mão na bunda, tentavam tirar sua peruca. Ana Rubro Negra às vezes ficava séria, dava-lhes carreiras, soltava palavrões, mostrava um canivete automático, mas o sorriso se mantinha imperial assim que voltava a desfilar na feira com seu short extremamente curto, seios de silicone, sandálias Havaianas com sola virada, cordões de ouro no pescoço, pernas grossas e torneadas como se fossem realmente de mulher, a pinta no rosto branco, brincos grandes, unhas pintadas de vermelho-berrante.

Dias depois de seu irmão ter sido morto pelo detetive Belzebu, Ari, que atendia por Ana Rubro Negra, começou a viver na favela como uma moradora qualquer. Antes, só ia ali para dormir de quando em quando. Agora não. Não ia mais para a Zona do Baixo Meretrício nem para o largo da Lapa; fazia ponto na subida da serra do Grajaú junto com outros travestis e prostitutas. Quando a coisa estava ruim, saía para os roubos com as mulheres do "pisa", quadrilha de ladras que se reuniam no Beco para planejar suas ações e vender o roubo.

Ana Rubro Negra não dava pra qualquer um, gostava dos pré-adolescentes que, geralmente, faziam fila na sala de sua casa para tê-la no quarto por alguns minutos. Mas, quando se apaixonou de verdade, Ana Rubro Negra foi de um homem só, sustentava muito bem Pouca Sombra, dava-lhe presentes caros para mantê-lo ao seu lado, além de ser carinhosa, compreensiva e boa dona de casa. As poucas amigas de Ana Rubro Negra que souberam de sua relação com Pouca Sombra diziam que, se fosse uma dessas meninas novas, não trataria o marido com tanto zelo, tanto afeto. É verdade que viveram bem durante um ano e nove meses, mas de tanto servir de chacota para os amigos, que aos poucos foram descobrindo seu caso secreto, Pouca Sombra resolveu se separar de Ana Rubro Negra, que não admitia o fim da relação. O travesti tentou, carinhosamente, de várias maneiras, salvar seu casamento: passou a trazer-lhe presentes todos os dias em vez de um por semana; caprichava na comida; tornou-se mais carinhosa; nas relações sexuais, só pagava o boquete de que Pouca Sombra tanto gostava, não exigindo, assim, que houvesse a penetração, da qual nos últimos tempos ele dera de se furtar. Mas não houve jeito de levar adiante aquele casamento, que no início fora tão secreto, mas aos poucos caiu na boca do povo. Ficou difícil mantê-lo com tantas pessoas na favela olhando-o de banda, cutucando-se à sua presença, jogando piadinhas, os próprios amigos a quem ele confiara o segredo fazendo brincadeiras perniciosas. Não dava mais para insistir.

Foi numa segunda-feira chuvosa que ele esperou Ana Rubro Negra sair para arrumar suas coisas, apanhar todo o dinheiro guardado embaixo do colchão e escrever num pedaço de papel de pão: "O nosso caso está terminado, desculpe o mal jeito. Assinado, Pouca Sombra". Ana Rubro Negra, ao ler aquilo, sentiu frio, frio de dormir só nas noites do inverno que se aproximava; frio de não ter mais marido para matar as baratas, das quais ela tanto tinha medo e nojo; frio de ter de cozinhar para comer sozinha; frio de não ter mais ninguém para trazer presentes. O frio da solidão. Andou de cabeça baixa por todos os cômodos da casa, observou o lugar no guarda-roupa onde Pouca Sombra guardava as suas roupas: vazio. As lágrimas tiravam o pó de arroz daquele rosto de palhaço triste; jogou-se na cama soluçando em silêncio, silêncio que sempre acompanhava de modo imperativo a vida de desprezo e discriminação na qual vivia sempre se ocultando, chegando depois de tudo terminado, recebendo olhares de nojo, apanhando da polícia. Tudo vinha à sua mente naquela hora.

Levantou-se, tirou a peruca lentamente na frente do espelho, passou a mão no rosto, misturando catarro, pó de arroz, batom e lágrimas. Foi se despindo, passando a mão pelas partes íntimas do corpo. Uma cena erótica, talvez sentisse prazer em representar aquela cena, pois todas as atrizes faziam aquilo no cinema e na televisão. Era uma atriz: Glória Menezes sentindo a falta de Tarcísio Meira! Muito mais, era Marilyn Monroe olhando o corpo perfeito que Pouca Sombra dispensou. Ora parava, ora fazia gestos duros para os músculos se manifestarem, era homem, era mulher, mas triste, muito triste a maior parte da vida. Por que seu desejo tinha de ser tratado como uma coisa suja, escondida e vergonhosa? Seu rosto sério, olhando para si mesmo, se perguntava: "Quem é você? Que mais você queria além da solidão? Vamo, se joga na cama e sofre aí em silêncio que amanhã você se reacostuma com tudo. Nada de novo irá acontecer, seu viado safado!".

Tomou a decisão de dormir depressa, nada de ficar se remexendo na cama pensando em Pouca Sombra a noite toda, e, para isso, tinha de fumar maconha, tomar umas quatro cervejas, dois conhaques, então cairia na cama de tal jeito que nem sonharia. Olhou embaixo do colchão e percebeu que fora roubada. Não sabia se ia atrás de Pouca Sombra para dar-lhe uma lição ou se esperava a sua volta, pois estava convicta de que o infeliz voltaria atrás de dinheiro, já que não trabalhava nem tinha disposição para roubar. A dúvida permaneceu durante o tempo em que ficou sentada na cama olhando para o nada. Resolveu fazer o que pensara minutos antes. Foi à sala, remexeu a carteira, apanhou duas notas de dez cruzeiros, jogou água no rosto, vestiu a primeira roupa que encontrou no guarda-roupa e caminhou sem pressa até Lá em Cima. Comprou duas trouxas de maconha, fumou tudo andando entre as vielas da favela. A depressão voltou mais forte, pensou em voltar para casa e esquecer tudo de uma vez, dando um tiro na cabeça. No entanto, entrou na primeira birosca, pediu uma cerveja, foi bebendo devagar, sem perceber os olhares de desprezo que os homens que jogavam sinuca lhe dirigiam. Acendeu um Continental sem filtro. A cinza quente caía na perna, queimava-a de leve. Mas não mudou a posição do cigarro, aquela dorzinha não era nada, dor mesmo era aquela que trafegava em sua alma e arrepiava-lhe o corpo. Pensava nos presentes, no dinheiro que deu a Pouca Sombra durante o tempo em que viveram sob o mesmo teto, nas comidinhas, mingauzinhos, docinhos que fazia com tanto carinho. E o bruto ainda teve a coragem de roubá-la. O sangue esquentou, um ódio tomou conta do seu espírito, levantou-se, saiu em disparada. O dono da birosca teve de gritar para receber o dinheiro da cerveja. Foi quebrando pela favela na direção da casa da mãe de Pouca Sombra.

Quem corria com sede de vingança não era a Ana Rubro Negra, era o Ari, homem de um metro e noventa, acostumado a encarar policiais na mão nas madrugadas da Lapa e do Baixo Meretrício. Isso mesmo, não era a Marilyn Monroe do Estácio, era o malandro do morro do São Carlos, que brigava como ninguém em briga de navalha, chamava na rasteira com perfeição, que dava porrada para tudo o que é lado quando molestado, querendo seu dinheiro de volta, não porque precisasse dele, mas pela traição, pela safadeza.

Diante do portão da casa do ex-marido, bateu palmas forte na primeira vez; na segunda, além de bater mais forte, gritou o nome do traidor com as duas mãos em cone na boca. Ninguém atendeu, mas a luz da sala estava acesa, e sentiu movimentação quando se manifestou pela terceira vez. O ódio aumentou ao notar Pouca Sombra olhando por detrás da cortina. Avisou bem alto que ia invadir se ele não viesse com o dinheiro dela naquele minuto. Pouca Sombra arrependeu-se de ter gastado todo o dinheiro na compra de drogas, guardou o prato onde batia a cocaína, tentou formular alguma mentira convincente em curto espaço de tempo, rodopiou na sala da casa ouvindo o ranger do portão, junto com a voz de Ana Rubro Negra dizendo que já estava entrando. Foi para o quarto, abriu a janela e precipitou-se. Caiu em cima de um monte de madeira, fazendo tanto barulho que não só chamou a atenção de Ana Rubro Negra como também acordou seus pais. Ana Rubro Negra deu a volta no quintal e, agora sem querer explicações, o agrediu com extrema violência. Pouca Sombra tentava se livrar de Ana Rubro Negra, que o chamava de ladrão e traidor aos berros, acordando os vizinhos, que saíam de suas casas para ver a briga. Ana Rubro Negra sabia da vergonha que Pouca Sombra tinha dela e por isso mesmo o arrastou para a rua. Ana Rubro Negra batia e gritava:

— Comia meu cu dizendo que me amava e agora roba meu dinheiro na maior cara de pau! Filho da puta! Tu me largou porque eu não botei na tua bunda quando você me pedia, sua galinha... Tu é galinha igual a mim...

A mãe de Pouca Sombra tentou intervir várias vezes. Ana Rubro Negra dizia que aquilo era briga de marido e mulher, onde ninguém poderia meter a colher. Só parou de bater em Pouca Sombra quando notou que ele desmaiara.

Depois daquele dia, Ana Rubro Negra passou bastante tempo sem andar pela favela. Enfiou-se em casa, amargando o arrependimento de ter perdido a cabeça com Pouca Sombra. Não deveria ter feito aquilo, talvez tivesse perdido a oportunidade de uma reconciliação; voltar a viver sozinha era a coisa que menos queria na vida, e não era por causa de sexo, já que o fazia profissionalmente e sempre haveria garotos para ela tirar a virgindade. Era apenas um companheiro que queria, mas tinha de se acostumar com a ideia de ser só, já era o segundo casamento que acabava em pancadaria, em que fora explorada e humilhada sem poder falar nada, sob a ameaça de ser abandonada.

Resignação, solidão, ódio, medo. Juntou esses sentimentos que estavam trancados em seu quarto e os jogou pela janela, vestiu-se de modo provocativo, pintou-se e foi à feira comprar galinha.

Após livrar-se da molecada, passou na casa de algumas mulheres do pisa para convidá-las para o almoço.

— Minha amiga, o caso é o seguinte, não tô mais a fim de trabalhar em casa de madame pra dar a boa pra esses vagabundo, não. Eles sempre se dá bem e vem com merrequinha pra gente, as madame faz logo nosso retrato falado pros homi... Aí, o negócio agora é mercado, morou? Tem que meter parada boa, trazer bagulho caro que vende rapidinho — disse Nostálgica às amigas, enquanto cortava cebola na casa de Ana Rubro Negra.

— Essa porra também de ficar metendo em feira tá por fora, tá ligada? As branca só tão levando o dinheiro da feira contadinho. A gente passa maior sufoco pra meter e só vem merreca, e ainda por cima arrisca fragante — lamentou Joana.

— Tô falando que o negócio é mercado! Tem uma tia ali que costura umas calcinha com o fundo assim preso nas pernas, tá ligada?

— Como?

— É assim que nem ceroula, mas só que dá pra marrar na coxa e o fundo é largão, tá ligada? É só botar uma saia bem larga, se arrumar na moral, comprar alguma coisa pra dar um dichavo... levar uma criança de sete-um e pronto. Dá pra botar até garrafa de uísque que passa na boa...

— Vocês tem de fazer que nem eu: quando não arrumo nenhum gilete pra mim dar uma foda no rabo dele, eu meto a mão no canivete e me viro rapidinho...

— Mas você é diferente, Ana Rubro Negra! Na hora que você quer tu vira homem — contrapôs Nostálgica, provocando risos.

— Sabe quem eu vi toda cheia de pose de senhora de respeito na fila do posto médico? Lúcia Maracanã — Joana perguntou e respondeu.

— Quem viu e quem vê. A negona entrou numa mermo. Passa pela gente e só dá um alô... Não para mais pra dar ideia, não. Vive pra casa e pro marido.

— Um dia eu também vou sair dessa vida, morou? — falou Nostálgica, deixando um silêncio febril instaurado.

Retomaram a discussão sobre as novas formas de roubo e acabaram concluindo que Nostálgica estava mesmo certa, porque é no mercado que estão as coisas de que todo mundo precisa e é bem mais fácil roubar. Dariam um basta naquela dificuldade de vender os roubos.

* * *

No mesmo dia, foram à casa da costureira tirar as medidas e, em menos de uma semana, já estavam agindo nos mercados da Barra da Tijuca, Jacarepaguá e Zona Sul. Combinaram de não falar da nova atividade a mais ninguém para não virar moda e, por conseguinte, tornar-se perceptível. Ainda tiveram a preocupação de se revesarem nos mercados e agir nos dias de muito movimento. Coisa fácil, dinheiro mole. As mulheres do pisa não eram mais aquelas, tinham dinheiro para levar uma vida que passava bem longe do campo da miséria, sem trabalhar em empregos que só fazem mal ao corpo e ao espírito.

Odiavam a vida de empregada doméstica, no fundo uma vida de desprezo, trabalho pesado e dinheiro curto. Nostálgica sempre dizia que não seria a palmatória do mundo porque não tivera todas as coisas de que um ser humano precisa para se afirmar na vida, não fora ela quem inventara o racismo, a marginalização e nenhum outro tipo de injustiça social; não tinha culpa de ter largado os estudos para dar brilho no chão de casa de madame. Queria dinheiro para dar uma vida digna aos filhos, coisa que trabalhando não conseguiria, e por isso a cada final de mês, assim como as demais, fazia de trinta a quarenta investidas nos mercados, sempre alcançando resultado positivo. Tiveram dinheiro para médico, dentista, alimentação e para o material escolar dos filhos. Não queriam mais do que uma vida digna, e por isso aumentaram as minúsculas casas em que moravam, repuseram no lugar os móveis levados pela enchente. Passaram a se vestir decentemente e a alimentar-se bem, a usar os tão sonhados cosméticos... A aparência de cada uma mudou, facilitando ainda mais a atividade delas, que perdurou por muito tempo.

"Nada melhor do que um fuzuê para espantar a depressão", pensou Ana Rubro Negra sentada no sofá depois de ficar sozinha. O almoço com as amigas a reanimou para a vida, tomou a decisão de voltar ao trabalho, que havia largado desde que Pouca Sombra a deixou. Por muito tempo, não teve gosto para nada nem vontade de falar sobre o assunto com ninguém, e sabia que as amigas do trabalho iriam perguntar, como sempre, sobre o desgraçado do Pouca Sombra.

Naquela hora, tudo indicava que a fase ruim estava indo embora. Saiu do sofá para a cama com o objetivo de acordar refeita e vislumbrar, com batom berrante, bermudinha justa, perfume discreto, maquiagem exagerada, peruca longa, o velho sorriso permanente e imperial funcionando como frontispício da noite.

— Nossa! Como ela tá maravilhosa! Deu uma sumidinha pra voltar com tudo em cima, hein?

— Se Sandra Bréa me ver, minha filha, vai ficar abaixo do salto da minha sandália! E tem mais: aumentei o preço, não pago mais boquete, não entro em motel barato e só bebo uísque importado. Voltei pra arrasar, pra arrasar! — disse Ana Rubro Negra às colegas de trabalho.

— Ana Rubro Negra, tem novidade das boa pra te contar: sabe o Magalhães?

— Hã-ram.

— Ele já foi marido de todo mundo aqui, né? E, se não me falha a memória, ele já andou dando umas bombadinhas na senhora... Pois é, nesses tempo que você andou sumida, ele andou bimbando a Gorete avassaladoramente, e a novidade é que ele não pedia um tostão a ela. Numa noite assim de frio, ele perguntou baixinho se ela não queria botar um cadinho nele...

— É só falar no Diabo que ele mostra o rabo...

— Aposto que tão falando de mim... — disse Magalhães, que acabava de chegar.

— E vou continuar falando: é... Onde que eu tava mermo, hein?

— Ele perguntou a ela se não queria botar nele! — respondeu Ana Rubro Negra, fazendo gestos obscenos.

— Então pode deixar que eu conto: ela colocou aquela indecência assim devagarinho, eu sentia as pregas rebentando, uma dorzinha assim nas beirolas, depois aquele negócio mole entrando e saindo, minha filha! Não quero mais saber de buceta, eu quero dar, dar e dar! — finalizou Magalhães, gargalhando junto com os que o ouviam.

Ficaram ali contando as novidades em risadas longas, até que resolveram se concentrar no trabalho e dividiram-se depois de se desejarem sorte. Ana Rubro Negra, por ter estado afastada, teve o privilégio de ficar no melhor lugar do ponto. Arriou a bermuda, fazia caretas eróticas para os motoristas que passavam vagarosamente mas seguiam seu curso. Alguns xingavam, outros soltavam piadas venenosas. Ana Rubro Negra sentiu aquele velho desespero de ter de assaltar no outro dia se tudo continuasse como estava, até que um homem parou o carro bem perto dela e abriu a porta e mandou-a entrar através de sinais.

— Pensei que você não ia voltar mais! — disse-lhe o homem e arrancou o carro apressadamente.

— Você me conhece? — perguntou Ana Rubro Negra.

— Te conheço melhor do que você imagina, quer dizer: só de vista... Tem muito tempo que eu te olho com bons olhos, queria te conhecer melhor, saber da sua vida... Você sabe um lugarzinho bom pra gente ficar à vontade?

Ana Rubro Negra o levou para um motel na estrada do Catonho, por ser o lugar mais próximo e escondido de Jacarepaguá, sem desgrudar os olhos do homem de fala mansa, pausada e intensa, que falava sobre discrição, sobre acordos, pesquisa e desejo. Não queria que ninguém soubesse o nome. Daria uma quantia por mês. Fazia muito tempo que a observava, tinha enorme tara pela sua boca. Queria experimentar seu corpo de todas as formas possíveis.

Ana Rubro Negra boquiaberta com os fatos.

Agarraram-se no elevador, entraram agarrados no quarto e gozaram na cama, no chão, debaixo do chuveiro, em cima da mesa, na cadeira. Ana Rubro Negra deixava com todo prazer aquele homem bonito meter com vontade, e vê-lo urrando, a cada gozada, era fascinação.

No trajeto de volta reafirmou tudo o que dissera na ida, enfatizou que o desaparecimento dela lhe trouxera desesperança e que ao revê-la não quis perder a oportunidade.

O desconhecido voltou durante duas semanas para enchê-la de prazer como homem nenhum havia feito e, mais do que tudo, deu-lhe carinho. Era a primeira vez que recebia carinho de um homem, carinho de dormirem abraçadinhos, de cafezinho na cama, beijos ardentes e demorados, carinho de receber presentinhos e juras de amor eterno.

Mas essa felicidade só durou duas semanas. Depois era só o seu olhar tentando encontrar seu príncipe encantado em cada carro parecido com o dele que se aproximava. Orações para que ele voltasse eram feitas em quase todas as horas do dia. Nunca se sentira tão angustiada. Jamais pensou em se dar com homem igual aquele. Homem bonito, rico e bem-educado, que se mostrou louco de desejo todas as vezes que se amaram. Não, não passava de um sonho aquela felicidade. Ele nunca se daria com uma pessoa igual a ela: pessoa de tantos pecados cometidos e por cometer, pessoa que queria mudar a natureza das coisas e com isso envergonhou a família. O pai sempre dizia que era melhor, muito melhor, ter um filho bandido do que viado. Viado de quem todos zombavam, surravam sem o menor motivo. Aquele louco só queria experimentar uma coisa diferente, ou, então, vingança, pois vários homens lhe disseram que só estavam fazendo sexo com ela para se vingarem da mulher. Sim, alguns homens têm dessas coisas, mania de se vingarem calados. Meia vingança, já que nenhum teria a coragem de falar sobre a vingança com a esposa, noiva, namorada ou qualquer porra que fosse. Ser mulher, tudo o que mais quis nessa vida era ser mulher. E por que não nasceu fêmea, já que gostava tanto de macho? A natureza era a culpada, burra, muito burra e acima de tudo irredutível. Não preservaria a natureza, porque, enquanto um só elemento sentir uma dor permanente e incurável, nada pode ser preservado. Amar e ser amada. Só isso.

Doutor Guimarães não era mais o mesmo. Dera para ficar calado tanto em casa como no serviço, olhando para um só ponto. Às vezes, a rotina de gerenciar um banco o obrigava a parar de pensar em Ana Rubro Negra, mas a maior parte do tempo o pensamento era dos momentos que passaram juntos.

Às sextas-feiras, no trajeto de volta para casa, achava que as pessoas pelas quais passava movimentavam-se para encontros amorosos. Poderia ter Ana Rubro Negra só às sextas, talvez a culpa da traição e do homossexualismo diminuíssem. "Não, nunca mais vou saber de travesti! Trepar com ela somente uma vez por semana é a mesma coisa, é de qualquer forma um relacionamento. Não vou nunca mais ver aquela desgraça. Se Fabiana sabe disso pede divórcio na hora. Meu Deus do céu! Me tire esse desejo! As crianças não podem nem imaginar eu dando beijos na boca de um travesti... Eu tinha que ter tido coragem antes de ter tido filhos... Por que sinto vontade? Por que essa porra acontece comigo? Mas que mal tem eu gostar de homem? Se eu pudesse contar pra Fabiana... Se ela me entendesse... Vou passar a trepar com ela todo dia... Vou botar gasolina... Ana Rubro Neeegra... Que rabo gostoso! Por que cu de homem é melhor do que de mulher? Se mamãe soubesse quantas vezes eu fiz meinha com Gilbertinho, ela teria um troço. Eu tenho que assumir que eu gosto de viado... Não, não e não. Essa porra desse engarrafamento! Eu deveria dar uma explicação a ela... Se eu for lá, eu acabo fudendo com ela de novo. Tem quase um mês que eu não transo com Fabiana... Se ela arrumasse um amante... Vou chamar ela para jantar fora hoje... Essa porra de levar serviço pra casa é que é uma merda..."

Guimarães, como sempre, encontrou a esposa de cara amarrada, monossilábica. Mesmo tendo sido convidada para jantar fora, não alterou o comportamento e só aceitou o convite por causa das crianças. Disse-lhe que gostaria muito de ter uma conversa séria com ele. Guimarães concordou, impondo a condição da conversa ser sem brigas. Enquanto jantavam, Guimarães fez o possível para descontrair a esposa, agia tentando passar naturalidade. Tinha vergonha de pensar em Ana Rubro Negra perto dela e dos filhos. Daria um jeito de dar mais carinho e passar a procurá-la, sem dúvida seria esse o assunto da conversa.

— Adriana, eu te amo, sempre te amei, não há um segundo qualquer em minha vida que eu deixo de pensar em você, você é a rosa do meu jardim, o sol dos meus dias, a luz do fim do túnel, por isso te dedico a próxima canção com todo carinho que um homem pode dar a uma mulher, um beijo do Marisol — disse o locutor do parque de diversões instalado num terreno baldio próximo à praça Principal, com voz romântica e música lenta ao fundo.

Adriana riu sem graça para as amigas, que bateram palmas e fizeram gracejos, naquele início de noite de um domingo chuvoso. Marisol observava escondido a reação de Adriana, que o procurava, com os olhos, nos limites do parque de diversões.

Logo depois de Adriana terminar o namoro com Thiago, passaram a trocar olhares e delicadezas sem propósito. Em qualquer conversa, um sempre fingia concordar com o outro, na tentativa de se mostrarem afins. Tanto na praia como no baile, Marisol dava um jeito de ficar ao seu lado e de voltar para casa com ela, que, por sua vez, dava todas as condições para que isso acontecesse. As atitudes de carinho valiam mais do que palavras para a cocota saber do interesse de Marisol, mas ela não esperava que ele tornasse público o seu sentimento por saber que Thiago tentava reconciliação. No entanto, a forma da declaração, segundo Adriana, em conversas com as amigas, foi chocante.

Como se não bastasse, Marisol mandou-lhe uma maçã do amor por um menino. Deixou que ela a degustasse um pouco para caminhar lentamente em sua direção com os olhos lacrimejantes e os braços armados para um abraço seguido de beijo. Patricinha Katanazaka e Dóris arrumaram uma desculpa para saírem de perto dos dois, que, logo em seguida, resolveram, por insistência do cocota, ir ao Loteamento. Adriana disse a Marisol que achou desnecessária a utilização do serviço de alto-falante para ele se declarar, bastava dar um toque que tudo se ajeitaria numa boa, seria bem melhor manter segredo para evitar que Thiago sofresse.

— Você bem que viu ele tentando me beijar na quarta-feira — enfatizou Adriana enquanto caminhavam pelas ruas do Loteamento.

Marisol disse-lhe que não tinha se declarado havia mais tempo não por amizade, mas por ser sujeito homem e sujeito homem tem de respeitar a mina do outro. Agora era Thiago que deveria respeitá-lo e, ao saber que os dois estavam namorando, teria de parar com esse negócio de querer dar beijinhos. Afirmou ser tímido e que somente por isso se valeu do serviço do locutor do parque, nem pensou em Thiago, quis apenas se declarar. Contudo, se ele ficasse logo sabendo seria bem melhor para ele entender que ela agora pertencia a outro homem.

Depois de algum tempo pararam num local escuro para trocarem beijos e abraços. Marisol tentou de todas as maneiras fazer sexo com a cocota, que, mesmo excitada, se negou.

Thiago caminhava de mãos nos bolsos e cabeça baixa pela rua Principal com o pensamento formulando frases de efeito para dizer a Adriana no baile. Achava-se o mais babaca dos homens por não controlar o seu ciúme, ciúme que o fizera agredir mais dois amigos de Adriana no festival de *rock'n'roll*. Não podia nem alegar que agredira seus amigos porque estava doidão, pois não havia se drogado com o objetivo de não dar mole pra Kojak. "Vou ficar doidão pra neguinho vim de gracinha pra cima da minha mina e eu nem ver?!", pensara antes de viajar.

Foi o único a ficar de careta durante o festival, agindo como cão de guarda, olhando à socapa para todos os homens que a admiravam, abraçando-a quase todo o tempo para mostrar-se dono da cocota. Sempre que ela saía de perto da barraca, era aquele mau humor, aquela grosseria sem limites e promessas de surras. Não aguentou quando Adriana ficou de papo com dois amigos de praia que encontrou quase no final do festival. Thiago, sem falar nada, os agrediu violentamente, ocasionando uma enorme briga, já que os dois rapazes estavam com outros amigos, que vieram socorrê-los, razão para os cocotas da favela deixarem três desmaiados no chão e quebrarem o braço de outros dois numa briga sem sentido nenhum, na opinião de Adriana. A cocota nem se deu ao trabalho de dizer que não o queria mais, acreditava que seu silêncio seria o suficiente para Thiago deixá-la em paz. Voltaram separados do festival. De início parecia que ele havia aceitado a separação numa boa, porém depois de certo tempo dera para abordá-la sempre que tinha oportunidade. Mesmo estando entre amigos, Adriana deixava-o falando sozinho.

Thiago encontrou Patricinha Katanazaka e Dóris no ponto de ônibus, perguntou por alguns amigos, comentou a chuva, disse algumas amenidades e permaneceu calado. Desde que perdera Adriana, falava pouco, quase não se reunia com os amigos, pensava somente em ficar mais bonito, vestir-se melhor. Achava-se bonito e se tivesse um fusquinha, com pneu tala larga, rebaixadinho, pintado com tinta metálica, vidro Ray-Ban e bagageiro, não teria uma mina que não ficasse a fim dele, a própria Adriana voltaria rapidinho para os seus braços na hora em que ele passasse com o braço para o lado de fora e de óculos escuros.

Chegou cabreiro ao baile, apertou a mão dos trinta e dois amigos que ocupavam o centro do salão, colocou a mão no bolso com o coração disparado por notar que nem Adriana nem Marisol estavam no baile. Aquele filho da puta estava dando uma de melhor amiguinho para, na hora certa, dar o bote. Teve vontade de perguntar pelo paradeiro de Marisol, mas resolveu ficar calado porque teve a impressão de que todos sabiam que ele estava com ela e na certa tirariam uma onda com ele. Dançou como todo mundo e aos poucos foi se afastando, saiu do clube discretamente, não iria ficar ali para ver Marisol chegar, cheio de marra, abraçado com sua Adriana. Correu forte para pegar o meia-noventa que passava lotado, iria direto para casa com o objetivo de dormir, pois essa era a única ação que lhe tirava o pensamento de Adriana.

Adriana, depois de muito esforço, convenceu seu novo namorado a sair da chuva, já que o bruto queria porque queria sexo. Voltaram para o parque de diversões. Marisol, ao notar a chuva mais fraca, convidou-a para dar uma volta na roda-gigante com o propósito de fazê-la ficar mais tempo ao seu lado, no exato momento em que Thiago desembarcava do ônibus a cem metros dali.

A praça estava deserta e poucas pessoas concentravam-se no parque de diversões. Thiago mantinha a determinação de ir para casa, mas, ao olhar o parque, mudou de ideia: poderia beber alguma coisa, jogar roleta para desanuviar. Encaminhou-se para lá novamente de mãos nos bolsos e cabeça baixa.

Os pingos de chuva que caíam perto das luzes fracas do parque tornavam-se visíveis, uma música de amor abraçava a noite, o frio vindo no vento queimava-lhe o rosto. Observava as pessoas com roupas que pareciam trapos perto de sua indumentária de cocota. Era bonito, talvez até mais do que o Marisol, Adriana não teria coragem de trocá-lo pelo outro. Atravessou a praça dando pequenas olhadelas para a padaria Del Rei, para a frente da farmácia de seu Paulo, lugares onde Marisol costumava ficar.

Entrou no parque, caminhou até a bilheteria, comprou uma dose de Fogo Paulista e duas fichas para jogar roleta. Na roda-gigante, Marisol mantinha sua boca colada na de Adriana. Thiago avistou os dois na metade do percurso que faria até a banca de jogos. Tudo girando tão rápido que as cores da noite chuvosa se confundiam, tudo girando em seus olhos, o corpo todo apertado, as mãos trêmulas, o céu indo e vindo na velocidade dos raios que agora o clareavam, rabiscando toda a passagem. O beijo colante, as mãos de Marisol alisando as costas de sua princesa, o Fogo Paulista queimando o estômago, a música tocando, o ódio crescendo, o corpo de febres breves, a roda parando e Thiago correndo sem ser visto pelo casal.

Thiago deu a volta por trás do posto de gasolina, pegou a rua do braço direito do rio e seguiu andando depois de perceber que os dois não poderiam vê-lo. Não pensava, tinha só presa na mente a imagem daquele beijo carinhoso na roda-gigante e as mãos de Marisol alisando as costas de Adriana. Perambulou por toda a favela sem se esconder da chuva, com a impressão de que a vida seria sempre um desatino.

Marisol acordou depois do meio-dia e, sem se alimentar, fumou um baseado no terraço de casa. Tinha a mania de olhar para o céu e agradecer a Deus as coisas boas que aconteciam em sua vida. Não via a hora de dar uma carga em Adriana e vê-la gozar em seus braços. Pensava na cocota enquanto examinava a garrucha de dois tiros que roubara do pai, um policial. Tinha de dar-lhe um trato para poder levá-la ao próximo baile do Cascadura Tênis Club, porque, na última briga, os cocotas de Cascadura vieram em número maior e expulsaram os da favela, que levaram a pior. Isso nunca tinha acontecido. Daria uns tirinhos para amedrontar os inimigos. Passou graxa; depois de dar um banho de querosene na arma lavou as mãos, tirou um pouco de maconha da trouxa, embrulhou em um papel junto com algumas balas da garrucha, colocou a arma na cintura, desceu do terraço, foi ao banheiro, jogou Leite de Rosas nos dedos, colírio nos olhos, e rumou para a casa dos Katanazaka para mostrar a arma à cocotada.

Dona Tereza Katanazaka abriu o portão, disse que só ela estava em casa. Conversaram amenidades, Marisol bebeu água e se despediu.

Ao sair da casa do amigo, encontrou Thiago com um pedaço de pau nas mãos:

— Qualé, meu cumpádi? Se tá me procurando, já me encontrou! — disse Thiago com olhos esbugalhados, seriedade medieval e disposição para sair na porrada até a morte.

— Qualé, Verdes Olhos? Dá mais um tempo aí! Vamo fumar mais um! — disse Acerola na praça da Loura numa manhã ensolarada.

— Meu irmão, hoje é sexta, tô duro, não vou ficar numa de fumar o dia todo não, que eu tenho que trabalhar. Não sou vagabundo igual a você não, rapá! — respondeu Verdes Olhos em tom de brincadeira e seguiu para o Outro Lado do Rio, com ferramentas para colocar um portão de ferro na casa de Bigodinho.

Andava na felicidade da doideira de um baseado bom. Vez por outra trocava as ferramentas de mão. Acendeu um cigarro antes de atravessar a ponte, mas trocou com o sócio pelo portão que este trazia nas costas e encarregou-se de levá-lo até a casa de Bigodinho.

Fazia um mês que Verdes Olhos e seu sócio estavam nessa atividade profissional, tempo suficiente para descobrir os artifícios e segredos da profissão. O principal artifício descoberto era o de colocar o mínimo de cimento no chumbamento e o segredo era o de arrancar o portão de madrugada, pintá-lo de outra cor e revendê-lo para outra pessoa.

— Qualé, Verdes Olhos? Não tô muito a fim de aplicar o golpe no Bigodinho, não.

— Que nada, rapá! Bigodinho é bandido, mas não vai entrar numa com a gente, não. Ele não tem disposição pra isso, não... Como é que ele vai saber? É só chegar na madruga e rancar o portão na encolha... Ninguém desconfiou de nada até hoje!

— Tu que sabe, morou?

Bigodinho ainda dormia quando Verdes bateu palmas em frente à sua casa. O bandido acordou assustado, pensava ser Miúdo cobrando-o de novo, pois havia lhe pedido um revólver emprestado para fazer um assalto, já que o seu revólver estava danificado, mas, depois de render, assaltar e matar o dono de uma farmácia em Madureira, ele foi perseguido e capturado por dois policiais militares que lhe tomaram o dinheiro roubado e levaram o revólver de Miúdo.

Miúdo foi duro quando Bigodinho lhe relatou o ocorrido: "Quero o mesmo revólver ou então cinco milhão ou meio quilo de ouro em uma semana! Se tu não me der, vai cair fedendo, tá ligado? Tá ligado?".

Era impossível Bigodinho conseguir o que Miúdo queria, mesmo fazendo bons assaltos durante uma semana. O assaltante olhou pela janela, aliviando-se ao ver Verdes Olhos e seu sócio. Mesmo assim, saiu de casa com seu revólver deteriorado de cão para trás.

Depois de certificar-se de que Miúdo não estava por perto, guardou o revólver, tirou vinte cruzeiros do bolso e deu-os a Verdes Olhos para liquidar o pagamento do portão e de sua instalação. Sentia-se bem em agradar a mulher, que tanto pedia um portão novo. As crianças não fugiriam mais de casa.

Verdes Olhos estranhou o revólver na mão de Bigodinho, mas colocou o portão do modo que planejara. Era só esperar a madrugada, retirá-lo e vender para outro otário.

Verdes Olhos agora ia comprar maconha. Ouvira alguém dizer que o bom estava nos Apês, então caminhava para lá sentindo o sol amigo, um vento leve a favor de sua alegria no alto de seus dezessete anos. Compraria logo três trouxas para fazer uma presença a sua rapaziada, riria com mais ênfase. O céu mais aveludado, a luz mais brilhante, tudo que falasse ou ouvisse seria sempre mais engraçado. Entre amigos, é sempre bom assim. Haveria de dar tudo certo no um sete um do portão, mas, se Bigodinho sacasse alguma coisinha que fosse, daria o dinheiro de volta e lhe apertaria um baseado, tudo ficaria certo.

Depois de meia hora estava fumando um baseadão com Laranjinha, Acerola, Jaquinha e Manguinha. Verdes contava com entusiasmo o golpe X Escorpion 1, como ele mesmo denominara, gesticulava ilustrando como preparava a massa para chumbar o portão e como o roubava nas madrugadas de segunda-feira, que eram sempre vazias. Cansou de vender o mesmo portão para a mesma pessoa e, para não dar na pinta, depois da segunda venda, tratavam, ele e seu ajudante, o fiel Valentin, de pintar o portão para aplicar o X Escorpion 1 em outro otário. Era o único a vender o mesmo produto para diversos fregueses. Dizia que era um homem de negócios bem-sucedido. Os amigos riam.

— Aí, se Bigodinho souber que é você, vai ficar muito puto!

— Se ele souber, vai tirar de onda! — contestou Manguinha ao que havia dito Laranjinha, enquanto preparavam o segundo baseado.

Ficaram ali até a hora do almoço. Laranjinha e Acerola eram os únicos que persistiam na escola. Manguinha havia abandonado o colégio e dera para consumir cocaína, apesar dos vários conselhos que lhe davam Laranjinha, Acerola e Jaquinha — amigos com os quais sua mãe tanto recomendava para que não andasse, porque o queria ao lado dos playboys da Freguesia, que eram brancos e bonitos como ele. O pai de Manguinha, oficial da Polícia Militar, já o deserdara, por ele cheirar cocaína e furtar dinheiro em casa, além de objetos valiosos para vender e ter dinheiro para consumir a droga. No entanto, em vez de expulsá-lo de casa, mudou-se.

Manguinha convidou Jaquinha e Verdes Olhos para cheirarem cocaína em sua casa depois que Laranjinha e Acerola se afastaram.

Acerola, ao voltar da escola, soube que havia entrado um bagulho bom na boca do Bica Aberta assim que desembarcou do ônibus na praça Principal, pois Vítor, vapor dessa boca, distribuíra maconha por volta das dezessete horas nas imediações do bar do Batman para propagandear o produto. Iria pegar uma trouxa para fumar depois do jantar. Ainda fumou um baseado com o próprio vapor, despediu-se. Ficou em dúvida se voltava pela ponte da Cedae ou se retornava pela ponte grande; resolveu caminhar em direção à ponte da Cedae, de onde vinham Miúdo, Marcelinho Baião e Biscoitinho com Bigodinho enquadrado, chorando, pedindo mais tempo para conseguir o dinheiro. Acerola perguntou a Miúdo o que estava acontecendo. Miúdo contou a história pela metade e afirmou que ia matar Bigodinho lá na Vacaria. Os olhos de Bigodinho eram jogados no rosto de Acerola com todos os pedidos possíveis de piedade. Acerola intercedeu junto a um interlocutor irredutível no início da conversa, mas que, aos poucos, foi afinando, até que deu mais uma semana para Bigodinho arrumar dez milhões em vez de cinco, por ele ter esticado o prazo.

Naquele mesmo dia, Bigodinho saiu para assaltar dois estabelecimentos comerciais, cinco pedestres, dois ônibus. Roubou um carro que ele mesmo depenou para vender suas peças, mas só conseguiu cento e cinquenta mil cruzeiros. Mesmo nervoso, achava que encontraria uma paradinha boa e isso aconteceria se saísse todos os dias com a mesma disposição do primeiro dia, mas, na verdade, se conseguisse pelo menos um milhão de cruzeiros sairia da favela pra nunca mais. Era isso que tinha de fazer.

Na segunda vez que saiu para arrebentar a boa, conseguiu somente a terça parte do que conseguira no dia anterior. Passou o dia calado, cheirando cocaína desesperadamente, numa depressão em que nunca havia entrado em sua vida. Só saía do quarto para comprar cocaína. Sempre com o revólver de cão para trás e saçaricando ao menor barulho.

Na terceira vez, teve de sair voado porque os seguranças do posto de gasolina que resolvera assaltar sentaram-lhe o dedo com vontade, quase que morreu. Chegou à favela sem sapatos, arranhado e mancando.

Era noite alta e, mesmo com o pensamento em desalinho, teve condições de ver Verdes no momento exato em que arrancava o seu portão. Montou tocaia num beco, a ação de Verdes o irritara profundamente, talvez estivesse fazendo aquilo somente porque soubera por Acerola que ele era o bola da vez, estava na boca da caçapa para morrer. Era um bom filho da puta, contava com Miúdo para poder aplicar seu sete-um. Esperou que Verdes se aproximasse tanto quanto pudesse, para enquadrá-lo.

— Tô levando pra consertar, meu cumpádi! Deixei até recado com sua mulher — disse Verdes, colocando o portão no chão e preparando-se para dar um bote em Bigodinho. Este abaixou a arma, tentando fazer o possível para se controlar.

Valentin, o fiel escudeiro, tremia como vara verde ao vento e prendia os intestinos para não fazer feio diante do revólver de Bigodinho, que se assustou quando notou sua mulher correndo, acompanhada de seus filhos, dizendo que aqueles dois tinham roubado o portão. Sem pestanejar atirou em Verdes Olhos. Tentou novamente, mas o segundo projétil não deflagrou. Nem mesmo precisou, pois o coração de Verdes Olhos estava estuporado, e o fiel escudeiro já havia dado no pé, antes mesmo do primeiro e único disparo.

A notícia da morte de Verdes Olhos correu rápido. Acerola foi com os amigos avisar a mãe de Verdes e providenciar seu enterro. No velório, enquanto fumava um baseado, contou aos amigos que havia salvado a vida de Bigodinho dias antes. Depois do enterro, seguiu para casa pensando na ironia que o destino lhe aprontara, parou numa tendinha para comprar um cigarro a varejo, acendeu-o. Quando se virou viu Miúdo parado, em cima da bicicleta, um pé no chão, o outro no pedal e cara de nojo. Acerola olhou firme, abaixou a cabeça e escutou as palavras de Miúdo:

— Tá vendo aí? Tu não deixou eu matar o cara e o cara pega e mata seu camarada! Mas eu matei ele hoje! — disse Miúdo, e afastou-se sem aguardar a fala de Acerola.

Cabelo Calmo fora preso em flagrante no dia em que completava dezoito anos assaltando um casal no centro da cidade. A ação foi iniciada junto com Sandro Cenoura, que, ao notar a polícia aproximando-se, cascou fora deixando Calmo para trás, pois sentiu que o parceiro não sairia sem tentar levar os pertences do casal.

Cabelo Calmo ficou numa delegacia do centro por um tempo. Depois de julgado e condenado, foi cumprir a pena que recebera: cinco anos pelos crimes que cometera e por outros, que fora obrigado a assumir diante das torturas sofridas na delegacia.

Chegou ao complexo penitenciário Lemos de Brito portando-se de maneira que fazia jus ao seu vulgo, sempre quieto, de poucas palavras. Ajeitou o lugar de dormir no cubículo de onde não saiu por uma semana.

No décimo dia, por volta de meia-noite, foi acordado por um interno, sendo avisado de que o xerife queria falar-lhe imediatamente. Levantou-se calmamente, abriu a cela e pôde avistar no fundo do corredor cinco homens jogando ronda. Olhou para o interno que lhe trouxera o recado. O bruto balançou a cabeça na direção em que Calmo caminharia em ritmo normal. Os homens continuaram o jogo, fingiam que não tinham notado a sua presença. Cabelo Calmo permaneceu certo tempo parado. Quando emitiu o primeiro som da oração que iria produzir, foi subitamente cortado:

— Tu é daonde?

— Cidade de Deus.

— Qualé tua bronca?

— Cinco-sete.

— Quem tu conhece da malandragem de lá...

— Aí, cumpádi, deixa eu dormir...

— Que mané cumpádi, rapá? Batizei algum filho teu?

Calmo se deu conta de que o bicho ia pegar diante da voz alterada do xerife em sua última fala. Preparou-se para uma eventual briga.

— Tá com dinheiro? — continuava o homem com camiseta do Clube de Regatas do Flamengo, enquanto os outros continuavam jogando como se nada estivesse acontecendo.

— Não.

— Como é que tu chega na cadeia e fica um montão de tempo sem saber quem é o xerife? Não dá ideia a ninguém, não faz uma presença pra ninguém. Se tu tá duro, como é que tu tem cigarro? Tu tá de mancada! E é o seguinte: tem uns cara lá na de Deus que fizeram uma parada aí uma vez, tá sabendo? — mentia o xerife. — E essa dívida é tu que vai pagar, tá me entendendo?

Ficou calado um certo tempo e continuou:

— De hoje em diante você vai ser Bernadete, e tá casadinha comigo! — concluiu o flamenguista numa intensidade de voz suficiente para acordar os outros internos da galeria em que estavam.

Cabelo Calmo partiu com violência para dentro do xerife, que se esquivou, esticou o pé, fez com que Calmo tropeçasse e batesse com a cabeça na grade de uma cela. Grogue, recebeu pontapés e socos por bastante tempo. Ensanguentado, sem força para se levantar, foi carregado para o seu cubículo, onde ficou por uma semana. Enquanto se recuperava, recebia cigarros, creme dental e comida vinda de fora do presídio — imaginava que algum amigo o havia reconhecido e estivesse lhe dando uma força por ele se encontrar debilitado. Porém, no sétimo dia recebeu também um buquê de flores que o fez levantar da cama transtornado. Jogou as rosas no chão e perguntou quem era o filho da puta que estava tirando aquela onda com ele.

— Como é que tu aceita tudo e na hora das flores você dá uma de nervosinho? — respondeu o xerife do fundo do corredor.

Calmo colocou seu corpo levemente doído no centro do corredor. Com as mãos fez sinal de briga para o xerife, que novamente o surrou. Depois de derrotar Cabelo Calmo, ordenou a outros internos que o levassem para a sua cama.

— Tira a roupa dele!

Enquanto três o seguravam, um outro interno lhe arriava a calça sem muito esforço, apesar de Calmo tentar impedir. O xerife notou que sua cueca estava suja de fezes, ordenou que o largassem. Com uma faca no pescoço, Calmo tomou banho e sem se enxugar foi colocado de bruços na cama. Ainda tentou reação, mas levou um breve corte no pescoço que o fez ficar parado. Os internos seguraram-no novamente para o próprio xerife raspar-lhe os cabelos das pernas e das nádegas e, em seguida, introduzir seu pênis no ânus do bicho-solto.

A partir desse dia, Cabelo Calmo fazia sexo com o xerife regularmente, agia como mulher de malandro: lavava as cuecas, dobrava o lençol todas as manhãs, arrumava-lhe a comida vinda duma lanchonete próxima ao presídio para os dois comerem. Quando falava ou fazia alguma coisa da qual o xerife não gostasse, era surrado. Com o passar do tempo, viu que não era só ele que vivia nessa situação, outros internos eram casados com os amigos do xerife, que na verdade formavam uma quadrilha que dominava toda a galeria. Quando existem pares é mais fácil aguentar o sofrimento, por isso seu ódio era amenizado, mas um dia se vingaria. A vida de mulher de xerife lhe proporcionava boa comida, cocaína, lençol, travesseiro, cobertores, bebidas, maconha e água gelada. Nos dias de visita, tinha o direito de vestir-se como homem para receber seus familiares. No entanto, na rotina do cárcere, andava de calcinha vermelha, a cor predileta do xerife; era obrigado a passar batom e a colocar brinco. Em sua primeira diarreia no presídio foi obrigado a usar absorvente.

— Diarreia de viado é menstruação! — diziam.

Quando conseguiu a liberdade, era uma pessoa muito mais dura, mais revoltada com a vida. Lembrava-se das várias vezes em que fora acordado com água de esgoto na cara, o cassetete dos guardas penitenciários descendo no lombo sem quê nem porquê. Quando seu marido não tinha dinheiro para as refeições vindas de fora, Bernadete era obrigada a comer aquele feijão ralo, arroz estragado, aquelas pelancas sem nenhum tempero ou higiene. Quando o xerife não quis mais fazer sexo com Calmo, sua vida piorou muito, por não ter as regalias de mulher de malandro. Teve de se alimentar somente com a comida do Desipe, beber aquela água suja; e tóxico, só quando algum visitante trazia enterrado no cu ou na xereca. O resfriado que se apoderou do seu corpo durou o tempo todo que passou ali. Corpo que, muitas vezes, era alheio aos comandos do cérebro.

Mas a boa era estar vivo gozando de juízo perfeito, pois não teve o azar de Camarão, companheiro de cela que nunca tinha praticado um crime, até que um dia, por ver sempre a fome tomando conta da família, resolveu furtar um queijo no mercado, foi preso em flagrante pelos seguranças e entregue à Polícia Civil, que, também com torturas, o fez assinar a autoria de diversos crimes. Julgado e condenado, Camarão cumpriu pena naquele presídio, onde, por ter resistido a um estupro, perdeu a visão esquerda em consequência do espancamento que sofreu. Seu corpo foi pergaminho de várias cicatrizes, corpo de tuberculose. Depois de certo tempo de surras e doenças, Camarão não sabia mais das coisas e, por isso, primeiro foi abandonado pela Justiça gratuita, depois pela família, por estar com o juízo baleado. Quando libertado, virou pedinte no centro da cidade. Depois de seis meses morreu à luz do dia sem socorro ou compaixão.

Calmo teve medo de ficar louco ao presenciar vários casos de loucura, a lepra nos corpos vizinhos e doenças venéreas se alastrando pelo presídio. A morte matada e morrida montando guarda inclusive em seus sonhos. Odiava aqueles guardas que traziam drogas para alguns presos traficarem, porque além de cobrarem um preço absurdo ainda queriam comissão sobre as vendas. Ficava espantado quando escutava os xerifes falarem que aquele lugar era a casa deles. Os brutos diziam que iam tirar férias quando libertos, mas a casa era ali. Ali se sentiam bem. E os presos que não recebiam visitas e, consequentemente, não tinham dinheiro para comprar nem sequer uma pasta de dente, um garfo para comer, se viam obrigados a trabalhar para aqueles que lhes emprestavam essas mínimas coisas: jogavam água para que pudessem tomar banho à vontade, limpavam a cela deles e, quando tinham a perna lisa e bunda acentuada como ele, faziam sexo oral e anal. Cabelo Calmo recebia visitas que lhe traziam dinheiro e tinha os seus objetos de uso pessoal, mas o fato de não procurar saber quem era o xerife logo no início o fez assim: mulher de malandro.

Ao atravessar o último portão do presídio agradeceu à sua pombagira por não ter sido pego consumindo drogas ou traficando por ordem do xerife, pois sabia que pagar aos guardas para traficar tranquilo não era de todo seguro, porque o próprio guarda que recebia o dinheiro dava flagrante ou, quando não, mandava outro em seu lugar para recuperar a droga e vender para outro interno. Conheceu internos que tiveram a pena multiplicada por conta dessa atividade.

Calmo chegou à favela cabreiro diante da possibilidade de alguém saber sobre o que se dera na cadeia e, para certificar-se, antes de rever os amigos mandou que Valter Negão, seu irmão do meio, averiguasse se havia algum comentário a seu respeito. Para sua felicidade, os amigos diziam-se saudosos e não teceram nenhum comentário sobre a vida sexual no presídio. Pardalzinho mandou-lhe um bom dinheiro, achando que o bicho-solto ainda estava encarcerado. Miúdo ordenou que Valter Negão passasse na boca de Cenoura para apanhar trezentos cruzeiros e levar para Calmo, porque se Calmo dançou na bronca em que os dois o meteram era de direito Cenoura dar-lhe uma alça. Miúdo sabia que Cenoura mandava dinheiro para Luís Ferroada, não custava nada ele mandar para Calmo também. Cenoura deu somente a metade. Afirmou que depois mandaria o resto para Cabelo Calmo, que ficou mais um dia entocado.

Apareceu nos Apês de madrugada, ouviu da própria boca de Miúdo o que este fizera na favela, confirmando e detalhando tudo aquilo que já soubera. Respondeu secamente que não quando Miúdo lhe perguntou se fora esculachado na cadeia. Pardalzinho deu dinheiro a Otávio para comprar várias pizzas num restaurante da Freguesia e muita cerveja na birosca mais próxima, com o objetivo de comemorar a liberdade do amigo.

— Calmo tá de rua! Calmo tá de rua! — gritava Pardalzinho ao abraçá-lo.

Miúdo afirmou que o amigo teria de ter uma boca de fumo. Ele completou dizendo que ia falar com Cenoura e garantia que este concordaria em dar-lhe participação. Durante a noite, Calmo falou várias vezes em fazer assaltos, para a reprovação de Miúdo, que dizia que a boa era o tráfico.

Longe de Pardalzinho, Miúdo inventou algumas mentiras a respeito de Cenoura e sugeriu-lhe que o certo seria ele tomar a boca de Cenoura e que, se precisasse, mandaria três vapores com ele para ajudar a deitá-lo logo. Nada de criar cobra.

Calmo aceitou a sugestão, mas preocupou-se em avisar Pardalzinho, que lhe pediu encarecidamente para não matar Cenoura. Miúdo concordou a contragosto. Tudo isso ficou decidido antes de raiar aquele dia de sol em que Cenoura só sossegaria quando arrumasse o restante do dinheiro que mandaria para Cabelo Calmo, pois pensava que este estivesse, ainda, na cadeia.

Miúdo, em vez de mandar dois vapores, surgiu do nada na frente de Cenoura, junto com Calmo. Disse-lhe ser vacilo esperar que ele desse um toque para mandar uma alça ao amigo que tinha dançado numa parada em que os dois o meteram. Sandro sentiu o olhar de Miúdo arisco, aquele olhar que tanto conhecia. Não fez nenhum questionamento, entregou todo o dinheiro silenciosamente a Cabelo Calmo, que depois de contá-lo pediu educadamente para lhe entregar toda a carga de maconha e para procurar um lugar bem longe da favela para vender drogas, porque ali ele não poderia mais traficar.

Miúdo torcia para Cenoura tomar alguma atitude contrária, a fim de sentar-lhe o dedo, porém malandramente Cenoura mostrava-se tão tranquilo quanto Calmo. Exibia um riso irônico e, sem olhar para Miúdo, disse que pensava todo o tempo em dar a boca para ele, pois, se eram amigos, amigos eram para essas coisas. Mesmo com a conversa discreta que tiveram, as pessoas que passavam perto dos traficantes apressavam o passo com medo de uma possível troca de tiros.

Lá no presídio da ilha Grande estava tudo no esquema. Os sangras, os que matam, e o angra, o que vai à delegacia de Angra dos Reis assinar a autoria dos crimes, já tinham sido selecionados e avisados e estavam a postos. Tanto os sangras como os angras são escolhidos pelos chefes da organização por motivos diferentes. Há os que são selecionados apenas por terem pena muito extensa, porque nesses casos um crime a mais não alteraria a pena. Todos sabiam que no Brasil ninguém cumpre pena acima de trinta anos. Há aqueles que matam ou assumem a autoria de assassinatos para se livrarem de morrer por terem estuprado, terem saído com mulheres aproveitando que seus maridos estavam presos, assaltado moradores do lugar onde moravam, enfim, sabiam que, se chegassem àquele presídio com alguma infração ao código de ética da organização, só lhes restariam três opções de pena: matar, ser morto ou assumir a responsabilidade dos crimes. Tudo aconteceria na hora em que o samba começasse. O plano fora bolado em vários e rápidos momentos pelos mentores da facção que ali se iniciava, tendo como palavra de ordem "Paz, justiça e liberdade".

Os internos que naquele presídio estupravam, ou alcaguetaram quando foram presos, ou roubaram os companheiros, ou obrigaram os internos mais fracos a lhes despejar a água do banho, enfim, todos aqueles que faziam os companheiros passarem por qualquer tipo de humilhação, iriam morrer.

Ferroada era o primeiro da lista, pois chegara ali plantando o mesmo terror que plantava na favela, favela na qual estuprava, assaltava trabalhador, ficava com a maior parte das divisões de roubo e, por vezes, matava e jogava dentro do rio pessoas com as quais tinha cisma.

Fora preso pelos policiais do Galpão completamente embriagado na manhã seguinte ao dia em que cometera dois assaltos e matara as vítimas com tiros de oitão. Nessa mesma manhã, Miúdo invadiu sua casa e apanhou o fuzil que ele guardava atrás da geladeira, tendo-o escondido num lugar que nem mesmo Pardalzinho sabia.

Ferroada orgulhava-se de ter enfiado o Cruel, apelido de seu pênis, em vários cus de bandidos. Tomava-lhes o dinheiro, o cigarro, a comida que a família mandava, os cobertores na época de frio; costumava dizer que quem mandava naquela porra era ele. Ferroada deitou-se num cobertor estirado junto à parede esquerda do pátio. Chamou o primeiro que passou para tocar uma punheta nele, o interno cumpriu a ordem sem pestanejar. Em poucos minutos o pátio todo era uma só voz:

Nessa avenida colorida
a Portela faz seu Carnaval.
Lendas e mistérios da Amazônia,
cantamos nesse samba original.
Dizem que os astros se amaram
e não puderam se casar.
A lua apaixonada chorou tanto
e do seu pranto nasceu o rio... o mar

O samba acabou com treze corpos sangrando no pátio. O homem que batia a punheta no pau de Ferroada, à primeira oração do samba, sacou uma faca da cintura com a mão esquerda e, com essa mão mesmo, de um só golpe, repartiu-lhe o escroto, decepou-lhe parte do pênis e, em seguida, esfaqueou-lhe o abdômen, os olhos e os braços daquele corpo que se debatia numa atitude egocêntrica, enquanto os demais presos batucavam nos lugares possíveis e aumentavam a intensidade do samba.

Houve um silêncio momentâneo, logo cortado pelo tilintar de uma faca nas grades. Um interno, apenas um interno resvalava a faca nas grades e gritava que tinha matado treze filhos da puta. Esse preso só não morreu para assumir a culpa dos treze assassinatos. Era o angra.

Pardalzinho não estava mais na boca do Bloco Sete quando Miúdo e Cabelo Calmo festejavam a tomada da boca de Cenoura. Ele havia pedido a bicicleta de Camundongo Russo emprestada e saíra pedalando sem rumo certo. Agora seguia Daniel de longe, admirando seu jeito, vendo a sua beleza realçada pelo sol. Sentia inveja quando o cocota parava para dar beijinhos nas garotinhas mais bonitas da favela. Fazia de tudo para não ser percebido ao segui-lo. Queria ser bonito, andar vestido como os cocotas, namorar aquelas meninas que andavam com eles, que pareciam felizes como os ricos: queimados de sol, cabelo parafinado, tatuagem no corpo. Continuava a seguir Daniel pela rua Principal, tentando entender o que estava escrito em seu tênis, em sua camiseta e no short. Apenas a bicicleta Caloi 10 de Camundongo Russo era igual à do cocota.

Dobraram a rua do Meio, andaram alguns metros. Pardalzinho emparelhou-se com o cocota e, sem mais nem menos, desafiou-o para uma corrida. O ponto de partida seria a segunda ponte do braço direito do rio, iriam até as Últimas Triagens e voltariam ao ponto de partida. É bem verdade que Pardalzinho sabia que perderia por ainda estar debilitado pela operação, mesmo assim pedalou forte e, para sua surpresa, manteve-se o tempo todo na dianteira. Era tão forte quanto o cocota, que não saía da praia e malhava o tempo todo. Esperou o cocota chegar com riso aberto.

— Tá pensando que é mole?

— É, tu é foda mesmo!

— Aí, tu comprou esse tênis aonde?

— Comprei lá em Madureira, mas qualquer sapataria vende.

— A camisa?

— Na Sul.

— O short?

— Na Sul também. É tudo roupa de marca. O tênis é Adidas, o short é Pier e a camiseta Hang Ten.

— Aí, se eu te der o dinheiro, tu compra lá pra mim?

— Compro.

— Vamo ali em casa, rapidinho.

Pardalzinho tirou de dentro de um saco plástico repleto de dinheiro uma bolada e a entregou sem contar ao cocota. Este achou ser muito. Pardalzinho falou para ele comprar logo uma porrada de tênis número 40, shorts e camisetas, e ainda deu-lhe mais dinheiro para que fosse e voltasse de táxi, recomendou que levasse tudo ao Bloco Sete.

O cocota despediu-se surpreendido com a gentileza do bandido e sentiu que não teria sido nem preciso deixá-lo ganhar a corrida para ser bem tratado por ele. O bandido olhou o cocota afastar-se, este acenou para ele, dobrou a esquina e tomou a direção da casa de Patricinha Katanazaka em pedaladas fortes para apanhar um disco de Raul Seixas que ela havia lhe emprestado. Não se demorou ali, foi fazer o que Pardalzinho havia lhe pedido.

A madrugada já era alta quando Pardalzinho acabou de experimentar as dezenas de shorts, camisetas e pares de tênis que Daniel lhe entregara no início da noite nas imediações do Bloco Sete. Agora só faltavam as calças Saint-Tropez. Os três embrulhos eram tão grandes que teve de levá-los no próprio táxi até a casa de sua mãe. Ele mesmo comentou o absurdo que fora aquelas compras, mas vida de rico é isso mesmo, o negócio era gastar, tirar onda, curtir a vida. Daniel recebeu bagulho solto, além de uma quantia em dinheiro que nunca tinha colocado na carteira. Dava até para comprar uma prancha ou um skate importado.

— Sou playboy! — dizia Pardalzinho a todos que comentavam sua nova indumentária. Tatuou no braço um enorme dragão soltando labaredas amarelas e vermelhas pelo focinho, o cabelo ligeiramente crespo foi encaracolado por Mosca. Sentia-se agora definitivamente rico, pois se vestia como eles. O cocota pediu a Mosca que comprasse uma bicicleta Caloi 10 para que pudesse ir à praia todas as manhãs. Rico também anda de bicicleta. Iria frequentar a praia do Pepino assim que aprendesse o palavreado deles. Na moral, na moral, na vida tudo é uma questão de linguagem. Alguns bandidos tentaram fazer chacota do seu novo visual. O traficante meteu a mão no revólver dizendo que não tinha cara de palhaço. Até mesmo Miúdo prendeu o riso quando o viu dentro daquela roupa de garotão da Zona Sul.

Ao artefato de papel fino, colado de maneira que ganhe formas variadas — em geral de fabricação caseira —, que se lança ao ar durante as festas juninas e que sobe por força do ar quente produzido em seu interior através de buchas amarradas a uma, ou mais, boca de arame, dá-se o nome de balão.

Existe o balão japonês, que é o menor de todos, tanto sua subida como sua descida são instantâneas; o balão-caixote, cujo nome condiz com sua forma; o balão-beijo, pura balela para abreviar o tempo das investidas amorosas; o balão-tangerina, martelo... O balão só se mantém no ar enquanto sua bucha está acesa.

Dá-se também o nome de balão ao trabalhador que pega a semana toda no batente e, antes de chegar em casa, no dia do pagamento, vai acertar a conta do mês na birosca, aproveitando para encher a cara além do habitual, porque a quantia no seu bolso, na maioria das vezes, o infeliz acha que é muito. A bebida é a bucha que o vai fazendo encher, encher, encher, subir, subir, subir, e depois descer, descer, descer, completamente apagado. É nessa hora que chegam os meninos para retirar-lhe os pertences e o resto do dinheiro.

Essa atividade tão disputada, não só por crianças delinquentes, mas também pelo pessoal do Beco, é denominada balão apagado. A atividade foi proibida por Miúdo com o objetivo de evitar queixas ao posto policial (diminuindo, assim, as investidas dos policiais), para fazer parecer que a Cidade de Deus se tornara um lugar tranquilo e também para ganhar o respeito dos moradores biriteiros. Porém, por motivos miseráveis, a molecada da Treze acordou cedo naquela sexta-feira precedida de lua cheia. Atacaram todas as bancas de jornais armados de paus e pedras, depois as lojas comerciais do largo da Freguesia, armados de canivete e um revólver calibre 22, e à noite deram balão apagado em todos os bêbados que não lhes eram familiares.

Seu Zé Maria, morador do Bloco Oito, gostava de beber na praça Principal da favela. Era ali que, machucando uma moela de galinha e tomando um birinaite, observava as mulheres e sentenciava quem era boazuda e quem não era. Bebia com mais voracidade por ter recebido a indenização pela rescisão de um contrato de seis anos de trabalho. A molecada, no balcão esquerdo do bar do Tom Zé, bebia guaraná observando seu Zé Maria tomar goles de cachaça, tirar o gosto com moela e lavar o estômago com cerveja. Tom Zé pedia para que não roubassem nas proximidades, e para ser atendido daria de cortesia um litro de refrigerante.

Seu Zé Maria saiu cambaleando pela noite já madura, os meninos iam atrás esperando que ele passasse por um local deserto para dar o bote. O inevitável se deu antes de ele chegar às casas de triagens do Barro Vermelho. Seu Zé Maria tentou se livrar em vão dos meninos da Quadra Treze.

Na manhã seguinte, o estômago doía, a cabeça pesava, mas, mesmo assim, decidiu levantar-se, lavar o rosto e escovar os dentes. Saiu de casa sem responder à mulher, que lhe perguntara se não iria tomar café, e foi à procura de Miúdo. Não encontrou quem esperava na boca de fumo, teve de queixar-se a Biscoitinho e Camundongo Russo, que lhe prometeram recuperar o dinheiro o mais breve possível.

— Ontem eu vi aquela molecada da Treze tudo junto indo lá pra fora. Eles me viram e ficaram tudo arisco, tá me entendendo? Só pode ter sido eles — disse Camundongo Russo.

— Vamo lá, vamo lá! — convidou Biscoitinho.

— É melhor falar com Calmo primeiro, morou, meu irmão? É ele que manda lá na Treze — alertou Camundongo Russo.

— Que nada, rapá! Quem sabe é a gente! Eles tá sabendo que não pode meter balão na favela, não sabe? — decidiu Biscoitinho.

— Hã-ram.

— Então, vamo lá.

Saíram de bicicleta pelos becos do Barro Vermelho, atravessaram a rua Edgar Werneck, entraram na rua dos Milagres na tranquilidade de um passeio matinal. A molecada estava reunida na primeira viela da rua, movimentando-se para colocar pipas no alto, na alegria de quem está com dinheiro.

— Arrumaram dinheiro pra comprar essa linha aonde? — perguntou Biscoitinho.

— Não interessa, cumpádi! — respondeu Monark, olhando por debaixo dos olhos, sem parar de prender as fitas de papel fino na linha.

— Ô, moleque! Tá pensando que garoto crescido é homem? Todo mundo encostado na parede aí! Dá uma geral neles, aí! — ordenou Biscoitinho com uma pistola nove milímetros na mão.

Camundongo Russo revistou-os à procura de armas e dinheiro, ainda empurrou Monark e Palitinho, que se recusaram a encostar na parede. A desobediência dos dois contribuiu para uma revista malfeita neles, de modo que não encontrou parte do dinheiro no bolso de Palitinho.

Biscoitinho perguntou-lhes várias vezes se foram eles os autores do balão apagado sofrido por seu Zé Maria. Todos calados a cada pergunta. Monark movimentava-se aos poucos para perto do bueiro onde estava escondido o seu revólver. De pés no chão, nariz escorrendo, macérrimo e sem camisa, olhava sério para os traficantes que ameaçavam levá-los para conversar com Miúdo. Ficaram ali contemporizando por mais alguns minutos até que Camundongo Russo convenceu Biscoitinho a deixá-los, ameaçando-os de morte caso soubessem de outro balão apagado dado por eles na favela.

Quando retornaram aos Apês encontraram Miúdo ainda sonolento e, sem cumprimentos, foram logo relatando o ocorrido ao chefe, que não estava para muita conversa. Ouviu tudo sem interrompê-los para no final falar de forma incisiva:

— Balão apagado só leva quem é vacilão. Bebeu porque quis... Deixa os moleque pra lá! Quanto foi que eles meteram?

— Seiscentos.

— Dá o dinheiro ao coroa e diz que se ele beber de novo vai tomar um sal.

Marisol afastou-se, tentou convencer Thiago a conversar numa boa, queria explicar que só se declarou para Adriana depois de saber que eles não estavam mais namorando. Thiago não lhe dava ouvidos, com os punhos cerrados pulava para lá e para cá, saçaricava, fazia que ia e não ia, xingava Marisol, que sacou a garrucha, engatilhou-a e apontou-a para Thiago, dizendo que o mataria. Thiago correu não mais que cinquenta metros, parou atrás de um poste e mandou que o inimigo atirasse. Mesmo com a arma em punho, Marisol tentava conversar. Disse-lhe que, se ele quisesse, guardaria a arma para desenrolar uma ideia. Thiago retrucou afirmando que arrumaria um revólver e o mataria sem piedade. Diante dessa afirmação Marisol mandou bala. Uma fumaça rala envolveu-lhe o rosto. As balas, antes de atingir vinte metros, perdiam força e caíam no chão.

O tempo que Marisol levava para municiar a garrucha era suficiente para Thiago tentar agredi-lo; Marisol corria municiando a arma e dava dois tiros em Thiago, com a língua exposta no canto esquerdo da boca. Thiago afastava-se somente vinte metros, esperava os dois tiros e se precipitava contra o inimigo. Passaram a tarde toda por conta dessa atividade. Juntou gente para rir e incentivar. Quando Marisol atirava, todo mundo corria, depois os curiosos aplaudiam a investida de Thiago. Andaram por toda a favela atraindo as pessoas até a munição acabar. Finalmente entraram em luta corporal. Todos que assistiram à briga deram-na como empatada.

As brigas entre Thiago e Marisol perduraram por mais duas semanas, nos mais variados lugares. Os amigos convenceram Marisol a não usar arma contra Thiago, já que ele era amigo de todos. Da mesma forma tentavam convencer Thiago a parar com essa onda de brabo, diziam que quem tinha de escolher era Adriana e isso ela já havia feito. Thiago não ouvia os amigos, dizia que o mundo era pequeno para os dois, afirmava que Adriana só estava com o outro para lhe provocar ciúmes.

Numa sexta-feira à noite, Pardalzinho deu tiros para o alto no Lazer para separar os dois. Com a arma na mão os ameaçou de morte caso voltassem a se agredir e os fez apertarem as mãos.

Tudo fora combinado antes com o bandido, que se aproximara dos cocotas de modo contundente através de Daniel e para isso passara a mandar maconha para a cocotada de manhã, de tarde e de noite, em todos os dias da semana, e também a pagar sorvetes, rocamboles e refrigerantes na padaria Del Rei, onde costumava encontrar a turma reunida.

Para comemorar o fim da inimizade entre os dois, levou todo mundo para uma churrascaria, afirmou que poderiam comer e beber o que bem quisessem e o quanto pudessem. Ele pagaria tudo e foi o que fez, sempre com um sorriso sincero.

Agora também era bonito: ganhava beijinhos das garotas mais lindas da favela, ia para os bailes fazendo bagunça no ônibus, aprendeu a pegar jacaré como ninguém... Gostava de sua nova vida.

No dia seguinte, Amendoim, vapor da boca, disse-lhe, no meio da bandidagem, que cocota botava ovo. Todos riram, inclusive Miúdo. Pardalzinho, no primeiro momento, achou engraçado, mas depois sentiu-se ridículo diante de seus comandados, de súbito sacou seu revólver, mandou todo mundo correr. Os bandidos não tomaram nenhuma atitude de imediato, foi somente depois do primeiro tiro que todos saíram em disparada por entre os prédios. Pardalzinho deu atrás dos bandidos atirando seguidamente. Miúdo corria rindo, como a maioria dos bandidos; Pardalzinho, sério, descarregava e municiava a arma, falava palavrões, mandava os bandidos trocarem tiros com ele. Apesar da raiva, não atirava para pegar. No entanto não falava em tom de brincadeira, perseguiu seus parceiros por algum tempo, depois foi para as lojinhas, onde tomou refrigerante e comeu rocambole.

Em poucos minutos, já estava contando piadas para os biriteiros, fazendo palhaçadas e cantando *rock'n'roll*. Os parceiros foram chegando de mansinho, Pardalzinho tratava-os como se nada tivesse acontecido. Mandou o próprio Amendoim acochar um baseado, fumou abraçado a Miúdo, que lhe mostrava a perna arranhada do tombo que levara na correria. Pardalzinho comprou Band-Aid e o colocou na pequena ferida do amigo. Tudo não passara de um pique-pega mais elaborado.

À noite, Pardalzinho avisou a Miúdo, em boca miúda, que tinha resolvido se casar. Fazia muito tempo que vinha saindo com Mosca e já se convencera de que ela era a mulher para ser a mãe de seus filhos. Era carinhosa, compreensiva, tinha parado de roubar, de fumar maconha nas esquinas que nem homem, sabia fazer comidinha gostosa, arrumar uma casa como ninguém, sua família gostava dela e tudo o mais. Pediu encarecidamente a Miúdo que não falasse para ninguém, porque ele continuaria a comer as vadias e as cocotinhas que agora também estavam dando mole para ele.

— Tu casa quando?

— Hoje mermo!

— Não vai nem pagar uma cerveja pra rapazia...

— Tu já viu malandro fazer festa de casamento, rapá?

Pardalzinho havia ficado com a casa de um traficante morto por Miúdo. Naquela mesma noite, mandou Buzininha comprar a janta na churrascaria e entregá-la em sua casa por volta da meia-noite. No dia anterior, levara dois vapores para pintar e dar faxina na casa e Madrugadão ficara por conta dos arremates de pedreiro e encanador, e também para armar o guarda-roupa. Ficou tudo pronto para a lua de mel.

Assim que acabou de conversar com Miúdo, Pardalzinho despediu-se dos amigos, montou na bicicleta e foi para o lugar onde havia marcado encontro com Mosca.

A noite ficou vazia depois que Pardalzinho se retirou. Miúdo sentiu vontade de cheirar, mas depois optou por fumar maconha de novo a fim de dormir. Ele mesmo acochou o baseado que fumou sozinho na portaria de um prédio. No outro dia de manhã, a quadrilha estava toda reunida nas imediações do Bloco Sete quando, pela rua do braço esquerdo do rio, surgiu Biscoitinho com dois meninos amarrados numa corda. Vez por outra dava coronhadas em suas cabeças já ensanguentadas. Os meninos haviam assaltado um ônibus da linha meia-noventa, lotado de moradores dos apartamentos.

— Não pode roubar ônibus da favela! A gente já tinha falado! Vai passar no corredor polonês!

Os quadrilheiros formaram uma fila dupla, obrigaram os ladrões a passarem três vezes entre eles, dando-lhes coronhas sem nenhuma piedade. Bigolinha, de nove anos, desmaiou. Miúdo achou que tudo não passava de truque para parar de apanhar e por isso deu-lhe chutes e mais coronhadas. Em seguida, dando gargalhadas, descarregou sua pistola nove milímetros no corpo do menino. Deu ordem para Camundongo Russo atirar no pé do outro ladrão; depois, pegou outro revólver, apontou para o menino e mandou que fosse embora sem olhar para trás, do contrário morreria.

O menino saiu capengando, apoiando o braço ao longo do prédio. Miúdo atiraria a qualquer momento; se andasse um pouco mais afastado do prédio o atirador não poderia fazer mira auxiliando-se da parede. Tentou se afastar, porém não conseguia andar sem apoio, voltou para perto da parede. Se saísse vivo daquela, nunca mais roubaria dentro da favela. Os gritos de sua mãe mandando-o arrumar dinheiro se compuseram de novo nos ouvidos. Desgraça, muita desgraça era aquela sua vida, morreria pelas costas. Faltavam três metros para chegar à extremidade do prédio. Apressou o passo, dobrou a esquina num alívio que o fez parar, respirar, olhar o ferimento. Colocou o rosto na quina do prédio para ver se ninguém o estava seguindo e recebeu um tiro no centro da testa detonado por Miúdo, que mantivera a arma apontada durante todo o tempo em que ele fizera aquele trajeto e continuara apontando a arma depois que ele dobrara a esquina, sem sair do lugar onde estava.

— Aí Marcelinho Baião, ruma um carro aí e joga esses otário lá no Beco do Saci.

E como se nada tivesse acontecido continuou a conversar com os quadrilheiros, sem olhar para Pardalzinho, que o chamava de maluco com os olhos cheios d'água.

Dois dias depois, um jornal trazia a foto dos meninos mortos dizendo que havia sido um crime bárbaro. Miúdo, ao ouvir Pardalzinho ler a matéria, perguntou-lhe o que era bárbaro. Pardalzinho não soube responder, porém Daniel, que estava ali para receber cinco trouxas de maconha, presente de Pardalzinho, explicou para todos o significado da palavra.

Nas ruas, os meninos que estudavam pela manhã rodavam pião nas proximidades de suas casas, as meninas brincavam de comidinha nos quintais e nas escadas dos apartamentos. Via-se tranquilidade na fisionomia das pessoas, o rio e seus dois braços corriam lentos por conta do estio que perdurava havia mais de um mês. No Lazer, os cocotas teciam comentários sobre a última briga no baile; nas biroscas, cachaceiros faziam brincadeiras obsoletas, discutiam futebol, contavam piadas antigas.

A segunda-feira era normal, com as vizinhas fazendo fofocas vespertinas, pessoas catando garrafas para vender nos depósitos de bebidas, outras procurando ferros e fios para desencaparem e venderem o cobre no ferro-velho. Havia quem não tivesse feito nenhuma refeição naquele dia. Alguns ladrões já tinham executado suas tarefas, assaltantes já haviam assaltado e matado alguém fora dali, os mendigos residentes no local chegavam alternadamente nos ônibus.

Lá na Quadra Treze, uma mulher verificava a temperatura da água que botara para ferver, depois de ir à birosca duas vezes para chamar o marido, que se embriagava com os amigos. Durante o dia, bem que ela pensou em desistir, mas ao vê-lo embriagando-se resolveu dar continuidade ao seu plano de ser feliz para sempre. Já tinha feito o marido associar-se a um seguro de vida na semana anterior e agora o mataria sem piedade.

Lá nos Apês, um grupo de meninos, com idade média de sete anos, reuniu-se na escada do Bloco Oito. Eram conhecidos como anjos, porque todos eram nascidos em Cidade de Deus, e também por Caixa Baixa, por não terem dinheiro como os bandidos da quadrilha de Zé Miúdo, que faziam roubos e assaltos grandes. Famintos, devoravam três galetos conseguidos em um assalto feito numa lanchonete no largo da Taquara, onde chegaram armados de fome até os dentes.

Lampião falava, de boca cheia, que nunca mais iria assaltar para comer, jurava que arrumaria negócio grande para não ter de arriscar flagrante todos os dias, iria fazer igual a Biscoitinho e Marcelinho Baião, que só roubavam cachangas, traziam ouro, dólares e armas. Essa onda de meter a mão na cintura fingindo-se armado um dia poderia falhar, era hora de conseguir armas para botar na cara dos otários e mandar arriar tudo no chão. Era humilhante ficar fazendo favor para os bandidos em troca de merrequinha, restos de comida e trouxinha de maconha.

Otávio é que gostava dessa onda de avião. Ele mesmo disse que queria ser traficante quando crescesse, mas até pegar consideração para ser vapor e depois segurança, até chegar a gerente, demora muito tempo. Para ficar de frente numa boca teria de esperar os mais antigos morrerem, serem presos, ou, então, matar todo mundo que nem fez Miúdo. Não, iriam roubar coisas grandes para encher a mufa de dinheiro.

Assim ficou acertado entre esses meninos que brigavam para levar para casa o resto dos galetos que roubaram.

Lampião chegou em casa de mansinho para não acordar a mãe nem o padrasto. Este, porém, estava acordado, na expectativa de o garoto trazer algum dinheiro. O menino só lhe ofereceu uma coxa de frango e apanhou, porque seu padrasto não era otário para sustentar filho dos outros, não estava vivendo para dar mole para vagabundo. Sua mãe interferiu e entrou na porrada também.

O agressor não dizia, mas achava que ela tomava as dores daquele filho da puta por ver nele a cara do pai; dava-lhe tanto afeto por ser isso uma forma de amar o outro. Um dia o mataria de porrada para não viver com o resquício do primeiro marido da esposa. Lampião, depois da surra, foi dormir sem derramar uma gota de lágrima, porque todo mundo sabe e nunca é demais repetir que homem que é homem não chora.

— Quando a mulher começa a chatear assim, o negócio é peidar, peidar, peidar o dia todo pra ela.

— Como? — perguntou o marido.

— Compra dois quilos de rabada, dois de batata, agrião, manda a bruta fazer e vem pra tendinha encher a cara. Depois chega em casa, come aquela porra toda com pimenta-malagueta que tu peida sentado, peida em pé, de cócoras, de joelho, acordado e dormindo. Tu peida fut, arara, sumidinho, canarinho, pelota, fiui, explosão, melado e o caralho...

— Hoje eu tavo a fim de peidar na cara da filha da puta... Por que que mulher é assim? Porra! Eu dou duro o dia todo, não compro nada pra mim pra não faltar nada em casa, sou um cara que não fico agressivo, não entro numa de bater nem nela, nem nas crianças, não pertubo ninguém... Que que tem eu tomar uma cervejinha? Beber um quente antes da janta...? Vai tomar no cu, morou? Bota mais uma catuaba com aquela de Minas, aí!

— Por que tu não peida hoje? Se tu comer uns torresmo é a mesma coisa.

— Me dá torresmo, aí, ô Baixinho.

— Baixinho é cu de cobra, rapá! — respondeu o dono da birosca antes de servir o marido.

O marido reclamão comeu cinco pedaços de torresmo, bebeu mais três doses de traçado, uma cerveja para lavar o estômago e caminhou cambaleante para casa. Abriu o portão com certa dificuldade, a vontade de urinar era sincera, apertou o passo para o banheiro, mas a urina desceu calça abaixo molhando o tapete da sala. Tomou banho sem tirar a roupa, estranhando a esposa quieta na cozinha. Pensou em falar alguma coisa, preferiu não puxar conversa para não desencadear uma briga, arrancou e entulhou a roupa suja e encharcada sob a pia do banheiro e deitou-se, depois de vestir uma cueca. Em poucos minutos roncava alto. A mulher arrastou-o para a cozinha e despejou a água fervendo sobre sua cabeça.

Foi presa por homicídio premeditado e não recebeu a quantia que esperava do seguro.

— Meu irmão, eu quero vender pizza, refrigerante, sucos e mais nada, tá falado?

— Tem que botar uma cerveja, rapá! Cerveja todo mundo bebe...

— Não, não, não... Não tô a fim de aturar biriteiro, não. Já tenho um fogão industrial, dois liquidificadores, uma máquina de fazer suco de laranja, copos e o caralho! Tô com tudo em cima, só falta mermo é uma lojinha dichavada para começar, morou? Então? Tu topa? Eu fico com cinquenta por cento e os outros cinquenta fica pra você e pro mestre-cuca. Mas o dinheiro só vai piar quando eu acabar de pagar o que eu tô devendo. Tá direito?

— Tá direito! — disse Busca-Pé com um gigantesco sorriso e a mão esticada para ser apertada pela mão de Álvaro Katanazaka, com quem já tentara fundar uma loja de utensílios de cozinha.

De fato, eles nunca tiveram loja, pois a meta era começar vendendo de porta em porta. Depois, sim, abririam uma lojinha na favela e, se tivessem dedicação e pensamento positivo, logo, logo, abririam filiais, colocariam empregados. Porém, nem mesmo com aquele prospectozinho feito por Katanazaka, que informava que o lucro seria revertido para um orfanato, não conseguiram mais que um salário mínimo e meio durante o primeiro mês. Mês no qual prejudicaram o andamento da vida escolar, andaram o dia todo dentro e fora da favela, empataram dinheiro na compra da mercadoria no mercadão de Madureira e obtiveram somente aquele dinheirinho, do qual ainda tiveram de reservar a metade para repor o material de venda.

— Ninguém pode saber não, morou? Senão cresce o olho e o negócio não anda — preveniu Katanazaka.

— Tem que comprar uma figa e botar na parada no primeiro dia.

Conversaram mais um pouco. Ideias para o novo empreendimento surgiam de forma barroca, entre uma puxada e outra no baseado que fumavam. Assim que acabaram de fumar, Busca-Pé se despediu. Saiu da casa de Katanazaka, que jogava Bom Ar pela sala para tirar o cheiro de maconha, pois seus pais não tardariam a chegar. Busca-Pé pegou sua bicicleta Caloi 10, bicicleta que todo bom cocota desejava ter, pedalou quinhentos metros e, de súbito, deu meia-volta e pedalou mais forte de volta à casa do sócio.

— Sabe aquela lojinha que tem ali no começo do bairro Araújo?

— Sei.

— Então, o cara tá alugando aquela paradinha lá! Já tava lá na frente quando me lembrei. O pai da minha mina queria alugar e tudo.

— Será que os caras tão lá hoje?

— De repente...

— Vamo lá?

— Vamo!

Katanazaka apanhou sua bicicleta e seguiram pela rua do braço esquerdo do rio.

— Tem que ter fiador ou depósito, e tanto o inquilino como o fiador têm que ganhar três vezes mais que o valor do aluguel. Vocês moram aonde?

— Na Cidade de Deus.

— São vocês dois que querem alugar? — perguntou o senhorio ariscamente, quando Busca-Pé disse que morava em Cidade de Deus.

— Não. É meu pai.

Saíram dali entusiasmados com a possibilidade de alugar a loja. O aluguel era puxado, mas, com o conhecimento que tinham e com a boa divulgação que fariam, arrumariam aquela quantia todo mês, mole, mole. Tinham apenas de falsificar o contracheque do seu Braga, pai de Katanazaka, e isso era um trabalho para Busca-Pé, que além de fotógrafo revelara-se um grande artista plástico. O dinheiro do depósito já estava garantido, viria da indenização e do fundo de garantia que Katanazaka receberia na segunda-feira, pois havia sido despedido do emprego.

Seu Braga não ponderou; tudo o que o filho pedia, ele fazia, não por ser um pai condescendente com os filhos, mas por ver nele o protótipo de um empresário bem-sucedido, e, sendo assim, teria muito dinheiro, dinheiro que nunca soubera como conseguir. Esse fato não impedia o pai de ser sensível nem de amar Álvaro com toda a sua força. O filho seria aquilo que ele não foi, e, para isso, o ajudaria ao máximo.

Busca-Pé aceitou o convite de almoçar na casa de Katanazaka, seria necessário e prazeroso. Necessário porque começaria logo na tarefa da falsificação, e prazeroso porque a comida de dona Tereza Katanazaka era a melhor que já havia experimentado em toda a sua vida.

— Tem que dar um jeito nos últimos três contracheques — lembrou Katanazaka.

— Pior que é. Tem gilete, cola, máquina de escrever? Vai ter que tirar umas cópias malandreadas e o caralho, morou?

— A gente dá um jeito.

Tudo ficou como Busca-Pé planejara, era só levar a identidade de seu Braga e os três contracheques falsificados para alugarem a lojinha.

Antes das quinze horas, seu Braga fez uma barba caprichada, deu um molho no cabelo, cortou as unhas, pôs o velho terno usado em seu casamento, colocou os óculos de dona Tereza e foi, junto com Busca-Pé e Katanazaka, alugar a lojinha, o que ocorreu sem nenhum empecilho.

— Tu tem que vestir roupa de garçom, rapá!

— Aí, meu irmão, roupinha de garçom eu não vou vestir não, morou? Que que há? Tu acha que neguinho não vai limpar a cara comigo?

— Então, tu vai sempre colocar uma camisa branca pra dar impressão de limpeza, sabe qualé? Todo bar é assim!

— Bar, não. Pizzaria — corrigiu Busca-Pé.

— Amanhã tem que chegar cedo lá, morou? Pra dar os últimos retoques. Avisa pra todo mundo que vai ter a promoção de inauguração, mas aí: só amanhã.

— Qual é a promoção?

— Quem pagar o rodízio, tem direito a dois refrigerantes — acertavam Busca-Pé e Katanazaka um mês após o aluguel da lojinha.

— Aí — continuou Katanazaka —, leva uns discos lá do Milton Nascimento, Caetano Veloso, Gal...

— Tu acha que neguinho vai gostar desse som?

— Ah, sei lá, morou? Mas eu vou levar uns discos de *rock'n'roll* também. De acordo com os fregueses, a gente muda a música.

— Pior que é — concordou Busca-Pé.

A inauguração foi considerada um sucesso. Pardalzinho chegou bem cedo e fez questão de pagar a despesa de todas as mesas. Busca-Pé deu conta do recado, a pizza era gostosa, o refrigerante, geladinho.

— Tem que botar cerveja! — disse Pardalzinho de boca cheia.

— Eu vou botar, morou? Mas só que tá faltando casco — disse Katanazaka com uma caneta na orelha esquerda, o que lhe dava uma certa imponência de comerciante.

A noite de verão era chuvosa. Busca-Pé insistia em colocar Caetano Veloso na vitrola para os cocotas, que riam por besteiras e usavam sempre os mesmos jargões no desenrolar das conversas.

Era sexta-feira, dia em que as bocas de Miúdo e Pardalzinho vendiam muito mais do que nos outros. Vida Boa agora ajudava na gerência e Israel tocava samba em boate, mas passara a andar armado e a dar tapa em vagabundo que roubava dentro da favela. Israel tinha quase o mesmo poder que Miúdo e Pardalzinho. Volta e meia apanhava dinheiro na boca e, para as mulheres, dizia que não precisava de tráfico de drogas para viver. Era artista.

Por volta de meia-noite, Pardalzinho chegou com quase todos os cocotas às lojinhas onde estavam Miúdo e o resto da quadrilha.

— Aí, todo mundo aí são meus amigos, todo mundo maneiro! Aí, não quero ninguém tirando onda com eles não, morou? Ninguém. Quem quer tirar onda com eles vai levar tiro no cu, morou? Aí, aí, pega vinte trouxa de bagulho lá, pega lá, pega lá.

Miúdo olhou bem o rosto de cada cocota para nunca mais esquecer, se eram amigos de Pardalzinho seriam seus também. Alguns ele já conhecia de vista, outros desde criança, como era o caso de Leonardo, que morava nos Apês, assim como Pedroca e Busca-Pé. Olhava sério. Subitamente, mandou o dono da birosca abrir uma caixa de Coca-Cola e se retirou.

— Só tinha uma trouxa, morou, cumpádi?

— Acabou o fumo! Quem vai endolar? Quem vai endolar? — ficou em silêncio por alguns minutos e continuou: — Vai lá na casa do Carlos Roberto e panha um quilo lá e leva lá em casa. Vou endolar com meus amigos. Aí, não quero bandido atrás de mim não, morou? Vamo endolar? Vamo endolar? — disse Pardalzinho para os cocotas.

Na casa de Pardalzinho a cocotada embalava a maconha em volantes de loteria esportiva, todos com um gigantesco baseado aceso. Gabriel foi à padaria comprar rocamboles e refrigerantes, Dom Paulo Carneiro foi à boca lá de cima apanhar cocaína, porém retornou rápido dizendo que Tê não quisera lhe dar os trinta papelotes.

— Toma aqui, toma aqui e volta lá, mostra a ela que ela dá! — disse Pardalzinho ao dar seu grosso cordão de ouro com a imagem de são Jorge guerreiro, também de ouro, a Dom Paulo Carneiro, que dessa vez teve êxito.

Busca-Pé colocou um disco de Raul Seixas na vitrola e avisou que seria melhor comerem primeiro para depois cheirarem. Ficaram ouvindo música, cheirando cocaína, fumando e embalando maconha até Mosca chegar com sua irmã:

— Que porra é essa dessa playboyzada aqui em casa, Pardal? Esse pessoal não tem casa, não? Vem pra cá se endoidar, fica comendo a minha comida... Pra fora! Pra fora! Porra! Porra! Caralho!

Pardalzinho, rindo, mandava, através de sinais, os cocotas se retirarem. A manhã surgia detrás da Pedra da Gávea. O sono fora espantado pela cocaína que cheiraram. Emudecidos, esperaram Pardalzinho sair de sunga, toalha no pescoço e óculos escuros:

— Todo mundo pra praia. Aí, me encontra lá no Apê que eu vou levar a carga e de lá mermo a gente sai. Não demora, não.

Enquanto Pardalzinho fechava o portão, Mosca esbravejava pela janela:

— Tu não vai entrar em casa hoje, não, seu filho da puta! Tô com minha mãe doente e você só quer saber de putaria, só quer saber de ficar pra cima e pra baixo com essa playboyzada aí! Viado! Filho da puta!

Pardalzinho riu e seguiu com os cocotas debaixo de um azul-celeste sem uma nuvem, somente o sol explodia num verão estupendo.

Sábado de praia lotada, ondas altas, surfistas cortando ondas, teco-tecos fazendo propagandas no ar, pessoas vendendo mate, suco de maracujá, picolés, óleo de bronzear, alguns jogando vôlei, outros jogando bola e os cocotas da favela disputando no jacaré acompanhados de Barbantinho, que descia sempre com sua elegante competência em todas as ondas que arriscava.

Para quem costuma virar a noite consumindo cocaína, a melhor coisa a fazer no dia seguinte é fumar bastante maconha para sentir fome e sono, retirados pela ingestão da cocaína, e bastante água de coco para salvaguardar o estômago. Pardalzinho já havia aprendido essa lição com os cocotas, por isso levou um punhado de maconha para a praia e bastante dinheiro para pagar água de coco e sanduíche natural para a cocotada, inclusive para Adriana, Patricinha Katanazaka e as demais cocotas, que já estavam na praia quando ele chegou com os amigos. Era rico.

Na volta da praia, Pardalzinho deixou a maioria dos cocotas seguir no ônibus e desceu, junto com aqueles que moravam nos Apês, no ponto da Gabinal. Entraram nos Apês cantando *rock'n'roll*. Pardalzinho dizia que não iria dormir, apanharia mais uns papelotes de cocaína para se endoidar, mas primeiro passaria no prédio de dona Vincentina. Sabia que lá todo sábado havia uma comida gostosa acompanhada sempre por batucada e samba de partido-alto. Comeria o quanto pudesse, depois meteria a napa na brizola para dar um levante.

— Vamo lá! — convidou Pardalzinho.

— Vamo! — responderam Leonardo e Busca-Pé quase ao mesmo tempo.

Miúdo, Calmo, Biscoitinho e Camundongo Russo almoçavam de oitão na cintura, falavam de boca cheia, deixavam escapulir apressados grãos salivados e comentavam o sal que deveriam dar em Espada Incerta, pois era a terceira queixa de estupro contra ele desde o dia em que saíra da cadeia. Tá certo que ele era malandro da antiga, mas não podia sujar a área nem fazer terror com os moradores, e, se eles não tomassem uma atitude, iriam ficar malvistos pelos trabalhadores e pelos viciados.

— Deixa que eu dou um sal nele! Vai eu e você e se ele ficar de gracinha a gente passa ele logo! — disse Pardalzinho a Miúdo, assim que chegou.

Depois, apertou a mão de cada um dos seus parceiros e deu um abraço em Miúdo.

Pardalzinho comeu dois pratos de mocotó e cheirou cinco papelotes de cocaína. Miúdo também cheirou cinco papelotes sozinho. Saíram. Busca-Pé e Leonardo os acompanharam até a ponte do braço direito do rio, despediram-se. Pardalzinho ainda falou que iria ao bar de Katanazaka à noite. Entraram por vielas, armas na mão, passos rápidos, seriedade de bandido em atividade. Atravessavam rapidamente as ruas principais e diminuíam o passo nas vielas. Numa delas, quando os notou de arma em punho, uma mulher apertou o passo e caiu, Miúdo riu sua risada fina, estridente e rápida e alertou Pardalzinho, que conhecia bem aquela risada. Imediatamente falou:

— Eu disse que ia matar ele, se ele ficasse de gracinha, mas falei de onda, tá ligado?

Miúdo não lhe respondeu e, ao ver um conhecido, perguntou com arrogância:

— Não viu Espada Incerta aí, não?

— Tá lá na Quinze, tomando cerveja.

Quando Espada Incerta avistou os dois de arma na mão, no início da praça da Quadra Quinze, tentou sair de fininho, sabia que eles estavam ali por causa dos estupros que cometera.

No mais recente, antes mesmo de agarrar a menina de apenas quinze anos perto do antigo cinema, tapar sua boca, levá-la para trás do prédio da Cohab, tirar sua calcinha sem tirar a saia e enfiar seu pênis agigantado em seu ânus abruptamente, pensou que Miúdo se meteria, mas calculou também que se metesse medo na menina ela não o alcaguetaria. Ameaçou-a de morte se abrisse o bico. No entanto a menina, tão logo se afastou o estuprador, começou a gritar:

— Tarado! Tarado!

A notícia correu rápido, mesmo sendo madrugada.

— Pera aí! Pera aí! — gritou Miúdo ao notar os passos de Espada Incerta, que nunca havia mantido relações sexuais com uma mulher por livre vontade dela. Durante o tempo de cadeia fazia sexo com dois homossexuais e, numa ocasião, estuprara um companheiro de cela.

— É verdade que tu currô uma franguinha aí, meu cumpádi? — Pardalzinho inquiriu firmemente.

— Comi mermo, morou? Mas ela tava com um vestido curtinho de bobeira na madruga, me deu mole e na hora falou que não ia dar, morou, cumpádi?

— Que mané cumpádi, rapá? Batizei algum filho teu? E não tem essa de papo que não queria dar, não. Tu tá é de conversa fiada, rapá! Nenhuma mulher vai querer dar pra você com essa cara de macaco que tu tem! Bota a cara aí que eu vou dar um boxes pra tu se lembrar na hora que tu querer comer mulher à força.

— Vocês são muito homi de ferro, na mão eu rebento os dois.

Pardalzinho deu sua arma para Miúdo e saçaricou em frente a Espada Incerta, que fez o mesmo. Pardalzinho bateu como quis no tarado, depois, sentindo-se cansado de bater com as mãos, apanhou um taco de sinuca e estuporou a cabeça do inimigo, e permitiu que ele abandonasse o combate às carreiras, com a mão no lugar onde a lesão era mais profunda.

— Qualé, meu irmão? Todo bonitinho! Vai aonde com essa marrinha de playboy da Sul? — perguntou Daniel.

— A porra do bar não deu certo, minha mãe tá falando no meu ouvido que não tá a fim de sustentar vagabundo e eu mermo não gosto de ficar duro, morou, choque? Vou lá no Macro ver se eu descolo uma batalha. Trabalhei pra caralho na porra daquele bar...

— Vai trabalhar em supermercado, maluco? Porra! Tem que ter disposição! Mas tu tem que botar uma roupa careta, rapá! Com essa roupinha de playboyzinho aí, tu não vai arrumar nada, não.

— Pior que é! — respondeu Busca-Pé.

— Por que que o bar faliu?

— Fiado, cumpádi, muito fiado, morou? Eu falei pra ele: meu irmão, tu tá vendendo muito fiado. Aí ele falava: "Deixa comigo! Deixa comigo!". Aí, no que é que deu. Katanazaka é burro pra caralho, morou? Sempre é ele que tá certo... Aí, vou em casa trocar de roupa pra ver se eu descolo essa paradinha lá, tá sabendo?

— Vai na fé!

Numa noite de quarta-feira, Manguinha afirmou para os amigos que iria sacudir umas cachangas com dois parceiros, Tiãozinho e Coca-Cola, que ele conhecera nos cinco dias em que ficara preso na Delegacia de Entorpecentes por estar com duas trouxas de maconha na cueca no centro da cidade. Os policiais acharam por bem deixá-lo de molho na cadeia para ver se ele tomava jeito. A polícia tinha o costume de agir assim com os viciados brancos. Até mesmo na favela, os brancos, quando não fossem nordestinos, tinham certa regalia se flagrados fumando maconha. Na maioria das vezes, os policiais nem os prendiam, davam somente alguns conselhos, os libertando em seguida. Graças a esse salvo-conduto, Manguinha dizia que maconheiros eram os pretos, ele era apenas um viciado.

Sua vida de crimes começou exatamente depois que conhecera esses dois bandidos na cadeia. Antes de sua libertação, eles lhe pediram vários favores, inclusive o de desentocar quatrocentos mil cruzeiros de um assalto que fizeram e ficar com a importância para levá-la, aos poucos, nas visitas ao setor B do presídio da Frei Caneca onde eles iriam cumprir pena. Depois de um mês, Manguinha travou amizade com outros bandidos que integravam a facção criminosa dominante em alguns presídios cariocas. Nem ele mesmo sabia o porquê daquele fascínio que se desprendia dele quando conversava com os bandidos e ouvia suas histórias de valentia, assassinatos, roubos e assaltos. Sua paixão pelo crime tornou-se ainda mais forte depois de um dos internos do setor B lhe pedir para gerenciar uma das bocas de fumo do conjunto habitacional Quitungo, ofício que lhe proporcionou poder.

Na própria favela, começou a fazer transação de compra e venda com o pessoal da quadrilha de Miúdo: atravessava roubos, trazia quilos de maconha, cocaína, revólveres e munição.

Certa vez, antes de ser gerente da boca de fumo do Quitungo e de ser matuto de armas e drogas, teve um sério desentendimento com Miúdo, a quem vendera uma mobilete roubada com documento falsificado dizendo que era sua. Miúdo deu-a de presente ao filho de um amigo da rapaziada do conceito, mas, dois dias depois, o traficante jurou em voz alta que mataria Manguinha na primeira oportunidade porque a polícia prendera o filho de seu amigo por roubo e estelionato na Barra da Tijuca. Se não fossem os pedidos de Laranjinha, Jaquinha e Acerola, Miúdo já o teria matado.

Depois de tornar-se um bandido de todo pronto, fornecedor de drogas, revólveres e munição, recuperou o respeito de Miúdo, que já ouvira falar na organização e vez por outra lhe perguntava como funcionava a coisa.

Numa das visitas, Manguinha ouviu do próprio Tiãozinho que ele e Coca-Cola iriam sair da prisão. Tiãozinho mandou Manguinha arrumar um refúgio responsa, separar umas pistolas e vender todos os revólveres para que, quando eles saíssem, sacudissem logo umas cachangas a fim de dar um levante na boca. O negócio não ia muito bem por falta de estoque.

Naquela quarta-feira, faltava somente um revólver para vender. Manguinha espalhou para todo mundo que estava com um revólver na promoção, já que revólver não interessava mais a Miúdo, que agora só comprava pistola.

— Deixa eu ver o ferro aí — disse um ladrão e assaltante de ônibus e pedestres, nas proximidades do bar do Batman.

Manguinha sentiu pelo olhar do bandido que ele estava pensando em lhe tomar o revólver, e sua desconfiança fora pertinente:

— Aí, playboy, esse ferro tá preso! — disse sem verificar a arma.

— Tá preso?! — retrucou Manguinha, exagerando uma tranquilidade irônica.

— Tu é playboy, rapá! Teu pai tem dinheiro! Tu tem boa aparência, pode arrumar emprego em qualquer lugar, não precisa de dinheiro, não... Tá preso! O ferro tá preso! — finalizou sem saber que Manguinha, àquela altura, era um bandido muito mais perigoso do que ele.

— Então tá, é contigo mermo, mas tem o seguinte — falava Manguinha. — Tu vai com ela pro inferno, seu filho da puta! — disse, ao tirar uma pistola 765 de trás da cintura.

O bandido somente nesse momento percebeu que o revólver estava sem munição. Subitamente, ajoelhou-se e pediu pelo amor de Deus que Manguinha não atirasse.

— Deita no chão!

Acerola e Laranjinha se aproximaram quando ouviram a voz de Manguinha lá do bar do Batman. Mesmo depois de ouvirem o relato do amigo, insistiram pela vida do assaltante. Com muito custo, convenceram-no.

— Mas rapa fora da favela hoje, senão tu cai!

Os três saíram dali, passaram a noite na casa de Manguinha cheirando cocaína, bebendo uísque. No início Acerola falou que não iria cheirar, porém, depois que Manguinha disse: "Uma vezinha só não tem probrema não", resolveu acompanhar os amigos.

Conversaram sobre crimes, sobre futebol e mulheres. Somente pela manhã Manguinha reafirmou que, à tarde, iria com seus parceiros sacudir uma parada boa e, para isso, já tinha descolado roupas de médico, maleta 007, óculos escuros e de grau, relógios e sapatos novos para passarem despercebidos, pois Tiãozinho e Coca-Cola eram brancos e altos como ele.

— Ô, meu irmão, tu para com isso, tu não precisa, teu pai é tenente... Tu tem é que procurar ele, morou? Voltar a estudar... — aconselhou Acerola.

Manguinha balançava a cabeça, dizia que não tinha mais cabeça para estudar, e mesmo se estudasse nunca iria ficar rico do jeito que ele queria, afirmava que seria bandido somente por um tempo. Arrumaria mais uma grana, juntaria com a que já tinha guardada e compraria uma fazenda no mais distante dos interiores do país. De repente, iria até para o Paraguai e se dedicaria à apicultura, um sonho acalentado desde que ouvira a professora de ciências falar sobre o assunto.

Acerola e Laranjinha despediram-se, cada um seguiu seu caminho pensando numa desculpa para dizer em casa. Manguinha tomou um banho, bebeu mais uma dose de uísque, escutou palmas, pegou a pistola e, pelo buraco que havia feito para observar o quintal sem ser visto, notou seus parceiros e gritou-lhes que o portão estava aberto.

Refizeram o plano, dormiram, pois os parceiros também tinham virado a noite; depois do almoço, arrumaram-se e saíram.

A quadrilha de Zé Miúdo apareceu na rua por volta do meio-dia, hora de malandro acordar, conforme os ensinamentos de Zeca Compositor, compositor da escola local, que em seu samba de quadra dizia:

Enquanto existir otário no mundo,
malandro acorda ao meio-dia.

E foram todos para a casa de Almeidinha, da rapaziada do conceito, que prometera preparar um belo almoço para Miúdo e sua turma.

— Cocoricó, coricó! — fez o galo de Almeidinha olhando cabreiro para Zé Miúdo, que havia mandado Otávio comprar dez quilos de batata e cinco galinhas para completar o almoço.

Otávio saiu correndo. Não via a hora do almoço tão falado durante a semana.

O galo, de tanto ouvir comentários a propósito de sua existência, antes mesmo de o sol nascer, tratou de bicar, malandramente, o barbante que o prendia a um pedaço de bambu fincado no chão, até que ele ficasse suficientemente fraco para rebentar ao mínimo puxão. Iria fugir, porém, só depois que Almeidinha lhe jogasse os milhos de que tanto gostava, o que ainda não havia acontecido.

É certo que o galo de Almeidinha não entendia bem as coisas, por ter raciocínio de galo, mas ao olhar aquele monte de crioulos com as bocas cheias de dente, bebendo cerveja, olhando à socapa para ele, fumando maconha e dizendo que não iriam cheirar para não perder o apetite, não cantou, como de costume. Ficou ali na dele esperando a refeição.

Otávio chegou de táxi com as cinco galinhas enroladas em jornais, patas amarradas. Marcelinho Baião ajudou o menino a levar as galinhas até a cozinha. Miúdo mandou que jogassem as galinhas no terreiro para o galo dar-lhes uma bimbada e morrer feliz. O bandido acreditava que assim a sua carne ficaria mais macia e saborosa. A mulher de Almeidinha dizia que o galo deveria ser o primeiro a entrar na panela, por ser o seu cozimento mais difícil. O galo, esquecendo-se de tudo, pulou em cima de uma galinha e logo procurou outra e todos bateram palmas, enquanto Almeidinha aguardava com uma enorme faca na mão. O galo não dava chance às galinhas. Mesmo com a certeza de que tudo era pertinente ao seu cozimento, achava que iria morrer e ao mesmo tempo não achava. Coisa de galo. Mas ao ver, de relance, a faca sendo sustentada por aquele que durante toda a sua vida acreditara ser seu amigo, certificou-se de que tudo ali concorria para o seu falecimento. Na primeira tentativa, livrou-se do barbante, que foi ficando mais fraco no momento em que executava a galinha, saçaricou entre os convidados e saiu quebrando pelas vielas.

— Pega ele, pega ele! — gritou Miúdo.

A quadrilha saiu atrás do galo, porém galo de favela é arisco como o cão: entrava e saía das vielas, ágil como uma onça, fingia que ia e não ia, fingia que ia e ia, corria agachadinho para não ser percebido de longe, nas quinas das esquinas botava só meio rosto à vista para ver se tudo estava limpeza, vez por outra alçava voos de quinze a vinte metros, corria desesperadamente para os Blocos Novos, dificultava a sua captura. A quadrilha gargalhava enquanto perseguia o almoço. Miúdo, ao dobrar uma viela, trombou com um vendedor de panela e foi ao chão junto com ele. Levantou-se de supetão, mandou o sujeito tomar no cu e ordenou aos berros:

— Senta o dedo no galo!

E começou o tiroteio.

O galo voou por sobre o braço esquerdo do rio enquanto em seus ouvidos zuniam tiros que esburacavam o chão, passou entre o Bloco Sete e o Bloco Oito. Também, em pequenos voos, poderia subir o Morrinho ou quebrar para a praça dos Apês, ficou com a primeira opção. Nunca se ouviram tantos tiros nos Apês. Mesmo as pessoas que sempre botavam o rosto na janela em dia de tiroteio, para dar uma espiadinha, dessa vez não ousaram, tiveram medo de bala perdida.

A quadrilha se empenhava em resgatar o galo. Quem o matasse, aumentaria o conceito com Miúdo, que, ainda no beco, dava coronhadas no paneleiro para ele nunca mais trombar com a sua pessoa nem revidar seus xingamentos.

Cabelo Calmo estava caminhando para os Apês naquele momento, mas, ao escutar os tiros, tratou de dar meia-volta e se entocar, acreditando ser a polícia.

O galo entrou no meio de um goiabal, onde nem a luz do sol penetrava direito, procurando o esconderijo ideal, mas, ao contrário do que intuiu, a quadrilha de Miúdo se encafuou ali dentro dando tiros ao léu. O bruto, sem poder voar, entrou em pânico, aumentou a velocidade naquele terreno acidentado e se machucou, mas sem tempo para sentir dor. Depois de alguns minutos, os tiros cessaram. Ele se entocou debaixo de umas folhas secas e esperou seus inimigos desistirem de capturá-lo.

O galo, depois de uma hora, desentocou-se, encaminhou-se para o sítio de um casarão abandonado, correu por toda a sua extensão, saiu na Edgar Werneck e sumiu dali para sempre.

Todos, de novo reunidos na casa de Almeidinha, comentavam a astúcia do galo. Riam, fumavam maconha, bebiam cerveja.

— Foi melhor assim, porque carne de galo é muito dura — disse a mulher de Almeidinha.

Meia hora depois ouviu-se o grito de Otávio:

— Olha o pão! Olha o pão!

Eram cinco policiais que se aproximavam de arma em punho. “Olha o pão” era o aviso que determinaram para quando a polícia aparecesse na área. A quadrilha já ia correr quando Miúdo disse:

— Ninguém corre! Todo mundo de cão pra trás. Se eu pipocar todo mundo pipoca, mas é pra matar, é pra matar...

A quadrilha ficou em pé, eram mais de trinta homens de 38, 9 milímetros e 765. O sargento Linivaldo, quando viu aquela afronta, apertou os olhos. Tanto ele como os outros policiais entenderam de imediato que dar ordem de prisão era assinar a sentença de morte. Dissimularam e saíram de banda como se não tivessem visto nada.

No caminho de volta para o posto policial, sargento Linivaldo disse aos comandados que teriam de levar o serviço do mesmo modo que vinham levando: sem sair para dar ronda. Porque não tinham homens nem armas para tentar prender os bandidos e, como não havia queixa de assalto, roubo ou estupro, não tinham com o que se preocupar.

Quinze horas, céu extremamente azul e calor rigoroso na cidade do Rio de Janeiro. Manguinha, Coca-Cola e Tiãozinho entraram no prédio, vestidos de médicos, usando óculos escuros, óculos de grau pendurados no pescoço, relógio fino no pulso, roupas bem passadas. Deram boa-tarde ao porteiro, fizeram a mesma coisa com o ascensorista, foram até o último andar, décimo terceiro andar, porque tanto a casa que negociava ouro como a casa de dólar ficavam ali.

A casa de compra de ouro tinha porta de vidro à prova de balas, por dentro podia-se ver todo o corredor. Um dos seguranças viu os três se aproximando devagar. Antes de qualquer sinal dos bandidos, a porta foi aberta.

— Boa tarde, doutor — disse o segurança aos três.

No interior da sala, apenas mais um segurança, um funcionário e o dono do estabelecimento. Coca-Cola perguntou a quanto compravam o grama. Ao receber a resposta, comentou que estava muito barato. Fingiu que pensava sobre o preço e tossiu três vezes. Imediatamente Manguinha e Tiãozinho sacaram as armas e renderam todo mundo.

Depois de fazerem o proprietário abrir o cofre, amarraram as vítimas com o fio do telefone e deram três coronhadas na cabeça de cada um.

Na casa de câmbio tudo aconteceu sem imprevistos.

— Vam'bora! — disse Manguinha no corredor.

— Que nada, já tamos aqui, vamo sacudir o resto.

Assaltaram salas e apartamentos até o sexto andar, de onde Manguinha viu pela janela várias viaturas da polícia em frente ao prédio e uma multidão na calçada.

A polícia foi avisada pelo boy da casa de câmbio, que chegou depois de ela ser assaltada.

Nervosos, verificaram a possibilidade de pular para os prédios vizinhos, porém optaram por agir conforme combinaram. Desceram correndo até o segundo andar e pegaram o elevador, onde se ajeitaram, enxugaram o suor com a toalha de rosto que roubaram do banheiro da última loja que assaltaram e saíram. Coca-Cola ainda perguntou a um soldado o que estava acontecendo.

— O prédio tá sendo assaltado, doutor! O senhor tá vindo daonde?

— Daqui do segundo andar... Eu não vi nada de estranho não.

Três meses depois, Manguinha voltava à favela. Bem trajado, carro novo em seu nome, carteira de autônomo, um grosso cordão de ouro no pescoço, duas pistolas. Tornara-se o motorista oficial de um dos líderes da organização e também um dos responsáveis pela distribuição de cocaína nas favelas da zona da Linha Auxiliar.

— Sabe aqueles assalto de banco que era tudo na merma hora?

— Hã-ram.

— Fiz três, mané! Operação Pontual que a gente chamava — vangloriava-se Manguinha diante de Jaquinha, Laranjinha e Acerola. — Quiser cheirar, quiser fumar, vai lá no Fogueteiro que eu boto vocês arregado — continuou.

Ficaram ali conversando até que, por volta de meio-dia, Manguinha foi à casa de Aristóteles, que conhecia desde criança, mas de quem só ficou amigo quando já era rapaz. A amizade tornou-se forte a ponto de Manguinha receber carinho de toda a família dele, tanto que, desde que fora deserdado por sua família, fazia as refeições diárias na casa do amigo, dormia, tomava seu carro emprestado e tantas outras concessões que só os melhores amigos fazem. Aristóteles o recebeu com o sorriso de sempre, tratou de comprar cervejas e mandou que a esposa servisse o almoço.

À noite, os dois consumiram cocaína nas quebradas da favela junto com outros amigos, e quando ficaram a sós, completamente embriagados, Aristóteles olhou bem nos olhos de Manguinha e disse:

— Meu irmão, vou te dar um papo de responsa, morou? O caso é o seguinte: tô desempregado, minha mina tá tendo aí que fazer uma operação dum caroço que apareceu aí na barriga dela, tá sabendo? Ela não quer operar no INPS porque tu sabe como é que é, né?...

— Quer dinheiro?

— Não! Quero que tu me arruma um peso pra eu passar aí no sapatinho, sabe qualé? Não tô a fim de vender meu carro, tô querendo dar uma ajeitada lá em casa, tô a fim de levantar um dinheiro forte. Tem uns cara que são do meu contexto ali na Sapê, tá sabendo? Tu me dá o peso que eu vendo rapidinho.

— Ó, eu posso fazer parada contigo, mas tem que ser responsa, não pode ter derrame, não.

— Que dia?

— Semana que vem eu te dou uma resposta.

Coca-Cola fez de tudo para que Manguinha não desse os dois quilos de maconha para o amigo revender, mas, diante de tanta insistência, liberou um quilo após inúmeras exigências e recomendações.

Aristóteles vendeu tudo, ganhando crédito para receber mais três quilos, também passados sem delongas.

Depois de alguns meses, recebia cinco quilos de maconha por semana. Mesmo sem ter passado a carga anterior, tinha dinheiro para pagar à vista pela liquidez conseguida vendendo maconha para os amigos e nas bocas pequenas dos bairros vizinhos. A mulher foi operada numa clínica de bacana; ele aumentou a casa, comprou carro novo, comprou uma mobilete para o filho, pagava cerveja para a rapaziada do conceito. Depois de algum tempo, começou a gastar dinheiro com besteiras e, num péssimo dia, recebeu uma maconha velha e, por ser velha, fraca. Conseguiu repassar a droga, mas a rapaziada fumava e não sentia seu efeito.

"O diabo da maconha só dá fome, sede e sono. A doideira que é o bom, não dava nem se fumasse cinco braços de judas", diziam.

Aristóteles, assim que encontrou Manguinha nas proximidades do bar do Batman, reclamou com ele da qualidade do fumo. O amigo replicou afirmando que na entressafra era assim mesmo, e tinha de continuar vendendo, ainda mais porque Tiãozinho havia sido preso.

— Meu irmão, os homi tão pedindo uma baba pra liberar o cara, morou? Hoje mermo eu vou ter que mandar um qualquer pra mulher dele levar na delegacia pra ele não assinar, tá sabendo? E, em uma semana, tem que mandar mais uma baba para os homi liberar ele, senão ele vai ter que responder inquérito e vai ficar garrado. Eu nem era pra pintar aqui hoje que tô com um monte de pobrema aí pra resolver, mas só vim aqui pra panhar um dinheiro contigo, sabe qual é? Mas no dia dez eu te pago.

— Quanto?

— Cinquenta mil.

— Porra! Eu tenho uma porrada de coisa pra pagar, acho que não vai dar, não...

— Tá vendo só! Quando tu tava na merda, a gente te deu uma alça, agora que a gente tá no sufoco, tu manda essa.

— Tudo bem, tudo bem! Eu dou.

Naquele mesmo dia, o dono da boca de fumo do Sapê mandou um avião chamar Aristóteles.

— Meu irmão, o fumo que tu botou na parada aí era maior bagulho palha, tá me entendendo? Tem uma porrada de trouxa aí que eu vou ter até que desfazer para não ficar arriscando fragante aí à toa. Morou? Mas aí: dá pra tu arrumar um bagulho bom aí pra gente dar um levante aí no movimento?

— Dá, dá!

— Não me leva a mal não, morou, meu cumpádi? E nem diz pros seus parceiro que tô de marra, não, tô pedindo pra tu fazer esse adianto pra mim aí, porque tô no maior sanhaço, tá direito? — finalizou o dono da boca da Vila Sapê, acreditando ser Aristóteles um matuto envolvido com os grandes traficantes.

Duas semanas depois Tiãozinho já estava na rua. Era hora de reajeitar as finanças mesmo tendo para vender somente maconha já passada.

Ter o pensamento positivo era tudo a fazer para ser de boa qualidade a maconha a ser recebida na quinta-feira à tarde, acreditava Aristóteles. Só assim a venda seria certa. Era somente o que poderia fazer para sair daquela situação. Deveria ter seguido o conselho da mulher: comprar tudo à vista e parar com aquela porra de vender maconha. Fora burro, muito burro, só não comprara as coisas à vista para ficar sempre de bolso cheio, fazer presença para todo mundo. Lamentava-se sozinho a todo instante.

Tanto Coca-Cola e Tiãozinho como Manguinha acreditavam que Aristóteles estava com dinheiro malocado, aquela preocupação dele não passava de ganância, olho grande. Mesmo com essa desconfiança não titubearam em consignar a maconha de péssima qualidade para ele, que dizia estar sem dinheiro.

Entretanto, o dono da boca de fumo da Vila Sapê, ao cheirar o fumo, foi logo dizendo que não ia querer a droga, apertou um baseado e, ao dar a primeira puxada, reafirmou que não iria comprá-la.

Com todas as dificuldades, Aristóteles conseguiu arrumar um jeito de devolver o dinheiro para o amigo e, achando que seu problema estava resolvido, antes mesmo de pagar as contas pendentes, tomou um porre, pagou e consumiu cocaína em excesso. É verdade que sobrara dinheiro para se livrar das dívidas passadas e seu santo era suficientemente forte para ele conseguir grana para as dívidas do mês seguinte. Acreditava também que pudesse rolar a dívida da maconha que comprara em consignação. Porém, Manguinha foi duro.

— Meu irmão, os caras quer o dinheiro até sábado, sabe qualé? Os caras tem que ajudar numa fuga aí, morou? A gente tem que comprar bagulho também, dá um jeito aí.

Sábado, por volta das onze horas, Manguinha batia palmas no portão da casa de Aristóteles, que se escondeu e mandou a mulher dizer que ele tinha saído cedo. Manguinha desconfiou do jeito da mulher, saiu dali cabreiro, parou no bar do Batman, onde perguntava a cada um que passava se tinha visto o amigo. Foi para a casa da namorada, almoçou, dormiu até as dezoito horas, hora em que resolveu ir novamente à casa do amigo.

— Tu teve aí, né?

— É...

— Fui lá na Sapê, numa de arrumar um dinheiro, mas o cara lá não tinha, não.

— Mas nossa parada tá firme?

— Porra, cumpádi! Tô caidinho...

Manguinha ficou um tempo calado, passou a mão na cabeça e disse:

— Ó, vou dar ideia aos caras lá, morou, mas vai tentando arrumar aí.

— Tu vai lá na Mangueira?

— Não, vou lá no Fogueteiro, que eu tenho que recolher um dinheiro lá, morou? Mas eu acho que os cara vai tá lá.

— Pô, cumpádi! Dá uma ideia responsa lá pra mim!

— Vou dar, fica tranquilo.

Quando Manguinha chegou ao morro do Fogueteiro, ficou sabendo por um avião que tanto Tiãozinho como Coca-Cola estavam no morro do Alemão numa reunião convocada às pressas pelos líderes da organização. Manguinha deu meia-volta e partiu para lá, queria saber das coisas, gostava de ficar perto dos chefões, contribuiria com ideias, cresceria no conceito.

— Cadê o dinheiro? — perguntou Coca-Cola apreensivo assim que Manguinha chegou.

— O cara tá duro, morou? Não conseguiu vender... — contemporizou Manguinha.

— Mata ele, mata ele! — ordenou um dos líderes.

Manguinha nem precisou ir à casa do amigo, pois o encontrou na praça Principal.

— Aí, os caras tão a fim de te dar ideia lá, morou?

— Tudo bem, amanhã eu pio lá no Fogueteiro e dou ideia a...

— Meu irmão, tem que ser agora. Pega teu carro lá que tô aqui te esperando.

Manguinha tomou a direção do veículo, dirigia calado ao lado do amigo, que tentou puxar conversa, mas depois de algum tempo também se calou. Manguinha pensava na família do amigo, não seria capaz de olhar na cara de nenhum dos seus parentes depois de matá-lo. Lembrou do tempo em que passavam as tardes juntos, ouvindo *rock'n'roll*, bebendo vinho e fumando maconha, das manhãs na praia, dos bailes, dos pegas no Alto da Boa Vista. Recordou as vezes em que Aristóteles colocava a bunda na janela do carro e mandava Manguinha buzinar, as vezes em que imitava Raul Seixas cantar, acreditando que o Diabo era o pai do rock. Iria matar o amigo, mas longe dali e sem ninguém tomar conhecimento.

A noite era quente, Manguinha dirigia em alta velocidade. Quando passaram pelo Mato Alto, lugar ermo, pensou em parar o carro, mandar o amigo descer e fuzilá-lo pelas costas, porém optou por levá-lo até o morro, acreditando na possibilidade de que, depois de uma argumentação, os líderes o poupassem. Foram até o morro do Alemão, Manguinha retomou uma fala tímida, esperançoso, em seu íntimo, de poder vender o carro e conseguir liquidar a dívida.

Manguinha mandou Aristóteles esperá-lo numa quebrada do morro, subiu mais quinhentos metros para chegar ao barraco onde os líderes ainda estavam reunidos.

— Meu irmão, o cara tá dizendo aí que panhou cinquenta mil com ele e pagou na data combinada. Quando o bagulho tava bom ele vendeu à pamparra, quer dizer que ele teve condição de guardar um qualquer, tá me entendendo? Então é o seguinte: passa ele, passa ele... Ninguém mandou você trazer ele aqui, morou? Some com ele pra longe daqui e passa ele... Tem que mandar dinheiro pra fuga do cara, morou? Esse otário pega o fumo e diz que tá duro, passa ele, passa ele!

Manguinha sentiu vontade de argumentar mais um pouco a favor do amigo, porém teve medo, afinal quem estava falando era um dos líderes de mais alto posto na organização. A necessidade de mostrar-se cruel era forte, não poderia negar. Saiu dali com a arma na parte de trás da cintura.

— A gente tem que ir lá no Fogueteiro, porque os cara vazaram pra lá.

Manguinha, enquanto dirigia, pensava no lugar em que mataria o amigo, arrependeu-se de não tê-lo liquidado no Mato Alto. Repentinamente teve a ideia de matá-lo logo ali para acabar de vez com o sofrimento. Parou o carro antes de chegar a Irajá.

— Desce! — disse-lhe apontando a arma.

— Qualé, cumpádi? Nós samos amigo! Tá maluco?!

De dentro do carro disparou duas vezes no peito atônito de Aristóteles, engatou e saiu em disparada, andou por alguns minutos, voltou ao lugar onde o corpo sangrava, colocou-o dentro da mala. Suava, sentia frio, achava que se o socorresse a tempo o salvaria, parou o carro, verificou se seu coração ainda batia e não conseguiu saber se o amigo vivia, resolveu deixar o corpo ali mesmo, começou a puxá-lo para fora da mala, desistiu, entrou no carro, não tinha noção de onde estava, o torpor paralisava a alma, o coração disparou, botou a mão no peito, respirou fundo. Ia dirigindo pelo calor da noite.

Na rua, pessoas sentadas nos portões das casas, crianças jogando queimado, adolescentes preparando-se para festas americanas, bares lotados.

Manguinha só via a pista, não reparava os sinais, pensava agora em parar em frente a um posto médico para deixar o corpo e sair fora, tremia, apertava o acelerador do Opala, recordou-se de Aristóteles, lá no casarão abandonado com piscina, esforçando-se para salvar uma menina que agonizava na piscina. Ele tinha bom coração, não merecia morrer daquele jeito. Escutou a sirene de uma joaninha na sua retaguarda, acelerou ainda mais. Entrava pela contramão, subia em calçadas, arrependeu-se de não ter se livrado do corpo havia mais tempo. Atravessou o viaduto de Madureira, embaixo deu um cavalo de pau, tomou a direção de Cascadura, olhou pelo retrovisor, viu que não tinha mais ninguém em sua captura, diminuiu a velocidade, mas continuou avançando os sinais por mais dez minutos. Subiu a serra do Grajaú, na metade do caminho parou o carro, jogou o corpo no mato e foi para a favela sem raciocinar direito.

— Qualé, Nego Velho, viu Laranjinha aí não? — perguntou Manguinha nas proximidades do bar do Batman.

— Tô marcando um tempo aqui há um tempão e não vi ele piar na área não.

Manguinha resolveu ir à casa do amigo.

— Qualé, Laranjinha...

Assim que Laranjinha respondeu que estava indo, Manguinha abriu o portão, fez a mesma coisa com a porta e, sem dizer nada, o abraçou chorando, o corpo ainda tremendo.

— Que foi, rapá?

Manguinha não conseguia falar, somente soluçava. Laranjinha sentou-o no sofá, colocou água e açúcar num copo. Manguinha bebeu tudo vagarosamente, depois disse:

— O Tote, o Tote, eu passei o Tote! — confessou.

Uma mistura de ódio e pena tomou corpo nos olhos de Laranjinha.

— Ele me tocou que tava te devendo um dinheiro.

— A mim não... Ele tinha dívida com a Falange, sabe qualé? Eu tive que passar ele, porque foi eu que fiz ele formar com os caras, mas eu não queria matar ele, não...

Laranjinha deu as costas para o amigo, um silêncio invadiu a sala da casa. Ele olhava para a rua tentando entender o absurdo da situação. Sua mãe entrou pelo portão.

— Minha mãe!

Manguinha limpou os olhos, empurrou o cabo da pistola um pouco mais para dentro da bermuda e cumprimentou a mãe do amigo. Dona Rita o olhou desconfiada, apurou o olfato, investigando se os dois estavam fumando maconha.

Manguinha despediu-se do amigo e rumou para o morro do Fogueteiro, onde fumou cinco baseados, bebeu uma garrafa de uísque, vomitou, lavou a boca e dormiu pouco, porque sonhou coisas horríveis e despertou gritando, assustando os vizinhos. Quando percebeu que saía de um sonho sentou na cama. E ficou na mesma posição até amanhecer.

— O caso é o seguinte: bota uma boca aí, morou? Pode botar preto e branco Lá em Cima porque quem tá mandando sou eu, tá ligado? Miúdo e Calmo não tinha que tomar tua boca Lá Embaixo, não! Bota o movimento aí, bota o movimento aí! Se neguinho vier de caosada, fala comigo que eu dou tiro na bunda! — disse Pardalzinho a Sandro Cenoura, um ano após endolar a droga pela primeira vez com os cocotas, ao encontrá-lo cabisbaixo pedindo cigarro a um biriteiro no Lazer.

— Quer um dinheiro? — continuou Pardalzinho. — Toma esse dinheiro aqui, ó! E quando tu se levantar tu me paga, falou, meu cumpádi? Quem tá mandando sou eu!

Pardalzinho, com um sorriso lacônico, ficou olhando Cenoura se retirar. Comentou com Breno o quanto aquele sujeito era responsa, que Miúdo e Calmo tinham feito "judaria" com ele. Quando Cenoura dobrou a esquina, Pardalzinho seguiu o seu destino, ia à casa dos Katanazaka comer o nhoque, cujos ingredientes ele havia comprado.

Chegou perguntando a Álvaro Katanazaka pelo resto dos amigos, amigos que nos últimos meses se tornaram inseparáveis. Costumavam passar três dias juntos consumindo cocaína, ficavam acampados nas cidades da Costa Verde até enjoarem, iam à praia, discotecas e cinemas; vez por outra, passeavam na Zona Sul. Alguns dos cocotas deram para atravessar com trouxas de maconha e papelotes de cocaína dos Apês para a boca Lá de Cima e vice-versa, seguravam o revólver de Pardalzinho quando ele estava drogado. Pardalzinho pedia-lhes o avião como um favor. Sensibilizava-os alegando que, por eles serem brancos, a polícia jamais os pararia. Os mais audaciosos ganharam intimidade com os afazeres da malandragem e até arriscavam tiros no pé dos desafetos e vacilões, assim tidos pelo traficante cocota. Andavam gingando conforme os bandidos. Dom Paulo Carneiro, cocota que mais andava com Pardalzinho, tornara-se seu parceiro no jogo de ronda e orgulhava-se de ter aprendido todas as artimanhas do jogo em apenas uma aula dada por Camundongo Russo; este e mais Biscoitinho e Tim também passaram a andar com os cocotas, a se vestir como eles, a seguir seus gostos. Até Miúdo passou a ir ao baile com a cocotada. Enfim, Pardalzinho aproximou os cocotas dos bandidos dos Apês.

O movimento das bocas de fumo não parava de crescer, o consumo de cocaína aumentava a cada dia. Os viciados da favela ou de fora, na ânsia da droga, apareciam na boca com cordões, alianças, pulseiras, televisores, relógios, revólveres, batedeiras, liquidificadores e tantos outros eletrodomésticos para trocar por cocaína. Os mundos em cruzamento possibilitavam cambiar-se tudo. Miúdo mandara comprar um baú para colocar as peças de ouro que chegavam às suas mãos a preço baixo, pois os ladrões do beco agora só vendiam os seus roubos para ele. A cada dia um novo bandido se integrava à sua quadrilha, não por dinheiro, porque só quem tinha salário era ele, Pardalzinho, Carlos Roberto e os seus três vapores, mas por medo dele, de seus quadrilheiros, para ganhar consideração e para poder esculachar os que eles julgavam com cara de otário. Até os cocotas começaram a esculachar quem bem entendessem. Eram amigos de Pardalzinho e, por conseguinte, sentiam-se amigos de Miúdo. Tinham moral para isso. Lá em Cima os esculachos aconteciam com mais frequência porque Zé Miúdo passou a não gostar das pessoas que não vieram da Macedo Sobrinho, só do pessoal da antiga, dos considerados.

Fazia seis meses que Cabelo Calmo estava preso. Mesmo sendo surrado por cinco policiais na Trigésima Segunda Delegacia de Polícia, não assinou a autoria dos crimes que os policiais queriam que ele assinasse. Dizia, enquanto apanhava, só assinar na presença de um advogado, pois sabia que seu irmão, ao tomar conhecimento de sua prisão, contrataria logo um para defendê-lo. E assim ocorreu. O advogado não deixou os policiais cometerem o crime de fazer o bandido pagar por delitos não cometidos por ele. Foi enquadrado apenas por porte de arma, seu único flagrante. Julgado e condenado, cumpriria pena no presídio Milton Dias Moreira.

* * *

Pardalzinho devorou o nhoque para ir comprar fazenda com a cocotada, decidiu que o grupo todo deveria vestir-se igual. Na verdade, tentava cada vez mais e mais parecer-se com os cocotas. Iriam a Botafogo comprar o pano. Quem faz compra no centro da cidade é pobre. Depois das compras iriam a Copacabana pegar um cinema e jantariam num restaurante da Gávea, onde combinariam aos risos um acampamento ou uma noite no Dancin' Days, porque a onda agora era a discoteca, os bailes de *rock'n'roll* já estavam em estágio terminal, a mídia investia nessa nova onda e todos tinham de segui-la, senão estariam por fora, eram paruaras, cafonas, caretas ou qualquer adjetivo do mesmo campo semântico.

Almoçaram e, de sobremesa, tomaram sorvete da Kibon diluído em Fanta laranja, estava na moda. Não poderia ser outro sorvete, somente o da marca Kibon; de Raul Seixas sobrara apenas o conceito de sociedade alternativa, uma utopia acalentada por ele em meio a tantos contrassensos. O sonho de Pardalzinho era o de comprar um terreno onde tivesse água corrente, terra boa para o cultivo e pequenas casas de madeira para ele e os cocotas morarem. Era isso o que deveria fazer para viver entre pessoas de rostos límpidos por não conviverem cara a cara com a morte. Nunca pensavam em matar ninguém, embora gostassem de maconha como ele. Era este o seu sonho: ganhar uma mina bonita, morar entre gente bonita e dançar discoteca até o fim da vida, numa boa. Nada daqueles crioulos com cara nervosa e sem dentes.

Olhou Camundongo Russo com certo desdém quando este revelou seu desejo de ir junto com a turma até Botafogo. Ponderou porque ele também era branco, seus cabelos, claros, faltava-lhe somente o porte físico, mas conseguiria se entrasse numa de malhar e pegar umas ondas. O linguajar não era promissor — falava muitas gírias, palavrões demais —, mas isso não importava muito, porque o seu também não era. Saíram da casa de Katanazaka ligeiramente sérios a fim de fumar maconha em qualquer quebrada limpeza e partiram para Botafogo, numa alegria que não saberiam explicar.

Miúdo queria fazer uma festa muito maior do que as feitas pelo bicheiro China Cabeça Branca na área dos seus pontos de bicho no morro de São Carlos e no da Tijuca. Mandou comprar dezenas de presentes, doces caros, centenas de caixas de refrigerantes para animar a garotada. É certo que foram os bicheiros os primeiros a investir de todas as maneiras na população vizinha às suas áreas, mas agora, quando o tráfico se estabilizava plenamente nas favelas e nos morros do Grande Rio e Baixada Fluminense, os traficantes acharam por bem investir também eles na área em que atuavam. Agradando as crianças, não só ficavam de bem com são Cosme, Do Um e são Damião, como também com os moradores, que avisavam sobre a polícia e faziam favores.

Todos os doces eram de primeira: a cocada, por exemplo, era feita por dona Lúcia, negra velha, que cozinhava como ninguém. Pardalzinho achou por bem jogar dinheiro de avanço, com a condição de nenhum marmanjo entrar no meio da molecada. Se entrasse ganharia tiro na bunda.

No dia vinte e sete de setembro, Miúdo e Pardalzinho ganharam a admiração dos moradores dos apartamentos pela festa realizada na praça dos Apês. Envaidecidos pela lembrança da data com os festejos merecidos pela ocasião e pelo agrado às suas crianças, retribuíram com consideração.

Nos dias decorrentes, Miúdo e Pardalzinho tiveram a impressão de que todos os moradores os olhavam com gratidão, porque não foram poucas as benfeitorias promovidas pela dupla: acabaram com os roubos, os assaltos, os estupros na favela, e agora davam doce. Os balões apagados continuavam a ser permitidos, nesses casos a punição recaía sobre o bêbado. Muitos biriteiros passaram a beber menos, para a alegria das donas de casa.

O compositor Voz Poderosa queria conhecer Zé Miúdo e Pardalzinho. Soube dos bandidos por intermédio de Zeca Compositor. Sabia que, se ele convidasse os dois, muita gente da favela iria torcer pelo seu samba na Portela e era disso que ele precisava para sagrar-se campeão.

Compositor naquele ano não disputaria samba-enredo, estava jogando tudo no samba de Voz Poderosa e Passarinho na Portela. Se ele ganhasse, na certa o disco que lançaria no meio do ano faria sucesso e duas faixas já estavam prometidas a Compositor. Este mandou um avião ir aos Apês avisar a Pardalzinho e Zé Miúdo que um amigo seu queria conhecê-los.

Não foi à toa que falara de Pardalzinho e Miúdo a Voz Poderosa. Os bandidos viviam cantarolando suas músicas e tinham todos os seus discos. Teve o cuidado de avisar ao avião para não falar sobre o cantor, queria proporcionar-lhes uma surpresa.

Era uma manhã de sábado e Miúdo chamou Pardalzinho para irem à casa do amigo, na certa comeriam uma rabada, especialidade de dona Penha, mulher de Compositor. Miúdo tinha grande respeito por Compositor, que, além de compor, pintava, desenhava e era carnavalesco. Fora ele quem lhe dera guarida no São Carlos, ainda quando menino: apresentou-o aos amigos e hoje o fazia entrar nos ensaios da escola de samba sem pagar. Só não gostava do sambista quando ele entrava numa de lhe dar conselhos, mas fora isso Compositor era um sujeito maneiro, mandava sempre sua mulher preparar um rango da melhor qualidade para os amigos, levava-o aos ensaios das outras escolas de samba e aos bares de música ao vivo onde se apresentava.

— Voz Poderooosa! Caralho! Puta que pariu! — exclamou Miúdo quando viu o artista.

Voz Poderosa riu diante do entusiasmo do bandido, abraçou-o como quem abraça um velho amigo e disse:

— Compositor fala muito bem de você... Eu vim aqui só pra te conhecer.

— Gosta de um negocinho?

— Então, meu cumpádi!

— Preto, branco, vai de tudo? Aí, Compositor, manda um avião mandar um montão de trouxa e papel lá pro amigo. Aí, esse aqui é o Pardal, responsão! É meu parceiro aí nos trabalho... Aperta a mão do cara aí, Pardalzinho! Tá vendo só, nosso conceito?... Voz Poderosa, cumpádi! — disse.

— O caso é o seguinte: Compositor me tocou que todo mundo gosta de vocês aí, entendeu? E nós tamo com um samba na Portela... O samba tá bom, vem eu e Passarinho... Eu queria ver se vocês podem chamar aí uma rapaziada maneira pra dar uma força no samba lá, tá me entendendo?

— Meu irmão, tá tampado! Pode deixar que não vai vazar.

— Eu já acertei aí com Compositor, vou mandar três ônibus, morou? Tem ingresso pra todo mundo...

— Canta o samba aí, canta o samba aí...

Ficaram ali conversando enquanto dona Penha preparava uma tripa lombeira, sua outra especialidade. Miúdo pediu a um menino que chamasse uns pagodeiros para batucarem para Voz Poderosa cantar seus sucessos. O dia foi alegre na voz rouca de Voz Poderosa cantando samba de amor acompanhado pelos presentes, que sabiam seus sambas de cor.

Os ônibus chegaram Lá em Cima por volta das vinte e duas horas de um sábado de calor sufocante e pararam perto da casa de Compositor. Miúdo, com medo de decepcionar Voz Poderosa, mandou logo cedo a quadrilha anunciar em todos os cantos da favela que ele estava convidando para ir à Portela e quem não fosse iria se ver com ele, depois convidava todo mundo que cruzava seu caminho. Sua estratégia ultrapassou os limites. Ele mesmo teve de descer do primeiro ônibus, onde estavam os bandidos, a cocotada e o pessoal do conceito, para impedir que o pessoal depredasse os outros dois ônibus. Dava tapa na cara, tiro no pé, chute na bunda, principalmente no pessoal Lá de Cima.

Somente à zero hora os ônibus saíram, com batucada quente, baseados acesos e carreiras de brizola esticadas em carteiras. Na Portela, Miúdo só pagava o que pedia, já tinha dado maconha e brizola, não iria perder mais dinheiro. Camundongo Russo e Biscoitinho, que tinham feito um bom assalto na praça Seca, eram os que mandavam descer cerveja e uísque para os amigos e para a rapaziada do conceito.

Não foi por falta de torcida que o samba de Voz Poderosa e Passarinho não se sagrou vencedor, porque além da torcida da favela o compositor contou com outras torcidas, que foram a todas as eliminatórias agitar a quadra da Portela na hora em que o seu samba era puxado.

— Tudo bem, eu sei que fui roubado, mas valeu a força — disse Voz Poderosa ao bandido depois do resultado final.

— Vai atravessar?

— Hã-ram.

— Leva essa carga lá pra Tê, faz esse adianto pra mim aí, que esses vagabundo tão tudo dormindo. Aí, se vê Pardal lá, fala pra ele piar aqui — finalizou Miúdo.

Lourival, contra a sua vontade, pegou a sacola de supermercado cheia de trouxas de maconha, pendurou-a no guidom da bicicleta e pedalou. Miúdo ficou olhando o cocota se retirar e, aos gritos, mandou que ele ficasse com cinco trouxas. Lourival acenou positivamente com a mão e seguiu pelas ruas principais com a tênue certeza de que a polícia não o pararia, sabendo que esse perigo só existiria nas imediações da boca de fumo. Rezava pra dar tudo certo, pegaria mais consideração com Miúdo e Pardalzinho.

Pedalava devagar, fingindo-se tranquilo, pela Edgar Werneck. Entrou numa das ruas principais sem nenhum problema.

Porém, ao pegar a rua do Meio, quase que entra em pânico ao deparar com os policiais Lincoln e Monstrinho. Estava muito em cima para dar meia-volta, a solução era seguir como se estivesse tudo bem, era até melhor passar o mais perto deles para mostrar segurança. Pensou isso em questão de segundos. Pedalou forte quando sentiu que os policiais já estavam distantes, dobrou a primeira viela depois do Bonfim, atravessou a praça do Quinze completamente aliviado, entrou noutra viela pedalando mais vagarosamente e chegou à Laminha.

— Qualé, Terê!?

A velha olhou por um lugar secreto e disse para Pardalzinho, que contava dinheiro num dos quartos:

— É um daqueles playboy que anda contigo.

— Manda entrar, manda entrar.

Lourival falou orgulhosamente de ter passado despercebido pelos policiais. Pardalzinho deu um tapa em suas costas e disse lhe que sempre o achara malandro.

— Vamo fumar um baseado? Miúdo mandou eu tirar cinco trouxas...

— Tira logo dez e leva cinco lá pro Katanazaka, não vou fumar não, que eu tenho que levar esse dinheiro aqui pro Zé.

— Os homi tão de rolé...

— Tu encontrou com eles onde?

— Perto ali da Administração.

— Tinha quantos?

— Lincoln e Monstrinho só.

— Ah, se vim de caô eu sento o dedo no peito deles. Vou sair aí. Mais tarde eu vou lá no Katanazaka.

Pardalzinho ganhou a rua do rio em sua Caloi 10, ia com o dinheiro enrolado num saco plástico colocado dentro da cueca, com a mão esquerda guiava a bicicleta, com a outra empunhava seu 38. Ia a toda a velocidade; na altura da ponte da Cedae escutou a voz de Lincoln mandando-o parar. Aumentou a velocidade. Ao escutar os tiros dos policiais, resolveu colocar a arma na cintura para controlar melhor a direção, caiu e bateu com a cabeça no chão. Tentou levantar-se, a perna doía, sua única alternativa foi jogar o dinheiro na beira do rio e, através de gestos e ameaças, mandar um rapaz que estava por ali levá-lo à boca depois que os policiais fossem embora. Livrou-se também da arma e, capengando, entrou no primeiro portão que viu, com cabeça, perna e braços sangrando. Viu tudo rodando, desmaiou e acordou dentro da cela do posto policial.

— Você é o Miúdo ou o Pardalzinho?

— Sou nenhum dos dois!

— Fala logo que tu é o Miúdo, rapá! Quem é que manda dinheiro pra gente?

— Não sei.

— Tu trabalha?

— Hã-ram.

— Trabalha aonde?

— Faço biscate.

— Meu irmão, se tu for o Miúdo, tu pode até ter uma escapatória... Tu sabe que tu tá com duas preventiva decretada... Se rolar uma grana tu sai de rua — negociava Lincoln.

— Pega lá o retrato falado — disse Monstrinho a outro policial.

— Tá dentro da gaveta e o Linivaldo levou a chave.

— Quer dizer que você não é nem Miúdo, nem Pardalzinho?

— Não.

— Quem é você, então?

— Marcos Alves da Silva.

— Bonito nome! — ironizou Lincoln.

— Por que tu tava de revólver na mão?

— Tava de revólver, não.

— Tu acha que eu sou maluco, rapá? — disse Monstrinho dando-lhe um chute nas costas.

— Bota ele lá dentro da cela. Pelo que eu vi no retrato esse aí é o Pardalzinho.

Pardalzinho foi para a cela vazia, sentou-se no chão e deu um soco na parede.

— Esse aí é o Pardalzinho, rapá. Viu a tatuagem no braço dele? No retrato falado ele tá de tatuagem.

— Ele tá com alguma preventiva?

— Tá também, lembra que Belzebu trouxe o irmão dele aqui semana passada?

— Tá sabendo que Belzebu foi afastado?

— Não.

— Deu hoje no rádio.

— Qual foi a bronca?

— Matou um trabalhador enforcado dentro da cela.

— Belzebu é muito doido, né?

— Acho que ele se fudeu...

Sargento Linivaldo entrou de serviço no outro dia. Reconheceu Pardalzinho imediatamente, apesar de achá-lo bem diferente da outra vez em que fora preso, acusado de ter roubado dinheiro da caixa da padaria, onde trabalhava antes de enveredar para a profissão de engraxate. Pardalzinho, ainda menor de idade, jurara por todos os santos não ser ele o ladrão, mesmo assim apanhou durante os três dias passados ali.

Foi nessa época que prometeu para si mesmo ser bandido quando crescesse e ter motivos verdadeiros para levar porrada da polícia.

À tarde, Pardalzinho foi transferido para a Trigésima Segunda Delegacia de Polícia. Era acusado de vários assassinatos.

No primeiro dia passado na delegacia, Pardalzinho ficou numa cela sozinho. As dores físicas que sentia agora eram leves, somente a consciência lhe doía intensamente; se fosse pintor igual a seu irmão Benite, não estaria trancafiado, se assinasse os crimes que cometera com Miúdo ficaria preso para o resto da vida. Chorou com os joelhos junto ao peito e os braços ao redor das pernas.

A sala escura, nenhum barulho lhe chegava aos ouvidos. Desde criança sentia medo de silêncio e escuridão, porque quando os dois ocorrem juntos é sinal de que alguma assombração pode aparecer. Uma alma penada com certeza viria para levá-lo ao inferno. Encolheu-se mais ainda, abaixou a cabeça, pensou em Deus, tentou rezar um Pai-Nosso. Porém, ao errar duas vezes, desistiu. Pensou nos amigos de escola que deixara para trás na Vila Kennedy, lugar onde nascera, em sua primeira professora, no pai que morreu quando ele ainda era menino. As lembranças lhe vinham desordenadamente, desrespeitando a cronologia exata de sua vida.

Seu pensamento era agora dos cocotas que iriam acampar no Carnaval. Teria de sair antes para passar uma semana ao lado de Patricinha Katanazaka. Um dia tomaria coragem para falar-lhe de seu desejo. Se ela quisesse compraria uma casa em Saquarema, Cabo Frio ou até mesmo na Barra para ela todo dia ver o mar que tanto adorava, compraria tudo para ver aquele sorrisinho lindo se manifestar.

Descobrira que amava Patricinha quando tomou conhecimento de seu namoro com um playboy da Freguesia. A notícia, saída da boca de Álvaro Katanazaka, rasgou a sua serenidade. Despediu-se dos amigos para não demonstrar seu transtorno perto deles. Até então, acreditava ser só desejo o que sentia. Quando saísse dali, falaria a ela de seu sentimento e, se ela topasse um namoro, mandaria Mosca para a puta que pariu. Pensou em sua mãe na época em que ele entrara pelos caminhos da criminalidade, a coitada se desesperava, saía de madrugada para pô-lo em casa, fazia promessas a Nossa Senhora, sua pressão só andava alta, chorava pelos cantos. Achava que se o marido não tivesse morrido tudo seria diferente. Arrependeu-se amargamente de ser bandido, iria regenerar-se.

— Meu irmão, daqui a dez anos ninguém vai segurar a gente, não. Pode até botar o Exército e todas as polícia na rua que só vai dar a gente, morou, cumpádi? A gente vai primeiro tomar todas cadeias, morou? Se Neguinho rodar, aí, ó: já sabe que vai deparar com a gente e se não entrar na nossa, dança — disse Manguinha a Jaquinha, Laranjinha e Acerola na esquina do bar do Batman, por volta das sete horas da manhã de uma segunda-feira.

— Tu tá onde agora? — indagou Jaquinha.

— Tô de gerente lá em Santa Cruz... A boca lá tá vendendo pra caralho, mas não como aqui, não, tá sabendo? A quadrilha toda ruma dinheiro, cada um recebe uma carga de preto e de branco e o gerente tem meio a meio, sabe qualé? Os soldado recebe um por fora também. Tinha que ver semana passada: eu tava de Passat assim na praça... morgadão, que eu tinha passado a noite no motel com a mulher do homem lá — disse em boca miúda e continuou: — De repente, pintou dois camburão assim pelo outro lado da praça. Cumpádi, eu tava com uma pistola, um oitão, um sacão assim de branco e na certa eles vinha me dar um sacode. Meu irmão, eu saí assim voado, os samangos largaram o dedo, quebrou o vidro traseiro... Eu só sentia o carro sacudir assim com a porra do tiro. Aí, furaram os quatro pneu e eu saí saindo, a mina dentro do carro chorando à vera, mas, aí, me dei bem, entrei numa ruazinha, estiquei, abandonei o carro, puxei a mina pelo braço, invadi uma casa, saí por trás de pinote e fui embora. Meu oitão ainda caiu no chão, eu voltei, panhei ele... Porra! Foi foda!

— Tu ainda parou, cumpádi?

— Vou deixar meu oitão?! Oitão igual o meu eu nunca vi não, cumpádi. Essas bala fria que não estora nesses oitão aí, ó, no meu pipoca. Meu oitão nunca falhou. Vou deixar meu oitão de bandeja assim? Aí, vou deixar um peso aí com vocês e vou sair, morou? Eu tenho vontade de levar vocês lá, mas vocês não são de pam, morou? Eu nem toco, sabe qualé? Só tem bandido mermo, vocês são devagar, mas se tiver fissurado é só ir lá que não tem miséria não, morou?

Manguinha tirou de dentro do bolso um pequeno saco cheio de cocaína, entregou a Laranjinha, apertou a mão dos amigos, entrou em seu carro. Antes de chegar à praça Principal do conjunto, buzinou para um amigo, para algumas mulheres. Dirigia tranquilo, sabia que naquele horário era difícil a polícia parar alguém. De terno, óculos escuros, cabelo aparado, barbeado, relógio no pulso, pasta 007 e carteira de autônomo, não seria incomodado. Rumou direto para Santa Cruz.

Na praça central de Santa Cruz, as pessoas passavam na correria da segunda-feira, crianças com uniformes de colégio pululavam de todos os cantos. Tinha de ficar ali na praça para receber três quilos de cocaína. Parou o carro em frente a um botequim, entregou as armas para o dono entocar, caminhou de mão no bolso até uma esquina. Um menino, também uniformizado, caminhou em sua direção, perguntou-lhe as horas, depois deu três passos, ficando às suas costas, retirou um 38 de sua mochila e disparou três vezes em Manguinha.

Dentro de uma casa, um pouco afastada dali, o dono da boca de Santa Cruz, ao ouvir os três disparos, disse ironicamente à sua esposa:

— Teu amante morreu!

O menino se locomoveu calmamente para longe do corpo de Manguinha, entrou na casa do dono da boca e recebeu cinquenta mil cruzeiros pelo trabalho.

* * *

Espada Incerta chegou a Cidade de Deus numa madrugada, descalço, sem camisa, arranhado, sujo e faminto. Foi direto para a casa de seus primos, onde finalmente relaxou. Junto com cinco presos havia fugido da delegacia, onde esperava pelo julgamento. A tia não quis a sua companhia, apenas o deixou tomar banho, comer alguma coisa e vestir-se. No quintal, seu primo disse-lhe que Sandro Cenoura tinha se levantado de novo. O fugitivo foi atrás do amigo. Ele haveria de ajudá-lo.

— Se eu for lá em Realengo, eu rumo um peso baratinho aí pro teu movimento — disse Espada Incerta depois de receber trinta cruzeiros das mãos de Sandro Cenoura. E continuou: — Valeu mermo, tu ter mandado aquele fortalecimento lá pra cadeia...

— Meu cumpádi, eu não mandei nada... O dinheiro era teu, morou, cumpádi?

— Mas tem uns safado aí que não manda, não, morou? E tu foi responsa comigo.

Ficaram ali numa das pontas da praça da Quadra Quinze conversando sobre a quadrilha de Miúdo. Quando Espada Incerta soube que Pardalzinho estava preso, riu farto e prometeu a si mesmo diante do amigo que um dia o mataria. Sandro olhou-o sério e falou:

— Se tu matar ele, tu vai matar o cara mais maneiro de toda malandragem da favela.

Espada Incerta calou-se por um tempo, retirou o papel de dentro dum maço de cigarro, cortou, Sandro despejou um punhado de maconha. Espada Incerta fez o baseado e fumaram conversando amenidades.

Um novo dia se pronunciava, um noroestezinho soprava trazendo um leve frio. O vapor, que se mantivera a maior parte do tempo calado, contou o dinheiro, pegou sua parte, entregou o resto a Cenoura junto com o restante das drogas e se retirou.

— Tá a fim de cheirar um negocinho? — perguntou Cenoura.

— É bom que dá um levante pra eu ir até Realengo.

— Tua mãe mora lá, né?

— Hã-ram, mas eu não vou na casa dela, não, vou lá atrás de um parceiro que tirou um tempo comigo... ele tá de rua já há um tempão, mas sempre mandou um dinheiro pra cadeia, mandava preto, branco... Disse pra quando eu sair ir lá que ele me dava uma alça.

Aspiraram a cocaína num instante.

— Valeu, mais tarde eu trago um bagulho bom pra tu botar aí na boca — disse Espada Incerta.

Em menos de duas horas Espada Incerta estava em Realengo. Sabia que andar por ali era mais arriscado do que em Cidade de Deus por sua condição de foragido, porém tinha conceito com o malandro com o qual travara amizade na cadeia e, como este conhecia um bom matuto, na certa ele lhe daria um quilo de maconha em consignação como havia lhe prometido na prisão. Pegaria a droga com ele e cairia fora o quanto antes.

A transação com o amigo foi mais rápida do que Espada Incerta imaginou, porém teria apenas um dia para pagar o quilo de maconha de boa qualidade. Ainda ganhou o dinheiro para tomar um táxi até Cascadura. Depois achou por bem pegar um ônibus. Esse negócio de táxi é para branco. Preto que pega táxi ou é bandido ou está doente à beira da morte, acreditava.

Entregou a erva ao amigo, recebeu o dinheiro e, para comemorar, resolveu beber cerveja. Além da cerveja, bebeu umas doses de conhaque com linguiça frita. Falava alto ao lado de seus primos, disse que comeu mais de um otário na cadeia, relembrou coisas antigas, cantou samba de partido-alto. Completamente embriagado, Espada viu a irmã de Pardalzinho passar e disse, como se não soubesse de sua prisão:

— Avisa lá o Pardalzinho que eu vou sacudir sua casa hoje à noite, quem tiver lá vai cair: mulher, criança e o caralho...

A irmã de Pardalzinho chegou em casa em prantos, teve de beber água com açúcar para poder relatar o acontecido aos irmãos. Edgar, irmão mais velho de Pardalzinho, também assaltante, resolveu mandar o resto da família para a casa da tia. Edgar ajeitou-se de todas as formas para receber Espada Incerta, que continuou a beber até noite alta, saiu do bar carregado pelos primos, dormiu na casa da tia. Quando acordou, as lembranças do que tinha acontecido eram vagas.

Edgar, irritado, saiu à sua procura assim que o dia nasceu. Apesar de não ter amizade com os homens da quadrilha de Miúdo, desabafou com alguns, que lhe perguntaram o que estava acontecendo quando o viram de arma engatilhada. Pouco depois, a quadrilha de Miúdo estava toda à procura de Espada Incerta, que, por sorte, conseguiu sair da favela sem ser molestado.

Dentro do ônibus, Espada Incerta entrou em desespero ao constatar ter perdido dinheiro ou então gastado demais. Havia ainda a possibilidade de roubo feito pelos próprios primos, pensou. O pior de tudo era estar sem revólver, e isso deveria ser resolvido com toda urgência para sacudir uma parada qualquer e saldar a sua dívida.

Três dias depois, Espada Incerta conseguiu um revólver com Sandro Cenoura numa escapada que deu até a favela. Assaltou um posto de gasolina e agora estava em casa sozinho com dona Margarida, sua mãe, que, já idosa, enxergava mal e sofria de asma. Nenhuma das falas da velha era ouvida pelo assaltante, que havia acordado no meio da noite e estava agora na cozinha fritando um ovo para comer com farinha. Sairia depois para saldar a dívida. Barulho do lado de fora, pensou imediatamente na polícia, correu para o quarto, abriu a janela e precipitou-se para o quintal.

A noite de chuva fina com rua deserta, luzes fracas em postes distantes um do outro. Sorrateiro, pulou a cerca do vizinho, ganhou o fundo de seu quintal, pulou novamente a cerca com suas ágeis pernas longas. Os invasores chamaram-no pelo nome.

— Antônio, tão te chamando aí — denunciava a mãe aos desconhecidos.

Sem nenhuma resposta, a mãe foi caminhando para a porta falando que seu filho estava ali agorinha mesmo e já havia sumido. O homem que tinha vendido a droga, desconfiando da inocência de dona Margarida, abriu fogo contra a porta de madeira fraca. A mãe de Espada Incerta foi atingida várias vezes.

Espada Incerta escutou os tiros e tratou de aumentar os passos, não percebeu uma patrulha da Polícia Militar numa rua adjacente. Os policiais, sem dar ordem de prisão, atiraram, Espada Incerta devolveu alguns tiros. Quando notou o pequeno estoque de munição optou pela rendição.

— Vamo matar esse filho da puta logo! — disse o cabo.

— Não, vamo levar ele preso — disse o sargento, acreditando na hipótese de Espada Incerta alcaguetar todo o tráfico daquela região.

* * *

Num sábado de final de mês, Busca-Pé, cansado, foi trabalhar no supermercado Macro. Já não aguentava mais aquela vidinha de fiscal. Queria mesmo era fotografar. Trabalharia mais um tempo e faria tudo para ser mandado embora, com o dinheiro da indenização compraria a tão sonhada máquina fotográfica, entraria num curso e pronto.

O sábado de final de mês é sempre bom para quem assalta em mercado, porque eles estão sempre cheios. Dois ladrões dos Apês eram observados pelo gerente de salão, que bem os viu acenarem para Busca-Pé quando passavam com uma televisão, aproveitando a confusão dos caixas. Busca-Pé não teve escolha, deixou os ladrões passarem, senão teria de mudar-se da favela para não morrer. Ficou assustado, fingiu que não via a ação dos ladrões ao perceber que o seu gerente vira tudo.

Os ladrões foram presos pelos seguranças e espancados sem serem denunciados à polícia para não envolver o nome do mercado na página policial dos jornais. Busca-Pé trabalhou o resto do dia preocupado com a possibilidade de os bandidos pensarem que ele os delatara. Coisa que não aconteceu.

Ao chegar para o batente no início da semana seguinte, Busca-Pé foi chamado à gerência. O cocota confirmou tudo o que dissera o gerente de salão. Olhando nos olhos do inquiridor falou duro sobre o que poderia lhe acontecer caso delatasse os dois, os gerentes não compreenderam e Busca-Pé foi despedido.

O dinheiro da indenização era o suficiente para dar de entrada numa câmera fotográfica Canon, entretanto teria de pagar as prestações e dar dinheiro em casa... Olhou os jornais na tentativa de achar uma máquina usada, seria o suficiente para aprender, viu que faltava mais da metade para poder comprar a mais barata. Num acesso de raiva rasgou o jornal, foi à boca de fumo dos Apês, comprou um baseado. Ia ao bosque dos Eucaliptos fumá-lo sozinho; no caminho encontrou Barbantinho, de quem se afastara desde que este começara com a onda de virar evangélico. Desconversou o amigo, atravessou a ponte, caminhava pela beira do rio quando escutou alguém o chamar e respondeu:

— Qualé, Ricardinho?!

— Porra! Tô na maior deprê...

— Não fala, não, que fui mandado embora da batalha, o dinheiro não deu pra eu fazer a parada que eu queria, tô fudido, morou?

— Tinha que ter um baseado.

— Tem aqui, vamo ali dar um dois!

— Sabia que tu tava com um entocado.

Atravessaram a ponte da Cedae, a depressão de Busca-Pé perdeu corpo, não pela presença do amigo ou pela maconha que iria fumar, mas pela beleza do lugar: aquele campo imenso, o lago, as amendoeiras e o bosque.

Enveredaram por outros assuntos enquanto fumavam. O terceiro baseado daquela trouxa bem servida morria e os dois estavam com o olhar longe nesse momento, até que Ricardinho convidou:

— Topa meter uma parada?

— Topo!

— A gente tem que dar um levante, né? — enfatizou Ricardinho.

— Pior que é! — exclamou Busca-Pé.

Dois dias depois, entraram no ônibus da linha Cidade de Deus-Carioca por volta das vinte e duas horas, no ponto final da favela. Sentaram no banco de trás. O objetivo era, depois que o ônibus lotasse, sacudir primeiro a trocadora, depois os passageiros. A operação tinha que ser finalizada antes de o coletivo iniciar a subida da serra do Grajaú, local onde morava Ricardinho, que roubara uma garrucha de dois tiros de sua avó. O cocota ainda tentara conseguir um revólver emprestado com o primo, que se negou. Teriam de se virar com a velha garrucha.

No ponto seguinte, apenas uma mulher fez sinal, estava com duas crianças, embarcou e foi logo dizendo que o ônibus demorara muito. A trocadora disse que a culpa não era dela, e sim dos donos da empresa, que não botavam carros suficientes na linha, e continuou a falar, dirigindo-se aos cocotas. Busca-Pé respondeu e o papo, em poucos minutos, percorreu vários caminhos. No largo do Anil, Ricardinho avisou a Busca-Pé que aquela era a hora H, tirou a garrucha da cintura e disse à boca miúda:

— Agora!

A trocadora, sem perceber a garrucha, vendo os dois se levantarem, disse-lhes:

— Dá um pulo aí e paga uma só.

Os dois entreolharam-se e, num segundo, concluíram que seria mais estratégico fazer o que ela tinha sugerido. Pularam. A trocadora disse:

— Ainda bem que essa é a última viagem...

— Você dá quantas viagem? — indagou Busca-Pé, enquanto sentavam-se de novo.

— Quatro.

— É tempão, né?

— É, já tô de saco cheio desse serviço.

O ônibus parou num ponto, entrou um casal. Busca-Pé deixou que o motorista arrancasse e disse:

— Agora!

Os dois se levantaram e olharam pra trocadora, que disse:

— Já vai? Vai com Deus.

— Não, a gente não vai, não, a gente só vai fumar um cigarro.

Sentaram-se mais uma vez e decidiram não assaltar aquele ônibus porque a trocadora era legal pra caramba.

Desceram no Grajaú, andaram ao léu pelas ruas arborizadas do bairro, concluíram que era melhor assaltar a única padaria aberta das imediações. Entraram na padaria, pediram uma Coca-Cola, se posicionaram de modo que desse para ver quando o ônibus apontasse no início da rua. Assaltariam, pegariam o ônibus, andariam dois ou três pontos, desembarcariam e entrariam na rua mais oblíqua.

— Pega a ficha no caixa por favor — disse o balconista.

A caixa atendeu Busca-Pé com um sorriso. Busca-Pé fixou os olhos em seu rosto com cara de Don Juan. Ela riu de novo. Como era de costume, o cocota puxou assunto. A caixa falava em tom gentil. Não era lá essas coisas, mas dava para o gasto, pensou Busca-Pé. Bebiam uma única Coca-Cola em goles curtos para dar tempo de o ônibus chegar. Quando chegou outro freguês, aconchegaram-se e decidiram que não iriam assaltar a padaria porque a caixa era legal pra caramba.

— Aí, vamo pegar um ônibus que não passa na favela, tá sabendo? Mas que deixa perto, porque, aí, a gente sabe que não vai ter conhecido e é mole da gente sair saindo despreocupado — argumentou Ricardinho.

— Pior que é! — concordou Busca-Pé.

O 241 veio vazio, embarcaram como se não se conhecessem, cada um pagou sua passagem, Ricardinho precipitou-se para a dianteira, Busca-Pé ultrapassou a roleta e ficou bem perto dela. O coletivo iniciou a subida da serra. A Zona Norte do Rio de Janeiro foi ficando visível de modo compacto, dava para ver o Engenho Novo, Engenho de Dentro, Riachuelo, Méier, as bandas da Penha, a ilha do Fundão e a do Governador, na extremidade esquerda ficava Bangu, Realengo, Padre Miguel. O céu sem lua ou nuvem.

De súbito, Busca-Pé olhou para o trocador, era mulato, por baixo da camisa do uniforme usava a camisa do Botafogo, time que derrotara o Flamengo no domingo anterior e essa era a sina do Botafogo: ganhar do urubu otário. Acreditava que em todas as vezes que o Flamengo derrotara o Glorioso houve armações, roubos dos cartolas. Seu olhar enquadrava o trocador e agora focou, clicou e pronto: estava feita a foto que botaria ao lado do pôster de seu time. Pensou em Ricardinho. Quando ele gritasse "Agora", enfiaria a mão por dentro da camisa e anunciaria o assalto.

O ônibus parou no Hospital Cardoso Fontes, onde entraram dois jovens amparando uma mulher com aparência doentia; dali a mais cinco pontos chegariam à Freguesia e pronto: arrumaria o dinheiro para comprar a sua máquina.

Busca-Pé colocou a mão discretamente por dentro da camisa. Era só esperar o amigo gritar "Agora", para render o botafoguense. Esperou, esperou e nada. Olhou por cima de alguns passageiros e viu o amigo num bate-papo efervescente com o motorista. Naturalmente ele nunca iria gritar: "Agora!". Resolveu passar para a dianteira, onde o amigo lhe informou:

— O motorista é legal pra caramba!

Desembarcaram no largo da Freguesia. Olhando para o único bar aberto, tiveram a ideia de sacudir o boteco. Iam atravessando a rua quando um carro parou perto dos dois:

— Companheiro, como é que eu faço pra pegar a Barra? — perguntou o carona.

Na esperteza de larápio célere que pensava ser, o cocota disse estar indo para lá, se eles dessem uma carona, uma mão lavaria a outra.

— Entra aí — disse o motorista.

Ao entrar, Busca-Pé piscou o olho para o parceiro como quem diz: "Dessa vez a gente se deu bem". O motorista deu a partida e aumentou o volume do rádio:

... O sol não adivinha
Baby é magrelinha...

— Grande Melodia! — exclamou Busca-Pé.

— Gosta? — perguntou o motorista.

— Pra caralho! — respondeu.

— Então, tu gosta de Caetano, Gil, Gonzaguinha, Vinicius...

— Sou apaixonado por MPB!

— Então, vai dizer que tu não gosta de um baise?

— Não vou dizer que eu não conheço...

— Pela cara de vocês... Um maconheiro conhece o outro, rapá!

Ao chegar à favela, Busca-Pé foi à boca apanhar três trouxas para os novos amigos, que ficaram na beira da Gabinal, bebendo cerveja. Busca-Pé ainda ganhou uma trouxa de presente, trocaram os endereços para um dia, quem sabe, escutar um som responsa e fumar uns baseados...

— Qualquer dia a gente sai aí, pra meter uma parada.

— Valeu!

— Vamos dividir essa trouxa que eu não tô a fim de fumar agora, não.

— Hã-ram.

— Vou chegar aí!

— Vai na fé!

— Chupa, sua filha da puta! — ordenou Butucatu e deu mais um soco no rosto da grávida, já ensanguentado.

A grávida já tinha feito sexo oral com Pança, agora ela fazia com o parceiro e ele aproveitava para fazer a penetração em seu ânus. A mulher gritava, sangrava e levava socos na barriga quando dizia estar grávida. Ficaram nessa atividade por algum tempo, revezando-se.

— Vai botar na buceta? — perguntou Butucatu.

— Não, só quero o burrinho.

A mulher fora sequestrada no velório do próprio pai, vítima de enfarto. Nos últimos dois dias, havia andado pelo centro da cidade providenciando o enterro dele. Sua mãe insistiu para que não fosse ao velório, preocupada com a criança. Quando viu a filha ser sequestrada na capela, desmaiou. Butucatu atirou para o alto de dentro do carro na hora em que Pança arrancava forte.

Seviciaram-na o máximo que puderam, limparam-se com folhas de amendoeiras. A mulher levantou-se, colocou a roupa calada, reprimindo o choro, e disse:

— Tão sastisfeito agora?!

Butucatu, sem dar resposta, deu dezenas de pauladas na cabeça daquela que um dia fora sua namorada. Estranhou quando ela decidiu, sem mais nem menos, acabar com o romance, mas não se apavorou, acreditando que as mulheres têm mesmo esses repentes. Mais cedo ou mais tarde ela iria voltar arrependida, dizendo que precisara de um tempo para saber se o amava de verdade. O bandido enganara-se.

Pança a vira abraçada com Angu e não perdeu a primeira chance de falar com o parceiro. Butucatu não acreditou de imediato, achava que ela não teria a coragem de namorar um inimigo seu. Eles nunca tinham brigado ou trocado tiros, mas somente por falta de oportunidade, porque o havia jurado de morte por ocasião de um assalto no qual desconfiara que Angu havia ficado com a maior parte na divisão. Não fez o juramento na frente dele, mas na presença de seus amigos íntimos e de sua companheira, que agora o trocava por ele. Se ela foi capaz de fazer uma coisa dessas, então, naturalmente, lhe falaria da sua vontade de eliminá-lo um dia.

Esperou a melhor oportunidade para matar a ex-mulher. Teve chance de alvejá-la de longe, no entanto preferiu esperar a chance de sacrificá-la aos pouquinhos, porque as traidoras têm de morrer assim: sob tortura minuciosa, sofrendo que nem uma vaca, esperneando como uma galinha. Era dor o que sentia no peito, era aquela paixão ao inverso, era a desconfiança de que seu peru não fosse grande o suficiente para fazê-la gozar duas, três vezes seguidas e dizer-lhe, no mais alto grau de prazer, que ele era tudo, o sim de todo o seu prazer.

Parou de bater, verificou a respiração da mulher, notou-a viva e, por isso, alegrou-se, maravilhou-se de sua infinita alegria, não porque quisesse poupá-la, e sim porque não terminara com sua vingança e era na vagina que a dor da traição lhe doía mais; ela haveria de senti-la em dobro. Pendurou-se no maior galho que poderia quebrar, forçou-o para baixo, desceu, forçou-o para cima, com os olhos rasos de vingança. A sua força não daria para arrebentar aquele galho, mas acrescida de sua fúria foi fácil. Enfiou-o, em seguida, na vagina da grávida. Aquele crime pulou de boca em ouvidos, de ouvidos em boca até cair na audição de Zé Miúdo. Este achou que o episódio iria atrapalhar o movimento das bocas porque a polícia não daria sopa.

* * *

Miúdo andava triste, falava pouco, esculachava os bandidos Lá de Cima com mais frequência. Quase sempre tomava os cordões de ouro que os ladrões iam lhe vender. Seu humor só teve melhoras quando tomou o cachorro de um morador, achando-o parecido com Pardalzinho. O parceiro de Zé Miúdo apareceu à sua frente, numa segunda-feira pela manhã, com os braços abertos e um sorriso exposto no rosto.

Pardalzinho, depois que saiu da sala escura, foi para a cela onde estavam dezenas de presos, os quais, se não o conheciam pessoalmente, o conheciam de nome.

Na primeira visita, Benite lhe levou bastante dinheiro, parte ficou para o delegado, a outra foi gasta em bebidas, maconha e cocaína fornecidas por um dos detetives da delegacia. Foi assim durante todas as visitas. Enquanto esteve ali, fez batucada, cantou sambas sincopados, de enredo e *rock'n'roll* da pesada. Quando saiu dali prometeu mandar todo mês uma quantia para o delegado.

Era um domingo de sol maior do que tudo e todos no céu da Cidade Maravilhosa. O Coroado iria tirar onda em Ipanema. Banho de mar à fantasia. Bateria compacta, passistas ensaiados, samba pra frente. Butucatu, um tanto cabreiro, resolveu atravessar a favela, entrar num dos ônibus que levariam o bloco a Ipanema. Na caminhada, às vezes, pensava que Miúdo o mataria; outras vezes, que o traficante ficaria na dele, já que o seu crime na favela fora passional, crime de sujeito homem.

Miúdo e Pardalzinho estavam juntos com o pessoal da bateria à espera do embarque, batucavam acompanhando os sambas cantados pelos presentes. Miúdo, ao ver Butucatu, surpreendeu-se por ele estar ali, mas dissimulou para não espantar a presa. Continuou acompanhando o batuque com as mãos e disse no ouvido de Pardalzinho:

— Vou passar o Butucatu!

— É, eu fiquei sabendo da parada que ele fez aí, mas não passa ele não, dá só um sal nele, morou? Ele fez uma parada que era do contexto dele mermo, tá ligado?

— É, mas tinha que fazer fora daqui... Ele pegou a mina lá no Tanque e trouxe pra favela, cumpádi!

— Tava desesperado, dá só um sal, dá só um sal!

— Porra! Depois que você colou com essas porras de cocota aí, tu ficou mais molenga!

Saiu de perto de Pardalzinho, retirou o revólver da cintura e gritou:

— Butucatu, chega aí pra dar ideia!

Butucatu, quando o viu de revólver na mão, sentiu um frio na espinha, caminhou em sua direção com as mãos visíveis para Miúdo não pensar que ele pudesse sacar arma. Sabia que poderia morrer, mesmo se justificasse o crime, porém, por outro lado, acreditava que seria poupado, porque nunca havia roubado na favela, nunca havia traficado e possuía uma relação amigável com Pardalzinho.

A conversa começou moderada. Butucatu insistia em dizer que era crime de sujeito homem:

— Lavação de honra, meu cumpádi! E já tá sujo pra mim, a família dela já me caguetou, essa bronca não vai ficar pra você, não — mentia.

Miúdo não lhe dava ouvidos, repetia somente uma única frase:

— Tinha que passar ela fora da favela, seu filho da puta!

Falava alto, estrategicamente para chamar a atenção dos quadrilheiros. Ajudariam a bater em Butucatu. Quando Biscoitinho, Camundongo Russo e Marcelinho Baião se aproximaram, o traficante deu o primeiro tapa no rosto de Butucatu, que saçaricou dizendo que reagiria, que, se tivesse de morrer, iria morrer brigando, morreria como sujeito homem. Os quadrilheiros ajudaram a bater. Biscoitinho sacou a arma, só não atirou porque Pardalzinho interveio:

— Não atira, não, não atira!

Dentro do ônibus, a caminho de Ipanema, Miúdo repetiu várias vezes que tinha de ter matado Butucatu, porque sentia nos olhos dele a escama de traidor.

— Que nada, rapá, aquilo é otário! — dizia Pardalzinho como de costume.

Butucatu ficou desmaiado no chão. Quando retomou a consciência, os ônibus já haviam saído. Era noite fechada. Levantou-se devagar, o corpo todo doía e sangrava. Tentou andar, as pernas bambearam, voltou ao chão. Somente de manhã conseguiu se levantar e caminhar até sua casa.

— Tô grávida!

— Tá de sacanagem?!

— Tô mermo. Tem dois meses que meu paquete não vem...

— Caralho, eu vou ser pai! Vamo tomar uma cerveja!

— Tem nada de cerveja, não, Pardalzinho. Tô muito nova pra ser mãe, não tô a fim de perder minha juventude por causo de filho, não! Filho prende muito. Vou tirar — afirmou Mosca na hora em que Pardalzinho deitava a seu lado depois de chegar do banho de mar à fantasia.

— Que papo é esse, cumádi? Porra, a gente não tá aí morando junto há uma etapa? Falta alguma coisa pra você?

— Falta você, Pardal! Você só quer saber dessa playboyzada, andar metido em baile, às vezes tu some uma semana nesses acampamento aí maluco... Tá pensando que eu não sei que tu fode essas branquinha aí não? Vou tirar e pronto. Já falei com minha comadre, já tô tomando chá de folha de café, amanhã mermo eu vou fazer o aborto.

— Eu não vou deixar, não!

— Agora não adianta, porque eu já tomei uma caralhada de chá e se não tirar pode até nascer aleijado.

Pardalzinho não disse nada, levantou-se, vestiu-se e saiu pela noite até chegar ao apartamento de Miúdo. Relatou o fato ao amigo, que o consolou:

— Meu irmão, esquenta não, mulher quando tem filho fica caidinha... Faz um filho numa branquinha daquela... novinha...

Sim, era melhor que Mosca tirasse mesmo o bacuri da barriga. Seria até bom, porque a expulsaria de casa e ela não poderia dizer nada. Resolveu apertar um baseado, fumou-o junto com o parceiro numa espécie de comemoração por ter tomado a decisão certa.

— Quer beber um uísque?

— É bom.

Miúdo bebeu no gargalo, depois passou a garrafa para Pardalzinho. Sentaram-se no sofá, fumaram um baseado, conversaram, riram enquanto bebiam do uísque. Pardalzinho foi o primeiro a dormir ali no sofá. Miúdo, cambaleando, caminhou até o quarto e jogou-se na cama.

Por volta do meio-dia, bateram na porta fortemente. De arma em punho, Miúdo abriu-a. Benite, com ares tristes, falou que tinha uma notícia ruim:

— Fala logo, rapá, fala logo!

— Tua mulher...

— Ela morreu?!

O irmão de Pardalzinho abaixou a cabeça, caminhou até a cozinha. Miúdo abraçou o amigo, que, de olhos arregalados, emudeceu por alguns minutos, seu rosto expressava profunda tristeza.

— Ela tá onde?

— Na casa da Xinu. Neguinho tá dizendo que foi aborto.

— Quem tá lá?

— Ninguém, todo mundo vazou.

— Não vou lá, não, morou? Nem volto mais pra casa... Posso cair aqui, meu cumpádi?

— Craro! — respondeu Miúdo.

— Dá um dinheiro a meu irmão aí, pra fazer o enterro dela.

Miúdo deu o dinheiro a Benite para entregar à família de Mosca. O irmão desceu junto com Miúdo, que saiu vasculhando por todos os lugares dos Apês na intenção de encontrar uma menina que vivia rindo para ele. Era bonita, não era vadia, estudava, não vivia solta na rua. Nunca teve uma mulher com esses predicados. Naquele mesmo dia começou a namorá-la. Pardalzinho trancou-se na casa do amigo por três dias, sem comer, tomar banho ou escovar os dentes. Quando chegava algum amigo, o traficante conversava alguma coisa e voltava para o quarto.

— Fecha o corpo, rapá! Tu tá dando muito azar. Já tomou facada, já foi preso, tua mulher foi pro caralho... Tem que fechar o corpo pra poder ficar tranquilo, rapá! — aconselhava Miúdo a Pardalzinho, um mês e meio após a surra de Butucatu.

— Tá bom! Tá bom!

Miúdo chamou tia Vincentina. Ela conhecia o traficante desde menino e havia lhe falado duma macumba boa em Vigário Geral. Foram de táxi depois do almoço no último dia daquele ano. O pai de santo fez um trabalho breve porque tinha de ir com os fiéis a Copacabana, onde romperiam.

Voltaram, também de táxi, acreditando que tudo correria "formosado" para eles no ano que estava por vir. Dinheiro e mulheres não iriam lhes faltar. Tia Vincentina achava que o trabalho tinha sido malfeito, insistia para os dois irem à praia fazer outro trabalho.

— Aí, minha tia, não vou não, sabe qualé? Já armei com a cocotada uma festa na casa do Katanazaka, tô a fim de me divertir pra parar de pensar na Mosca... Vamo lá, Miúdo?

— Vou passar na tua casa e depois vou me entocar nos Apê.

Assim foi feito. Somente Miúdo não era da família, no entanto era tratado como tal. Depois da meia-noite, cada um seguiu seu destino. Ainda combinaram, antes de se separarem, de almoçar na casa de Compositor. Estavam com saudades da comida de dona Penha.

Já era de manhã quando Pardalzinho saiu da casa dos Katanazaka, caminhou até os Apês. Iria tomar um banho, trocar de roupa, dormir e atravessar a favela, junto com Miúdo, para comerem a comida de dona Penha. Encontrou Miúdo na casa de Tim, tomou mais um copo de vinho e fez o que havia determinado.

Por volta das quinze horas, os donos das ruas de Cidade de Deus atravessavam a favela, discretamente armados. Miúdo caminhava sério, saudando, apenas com a cabeça, a rapaziada do conceito. Pardalzinho ria, desejava feliz ano-novo até a quem não conhecia. O sol quente, as ruas movimentadas como só nos dias de festas.

A irmã de Butucatu viu Pardalzinho e Miúdo cruzando a Edgar Werneck na altura da igreja amarela, pedalou forte para avisar ao irmão que o desgraçado do Zé Miúdo movimentava-se lá para cima acompanhado apenas de Pardalzinho. O malandro tirou o revólver de dentro do guarda-vestidos, apanhou a munição ao lado do motor da geladeira e ficou de tocaia no quintal de uma casa.

Miúdo irritava-se cada vez que Pardalzinho parava para festejar uma pessoa, dizia que ele parecia Papai Noel, apressava-o, afirmava que não gostava de demorar muito para chegar aonde quer que fosse.

— Foi bom mesmo vocês aparecer!

— Que que foi, minha tia? — perguntou Pardalzinho.

— Essa semana, eu tive um sonho pesado... Sonhei que você tinha levado um montão de tiro, meu filho!

— Então é mais ano de vida que eu vou ter, ainda mais que eu fechei o corpo. Esquenta a cabeça não, dona Penha, é mais ano de vida pra mim!

Almoçaram ouvindo alto o disco das escolas de samba. Jogaram conversa fora por mais uma hora após o almoço. Despediram-se. Dona Penha recomendou a Pardalzinho que se cuidasse.

— Aí, sabe aquelas galinha lá de casa?

— Sei.

— Pode apanhar lá pra você. Depois que Mosca morreu, eu nunca mais fui lá dar milho pra elas, meu irmão fica reclamando, fica sem ir lá... Pega lá pra você. Tem duas que bota ovo azul! Vou sair, aí, valeu?

— Valeu! — respondeu Compositor.

— Vamo passar ali no Duplex — convidou Miúdo.

Butucatu posicionou-se quando viu os dois apontarem na rua, engatilhou a arma, esperaria que Zé Miúdo andasse apenas vinte metros para enfiar uma porrada de balas em seu lombo.

Pardalzinho ia cantando um dos sambas ouvidos na casa de Compositor, não sabia que o amigo queria passar por ali, pensando em encontrar Pança para também dar-lhe um sal, pois, se Butucatu havia levado um, Pança teria de levar também.

Butucatu, completamente nervoso, ainda sentia as dores dos chutes, socos, coronhadas e pauladas que levara de toda a quadrilha daquele desgraçado, iria matar só ele, pouparia Pardalzinho, que não o agrediu um só instante, nem deixara que o matassem, e ainda, passados alguns dias, mandou avisá-lo para dar um tempo fora da favela, porque se algum quadrilheiro o visse, sem que ele estivesse por perto, poderia matá-lo somente para aumentar a consideração com Miúdo.

O corpo de Butucatu tremia. Quando Miúdo entrou na mira de seu revólver, prendeu a respiração, apertou os olhos. Mas Pardalzinho, ainda cantando, passou à frente de Miúdo, tirando-lhe a visão. Retirou a arma da posição, respirou, colocou a arma novamente na direção de Miúdo, firmou o braço e atirou duas vezes seguidas e saiu pelos fundos da casa.

Pardalzinho caiu estrebuchando.

Miúdo correu ensanguentado, tinha forças para trocar tiros mesmo baleado, porém receou que houvesse vários bandidos ao lado de Butucatu por causa dos crimes que cometera por ali. Fez o trajeto de volta para a casa do Zeca Compositor. Antes de correr, viu Butucatu pelos buracos das lajotas da parte superior do muro onde o assassino havia colocado o cano do revólver e atirado.

— Vai lá ver o Pardalzinho, que ele tá caído, ele tá caído, vai lá, vai lá...

— Quem foi? — perguntou Compositor.

— Foi o Butucatu, foi o Butucatu, tinha que ter matado ele, tinha que ter matado ele... Eu falei pro Pardalzinho, eu falei, eu falei!!! Pegaram o Pardalzinho também! Pardalzinho tá lá caído! Vai lá ver o Pardalzinho... Eu vou morrer, eu vou morrer!

— Calma, cara! Tu não vai morrer, não!

— Socorre lá o Pardalzinho, que ele é como meu irmão! Socorre lá, socorre lá...

Compositor ficou indeciso quanto a quem socorrer, num impulso optou por Miúdo, que sangrava muito. A mãe de Miúdo morava a poucos metros.

— Leva meu ferro aí... — disse Miúdo a Compositor assim que começaram a caminhar.

Finalmente veria a mãe, ela haveria de socorrê-lo.

— Tá nessa situação porque quer, na minha casa não entra assassino — disse a mãe com tanto rancor que o bandido abaixou a cabeça e ficou nessa posição mesmo depois de a mãe bater o portão do muro com violência.

— Vamo lá pra casa da minha mãe verdadeira!

— Vamo pro posto médico! — disse Compositor.

— Médico, não, médico, não! Me leva lá pra casa da minha outra mãe que agora ela é enfermeira.

Em frente à capela, somente os cocotas sentados na calçada com vários baseados acesos cantando:

Viva, viva,
viva a sociedade alternativa!

A bandidagem, antes de sair da favela, havia resolvido não ficar muito tempo no velório, mas a noite foi ficando boa, a cada momento chegavam mulheres, alguém com garrafa de uísque, vinhos, batida de limão... Camundongo Russo animou-se, mandou alguém comprar cinco caixas de cerveja, enquanto os familiares recebiam apertos de mão, mãos nos ombros e mais ombros para repousar a cabeça, orações, benzeduras e palavras em verso e em prosa, recitadas e cantadas. Surgiram pandeiros, tamborins, agogôs e cavaquinhos. Cocaína rolava e baseados passavam de boca em boca.

Somente o corpo de Pardalzinho no centro da capela atrapalhava o culto. Resolveram empurrar o caixão para o canto e, de quando em quando, homenageavam o defunto cantando o samba de que ele mais gostava:

Moro onde não mora ninguém,
onde não vive ninguém,
onde não passa ninguém.
É lá onde moro
que eu me sinto bem...

Como em todo bom pagode, não faltaram paqueras, tantas eram as mulheres bonitas a enfeitiçar os homens. E quem conseguiu parceira fez sexo no banheiro, na capela vazia ao lado, nas ruas próximas, e houve quem dissesse que Pardalzinho estava gostando, pois sempre viveu na sacanagem.

E uma lua redonda, claríssima, encantou ainda mais o eterno mistério que a noite sempre traz, e o enterro foi o maior que já se viu. Batia quarenta e três graus.

3. A história de Zé Miúdo

— Busca-pé sumiu!

— É... Tá sumidão!

— O cara se destacou mermo, né?

— Pode crer!

— Só vejo ele passando...

— Ele tá colado com aquele pessoal do Conselho de Moradores...

— Ele virou retratista mermo!

— Pode crer!

— Todo mundo que anda com ele é de faculdade. Se amarra nessa onda de política...

— Eu conheço eles, rapá... São eles que fecha a rua aí, todo 1º de maio pra fazer manifestação aí, de trabalhador, anda fazendo uma porrada de reunião aí...

— Conselho de Moradores, né?

— É isso aí...

Ficaram algum tempo em silêncio.

— Busca-Pé era maior doideira!

— Pior que é! — risos. — Ele só mandava essa letra, né?

— Pior que é! — risos.

— Será que ele fuma ainda?

— Hã! Um dia eu encontrei ele, ali na escadinha do bloco dele, doidão.

— Mas fuma no sapatinho, né?

— Pode crer!

— Mas todo mundo sumiu!

— Ih, tá todo mundo aí, rapá!

— Tá nada, rapá! Quer ver? Olha só: Dom Paulo Carneiro saiu da favela, acho que ele tá morando lá na Taquara, Robespierre também rapou fora, Katanazaka também, Thiago... Tonho vazou pros Estados Unidos...

— Ih! Quem te disse?

— Marisol. Bruno e Breno tão aí, mas tão destacadão, o Paype casou...

— E Adriana?

— Também casou com um playboy lá do colégio dela...

— O último cara a dar um pega nela, aqui na favela, foi Aloísio...

— Ela era muito gostosa, né?

— Pode crer! Tem mais gente, quer ver? Éééé, todo mundo sumiu! Só quem tá na pista é a gente mermo... assim, que anda junto...

— Todo mundo se destacou...

— E Miúdo, hein?

— Porra, cumpádi, ele tá foda... Foi ele que matou aqueles cara Lá em Cima ontem, ele e Biscoitinho... Eles tão matando pra caralho... ontem mermo eu tive com ele...

— A gente tinha que passar ele, cumpádi!

— Ele não, ele não mexe com a gente! Vamo passar o Boi, morou? Ele deu dois tapão na cara do Marisol lá no Cascadura Tênis Club...

— Vai bater logo essa rapinha?

— Tem quantos papel, aí?

— Tem mais dez, cumpádi! Dá pra gente brincar a noite toda.

— Então, bate logo o restinho desse, aí.

— Tem uma cachanga ali, perto do canal, cumpádi! Aí, de rico: de rico, mané! Aí, vinha eu e a Xinu assim andando de onda, morou? A família todinha saindo pra praia, aí: deu uma vontade de cair pra dentro sozinho... Se tivesse um parceiro...

— Cacau, um dia, meteu três cachanga na Barra e no Recreio, se deu bem, cumpádi! Trouxe ouro, duas máquinas de tirar retrato fodaça, relógio, filmadora e o caralho!

— Ele também meteu a casa daquele jogador do Flamengo, ali no bairro Araújo...

— Foi ele e Nego Velho que meteu...

— Como é mermo o nome dele, hein?

— Sei lá, só sei que ele jogou no Flamengo... Trouxeram dois revólver, uma espingarda, uma porrada de trouféu. Os trouféu eles deram para a molecada do Lazer fazer torneio de futebol.

— Quase que eles arrumaram inquérito com Miúdo porque roubaram perto da favela, morou?

— É mermo, é?

— Miúdo mandou chamar eles lá e falou pra caralho... Camundongo Russo queria logo esculachar.

— Ele tá com maior marra, né?

— É, tem maior moral com Miúdo.

— Tem que passar ele também!

— Pô, cumpádi, bate essa porra direito!

— Tô batendo... Essa aqui tá quase melando.

— Cacau morreu feio pra caralho! No dia que ele morreu, ele tava na praia com Leonardo, voltaram da praia junto, ele almoçou na casa do Leonardo, disse que ia no baile mais tarde e sumiu...

— Tu acha que foi o Rogério que mandou passar ele, mermo?

— O que rola aí é que ele sacudiu a casa do Rogério atrás de ouro, mas só levou uma televisão. Rogério ficou sabendo que foi ele e passou o rodo!

— Quem diria que Cacau ia virar bandido, né? O cara bonitão, nunca morou na favela...

— Quem enturmou ele aqui?

— Patricinha Katanazaka... Ele e Ricardinho.

— Eles mora na Freguesia, né?

— Hã-ram.

— Ele era rico?

— Remediado. Mas só andava bonito.

— Virou maior cachanguista!

— Pode crer.

— O prato tá frio, mané!

— Esquenta lá.

— Me dá o fósforo, aí.

— Ali o isqueiro, ali na mesinha.

— Aquela parada tá firme, não tá?

— Depende do Marumba, cumpádi! Ele falou que ia escoltar a cachanga.

— Ele ia lá hoje?

— Falou que ia e vinha direto pra cá.

— Só quero ver se ele vai vacilar.

— Vai nós cinco?

— Craro! Três entra e dois fica do lado de fora vigiando.

— Aquela pistola tá tinindo, cumpádi!

— É, deu um querosene nela, né?

— Não, passei óleo de máquina, querosene é o caralho!

Daniel aspirou sua trilha de cocaína, passou o prato para Rodriguinho, que aspirou a sua com avidez. Encheram dois pequenos copos de uísque, acenderam dois cigarros e continuaram:

— Depois que Pardalzinho morreu, Miúdo ficou mais endiabrado ainda, viu o que ele fez ali na Via Onze, mês passado?

— Marisol tava me falando assim por alto, eu não tava na favela, não. Mas como é que foi a parada mermo, hein?

— Neguinho viu Butucatu lá na Gávea entrando numa kombi... aquelas que faz lotada pra favela...

— Hã-ram.

— Então! Miúdo plantou ali na Via Onze, com maior quadrilhão e tudo, quando uma kombi piava ele parava e dava geral...

— Ele é foda!

— Mas Butucatu não tava pegado por causo daquele inquérito da mina que eles curraram?

— Fugiu, cumpádi! Ele e Pança saiu saindo numa fuga que teve aí...

— Mas sabe que eu vi dizer?

— Hã?

— Que ele tá garrado de novo. Os homi garrou ele lá na Serrinha.

— E o Pança?

— Pança... Eu tive com a irmã dele um dia aí. Ela falou que ele não tá fumando nem cheirando. Tá lá no interior de Minas, trabalhando com uns tio dele lá. Entrou numa, morou?

— Pode crer!

— E Calmo?

— Calmo tá de rua. Tá de frente lá na Treze... Ele e Madrugadão...

— Aquela molecada da Treze é foda, eles roba à vera! Aquele tal de Terremoto é maior Juda, a gente tinha que passar ele também...

— A gente só vai pegar quem querer barbarizar a gente, morou?

— Pode crer.

— Esse uísque é gostosão, né?

— Marisol que me deu.

— Tá pegando aquela mina ainda?

— Fudi gostoso ontem! Botei ela pra mamar, depois comi o cuzinho dela...

— É mermo, rapá? Quando a gente come o cu de uma mulher, se ela não tiver ainda dado, ela só vai esquecer da gente quando outro comer e, se ela não der mais pra ninguém, ela nunca mais esquece a gente.

— Escutou o assovio?

— Hã-ram. Deve ser o Marumba. Espera ele assoviar de novo.

Marumba usou o código.

— Qualé, cumpádi? Tudo certo?

— Tá muito certo não, morou? O Boi barbarizou Marisol novamente na praia... Deu tapa na cara só porque Marisol não quis emprestar o camelo a ele... Maior safado!

— Eu nem sabia... Tava passando ali na praça, sabe o que ele mandou?

— Hã?

— "Cocota bota ovo depois que balança a bundinha no baile." Depois falou assim: "Barbarizei Marisol na praia, dei maior tapão na cara dele... pedi o camelo a ele, ele não me emprestou".

— O próximo a cair vai ser ele!

— Outro cara safado também é esse tal de Israel! Matou um playboy ontem, ali nas lojinhas, à toa!

— É, eu fiquei sabendo... Bate um trilhão aí pra mim que cheguei agora, né, cumpádi?

— Trabalha lá você.

— Me dá a gilete aí. Tinha que apertar um baseado pra dar uma calmada. Essa brizola é de onde?

— Bica Aberta.

— A boca dele tá vendendo pra caralho! Aperta um baseado aí, cumpádi.

— Dá um tempo aí, que de repente a gente fuma um.

— Mas como é que foi essa história do Israel mermo, hein?

— Um moleque, rapá... playboy... Acho que era lá do Pau Ferro. Chegou lá nos Apê perguntando onde era a boca, sabe qualé? Aí, Biscoitinho falou que tava endolando... Aí, o moleque foi ali nas lojinha, pediu uma Coca e um maço de cigarro... Israel tá olhando ele... Doidão, cumpádi, doidão de goró!

— Quando ele bebe, ele adora rumar arengação.

— O moleque pintosão, morou? Lourão, maior tatuagem assim no braço... Aí, ele acendeu o cigarro, colocou o isqueiro assim em cima do balcão e ficou ali, na dele, tomando a Coca. Cumpádi! Quando ele foi pegar o isqueiro, Israel deu maior tapão na cara dele, aí. Ele tava só olhando o cara de banda...

— Aí, ele tem bronca de cara pintoso, né?

— Quando o cara pegou o isqueiro, ele deu um pulo e plantou a mão na cara do playboy e mandou assim: "Quer roubar meu isqueiro? O isqueiro é meu". O playboy foi falar que o isqueiro era dele, cumpádi! Ele só deu de nove na testa, aí: desfigurou o cara todinho!

— Dos três, o único responsa é o Vida Boa: não tira braba com ninguém, morou? Trata todo mundo na moral...

— Pode crer!

— É isso aí!

— Outro que tinha que morrer era esse tal de Biscoitinho...

— Vamo fazer um lista negra? Vê ali debaixo se tem uma caneta, ali.

— Primeiro do Apê: Boi, Biscoitinho, Camundongo Russo, Buzininha e Marcelinho Baião...

— Mas não pode sujar, e quem ver morre também.

Pela rua do Meio ia Ana Rubro Negra mais maravilhosa do que nunca, porém discreta, pois doutor Guimarães a impedira de usar roupas extravagantes ou psicodélicas, como ele mesmo dizia. Na maior felicidade do mundo, ela atendeu às exigências do marido. Marido? Sim, marido, que comprou uma casa num lugar tranquilo, aparelhou-a com todo bom gosto. Não deixava mais Ana Rubro Negra ir para a viração, era agora mulher de um homem só, e, para dar mais encanto à sua vida, deixou que ela adotasse o bebê de uma amiga que fora presa.

Ia à feira, aparecia em Cidade de Deus somente com essa finalidade, empurrando um carrinho de bebê de última geração. Coisa fina. Olhando sério para os poucos que insistiam em fazer-lhe piadas, reclamava do preço e da qualidade dos produtos, parava para conversar somente com aqueles por quem nutria alta estima, pois agora dera para detestar pobres, porque eles são barulhentos, desdentados e sem nenhuma compreensão do que seja homossexualismo. Porque viado não o era mais, era homossexual e orgulhava-se disso.

Ana Rubro Negra passara um bom pedaço na vida: a coisa no ponto andou ruim, a polícia ficava em cima, dificultando o trabalho, levou surras, foi estuprada amargamente por dois policiais militares, que depois de a seviciarem deram-lhe três tiros.

"Foi um milagre eu não ter morrido!", dizia.

Sem poder trabalhar em paz, Ana Rubro Negra assaltava, roubava e levava drogas no ânus para dentro dos presídios em dias de visita. Foi presa em flagrante roubando num supermercado da Barra da Tijuca, amargurou um ano de cadeia, onde sexo não lhe faltava, houve até morte no setor B na disputa de seus carinhos. No entanto, apanhava quando não queria vender drogas, arriscando flagrante de um crime que não faria por vontade própria. Quantos e quantos aumentavam o tempo de cadeia por causa dessa atividade...

Desde aquele jantar, quando o doutor Guimarães ouviu tudo o que já esperava ouvir de Fabiana, ele se esforçava para levar uma vida regular com a esposa. Sentiu vontade de contar, de revelar seu desejo, falar de seu amor por Ana Rubro Negra, mas limitou-se a dizer que andava com problemas de ordem pessoal que nem ela poderia saber. Fabiana tentou arrancar do marido alguma coisa; ele disse que não permitia invasão de privacidade e prometeu que tentaria de todas as maneiras salvar o casamento.

Teve muita dificuldade em não mais procurar Ana Rubro Negra, por várias vezes parara o carro nas imediações do ponto a fim de observar aquela a quem amava de verdade e ia para casa se degenerar no sexo que se obrigara a fazer com a esposa. Por um tempo, a vida em casa ficou harmoniosa, dando a impressão de que seu problema havia sido solucionado, mas, com o passar dos dias, vinha aquela monotonia: ter de comer aquela vagina já passada, cheia de cabelos, lhe causava enjoo. A arquitetura da vagina era feia e mal-acabada: aquele buraco vermelho com aquelas carnezinhas com aspecto de morta era difícil de causar-lhe ereção. Mas o pior mesmo era quando Fabiana lhe pedia sexo oral, pois meter a boca naquela coisa gosmenta lhe dava ânsia de vômito, e a infeliz da mulher sempre se negara ao sexo anal, coisa que o deixava ainda mais deprimido e com saudades de Ana Rubro Negra. Aquela bunda gigantesca raspada, o cuzinho piscando, a sensação de safadeza lhe dava prazer, muito prazer.

Um belo dia, lá pelas tantas, embriagado, Guimarãesão, como Ana Rubro Negra o chamava, foi procurá-la. Surgiu do nada diante dela, agarrou-a, tascou-lhe logo um beijo quente nos lábios e nem precisou dizer que viveria com ela para sempre. Naquele mesmo dia, foi para casa, acordou Fabiana e, sem nenhum pudor, lhe contou toda a verdade.

Depois de muita briga, xingamentos e ameaças, Miúdo perdeu a namorada. Os pais da moça acabaram vencendo. Arrumaram um jeito de alugar uma casa em um bairro distante para salvaguardar o destino daquela por quem Miúdo desenrolara a maior paixão de sua vida. Fora a única mulher honesta que se aproximara dele por vontade própria, as outras eram aquelas vadias da noite que só namoravam bandidos. Andava olhando as mulheres, ficou por muito tempo sem ter nenhum relacionamento com vadias.

As mulheres de família, que não andavam na noite, não roubavam, não passavam o final de semana encafuadas numa birosca, trabalhavam e estudavam, o atraíam. Mas, além de ser bandido, era feio: baixinho, gordinho, pescoço socado e cabeçudo. O carro novo que comprara, os cordões de ouro que usava, as roupas da moda, nada disso chamava a atenção dessas. Não falava a ninguém do seu sofrimento. No entanto, descontava nos bandidinhos e dera para estuprar as mulheres que o interessavam.

Pardalzinho tinha morrido havia mais de um ano. Sempre que podia, Miúdo esculachava alguém de Lá de Cima para desforrar a morte do amigo. Se já não gostava daquele povo de Lá de Cima, passou a detestá-lo depois que Pardalzinho morreu. Achava que todos eram parceiros de Butucatu. Se soubesse que alguém dali roubara na favela, prendia o ladrão e obrigava-o a lavar louça, roupas, e a arrumar a sua casa ou a de algum amigo seu; às vezes matava, ou dava surras de corrente. Dizia-se bárbaro.

Procurou saber quem tinha telefone na vizinhança para sacudir o desgraçado que ligara para a polícia quando sua quadrilha cercou a casa do Ferrete, policial militar, onde Butucatu se escondera após matar Pardalzinho. Já ia invadir a casa do policial para matar Butucatu quando chegaram três viaturas da polícia, afugentando a quadrilha.

A pedidos da família de Pardalzinho, Miúdo resolveu deixar o policial Ferrete continuar a viver Lá em Cima. No entanto, jurou para si mesmo que o passaria para o quinto dos infernos caso cruzasse com ele.

Num domingo, saiu com Camundongo Russo, Biscoitinho e Buzininha para dar uma volta Lá em Cima. Mentiu dizendo-lhes que um freguês afirmara ter visto Pança na favela por dois dias seguidos. Seu objetivo, na verdade, era ver uma mulher por quem estava encantado. A loura de olhos verdes, bunda redonda, seios pequenos, cabelos compridos e rosto bonito nunca havia olhado para ele, mesmo no dia em que, dissimuladamente, ele a seguira por várias ruas observando seu corpo, imaginando-se agarrado a ela e mandando ver.

Andou lá por cima junto com os amigos e nem sinal da loura. Resolveu beber cerveja na birosca do Noel, onde ficou até as vinte e duas horas. Fumou maconha, bebeu cerveja e uísque, comeu torresmo com farofa como tira-gosto. Camundongo Russo e Buzininha saíram dali bem antes dele e de Biscoitinho com o objetivo de irem ao baile.

Biscoitinho chegou a chamar Miúdo para voltarem pela rua lá da Frente, disse-lhe que naquela hora era limpeza. Andariam menos. O bandido se negou com o propósito de encontrar a loura, pois quem sabe ela poderia olhar para ele e se apaixonar? Não custava nada sonhar com essa possibilidade. Tinha a certeza de que quem não arrisca não petisca.

A rua do Meio deserta, apenas um homem alto na esquina do bar do Bonfim. Achou, pelo seu jeito, que não era bandido, colocou a arma na cintura e mandou que Biscoitinho colocasse a sua também, para, se porventura encontrasse a loura, parecer uma pessoa comum.

Passou perto do homem: era um negro alto, porte atlético, cabelos encaracolados, olhos azuis. A beleza do homem causou-lhe ira, a ira dos feios, mas não demonstrou ao amigo. Abaixou a cabeça, deu alguns passos e, quando a levantou, viu a loura toda de preto vindo em sua direção.

— Coisa linda! — disse com voz macia.

— Vê se te enxerga!

A loura, sem olhar para trás, foi ao encontro do homem da esquina, abraçou-o e beijou-o. Biscoitinho se assustou com a expressão do parceiro diante da cena. Estático, sem piscar os olhos, olhando a loura se afastar com aquele sujeito. Miúdo correu na direção do casal; Biscoitinho, sem entender bem o que acontecia, acompanhou o amigo, que rendeu os dois, levou-os a um local ermo. Biscoitinho deu uma gravata no homem, enquanto Miúdo rasgava a roupa da mulher.

O rapaz tentou reação. Miúdo deu um tiro de raspão em seu pé, e disse que se tivesse de atirar de novo acertaria o centro de sua cabeça.

Em seguida Biscoitinho colocou o cano de uma 765 na cabeça do rapaz, enquanto o parceiro se despia. O bandido mandou a mulher se deitar, abriu suas pernas e tentou a penetração. Nesse momento, a mulher deu-lhe um tapa no rosto. Levou, em seguida, várias bofetadas por isso. Miúdo levantou-se, cuspiu na cabeça do pênis, porque a vagina da loura não se lubrificava de jeito nenhum. Puxou-a pelo braço, mandou que ela se apoiasse no muro de costas para ele, levantou sua perna esquerda e agora sim, com dificuldade, fez a penetração, por trás, devagarinho. O rapaz novamente reagiu e levou uma coronhada. A mulher desesperadamente falou para o namorado ficar quieto.

— Mexe, mexe... rebola bonito...

Mesmo chorando, movimentava o quadril. O namorado fechou os olhos. Cansado daquela posição, o estuprador fez a loura deitar-se no chão, deitou-se por cima dela e meteu com vontade, parava os movimentos para não gozar, chupou-lhe os seios violentamente, sugou-lhe os lábios, a língua, e mandou que ela ficasse de quatro. Foi para a frente e disse:

— Chupa aí, chupa aí!

Logo após, voltou para trás e enfiou seu grosso pênis no ânus da loura.

Miúdo suspirou de felicidade, estava contente por ser o protagonista daquele ato, não somente por ter possuído a loura, mas por ter feito o rapaz sofrer. Era a vingança por ser feio, baixinho e socado. Depois que gozou, olhou para o namorado da loura; pensou em matá-lo, mas se o matasse ele iria sofrer pouco, e sofrimento pouco é bobagem. Numa atitude súbita, voltou-se para a loura, deu-lhe um beijo, vestiu-se e se foi.

Bateram palmas no portão da residência mais próxima. Por sorte, a casa era de um conhecido do rapaz, embora ignorassem isso até então. Envergonhado, o namorado contou tudo ao conhecido, que arrumou roupas para a loura e deu remédios para tratar dos ferimentos, além de uma xícara de café quente para os dois.

Levou a namorada para casa e perambulou pelas ruas com os olhos pregados no chão, dando tempo para seus familiares dormirem.

José trabalhava de trocador de ônibus, dava aulas de caratê no Décimo Oitavo Batalhão da Polícia Militar, terminava o segundo grau à noite num colégio estadual da praça Seca, jogava bola todo sábado à tarde, único momento em que ficava junto às pessoas de sua idade, porque não era de muito coleguismo. Gostava mesmo era de andar sozinho para evitar encrencas. Por ser considerado um rapaz muito bonito na favela, vivia cercado de garotas, até ganhara o apelido de Zé Bonito.

Virou a chave da porta bem devagar, atravessou a sala na ponta dos pés para não acordar os irmãos mais novos, que dormiam ali. Sede. Foi até a torneira do banheiro, colocou a boca no cano da bica e abriu-a.

— Nitinho? — perguntou a mãe para certificar-se da volta do filho e dormir em paz.

— Sou eu.

Não conseguiu se deitar de barriga para cima, como era seu costume, e ficar olhando o teto, tamanha era a dor que sentia na nuca. Quase não piscava o olho. Enquanto perambulou na rua, sentiu ódio e vergonha. Ali na cama, esses dois sentimentos tomavam novo impulso. O pênis de Miúdo indo e vindo exatamente na vagina de sua amada, a mulher escolhida para ser sua esposa; com quem desejava imensamente fazer sexo, mas esperava o casamento para que isso acontecesse. Aquele desgraçado deflorara a sua bela feito retroescavadeira. Lembrou de sua namorada se debatendo para se livrar do estuprador, dos tapas dados no rosto, dos socos em suas costas para fazê-la calar-se, do filete de sangue saindo da vagina.

Mudou de lado, o corpo tremia. Como é que um homem pode fazer um ato desse? E logo com ele, que era incapaz da mínima crueldade, que nunca fora de briga e nunca fizera mal a ninguém? A cabeça doía de acordo com a pulsação. Esperava que o conhecido não relatasse o episódio a ninguém, arrependeu-se de ter-lhe contado o estupro. Manteria segredo até meter a porrada naquele verme. Se tivesse dinheiro mudaria dali no dia seguinte. A cada vez que a cena voltava à sua mente, a vontade de chorar era pertinente. Mas não chorava, apenas contraía os músculos. O rosto formigava. Um gosto de sangue na boca. Necessidade de levantar-se, arrumar uma pistola e ensanguentar Zé Miúdo.

* * *

Desconjurava o pé de chinelo virado, porque se ele ficar nessa posição a mãe morre. Tomou saião com leite para curar a gripe, passou Vicks VapoRub no peito para aliviar a tosse, o pai gostava da Marlene, e a mãe, de Emilinha Borba, assistiu a *Bonanza* na televisão do vizinho, ouviu *Jerônimo, o herói do sertão*, no rádio, brincou de carniça, foi café com leite em brincadeiras de meninos mais velhos, participou do grupo jovem da igreja, empinou papagaio, jogou bola de gude, fez carreto na feira, ouviu histórias de assombração, a cada dente que caía, escolhia um telhado e lançava o dente dizendo: "Mourão, mourão, leva esse dente podre e me dá um são". Tomou Calcigenol e Biotônico Fontoura, colecionou carcará de fusca, teve álbum de figurinha de times de futebol, a mãe comprou enciclopédia vagabunda na mão de vendedor de rua, gostava das histórias de National Kid, assistiu a *Roberto Carlos em ritmo de aventura* e, toda Sexta-feira Santa, à vida de Cristo. Jogou no dente de leite do time de seu Alfredo, foi à farmácia e à padaria para os vizinhos sem aceitar gorjetas, como sempre lhe recomendara o pai. Para ajudar em casa, tirou areia no rio, vendeu pão e picolé. Foi o melhor aluno no curso primário e ginasial, sempre foi o mais bonito em qualquer lugar onde estivesse, todas as mulheres que conheceu desejavam seus olhos azuis, seu cabelo encaracolado e sua pele negra. Quando chupava manga não bebia leite, porque fazia mal, em sua casa não se cobria com coberta virada ao avesso para não ter pesadelo, colocou sapato na janela esperando Papai Noel, dançou quadrilha em festas juninas, correu atrás de balão, pegou doce de são Cosme e são Damião, brincou de chapa branca, posso sentar, licença...

Acordou cedo, ainda sentia dores, e saiu para o trabalho sem tomar café. Ao notar que passaria perto do local do estupro, quebrou por uma viela.

Pegou no serviço calado, ninguém estranhou sua mudez, porque esta era uma de suas características, também não estranharam o curativo na nuca, porque volta e meia aparecia com algum machucado em consequência do treino de caratê.

Queria ficar ali naquela cadeira de trocador para sempre, que a vida fosse somente aquele entra e sai de gente, aquele ir e vir do coletivo, as crianças fazendo bagunça, as mulheres fixando o olhar em seu rosto, o engarrafamento. Cada loura que entrava no ônibus o fazia se lembrar da namorada. Nunca mais queria vê-la, pois com que cara olharia para ela? Que homem era ele que não a livrara daquele predador? Se, por acaso, a visse novamente, o que lhe diria? Vergonha, muita vergonha era o que sentia.

Foi para a escola direto do serviço. Assistiu às cinco aulas sem copiar as matérias, não desceu para o pátio na hora do intervalo, foi o último a sair do colégio. Se pudesse dormir ali, dormiria.

Pegou o ônibus de volta para casa. Se tivesse dinheiro se mudaria... Foi sentindo nojo de tudo que existia naquele lugar, quando desembarcou na praça Principal. Arredio, caminhava para casa por lugares obtusos, não queria ver ninguém. A cada passo bolava estratégias para sair dali com sua família. Se fosse mandado embora do emprego e se a irmã e o irmão também o fossem, juntariam as indenizações para dar de entrada, até mesmo na Baixada Fluminense, numa casa. Proporia isso à família, inventaria uma desculpa qualquer para sair dali. Seus passos agora eram mais firmes. Como não pensou nisso antes? Tinha três anos de firma, o irmão e a irmã, mais ou menos, o mesmo tempo. Atravessou a rua do Meio quase em sua extremidade, entrou numa viela e ao dobrar o beco de sua casa viu um punhado de gente ao redor de um corpo. Correu. Era o seu avô cheio de buraco de bala.

— Foi Zé Miúdo, foi Zé Miúdo! — gritava Antunes, seu irmão do meio.

— Mas...?

— Ele veio aqui te procurar dizendo que ia te matar. Quando ele tentou invadir, papai deu uma facada nele e ele fez isso! — explicou a sua mãe.

O neto se agarrou ao corpo do avô, beijou seu rosto e sussurrou alguma coisa em seu ouvido. Sacudiu-o devagar pressupondo que seu Bebeto ressuscitaria, ou então que ele não estivesse morto, verificou o pulso, levantou-se, olhou para a mãe apoiada no colo da irmã, grunhiu um monossílabo incompreensível, entrou em casa.

Um grupo de pessoas da Igreja Assembleia de Deus fazia orações. Olhos arregalados, não sabia se saía ou se ficava no interior da casa. O corpo do avô sangrando no portão, os irmãos menores encostados no muro. Lá fora, pessoas e mais pessoas chegavam, uma velha acendeu velas em volta do corpo e o cobriu com um lençol branco, que logo se manchou de sangue. Sangue do vô Bebeto. Sua avó falava aos familiares que Deus sabe o que faz. O cachorro deitado perto do corpo, alguns pratos em cima da mesa com comida mexida, a caneca de água do avô pela metade. Andou pelo interior da casa, caminhou pelo quintal, voltou para dentro, foi ao portão. Repetia o trajeto com as mãos na cabeça; de início seus passos eram vagarosos, depois foi aumentando o ritmo, aumentando, aumentando, corria já nesse pequenino espaço, alguém tentou abraçá-lo e foi jogado para longe num empurrão. Correu novamente para perto do defunto, com as mãos e o peito cerrados, deu um grito longo — na verdade, uma mistura de grito e urro. Desfaleceu.

Notícia ruim corre muito mais rápido em favela, não só corre como cresce: o estupro, por volta de meio-dia, já estava na boca do povo, pois existe sempre alguém, nunca se sabe quem, que vê e espalha. Diziam, à boca miúda, que Miúdo também havia estuprado Zé Bonito. Uma pessoa, que nem conhecia Bonito, com vistas a tornar-se amiga de Miúdo, foi até ele para dizer-lhe com todas as letras que Bonito estava nas esquinas dizendo que iria matá-lo. Os amigos de Miúdo eram todos respeitados, mas, sobretudo, não eram esculachados por ele. Por isso lhe prestara esse falso favor.

Miúdo, ao ouvir o relato, riu fino, estridente e rápido. Mataria Zé Bonito para não acontecer com ele a mesma coisa que aconteceu com Pardalzinho. Oito horas em ponto, bateu palmas no portão de Bonito. A mãe atendeu dizendo que o filho não estava em casa.

— Manda ele sair, senão vou invadir e matar ele lá dentro! — gritou com a arma apontada.

O avô, ao ouvir a ameaça, passou a mão na faca exposta na mesa e, com a boca cheia, a faca escondida, correu para o portão e tentou conversar com Miúdo, que repetia:

— Se ele não sair, vou matar ele lá dentro.

O avô achava-se o chefe daquela família, por nada desse mundo deixaria quem quer que fosse bagunçar a sua casa. Afastou-se, mandou o bandido entrar. Quando o estuprador aproximou-se, desfechou um único golpe visando à sua barriga. Por reflexo, o bandido se protegeu com o braço, onde a faca penetrou até a metade. Quase no mesmo instante, Miúdo descarregou a 9 milímetros em seu peito.

A auxiliar de enfermagem que fora obrigada a tratar de Miúdo disse-lhe que só um médico poderia afirmar se ele voltaria a movimentar a mão esquerda; lamentou o fato de ele não ter ido logo procurar um médico, pois talvez, se ele se submetesse a uma operação, teria a articulação dos dedos normalizada em breve.

O bandido dizia que era melhor ficar aleijado do que correr o risco de ser preso no hospital.

— Vai numa crínica particular — argumentavam.

— É tudo a merma porra! Não vou, não!

No velório, os poucos amigos que cercaram Zé Bonito diziam que era melhor ele sair da favela, dada a periculosidade de Miúdo. Bonito dizia que não tinha como sair dali de uma hora para a outra. Alguém sugeriu que ele fizesse, o mais rápido possível, um barraco no morro do Salgueiro, lugar onde nascera, porque esse negócio de articular no emprego para ser mandado embora, como ele estava pensando, demoraria muito, Miúdo teria tempo suficiente para fazer outra desgraça. Poderia sair do enterro direto para o morro, arrumar umas madeiras, comprar folhas de zinco, fazer um barraquinho, colocar a família e, depois, dar um jeito de comprar uma casa. Assim ficou decidido, iria levar a família para o morro do Salgueiro, onde tinha alguns parentes, espalharia a família na casa deles até construir um barraco decente.

A ideia de ir para o Salgueiro foi acolhida pela família. Passariam em casa somente para apanhar objetos de uso pessoal. Ganharam carona até a praça Principal, procuraram andar sempre pelas vias centrais, nada de entrar em becos, lugar por onde anda quem não presta. Bonito foi o primeiro a entrar no beco onde ficava a sua casa e viu, novamente, algumas pessoas em frente ao seu portão. Dessa vez não havia corpo estendido e, mesmo se tivesse, não seria ninguém de sua família, pois estavam todos juntos. Apertou o passo e viu a casa toda esburacada por balas dos mais variados calibres, os vidros da janela estilhaçados, seu cachorro crivado de balas.

— Aí, me empresta tua pistola?

— Que é isso, rapá? Esquece isso! Tu é um garoto de família, é um cara simpático... Esse tal de Miúdo daqui um dia morre aí ou então entra em cana. Dá um tempo fora da favela...

— Vai me emprestar ou não vai?

— Meu irmão, tu é colado com os PMs lá do batalhão. Dá um papo lá neles que eles prendem esse cara rapi...

— Meu irmão, o cara pode chegar lá em casa a qualquer momento! Esse cara é maluco! Ele tá de marcação comigo... se eu sair fora, ele pode até ir atrás de mim! Eu não fiz nada e o cara tá a fim de me matar. Eu tenho que me defender... Se você não vai emprestar, fala logo que eu não tenho tempo, não! Minha família tá lá sem saber o que fazer!

— Vai por mim, rapá....

— Não vai emprestar, não, né? Valeu mesmo, hein? Vou chegar aí... — disse.

— Pera aí, pera aí... Tu é foda! Vou te emprestar essa porra, só pra tu se defender, mas olha o que você vai arrumar, hein?

Bonito manuseou a pistola 45 com a agilidade que adquirira no tempo em que servira na brigada de paraquedistas do Exército. Municiou-a, colocou dois pentes sobressalentes no bolso de sua jaqueta, agradeceu ao amigo. As imagens do estupro, do avô ensanguentado e da casa cheia de tiros pulularam em sua mente enquanto seguia pela rua do Meio.

O volume da arma alertou os amigos:

— Vai aonde?

— Vou matar aquele desgraçado!

— Meu irmão, tu não pode ir lá sozinho não, rapá! O cara é matador! Esquece isso! Tu não é disso. Tu é um cara pintoso, tem tudo pra se dar bem, não entra numa de bandidagem, não...

Bonito não dava ouvidos. Sua mãe, avisada de que ele iria fazer uma desgraça, correu atrás do filho, tentou impedir. Zé Bonito, obstinado, livrou-se dela e seguiu. Percorreu toda a rua do Meio, entrou pela Quadra Treze, seguiu a rua dos Milagres, atravessou a Edgar Werneck, entrou por duas vielas a passos largos, na terceira diminuiu as passadas, tirou a arma da cintura, engatilhou-a e entrou na viela de frente para o Bloco Sete, onde Miúdo costumava ficar. Avistou seu inimigo e mais três quadrilheiros, apontou a arma e atirou seguidamente.

Miúdo riu fino, estridente e rápido, e devolveu os tiros, e procurou abrigo, os outros dois também atiraram e acompanharam o estuprador, o terceiro tentou trocar tiros francamente com o vingador e foi atingido fatalmente na testa.

Bonito aproximou-se do cadáver, deu mais três tiros no peito; em seguida colocou o pé esquerdo em cima da cabeça, o direito em cima da barriga e gritou:

— Esse é o primeiro! Quem seguir esse desgraçado vai ter o mesmo fim desse aqui!

Diante do gesto de Bonito, Miúdo ficou por alguns segundos imóvel, parou de rir e esgueirou-se por entre os prédios. Bonito recarregou a arma. Agora corria. Avistou um quadrilheiro atrás de um poste, foi em sua direção e sem nenhuma piedade estuporou seu crânio. Biscoitinho, Buzininha, Miúdo, Cabelo Calmo e Israel surgiram na extremidade de um prédio. Bonito partiu detonando, caminhava sem se esquivar dos tiros devolvidos. Os quadrilheiros recuaram temendo a obstinação do inimigo, buscaram abrigo. Bonito andou por todos os cantos dos apartamentos até desistir daquela investida.

Era a primeira vez que uma pessoa atirava em Miúdo na favela, matava dois de seus quadrilheiros e fazia com que ele se escondesse. O resto do dia foi de silêncio nos Apês.

— Cara! Zé Miúdo passou por aqui, agorinha mermo, com mais de vinte... tudo de revólver na mão... Perguntou ao teu vapor quanto a boca tava vendendo por dia. Disse que vai tomar tua boca de novo... — mentiu Nanana, mulher de Sandro Cenoura, a seu marido e a mais dois amigos.

Nanana mentiu acreditando no seu sexto sentido, pois achava, de fato, que Miúdo mais cedo ou mais tarde tomaria a boca do marido e inventou o episódio para que ele se prevenisse.

— Se ele vim de gracinha, dessa vez vai levar é chumbo na cara! — afirmou Cenoura.

— Zé Bonito plantou o terror lá, né? — comentou Nanana.

A quadrilha de Miúdo patrulhava as vielas lá de cima, dava tiros para o alto, Miúdo, enfurecido, suando frio, gritava que quem mandava ali era ele. Zé Bonito, de cima de um telhado, surpreendeu a quadrilha. Acertou Buzininha de raspão, matou mais um comparsa de Miúdo e saiu da mira dos outros quadrilheiros que, atônitos, cercaram o local.

— Tá fudido, playboy! Vai morrer! — gritava Miúdo.

Zé Bonito, do nada, surgiu de novo diante de alguns dos quadrilheiros e disparou sem se esquivar, acuando os inimigos, que bateram em retirada. Ao chegarem aos Apês, surpreenderam-se com a presença de Bonito nas redondezas do Bloco Sete. Sem pronunciar nenhuma palavra, atirou, acertou a cabeça de outro componente da quadrilha de Miúdo, e novamente fez o restante correr.

Dois dias se passaram sem nenhum tiroteio. Miúdo não acreditava no que estava acontecendo, aquele playboy tinha muito mais disposição do que ele pensara. Arrependeu-se amargamente de não tê-lo eliminado no dia do estupro, manteve-se trancado em seu apartamento com Cabelo Calmo e Madrugadão, consumindo cocaína. Tudo que falou e ouviu foi acerca do novo inimigo.

Bonito passou os dois dias acordado, andando por entre os becos lá de cima. Muitas pessoas o saudavam, a mulherada que não o conhecia, ouvindo falar de sua beleza e valentia, montava guarda na esquina na esperança de vê-lo. Por volta de onze horas da manhã, Cenoura aproximou-se do vingador. Parado numa esquina, ele explicava a um pequeno grupo de conhecidos os pormenores do motivo da sua revolta.

— Quero te dar uma ideia.

Bonito balançou a cabeça positivamente e Sandro Cenoura continuou:

— Meu nome é Sandro, morou? Tô sabendo da sua questão com aquele safado, tá me entendendo? Eu não gosto dele, tem um monte de parada errada aí comigo e ele, e é o seguinte: se tu precisar de munição, eu te dou, se precisar de arma, eu te dou, e se tu quiser que eu vá junto matar aquele safado, eu vou também, morou, meu cumpádi? Tu sabe que com ele não tem mais ideia! Tem que passar ele e todo mundo que anda com ele, tá sabendo? Não pode ficar de bobó com ele, não.

O linguajar de Cenoura soou estranho aos ouvidos de Bonito, porém este respondeu:

— As armas e a munição eu quero, mas pode deixar que eu vou sozinho.

— Meu irmão, eu sei que tu tem disposição, mas ele não anda sozinho, não, tem uma porrada de teleguiado com ele, rapá... Se tu quiser, a gente forma na boca aí... Toma a boca da Tê, que na verdade é dele, tá me entendendo?

— Eu não quero saber de boca de fumo, não. Não sou bandido, não. Minha questão é com ele...

— Tudo bem, tudo bem, mas se tu entrar numa de encarar ele sozinho, tu vai se fuder!

O pequeno grupo ficou ouvindo o diálogo. Nele, estavam bandidos esculachados por Zé Miúdo, parentes de bandidos assassinados por ele. Todo mundo ali sabia que Cenoura tentaria se aproximar de Bonito. Talvez pudessem ajudar a liquidar Zé Miúdo, motivos não faltavam. Aos poucos, foram entrando na conversa:

— Cumpádi, um dia eu meti maior cachangão, trouxe coisa pra caralho, sabe qualé? Dei o azar de encontrar com ele ali. Ele me tomou tudo... Ele e Cabelo Calmo — disse Gaivota.

— Ele matou meu irmão — lamentou Ratoeira.

— Um dia ele me pegou aqui, ó, me levou lá pros Apê e me fez lavar as cuecas da quadrilha toda... mandava neguinho tirar a cueca pra eu lavar — relatou Jorge Piranha.

Bonito calado.

— Vamo formar, cumpádi! Vamo formar! — enfatizava Sandro.

— Teve um dia que a gente tava ali de bobeira na esquina, morou? Jogando uma ronda. Ele rendeu o jogo, levou o dinheiro todo, deu tapa na cara de todo mundo e saiu rindo — disse Ratoeira.

— Aí, na moral, na moral, ninguém ali presta, se ele mandar neguinho fazer qualquer coisa, nego faz só pra pegar consideração. Só tem teleguiado... Eu tenho dez ferro! — afirmou Cenoura.

— Tem pistola? — inquiriu Bonito.

— Não, mas posso arrumar.

— A gente pode meter uma loja de arma aí, ó...

— Não sou bandido não! Não vou roubar nada não! — retrucou Bonito.

— Meu irmão, tu não era, agora tu é e teu inimigo só vai ficar tranquilo quando matar você. Ele estruprou tua mina, matou teu avô, metralhou tua casa e tu já passou quatro, morou? Se tu não é bandido, rapa fora e leva tua família, senão ele vai matar todo mundo — disse Sandro, com o tom de voz alterado. Ao se calar, fingiu que se retirava.

— Pera aí, pera aí. O caso é o seguinte: eu só tô a fim de matar ele, só não vou sair com ninguém para roubar, nem assaltar, nem ficar com esse negócio de boca de fumo, não!

— Se é assim, assim vai ser, mas a boca é minha e isso vai ser assim também. Tá certo? — afirmou Cenoura e passou os olhos nos demais.

— É contigo mesmo! — disse Bonito.

— Se me der um ferro, eu formo o bonde pra passar ele! — disse Filé com Fritas, um dos esculachados, de apenas oito anos.

— Vai formar bonde porra nenhuma! Tu tem que parar com essa onda de roubar e procurar uma escola... Tu é criança, rapá! — disse Bonito.

— Meu irmão, eu fumo, eu cheiro, desde nenenzim que peço esmola, já limpei vidro de carro, já trabalhei de engraxate, já matei, já roubei... Não sou criança não. Sou sujeito homem!

Miúdo continuava a pensar em Bonito. Pela primeira vez, soube o que era medo. O bruto atirava sem se esquivar, tinha pontaria e o pior: não o temia. Era preciso acabar logo com ele, pensava ao lado de Biscoitinho e Cabelo Calmo, enquanto bebiam cerveja nas lojinhas exatamente no mesmo momento em que Zé Bonito estava reunido com Cenoura e os demais bandidos Lá em Cima.

O traficante pensou em Cenoura, ele poderia matar Zé Bonito na escama, pressupondo que Bonito conhecesse todo mundo de sua quadrilha e, como Sandro morava Lá em Cima, naturalmente Bonito não desconfiaria dele.

— Chega aí, Sidney! — disse assim que concluiu o que achou ser a melhor tática para matar seu inimigo. Cenoura naturalmente faria esse favor para poder ficar mais chegado. Achava que o amigo de infância tinha medo dele.

Sidney se aproximou:

— Vai lá no Cenoura e diz pra ele que eu mandei ele matar Bonito, senão eu vou formar um bonde pra tomar a boca dele. Vai lá, vai lá, se ele não aceitar a ideia, manda ele vim aqui.

— Isso que é malandro! — exclamou Biscoitinho.

Sidney saiu pedalando em disparada, quebrou pela beira do rio, seguiu até a primeira rua depois da ponte grande, quebrou por mais três vielas e ganhou a praça da Quadra Quinze, onde Sandro mandava seu vapor apanhar o resto das armas para distribuir entre seus novos parceiros. Escutou o assobio de Sidney. Cenoura olhou para o avião e ele acenou com a mão. Caminhou até Sidney, ouviu o recado de Miúdo, depois falou:

— Só se for agora! Eu já tava a fim de passar ele mermo. Aí, ele tá ali, vamo ali comigo pra ele não pensar que é escama.

Sidney se movimentou em cima da bicicleta. Cenoura caminhava ao seu lado.

— Tá de ferro aí? — perguntou.

— Tô.

— Não mete a mão, não, deixa que eu mato ele, tu só mete a mão se neguinho entrar numa de comprar o barulho dele. Não dá bandeira, não.

Caminharam vagarosamente.

— Tu me deu tiro também! — disse Bonito quando fixou o olhar em Sidney.

Subitamente, Sandro colocou o cano do revólver na cabeça de Sidney.

— Diz aí, qual foi a ideia que teu macho mandou você me dar?!

— Que, que, que...?!

— Qui-qui-qui é o caralho, rapá! Fala, senão tu vai morrer! — disse Cenoura e apalpou a cintura do avião até encontrar seu revólver.

— Falou pra tu matar ele, senão ele ia tomar tua boca.

Bonito balançou a cabeça e disse:

— Sai dessa, rapá. Tu é novinho, fica fazendo o jogo daquele maníaco. Não sei o que vocês têm na cabeça!

— Eu sei! Tem é teleguiação! — disse Cenoura e deu um tiro de raspão nas nádegas de Sidney. E completou: — Vai lá e avisa a teu macho que quem manda aqui em cima agora é Cenoura e Zé Bonito! Filho da puta!

Cinza, tudo cinza desde lá da serra do Recreio até a Pedra da Gávea, da Barra da Tijuca até a serra do Grajaú. Cinza-escuro, nuvens pesadas e imóveis no céu da favela. Ia chover forte. Naturalmente o rio transbordaria, inundando as casas situadas às suas margens. As pessoas que mudaram para ali por causa das enchentes de 1966 previam a desgraça das águas destruindo tudo, trazendo cobras e jacarés com bocas cheias de dentes. Miúdo, deitado no sofá junto à janela da sala de seu apartamento, lambia o cano do revólver, olhava os pingos de chuva espatifando-se no vidro. Agora a chuva vinha compacta, parecia que alguém despejava um enorme balde d'água em sua janela.

Ali sozinho, via os olhos azuis de Bonito fixos nos seus a cada tiro que saía de sua pistola, a cada passo que dava sem medo de ser atingido. Perigoso. Arrumara um inimigo perigoso, e ainda por cima o bruto era bonito, nunca havia visto um bandido bonito nas ruas ou nos filmes. E agora, com essa porra de neguinho se juntar Lá em Cima, era melhor fortalecer a amizade com os amigos. Decidiu que não queria mais dinheiro da boca de Calmo. Ia dar uma boca para Biscoitinho e outra para Camundongo Russo, para tornar a parceria mais forte.

Calmo penetrou de novo em seu pensamento, achava que o parceiro voltara mais sinistro da cadeia, quase não falava, estava sempre sozinho; nas conversas, olhava sempre por debaixo do olho. E esse viado do Cenoura? Já deveria estar morto! O culpado disso tudo fora Pardalzinho, com essa porra de deixar por menos, não deixar matar... Foi por isso que morreu. Babaca! Pensou na loura, excitou-se, abriu a braguilha, nesse movimento o braço esquerdo doeu, firmou o pensamento na vagina da loura e tocou uma punheta. Gozou. Limpou-se com a coberta e tirou uma leve soneca.

Meia hora depois, levantou-se, foi até o quarto, subiu na cama, tirou um monte de objetos de cima duma caixa preta sobre o guarda-roupa, apanhou a caixa, abriu-a, retirou o fuzil de Ferroada, simulou atirar para todos os lugares. Zé Bonito viraria frango assado. Olhou pela janela, viu Biscoitinho apertando um baseado, desceu.

— Qualé, meu irmão, tá a fim de pegar uma chuva? De repente a gente acha aquele otário lá de bobó. E olha só o que a gente tem pra ele — disse Miúdo exibindo a arma. — Vai dizer que ele vai ficar na frente?

— Caralho! — exclamou Biscoitinho.

Acharam melhor ir a pé; Filozinho, que desconsiderava o fato de ter menos de uma década de vida, ia à frente, observando o caminho a ser seguido. Resolveram passar pela Treze. Mesmo sem poder mexer com o braço esquerdo, Miúdo levava o fuzil à bandoleira. Os bandidos da Treze, acostumados com Miúdo sempre hostil e escorraçando, estranharam os apertos de mão, os tapinhas nas costas, as risadas sem sentido. Ficaram ali por algum tempo fumando um baseado feito por Borboletão, gerente de Calmo. Seguiram em frente. Miúdo afirmou que mataria Zé Bonito em poucos minutos e pagaria cerveja para comemorar.

Lá em Cima, Zé Bonito examinava uma pistola. Sandro se lamentava dizendo que fora a única que conseguira arrumar. Bonito, calado, encheu um pente, carregou a 45 com perícia, imaginava um local onde pudesse experimentá-la. Pediu ao parceiro que sugerisse um lugar.

— Lá na lagoa — disse de supetão.

Bonito caminhou ainda olhando a pistola, Sandro o seguiu.

Miúdo, Biscoitinho e Filozinho atravessaram o Lazer, entraram na rua da igreja, de onde puderam observar seus inimigos passando numa rua adjacente. Esconderam-se, poderiam seguir em frente e surpreendê-los pela retaguarda ou seguir pela rua paralela para pegá-los pela frente. Miúdo ficou indeciso. Arrependeu-se de não ter experimentado o fuzil, na verdade, nem sabia atirar com ele, achava-se o maior dos idiotas por levar aquela porra pesada e não poder usá-la. Biscoitinho o olhava com os olhos de quem aguardava uma ordem. Miúdo desistiu de usar o fuzil, engatilhou a pistola e saiu correndo pela rua perpendicular.

Bonito aumentou o ritmo dos passos, depois de examinar bem a arma e a colocar na cintura. Somente agora olhava para os lados para certificar-se de que não havia nenhum inimigo por perto, ainda não tinha o hábito de temer a polícia, por isso não era tão atento quanto Cenoura, que notou um camburão passando devagar na rua da beira do rio.

— Vamo voltar e quebrar por dentro, que os homi passou ali! — disse Cenoura.

Entraram pela rua na qual foram avistados por Miúdo, que já havia entrado na paralela posterior e avançado até a sua extremidade. Ao chegar lá, armou tocaia na esquina, esperou. Os inimigos não passavam, arriscou uma olhadela. Surpreso, imaginou ter sido notado, olhou a retaguarda e viu Bonito e Sandro passando.

Miúdo correu, achou que estava cercado, pensou que correr até o rio e atravessá-lo seria a única maneira de escapar da morte. Da beira do rio, viu Bonito e Cenoura atravessarem a ponte e dobrarem à esquerda.

— Tão formado com Bica Aberta! — concluiu.

— Fala, Bica Aberta, tá tranquilo?

— Tá tranquilo, meu cumpádi. Tá de rolé?

— É, tô dando um bordejo — disse Miúdo, acompanhado de mais de vinte homens armados.

A tranquilidade de Bica Aberta causou dúvidas em Miúdo, se ele estivesse de truta com Bonito não estaria tão calmo diante da quadrilha, mas mesmo assim inquiriu:

— Tu teve com Bonito?

— Conheço não.

— Eu vi ele ontem aqui, na tua área...

— Ah, então foi ele que tava dando tiro aí, né? Eu só escutei os pipoco só... Pensei até que era polícia... Mas depois neguinho falou aí que tinha um cara mandando a molecada sair de lá que ele ia experimentar um ferro... mas eu não vi, não... Aí, tem um matuto aí que tá trazendo uma brizola invocada! Eu até mandei ele te procurar lá, morou? Eu não trato com brizola... Ele falou que depois ia lá.

Conversaram amenidades até Bica Aberta finalizar:

— Aí, vou chegar aí, morou? Vou sair prum assalto aí, de repente vou arrumar mais de dez milhão.

— Vai na fé! — despediu-se Miúdo, certo de que Bica Aberta não havia se juntado a Bonito.

Com o intuito de atacarem os Apês, Cenoura e Bonito reuniam os aliados na Quadra Quinze, para onde a quadrilha de Miúdo seguira depois que Bica Aberta se despediu. Nas proximidades da área do inimigo, iam separados, a passos miúdos, averiguavam cada viela a ser seguida.

Miúdo ia à frente da quadrilha silenciosa. Os mais velhos eram Cabelo Calmo, Madrugadão, Miúdo, Biscoitinho, Camundongo Russo e Tim, todos com vinte e poucos anos. O restante da quadrilha não passava dos quinze anos, alguns tinham doze, como Mocotozinho, Toco Preto e Marcelinho Baião, outros em torno de dez e nove anos. Eram participantes de um filme de guerra. Eles eram os americanos, e os inimigos, alemães. Todos eram filhos de pais desconhecidos ou mortos, alguns sustentavam a casa, nenhum havia terminado o primário. Iam tentar matar Zé Bonito.

Com apenas o olho esquerdo, colocado na quina de um muro, Miúdo identificou os inimigos, eram nove ao todo; achou possível cercá-los para matar todo mundo de uma só vez. Bonito seria dele, lhe meteria uma bala de fuzil no centro da testa. Sabia agora dos segredos da arma. Imaginando-se um general e quase sussurrando, sob o efeito da maconha que fumara antes, organizou o cerco.

— O caso é o seguinte: tem que tentar matar logo o Miúdo, Cabelo Calmo, Biscoitinho e Camundongo Russo, sabe qualé? Eles que é mais venenoso, mas não pode marcar pros teleguiado que eles tão tudo a fim de subir no conceito com Zé, tá ligado? A gente tem que entrar pela Gabinal, porque eles deve achar que a gente vai sacudir pelo Barro Vermelho, morou, meu irmão? — articulava Sandro Cenoura, sem notar o cerco.

Nervosos e a postos, os soldados esperavam o tiro de Miúdo para sacudir os inimigos. Bonito, examinando uma pistola que o pai de um dos assassinados por Zé Miúdo lhe dera de presente, atirou seguidamente para o alto. E deu início ao tiroteio. Bonito logo viu dois dos seus aliados caírem estrebuchando. Cenoura, com astúcia, atingiu um inimigo e pulou o muro mais próximo, atrás do qual passou a combater. Bonito foi para o meio da praça atirando com as duas mãos; Miúdo apontou o fuzil, colocou a cabeça de Bonito na alça da mira, prendeu a respiração, atirou e errou. Para sorte dos inimigos o automático do fuzil não funcionava. O tiro de Miúdo destoou e amendrontou os quadrilheiros de Bonito, que bateram em retirada em direção ao Duplex, onde depararam com Mocotozinho, Calmo e Madrugadão. Dois foram baleados de raspão e um caiu morto com um tiro de Calmo na cabeça.

Bonito apontou o revólver e a pistola em direção a Miúdo, caminhava na direção dele com a língua jogada para o canto direito da boca, olhos fixos, deixando Miúdo perplexo. O bruto não tinha medo nem de bala de fuzil. Quando um tiro de Bonito relinchou em sua orelha esquerda, virou as costas e correu. Bonito voltou-se para os quadrilheiros do inimigo que ainda estavam por ali, acuados, repetiu a mesma atitude, fazendo-os debandar também.

Biscoitinho, Camundongo Russo e Buzininha conseguiram enquadrar Filé com Fritas, tomaram-lhe a arma e, aos tapas, levaram o menino para longe da área de combate.

— Mata ele logo! — ordenou Camundongo Russo.

— Não, se ele disser onde Bonito tá caindo, a gente deixa ele ir embora... — mentiu Biscoitinho.

— Vai tomar no cu, filho da puta... Eu não vou falar porra nenhuma.

Miúdo se aproximou com Toco Preto. Biscoitinho, irado com a resposta de Filé com Fritas, mandou que ele se deitasse no chão. O menino disse que morreria em pé, porque sujeito homem morre é em pé. Somente uma lágrima escorreu-lhe pelo rosto liso. É assim que choram os sujeitos homens de pouca idade: apenas uma lágrima muda na hora da morte. Toco Preto deu-lhe uma coronhada e disse:

— Não deita por bem, deita por mal.

Fritas caiu desmaiado, Biscoitinho pediu o fuzil a Miúdo, colocou o cano dentro da boca do menino e disparou oito vezes, movimentando em círculo o cano do fuzil para ele nunca mais xingar a sua mãe. Depois Toco Preto esfaqueou seu corpo para ele também nunca mais deixar de obedecer à ordem sua. O corpo do menino era somente um amontoado de sangue.

Bonito mandou comprar velas. Ele mesmo as acendia ao redor dos corpos dos parceiros. A crise de nervos da mãe de Filé com Fritas tentando juntar sua cabeça distribuída pelo chão parecia um ataque epilético. Achava-se culpado daquela desgraça. Um pedaço da cabeça num lado da viela, um dos olhos solto, intato, como se estivesse olhando para ele, pequenos pedaços ensanguentados espalhados, e somente a parte de baixo do rosto presa ao pescoço. As ruas, antes desertas, povoaram-se num instante. Os choros das mães junto ao corpo dos filhos.

Lá nos Apês, o clima era de festa: apenas uma baixa. Biscoitinho contava com orgulho como a cabeça de Filé com Fritas foi se esfacelando. Miúdo o elogiava, pagava cerveja para ele, abraçava-o, dizia que ele era o cara mais responsa da quadrilha, no intuito de incentivar os teleguiados.

Nos dias seguintes, Bonito não foi visto nas ruas. Escondido na casa de Cenoura, via seu vulgo escrito em todos os jornais; até na televisão seu nome, o de Miúdo, Madrugadão, Cabelo Calmo e Sandro Cenoura eram falados. Diziam que a guerra era por disputa de boca de fumo. Miúdo, ao saber que seu nome estava nos jornais, ficou tão entusiasmado que, a partir daí, pedia para Camundongo Russo, o único alfabetizado da quadrilha, ler os jornais todas as manhãs. Camundongo Russo dizia que bastava ler a parte policial, mas Miúdo exigia que ele lesse todos os cadernos de todos os jornais da cidade, inclusive os classificados, na expectativa de encontrar seu nome. A polícia rondou dia e noite Lá em Cima e nos blocos de apartamentos durante o resto da semana.

Ao contrário do que pensava Bonito, o apoio do pessoal de Lá de Cima foi grande. Depois da morte de alguns de seus homens, novos aliados surgiam, pessoas que ele nem conhecia se ofereciam para fazer favor, avisar que viram esse ou aquele soldado de Miúdo em tal lugar. Os bandidos do Duplex e das Últimas Triagens também se incorporaram à quadrilha. Mas estavam desaparelhados, faltavam-lhes revólveres e munição. Ratoeira falara a respeito de uma loja de armas em Madureira mole, mole de ser sacudida, se arrumasse mais três parceiros responsa poderiam trazer muitas armas. Cenoura se comprometeu a ajudar, Bicho Cabeludo e Tartaruguinha também se prontificaram.

O assalto não rendeu armas suficientes para toda a quadrilha, porém a metade dos vinte e seis homens estava armada. Sandro Cenoura se encarregou de arrumar a munição. Ficou decidido que a boca de Miúdo Lá em Cima seria tomada com o objetivo de fazer dinheiro para comprar armas. Sandro achou por bem tomar também a boca de Cabelo Calmo na Quadra Treze, era um bom negócio dominar toda a parte das casas porque, se isso de fato acontecesse, seria mais fácil tomar os Apês, já que a Treze se situava num local estratégico para se chegar à área de Miúdo.

Sexta-feira, duas horas da manhã, chovia fino, ruas desertas, Bonito e Cenoura comandavam dezoito homens para sacudirem a Treze. Acreditavam ser possível encontrar Cabelo Calmo no comando da venda de tóxico.

Desceram pela rua do braço direito do rio, atravessaram a pequenina ponte, entraram na viela da Escola Municipal Augusto Magne, ganharam o Rala Coco, onde organizaram o ataque. Dividiram-se: uma parte entrou pela rua do jardim de infância e a outra atravessou a rua do Meio. Adentraram uma praça paralela às casas de triagem da Quadra Treze. Duas e quinze, conforme combinaram, invadiram as casas-vagões das triagens daquela quadra. Tudo deserto, rodaram, rodaram e nada. De repente, um tiroteio começou. De cima do telhado, Cabelo Calmo, ao lado de Borboletão e Meu Cumpádi, baleou fatalmente dois dos aliados de Bonito, e logo o resto da quadrilha, em cima de outras casas, começou a atirar nos invasores, que correram assustados ao escutarem tiros de metralhadora.

Cabelo Calmo, prevendo que Cenoura poderia ter como meta tomar-lhe a Treze, tratou de armar seu vapor e colocar dois olheiros dia e noite nas imediações do Lazer. Um deles viu Bonito descendo com seus soldados e correu para avisar a Calmo.

Cenoura e Bonito eram agora inimigos de duas quadrilhas.

Borboletão, Meu Cumpádi, Borboletinha, irmão de Borboletão, Monark, Ensopadinho e Terremoto eram os principais aliados de Calmo. Bandidos desde crianças, eram ariscos, assaltantes de ônibus, residências e pedestres; comandavam, junto com Cabelo Calmo, vinte garotos com o currículo parecido com o deles. É certo que não gostavam muito dos componentes da quadrilha de Miúdo. No entanto, se juntariam a eles para salvaguardar a boca de fumo, que, mesmo eles não tendo participação em seu lucro, no final das contas era a boca de fumo da área deles. A quadrilha era composta de irmãos, cunhados, compadres, primos e amigos de infância. Dois integrantes eram filhos de Passistinha e um, o filho único de Inferninho. Era um clã o que Bonito teria de combater.

Irado por ter perdido a boca de Lá de Cima, Zé Miúdo, junto com a quadrilha da Treze, mostrou superioridade em número de armas e homens em outros dois ataques. Mataram dois inimigos e colocaram o resto da quadrilha para correr. Nas lojinhas, falava alto, praguejava Bonito, enquanto cheirava cocaína desesperadamente; de repente, olhou para Calmo e disse:

— Liga lá pro cara das arma, liga lá, liga lá... Manda ele pintar aqui agora, agora.

Em menos de uma hora, o matuto das armas estava nas lojinhas. Sem cumprimentá-lo, Miúdo exigiu:

— Eu quero dez armas da mais moderna que você tiver, morou? Dessa que tão usando na Guerra das Malvina, manda logo dez que eu vou detonar tudo, quero dessas que atira assim e a bala vai atrás do bruto até pegar. Traz lá, traz!

— Que papo é esse de arma das Malvinas, rapá?

— O cara escreveu no jornal, o Camundongo Russo leu pra mim... Foi ou não foi, Camundongo Russo?

— Foi. É um tipo de fuzil possante pra caralho!

— Isso vai ser difícil de arrumar.

— Que se foda! Eu quero daquele fuzil, morou? Eu pago o preço que tu quiser.

— Daquela eu não tenho, não.

O matuto conseguiu, depois de uma semana, através de um policial civil, somente uma metralhadora e cinco escopetas.

A quadrilha de Bonito também crescia, porém os novos componentes eram quase crianças e nunca haviam manuseado armas. Mesmo sem elas, iam para a frente da batalha como batedores e, quando não, reuniam-se para somente amedrontar os inimigos da Treze com pedaços de pau na cintura e revólver de brinquedo. Chegavam às proximidades da área dos inimigos para xingar e jogar pedras e voltavam correndo quando eles disparavam tiros.

A decisão de mudar-se dali foi esquecida por completo depois de ter feito o primeiro ataque a Zé Miúdo. Aprendera a matar e até achava fácil. Além do mais, matar bandido não era pecado, muito pelo contrário, estava fazendo um favor à população ao mandar aqueles estrupícios para junto do Diabo. Não sairia dali feito um cachorro, porque não havia sido ele quem procurara confusão, vingaria o avô, o estupro da ex-namorada e também os amigos mortos em combate. A mãe pediu para ele entregar tudo nas mãos de Deus, insistiu em fazê-lo abandonar aquelas ideias tolas de vingança, porque somente o Senhor pode julgar cada um de nós, implorou-lhe resignação diante da provação posta para ele pelo Pai. Não obtendo êxito, entregou-se, juntamente com o marido e outros irmãos de fé, às orações da igreja Assembleia de Deus. Bonito, diante da possibilidade de Miúdo invadir a sua casa, deu uma pistola ao seu irmão Antunes e deixava sempre dois de seus aliados de plantão, dia e noite, nas proximidades.

Antunes também abandonara o trabalho; dormia pouco, não saía de casa; alerta, sempre alerta como um escoteiro. Delegara-se a tarefa de assistir Bonito em tudo o que ele necessitasse, pois acreditava na justiça buscada pelo irmão e o apoiaria até o fim. Sem trabalho, Bonito se viu obrigado a fazer seu primeiro assalto. Fez, mas alertou os parceiros para não atirarem nas vítimas de forma alguma, porém, como no terceiro assalto que praticara fora cercado por vários seguranças, acabou tendo de matar um deles na hora da fuga.

Sandro era contra esse negócio de assalto por ser perigoso. Ofereceu, de novo, metade do lucro da boca de fumo. Bonito aceitou porque sabia que em assaltos o risco de matar inocentes era muito grande. Diante das opções que agora tinha diante de si, vender drogas era o mais seguro. Além disso, só comprava drogas quem queria.

Num sábado, a quadrilha toda de Miúdo saiu para atacar Lá em Cima. Otávio ficou nas lojinhas dos apartamentos segurando as vendas da boca de fumo. Magro e baixo, mal podia com o peso da pistola. Saíra recentemente do cargo de avião. Estava contente com a função de vapor. Ria por besteira, fazia questão de exibir a pistola e o saco plástico onde guardava as trouxas de maconha e os papelotes de cocaína. Sentou-se numa das cadeiras de um bar das lojinhas, pediu uma cerveja. Antes entocara as drogas debaixo de uma pedra. Acendeu um cigarro, bebeu a cerveja em goles grandes, pediu outra mais gelada, bebeu do mesmo jeito. Exaltado, dava bom-dia a todos que passavam por ele, mexia com as mulheres, pagava doces para as crianças debaixo de um sol impiedoso.

Era pela Gabinal que escoava o trânsito para a praia da Barra da Tijuca. Centenas de carros passavam por ali nas manhãs de sol forte. Lampião e seus parceiros haviam amontoado dezenas de paralelepípedos à beira da estrada. Fizeram isso porque possuíam apenas dois revólveres. Sabiam que Miúdo poderia esculachá-los por assaltarem ali, mas, julgando-se sem alternativas, os nove caixas-baixas jogaram os paralelepípedos em nove carros simultaneamente, esperaram os motoristas perderem a direção para achacar os veículos. Abriram a cabeça de um homem e de duas mulheres, matando-os na primeira e única investida, levaram tudo o que puderam em questão de minutos. Tudo fora tramado por Lampião, que na noite em que fora surrado pelo padrasto, por chegar em casa sem dinheiro, levantou-se cedo e saiu de casa para nunca mais. Passou a dormir na casa de amigos, na rua. Não se integrou à quadrilha de Miúdo por não gostar de receber ordens. Dos cinco revólveres, conseguidos em uma casa que assaltara, Miúdo tomou-lhe três. O combinado era achacar os carros, entrar pelos Blocos, ganhar o mato e sair na Quintanilha, onde Conduíte, também integrante dessa quadrilha, havia alugado um barraco. Na fuga, foram vistos por Otávio. De pistola apontada, mandou-os parar, levou-os para trás do Bloco Sete, recolheu os objetos, o dinheiro conseguido e as duas armas, deu tapas nos meninos de sua idade. Satisfeito com o seu próprio serviço, deixava escapar um riso pelo canto da boca. Ordenou que encostassem o nariz na parede com as mãos esticadas, até que Miúdo chegasse.

Duas horas de tiroteio nas vielas de Lá de Cima. Miúdo matou mais um aliado de Bonito. Agora eram cinquenta homens atirando contra trinta e cinco recuados dentro do mato. A superioridade em armas da quadrilha de Miúdo tornou-se ainda maior com a quadrilha da Treze a seu lado, seus homens combatiam com dois revólveres cada. Calmo com uma metralhadora, Miúdo com o fuzil e cinco escopetas nas mãos dos principais soldados. No mato, alguns dos integrantes da quadrilha de Bonito revezavam um único revólver. Até mesmo Bonito bateu em retirada. O único morto levou quase cem tiros num ataque soviético que Miúdo tanto gostava de realizar: a quadrilha toda se posicionava ao redor do corpo e atirava duas vezes simultaneamente.

A notícia da tragédia da Gabinal disparou pela favela. Miúdo resolveu ficar na Treze, porque os Apês foram cercados por vários policiais. Otávio deixou a Caixa Baixa fugir e entocou-se em casa.

Vítor, vapor de Bica Aberta, anunciou Lá na Frente que o traficante tinha uma escopeta para vender e quem chegasse primeiro levava. Um vizinho de Bonito, tomando cerveja, escutou a conversa de Vítor com um dos bandidos da Treze. O bandido lhe disse que tinha de esperar Calmo ou Miúdo acordarem para falar com eles, os dois não gostavam de ser acordados. O vizinho, homem trabalhador, chefe de família, nunca havia se envolvido com bandidos ou drogas; porém, sabedor da tragédia que Miúdo causara a Bonito, solidarizava-se com ele e torcia para que fosse o vencedor, ainda que a distância. Mas aquela informação era muito valiosa e achou melhor repassá-la a Bonito sem demora. Virou o último copo de cerveja num só gole, pagou a conta e avisou ao primeiro comparsa de Bonito o que acabara de ouvir. O vingador não perdeu tempo, rumou para o Outro Lado do Rio junto com Cenoura. E compraram a arma.

Naquele mesmo dia, Bonito desceu, lá pela frente, com Cenoura e Ratoeira. Amadurecera a ideia de tomar a Treze, estava convencido da importância da área para a realização de seus propósitos, levava duas pistolas na cintura e uma escopeta nas mãos.

Na Treze, Buzunga acabara de vender dois papelotes a Nego Velho, que havia chegado dum assalto e agora caminhava pela rua do Meio.

— Quem tá lá no movimento? — perguntou-lhe Cenoura.

— Ô, cumpádi, não me faz essas pergunta, não! A parada aí é de vocês, morou? Eu não quero ficar de papagaio de pirata, não!

— Tá tranquilo! — disse Bonito.

Entraram numa praça paralela à Treze, observaram por algum tempo a área do inimigo. Bonito queria invadir logo, mas, como Sandro insistia em ficar ali, marcaram mais um tempo e invadiram a Treze deserta, às duas da manhã. Alguns dos quadrilheiros dali dormiam, outros estavam nos Apês, somente Buzunga torcia para vender logo os cinco papelotes e as dez trouxinhas que restavam e ir direto para o motel com a mulher, onde gastaria todo o dinheiro, porque lá, sim, que é bom de se gastar dinheiro, coisa boa, muito boa: era só telefonar que o babaca do garçom trazia batata frita e uma cerveja gelada. Nunca seria um garçom, eles mais parecem empregada de madame.

Olhava para os lados, mordia os lábios em consequência da cocaína que havia consumido, pensava na mulher, guardaria uma trouxinha para fumar no motel, a fim de mascarar o sintoma da brizola, inadequado para as noites de amor; mas fumando um bagulho fica diferente: qualquer ilusão toma corpo e, de mais a mais, a preta era mais gostosa do que feijoada completa. Na moral, na moral, se não fosse malandro gozaria rapidinho. Conforme aprendera em conversa de homem, pensaria em outra coisa ao perceber o momento de ejacular. Mal podia esperar. Mesmo cheirado, seu pênis movimentou-se na cueca, botaria de novo no cuzinho dela. Abriu mais um papelote de cocaína, não negaria fogo na hora do vamos ver, era homem até dizer chega.

Sandro Cenoura apontou a pistola, através de sinal havia avisado ao parceiro que aquele seria dele, prendeu a respiração como manda o figurino e sentou o dedo. Buzunga saçaricou e correu. Quebrou na rua dos Milagres, entrou na terceira viela e arrependeu-se, deu com um muro enorme bloqueando a passagem, não podia voltar, se soubesse que havia só três inimigos trocaria tiros numa boa. Largou tudo o que tinha nas mãos, numa tentativa infeliz arriscou pular o muro. Iria conseguir, bastava firmar um dos pés para ter apoio e êxito, já que conseguira firmar as duas mãos. Bonito mirou a escopeta, deixou que ele desse impulso e estraçalhou sua espinha. Buzunga ficou com a cabeça para um lado e os pés para o outro.

— É assim que se atira! — disse seriamente.

— Vamo sair, vamo sair...

— Calma! — disse Bonito.

Recolheu a cocaína, a maconha e a pistola.

O corpo de Buzunga saiu em todos os jornais do Grande Rio. A Cidade de Deus, segundo a imprensa, tornara-se o lugar mais violento do Rio. O conflito entre Zé Miúdo e Zé Bonito fora qualificado como guerra. Guerra entre quadrilhas de traficantes. A rotina atroz dos combates passou a povoar as páginas policiais e a amedrontar os alheios, só informados pelos noticiários. As edições se esgotavam ainda cedo, a audiência dos telejornais e dos programas especializados no tema subiram muito na favela. Afora as vaidades dos bandidos, afloradas por se verem prestigiados com fama e temor, esses veículos eram rica fonte de informação. Por eles, sabia-se das suspeitas policiais e suas formas de enfrentamento. Não havia termômetro melhor para avaliar o quanto a imprensa e a polícia sabiam.

Miúdo liberara os assaltos, estupros, pagamentos de pedágio e roubos na área do inimigo. Em contrapartida, mesmo Bonito desaprovando, seus quadrilheiros fizeram a mesma coisa. As duas regiões foram demarcadas; quem nunca se envolvera com a criminalidade estava sujeito a morrer sem saber, de uma hora para outra, só por morar nessa ou naquela região. Qualquer um poderia ter laços de parentesco e amizade com o inimigo, por isso não era conveniente permitir o livre trânsito dos moradores de uma área à outra. A vigília armada à luz do dia e a céu aberto era agora mais do que nunca necessária, tanto quanto a noturna. O armamento pesado adentrou na paisagem cotidiana dos habitantes locais. Os amigos não se procuravam mais, os parentes não se podiam visitar. Cada macaco no seu galho. Era o que diziam.

— Aí, você e você tão colado comigo aí há uma etapa, sabe qualé que é? Tão formado aí comigo, aí, sem nunca dar mancada, morou? Eu tive pensando aí... Cabelo Calmo tem a boca dele, eu tenho duas aqui no Apê, tá sabendo? Então é o seguinte: pode botar boca aí que tá tudo certo, morou, cumpádi? O bagulho tá saindo legal, daqui a pouco a gente mata aquele tal de Bonito e vai dar pra mim botar a boca lá de novo.

— Mas bota a boca onde? — indagou Camundongo Russo.

— Bota aí, morou? Bota onde tu achar melhor.

No outro dia a boca de Camundongo Russo estava funcionando nos Blocos Velhos e a de Biscoitinho, no Barro Vermelho.

— Como é que tu faz isso, meu cumpádi? Tá vendo que a boca ali no Barro Vermelho vai me atrasar, tá vendo que eu...

— O cara falou que eu podia colocar aonde eu quisesse, tá me entendendo? E eu achei que era ali e vai ficar ali mermo! — disse Biscoitinho a Cabelo Calmo à noite.

— Tô te dando uma ideia numa boa, não tô a fim de arengação, não, sabe qualé?

— Tudo certo, mas se tiver arengação também é com nós mermo! A boca vai ficar aí de qualquer jeito.

Cabelo Calmo calou-se, como era de costume, olhou o parceiro por debaixo do olho, não deu a mão para o aperto, retirou-se e quebrou numa viela e em seguida engatilhou a arma e andou feito caranguejo, imaginando Biscoitinho sentando-lhe o dedo por trás. Na metade da viela, virou-se, o desgraçado poderia dar a volta e surpreendê-lo pela frente.

Biscoitinho viu tudo de cima de uma laje.

— Passa logo ele, cumpádi! Se ele tá a fim de atrasar a gente, passa logo, se quiser eu mermo passo! — disse Borboletão acreditando no que dizia, mesmo sem nunca ter matado ninguém.

— Ele é guerreiro, se a gente perde ele agora, é menos um que pode matar o Bonito.

— Que nada, rapá! Bonito daqui a pouco vai cair fedendo! Esse tal de Biscoitinho não tá com essa bola toda, não.

— Deixa ele... Quando ele pensar que tá vencendo, a gente passa ele... Vou dar um chego em casa, depois tu recolhe o dinheiro aí e bota Monark no comando e vai lá apanhar uma carga de branco com Miúdo que depois eu pago a ele.

— Monark foi dar uma conferida nos olheiro lá no Lazer.

— Manda chamar ele e bota ele de frente aí no movimento — finalizou Cabelo Calmo em sua seriedade costumeira.

Borboletão olhou Cabelo Calmo caminhar pela rua do Meio até chegar em casa. Pensava na possibilidade de Monark tomar o seu lugar de gerente, espreitava a sua aproximação com Cabelo Calmo, via a sua disposição para roubar, sua sagacidade nos combates. Não era a primeira vez que Cabelo Calmo o mandava fazer serviço de avião, arriscando flagrante, e colocava Monark de frente no movimento. Quem sabe Cabelo Calmo até estaria armando para ele ser preso. Sabia que, se Cabelo Calmo e Miúdo morressem, seria o dono da boca da Treze, não iria deixar Monark tomar seu lugar. Fez o que lhe fora determinado, sem a mínima pressa. O entusiasmo de Monark ao assumir o comando da boca, mesmo sendo por pouco tempo, irritou Borboletão. O maior ladrão de bicicletas da favela colocou a metralhadora à bandoleira, mandou Terremoto e Onça irem para a esquina do bar do Chupeta, orientou um vapor a trabalhar próximo a uma praça atrás da Treze, convocou mais três olheiros, determinou-lhes que indicassem aos fregueses onde o vapor estava, e ordenou que a quadrilha ficasse toda reunida, justamente no lugar onde as drogas eram vendidas.

— Por que que tem que ficar aqui?

— Já notou que os alemão só vêm por aqui e por ali? — disse. E continuou: — Então, na próxima vez eles vão mudar.

Borboletão voltou dos Apês, guardou a cocaína em sua própria casa, jantou, foi para perto de Monark e disse-lhe que seu esquema estava errado. O parceiro tentou justificar o arranjo. Borboletão, sem lhe dar ouvidos, se pôs a refazer tudo. Deu dois tiros para o alto para alertar os olheiros da esquina do bar do Chupeta. Eles olharam, Borboletão os chamou através de sinais. Monark, sem entender bem a atitude de Borboletão e irritado, apertou um baseado e, somente para provocá-lo, na hora de devolver o dinheiro tirou quase a metade para si, olhando com um sorriso cáustico o rosto do amigo.

A madrugada era lenta, uma chuva fina ia e vinha açoitada por um vento forte. Bonito já havia avistado o olheiro do Lazer. Estava sozinho. Ficou na esquina. Esperava uma forma de passar sem ser notado. Deu sorte, um caminhão trafegava pela rua do Meio vagarosamente. Recuou, pendurou-se no caminhão, ordenou que o motorista acelerasse, pensou em saltar depois de ultrapassar o lugar de onde poderia ser visto, mas resolveu mandar o motorista seguir sem parar. Saltou perto da praça onde Monark havia colocado os olheiros e caminhou ligeiro até bem perto da Treze. Disparou dois tiros de escopeta. Atingiu em cheio a cabeça de um soldado de Cabelo Calmo. Sacou a pistola, esperou que alguém aparecesse. Borboletão surgiu detonando também sua pistola, Bonito abaixou-se, devolveu os tiros e acertou a perna do inimigo de raspão. Recuou sem ser perseguido.

Monark, quando viu o amigo quase sem cabeça, mandou Terremoto pegar a metralhadora, saiu em disparada pela beira do rio. Não se resguardava nas esquinas, corria feito o capeta, entrou na Quadra Quinze, não viu ninguém, dirigiu-se para a Laminha: deserta. Resolveu então ir ao Duplex e, ao dobrar a primeira esquina daquele local, deparou com a quadrilha de Bonito e riscou o ar com sua metralhadora. Voltou para a Treze deixando os inimigos sem ação ao somarem um quadrilheiro morto, dois feridos e um transeunte também sem vida.

Chegou à Treze suando, reorganizou a quadrilha de modo que todos os acessos ficassem vigiados. Borboletão, sem poder falar nada, o odiou secretamente.

— Por que que tu não deu uma boca para Madrugadão? — inquiriu Cabelo Calmo na primeira vez em que ficou a sós com Miúdo.

— Madrugadão é biriteiro, sabe qualé? Ele ia acabar se embolando, mas de vez em quando eu vou dar um cala-boca pra ele... Tu se arengou lá com Biscoitinho, né?

— Craro, cumpádi! Tanto lugar pro cara botar a boca dele e foi logo botar ali pertinho... Tá certo não!

— Fica frio que daqui a pouco a gente passa aqueles cara Lá de Cima e bota logo umas três boca lá... Aí, vamo ver se tem algum catatau da cadeia, os caras já voltaram da visita — desconversou Miúdo.

Rumaram para as lojinhas, onde algumas pessoas tomavam cerveja. Havia só um recado para Cabelo Calmo: Peninha, amigo que fizera em sua primeira prisão, estava para sair e pedia que ele lhe arrumasse um lugar para ficar, não poderia voltar para casa por causa das ameaças constantes dos antigos inimigos feitos na vizinhança, por ter matado dois membros de uma mesma família. Miúdo, antes de o parceiro falar alguma coisa, disse:

— Manda o cara vim, a gente ruma uma caída pra ele aí...

— Valeu, o cara é responsão! — agradeceu Cabelo Calmo.

Depois de cumprir cinco anos de cadeia, Peninha chegou à favela para engrossar as fileiras da quadrilha de Miúdo, que apertou a mão do novo parceiro olhando em seus olhos. Concluiu, pela cara do bruto, tratar-se de um homem de disposição e, para atenuar a desavença entre Cabelo Calmo e Biscoitinho, foi logo dizendo que ele e Cabelo poderiam colocar uma nova boca nos Apês. Peninha fez questão de dar uma cafungada na carreira de cocaína esticada por Miúdo em comemoração de sua libertação. Ficaram ali conversando por mais um tempo até Peninha ser levado à casa de Miúdo embriagado de cerveja e conhaque, onde dormiu, a despeito de sua extrema dor de cabeça.

O transeunte morto era tio de Gabriel, cocota amigo de Pardalzinho. No momento da consternação, ao ver o irmão de sua mãe estirado no chão, jurou desforra. Depois do enterro, ele esqueceu o juramento, porém o seu irmão Fabiano, soldado raso, foi atrás de Sandro Cenoura para lhe pedir um revólver.

— Ó, revólver não tem não, meu cumpádi, mas tu já tá formado com nós aí, morou? Os cara tão esculachando muito, cumpádi! Mas a gente vai detonar eles, morou? Conhece o Bonito?

— Conheço assim de passar...

— Vou te apresentar ele!

— Pode crer.

A notícia de que Fabiano se integrara ao bando de Bonito correu entre o pessoal que não possuía ligação com nenhuma das quadrilhas. Alguns amigos tentaram convencer o soldado do Exército a largar mão da vingança, porém ele estava determinado. Dé, um antigo desafeto por causa de briga de namorada, ao saber que Fabiano virara bandido apavorou-se, agora ele poderia querer matá-lo. Na ocasião, dera uma surra em Fabiano, quebrou-lhe um dente, inchou seu olho esquerdo e torceu seu braço direito. E a culpada de tudo fora Bete Coragem, que namorava os dois. Nunca se envolvera em questões mais sérias do que as brigas de rua, o que faria agora?

— Tu tem que rapar fora da favela, cumpádi! O cara falou que vai te passar! — mentiu-lhe um dos amigos, somente para colocar lenha na fogueira.

Estava num beco sem saída. Desde então, mudou seus hábitos: abandonou a escola, dispensou a namorada, não se atrevia a sair de casa por nada deste mundo. Pediu a seu pai que fosse ao Ministério da Marinha para se informar sobre a prova de aprendiz de marinheiro. Se passasse moraria no Espírito Santo, no quartel mesmo, por dois anos, tempo suficiente para Fabiano morrer ou entrar em cana. Fazia planos.

— As inscrições já fechou, meu filho.

Numa sexta-feira, por volta de meio-dia, o tiroteio começou na Treze: Bonito e mais vinte homens invadiram os vagões. Dé subiu na laje de sua casa, viu Fabiano com um 38 na mão mandando ver. Concluiu que se o ex-amigo o visse não o perdoaria, teria de arrumar um revólver para defender-se urgentemente.

Cabelo Calmo, depois de ouvi-lo, achou por bem lhe em prestar um revólver e lhe disse que não precisava ir Lá em Cima atacar, sua função seria tão somente defendê-lo, a ele e aos demais comparsas, quando os inimigos atacassem. Agindo assim, estaria tudo certo.

Parazinho, filho do alcaguete assassinado por Inferninho, foi convidado para entrar na quadrilha de Bonito e recusou. Miúdo nunca havia feito nada a ele, não estava interessado em comprar barulho dos outros. Quando soube, por Cenoura, que o filho do matador de seu pai era da quadrilha da Treze, resolveu aceitar o convite. Tornou-se um bandido cruel, desenvolveu o gosto de matar os assaltados que não tinham dinheiro, estuprava as mulheres da área inimiga e assaltava na favela a qualquer hora do dia. Em seu primeiro ataque aos Apês, matou um alemão com um revólver calibre 32; no segundo, feriu a perna de Madrugadão. Era ousado a ponto de atacar sozinho, julgava-se o melhor na arte de surpreender os inimigos. Em contrapartida, na Treze, o filho de Inferninho sentia o dever de ser tão perigoso quanto fora seu pai. Berenice, sua mãe, agora alcoólatra, quando não tinha o que comer em casa o incentivava, dizendo que seu genitor nunca levara desaforo para casa e nunca a deixara passar fome. Fora de casa, não só Miúdo mas também Cabelo Calmo multiplicavam as peripécias de Inferninho no mundo do crime com o objetivo de torná-lo um soldado perfeito.

— Mãe, todo mundo tá dizendo aí que Maria Rita tá namorando um cara lá da Treze.

— E o que é que tem, menino? Tua irmã já fez catorze anos, já tem idade pra namorar...

— Mãe, a senhora não tá entendendo o que eu tô falando não? O cara é da Treze, é bandido, todo mundo tá dizendo aí que ela tá até fumando maconha.

— Mas por que tu não me disse antes?

— Eu fiquei sabendo agora, mas a rua toda parece que já sabe.

Quando Maria Rita chegou em casa, dona Maria observou os olhos vermelhos da filha faminta destampando desajeitadamente todas as panelas. Rita, depois de colocar comida demais num prato, comeu com ganância, bebeu quase um litro d'água e se pôs a ver televisão. Daí a pouco, pegou no sono. Dona Maria esperou que ela acordasse para inquirir:

— Tu tá fumando maconha, né, menina? Tá se misturando com bandido, né?

— Eu?!

— É, a senhora mermo.

— Quem disse isso?

— Seu irmão, disseram pra ele aí na rua e ele me contou e eu bem vi a cor dos seus olhos quando você chegou. Tá namorando bandido?

— Terremoto não é bandido não, ele só mora perto dos bandido... E Paulo Dancinha não tem nada com minha vida.

Dona Maria insistia, falava asperamente com a filha. Enervada, esta deu um soco no abajur e confessou:

— Então tá, quer saber? Tô fumando mermo, o cara é do bicho sim, mas eu gosto dele e pronto.

Dona Maria, cega de raiva, atacou violentamente a menina, dando-lhe chutes e tapas. Esquivando-se, Maria Rita conseguiu pular a janela e, ajeitando a roupa, pegou a rua do Meio e foi andando apressada até a sua ponta.

— Cadê o Terremoto, cadê o Terremoto? — perguntou, olhando para um grupo de pessoas numa esquina.

— Tô aqui — respondeu o bandido, caminhando na direção da namorada.

— O safado do meu irmão jogou um monte de conversa fora com minha mãe, tá ligado? Minha mãe me enfiou a porrada... Maior filho-da-puta!

— Ele é colado com Bonito?

— Não, ele é maior zé-mané...

— Vou descontar nele o coro que tua mãe te deu! Aonde eu acho ele?

— Ele estuda na Escola Alberto Rangel.

— Como é mermo o nome dele?

— Paulo, mas neguinho chama ele de Paulo Dancinha, porque ele gosta desse negócio aí, de discoteque.

— Quer dizer que ele balança a bundinha e gosta de uma fofoca?! Vou dar um sal nele pra ele deixar de ser fofoqueiro.

Paulo Dancinha não teve mais sossego, às vezes levava surras na entrada e na saída da escola, logo abandonada diante do receio da repetição indefinida desses maus-tratos. A mãe, desesperada, achou por bem ir à Treze conversar com o namorado da filha.

— Se a senhora vai eu vou também — disse o filho.

Saíram determinados para a Quadra Treze e não tiveram dificuldade em encontrar Terremoto junto com Borboletinha e Borboletão. A conversa já se iniciou ríspida. Dona Maria não ouvia o que Terremoto dizia, e tampouco ele ouvia dona Maria falar. Dancinha tentava acalmar os ânimos, porém não evitou que Terremoto desse com o cabo da pistola no ombro de sua mãe e lhe passasse uma rasteira. Paulo Dancinha levantou a mãe com todo cuidado e a levou para longe do agressor. Ao contrário do que pensaram Terremoto e seus parceiros, Dancinha levou o desaforo para casa.

Na noite daquele mesmo dia, Paulo Dancinha foi procurar Zé Bonito.

Corria o boato de que o empresário Luís Prateado havia mandado dezenas de armas para a quadrilha de Bonito, inclusive escopetas e metralhadoras. O povo dizia que o objetivo do empreiteiro era promover a guerra para, em conluio com o governo, remover a população da favela para outro local. Construiria ali residências de classe média, pois a região onde se situava a favela, entre a Barra da Tijuca e Jacarepaguá, se valorizara muito nos últimos anos. Ninguém sabia se era verdade ou mentira o que se comentava.

Até seu Luís Cândido, o carpinteiro que um dia fizera uma cadeira de engraxate para Zé Miúdo a pedido de sua mãe, socialista de primeira hora, em nome de seus princípios marxistas-leninistas achava que tudo não passava de conspiração da classe dominante e do capitalismo selvagem contra os pobres e oprimidos. Em sua luta diária para derrubar essas forças à frente do Conselho de Moradores da Cidade de Deus, ensinava que o povo unido jamais será vencido.

O boato chegou aos ouvidos de Miúdo, que não lhe dava crédito. Por volta das oito horas de um sábado nublado, reuniu a quadrilha para dar um sacode Lá em Cima. Queria ver para crer. Passou pela Treze, arrebanhou todos os soldados da quadrilha de lá, dividiram-se em três grupos e subiram por caminhos diferentes.

— Tem que se ligar nos tiro e correr pra onde tiver pipocando! — alertou.

Lincoln e Monstrinho subiram pela rua Lá da Frente com mais seis policiais. Bonito testava armas na praça da Quadra Quinze junto aos demais quadrilheiros. Gordurinha insistia em dar ataque àquela hora, argumentava que esse negócio de só sair de madrugada estava por fora, porque os alemães já ficavam esperando.

— Essa hora tem muita criança na rua — rebatia Bonito.

— Foda-se! — respondeu Gordurinha, e continuou: — A gente só faz o que você quer, morou? Você tem que saber que bandido não pode ser bonzinho, não! Tem que entender que a gente tem que passar aquele safado logo! Você tá vendo aí que já morreu muito mais aqui do que lá... Não pode ficar pensando em criança, não! Já ouviu falar em estratégia?

Gordurinha falava pedantemente. Tinha o segundo grau completo, era branco, nunca morara em favela, sentia-se o maioral entre aqueles analfabetos. Chegara ali por recomendação de Messias, com quem estivera preso. Não voltou para casa porque o pai, general do Exército, não quis mais saber dele após seu envolvimento com drogas: fora preso na rodoviária Novo Rio com três quilos de maconha. Messias mandou-o procurar por Cenoura, na certa o traficante lhe daria ajuda. Cenoura o acolheu. Como forma de pagamento, Gordurinha resolveu ir ao interior de Minas Gerais buscar armas, porque nas suas viagens, feitas de carona pela metade do país, descobrira uma loja de armas numa cidadezinha daquele Estado. Não se sabe o motivo, mas ele não revelou o nome do lugar para ninguém. Assaltou a loja, trouxe rifles, revólveres e até uma espingarda de chumbinho. Com isso ganhou respeito entre os parceiros, começou a falar mais alto, passou a questionar as decisões de Bonito e Sandro Cenoura com frequência.

Enxugou o rosto com a toalha que sempre trazia pendurada no pescoço por suar muito e se retirou. Ia beber um refrigerante numa birosca da rua do Meio, caminhou um tempo de cabeça baixa, estava com uma metralhadora INA e uma pistola 765. Elementos da quadrilha da Treze caminhavam pelo canto daquela rua abaixados e enfileirados. Gordurinha observou-os sem ser notado, recuou, alertou os amigos, armaram tocaia na esquina.

Borboletão, depois de averiguar a viela, ia adentrando-a, mas foi puxado por Monark e exclamou:

— Tá limpeza, rapá!

— Como é que tu sabe?

Apontou a arma em direção ao muro e disparou duas vezes. Gordurinha colocou o cano da metralhadora no mesmo lugar e disparou.

— Tá vendo só?! — disse Monark.

Da outra extremidade da praça, Miúdo vinha com mais oito homens e, às costas dos quadrilheiros da Treze, vinham os policiais. Ao avistar os inimigos, Miúdo atirou.

— Filho da puta! Safado! — gritou Miúdo.

O tiroteio foi imenso. À quadrilha de Bonito só restou pular os muros das casas mais próximas, ele e Parazinho enfrentaram sozinhos os homens de Miúdo. Parazinho, não vendo o filho de Inferninho, preferiu correr até onde a quadrilha da Treze também tentava pular os muros a fim de localizá-lo. Assim que o avistou, mirou na cabeça do seu maior inimigo e detonou. O filho de Inferninho caiu morto. Na praça, Bonito colocou os adversários para correr, matou um e feriu dois. Na retaguarda dos policiais, surgiram outros bandidos. Biscoitinho atirou somente para que os policiais dessem trégua aos parceiros. Lincoln devolveu os tiros, acertou a perna de um, enquanto Monstrinho enquadrou um comparsa de Bonito que não conseguira pular o muro.

Depois de oito horas, Miúdo atacou mais duas vezes Lá em Cima, porém nesses dois ataques teve de bater em retirada.

— Os cara arrumou ferro mermo! — lamentava-se Miúdo a Cabelo Calmo e Peninha.

— Mas a gente tem mais soldado... — disse Cabelo Calmo.

— Tinha que ter mais, cumpádi!

— Tinha que dar um papo naqueles paraquedista pra formar com nós de novo — sugeriu Cabelo Calmo.

— Tu não acha que eu já falei com eles?! Mas eles falou que só dá tiro se eles piar aqui.

— E a Caixa Baixa?

— A Caixa Baixa vazou daí, desde aquele dia, morou? E se pintar na área vou matar um por um.

— É melhor deixar eles voltar, levar uma ideia e, se eles formar com a gente, a gente alivia eles...

— Pode crer! Tu é malandro às pampa, morou? Neguinho tá falando aí que eles tá tudo entocado lá na Quintanilha. Tem que mandar um catatau pra eles voltar — disse Miúdo.

— Aí, compra lá uma quentinha lá pra mim, na moral, compra lá — disse Gordurinha.

— Iii, qualé, cumpádi? Tá me achando com cara de avião? — perguntou Ratoeira.

— Meu irmão, vai lá e pronto, não tem caô, não!

— Vou, porra nenhuma, rapá! — disse Ratoeira, levantando-se.

— Se fosse o Bonito ou o Cenoura tu ia rapidinho... Se tu não for, vai ganhar tiro na bunda!

— Tá vendo que os cara não ia pedir isso pra mim, meu irmão!

Gordurinha apontou a pistola para a perna daquele que julgava ser o mais burro da quadrilha. Algo lhe dizia que, com o decorrer do tempo, ele faria uma merda qualquer, pois não sabia transmitir um recado, contar, muito menos ler. Um verme. Apertou o gatilho e acertou o alvo.

Os outros bandidos presentes não falaram nada, apenas olharam Ratoeira caminhar mancando para o lado da Laminha. Gordurinha, de arma em punho, perguntou se alguém iria comprar o barulho de Ratoeira. Silêncio.

No outro dia, Bonito escutou, olhando para o chão, Ratoeira relatar o episódio. Lembrou-se da rigidez na fala de Gordurinha quando ele quis dar ataque de dia na Treze; recordou Cenoura lhe dizendo que esse tal de Gordurinha estava com muita marra de cão, que não era bom dar as costas para ele, não só pela sua atitude, mas também por não ser cria da favela, ninguém sabia na verdade quem ele era. Ratoeira mostrou a perna perfurada com os olhos lacrimejando. Bonito, irritado, mandou um teleguiado chamar Gordurinha:

— Ô, rapá, comé que tu quer que o cara compre comida pra você? O cara é bandido, rapá! Tem essa de querer esculachar os parceiros que tá formado com a gente, não!

— Vai tomar no cu! Tá pensando que eu sou esses moleques que tu teleguia aí? Eu sou é cadeeiro, cumpádi! Não vou ficar aqui aceitando ordem, não!

— Tu sabe que eu não gosto desse negócio de palavrão, e se quiser ficar aqui vai ter que seguir o que eu ou Cenoura falar!

— Quer dizer que tu é bandido e não gosta de palavrão? Nunca vi isso... Aí, tu tem mais é que perder avô, pai, mãe e o caralho, morou? Pra aprender a ser esperto!

Bonito deu o primeiro tiro na barriga. Gordurinha, sabendo da pontaria do atirador, não sacou as pistolas, atravessou a Quadra Quinze correndo, mas ao seu final caiu estrebuchando com sua toalha enrolada no pescoço. Bonito caminhou a passos firmes e desfechou mais três tiros na cabeça.

Cabisbaixo, saiu dali sem olhar para os parceiros, foi para a casa de sua nova mulher. Não queria fazer aquilo, mas o desgraçado bem que poderia respeitá-lo e não tocar no nome de seu avô nem botar a mãe no meio.

— Na moral, na moral, eu acho que ele tinha razão, morou? Esse papo de só atacar à noite tá por fora, morou, Bonito? Se a gente chegar assim numa hora que nós nunca piou lá, é mais jogo. De repente, a gente apanha eles dormindo...

— Tu acha mermo?

— Certas horas vale a pena dar uma conferida...

— Então vamo lá, agora! Berruga, chama a rapaziada toda que a gente vai descer.

O sol de onze horas era forte. A quadrilha de Bonito se escorregava pelos becos. Nenhum dos olheiros de Miúdo de prontidão. Na Treze, Cabelo Calmo e Madrugadão fumavam maconha com os demais quadrilheiros, a maioria sustentava uma pipa no céu, mais de trinta baseados acesos. Monark não notava o ódio de Borboletão cada vez que abraçava Cabelo Calmo num clima de descontração.

Bonito e seus comandados eram agora mais ágeis; em vez de entrarem pelo Rala Coco, optaram por seguir toda a rua do braço direito do rio, entraram na última viela paralela à rua do rio, saíram em frente à Treze. Pararam, verificaram as armas e correram para a área do inimigo.

O tiroteio foi breve, porque os inimigos bateram em retirada antes de serem atingidos e também porque Lincoln, Monstrinho e mais oito policiais chegaram atirando.

Renata de Jesus, minutos antes do tiroteio, olhava para todos que passavam, instalada em seu carrinho. Fazia beicinho, ria e chorava, ações comuns para quem tem sete meses de vida. Sua mãe bem que tentou retirá-la da frente de casa, mas um tiro de escopeta chegou antes e estraçalhou sua cabeça.

— Para! — berrou um dos policiais na perseguição à quadrilha de Bonito, quando Bira se levantava do tombo que levara na correria, dando tempo de entrar na alça da mira do perseguidor.

Colocaram-lhe as algemas e o levaram para o posto policial. Bira, um prófugo do Instituto Penal Esmeraldino Bandeira, também era acusado de ter estuprado, três dias antes, uma menina de nove anos, moradora das proximidades da Quadra Treze. A própria ofendida fora à Trigésima Segunda Delegacia de Polícia dar queixa, acompanhada pela mãe. No posto, Bira apanhou muito para confessar o estupro, e, de bandeja, assinou a autoria do assassinato da criança.

Depois da morte da menina, houve uma trégua espontânea. Bonito ficou dois dias sem falar com Cenoura por ele ter defendido a ideia de atacar de dia. O resultado disso era uma criança morta por balas de sua quadrilha; na verdade, ninguém sabia quem havia acertado, mas só ele, seu irmão, um teleguiado, Fabiano e Parazinho estavam armados de escopeta. Não seguiria mais sugestões com as quais não concordasse verdadeiramente, e o remorso por ter matado Gordurinha sumiu para sempre. Com o outro crime não se conformara. Para isso não mais acontecer, toda vez que saía para atacar mandava um menino avisar à quadrilha da Treze e à dos Apês o dia e a hora do ataque. Miúdo ria e dizia para os amigos que o bruto do Bonito era otário, pois só um otário avisaria ao inimigo quando iria atacar. Certa vez, Huguinho avisou que na seguinte sexta-feira, à meia-noite, Bonito iria aos Apês dar um sacode. Miúdo armou tudo para surpreendê-lo e Bonito não foi, porque a polícia cercou tudo Lá em Cima. Quando Huguinho apareceu para dar um novo aviso, levou três tiros de escopeta na cabeça.

— Quer ganhar um dinheiro mole?

— Quem ganha dinheiro mole é dono de banco, rapá!

— É sério, rapá...

— Desde quando tu dá mole pra alguém?

— Passa um cara pra mim.

— Quem?

— Monark.

— Que é isso, rapá! O cara não é teu parceiro?

— Eu também pensei que era; morou, cumpádi? A gente foi molequinho junto aí... Mas tem o seguinte: naquele dia que os caras matou aquele neném, aí, tá sabendo?

— Hã-ram.

— Ele rezou minhas costas na hora do pinote! Ele pensou que eu não vi.

— Mas, se eu pegar ele, vem o quadrilhão todo atrás de mim!

— Que nada, rapá. Eu te dou um dinheiro forte pra tu sair de pinote da favela.

— Pô, Borboletão, aí. Tu não tá de caô, não? Não tenho nada contra o cara não, morou? Tu sabe que eu não formo com ninguém pra não rumar inimigo. Na certa, foi ele que mandou tu me dar esse papo pra me testar! É ou não é?

— Tu acha que sou moleque, rapá? Te dou dez milhão pra tu passar ele.

Marcos Papinha pensou um pouco, deu uma puxada no baseado. Ao notá-lo apagado, acendeu-o novamente com o isqueiro, puxou forte, apertou o nariz com os dedos, seus movimentos eram lentos.

— Tudo certo, mas me dá cinco milhão primeiro.

— Tá na mão.

Borboletão tirou um saco plástico cheio de dinheiro de dentro da cueca, retirou cinco mil cruzeiros, entregou a Marcos Papinha, recomendando que agisse com rapidez.

Papinha nunca tivera nas mãos tanto dinheiro, sua expressão de alegria foi sincera. Se matasse Monark, teria o dobro do dinheiro. Achava que tinha dado sorte, pois fazia somente uma semana que estava livre de uma sentença de cinco anos, a segunda que cumprira. Era de fato a sua chance de começar uma vida nova. Papinha sabia de todas as artimanhas da criminalidade, não por ser bandido desde menino, mas por tê-las aprendido na cadeia. Fora preso em flagrante nos dois únicos assaltos que tentara fazer.

— Qualé, Monark, tá a fim de encher a boca? — convidou Papinha duas horas depois.

— Só!

— Vamo pr'ali que os homi desceu agora lá pra Treze...

— A pé ou de carro?

— A pé.

— Também tô com um bagulho aqui...

— É daqui mermo?

— É, daí da boca.

— O meu é prensado... Lá de Padre Miguel.

Saíram do Rala Coco. Papinha ia na frente. Monark desberlotou um pouco de maconha, rasgou o papel do maço de cigarro, cortou um retângulo, colocou a maconha dentro, apertou o baseado. Papinha olhou os quatros cantos da praça situada atrás do mercado Leão, não viu ninguém conhecido, depois deixou Monark tomar a dianteira, sacou o 38 da cintura e disparou três tiros em seu corpo.

Nada numa favela passa despercebido, para tudo tem sempre alguém que vê e delata. Somente para a polícia a lei do silêncio funciona. Cabelo Calmo saiu vasculhando a favela minutos depois da morte de Monark. Junto com os irmãos do morto e mais quatro soldados, iriam destroçar Papinha, que àquela altura já se encontrava no local combinado com Borboletão. Já havia recebido o restante do pagamento, apertado a mão do traidor, e se retirava quando Lincoln e Monstrinho lhe deram voz de prisão.

— Esse aí é assaltante de ônibus. Tava com mais de cinco mil no bolso! E esse aí é do bando do Miúdo — disse Monstrinho, apontando Marcos Papinha e Borboletão para os jornalistas que se aglomeravam no posto policial.

Borboletão e Papinha foram colocados ao lado de mais dois detidos para tirarem fotografia. Borboletão cobriu o rosto com as mãos, Papinha abaixou a cabeça.

— Leva eles logo pra cela — disse Lincoln.

— Não, deixa eles aqui mermo que daqui a pouco vai chegar a viatura aí, pra levar eles pra delegacia.

— Posso ir ao banheiro? — interrompeu Papinha.

— Pode.

"Não, prisão de novo não! Monstrinho filho da puta! Vou sair fora, vou sair fora...", pensava Papinha.

Acreditando que os policiais não atirariam na presença dos jornalistas, Papinha deu uma corcoveada, empurrou Borboletão em cima deles, ganhou a rua, dobrou a primeira à esquerda e recebeu um tiro na nuca.

— Meu irmão, eu quero carro, mas carro novo, quanto mais novo melhor, carro do ano, tá falado? Cada carro que tu me arrumar é dois quilos de preto e um de branco. É melhor pra mim e pra você, tá me entendendo? Tu não vai gastar nada e eu vou arrumar mais dinheiro — disse o matuto a Zé Miúdo numa sexta-feira à noite.

— Tá direito.

O matuto entrou em seu carro, acompanhado de mais dois policiais civis, seguiram para a boca de Cenoura e fizeram o mesmo trato, depois percorreram as vinte bocas de fumo que abasteciam no Rio de Janeiro e fizeram a mesma proposta.

Naquele mesmo dia, Miúdo determinou que todos os carros roubados ficariam nas imediações do casarão abandonado com piscina. No local havia um imenso matagal aonde a polícia não costumava ir, e, se por acaso alguém da quadrilha visse os policiais tomando aquele caminho, atiraria para o alto a fim de evitar a descoberta do esconderijo, conforme recomendara Miúdo.

Logo no primeiro dia em que saiu para assaltar, Peninha conseguiu três carros, no segundo, mais quatro, isso incentivava o resto da quadrilha, porém três soldados de Miúdo foram presos em flagrante. No outro dia, mais dois foram mortos pela Polícia Civil, depois de intensa perseguição.

Peninha, no entanto, continuou a ter êxito naquela atividade. Passado algum tempo, nas proximidades do Bloco Sete, o matuto lhe entregou a droga, que foi dividida por Miúdo em partes iguais, mesmo não tendo sido pressionado a isso. Peninha olhou para Camundongo Russo firmemente e lhe jogou um quilo de fumo no peito e mais meio quilo de cocaína, dizendo que ele era sangue bom. Biscoitinho, ao notar que não receberia nada, deu as costas para eles, alisando o cabo da pistola.

Na semana seguinte, o matuto voltou para desfazer o acordo dos carros. A coisa havia ficado ruim para o lado dele, pois desembolsara uma enorme quantia para a Polícia Federal, do contrário não passaria os carros na fronteira com o Paraguai.

Marisol, Daniel e Rodriguinho eram os únicos cocotas que andavam juntos. Insistiam em tatuar o corpo, andar com calça abaixo da cintura e cabelos encaracolados mesmo com a onda dos cocotas chegando ao fim; a coisa agora era a discoteca. Eles não entraram na guerra, preocupavam-se somente com os assaltos e para isso arrumaram vários tipos de chave de fenda, alicates, pé de cabra, serrote, facas, pistolas, para facilitar o arrombamento de casas e automóveis. Colocavam as ferramentas e armas dentro de uma capa dura de violão e saíam para os assaltos como se estivessem indo a uma festa.

O negócio deu certo porque eram brancos, não atraíam a atenção da polícia nem causavam desconfiança nos lugares frequentados pelos ricos. Marisol não gastava o dinheiro que conseguia, fez obra na casa e em seguida comprou um carro. E foi assim até abrirem uma birosca e abandonarem o crime.

Dentre as muitas casas que havia para se esconder, Bonito estava na de Luís Pedreiro, que o deixara sozinho conforme desejava. Sentado num banco, as lágrimas se destroçavam no chão de cimento cru. A luz de quarenta watts mal iluminava a pequenina sala. O cheiro de fritura, as teias paradas. Porque não havia vento se manifestando, não havia ponteiro de segundo que ousasse caminhar. Tudo parado. Era um bandido, um matador, um formador de quadrilha, um desencaminhador de menores. E não fora para isso que aprendera a orar quando criança, não fora para isso que sempre tinha sido o melhor aluno na escola, não fora para isso que se resguardara das amizades de rua. O curso superior em educação física havia ido para a casa do caralho, assim como a lua de mel com sua amada, depois de testemunhar o pênis de Miúdo na vagina dela feito retroescavadeira, o corpo do avô ensanguentado, a casa cheia de buracos de balas, a mãe de Filé com Fritas recolhendo os pedaços da cabeça destroçada do filho no asfalto quente. As lágrimas avolumaram-se. Sentia a desgraçada sensação de que não havia orado o suficiente para que Deus não o abandonasse, e aquela fúria se identificando cada vez mais com cada poro de seu corpo. A noite foi em claro.

Pela manhã Bonito ficou sabendo que Calmo costumava ir a pagodes na Cruzada de São Sebastião do Rio de Janeiro, na casa de um amigo de Peninha. Ambos, Peninha e Calmo, costumavam fazer isso quase todos os sábados à noite, amanheciam lá e, no domingo, pegavam praia no Leblon. Um amigo de sua família vira Calmo durante os finais de semana nesse conjunto habitacional. Sem ser notado espreitara o bandido e, tão logo apurou seus hábitos, passara o serviço completo para Bonito. Cenoura sempre dizia que Cabelo era tão perigoso quanto Miúdo, e, se conseguissem matá-lo, a quadrilha da Treze perderia o gás. Bonito deu um número de telefone para seu amigo discar caso visse o inimigo na Cruzada, o que aconteceu logo no sábado seguinte.

— Eu vou nesse bonde contigo! — disse Fabiano. Fabiano dirigia o carro vagarosamente e Bonito ia abaixado para evitar a polícia, pois acreditava que dois homens num carro chamariam a atenção. O sábado ia pelas vinte e duas horas, céu de estrelas e lua quarto minguante. A agitação do Baixo Leblon encantou Fabiano.

— Levanta aí, levanta aí... Olha só quanta mulher bonita! — disse, guiando vagarosamente.

Ficaram olhando as cores da noite que se dava ali, talvez aquilo fosse realmente a normalidade da vida, gente jovem como eles tomada por uma felicidade que eles havia muito tempo não sentiam. Os carros, as roupas, as luzes... Acharam que nada no mundo era pior do que a pobreza, nem mesmo a doença. Pararam num sinal e um menino negro ofereceu-lhes um jornal já de domingo, Fabiano balançou a cabeça negativamente, o sinal abriu e Fabiano só deu a partida depois que os carros de trás buzinaram. Numa esquina, uma patrulha parada; de repente, a realidade deles estava ali presente, mas dessa vez de outra forma, o objetivo de eles estarem ali tomou corpo novamente quando viram o 38 na cintura do policial encostado à viatura. Aceleraram para as proximidades da Cruzada.

Cabelo Calmo, Peninha e Bate-Bola consumiam cocaína na escadaria de um dos prédios da Cruzada. A conversa era a respeito de Biscoitinho, que estava com muita marra, vivia puxando o saco de Miúdo, essa onda de ter botado boca de fumo perto da Treze era muita vacilação. De repente, num ataque daria para passá-lo e colocar a culpa no inimigo.

— Vamo ali tomar um quente, depois a gente dá um chego no pagode — convidou Bate-Bola ao cheirar a última carreira.

— Aonde? — indagou Calmo.

— Ali, no boteco ali da esquina, o cara capricha na dose de Jack Daniel's.

— Esse uísque é bonzaço.

— Vamo deixar os ferros lá na tua cachanga.

Guardaram as armas, desceram, viraram à esquerda, caminharam, entraram no boteco. Na rua adjacente, Fabiano estacionou, retiraram as duas 45 de dentro do forro rasgado do banco traseiro, colocaram-nas na parte de trás da cintura e se dirigiram para o interior da Cruzada.

Na praça do Quinze, Paulo Dancinha contava o dinheiro arrecadado com a carga que um vapor acabara de vender. Correu até a lixeira, apanhou uma nova carga para dar a outro vapor, depois movimentou-se para a praça anterior, de onde costumavam surgir os inimigos; era o segurança escalado daquele sábado, se visse algum inimigo, mandaria bala para alertar o resto da quadrilha, distribuída pelas imediações. Chegou numa das esquinas e viu os policiais na viela mal iluminada. Dancinha firmou os olhos, engatilhou a arma, esperou que eles passassem debaixo do único poste com lâmpada acesa, achou que eram fregueses, relaxou.

Fabiano e Bonito andavam separados por dentro da Cruzada. No canto mais iluminado do terceiro prédio, o samba de partido-alto comia solto; mais à frente dois vapores passavam somente cocaína. Ao verem Fabiano, um deles perguntou quantos papelotes iria querer.

— Três — disse, enfático.

O outro fez a mesma pergunta para Bonito.

— Um só.

Lá pelo lado direito, Peninha, com o braço jogado nas costas de Bate-Bola, com Calmo do seu lado esquerdo, caminhava despreocupadamente. Bonito dissimuladamente fez sinal para o amigo e posicionou-se atrás de um freguês, Fabiano fez a mesma coisa. Os três davam passos embriagados, falavam mais alto do que o normal. Iriam tirar onda no pagode, arrumariam uma preta gostosa. Estavam a menos de cem metros quando a pessoa em frente a Bonito movimentou-se. O vingador sacou a 45.

Na casa de Tim, Biscoitinho, Miúdo e Camundongo Russo conversavam. Miúdo separava os cordões de ouro das alianças, das pulseiras e dos brincos, embrulhou-os em papel e depois, com os embrulhos, encheu um baú, disse que iria entregar tudo na mão de um parceiro limpeza. Biscoitinho permaneceu calado durante algum tempo, olhando para um ponto fixo.

— Que que tu tá pensando? — perguntou Miúdo.

— Tô pensando nesse tal de Peninha... Tô bolado com ele! O cara comprou um carro do ano, morou? Tá sempre com dinheiro, nunca mais formou o bonde pra ir Lá em Cima, sabe qualé?

— O cara é de assaltar, cumpádi! — falou Camundongo Russo.

— Assaltar que nada, rapá, ele tá é com a boca no melhor lugar aqui do Apê, morou? A boca dele tá vendendo mais que todas junta, tá sabendo? Tu já deu muito mole pra ele! — disse Biscoitinho.

— A parada é de vocês dois aí, morou? Na moral, na moral, não é nem com ele, é com Calmo, sabe qualé? Tu é parceiro, mas tem que saber que Calmo também é — completou Miúdo ao abrir a porta com o baú de ouro nas costas.

Dancinha não reconheceu os policiais, esperou que eles passassem para dar uma conferida na outra esquina. Começou a andar escorregando-se pelo muro, mas ao escutar o engatilhar das armas dos policiais subitamente parou.

— Se se coçar vai cair fedendo aí mermo! Fica de costas mermo.

Para alívio de Dancinha, Oswaldo o algemou, não era inimigo: melhor ir preso do que morrer.

— Cadê Bonito?

— Sei não.

— Pode falar que a gente não quer ele não, morou, cumpádi? Tu não sabe que a gente treinava caratê com ele lá no batalhão?

Dancinha balançou a cabeça.

— Então!? A gente quer dar uma ideia nele. Fala onde ele tá!

— Ó, acho que ninguém sabe onde ele tá entocado, sabe qualé? Tem dia que ele some, aparece de repente, some de novo... Sabe que ele não pode dar mole.

— Se você dissesse, a gente liberava você, mas tu não quer ajudar... Vamo andando, vamo andando.

Dancinha foi colocado na única cela do posto policial, onde estava Mocotozinho, já recuperado da dor de cabeça que sentia desde o tombo que levara. Os dois, da mesma idade, mesmo porte físico, entreolharam-se firmemente. Dancinha procurou ficar o mais afastado possível do inimigo. Mocotozinho riu antes de falar que iria enfiar-lhe a porrada e de partir para cima de Dancinha aos socos e pontapés. Dancinha não sabia brigar, nunca fora de rua, onde se aprende a lutar. Mocotozinho, ao contrário, sabia dar rasteira, esquivar-se e bater em lugares vitais. Bastaram cinco minutos para Dancinha desmaiar.

Bonito, pensando que os três estavam armados, não mirou com perfeição, pois agiu rápido demais para isso, com o intento de não dar tempo para o inimigo sacar a arma. O primeiro tiro acertou a testa de Bate-Bola, os outros foram em direção a Calmo, que rolava no chão para a esquerda e para a direita. A pistola foi toda descarregada. Peninha entrou em um prédio, meteu o pé na porta de um apartamento do terceiro andar, entrou no quarto, abriu a janela e ficou esperando para pular caso os inimigos entrassem. Enquanto Bonito trocava o pente da pistola, Fabiano preocupava-se em render os vapores e tomar-lhes as drogas e armas. Calmo teve tempo de fazer o mesmo trajeto de Peninha, porém entrou em um apartamento do segundo andar. Bonito e Fabiano saíram dali de costas e atirando, entraram no carro e voltaram para Cidade de Deus.

O irmão de Bate-Bola foi acordado subitamente pelos gritos da irmã mais nova, desceu correndo as escadas. Ao ver o irmão com a cabeça estourada abraçou-se em seu corpo ensanguentado e ficou assim até o rabecão chegar.

Os irmãos de Cabelo Calmo engrossaram a quadrilha da Treze, assim como os irmãos menores de Bonito engrossaram a sua quadrilha. Irmãos, primos, tios e toda sorte de parentes, e também os amigos dos quadrilheiros, entravam para essa ou aquela quadrilha porque se sentiam na obrigação de vingar o estupro, o assalto, o roubo ou qualquer outra ofensa e para isso tornavam-se soldados.

Também houve casos em que os futuros quadrilheiros não tinham crime algum para vingar, contudo entravam na guerra porque a coragem, aliada à disposição para matar exibida pelos bandidos, lhes conferia um certo charme aos olhos de algumas garotas. Julgavam assim impressioná-las. Elas admiravam fulano ou sicrano por estar empenhado em defender a área, eles se sentiam poderosos e enfim compreendidos. No entanto, a rapaziada do conceito dizia que eram teleguiados natos, a encarnação da antítese de bandidos natos. Jovens insuspeitos tornavam-se bandidos e estavam guerreando, às vezes, somente com um pedaço de pau na cintura enquanto aguardavam o seu revólver.

Antigamente, comentavam pasmados os moradores, somente os miseráveis, compelidos por seus infortúnios, se tornavam bandidos. Agora estava tudo diferente, até os mais providos da favela, os jovens estudantes de famílias estáveis, cujos pais eram bem empregados, não bebiam, não espancavam suas esposas, não tinham nenhum comprometimento com a criminalidade, caíram no fascínio da guerra. Guerreavam por motivos banais: pipa, bola de gude, disputas de namoradas. As áreas dominadas pelas quadrilhas viraram verdadeiros fortes, quartéis-generais dos soldados, cujo acesso era dado a bem poucos; os que ignoravam esse fato viam-se expostos à humilhação pública, ao esculacho, por morarem em área desse ou daquele inimigo ou por serem amigos de um quadrilheiro também inimigo. A guerra, assim, tomou proporções maiores, o motivo original não significava mais nada.

A demarcação territorial exigia, para fugir do esculacho ou de coisa pior ainda, tal como a morte enganosa, que as quadrilhas recorressem a códigos diferenciados para a identificação do aliado e do rival. Presentes na favela desde os tempos áureos dos cocotas, as roupas de grife estavam começando a povoar o imaginário dos miseráveis. Ao mesmo tempo sinônimo de distinção, status e identificação, os quadrilheiros lançaram mão desse recurso criando uma espécie de uniforme para as quadrilhas nas malhas de elanca usadas pelos ginastas e tão em voga à época da guerra. Os ladrões se encarregavam de prover as necessidades de cada quadrilha, cada qual com sua grife de escolha e cor predileta. Foi assim no início de um inverno rigoroso: mais de duzentos quadrilheiros caprichosamente acompanhando a moda.

Num dia de sol fraco, Félix, um teleguiado integrante da quadrilha de Bonito, ficou na esquina da rua em que morava a garota de quem gostava até que ela aparecesse no portão. Tão logo ela surgiu, ajeitou um pequeno pedaço de pau na cintura e saiu correndo em direção à Treze. Fingia que ia dar um ataque sozinho como os bons quadrilheiros. Ia correndo, parando nas esquinas, fazendo de conta que não a tinha visto. Iria dobrar a esquina, atravessar o Rala Coco, chegar próximo de onde ficavam os olheiros da Treze, fingir atirar e sair correndo. Na certa os inimigos atirariam, sua amada escutaria os tiros e o acharia o mais corajoso dos homens.

Atravessou o Rala Coco, ganhou a rua do Meio, avistou Terremoto e Meu Cumpádi e xingou-os com a mão na cintura:

— Filho da puta, vai ganhar chumbo na bunda, viado safado! — disse, e entrou na primeira viela para dobrá-la e voltar pela paralela à rua do Meio. Porém, deu de cara com Borboletinha e Valter Negão, irmão de Calmo, que atiraram. Félix, sem alternativa, teve de correr mais para perto da Treze, pois não poderia voltar pelo mesmo caminho por causa de Terremoto e Meu Cumpádi. Seguiu por outra rua, na tentativa de ganhar a Edgar Werneck. Meu Cumpádi e Terremoto, porém, o seguiram, atirando. O primeiro projétil atingiu seu braço esquerdo, fazendo-o rodopiar, o segundo, de escopeta, arrancou-lhe o direito e o fez rodopiar no outro sentido, o terceiro, enfim, o jogou ao chão e o quarto foi só por comiseração.

Imediatamente Bonito foi avisado de que Félix havia morrido. Não se lembrava de quem era o soldado, mas significava uma baixa a mais em sua quadrilha. Muito nervoso, juntou seu pessoal e desceu direto pela rua do Meio à frente de uns setenta homens.

A fuzilaria já durava três horas quando Bonito penetrou nos labirintos da Treze, sozinho metia o pé nas frágeis portas de madeira. O menino Othon, de nove anos, atirou com um 32 debaixo da mesa assim que a porta de sua casa foi abaixo, acertando de raspão o braço esquerdo de Bonito, que pulou para o lado e, só com uma mão, retalhou todo o corpo de Othon com tiros de escopeta, voltou para perto dos amigos e juntos bateram em retirada.

Os cinco policiais de serviço naquele dia não arriscaram ultrapassar a praça dos Garimpeiros. Apareceram meia hora depois do cessar-fogo, para tomar conta do corpo de Othon e de mais um recém-nascido morto na guerra.

Assim que soube do ataque de Bonito, Miúdo reuniu a quadrilha e tomou o caminho da Treze. Os policiais se alvoroçaram quando viram a quadrilha. Ele mesmo gritou que não ia trocar tiros com eles. Passaram perto dos policiais como se fossem moradores comuns, arrebanharam a quadrilha dali e seguiram para atacar os inimigos no território destes.

Os primeiros tiros foram esparsos, pois não dava mais para Miúdo ir entrando, como antes; a quadrilha de Bonito tinha quase o mesmo número de homens que a sua. A quadrilha da Treze separou-se no Lazer e subiu pela beira do rio; a de Miúdo se dividiu pela rua do Meio e pelas vielas. Os mais novos gostavam daquela sensação de guerra, encarnavam os heróis da televisão. Miúdo só pensava no dinheiro que perdera desde que começou a guerra. Gritava, xingava, fingia que ia e não ia. Quando um tiro do inimigo passava perto, ria fino, estridente e rápido. Bonito, com a quadrilha agrupada, mandava que ninguém se atrevesse a entrar na linha de fogo e que só fizessem aquilo que ele mandasse. Chamou Cenoura, tirou de dentro de um saco duas granadas de mão que um dos integrantes da quadrilha tinha furtado no quartel onde servia. Já havia explicado como usar o artefato bélico. Disse que atiçaria Miúdo para ele se aproximar.

— Não, rapá! É melhor sair de pinote que eles vêm e eu mando.

— Então, tá.

Bonito deu dois tiros de escopeta, Miúdo respondeu com uma rajada, destroçando um pedaço do muro que lhes servia de trincheira.

— Vamo sair, vamo sair, vamo sair! — gritou Zé Bonito.

Miúdo, Toco Preto e Calmo avançaram, e Cenoura jogou a granada.

Atravessaram a praça, entraram na Laminha e ficaram frente a frente com a quadrilha da Treze. As dezenas de tiros não tinham alvo determinado, o negócio era atirar para a frente; apenas Bonito, Cenoura, Ratoeira e Antunes miravam o inimigo. Com os contendores não acontecia muito diferente: acertavam nos mais diversos lugares. Cerca de cem homens trocando tiros e apenas dois mortos na quadrilha de Bonito, e mais dois da Treze que ele mesmo matou.

A granada explodiu, mas só assustou Miúdo e seus comparsas, porque caiu dentro de um bueiro sem tampa, e apenas rachou e estremeceu o chão. Miúdo olhou assustado para Calmo e disse:

— Essa porra é dinamite!

— Caralho!

Bonito tirou da mochila três coquetéis Molotov, disse para o restante da quadrilha ficar ali mesmo, pediu a Ratoeira que lhe desse cobertura e voltou para onde estava Miúdo. Dessa vez apareceu bem de frente para os inimigos, dando rajada de INA e, apenas com a mão esquerda, acendeu uma das bombas incendiárias, lançou-a em cima da cabeça de um soldado de Miúdo e fugiu. Os parceiros ficaram enervados vendo Cuscuzinho correndo para todos os lados em chamas, um fogo azul o chacoalhava da cabeça aos pés, aquele grito grave, contrastando com a risada fina, estridente e rápida de Miúdo, o agasalho de ginástica derretendo e colando-se ao corpo que, perdendo os movimentos, caiu e queimou em silêncio.

Miúdo notou que não havia mais munição para a metralhadora, jogou-a para Calmo, retirou a pistola da cintura e saiu sozinho pelas vielas. Numa delas encontrou os inimigos e correu atirando. Os homens de Bonito recuaram um pouco, apenas ele ficou para devolver os raivosos tiros de Miúdo, mas suas rajadas eram desastrosas, não o atingiam. Briga de cachorro grande. Tiro trocado sem esconde-esconde, parte dos homens de Bonito olhando pela quina de um muro, os de Miúdo de outro. A munição de Bonito acabou. No momento em que meteu a mão no cabo de sua outra pistola foi atingido no abdômen. Caiu e rolou para trás com o objetivo de se proteger na trincheira de onde saíram cincos homens para botar Miúdo para correr.

— Peguei, peguei, peguei o desgraçado, peguei Bonito!

No instante em que Bonito era socorrido, Meu Cumpádi surgiu sozinho de uma viela para matar mais dois da quadrilha de Bonito.

Lá nos Apês, Miúdo, feliz com o fato de ter atingido Bonito, pagou cerveja para quem quisesse, e também liberou a droga em suas bocas de fumo. Ali a alegria era geral.

Àquela altura da guerra, os amigos de Carlos Roberto o aconselharam a largar a gerência das bocas de Miúdo; quem era entrosado com ele era, naturalmente, inimigo de seus inimigos. Carlos Roberto, que já não estava gerenciando com muito afinco, foi passando as tarefas para Vida Boa, que gostava de manipular dinheiro. Em pouco tempo, Vida Boa assumiu o controle de tudo e, para ficar sempre bem com o irmão, passou a andar armado, dar ordens e a participar das decisões. Tratou de comprar duas casas, uma em Realengo e outra em Bangu, para Miúdo se esconder quando fosse necessário. Para uso próprio comprou um carro zero, um barco e equipamento de mergulho novo, por achar ultrapassado o que já tinha. Alugou uma casa em Petrópolis, aonde sempre ia cavalgar, tratou de andar mais bem-arrumado, ia sempre a restaurantes finos, esquiava no canal da Barra da Tijuca. O bruto sabia gastar dinheiro.

— Qualé, Leonardo? Tô vendo que tu tá sempre junto da rapaziada, aí, mas não se intruja, gosta de se vestir legal, gosta de dar uns mergulhos, tá sempre disputando umas minas maneiras. Tá a fim de ganhar um dinheiro mole pra tirar muito mais onda?

— Depende! Não tô a fim de parada errada, não!

— Parada de malandro! Tu não tem carteira de piloto?

— Hã-ram.

— É só tu pilotar pra mim, morou? Tu não gostou das vez que eu te levei pra cavalgar em Petrópolis, não gostou de quando a gente foi mergulhar? Então! Agora a gente pode tirar essa onda toda semana, sabe qualé? Não tem essa de dar tiro, não, tá sabendo? A gente fica aqui só uns dois dias na semana, o resto é só tirar onda. Tu só dirige, morou? Vou fazer meu irmão sair daqui toda semana e quando ele sair a gente sai também. Aí, não conta pra ninguém não, morou? Eu aluguei maior cachangão em Petrópolis.

— Com ele?! — perguntou debochando.

— Não, cumpádi, a gente vai pra outra parada.

— Vai me dar quanto?

— Dinheiro não falta, rapá. Quem tá tomando conta do negócio do meu irmão sou eu, sabe qualé? — finalizou Vida Boa.

Miúdo andava de cabeça baixa acreditando no boato de que Bonito havia morrido; agora só faltava o viado do Cenoura. Aproximou-se de Leonardo e do irmão e disse:

— O caso é o seguinte: naquele ataque, neguinho gastou muita munição e quase não matou ninguém, morou? Tu, que tá de bobeira aí — disse, olhando para Leonardo —, chama a rapaziada lá pra trás do Morrinho que a gente vai fazer tiro ao alvo, manda um moleque desse aí arrumar umas garrafa pra gente mirar nela, valeu?

— Valeu!

— E você é o seguinte — continuou, dirigindo-se a Vida Boa —: compra umas roupas lá pra mim, morou? Mas não me entrega na frente de ninguém, não.

Lá no Morrinho, onde estavam sendo construídos mais blocos de apartamentos, um vento irado balançava a vegetação rasteira e verde, o barro do barranco descia até o casarão abandonado com piscina e recheado de pedra e tabatinga; no meio da descida, um trecho plano de onde se via boa parte do conjunto, os fundos do bairro Araújo e parte da Zona Norte do Rio. Dava para ver também os morros do Recreio dos Bandeirantes e a área de Bonito para onde Miúdo lançou um olhar suspeito, com os olhos apertados, e em seguida riu sua risada fina, estridente e rápida.

Foram postas dezenas de garrafas no barranco de barro, cada pistoleiro tinha direito a dez tiros, quem errasse mais pagaria cerveja para a rapaziada. Leonardo não desperdiçou nenhuma bala, fazendo Miúdo falar:

— Não gosto desse moleque, não gosto desse moleque!

Na volta, Miúdo chegou-se para perto de Leonardo.

— Tu chamou Peninha?

— Chamei.

— Que que ele disse?

— Não falou nada, não.

Adiantou o passo, alcançou Biscoitinho.

— Esse tal de Peninha tá com muita marra, morou? Chegou aí caidinho, não tá mais aceitando minha ideia, sabe qualé? Ele tá rumando mais que nós todo junto, viu o carro que ele comprou?

— Comprou na moral, não é cabrito, não... O carro é novinho!

— Lembra daquela vez que ele não deu branco pra tu botar na boca, deu só pro Camundongo Russo?

— É!

— Acho que ele tem bronca tua e é o seguinte: no dia que eu peguei Bonito eu vi ele rezando tuas costas.

— Tá de sacanagem!?

— Foi sim, morou? Mas eu já fui lá no terreiro e o homem falou que tá tudo certo, tu não vai cair, não... mas ele tá de maldade contigo.

Desceram o Morrinho, ficaram por alguns minutos na praça. Dali dava para ver Peninha lavando seu fusca. Som ligado, garrafa de uísque pela metade, Peninha de vez em quando dava passos de dança, o revólver perto do balde de água com querosene.

— Passa logo ele! — disse Miúdo a Biscoitinho quando este fixava o olhar em Peninha.

— Tem que passar logo Calmo também?

— Vamo dar mais um tempo, porque ele tem moral com os moleques da Treze, sabe qualé? A gente não sabe se Cenoura vai continuar a guerra, mas fica tranquilo que eu domo ele.

Biscoitinho remuniciou a pistola e deu a volta pelo prédio, deixando Miúdo com um pesado sorriso no rosto. Aproximou-se, sem ser notado, de Peninha, que, deitado, enxaguava o para-lamas. Descarregou doze tiros de pistola, à queima-roupa, na cabeça do parceiro.

Depois de um mês, os jornais diziam que o número de mortes em Cidade de Deus era maior do que o da Guerra das Malvinas no mesmo espaço de tempo. O conjunto tornou-se um dos lugares mais violentos do mundo. A câmera de uma televisão focalizou Bonito internado no hospital Miguel Couto. O vingador respondeu a todas as perguntas da repórter sem pestanejar. No final da entrevista, afirmou que a guerra só acabaria quando ele ou Miúdo morresse.

— Então a guerra vai acabar hoje, vai acabar hoje que eu vou lá no Miguel Couto pegar ele, vou lá, sabe qualé? — gritou Miúdo quando lhe falaram da matéria. — Leonardo, é você que vai me levar de carro...

— Por que tu não passa mercúrio no braço e diz que tá machucado?

À noite, o bandido encharcou-se de mercurocromo, amarrou a pistola ao tornozelo. Ria fino, estridente e rápido. Entrou no carro, abaixou-se no banco de trás. Leonardo deu a partida e um tiroteio começou.

Dez policiais civis entraram disfarçados de lixeiros e pendurados no caminhão de coleta de lixo dando tiro em cima de qualquer negão que estivesse na rua. Leonardo acelerou o carro, subiu por cima da praça onde ele e seu irmão abandonaram o carro e se encafuaram nos prédios.

Em seu apartamento, antes de começar o tiroteio, Tuba havia dado um soco na cabeça de sua mãe, dois pontapés no ventre, uma cabeçada na boca e uma coronhada na nuca, levando-a ao chão. A velha filha da puta vivia para mandá-lo colocar a roupa no lugar, não deixar seus objetos de uso pessoal espalhados pela casa. Toda vez que ia urinar, a velha conferia se ele tinha molhado a beira do vaso. Parecia que tinha o Diabo no corpo. Já havia lhe avisado que se ela insistisse em mandá-lo arrumar isso ou aquilo iria lhe enfiar a porrada. A bruta não acreditou.

Ao escutar os tiros, pensou que eram os inimigos e desceu para combater: se matasse Cenoura, pegaria consideração, poderia até ganhar uma boca de Miúdo. Nessa hora apareceram policiais militares. Sem atirar, caminhavam à espreita por dentro dos prédios e depararam com Tuba, atordoado, com a pistola ainda desengatilhada. Tentou engatilhar. Uma rajada cortou-lhe a barriga. Sua irmã desceu atrás e gritou:

— Mata esse infeliz que ele bateu na mamãe, quase matou mamãe!

Sargento Linivaldo, ao escutar a irmã de Tuba, foi para o meio da rua, fez sinal para o policial que dirigia a viatura, assumiu a direção e passou várias vezes com a roda esquerda dianteira por cima da cabeça de Tuba.

O grupo de policiais se reuniu, o sargento fez a contagem, faltava um, que vinha com um teleguiado algemado. Colocaram-no na caçapa e avançaram para a área de Bonito. Esconderam a viatura numa viela, levaram o teleguiado para o meio da praça da Quadra Quinze, tiraram-lhe as algemas.

— Agora corre pra lá, corre, corre!

Deram tiro para o alto e foram embora. Os quadrilheiros de Bonito o encontraram e o mataram.

Sandro Cenoura mandou todo mundo se entocar, só iria voltar a combater quando Bonito voltasse, estava com medo, não tinha pulso para comandar a quadrilha. A polícia estava dando em cima, os jornais todos os dias faziam matéria sobre Cidade de Deus, seu nome sempre vinha estampado na primeira página.

Entocou-se na casa de um amigo, a mulher deste estava sumida havia mais de uma semana, poderia abrigar Cenoura sem ter de ouvir falação da desgraçada por ter colocado bandido dentro de casa. Cenoura, com as mãos trêmulas, coração acelerado. O companheiro dormia no quarto completamente embriagado, rangia os dentes, soltava gases, remexia-se na cama. Que vida desgraçada era a sua, na verdade não queria estar nessa porra dessa guerra, sempre gostara de dinheiro, dinheiro era o que queria, e esse babaca querendo tomar sua boca. Olho-grande, safado; nunca gostou de Miúdo. Lembrou-se do tempo em que trabalhava de faxineiro na PUC, única vez que se fantasiara de otário, pois sabia que não ficaria rico limpando as sujeiras que a brancalhada fazia, e só os otários trabalham com a certeza de que não vão desfrutar das coisas boas da vida. Por isso largara tudo, nunca mais levou aquela desgraceira de vida. Maconha, cocaína, isso é que dava dinheiro, se não fosse Miúdo estaria rico.

Pensou nos filhos, queria que eles estudassem na PUC, sempre ouviu dizer que escola de padre é que era a boa. Dois filhos. O que poderia deixar para eles? A herança mais visível era a guerra. Bonito bem que poderia voltar logo, para partir com ele para cima de Miúdo com todo o ódio que sentia naquele momento. Matá-lo, tomar a boca da Treze e trabalhar duro um ano; compraria um sítio no interior para criar galinha, faria uma piscina, construiria um banheiro com sauna. Tentou se lembrar de como se fazia coquetel Molotov e nada. Somente a angústia dominava-lhe o espírito. A gastrite voltou a castigá-lo. Leite. Na geladeira somente batatas passadas, um bife preto em cima dum óleo branco encardido. Na prateleira uma garrafa de conhaque. Não hesitou. Bebeu tudo para uma noite bem-dormida, se algum inimigo chegasse não teria problema, morreria dormindo. Há certas horas em que a própria morte parece ser extremamente necessária.

Borboletão, não se sabe como, apareceu de madrugada na esquina. Respondia que era malandro quando lhe perguntavam sobre como havia se libertado. Sabia de todo o acontecido. Só não sabia por que estavam todos na esquina se o sargento Linivaldo estava de bicho-solto.

— Se ele vir, a gente dá no peito! — disse Tigrinho, seriamente.

Borboletão o olhou, conhecia aquele sujeito só de vista, assim como outros quadrilheiros, e nem imaginava que estivessem na quadrilha, porém o único novato a se manifestar fora ele, havia sido tão incisivo que o fez calar-se. Tigrinho continuou:

— A gente tinha que tá Lá em Cima agora, morou? Tem uma porrada de malandro ali que só se garante quando Bonito tá na parada, morou?

— Então chama lá a rapaziada do Apê — disse Borboletão a um teleguiado.

— Que chamar neguinho do Apê que nada, cumpádi! A gente se garante sozinho, morou? Aquele tal de Miúdo não tá muito certo não, morou? Matou o parceiro que Calmo trouxe aí, só vem aqui dando ordem, morou?

— Ele deixou Biscoitinho passar Peninha porque o cara rezou as costas dele, eu tavo pegado, mas fiquei sabendo e é o seguinte, tu tá formado aí com a gente, mas quem manda aqui é eu, Calmo e Miúdo! — disse Borboletão.

Tigrinho ficou sério, passou os olhos em toda a quadrilha, coçou o nariz e disse:

— Se é você que manda, tá mandado!

A quadrilha de Miúdo surgiu na outra ponta da rua. Em silêncio, o pessoal da Treze esperou que eles se aproximassem.

— Aí, tô sem dinheiro, morou, Calmo? Tô precisando de um qualquer aí pra comprar umas arma, sabe qualé? Então é o seguinte: tu vai me dar a parte que tu dava pro Peninha, tá direito?

— Tá — disse entre os dentes.

Tigrinho olhou para Borboletão, depois para Meu Cumpádi, entortou o nariz e afastou-se.

As duas quadrilhas rumaram em bloco pela rua do Meio, a ordem era a de largar o dedo até na polícia. Borboletão olhava para Meu Cumpádi com olhos cúmplices, fazia o possível para o parceiro entender que não concordava com o que Miúdo exigira. Meu Cumpádi entendia, mas dissimulava no meio das duas quadrilhas devidamente uniformizadas.

Lá no posto policial, Lincoln e Monstrinho se armavam, iriam com mais seis policiais, em dois camburões. A diligência seguiria para os Apês para tentar surpreender os inimigos.

Lá em Cima, membros da quadrilha de Bonito estavam reunidos na casa de um teleguiado, Dancinha, que relatava o ocorrido na cela do posto policial. Afirmava que o policial queria realmente um papo sério com Bonito, acreditava tratar-se realmente de um amigo do chefe. Comiam pão com mortadela. Enchiam o estômago para cheirar os dez gramas de cocaína já trabalhada no prato. Primeiro fumaram maconha e, agora, sentiam falta de líquido.

— Comer essa porra seca é foda! — disse Ratoeira.

— Aí, moleque. Vai ali naquela birosca ali do Palhares comprar uma Coca família.

O teleguiado levantou-se, apanhou o dinheiro e perguntou:

— Tem casco aí não?

— Que casco o caralho, rapá! Tu não é bandido? Já tá fazendo muito em pagar.

— Leva meu ferro! — disse Ratoeira.

O garoto branco de cabelos encaracolados saiu em passos curtos, olhos arregalados, o temor de perder a vida veio-lhe somente naquele instante, nunca havia sentido isso, mas agora, nas ruas desertas, depois que Cenoura mandou a quadrilha toda se entocar, o arrependimento de ter largado o segundo ano do segundo grau, de ter deixado o trabalho de meio expediente para cair nas garras da guerra por pura fascinação era patente.

Miúdo, na rua adjacente, mandava a quadrilha fazer silêncio, alguma coisa lhe dizia que iria encontrar inimigo dando mole. O menino apertou o passo, era melhor agir depressa, no outro dia abandonaria a vida do crime. Miúdo, que carregava somente a escopeta engatilhada, engatilhou a metralhadora sem fazer nenhum barulho. Bandido, gato e policial são parecidos: surgem nos lugares mais improváveis e dão mais vida ao silêncio.

O menino sentia calafrios, seu andar voltava a ser lento, a fala de sua mãe lhe perguntando como ia na escola se instalou em seus ouvidos. Miúdo fez sinal para a quadrilha parar, apontou a metralhadora para a esquina com o dedo no gatilho. O menino também parou, sem fazer barulho, engatilhou a pistola e voltou a andar rápido. Faltavam, mais ou menos, dez passos para cair na mira de Miúdo.

Sete passos foram dados e um teleguiado escarrou. O menino tranquilizou-se, acreditou que do outro lado vinha alguém de bem, porque, se fosse bandido, não faria barulho; apertou o passo e entrou na mira de Miúdo.

— Mão na cabeça, filho da puta! — disse Miúdo, e perguntou para a quadrilha: — Esse moleque é bandido?

— É! — respondeu Conduíte.

— Vamo barbarizar, vamo barbarizar! — disse Camundongo Russo.

— Bota o ferro no chão e deita! Quer rezar? — perguntou Miúdo com toda a sua ruindade.

O menino nada respondeu. Miúdo fez outra pergunta:

— Cadê teus parceiro?

O menino sabia que delatando ou não iria morrer, optou por ficar calado. Mijou-se, comprimiu o corpo, naquele momento os conselhos de seus pais vieram-lhe todos à mente. Miúdo o olhou por um tempo, desengatilhou a arma e mandou a quadrilha dar um rolé naquele local. A sós com o menino, mandou-o levantar-se e perguntou:

— Sabe cantar?

— Sei!

— Então canta aí "Maluco beleza"!

O menino começou pelo refrão, balbuciava no início, depois entrou no tom. Miúdo olhou para a Lua, sentiu a leve força do vento no seu semblante, a voz do garoto era como a voz de Pardalzinho cantando a mesma canção, só que Pardalzinho cantava sorrindo e com o braço sobre seu pescoço, saltitando no mesmo lugar feito criança. Num segundo a recordação percorreu vários pontos: não era só de um Pardalzinho que se lembrava, eram vários, em diversos lugares e nas mais diferentes situações, sempre rindo ou cantando. Se Pardalzinho estivesse vivo, talvez não tivesse estuprado a mulher de Bonito e nada daquilo estaria acontecendo; na certa, estaria com muito mais dinheiro e sem inimigos.

O garoto parou. Miúdo mandou que cantasse outra vez. De novo, olhando para o céu, procurava a imagem de Pardalzinho recostado em alguma estrela, pois sua voz havia lhe soado aos ouvidos na hora em que ia apertar o gatilho da arma apontada para a cabeça do inimigo. Nada. Pardalzinho não estava em nenhuma estrela, somente sua alma ali, do seu lado, lhe mostrando que aquele não era um inimigo de verdade. Olhou para o vazio, piscou o olho, acreditava que Pardalzinho veria.

— Sai dessa vida, rapá... Vai embora! Alguém te fez alguma coisa pra entrar na guerra? Vai procurar uma escola!

A quadrilha de Lincoln, quase despercebida, encafuou-se no Morrinho, depois de entocar as viaturas no mato. Um vigia da obra dos apartamentos do Morrinho ficou assustado, mas o próprio Lincoln fez sinal e lhe devolveu a calma. Dali, com o auxílio de binóculos, dava para ver toda a movimentação nos Apês. Sargento Linivaldo deduziu que na certa eles estariam na área de Bonito. O negócio era esperar.

A quadrilha ouviu de Miúdo que o moleque não era bandido.

— O bruto não era alemão, não! Tavo a fim de pegar um cara por causo de parada de mulher.

Retornaram para os Apês.

* * *

Lincoln pediu calma aos seus homens, quando a quadrilha de Miúdo concentrou-se na praça. Era a hora de observar para onde iriam.

— Aquele perto do poste é o Miúdo — disse o sargento Linivaldo.

— Quem é o Calmo?

— É aquele que tá indo embora ali, por aquela viela ali... Ele que é o chefe da Treze.

— Gusmão, vai lá na viatura e passa um rádio aí. Diz que um cara de agasalho azul vai atravessar a Edgar Werneck na altura da ponte, no início dela. É perigoso e tá armado. Mande prendê-lo, nada de matar, ele pode dar muita informação.

Calmo não esboçou reação ao receber voz de prisão. No próprio posto policial falou tudo o que os policiais lhe perguntaram.

— Vai levar ele pra trinta e duas, sargento?

— Só segunda-feira, primeiro vamos saber se tudo que ele falou é verdade.

A venda de cocaína nos Apês aumentava, mesmo com a guerra era comum chegarem carros com gente de fora querendo comprar a droga, por ser ali o lugar da favela de mais fácil acesso. Miúdo ria quando Vida Boa lhe dizia quanto havia vendido nesse ou naquele dia. Os viciados continuavam a trazer eletrodomésticos, armas e joias para trocar por drogas. A polícia não tinha como prender tanto viciado, só prendia quem estivesse armado. Calmo ainda estava sumido, foi preciso o sargento Linivaldo gritar na Treze que queria duzentos mil para soltá-lo para que seus comparsas ficassem sabendo do seu paradeiro.

Borboletão foi até Miúdo, que de início se negou a dar o dinheiro. Disse que Calmo tinha dado mole e não era ele que ia dar dinheiro à polícia para libertar um vacilão. Contudo, depois de resmungar bastante, mandou Vida Boa dar o dinheiro a Borboletão.

* * *

Calmo ouviu tudo de Borboletão, meia hora depois de ter sido libertado. Borboletão aumentou o ocorrido dizendo que Biscoitinho falara duas vezes para Miúdo não dar o dinheiro. Calmo trincou os dentes.

— O caso é o seguinte: aquele tal de Miúdo me deve, se eu tiver trepado e ver ele eu largo o dedo, morou? — disse um viciado depois de conversar amenidades e dar a primeira cafungada numa trilha de cocaína esticada numa nota de dez cruzeiros, do terceiro papelote que comprara do vapor de Cenoura. Continuou: — Um dia, eu fui lá na área dele apanhar um bagulho, ele me esculachou, morou? Até tapa na cara ele me deu.

— Tá de sacanagem!?

— Sacanagem!? Sacanagem nada! Ele pensa que a gente é otário, morou? Nem sabe que a gente é de pá também.

— Tu é daonde?

— São José. Aí — deu uma pausa para aspirar mais uma trilha de pó e continuou —, se neguinho formar um bonde pra passar ele, eu vou, morou? Não trago ninguém da minha área porque a gente não tem caída aqui.

O vapor deixou o viciado falar mal de Miúdo um bom tempo, sempre concordando, e arrematou:

— Pode crer, mas aí, chega ali, naquela rapaziada ali, e dá uma ideia. Todo mundo ali é a fim de passar ele também.

Ratoeira escutou a mesma coisa que o vapor ouvira. Depois colocou o cano do revólver na cabeça do viciado, mandou um quadrilheiro o revistar e o levou até Sandro Cenoura. Depois de muito conversarem, Sandro mandou apanhar mais três papelotes na boca e continuou a perguntar o nome dos bandidos com quem o ádvena afirmava ter puxado cadeia.

Pouco depois, Ratoeira chegava com a informação de que o carro estava pronto, o mecânico garantira que ele pararia de morrer à toa.

À noite, buscariam Zé Bonito no hospital.

A operação foi um sucesso. O policial de plantão no momento do resgate fazia sexo com uma das enfermeiras, somente depois de duas horas deu falta do prisioneiro.

* * *

Antunes avisou Bonito de que nos últimos dias havia pensado muito na mãe, estava cansado daquela vida de tiros, mortes e drogas. Arrumaria um emprego e alugaria um quarto para ele, a irmã, a mãe, o pai e o irmão mais novo.

— Lá no Catete, o cara falou que aluga quarto baratinho... Não quero mais saber dessa vida, não, morou? Vou sair antes de ser fichado... A gente não pode viver tranquilo, morou? Vamo nessa, rapá, esquece essa porra de vingança. Tu quase morreu aí, tá cheio de crime nas costas.

— Eu vou sair, mas só depois que Miúdo cair!

— Você que sabe, morou? Essa vida é foda! Nunca pensei que um dia eu fosse pegar numa arma... Vida de cão... É só sair na rua que pode arrumar barulho aí, à toa. Ontem mesmo eu me arenguei aí com Coroinha e Parafuso.

— Por causa de quê?

— Os caras ficaram de vapor aí e deram maior derrame na boca: cheiraram mais de vinte papéis. Eu fui falar, eles disseram que iam me passar e tudo...

— Eu tive pra passar os dois, mas Cenoura fez pedido, aí eu deixei pra lá...

— Eu sei que eu tô fora, morou? Toma aqui minha pistola que eu vou em casa tomar um banho, trocar de roupa e vou com Tribobó ali naquele posto de gasolina, ali, da Miguel Salazar, rumar um emprego, morou? Ontem saiu no jornal que lá tá precisando de frentista, vou ver se o cara me emprega e depois, se ele tiver outros postos, esses caras sempre têm, eu peço a ele pra me transferir, morou?

— Tu tá mais é certo, vai com Deus!

Aquela manhã para Antunes tinha o ar mais puro, manhã em que ele deixaria de lado a loucura da vingança. O Deus, todo-poderoso, se encarregaria de castigar Miúdo, quem era ele para fazer justiça se a justiça divina é mais forte? Estava saindo para procurar emprego, saindo de Cidade de Deus, saindo da guerra, na certa Bonito sairia também, fora isso que sua mãe lhe dissera, se ele saísse, o irmão fatalmente sairia também. O dono do posto lhe daria emprego, pois sabia falar bem, sabia matemática, era preto, mas tinha os cabelos lisos e olhos azuis como os do irmão. Boa aparência, isso vale e vale muito. Tomou banho, escolheu a melhor roupa, passou perfume, gumex no cabelo: oito e meia encontraria Tribobó na esquina onde havia o já extinto bar Porta do Céu. Pediu à mãe que orasse para ele conseguir o emprego e precipitou-se para a rua.

— Meu filho, você é tão bonito, tão jeitoso, deixa esse negócio de vingança para lá, esse tal de Miúdo não vai durar muito, não. A própria polícia mata ele! — disse-lhe uma mulher que fazia fofoca no portão de sua casa com mais três mulheres.

Andava e era saudado, era o irmão do vingador, quase tão bonito quanto ele, passava pelas ruas de Lá de Cima sem aquela cara nervosa dos últimos tempos, sem arma na mão ou na cintura, dando bom-dia às donas de casa como nos velhos tempos, sem colocar a cara na esquina para ver inimigos.

Lá na esquina, Tribobó, devidamente arrumado, o esperava com o mesmo sorriso; tantas vezes saíram juntos para dar ataque e agora iriam procurar trabalho! Isso fazia o maior bem que se possa imaginar a sua alma. A alma do avô? Que Deus botasse em bom lugar, junto com a alma daqueles que morreram em combate. Rezaria sempre por eles.

— Tem que fazer uma ficha. Trouxe todos os documentos? — disse o funcionário que os recebeu. — Vocês moram onde?

— Cidade de Deus.

— Vai ficar meio difícil, o homem não tá aceitando gente da Cidade de Deus, não.

— Por quê?

— Sei não, mas preenche a ficha aí, quem sabe, né?

Do outro lado da rua, Coroinha e Parafuso os observavam atrás de um caminhão. O sol quente. O tráfego intenso. Atirar dali era besteira, se descessem um pouco mais a estrada, atravessassem a rua e andassem junto aos muros até chegar ao posto, surpreenderiam os inimigos numa boa. Foi o que fizeram sem serem notados.

O primeiro tiro saiu do revólver de Coroinha, serviu somente para alertar os inimigos e os funcionários do posto. Os frentistas entraram por um conjunto de casas ao lado, o funcionário que atendia Antunes e seu amigo meteu-se dentro de um latão de óleo, Tribobó pulou um pequeno muro e fugiu. Antunes levou dois tiros na cabeça, rodopiou e caiu.

Coroinha e Parafuso, sem dar o tiro de misericórdia, foram para o meio da pista, pararam um carro, entraram e foram em direção a Taquara, onde abandonaram o veículo e roubaram outro, subiram a serra do Grajaú e sumiram para nunca mais.

Rapidamente a notícia correu e o corpo de Antunes ficou rodeado de pessoas. Chegaram vários policiais fazendo perguntas.

Bonito bebia o chá preparado pela sua mulher, nesse momento sentiu falta do carinho e dos remédios caseiros da mãe. O brilho nos olhos do irmão o fizera mais disposto para a vida. Detestava chá preto sem açúcar, virou o copo apertando as narinas, sentiu dor, olhou por debaixo da cortina; já dera meio-dia, mas parecia ser manhã ainda, o ar fresco lhe chegava à face, talvez se fumasse um baseado o tempo passasse mais rápido. Nada de drogas. Suco de maracujá dá sono, isso mesmo, iria beber uma jarra todinha. Chamou Ratoeira, que montava guarda na frente de casa. Nada. Chamou novamente. Sua intenção era pedir ao amigo que lhe comprasse o jornal. Na certa, teria uma matéria sobre sua fuga.

— Marca um tempo aí — respondeu Ratoeira.

Ratoeira, Cenoura, Tartaruguinha e Bicho Cabeludo conversavam à boca miúda sobre o acontecido. Ninguém se propunha a relatar a morte de Antunes a Bonito, que estava deitado. A pouca movimentação que fizera sangrara as duas feridas. Os parceiros decidiram entrar e falar da tragédia juntos. Abriram o portão em silêncio. Bonito engatilhou a arma e escorregou-se da cama até o chão.

— Tá tranquilo! — disse Ratoeira.

Auxiliado, Bonito volve à cama, pede a Cenoura que ligue o ventilador. Estranha o silêncio, desde que chegara do hospital uma alegria demasiada instaurara-se entre os parceiros. Agora aquela seriedade sem nenhum sentido, os amigos de cabeça baixa pelos cantos. Franze a testa, olha bem no rosto de cada um e pergunta:

— Quem caiu?

Silêncio nervoso. Um grito. O desespero dos amigos ao ver Bonito levantando-se bruscamente. Debilitado. Sabia que era o Antunes. Segura Cenoura pelos ombros e afirma:

— Foi Antunes! Foi Antunes! O corpo tá aonde? Tá aonde?

— Lá no posto de gasolina, depois da Wella.

— Foi Miúdo, não foi?

— Não, foi Coroinha e Parafuso.

Sem dizer nada, veste-se, movimenta-se para a porta arrancando do ódio forças para caminhar; seus amigos tentam segurá-lo, salavanqueia, desprende-se, ganha o quintal, ultrapassa o portão e atravessa o seu destino, destino de cumprir o castigo de ter orado pouco. As suas feridas sangram e fazem um rastro pelas vielas, pelas ruas agora repletas de gente, seus olhos ardem, mas somente isso, faltam-lhe lágrimas, e para que lágrimas? Chorar não adianta nada. Tem somente de avolumar muito mais o seu desejo de vingança. Em menos de um segundo, recorda o lençol que cobria vô Bebeto manchado de vermelho, Filé com Fritas sem cabeça, sua amada violentada, a parede de sua casa cheia de buracos de tiros, seu cachorro crivado de balas e, agora, a imagem de Antunes ensanguentado estava próxima de se enterrar em sua memória. Ganha a Miguel Salazar, onde a brisa da manhã se demonstra mais intensa, mas que se danem a desgraçada da brisa e o infeliz do sol que lhe queima a face, queria mesmo que tudo aquilo fosse ilusão, que seu irmão estivesse vivo. Avista a multidão. O sangue jorra-lhe calça abaixo e torna seu pé escorregadio dentro do tênis.

Aproxima-se do corpo. Sua chegada emudece até mesmo os policiais. Assim como seu irmão, nada parece se movimentar à sua presença. Abraça o cadáver, sangue do mesmo sangue se misturam, beija-lhe a face, fala alguma coisa próximo ao ouvido do morto, larga o corpo com todo o cuidado, afasta-se de costas, olha ao redor, vê um toco de madeira, apanha-o, caminha até a bomba de gasolina, derrama o combustível na metade do tronco, aproxima a madeira da chama de uma das velas que iluminava o corpo do irmão, alteia o fogo e corre com o diabo do seu coração batendo forte, em direção à casa de Coroinha, sem se dar conta de que está com dois buracos de balas no corpo. A dor física é besteira, o ódio é o sentimento que suplanta qualquer debilidade. Quebra por uma viela, onde encontra parte de sua quadrilha, que o acompanha. Chega em frente à casa de Coroinha, toma a metralhadora de Cenoura, dá a madeira em chamas para ele segurar e metralha a porta, as janelas, o basculante do banheiro, volta-se para Cenoura, entrega-lhe a arma, apanha a tocha, entra na casa e coloca fogo nas cortinas, pede a alguém para arrumar álcool, para jogar nas portas, nas madeiras do telhado, e, em pouco tempo, a pequena casa fica em chamas. Permanece alguns minutos parado e vai fazer a mesma coisa na casa de Parafuso.

* * *

No enterro de Antunes, Cenoura determinou que todos os integrantes de sua quadrilha ficassem de arma em punho do lado de fora do cemitério, já que Bonito insistia em ir, mesmo contra a vontade da maioria de seus parceiros.

— Se piar polícia ou vagabundo, senta o dedo, até Bonito sair fora. Ele não pode correr, não.

No entanto, nem a polícia nem bandido apareceram.

Dois dias depois do enterro de Antunes os combates entre as quadrilhas tomaram novo impulso, porque Miúdo, ao saber que Bonito estava na favela, resolveu não dar trégua: os combates, às vezes, duravam de três a quatro dias. Miúdo sempre gritava palavrões. Quando as batalhas se davam, a polícia achava melhor não se meter, deixar que eles mesmos se matassem era mais negócio.

As aulas nas escolas foram canceladas e ninguém saía para o trabalho. As mortes eram consecutivas, sobretudo as dos teleguiados da quadrilha de Bonito, que justamente por não terem sido criados em torno de bandidos, não terem aprendido a astúcia de fugir da polícia desde criança, tornavam-se presas fáceis nas emboscadas. Aos poucos, os pais, os últimos a saber que os filhos estavam na guerra, foram tomando providências: mudavam-se, mandavam os filhos para a casa dos parentes longe da favela ou até mesmo levavam consigo os teleguiados para o trabalho quando não tinham outra opção.

Bonito, desesperado, depois de algum tempo proibiu que os teleguiados fossem para a frente de batalha. Tomava-lhes as armas, ia até suas casas avisar a família. Queria ficar somente com bandido de verdade ao seu lado. Miúdo, ao contrário, obrigava até mesmo trabalhadores a guerrear; se não fossem atacar, ganhavam tiros na bunda.

Miúdo levava no colo o cachorro, que parecia com Pardalzinho, a todos os lugares aonde ia; a sua alimentação era de primeira qualidade, nada de resto de comida, só delegava poderes sobre o cachorro a Toco Preto, a quem tinha como filho. Era Toco Preto quem dava comida ao animal, banho com xampu especial para não ser atacado por pulgas e carrapatos, e o levava para o adestrador. Quando o cachorro cresceu ia também aos combates: Miúdo o soltava e seguia seus passos.

Os familiares dos teleguiados mortos ligavam para os jornais com o propósito de a imprensa pressionar o governo para dar um fim à guerra, que durava dois anos, já que as queixas feitas à polícia não surtiam efeito, pois a maioria dos quadrilheiros havia sido presa, só que depois eram quase todos soltos mediante suborno de Miúdo. Somente os teleguiados eram levados para a Trigésima Segunda Delegacia de Polícia para serem autuados, porque Miúdo não gastaria dinheiro algum com soldado fraco.

Dancinha, quando soube que as aulas recomeçariam, sentiu saudades do tempo em que estudava. Lembrou-se de quando ensinava os amigos da escola a dançar, das festas americanas e das namoradas. É verdade que não era um aluno excelente, mas era certo que terminaria o primeiro grau e ingressaria no segundo para tentar a faculdade de educação física, mas o desgraçado do Miúdo degenerara seu sonho quando matou seu irmão por puro prazer numa de suas investidas.

Ao pensar em Miúdo suas feições fecharam-se novamente. Levantou-se, abriu a geladeira, apanhou uma garrafa d'água, bebeu a metade em três goles, levou os olhos pelas dimensões da sua casa de Triagem de apenas dois cômodos: a mãe dormindo, o lugar vazio onde o irmão dormia. O ódio que sentia naquele momento transformou-se em compaixão. Olhou para cima de um velho guarda-roupa e resolveu rever os cadernos antigos de escola.

Folheou-os vagarosamente, reviu matérias, anotações de dias de prova, bilhetes de namoradas esquecidos entre as folhas, um coração com uma flecha atravessada pingando sangue num cálice. Pegou um outro caderno, que era só de perguntas:

Qual música marcou sua vida?

Quem você levaria para uma ilha deserta?

Com quem foi o seu primeiro beijo?

Onde é seu ponto fraco?

Qual é o tipo de garota que te atrai?

Você está interessado em alguém no momento?

Procurou uma caneta, insistiu em responder àquelas perguntas, respondia, apagava... Tentou de todas as maneiras passar naquela prova, sim, era uma prova, talvez a mais difícil a que já se submetera, se conseguisse responder àquelas perguntas seria uma pessoa que possuía ainda um lado saudável, mas nada, nada vinha à sua mente, só lágrimas lhe chegaram aos olhos, jogou-se na cama por cima do caderno, chorou baixinho até dormir.

Acordou cedo, achava-se o mais idiota dos mortais por ter entrado na guerra, pois se tivesse pedido uma transferência de escola, sumido da rua, naturalmente Terremoto e seus amigos o teriam esquecido. Fora burro. Se não houvesse guerra jamais faria guerra sozinho. Andou pelo pequenino espaço de sua casa, viu, em cima do fogão, um pedaço de pão com margarina, um copo de café com leite e um bilhete ao lado: "Meu filho, pegue o dinheiro na primeira gaveta do guarda-roupa e vai pra algum lugar bem longe daqui".

Subitamente teve a ideia de ir ao colégio, falaria com a professora para lhe arrumar uma vaga em outra escola, sairia dali, para estudar todos os dias e, quem sabe, até conseguir um emprego. Tomou banho, vestiu-se e saiu rumo à escola na mesma hora em que Calmo e Madrugadão saíam da Treze na intenção de matar inimigos.

Paulo Dancinha atravessou o Lazer sem notar nenhuma anormalidade, nem mesmo seus parceiros estavam na rua. Com a metade do rosto na quina de um muro, Madrugadão observava seus passos, engatilhou a arma, ocultou-se quando Dancinha atravessou a ponte, concluiu que o inimigo iria seguir a rua do braço esquerdo do rio para atacar a Treze sozinho, o que dera para fazer nos últimos tempos. Deu o tempo necessário para o inimigo se aproximar e se mostrou de corpo todo, pronto para detonar. Não viu Dancinha, imaginou que ele dera a volta no quarteirão e correu para montar tocaia na outra esquina.

— Meu filho, eu fiquei sabendo de tua vida... Que coisa terrível! Eu estava até pensando em procurá-lo, mas teus próprios amigos disseram que seria perigoso.

— Ainda bem que a senhora não foi, porque esse negócio de bala perdida...

— Por que você não saiu daqui? Esse negócio de justiça com as próprias mãos é bobagem.

— Mas só agora que eu me dei conta disso e eu vim aqui pra ver se a senhora arruma uma vaga numa escola fora daqui!

— Isso é fácil, mas como é que você vai viver agora aqui com esse monte de inimigos?

— Eu saio... Tô pensando até em arrumar um emprego...

— Por que você não tenta ir para o Senai? Tem curso profissionalizante e o aluno fica o dia todo estudando. Eu vou falar com uma amiga minha e depois você vem aqui que eu te falo.

Conversaram mais um pouco e Paulo Dancinha saiu com todo o cuidado para a professora não reparar o 38 na parte de trás de sua cintura.

Paulo resolveu dar a volta pelo Mercado Leão, atravessar a rua do Meio, entrar na praça da Loura, sair em frente ao bar do Batman e subir pelas vielas.

Seus inimigos seguiam com os olhos seus passos e dessa vez não esperaram Dancinha se aproximar para atirar seguidamente. Um tiro passou de raspão em sua perna, outro varou seu abdômen, ainda assim Dancinha teve forças para sacar a arma e acertar Madrugadão no braço, Calmo na perna e correr para dentro da escola.

Calmo e Madrugadão agiram tal qual Dancinha: continuaram a perseguição a despeito de estarem baleados e tentaram invadir a escola, porém a professora enfrentou o medo, o nervosismo e os bandidos. Argumentou que ali era um espaço oficial do Estado e por isso a polícia não daria tréguas até os capturarem. Calmo a xingava de todos os palavrões, dava tiros para o alto. A diretora ligou para o posto policial enquanto a discussão se acirrava do lado de fora. Paulo Dancinha, dentro do banheiro, aliviou-se quando escutou o barulho da sirene.

A professora, mais calma, conversou com os policiais, disse-lhes apenas que os bandidos tentaram invadir a escola. Logo em seguida, com a ajuda dos outros professores, ocultou Dancinha em seu carro e o levou para um hospital.

Corria o boato de que Bonito, depois da morte de Antunes, ficara meio perturbado das ideias, não comia, não dormia, dera para consumir cocaína demasiadamente. A porfia de matar Zé Miúdo tomava proporções maiores a cada instante. Quando soube que outro teleguiado havia sido baleado por

Madrugadão, teve uma crise nervosa, foi levado para uma clínica médica onde ficou três dias e fugiu do quarto. Ao chegar a Cidade de Deus, entrou logo em tiroteio com vários quadrilheiros da Treze que subiram para atacar. Matou um e foi baleado quase no mesmo lugar em que Miúdo o atingira anteriormente.

No dia em que Bonito sairia do hospital, a esperança de que sua morte ocorresse ainda povoava os desejos de seus inimigos e isso causava certa descontração em toda a quadrilha de Miúdo, agrupada atrás do Morrinho, agora habitado por centenas de novos moradores. Estavam todos reunidos em torno de cervejas, uísque e cocaína. Miúdo falava alto, em tom de brincadeira, que Madrugadão só matava teleguiado para ficar com marra de matador. Com isso atingia em cheio Calmo, que na verdade era quem matava; Madrugadão apenas lhe dava cobertura e os tiros de misericórdia. Miúdo queria depreciar Calmo na frente dos soldados porque notara que, ultimamente, a maioria dos quadrilheiros o andava assediando, e isso lhe causava medo de perder a liderança.

Biscoitinho se mantinha calado, acompanhava os passos de Calmo, imaginava que Miúdo poderia ter dado ordem a Calmo para matá-lo. Calmo, igualmente calado, pensava que Miúdo o trairia a qualquer momento. Camundongo Russo, num canto, ria de tudo que Miúdo dizia. Marcelinho Baião contava a Buzininha os pormenores do ato sexual que praticara no dia anterior com uma vadia. Fazia gestos e caretas. Vida Boa fez sinal para Leonardo, em seguida falou para Miúdo que iria esperar um dos matutos para receber uma carga de cocaína. Leonardo o acompanhou e Vida Boa o convidou para ir dar uns mergulhos na praia. Otávio, sozinho num canto, manuseava uma Bíblia de bolso que havia ganhado da sua mãe na última vez em que fora para casa. Miúdo cansou de fazer pilhéria com Madrugadão, olhou para um teleguiado, conhecido pelo vulgo Naval — tinha esse apelido por ter desertado do Corpo de Fuzileiros Navais para entrar na guerra e poder consumir cocaína à vontade —, e perguntou, sério:

— Tu tá com aquela morena gostosa ali do Bloco Oito, né?

— Tô.

— Ela é maior gostosa, né? Tu, quando vai fuder ela, tu dá beijinho na bucetinha dela?

— Dou — respondeu sem jeito.

— Ah, é? Então, tu beija piroca por tabela — concluiu e gargalhou desregradamente, e seus comandados também.

Bonito chegou Lá em Cima por volta de meio-dia, para a alegria de seus comandados. Houve comemoração com saraivadas de tiros feitas pelo viciado, que se dizia esculachado por Miúdo. Agora ele morava na favela numa casa de Triagem de um quadrilheiro preso e era ele quem cuidava das armas e da munição. Bonito, na esquina da Quadra Quinze, apertou a mão de cada soldado com um riso triste no rosto abatido. Magro, anêmico, movimentava-se com dificuldade, foi para a casa de Cenoura, onde cinquenta de seus homens circulavam pelas imediações.

A notícia de que Bonito estava na favela correu rápido Lá em Cima. Sendo assim, volta e meia alguns moradores mandavam diversos pratos de comida e sucos para o convalescente. Os pais de Bonito foram levados à casa de Cenoura para uma visita curta, mas eles dobraram o joelho no chão da sala e ficaram em oração por quase duas horas e nem sequer tocaram no filho. Bonito, em silêncio, olhava a mãe toda de preto, macérrima, nunca havia visto expressão de maior amargura. As lágrimas saltaram dos olhos, o corpo tremia. Os quadrilheiros também em silêncio do lado de fora e aquela oração triste e muda lá dentro.

— Tu tem que ir é numa rezadeira para rezar essas feridas aí e depois numa macumba pra fechar o corpo — aconselhou Cenoura depois que os pais de Bonito foram embora. Bonito nada respondeu.

Quando a notícia chegou a Miúdo, ele ainda estava atrás do Morrinho. Depois de recebê-la, andava e desandava no mesmo local, ria fino, estridente e rápido, cortava o silêncio que, pela intensidade, parecia ser de longa data. Olhou para Madrugadão e berrou:

— Tu não matou um monte de teleguiado? Então vai lá e mata ele, mata ele!

O silêncio reinaugurou-se, apreensivamente, por um curto espaço de tempo.

— Pode deixar que eu mato ele! — urrou Calmo, que agora sustentava na cabeça uma cartola preta e vermelha que ninguém sabia dizer como e quando ele colocara.

O silêncio não foi cortado pela risada de Miúdo, que, de olhos arregalados, saiu dali sem dizer para onde ia.

O caminhão de um depósito de bebida entregava sua mercadoria nas lojinhas por volta das vinte horas. Parte da quadrilha bebia cerveja ali. Calmo colocou o revólver na cabeça do motorista, falou alguma coisa com ele, em seguida subiu na carroceria, chamou Madrugadão, que também subiu. O motorista, assim que seu ajudante retornou ao veículo, manobrou na praça das lojinhas, dobrou à esquerda. Os quadrilheiros observaram em silêncio o caminhão se afastar. Seguiu pela rua do braço direito do rio, dobrou à esquerda, atravessou a ponte, seguiu pela beira do rio e parou na Treze, onde Calmo desembarcou, conversou com Borboletão e voltou para o caminhão, que pegou a rua do Meio vagarosamente. Calmo e Madrugadão, debaixo da lona, observavam tudo por dois buracos que fizeram nela durante o trajeto com um ferro que encontraram no próprio caminhão, que agora pegava uma rua adjacente à Quadra Quinze. Trafegou por toda a sua extensão, manobrou, voltou e parou na entrada da praça.

— Vamo dar um rolé, aqui tá muito quente!

— Pode crer, tá maior calorzão!

— Fica aí, rapá! Tu não tá legal! — disse Cenoura.

— Vocês fuma muito, é bom ele respirar um ar fresco.

Bonito, depois que seus pais se retiraram, atordoado com o rumo tomado por sua vida, abusou do consumo de cocaína, fumou cigarros de maconha consecutivamente e, sempre calmo e educado com os parceiros, disse que ia apenas dar um rolé e depois voltaria para casa para deitar. Armou-se e precipitou-se, junto com os parceiros, para a praça da Quadra Quinze, onde seus amigos costumavam ficar.

Bonito ficou numa das extremidades da praça, conversava com o pessoal do conceito Lá de Cima, dizia que não esperava que a guerra tomasse tal proporção, novamente argumentou que não era inimigo da maioria do pessoal da quadrilha de Zé Miúdo, sua indignação era apenas com ele. O motorista deixou o caminhão junto com o ajudante sem ser notado.

* * *

Borboletão dividiu setenta homens em sete grupos de dez, determinou por onde cada grupo atacaria e subiram. Terremoto, Meu Cumpádi, Borboletão, Tigrinho, Borboletinha e Cererê levavam metralhadoras; dos teleguiados daquela quadrilha, cinco portavam escopeta. A ordem era atirar sempre, mesmo que fosse para o alto para fazer a quadrilha inimiga se dividir.

Os primeiros tiros foram dados na beira do rio, depois escutaram-se estampidos em pontos diversos. Os homens da quadrilha de Bonito, atordoados, correram também para os mais variados lugares, atiraram ao léu. Bonito, mesmo debilitado, engatilhou a arma e foi para o meio da praça. Calmo e Madrugadão, em cima da carroceria, esperavam o momento certo. Saíam mais de cem tiros de uma só vez. Bonito avisava aos berros que não precisava de proteção, que se preocupassem cada um consigo mesmo, mandava seus homens se dividirem, resolveu sair da praça e ir para a área inimiga, pressupunha que pegaria um desgraçado qualquer quando recuasse de volta para a Treze. Correu com dificuldade em direção ao caminhão. O viciado o seguiu. Foi o único que resolveu lhe dar proteção.

Lá nos Apês, Miúdo conversava com Biscoitinho no interior de seu apartamento, dizia que Calmo tinha de ser morto o quanto antes porque, mesmo sem acreditar mais em macumba — depois da morte de Pardalzinho, não ia mais ao terreiro falar com seu Tranca Rua, não rezava a reza por ele ensinada nem lhe acendia mais velas —, essa onda de ele colocar cartola de Exu havia lhe causado mau pressentimento. Armaria uma para ele no primeiro ataque que fossem realizar Lá em Cima.

— Como?

— Vou pegar na escama, rapá! Na hora que o tiro tiver comendo, sabe qualé? É só sentar o dedo por trás. Já peguei uns cinco assim... Bernardo, Giovani, Jacaré...

— Porra! Foi tu que pegou? Por quê?

— Tava sentindo maldade neles, morou? Os cara tava olhando muito atravessado pra mim, sabe qualé? Se eu sentir maldade assim, eu pego logo... Mas aí: ninguém sabe não, morou? Fica na tua.

* * *

Calmo catucou Madrugadão e disse, baixinho, que nem precisava dar tiro em Bonito; no entanto, por ter bebido umas e outras durante a tarde, Madrugadão entendeu que era para dar tiro naquele momento e, de súbito, gritou:

— Agoraaaa!

E levantou a lona para atirar em Bonito. Calmo, atônito, demorou um tempo para se dar conta da situação, do mesmo modo que Bonito, que, ainda assim, foi mais rápido e detonou três tiros, mesmo sem fazer pontaria. Os dois pularam do caminhão e correram. Bonito, sem muita agilidade e rapidez, seguiu atrás atirando sem dar tempo de reação a Calmo e Madrugadão, que corriam em zigue-zague. O viciado olhou para trás, para os lados; não vendo ninguém, disparou três vezes nas costas de Bonito, que ainda se virou, apontou o revólver na tentativa de matá-lo. O viciado deu-lhe mais um tiro.

Zé Bonito caiu.

E veio o vento para fazer pequenos redemoinhos na terra seca, levar o som dos estampidos a lugares mais longínquos, destruir ninhos malfeitos, balançar as pipas presas aos fios, quebrar pelas vielas, entrar por debaixo das telhas, fazer uma espécie de inspeção nas mínimas brechas daquela hora, movimentar de leve o sangue que escorria da boca de Zé Bonito, e veio uma chuva de pingos grossos, ricocheteando nos telhados, alagando as ruas, aumentando o volume da água do rio e de seus dois braços. Para alguns, parecia querer, daquela hora em diante, encharcar o percurso do tempo para sempre, de tão forte que era.

— Manda trazer um boi, eu quero um boi... arruma uma tia aí pra fazer rabada, outra pra fazer mocotó, uma pra separar as carnes do churrasco... Vai no açougue, manda o cara trazer lá, rapidinho... Ei, você aí, acocha baseado aí... A boca tá liberada... só o preto, branco não, branco só pra bandido — disse Miúdo com o braço esquerdo jogado no ombro de Calmo e com o direito segurando a coleira do seu cachorro, e continuou: — Eu sabia que tu ia matar ele, eu sabia! Na hora que tu falou, eu senti que era papo sério!

— Fiquei de frente com ele assim, morou? Trocando... Madrugadão também. Aí eu botei o primeiro assim na bola dele, Madrugadão também sapecou, morou? Mais de vinte homi dele também sapecando na gente e a gente saiu saindo...

A festa para comemorar a morte de Bonito atravessou três dias, enquanto Lá em Cima tudo era silêncio, ruas desertas, biroscas e lojas comerciais fechadas. O corpo de Bonito foi velado em sua própria casa, sem a presença de bandidos. Seu enterro, em número de pessoas, superou o de Pardalzinho e o de Passistinha.

O viciado, no dia seguinte à morte de Bonito, pediu as duas melhores armas do pessoal da quadrilha, que estava reunida na praça do Quinze. Alegou que iria dar uma revisão para elas ficarem sempre boas, caminhou como quem ia para a casa onde estava morando, quebrou por uma viela, atravessou a rua do Meio, apontou uma pistola para o primeiro carro que encontrou, mandou que o motorista saísse, entrou, colocou as armas no banco de trás, deu a partida, pegou a Edgar Werneck em alta velocidade no sentido da Barra da Tijuca, feliz como nunca antes, porque havia enfim eliminado o homem que, ao tentar matar Cabelo Calmo e Peninha, matara seu irmão na Cruzada de São Sebastião.

— Bate-Bola, meu irmão, você tá vingado! — pensava alto.

Na altura da lagoa de Jacarepaguá, o carro começou a ratear, mais adiante morreu, mesmo em alta velocidade. O viciado desvirava e virava a chave, o carro pegava e morria. Foi ficando nervoso, parou o carro no acostamento, sem ver uma radiopatrulha se aproximando. Ia desembarcar quando notou a viatura, tentou novamente fazer o carro funcionar. Os policiais, que iam somente lhe prestar ajuda, notaram o seu desespero e lhe deram voz de prisão. Revistaram primeiro o seu corpo, depois o interior do carro, onde encontraram as armas. O assassino começou a apanhar ali mesmo. Na delegacia, delatou todos os pormenores da quadrilha de Bonito.

Tigrinho, depois de muito conversar em particular com Borboletão, acabou convencendo-o a romper com Miúdo e Cabelo Calmo. Disse que esse negócio de só os dois ganharem muito dinheiro sem se expor totalmente e o resto ter de ficar arriscando flagrante em assaltos e roubos estava errado, era judiaria. Resolveram que uma parte da quadrilha iria vender as drogas em sistema rotativo e dar setenta por cento para a boca, outra parte iria somente ficar de prontidão e salvaguardar a boca dos inimigos e da polícia. Meu Cumpádi seria o gerente e eles dois comandariam tudo. Com esses setenta por cento pagariam, além de certa quantia por semana, plano de saúde para os principais soldados e olheiros, ajudariam os trabalhadores da área na hora em que eles estivessem precisando, comprariam mais armas, contratariam um advogado para trabalhar para a quadrilha e tirariam o dinheiro para a reposição da mercadoria. Borboletão achava que era gente demais para dividir o dinheiro, mas mesmo assim concordou com o parceiro.

— A gente não tem mais nada a ver com Miúdo não, tá sabendo? E nem contigo. O dinheiro que entrar aqui vai ficar aqui. Tem que dar pra vocês por quê? Avisa lá a seu parceiro que a Treze não tem mais nada a ver com os Apês, tá sabendo? — finalizou Borboletão com Meu Cumpádi, Terremoto, Borboletinha e Cererê ao seu lado, de armas engatilhadas.

Cabelo Calmo rapidamente olhou no rosto de um por um. Viu que aqueles garotos já não eram tão garotos assim, cresceram não só na altura, mas na perspicácia e na maldade. O resto da quadrilha, mais de noventa homens, distribuído pelas esquinas da rua dos Milagres. Era melhor concordar bem de mansinho, porque teve a impressão de que, senão, iria ser morto.

Miúdo se irritou quando soube da decisão, disse que iria passar todos os bandidos da Treze para o outro mundo; no entanto, minutos depois, ao ouvir de Vida Boa que seria melhor assim do que arrumar mais inimigos e que a boca da Treze também não estava vendendo nada, relaxou.

Com tantas reportagens sobre a violência em Cidade de Deus, a Secretaria de Segurança Pública — SSP — e o comando da Polícia Militar comunicaram à imprensa, pelo assessor-chefe de comunicação social da SSP, um plano de operação policial de grande porte para ser acionado na região. Dois dias depois da declaração oficial à imprensa, o tenente Cabra assumia, em um maio calorento, o comando do posto policial, que havia sido todo reformado e ampliado. O posto, antes com apenas dez soldados, recebeu trinta homens bem armados e seis novas patrulhas, pois até então só dispunha de uma.

A ordem que o coronel Marins, comandante do Décimo Oitavo Batalhão de Polícia Militar, deu ao tenente Cabra, para ser passada aos demais subordinados, era a de dar voz de prisão aos bandidos, mas, se eles levassem a mão à cintura para apanhar armas, poderiam atirar para matar.

Esse batalhão era responsável pela segurança de Jacarepaguá, Barra da Tijuca e Recreio dos Bandeirantes, e seu comandante também determinou que todos os soldados chegassem uma hora e meia mais cedo ao quartel, designando que todas as viaturas, antes de ir para o seu local de serviço, passassem na favela.

O plano de ação da polícia contou, a princípio, com trabalho de informação. Dezenas de policiais disfarçados de consumidores iam às bocas de fumo para comprar as drogas. Outros, aproveitando-se do fato de que alguns dos doentes mentais da colônia Juliano Moreira, localizada na Taquara, sempre fugiam do hospício e vagavam pela favela, disfarçavam-se de internos fugitivos, andavam com o uniforme do manicômio, fazendo caretas e outras maluquices, observavam o movimento dos bandos, apoderando-se de seus hábitos. Sendo assim, tenente Cabra já chegara ali com uma lista onde constavam os nomes de uns tantos bandidos com seus respectivos endereços. No entanto, suas primeiras investidas foram fracassadas, porque a maioria dos jornais divulgou previamente todas essas informações. Os bandidos acompanhavam as páginas policiais dos grandes jornais da cidade e, quando descobriram as intenções das autoridades, mudaram de endereço e ficaram entocados durante a primeira semana de funcionamento do novo policiamento na favela.

Mesmo com toda a infraestrutura policial, o tráfico de drogas continuava intenso. Cada dia da semana os vapores vendiam num ponto diferente, colocavam teleguiados nas esquinas para gritarem "Olha o pão! Olha o pão!", na hora em que os policiais se aproximavam a pé ou de viatura. Por outro lado, o terror passou a reinar entre os bichos-soltos graças à notícia de que haveria policiais disfarçados prontos para dar o bote. Suas vidas estavam ameaçadas por um X-9 qualquer e, na dúvida, o melhor negócio era passar o potencial traidor sem dar tempo para explicações, pedidos ou perdões. Sem vacilar. Ariscos, tornaram-se ainda mais violentos. Trabalhadores, considerados, viciados — enfim, todos poderiam ser submetidos às cismas dos bandidos, aos seus juízos.

A insegurança dominava a favela. Até os viciados, antes fregueses bem tratados porque sustentavam o ganha-pão, passaram a correr risco de vida. Para o morador comum da favela este era um medo a mais com o qual tinha de conviver. A polícia de um lado, o bandido do outro, ambos causando temor e pondo em risco a vida.

Num sábado, Terremoto ficou de vapor e, porque queria provocar Biscoitinho, atravessou a Edgar Werneck para passar as drogas próximo ao ponto onde ficava a boca de fumo do outro. Alguns teleguiados ficaram no lugar original da boca de fumo. Esperavam os viciados para informar o novo local em que as drogas estavam sendo vendidas.

Biscoitinho soube da afronta somente à tarde, passou a manhã no escritório do doutor Violeta, que vendia diplomas de primeiro e segundo graus e arrumava certificado de bons antecedentes, assim como carteira de identidade, carteira de motorista e demais documentos. Até certificado de nada-consta para automóveis e imóveis o bruto arrumava. Era Deus no céu e ele na terra.

Biscoitinho, sem consultar Miúdo, armou-se com uma metralhadora e foi, sozinho, para a Treze, dar tiros. Não matou ninguém, mas o seu gesto poderia desencadear uma guerra entre as duas quadrilhas, por isso, no dia seguinte bem cedo, Vida Boa pediu a Miúdo que fosse aos chefes da Treze avisar que a atitude de Biscoitinho fora isolada, ninguém concordava com o que ele fizera.

Miúdo, porém, passou a tarefa para Cabelo Calmo e, enquanto conversava com ele, notou que ele ria algumas vezes e, vez por outra, o abraçava. Perguntou então a si mesmo o porquê de sentir medo de Cabelo Calmo, se eram parceiros desde criança. Se Cabelo Calmo nunca lhe dera indícios de traição, por que matá-lo? Reviu, rapidamente, a infância, o tempo do São Carlos, a cadeira de engraxate... Seria muita canalhice trair o parceiro somente por medo, sentiu vergonha de ter medo. No entanto, já havia planejado sua morte com Biscoitinho, e, se voltasse atrás, Biscoitinho poderia achar que ele, sim, estava de traição. Não sabia o que fazer diante da besteira que havia feito, agora um deles haveria de morrer, mas qualquer um que ficasse vivo seria seu parceiro, caso ele alertasse os dois. Num ímpeto, tomou essa decisão e, sem mesmo saber o que Cabelo Calmo falava naquele momento, disse:

— Tu sabe que de todo mundo aí na parada a gente que é parceiro legal, tá ligado? É por isso que eu vou te dar esse papo: Biscoitinho tá querendo passar você. Uma vez, eu escutei um papo dele com o falecido Tuba, meio estranho, tá ligado? Ele quando me viu assim ficou todo cabreiro. Se eu fosse você, eu passava ele! Eu não te falei nada porque eu não tinha certeza, morou? Mas essa atitude dele aí agora, morou? Não sei, não... Tá certo que os cara não tá mais colado no movimento com a gente, mas eles é parceiro, morou? E tu tem um conceito ainda com Borboletão e a rapaziada dele lá... Passa ele, cumpádi! Passa ele!

— Vou passar ele hoje! — afirmou Cabelo Calmo. Depois montou em sua bicicleta e locomoveu-se para a Treze.

Miúdo olhou o parceiro se afastar. Em seguida, pediu a um teleguiado que fosse chamar Biscoitinho.

— Vou te dar uma ideia responsa, morou? Mas tem que morrer aqui, tá ligado? Aí, tá na hora de você passar Calmo, tá ligado? Ele não gostou de você largar o dedo nos cara lá não, tá ligado? De repente, foi até ele que mandou o cara passar fumo lá na tua área. Passa ele! Passa ele!

Minutos depois, quando atravessava a praça, Miúdo viu nove policiais perto das lojinhas, correu sem ser visto, entrou em seu novo apartamento e viu outros seis policiais no Barro Vermelho.

— Ainda bem que Vida Boa arrumou uma toca fora daqui pra mim — pensou alto.

— Chama lá o Leonardo, diz pra ele que a gente vai subir, manda ele buscar o carro que a gente vai rapar fora da favela, que aqui tá muito cheio de polícia. Não gosto de polícia, não! Não gosto de polícia, não. Depois passa lá no Vida Boa e manda ele mandar o dinheiro todo pra mim, manda tudo, que eu vou subir... Vai lá, vai lá, porra! — disse Miúdo a Caçarola, o mais velho teleguiado a se integrar à quadrilha: vinte e cinco anos.

Leonardo colocou o carro na portaria do prédio, Miúdo ainda demorou um pouco para descer, guardava dinheiro na cueca, nos sapatos, nos bolsos da camisa, da calça e da jaqueta, entre o boné e a cabeça. O resto enrolou num saco plástico, enfiou duas pistolas 765 na cintura e desceu.

Leonardo saiu em velocidade moderada, beirando o braço direito do rio, atravessou a Gabinal em sua extremidade, entrou na Via Onze, esticou uma terceira e ouviu a sirene de uma patrulha na sua retaguarda; passava a quarta marcha quando a patrulha emparelhou:

— Encosta! — gritou o sargento Roberval com uma metralhadora apontada.

Leonardo parou o carro.

— Sai os dois com a mão na cabeça! — ordenou o sargento Roberval.

— Miúdo, esse aí é o Miúdo! Vou pegar o retrato! Vou pegar! — exclamava o soldado Pedro.

O soldado voltou com um papel na mão e mostrou ao sargento Roberval, quando este acabara de ordenar aos dois detidos que se deitassem no chão. O cabo Osmar revistou Miúdo primeiro.

— Ele tá de revólver, tem dinheiro em tudo que é lugar, rapá! Tu é rico, hein? Levanta, levanta e tira a roupa! Você, fica deitado — ordenou o soldado Pedro.

— Sabia que tu tem mais de dez preventiva? Éééé, cumpádi, a coisa tá ruim pro teu lado! — provocou o cabo Osmar.

— Tudo que eu perguntar, tu responde, se eu sentir que tu tá mentindo vai entrar na porrada, tá me entendendo? — disse Roberval.

Miúdo fez sinal positivo com o dedo.

— Esse carro é teu?

— É.

— Tá no teu nome?

— Não.

— Tá no nome de quem?

— Duma mulher aí do Apê...

— Quem comprou o carro?

— Peninha, um cara aí que Cenoura matou!

— Ah, sei, mas foi Biscoitinho que matou! A gente sabe de tudo! O caso é o seguinte... Deu geral no outro?

— Tá na mão e sem dinheiro.

— Manda ele embora.

Leonardo se levantou e caminhou vagarosamente pela Via Onze em direção à Gabinal.

— Agora a gente conversa melhor. Tu vai panhar o documento do carro com essa mulher aí e mandar alguém me entregar amanhã de manhã, sabe qualé? Não quero caô, não! Eu vou te liberar, mas eu quero os documento e não anda duro não, senão tu morre. Se tu rodar e entrar numa de caguetar, eu mando matar você na cadeia. Quando eu tiver de serviço, eu quero a metade do dinheiro da boca, tá direito?

— Tudo certo.

— Deixa o dinheiro dentro de um saco, naquele gramadinho ali da praça, quando eu chegar, que eu te dou um arrego, sabe qualé? Tá limpo? Tu vai ficar tranquilo!

Miúdo balançou a cabeça positivamente.

— Deixa ele com um ferro! — disse ao soldado Paulo. E continuou: — Agora vai pra casa e reza o Pai-Nosso porque tu encontrou com Deus, mas, se tu andar duro, tu vai encontrar o Diabo. Entendeu, né?

Era noite alta. A praça do Apê ficou deserta, somente nas lojinhas algumas pessoas bebiam cerveja. Cabelo Calmo, sorrateiro, caminhando abaixado junto às paredes do prédio, observou os biriteiros nas lojinhas: nenhum bandido.

— Viu Biscoitinho aí, não?

Não, ninguém tinha visto a pessoa que ele pensava matar. Mas quando dobrou a esquina viu Biscoitinho, que tentou engatilhar a arma e levou tiro de Calmo pelo corpo todo. O dia nasceu cinzento. Miúdo reuniu a quadrilha num beco, ordenou que todos ficassem entocados o maior tempo possível, queria somente o vapor e os olheiros na rua, nada de ficar dando pala com revólver nas esquinas, mas, se porventura encontrassem a polícia, teriam de sapecar primeiro e, se por acaso alguém fosse preso, nada de abrir o bico. Disse isso e foi para as lojinhas, falou alguma coisa com uma mulher, entrou num beco, saiu na Gabinal e ficou apreensivo à beira da estrada até que Vida Boa parou um carro. Miúdo entrou e saíram da favela.

* * *

Lá em Cima, Burro na Sombra e Gaivota foram surpreendidos com quarenta trouxas de maconha por dois policiais à paisana.

— Porra! Vocês só têm maconha! Não têm dinheiro, não? Que bandidinhos de merda! Vam'bora pro posto, vam'bora...

No posto policial, sargento Linivaldo recebeu os traficantes a socos e pontapés, depois mandou que um soldado amarrasse os dois com fios de náilon, colocou-os na viatura e ordenou que o cabo tocasse para a estrada dos Bandeirantes. Pegaram a Via Cinco, pararam.

— Desce — falou o cabo assim que abriu a caçapa. E continuou: — Corre, sai correndo sem olhar para trás, que agora vocês vão vender maconha para o Diabo.

Os traficantes correram não mais que cinco metros e levaram tiros nas costas.

É bem verdade que Branquinho só dava tiros quando a quadrilha de Bonito ia aos Apês, mesmo assim quando Miúdo lhe impunha. Essa onda de bandido não era nada do que queria, por isso achou até boa a investida da polícia para poder sair na rua sem medo de que Miúdo o obrigasse a ficar de revólver na esquina esperando o bando de Bonito.

Num domingo, saiu cedo para ir à casa da ex-namorada, iria tentar a reconciliação. Chegou em frente ao prédio dela, levou as mãos em cone à boca e gritou seu nome várias vezes. Ninguém atendia. Resolveu entrar no prédio. Bateu na porta três vezes e só na quarta a namorada o atendeu, ainda sonolenta. Deixou-o na sala e entrou no banheiro. Depois de alguns minutos voltou:

— Olha, se você veio aqui numa de tentar voltar, pode tirar o cavalinho da chuva, sabe qualé? Eu tô cansada de ser enganada... Você não toma uma atitude, não junta um dinheiro, não fala em casamento, já fez o que queria comigo. Sabe... Eu não tô mais querendo ser enganada.

— Eu te prometo que, a partir desse mês, eu vou começar a juntar um dinheiro todo mês.

— Você sempre fala isso, depois fala que não deu... Tá sempre comprando roupa, gastando dinheiro com cocaína...

— Fala baixo, garota...

— Minha mãe não tá aí, não. E vou te falar uma coisa, eu já até arrumei um namorado, entendeu? Não fica no meu pé, não, que ele é ciumento e é polícia... É melhor você ficar longe de mim — finalizou enquanto abria a porta.

Branquinho saiu cabisbaixo, não acreditava que um dia ela lhe dissesse que tinha outro, foi burro, pois se pensasse mais nela isso não aconteceria. Chegou ao final da escada com os olhos cheios de lágrimas, ficou com vergonha de alguém vê-lo daquele jeito, deu meia-volta.

A namorada o atendeu também chorando, abraçaram-se, beijaram-se e fizeram sexo ali mesmo na sala, sob a promessa de que ele gozaria fora. Porém, logo depois, ela voltou a dizer que estava mesmo de caso com o soldado Morais e que não o largaria, porque o policial em menos de um mês a levara para conhecer seus pais e lhe prometera alugar uma casa para os dois morarem juntos.

— Tu não acha que isso tá rápido demais não, Cidinha?

— Melhor do que você, que tá comigo há três anos e não toma uma atitude.

Tomaram banho, fizeram sexo novamente no banheiro e, quando Branquinho se despediu, ela disse:

— De repente, a gente faz isso de novo.

Minutos depois, a namorada recebeu o recado de que o soldado Morais a esperava no largo da Freguesia, arrumou-se rapidamente e foi ao seu encontro. Ele a levou para um motel.

— Goza fora, tá?!

— Essa porra de Cenoura mandar em tudo, as duas boca ser só dele, não tá certo, não! Morou? A gente perdeu irmão, primo nessa guerra aí, ajudamos ele a prender a boca do Miúdo, não deixamos ele perder a boca dele, morou, cumpádi? Tem que dar ideia pra ele... — disse Fernandes a dois parceiros das Últimas Triagens.

— E pior que ele não quer que ninguém bote boca aqui na área, morou? — enfatizou Farias.

— Por que Gordurinha caiu? — perguntou Messias, que havia fugido da cadeia naquele dia.

— Barbarizou Ratoeira, aí Bonito passou ele — respondeu Fernandes.

— Pera aí, pera aí, não foi só por causa disso não, morou? Cenoura não gostava dele, não. Deu maior força pra Bonito passar o cara... — retrucou Farias.

— É mermo?

— E ele tinha dado um fortalecimento de arma aí pra quadrilha, sabe qualé?

— Porra! Ele me deu maior prancha na cadeia, morou? O tempo que ele tava lá, eu só comia comida de fora, ele era responsa... Foi eu que mandei ele pra cá...

Nos dias posteriores a essa conversa, Fernandes, Farias e Messias começaram a tramar contra Cenoura com os bandidos que moravam nas Últimas Triagens e nos Duplex. Todos concordavam com eles.

Certo dia, acordaram Cenoura por volta de dez horas. O bruto acordou nervoso, pensava ser a polícia, mas, quando olhou pela janela e viu Fernandes, relaxou. No entanto, sua tranquilidade durou pouco. Ao ver o pessoal dos Duplex e das Últimas Triagens parado na esquina de sua casa, imaginou acertadamente que o assunto seria a divisão da boca.

— Vamo ali, que a rapaziada quer te dar ideia ali, morou?

Cenoura se aproximou dos parceiros e perguntou o que estava havendo. Silêncio. Depois um quadrilheiro falou:

— Quem tem que responder é vocês dois aí, vocês que tiveram a ideia, que deu papo a todo mundo aí. Fala aí, cumpádi!

Fernandes gaguejou o que pensava, depois Farias entrou na conversa e reafirmou o que o parceiro dizia.

Cenoura riu, disse que tava tudo certo, apertou a mão de todos e voltou para casa.

Passaram-se dois meses e a menstruação de Cidinha não vinha. Era uma gravidez. O filho poderia ser tanto de Branquinho como de Morais, mas queria que o filho fosse de Branquinho. Na verdade, tinha a intuição de que o filho era dele e por isso o procurou.

— Agora tu quer, né? Vai lá atrás do teu polícia.

A barriga foi crescendo, e Morais, completamente apaixonado, a levou para a casa que alugara.

Branquinho amargurou sua derrota, pois o fato de ela ter ido morar com o policial lhe dava a sensação de ter perdido a namorada para sempre. Não aceitara de imediato a reconciliação somente por vingança, queria que ela implorasse e sofresse tanto quanto ele sofrera. A notícia de que Cidinha estava morando com o policial Morais de uma hora para outra caiu na boca do povo e com isso os amigos de Branquinho zombavam:

— Aláàá, perdeu a mulher pro PM — diziam e riam.

Branquinho, para se vingar, dizia alto:

— Mas o filho que tá na barriga dela é meu!

Morais ficou sabendo.

Sandro Cenoura se armou na madrugada de uma segunda-feira, foi à casa de Ratoeira, conversaram no quintal por algum tempo, depois apertaram as mãos.

— Sabia que podia contar contigo... Pega lá o teu ferro, de repente a gente acha aqueles safado agora.

Minutos depois, Fernandes e Farias estavam mortos.

No dia seguinte, numa viela próxima à praça do Quinze, a quadrilha toda ouvia a discussão entre Cenoura e Messias, ambos de armas em punho. Espacialmente as posições foram definidas: quem defendia Cenoura ficava ao seu lado, quem defendia Messias, ao lado dele, e quem não defendia ninguém tentava acalmar.

— Quem tinha boca aqui em cima era eu! O Miúdo matou todo mundo aqui e eu que fiz frente com ele aí, eu e Bonito, tá sabendo? A boca era minha e vai continuar minha, morou?

— Tu tem que saber que os cara arriscaram a vida aí, morou? Perdeu um montão de parceiro, primo, irmão e o caralho!

— Tu não perdeu ninguém, não matou ninguém, por que que tu tá se metendo?

— Tô me metendo porque eu mandei um parceiro pra cá, o cara deu um fortalecimento dumas armas aí, e você passou o cara.

— Não fui eu que passou, não!

Lá pela rua do Meio, ia o tenente Cabra com dez homens.

Por dentro das vielas, subiam Meu Cumpádi, Terremoto, Borboletão, Tigrinho, Borboletinha e um teleguiado.

Lá nos Apês, a Caixa Baixa desembarcou do ônibus e agora caminhava por entre os Blocos Velhos.

* * *

— Tu trepou com ele?

— Não! Desde que a gente colou, que nem falar com ele eu falo. Ele tá é com orgulho ferido porque eu troquei ele por você.

— Se eu descobrir que tu deu pra ele, eu te meto um tiro na cara! Hein? Tu tem uma foto desse filho da puta?

— Tinha, mas rasguei!

— Tem alguém lá perto da sua casa que tem telefone?

— Tem, mas eu não gosto de ficar pedindo pra ligar, não!

— Vamo fazer o seguinte: no dia que eu tiver de serviço, tu dá uma volta por lá, assim como quem não quer nada, e, assim que tu ver ele, tu vai no posto e me avisa.

— Tu não vai matar ele não, né?

— Não, só vou dar um susto!

Tenente Cabra ficou um tempo atrás de um dos muros, de quina para a praça do Quinze, gesticulou para os comandados, ajeitou a metralhadora e deu um pulo como quem vai surpreender; era assim que agia diante de qualquer esquina. Nenhum bandido. Chamou os parceiros e caminharam por uma lateral da praça.

A discussão se acirrou, agora todos falavam ao mesmo tempo. Cenoura aos berros pediu silêncio e deu um tiro para o alto, o que desencadeou um tiroteio que em seu prelúdio trouxe gritos e pedidos como:

— Calma!

— Meu irmão, a gente quer desenrolar na ideia!

— Faz por menos!

— Qualé, meu irmão?!

— Dá um tempo, rapá, dá um tempo!

A quadrilha de Cabra se posicionou atrás dos postes, carros, muros, e houve até quem invadisse casas. A quadrilha da Treze imaginou que Miúdo estava atacando e apertou o passo para sufocar os inimigos. Paulo Dancinha, ainda convalescente, correu por entre as Triagens, queria sair daquela confusão que para ele não fazia mais sentido. Ninguém ali batera em sua mãe, ninguém lhe dera surra, iria para casa, já havia em sua mente a intenção de se entregar ao juizado de menores, acreditava que preso estaria seguro, que poderia aprender uma profissão, mas se deparou com a quadrilha da Treze.

Lá nos Apês, a Caixa Baixa estranhou a ausência de bandidos nas esquinas. Andaram pelos cantos, somente Lampião e Conduíte portavam revólveres entocados na parte de trás da cintura, queriam dizer a Miúdo que iriam com ele sapecar Cenoura, na intenção de ganharem revólveres. Israel caminhava com uma metralhadora Pazan e com um saco de cocaína na mão, iria levar para a casa de Vida Boa para misturar com ácido bórico e colocar em pequenas quantidades dentro de minúsculos sacos plásticos e pôr à venda. Viu os caixas-baixas e os rendeu.

Paulo Dancinha saçaricou, deu tiros para conseguir escapar, voltou, gritou que a Treze estava na área. Foi recebido a balas pelos homens de Cenoura, saçaricou de novo, invadiu um quintal e conseguiu escapar. Ao ganhar o quintal de sua casa, viu, numa pequena poça de sangue, o dedo da mãe: a irmã o havia arrancado a golpe de facão. Socorreu a mãe, caminhou com ela até o ponto de ônibus. Ao pegar a condução, jogou a arma fora e, depois da mãe ser atendida no Hospital Cardoso Fontes, dirigiu-se ao juizado de menores.

A quadrilha da Treze se aproximou dos inimigos e ficou estática quando viu os bandidos ligados a Cenoura trocando tiros, depois entrou no tiroteio e logo, logo, Cererê da Treze caiu estrebuchando, bem como Martelinho, amigo de Messias. A quadrilha do tenente Cabra, armada de metralhadora, já havia chegado ao local do combate e agora também guerreava.

— Vai pra onde? — perguntou Israel ao pessoal da Caixa Baixa com a metralhadora apontada.

— A gente quer dar ideia ao Miúdo.

— Miúdo não tá aí não e quem tá de frente na parada sou eu. Tem alguém de revólver aí? Se tiver bota no chão, porque quando eu der geral, se achar algum, eu mato.

Os que estavam armados seguiram a ordem de Israel, que revistou a quadrilha toda, acrescida de vários componentes, e depois, sem o menor motivo, deu vários tapas no rosto de Lampião, Conduíte e Bruno.

— A gente veio formar com vocês! — disse Conduíte.

Somente então Israel parou de agredi-los.

O tiroteio já durava meia hora com um saldo de cincos homens mortos, agora os tiros eram esparsos, porque guerreavam somente os quadrilheiros que não conseguiram fugir, a maioria debandara ao notar a presença de Cabra e seus homens. Mais vinte minutos de tiros e oito homens mortos pela polícia. Acabou-se o tiroteio.

Cabra ordenou a um soldado que fosse até o posto e mandasse cinco soldados trazerem cinco viaturas. Agora os policiais recolhiam os corpos nos camburões para desovar em locais diferentes.

Miúdo voltava à favela aos domingos para apanhar dinheiro, porque domingo é o melhor dia para bandido circular nas ruas, justamente por ser dia de trabalhador encher as biroscas, para jogar bola nos terrenos baldios, ir à feira... Acreditava que essa movimentação deixava a polícia confusa, porque no seu entender todo crioulo e todo nordestino se parecem. Sempre que comparecia à favela, promovia churrascos e matava um bandido da quadrilha formada por Messias ou da de Cenoura. Às vezes, matava de sua própria quadrilha sem nenhum motivo aparente, dizia apenas que sentiu maldade no sujeito. Para quem seu pastor-alemão latisse, dava tiro no pé.

Numa terça-feira, Vida Boa, Buzininha, Marcelinho Baião, Xaropão, Branquinho e um teleguiado endolavam a cocaína e a maconha dentro de um prédio. Branquinho não queria estar ali, mas Israel o obrigara.

— Vai lá, vai lá, que tá cheio de freguês aí esperando! Vida Boa tá nos comando! — disse-lhe Israel depois de mandar Otávio chamá-lo em casa.

A ex-namorada de Branquinho andava vagarosamente por entre os prédios e, ao ver Branquinho na janela, quando ele jogava mais dinheiro para o teleguiado que descera para comprar quentinha, locomoveu-se, agora mais rápido, até o posto policial. Informou ao namorado, conforme este recomendara, o endereço correto de onde Branquinho estava. Disse-lhe ainda que na certa era endolação. Imediatamente, Morais acionou quinze policiais, disse-lhes que havia descoberto o novo refúgio da quadrilha de Miúdo. Sargento Roberval ordenou que todos fossem de metralhadora. Entraram no camburão e seguiram para os Apês.

— O prédio tá cercado! Joga as arma pela janela!

Os traficantes, quando viram o número de policiais em volta do prédio, movimentaram-se bruscamente dentro do apartamento. O pastor-alemão de Miúdo latiu alto ao acordar sobressaltado. Novamente escutaram a voz de Morais:

— Joga as arma!

Vida Boa pegou a cocaína, jogou-a no vaso e deu descarga. Descontrolados, os bandidos pediam ajuda à vizinhança, chamavam pela família, pelos parceiros. Tentavam reunir uma multidão de curiosos e intimidar a polícia, que não teria coragem de matá-los diante de um público grande. Muita gente pedia pela vida dos bandidos, outro tanto torcia para a polícia acabar logo com eles. Vida Boa mandou os parceiros jogarem as armas.

— Agora a gente vai subir, se todo mundo ficar quetinho ninguém se machuca. Deixa a porta aberta e fica todo mundo na janela! — disse Morais.

Os bandidos seguiram a ordem do policial, que subiu com seus comparsas os três andares do prédio. Entraram no apartamento. O pastor-alemão avançou e foi morto.

Lá embaixo, somente três policiais, que, na portaria do prédio, não deixavam a mãe de Baião e a de Branquinho subirem.

Depois que revistaram todo o apartamento, mandaram os cinco virarem de frente para a parede, apontaram as armas e dispararam.

A gritaria embaixo do prédio foi imensa: familiares dos bandidos e dezenas de moradores em pânico. Os policiais pediram reforço. Um morador telefonou para o hospital Cardoso Fontes, solicitou uma ambulância.

Sargento Linivaldo, que não estava de serviço, conversava com outros policiais no largo da Taquara, depois de ter saído do banco; mesmo assim, ao ouvir o pedido de reforço pelo rádio, entrou na viatura e foi para os Apês.

Marcelinho Baião e Buzininha ainda viviam e Marcelinho Baião gritava:

— Mãeeee, mãeee! — acreditava que ela ouviria por morar no prédio vizinho.

Sargento Linivaldo chegou ao local junto com a ambulância. Deu ordem aos policiais de não deixar ninguém da ambulância entrar no prédio e galopou pelas escadas, sacou o revólver, deu mais quatro tiros em Buzininha e mais seis em Marcelinho Baião. Morais viu um guarda-chuva de base pontiaguda em cima da mesa, apanhou-o e furou os olhos dos corpos distribuídos pela sala, inclusive os olhos do cachorro.

— Dá mais dois tiros em cada um pela frente, pra gente poder dizer que teve reação — disse Roberval a Morais, que cumpriu a ordem imediatamente.

— Aí, aquele cara que tu anda colada com ele é comédia! Tu não pode ficar com ele não, porque ele é comédia! Tem que ficar comigo! Tem que dar beijo é na minha boca, não é na boca dele, não! — disse Israel a uma mulher que passava na praça dos Apês.

Israel assumira o controle da boca de fumo desde que seu irmão Vida Boa fora assassinado. Vivia bebendo nas lojinhas e, quando embriagado, mexia com as mulheres, inclusive com as casadas. Pedia carro emprestado a quem quer que fosse e, se não lhe emprestassem, dava tiro no pé, até mesmo os seus parceiros sentiam medo dele bêbado.

Miúdo deu o azar de ser abordado pelas Polícias Civil e Militar mais seis vezes. Tanto os civis como os militares o extorquiram. Numa ocasião, ficou em cativeiro e os policiais o obrigaram a telefonar pedindo para alguém levar os documentos das casas, do carro e do barco que Vida Boa havia comprado e que o Serviço Secreto da Polícia Militar levantara até o cativeiro. Todos os bens de Miúdo foram passados para o nome dos policiais. Até mesmo o baú de ouro foi para as mãos de policiais.

Numa sexta-feira, foi novamente abordado pela Polícia Civil, dentro de um carro roubado, com um quilo de maconha e duzentos mil cruzeiros, pistolas e o fuzil de Ferroada. Foi logo oferecendo a droga e o dinheiro à polícia, mas dessa vez não houve corrupção.

Na delegacia, Miúdo delatou os possíveis lugares onde Cenoura, Borboletão e Messias poderiam ser encontrados, com o objetivo de enfraquecer a venda de drogas dos concorrentes. Depois de julgado por vários crimes, foi cumprir pena no presídio Milton Dias Moreira, onde também cumpriam pena inimigos do morro do São Carlos, da própria Cidade de Deus e até mesmo dois homens que certa vez tentaram vender armas a Cabelo Calmo na Treze, foram roubados e ainda levaram uma surra. Estavam ali agora, todos unidos pelo Comando Vermelho, facção que dominava os presídios cariocas.

Miúdo sabia que morreria na cadeia. Sua única alternativa para manter-se vivo foi a de oferecer uma quantia por semana aos líderes daquele presídio. Telefonava todos os dias para o seu irmão e sempre falava a mesma coisa: "Manda cinquenta mil na visita".

Certa vez Toco Preto atendeu o telefone e relatou que Israel estava bebendo muito, gastando dinheiro em motéis e restaurantes, barbarizando os vapores. Miúdo só deu atenção ao fato de seu irmão estar gastando dinheiro e disse berrando ao telefone:

— Prende a boca, prende a boca e não dá mais dinheiro a ele, não! Quem matou foi eu, ele não matou ninguém, não. Prende a boca e é o seguinte: se ele não quiser deixar a boca contigo, passa ele, passa ele...

— E tem mais, ele expulsou a Caixa Baixa novamente, tá matando viciado, esculachando trabalhador, prendendo mulher na marra. Os teleguiados que formava com a gente tá saindo fora. Camundongo Russo, um dia aí, deu um monte de cerveja pra ele, deixou ele ficar doidão, segurou o dinheiro da semana e saiu fora... Ah, já ia me esquecendo: Madrugadão rodou ontem, os homens pegou ele dormindo.

— Foda-se! Já falei, se Israel continuar vacilando, mata ele, mata ele...

* * *

Toco Preto, Mocotozinho e Cabelo Calmo ouviram e acataram a recomendação de Leonardo: deixar Israel viver. Teriam só de dizer a ele que não poderia mais beber nem gastar dinheiro, porque Miúdo estava pagando pedágio na cadeia para manter-se vivo. Ele concordou e passou a juntar dinheiro.

Cabelo Calmo passara a se vestir com maior distinção. Calça de linho, relógio com pulseira de couro, às vezes usava ternos, óculos, e não andava em qualquer ônibus, para não ficar sujeito a blitz. Andar de frescão era muito mais seguro, pois ali a polícia nunca revistava ninguém.

Foi dentro do frescão que Cabelo Calmo a viu e a encarou com olhar romântico pela primeira vez. A professora, para a sorte de Cabelo Calmo, desceu no mesmo ponto que o seu e deu continuidade à conversa que ele iniciara no momento em que esperavam o sinal abrir para atravessarem a rua e seguirem em direção à rua do Meio.

Depois daquele dia, Cabelo Calmo fazia por onde encontrá-la toda vez que ela saía do colégio, e, mesmo achando-o rude no trato e linguajar, a professora primária iniciou um romance com o bandido. A paixão que o bandido sentiu amenizou a sua seriedade. Além de voltar a rir, voltou a brincar, a fazer piadas com os amigos e a se resguardar mais: deixou de dar ataques Lá em Cima, não ficava de conversa com bandidos nas esquinas e, sempre que podia, ia para a casa da namorada, justamente para ficar longe da favela.

Mas, também, foi dentro do ônibus que a professora ouviu de uma moradora que aquele sujeito era o Cabelo Calmo, bandido de alta periculosidade, e, se ela quisesse, lhe mostraria a foto dele nos jornais.

— É teu irmão, mas é alemão, cumpádi! Sabe qualé? Não tem essa de família, não! Tem que passar, tem que passar! — disse Cenoura a Cebion, de apenas treze anos.

— Eu sei, cumpádi! Só que eu vou pegar ele de dia, morou? De noite, minha mãe tá em casa.

— Então, vamo dar um ataque agora, se ele tiver lá, a gente passa ele.

— Tu vai também?

— Craro!

Correram pelos becos como determinara Cenoura. Rodaram por todos os cantos e nenhum inimigo na rua. Para mostrar que era fiel a Cenoura, Cebion mesmo sugeriu:

— Vamo lá em casa, de repente aquele safado tá dormindo.

E estava. Foi acordado com o cano do revólver na nuca, foi levado para a rua, sua única defesa foi ameaçar o irmão:

— Se mamãe souber que tu me matou, ela vai ficar puta contigo!

— Foda-se! Quem mandou tu virar alemão?

Alexander foi levado para a beira do rio e o próprio irmão desfechou três tiros naquele corpo de apenas dez anos.

— Tem que rumar dez mil dólar, morou? Dez mil em quinze dia pra eu sair. Se trouxer no domingo, no domingo mermo eu saio, tá sabendo? — disse Miúdo seis meses depois de ser preso.

Toco Preto fez dois assaltos, Mocotozinho e Israel também, juntaram o que roubaram ao dinheiro da venda das drogas e, no domingo seguinte, Miúdo, após apertar a mão dos guardas, saiu do presídio junto com os visitantes.

A recomendação que Toco Preto dera a Miúdo era a de não voltar à favela, pois, embora a polícia houvesse diminuído as rondas, o local ainda era arriscado. Miúdo foi para a casa do único amigo que fizera no presídio.

Israel foi até o morro São José comprar cocaína, porque fazia duas semanas que o matuto não aparecia; compraria cem papelotes da droga para misturar mais ácido bórico, colocar menor quantidade nos sacos e vender aquela droga malhada aos viciados. Estacionou a Brasília ao pé do morro, subiu cantarolando um samba-enredo da Mangueira. Na boca de fumo, encontrou Conduíte em conversa com um dos donos da boca.

— Ô, rapá, esse moleque é otário, não dá ideia a otário não que tu acaba virando otário também.

— Por que que eu sou otário, rapá?

— É otário mermo, morou? E se tu falar muito, vai cair agorinha mermo! — disse Israel, com a mão na cintura.

Conduíte, mais rápido, lhe deu apenas um tiro no centro da testa. Em seguida, apalpou-lhe a cintura e percebeu que Israel estava desarmado.

— O cara tava na mão!

— Que otário! — adjetivou o amigo de Conduíte.

A professora, com muito custo, convenceu Cabelo Calmo a se entregar, era melhor do que viver na criminalidade o resto da vida; prometeu que não o abandonaria e que seu próprio pai, advogado, trabalharia para tirá-lo do cárcere a curto prazo.

Cabelo Calmo se sentia renascido desde que se apaixonara pela professora. Na rotina das visitas feitas à casa da namorada, acreditara na possibilidade de um futuro diferente da vida levada até então. As idas ao cinema nos fins das tardes de sábado, seguidas de um chopinho gelado e um papo saudável, o fizeram pensar no quanto a vida poderia ser simples e nem por isso menos atraente. Já conseguia ver beleza na vida de casado, projetava seus sonhos ao lado dela e imaginava o quanto seria bom envelhecerem juntos, criando filhos e contando os natais. Por isso, a despeito de todo o sofrimento passado na cadeia, entregou-se à Trigésima Segunda Delegacia de Polícia.

Julgado e condenado, foi cumprir pena no setor B da penitenciária Lemos de Brito, onde encontrou vários inimigos. Estes nada falaram com ele e deixaram-no à vontade no primeiro banho de sol. No segundo, os inimigos lhe deram quarenta estocadas na barriga.

Assim que Israel morreu, a Caixa Baixa atacou os Apês quatro vezes consecutivas. Na quarta, chegou ali distribuindo tiros à socapa e se estabeleceu como a dona da área. Haviam matado Toco Preto, último grande soldado de Miúdo, e só não mataram Mocotozinho e Otávio porque os dois fugiram. Porém, os teleguiados afastados da criminalidade na época em que a polícia apertou o cerco, e que àquela altura se julgavam isentos da molestação da Caixa Baixa por não tê-la esculachado no período de Zé Miúdo, se enganaram. Os caixas-baixas propagandeavam que não iriam matar ninguém, mas os teleguiados foram morrendo aos poucos, e, quando algum aparecia morto, eles inventavam uma mentira justificando o crime, para que os outros não saíssem da área. Até mesmo quem nunca havia se envolvido com a delinquência, mas somente havia discutido ou brigado com algum deles, era morto.

Os estupros e assaltos tomaram novo impulso. Apesar de não ter se envolvido com a guerra, a rapaziada do conceito também estava sendo molestada; no entanto, não sofreu nenhuma baixa. As bocas de fumo dos Apês perderam a freguesia, porque os caixas-baixas não tinham conhecimento com outros matutos, e os que serviam Miúdo sumiram por falta de pagamento.

Sandro Cenoura era constantemente atacado pelas quadrilhas de Messias, da Treze e da polícia, perdeu cinco homens em menos de uma semana. Sem saída, juntou o dinheiro da vendagem das drogas, alugou um barraco na Baixada Fluminense e deixou Ratoeira no controle das vendas de drogas. Alegou que a polícia não sossegaria enquanto não o prendesse.

— Diz pra todo mundo aí que me regenerei... Fala que eu virei otário e tô trabalhando num táxi, morou? A gente fica com a boca meio a meio, tá falado?

Ratoeira se sentiu bem, agora ele era quem mandava na boca da Quadra Quinze. Mesmo tendo de combater duas quadrilhas com poucos soldados, o poder era realmente emocionante.

Com o mau gerenciamento da boca dos Apês, a guerra persistindo Lá em Cima e a dificuldade de acesso à boca de Bica Aberta, a quadrilha da Treze era agora a que mais vendia drogas. Meu Cumpádi e Terremoto passaram a beber só refrigerantes, porque água era coisa de pobre.

A quadrilha crescia, no entanto os ataques Lá em Cima se tornaram cada vez mais raros. Esperariam que eles se matassem para, depois, sim, tentar tomar as bocas daquela região.

— ...*P* com *i* dá *pi*, *p* com *a* dá *pa*, *pi-pa*, pipa, porra! Pipa! — soletrava Miúdo ao lado da mulher de seu novo parceiro em Realengo.

Miúdo, na mesma semana em que saiu do presídio, procurou os parceiros do amigo que fizera na cadeia. Com estes fez assaltos durante quinze dias consecutivos. Sua astúcia nos assaltos e a perspicácia que demonstrou quando tomaram as bocas de Realengo lhe deram o posto de subchefe: tinha quarenta por cento na venda das drogas. Agora realizava o sonho que tomara conta dele na cadeia, pois tinha sempre que pedir a alguém para ler as cartas que recebia e isso poderia ser perigoso, corria o risco de alguém descobrir algo a seu respeito. Já sabia assinar o nome, e, se encontrasse o tal doutor Violeta, que resolvia qualquer problema, poderia ter identidade e talão de cheque, coisa que também sempre sonhou ter.

Numa sexta-feira, um teleguiado trouxe a notícia de que a Caixa Baixa tinha rachado e entrado em guerra. Lampião não queria dividir o comando com Conduíte e estavam combatendo naquele momento. Esse primeiro confronto durou três dias. A polícia, que ultimamente havia se preocupado mais com a guerra entre Messias e Ratoeira, voltou a trabalhar ostensivamente nos Apês, matando quatro caixas-baixas em dez dias.

Num sábado, pela manhã, cinco caixas-baixas chegaram à Treze procurando Borboletão e Tigrinho. Queriam que a Treze os ajudasse a tomar os Apês.

— Só tem vocês?

— É, cumpádi, os cara vazaram... Mas a gente tá aí pra formar!

— E depois? — perguntou Tigrinho.

— Vocês fica com a boca do Sete e do Barro Vermelho e a gente com a das lojinha e dos Bloco Velho.

— Não tem essa não, cumpádi! As boca todinha vai ser nossa, mas vocês pode formar com a gente aí!

— Tudo certo!

— Tá formado! Vou descolar uma cachanga pra vocês cair aí!

— Ó, a gente sabe onde eles tão caindo, morou? Onde eles se reúne... Vai ser mole!

— Tem quantos lá?

— Oito.

* * *

Lá em Cima, a guerra estava praticamente terminada: os homens de Messias mataram a maioria dos inimigos, Ratoeira fora preso e o restante conseguiu fugir da favela. Os moradores das Últimas Triagens deram graças a Deus pelo final daquela saga, porque Messias e seus homens fizeram buracos nas paredes divisórias das pequenas habitações para fugir dos inimigos e da polícia. Entravam numa casa a qualquer hora da noite ou do dia, atravessavam os buracos e saíam distantes dos inimigos ou da polícia.

A quadrilha da Treze, para tomar a boca de fumo dos Apês, dividiu-se em grupos de dez, os quais entraram por seus vários acessos. O combate durou dois dias. Nesse combate, morreram oito caixas-baixas, dois bandidos da Treze, um policial militar, e vários foram baleados.

Apesar de ter um número bem menor de homens, a Caixa Baixa não correu, trocou tiros até a morte.

Messias mandou dizer a Borboletão e a Tigrinho que, se estes não fossem dar tiros Lá em Cima, eles não viriam dar tiro na Treze e, se Cenoura pintasse na área, eles mesmos o matariam.

— Tá direito! — disse Borboletão ao avião de Messias.

A paz era novamente soberana, e só quem continuou, por mais um tempo, matando aqueles que roubavam, assaltavam ou estupravam na favela foi Otávio, que colocou trinta corpos num só buraco e que, quando não os matava, cortava-lhes as mãos a golpes de machadadas. Porém, de uma hora para a outra, converteu-se ao protestantismo e passou a pregar perto das bocas de fumo, dizia que praticara aqueles crimes porque o Diabo tomara conta de seu corpo. Os bandidos o respeitavam porque sempre respeitaram os evangélicos. Foi preso numa noite em que voltava da igreja, ficou detido por dois anos. Depois de liberado, casou-se e teve filhos. Todo domingo, visitava presídios para tentar converter os internos; no entanto, a polícia, quando o via, não acreditando em sua conversão, dava-lhe surras, até mesmo na frente da esposa e dos filhos.

Otávio rasgou a Bíblia, queimou o terno com o qual costumava ir aos cultos e foi à boca pedir a Borboletão uma pistola para matar somente policiais.

Jaquinha, Laranjinha e Acerola, agora casados, continuavam a se encontrar para fumar um baseado e recordar os velhos tempos, hábito tornado raro no tempo da guerra.

Terê voltou a trabalhar em casa de madame, mas só para não ficar parada, já que não precisava disso, pois sua filha mais velha casara-se com um canadense que a levou para o Canadá, de onde todo mês lhe mandava um bom dinheiro.

Busca-Pé, depois de militar vários anos no Conselho de Moradores, casou e mudou, conseguiu se estabelecer como fotógrafo, mas volta e meia retornava à favela para visitar a mãe e rever os amigos.

Bica Aberta foi preso num assalto a banco em Copacabana e seus vapores abandonaram o tráfico. Tempos depois, ali onde era a sua boca formou-se uma quadrilha cujos líderes eram primos de Cenoura. Este voltou a frequentar a favela e a combater novamente os bandidos Lá de Cima. No entanto, foi preso logo no início desse conflito.

Na véspera de um Natal chuvoso, na praça da Loura, trinta homens desceram de vários táxis, todos armados de metralhadoras, somente Miúdo portava uma pistola. Gordo, calça de linho e camisa de seda, dizia para seus soldados o caminho a ser seguido. Chegaram à Treze, onde ninguém fazia segurança, porque era Natal e, em datas como essas, os bandidos sempre começam a beber cedo. Olhava para todos os lados, até que encontrou Borboletão, que tentou correr, pensou que os homens de Miúdo eram policiais.

— A gente veio dar ideia... Sou eu, rapá, Zé Miúdo!

Borboletão parou atrás de um muro, reconheceu a voz do bandido.

— O caso é o seguinte, morou? Eu quero o Apê de volta porque aquela área é minha!

— Craro!

— Quando vocês quis ficar com essa boca aqui, eu não falei nada, morou? A gente combateu aí junto, nunca teve piranhação, só Biscoitinho que tentou entrar numa, mas só ficou naquilo mermo, morou?

— A gente só prendeu lá porque a Caixa Baixa tava esculachando todo mundo, tá me entendendo? Pode prantar lá, mas deixa a gente só vender a carga que tá lá e pronto.

Depois da conversa, beberam no mesmo copo, Tigrinho dava tiros para o alto, cheiraram cocaína, consumiram vinho, uísque e cerveja, e Miúdo saiu dali com a certeza de que voltaria em definitivo no dia trinta e um de dezembro.

O bandido tinha sua prepotência renovada e planos para ser novamente o dono de Cidade de Deus, e para isso já tinha planejado com seus parceiros de Realengo um ataque-surpresa na Treze logo na primeira semana de seu novo mandato nos Apês, depois atacariam Lá em Cima. Acreditava que todos ali tinham medo dele, porque sempre fora ruim, e a ruindade é a melhor coisa que pode se estabelecer num bandido para ser respeitado. Para ele não existia paz, arrependimento, não fazia nada de que não pudesse colher frutos depois, tudo que fazia de bem, jogava na cara do beneficiado, pois sofria quando não era retribuído, destruindo assim tudo que não passasse pela sua cruel compreensão de mundo, de vida, de relacionamento. Tinha o poder de trazer à tona a violência do fundo dos homens e multiplicá-la a seu bel-prazer. Falava sozinho pelos cantos da sala, do quarto, da cadeia e da liberdade, qualquer coisa que ele entendesse como agressão à sua pessoa era devolvida em forma de morte. Era ele senhor de seu desengano, dono da ruindade de nunca perdoar, de aniquilar o que não coubesse nos liames de sua compreensão bandida, de inventar coisas que o outro não tinha feito para ter motivos para exercer a sua crueldade. Era um verme sob o signo de gêmeos.

A lua quase morta em cima de um tempo nublado vez por outra dava sinais de vida, estrelas apagadas e somente fogos de final de ano iluminando a noite, a noite de Miúdo, a noite em que seria de novo o dono de Cidade de Deus. Passou na Treze e não encontrou nenhum dos líderes; deixou recado para Tigrinho e Borboletão dizendo que já estava plantado nos Apês e que, se ainda estivessem traficando por lá, ele iria mandar parar. Rumou para os Apês dirigindo um Corcel azul. Foi direto para as lojinhas, onde abraçou a rapaziada do conceito, pagou balas para as crianças, dizendo que havia aprendido a ler e dirigir, que mandava em Realengo, mas ali era o lugar em que mais gostava de mandar.

Às onze e meia, um menino o avisou que Tigrinho e Borboletão estavam lá no Morrinho esperando para uma conversa, mas que ele fosse desarmado porque conversa era conversa. Nada de guerra.

— Quer conversar o quê, quer conversar o quê? Hein? Hein?

— Eles falou que é pro teu próprio bem.

Ficou um tempo calado, pensou em não ir, mas se não fosse poderiam pensar que estaria com medo de alguma coisa. Era o Zé Miúdo, não tinha medo de nada.

— Tá bão, tá bão, diz a eles que vou acabar de tomar a saideira e vou lá... Vai, vai, vai lá avisar eles, vai!

Esperou que o menino se afastasse, olhou em volta e viu que não tinha ninguém da Treze o observando, retirou uma pistola da cintura, colocou numa cartucheira presa ao tornozelo, seus parceiros ajeitaram suas armas cada um à sua maneira e dirigiram-se para o Morrinho.

A praça do Morrinho vazia, somente Tigrinho e Borboletão agachados entre um poste e um muro. Haviam mandado alguns de seus soldados se entocar nos prédios e, ao primeiro estampido, entrar em combate.

Miúdo caminhou com seus parceiros até Tigrinho e Borboletão.

— A gente resolvemos que a boca vai ficar com nós mermo, tá me entendendo? Não tem nada que a boca era tua não, tá ligado? A gente não tomamos a boca de você, tomamo dos caras que tomou de você, tá me entendendo? — afirmou Tigrinho.

— Qualé, cumpádi? A gente não tinha combinado que...

Borboletão interrompeu, enfatizou o que seu parceiro disse. Miúdo, sem lhe dar ouvidos, dissimuladamente levou a mão à testa, olhou para um dos parceiros e fez o sinal da cruz. Tigrinho, que o observava atentamente, retirou a pistola da cintura, deu um tiro no abdômen de Miúdo e saiu correndo junto com Borboletão. Ao estampido desse primeiro tiro, houve um alvoroço, e os teleguiados, que estavam entocados, debandaram desorientados. Miúdo e seus parceiros se aproveitaram da confusão e desceram a ladeira atirando para todos os lados. Na fuga, Miúdo atingiu em cheio o crânio de um teleguiado.

Os quatro atravessaram a praça dos Apês, enfiaram-se no primeiro prédio, entraram num apartamento onde uma família comemorava a passagem do ano. Os bandidos mandaram que fechassem a porta, Miúdo sentou-se no sofá, revirou os olhos, estrebuchou e morreu quando começava a queima de fogos para a entrada de mais um Ano-Novo.

Seus parceiros subiram mais três andares, entraram em outro apartamento e renderam os moradores. Quando amanheceu o dia, saíram calmamente do prédio, pegaram o ônibus e foram embora para Realengo.

Lá na Treze, Tigrinho, bem cedinho, mandou um menino moer vidro, colocá-lo dentro de uma lata com cola de madeira. Depois do cerol feito, passou-o na linha dez esticada de um poste ao outro. Esperou o cerol secar na linha, fez o cabresto, a rabiola e colocou uma pipa no alto para cruzar com outras no céu.

Era tempo de pipa em Cidade de Deus.

Nota e agradecimentos

Este romance se baseia em histórias reais. Parte do material utilizado foi extraído das entrevistas feitas para o projeto "Crime e criminalidade nas classes populares", da antropóloga Alba Zaluar, e de artigos dos jornais *O Globo, Jornal do Brasil* e *O Dia*.

Mais especificamente, a primeira parte do livro foi escrita enquanto se desenvolviam os projetos de pesquisa "Crime e criminalidade no Rio de Janeiro" (que contou com o apoio da Finep) e "Justiça e classes populares" (apoio CNPq, Faperj e Funcamp), ambos coordenados por Zaluar. A própria ideia do romance surgiu no decorrer dos trabalhos ligados ao projeto, a partir do momento em que a coordenadora começou a redigir seus artigos. Trabalhei com ela durante oito anos e agradeço seu incentivo constante.

A segunda e a terceira partes do romance foram concebidas com o apoio precioso de Roberto Schwarz, Virgínia de Oliveira Silva e Maria de Lourdes da Silva. Devo a Roberto Schwarz, em especial, a orientação e o incentivo em relação à minha candidatura à bolsa Vitae de Artes.

Agradeço ao Instituto de Medicina Social da Universidade do Rio de Janeiro, que abrigou a pesquisa durante dois anos, e, finalmente, à Fundação Vitae, que, concedendo-me uma bolsa, proporcionou-me condições de acabar de escrever o romance e dar ao texto sua forma final.

Agradeço a colaboração das seguintes pessoas: Maria de Lourdes da Silva (pesquisa histórica e revisão), Virgínia de Oliveira Silva (pesquisa de linguagem e revisão), Álvaro Marins, Edmundo Gomes da Silva, Ednaldo Gomes da Silva, Eduardo Gomes da Silva, Edwaldo Cafezeiro, Everardo Cantarino, Gilberto Mendonça Teles, Ione de Oliveira Nascimento, Leonardo Gomes da Silva, Marco Antônio da Silva, Maria Cláudia Nascimento de Santana, Marie-France Depalle, Paulo Cesar Loureiro de Araújo, Regina Célia Gonçalves, Severino Pedro da Costa, Sílvio Correia Lima e Sônia Vicente Cardoso.

Agradecimentos muito especiais a Aloísio da Costa Sobrinho, Carlos Eduardo Cardoso, Edison Gomes da Silva, Sônia Maria Lins e a todas as pessoas entrevistadas.

Paulo Lins

Acreditamos
nos livros

Este livro foi composto em Utopia e impresso
pela Gráfica Santa Marta para a Editora
Planeta do Brasil em junho de 2021.